IRVINE WELSH

COLA

TRADUÇÃO DE
PAULO REIS

Rocco

Título original
GLUE

Copyright © Irvine Welsh, 2001

Primeira publicação na Grã-Bretanha, em 2001, por Jonathan Cape.

Jonathan Cape faz parte do grupo de empresas Penguin Random House.

O direito de Irvine Welsh de ser identificado
como autor desta obra foi assegurado por ele sob o
Copyright, Designs and Patents Act 1988.

Direitos para a língua portuguesa reservados
com exclusividade para o Brasil à
EDITORA ROCCO LTDA.
Av. Presidente Wilson, 231 – 8º andar
20030-021 – Rio de Janeiro – RJ
Tel.: (21) 3525-2000 – Fax: (21) 3525-2001
rocco@rocco.com.br|www.rocco.com.br

Printed in Brazil/Impresso no Brasil

Preparação de originais
MAIRA PARULA

CIP-Brasil. Catalogação na fonte
Sindicato Nacional dos Editores de Livros, RJ.

W483c	Welsh, Irvine
	Cola / Irvine Welsh; tradução de Paulo Reis. – 1ª ed. – Rio de Janeiro: Rocco, 2019.
	Tradução de: Glue
	ISBN 978-85-325-3142-1
	ISBN 978-85-8122-768-9 (e-book)
	1. Ficção escocesa. I. Reis, Paulo. II. Título.
19-57126	CDD-828.99113
	CDU-82-3(410.5)

Vanessa Mafra Xavier Salgado – Bibliotecária – CRB-7/6644

O texto deste livro obedece às normas do
Acordo Ortográfico da Língua Portuguesa.

Este livro é dedicado a
Shearer, Scrap, George, Jimmy, Deano, Mickey,
Tam, Simon, Miles, Scott e Crawf,
por continuarem juntos mesmo quando desmoronam

cola: *substantivo*. Gelatina impura obtida pela fervura de restos de animais, utilizada como adesivo.

Chambers 20th Century Dictionary

Sumário

1 | POR VOLTA DE 1970: O HOMEM DA CASA

JANELAS 70	15
Terry Lawson	18
O primeiro dia de aula	18
Carl Ewart	25
A fábrica	25
Billy Birrell	33
Duas pestes reais	33
Andrew Galloway	38
O homem da casa	38

2 | 1980 E POUCOS: A ÚLTIMA CEIA (DE PEIXE)

JANELAS 80	43
Terry Lawson	46
Suco na veia	46
Tio Alec	60
Sally e Sid James	62

Billy Birrell	65
Sexo em vez de futebol	65
O juiz é um escroto	67
Fio de cobre	69
Andrew Galloway	86
Atraso	86
Vida esportiva	92
Clouds	112
Canção do soldado (virgem)	122
Arquivo Confidencial versus *Os Profissionais*	129
Sem homem em casa	133
Carl Ewart	139
Educação sexual	139
Make Me Smile (Come Up and See Me)	143
Judeus e gentios	145
Bebendo pra esquecer	149
Trepada de estreia	164

3 SÓ PODE TER SIDO 1990: BAR DE HITLER

JANELAS 90	179
Billy Birrell	185
As colinas	185
Lembranças da Itália	199
Andrew Galloway	204
Treinamento	204
Pesadelo em Elm Row	215

Limitações	222
Terry Lawson	223
Meio expediente	223
Problemas domésticos	228
Um lar em Grange	231
O Wheatsheaf	232
A persistência de trepadas problemáticas	238
Liberdade de escolha	239
Clubelândia	244
Competição	252
Carl Ewart	261
Ich Bin Ein Edinburgher	261
Planos de contingência	278
Prepúcio	284
Isso é o que eu chamo de serviço	294
A Oktoberfest de Munique	301
Lutar pelo direito de festejar	311

4 APROXIMADAMENTE 2000: UM CLIMA DE FESTIVAL

JANELAS 00	333
Edimburgo, Escócia	335
Abandono	335
Fringe Club	338
Em algum lugar perto das Blue Mountains, Nova Gales do Sul, Austrália	342
Edimburgo, Escócia	344

Pós-mãe, Posta Alec   344

Balmoral   346

Paus de fora pras garotas   347

Gravadora   352

Eu sei que você está me usando   356

Blue Mountains, Nova Gales do Sul, Austrália   363

Edimburgo, Escócia   368

Escória   368

O problema da camisa oficial   369

Oportunidades de marketing   374

Richard Gere   376

Blue Mountains, Nova Gales do Sul, Austrália   379

Edimburgo, Escócia   381

Lembranças da discoteca Pipers   381

Blue Mountains, Nova Gales do Sul, Austrália   384

Edimburgo, Escócia   389

Retoques   389

Um mito urbano   389

Embebedada, drogada, traçada   399

Uma alternativa bem-vinda à imundície e à violência   401

Me dê medicação   402

O coelho   407

Um americano no Leith   408

Stone Island   411

Aeroporto de Sydney, Nova Gales do Sul, Austrália   414

Edimburgo, Escócia   416

A pílula mais amarga é a minha   416

Táxi	424
Estrelas e cigarros	425
Durante o voo	433
Edimburgo, Escócia	436
Nossos hóspedes de boa-fé	436
Aeroporto de Bangcoc, Tailândia	449
Edimburgo, Escócia	455
Putada jovem	455
Punhetando	464
Aeroporto de Heathrow, Londres, Inglaterra	466
Edimburgo, Escócia	472
O Business Bar	472
"Islands in the Stream"	482
Glasgow, Escócia	491
Edimburgo, Escócia	495
Tire os sapatos dela! Tire a calça dela!	495
Baberton Mains	498
Escorregando	502
Fodidos e perturbados	506
O fim	509
REPRISE 2002:	
A ERA DOURADA	523

1 | POR VOLTA DE 1970: O HOMEM DA CASA

Janelas 70

O sol se ergueu por trás do concreto do bloco de apartamentos ali na frente, brilhando direto na cara deles. Davie Galloway ficou tão surpreso com aquele facho sorrateiro que quase deixou cair a mesa que lutava para carregar. O apartamento novo já era bastante quente, e Davie se sentia feito uma estranha planta exótica murchando numa estufa aquecida demais. Eram aquelas janelas enormes, elas sugam o sol, pensou ele, ao pousar a mesa no chão e olhar para o conjunto lá embaixo.

Davie se sentia um imperador recém-coroado examinando seus domínios. Os prédios novos eram bem imponentes: quase refulgiam quando a luz atingia aquelas pequenas pedras cintilantes embutidas no revestimento. Algo brilhante, limpo, arejado e quente... isso é que era necessário. Ele se lembrava do conjunto frio e escuro lá em Gorgie: coberto de fuligem e sujeira por gerações, na época em que a cidade ganhara seu apelido de "Velha Fedida". Lá fora, as ruas estreitas e mortiças cheias de pessoas encolhidas, fugindo do inverno frio que castigava até a medula dos ossos, e aquele cheiro azedo de lúpulo das cervejarias pairando quando você abria a janela, sempre fazendo com que ele vomitasse se houvesse exagerado no pub na noite anterior. Tudo aquilo se fora, e já não era sem tempo. Isso sim é que era vida!

Para Davie Galloway, eram as janelas grandes que simbolizavam tudo que era bom naqueles lugares novos que substituíam os cortiços. Ele se virou para a esposa, que estava polindo os rodapés. Por que ela precisava polir os rodapés numa casa nova? Mas Susan estava ajoelhada, de macacão, quicando para cima e para baixo, sua grande cabeleira negra acompanhando a atividade frenética.

– Isso é a melhor coisa desses lugares, Susan... esses janelões. Deixam o sol entrar. – Depois de olhar para a maravilhosa caixa presa na parede acima da cabeça dela, acrescentou: – E aquecimento central no inverno... não tem coisa melhor. É só apertar o botão.

Susan se ergueu devagar, respeitando a câimbra que se instalara em suas pernas. Suando, bateu no chão com um dos pés dormentes, que já formigava, a fim de restaurar a circulação. Gotas de umidade se formaram na sua testa, e ela reclamou: – Está quente demais.

Davie abanou a cabeça com força. – Não, aproveite enquanto dá. Lembre que estamos na Escócia, e isso não vai durar.

Respirando fundo, ele ergueu a mesa, recomeçando a árdua luta em direção à cozinha. Era uma traquitanda difícil: uma elegante mesa com tampo de fórmica, cujo peso parecia deslizar para todos os lados. Aquilo era como se atracar com a porra de um crocodilo, pensou ele, e realmente a fera logo deu um bote nos dedos dele, obrigando Davie a afastá-los e lambê-los, enquanto a mesa tombava ruidosamente ao chão.

– Me... leca – praguejou Davie. Ele nunca falava palavrão na frente de mulheres. Algumas coisas podiam ser ditas num bar, mas não diante de uma mulher. Ele foi pé ante pé até a cama no canto. A bebê continuava dormindo a sono solto.

– Já falei que podia ajudar com isso, Davie, você vai acabar sem dedos e com uma mesa quebrada, do jeito que a coisa está indo – avisou Susan, balançando a cabeça devagar e olhando para o berço. – Surpresa você não ter acordado a menina.

Percebendo o desconforto dela, Davie disse: – Você não gosta muito dessa mesa, gosta?

Susan Galloway balançou a cabeça outra vez. Olhou por cima da nova mesa da cozinha, vendo o novo conjunto de três peças: a nova mesa de café e os tapetes novos que haviam chegado misteriosamente na véspera, enquanto ela estava fora, no seu emprego na destilaria de uísque.

– O que foi? – perguntou Davie, agitando a mão dolorida. Sentia o olhar abertamente reprovador da mulher. Com aqueles olhos grandes.

– Onde você arrumou esses troços, Davie?

Ele odiava que ela perguntasse coisas assim. Aquilo estragava tudo, cravava uma cunha entre os dois. Ele só fazia o que fazia por eles todos: Susan, a bebê e o garoto.

– Não faça perguntas, que eu não conto mentiras. – Davie sorriu, mas não conseguiu olhar para a mulher, sentindo-se tão insatisfeito com essa resposta quanto sabia que ela ficaria. Em vez disso, curvou-se e beijou a bochecha da filha bebê. Depois ergueu o olhar e indagou em voz alta: – Onde está o Andrew?

Olhou depressa para Susan, que desviou o olhar com expressão azeda. Ele estava se escondendo outra vez, usando as crianças para se esconder.

Davie foi até o corredor com a cautela matreira de um soldado das trincheiras com medo dos franco-atiradores e gritou: – Andrew.

De corpo musculoso e magro, cheio de energia, seu filho desceu ruidosamente a escada: ele tinha o mesmo cabelo castanho-escuro da mãe, mas cortado de forma minimalista, e foi atrás do pai até a sala.

– Aqui está ele – anunciou Davie alegremente para Susan. Ao se ver ignorado propositalmente por ela, ele se virou para o garoto e perguntou: – Inda está gostando do seu quarto novo lá em cima?

Andrew ergueu o olhar para ele, e depois para Susan. Em tom sério, disse aos dois: – Achei um livro que nunca tive antes.

– Que bom – disse Susan, aproximando-se e tirando um fiapo da camiseta listrada do garoto.

Erguendo o olhar para o pai, Andrew perguntou: – Quando posso ganhar uma bicicleta, papai?

– Logo, filho. – Davie sorriu.

– Você falou que ia ser quando eu fosse para a escola – disse Andrew com grande sinceridade. Seus grandes olhos se fixaram nos olhos do pai de forma acusatória, mas com menos intensidade do que os de Susan.

– Foi mesmo, parceiro – admitiu Davie. – E não vai demorar muito.

Uma bicicleta? De onde viria o dinheiro para a porcaria de uma bicicleta?, pensou Susan Galloway com um calafrio, enquanto o fulgurante e ardente sol de verão penetrava implacavelmente pelas janelas enormes.

Terry Lawson

O primeiro dia de aula

Terry e Yvonne Lawson estavam sentados com suco e petiscos a uma mesa de madeira no Dell Inn, num nicho de concreto que eles chamavam de jardim da cerveja. Estavam olhando por cima da cerca para o fundo do quintal, um barranco que descia de forma íngreme, contemplando os patos no rio Leith. Em poucos segundos, o fascínio virou tédio; só se podiam contemplar patos por um certo período, e Terry tinha outras coisas em mente. Aquele fora o seu primeiro dia de aula, e ele não gostara. Yvonne só iria no ano seguinte. Terry falara para ela que não era muito bom, que ficara assustado, mas agora estava com a mãe deles, e o pai estava ali também, de modo que tudo bem.

O pai e a mãe estavam conversando, e eles sabiam que a mãe estava com raiva.

– Bom, o que você tem a dizer? – Eles ouviram-na perguntar a ele.

Terry ergueu o olhar para o pai, que sorriu e piscou para ele antes de virar para se dirigir à mãe do garoto, em tom frio e tranquilo. – Na frente das crianças, não.

– Não finja que você se importa com eles – debochou Alice Lawson, elevando a voz de forma aguda e implacável, feito um motor a jato ao decolar. – Você abandonou os dois bem depressa! Não tente negar!

Henry Lawson se virou para ver quem ouvira aquilo. Encarou duramente um bisbilhoteiro boquiaberto, até o sujeito desviar o olhar. Dois velhotes de merda, um casal. Velhos escrotos intrometidos. Falando entredentes, em um sussurro tenso, ele disse à esposa: – Já falei que vou cuidar deles. Já falei essa porra pra você. São meus filhos, caralho.

Seu tom era ríspido, e os tendões do seu pescoço estavam tensos. Ele sabia que Alice sempre tendia a acreditar no lado melhor das pessoas. Achava que conseguiria exibir em seu tom de voz certo ultraje controlado e certa inocência ferida, a ponto de sugerir que era escandalosa aquela audácia dela, de acreditar que ele (apesar de todos os seus defeitos, que ele próprio era o primeiro a reconhecer) poderia deixar seus filhos sem sustento, mesmo descontando a intensidade das emoções envolvidas no término do relacionamento entre os dois. Na realidade, fora exatamente esse tipo de alegação que praticamente o impelira para os braços de Paula McKay, uma moça solteira da Paróquia do Leith.

A bela Paula era uma jovem de grande virtude e bondade, repetidamente questionadas pela amargurada Alice. Não era Paula a única a cuidar de seu pai George, proprietário da taverna Port Sunshine no Leith, e acometido de câncer? Em breve, Paula precisaria de toda a ajuda possível para atravessar um período tão difícil. Henry seria um verdadeiro baluarte na vida dela.

E seu próprio nome fora continuamente emporcalhado, mas ele tinha elegância suficiente para compreender que em ocasiões emocionalmente perturbadoras as pessoas tendiam a dizer coisas sem pensar. Também não sentia a dor do término do relacionamento entre os dois? Tudo não era mais duro para ele, por ser obrigado a abandonar os filhos? Baixando o olhar para eles, Henry deixou que seus olhos se umedecessem, e que um bolo se formasse em sua garganta. Tinha esperança de que Alice percebesse tal gesto, e que isso bastasse.

Parecia que sim. Ele ouviu uns ruídos borbulhantes, como se fossem do riacho lá embaixo, e foi levado a colocar o braço em torno dos ombros trêmulos da esposa.

– Por favor, fique, Henry. – Ela estremeceu, encostando a cabeça no peito do marido, e enchendo as narinas com o aroma de Old Spice, ainda presente no queixo áspero dele. A barba de Henry não lhe sombreava o rosto só às cinco da tarde, mas sim já à hora do almoço, e ele era obrigado a se barbear duas vezes ao dia.

– Calma, calma – arrulhou Henry. – Não se preocupe. A gente tem as crianças, que são suas e minhas.

Depois sorriu, estendeu a mão e despenteou os cachos do jovem Terry, pensando que Alice realmente deveria levar o menino ao barbeiro com mais frequência. Ele parecia Shirley Temple. Aquilo poderia fazer o rapaz crescer de forma esquisita.

— Você nem perguntou como ele foi na escola. — Alice sentou-se ereta, sentindo uma nova amargura ao se concentrar outra vez no que estava acontecendo.

— Você nem me deu chance — retorquiu Henry com uma impaciência irritada. Paula estava esperando. Esperando os beijos dele, e aquele braço reconfortante que agora estava em torno de Alice. A chorosa, inchada e caída Alice. Que contraste com o corpo jovem de Paula; retesado, ágil, e sem as marcas do parto. Realmente não havia disputa possível.

Pensando, além das palavras, dos cheiros, e do braço forte dele, acerca do que estava realmente acontecendo, e deixando a dor pulsar de forma dura e implacável no peito, Alice conseguiu retrucar: — Ele chorou, chorou e chorou. Chorou de arrancar os olhos.

Isso irritou Henry. Terry era mais velho do que o resto da turma, tendo perdido um ano de aula por causa de uma meningite. Ele deveria ter sido o *último* a chorar. A culpa era de Alice, que mimava o garoto, continuando a tratá-lo feito um bebê por causa da doença. Já não havia mais coisa alguma errada com ele. Henry estava a ponto de mencionar o cabelo de Terry, falando que ela o deixara parecido com uma menininha... portanto, o que poderia esperar dele? Mas viu que estava sendo encarado por Alice com uma expressão fulgurantemente acusatória, e desviou o olhar. Ela continuou encarando o queixo e a barba cerrada dele. Depois se pegou olhando para Terry.

O garoto ficara tão doente há menos dezoito meses. Mal sobrevivera. Agora Henry estava abandonando todos eles, em troca dela, aquela piranhazinha suja e avoada.

Alice deixou que essa percepção selvagem simplesmente latejasse em seu peito, sem tentar se esconder ou se retesar diante da verdade.

BANGUE

Ainda com a postura ereta e orgulhosa, ela sentiu o braço de Henry inerte sobre seus ombros. Seguramente a próxima ânsia de vômito não seria tão ruim quanto aquela

BANGUE

Quando aquilo melhoraria, quando o horror diminuiria, quando ela, eles, estariam em outro lugar

BANGUE

Ele estava abandonando a família por ela.

Então a âncora do braço dele sumiu, e Alice começou a se afogar no vácuo ao redor. Sua visão periférica registrava Henry balançando Yvonne no ar, e depois reunindo as duas crianças junto ao corpo; sussurrando instruções importantes, mas encorajadoras, feito um técnico de futebol fazendo uma preleção motivadora para seus jogadores no intervalo.

– Papai arrumou um emprego novo, por isso vai ter de trabalhar longe bastante tempo. Tão vendo como a mamãe ficou perturbada? – disse Henry, sem ver Alice primeiro erguer rigidamente o corpo, e depois se derrear, derrotada pelas palavras dele, como se houvesse levado um chute no estômago. – Isso quer dizer que vocês dois precisam ajudar. Terry, não quero mais ouvir essa bobajada de que você andou chorando na escola. Isso é coisa de menininha.

Falou isso para o filho fechando a mão e encostando o punho embaixo do queixo do garoto. Depois enfiou a mão no bolso e pescou duas moedas. Enfiando uma na mão de Yvonne, viu a expressão dela permanecer neutra, enquanto Terry arregalava os olhos de expectativa.

– Lembre do que eu falei. – Henry sorriu para o filho, antes de lhe dar o mesmo presente.

– Você inda vai nos ver de vez em quando, pai? – perguntou Terry, com os olhos pousados na prata em sua mão.

– Claro, filho! A gente vai ao futebol. Ver o Hearts!

Isso fez Terry se animar. Ele sorriu para o pai e depois olhou novamente para a moeda.

Alice estava agindo de forma tão estranha, pensou Henry, conferindo se a gravata estava direita enquanto planejava sua saída. Ela continuava só sentada ali, toda curvada. Bom, ele já falara o que tinha para falar, dando a ela toda a segurança. Passaria para visitar os filhos, e levaria os dois para passear, ou lanchar no

Milk Bar. Disso eles gostavam. Ou batata frita no Brattisanni's. Mas não era vantajoso alongar a conversa com Alice. Ela só assumiria uma postura ainda mais antagônica, e isso seria ruim para as crianças. Era melhor se mandar discretamente.

Henry foi passando depressa pelas mesas. Olhou outra vez para os putos do casal de velhotes. Eles devolveram o olhar com desdém. Ele se aproximou da mesa dos dois. Indicando o próprio nariz, disse com frieza jovial: – Não metam isso na vida dos outros, para não acabar com a porra da fuça quebrada, está bem?

O velho casal ficou emudecido diante da audácia dele. Encarando os dois por um segundo, Henry deu um sorriso largo, e depois passou pela porta dos fundos do pub, sem olhar para Alice ou as crianças.

Era melhor não fazer uma cena.

– Que cara de pau – gritou Davie Girvan, erguendo-se para ir atrás de Henry antes de ser detido por sua esposa Nessie.

– Sente aí, Davie, não se meta em sujeira. Isso não passa de lixo.

Relutando, Davie se sentou outra vez. Ele não tinha medo daquele sujeito, mas não queria fazer uma cena diante de Nessie.

Junto ao bar, a caminho da frente do pub, Henry trocou meneios de cabeça e saudações com algumas pessoas. O velho Doyle estava lá, com um dos seus filhos, Duke, achava ele, e um outro maluco. Que clã de bandidos: o velho, careca, gordo e torto feito um Buda psicótico, Duke Doyle com seus cabelos ralos ainda penteados no estilo Teddy–boy, dentes enegrecidos e grandes anéis no dedo. Meneando a cabeça lentamente para Henry, feito um tubarão, quando ele passou. Pois é, pensou Henry, o melhor lugar para aquela turma era ali mesmo; o conjunto habitacional perdia o que a cidade ganhava. A reverência que os demais bebedores tinham pelos homens naquela mesa pairava pesadamente no ar, com mais dinheiro trocando de mãos em uma só partida de dominós do que a maioria deles ganhava nas obras e fábricas em um mês. Henry frequentava aquele pub desde que eles haviam se mudado para o bairro. Não era o mais próximo, mas o preferido. Ali serviam uma caneca decente de Tartan Special. Mas aquela seria sua última visita por um longo período. Ele nunca gostara muito daquele lugar, pensou, ao sair porta afora; perdido no meio do nada. Não voltaria ali.

Lá fora, Nessie Girvan relembrava as imagens da fome em Biafra na tevê da noite anterior. As pobres criancinhas, aquilo era de cortar o coração. Já ali havia aquele lixo, e existiam muitos como aquele sujeito. Ela não conseguia entender por que algumas pessoas tinham filhos.

– Que animal – disse ela para o marido.

Davie lamentava não ter reagido mais depressa e ido atrás do escroto. O sujeito parecia um verdadeiro marginal: pele azeitonada, olhos duros e fugidios. Davie já enfrentara muita gente mais dura, mas isso fora bastante tempo antes.

– Se o Phil ou o Alfie estivessem aqui, ele não teria sido tão abusado – disse ele. – Quando vejo um lixo desses, fico com vontade de ser mais jovem. Só precisaria de cinco minutos... Cristo...

Davie Girvan parou de chofre, incapaz de acreditar nos próprios olhos. As crianças haviam passado por um buraco no alambrado e estavam descendo o barranco em direção ao rio, que naquele trecho era raso, mas tinha um declive íngreme, e traiçoeiros bolsões profundos.

– EI, DONA! – gritou ele para a mulher sentada, apontando freneticamente para o espaço vazio no alambrado. – CUIDE DOS SEUS FILHOS, POR JESUS CRISTO!

Seus filhos

BANGUE

Cega de pavor, Alice olhou para o espaço a seu lado, notou o buraco na cerca e correu para lá. Viu os dois parados na metade do barranco.

– Yvonne! Venha cá – pediu ela, com o máximo de compostura que conseguiu manter.

Yvonne ergueu o olhar e deu um risinho, gritando: – Não!

BANGUE

Terry arranjara uma vara e estava golpeando o capim no barranco, cortando as folhas.

Alice implorou: – Vocês estão perdendo os doces e o suco. Tem sorvete aqui!

Uma centelha de reconhecimento encheu os olhos das crianças, que subiram o barranco avidamente e cruzaram o alambrado na direção da mãe. Alice queria bater nos filhos, queria dar uma surra nos dois

queria dar uma surra nele

Alice Lawson explodiu num soluço e abraçou os filhos com uma força esmagadora, apertando ansiosamente as roupas e os cabelos deles.

– Mas cadê o sorvete, mãe? – perguntou Terry.

– Já vamos tomar, filho – arquejou Alice. – Já vamos tomar.

Davie e Nessie Girvan viram a mulher alquebrada se afastar cambaleando com os filhos, cada um preso firmemente em uma das mãos: ela parecia tão nervosa e cheia de vida quanto totalmente arrasada.

Carl Ewart

A fábrica

As partículas de metal limado pairavam no ar, grossas feito poeira. Duncan Ewart as sentia dentro dos pulmões e das narinas. Mas você se acostumava àquele cheiro; só tomava consciência dele quando havia competição. Como naquele momento, em que o odor duelava com o aroma mais atraente de bolo molhado que vinha da cantina. Toda vez que as portas de vaivém da cozinha se escancaravam, Duncan se lembrava que a hora do almoço estava chegando, e que o fim de semana já se aproximava.

Ele manobrou o torno com destreza, trapaceando um pouco ao elevar levemente a guarda, para melhorar o aperto no metal que estava virando. Aquilo era até perverso, pensou, porque como representante da oficina ele daria esporro em qualquer um que tentasse levar vantagem burlando as normas de segurança daquele jeito. Correr o risco de perder alguns dedos para dar um bônus a um bando de acionistas ricos que viviam em Surrey ou algum lugar assim? Nem por um caralho, só louco. Mas era o serviço, o processo de realmente fazer o troço. Aquele era o seu mundo, e você vivia quase que exclusivamente ali dentro, das nove às cinco e meia. Então tentava fazer tudo melhor, de todas as maneiras.

Um borrão entrou na periferia do seu campo de visão: era Tony Radden passando ali, sem os óculos de proteção e as luvas. Duncan consultou seu novo relógio da era espacial: 12:47. Que porra era aquela? Faltavam mais de dez minutos. Estava quase na hora do almoço. E ele refletiu outra vez sobre o dilema que o aguardava: era o mesmo já enfrentado em muitas manhãs de sexta-feira.

O novo single de Elvis, *The Wonder of You*, fora lançado naquele dia, depois de ser constantemente tocado durante uma semana na Radio One. Pois é, o Rei voltara com tudo. "In the Ghetto" e "Suspicious Minds" eram melhores, mas só haviam chegado ao segundo lugar. Já a nova canção era mais comercial, uma balada para cantarolar junto, e Duncan achava que chegaria ao primeiro lugar. Em sua cabeça, já ouvia as pessoas cantando junto de forma bêbada, e dançando lentamente no ritmo da música. Quem conseguia fazer as pessoas cantar e dançar tinha um sucesso nas mãos. O intervalo do almoço durava míseros sessenta minutos; o ônibus Número Um levava quinze minutos até a loja de discos no Leith, e o mesmo tempo para voltar. Tempo suficiente para comprar o disco, e ainda comprar no Canasta uma xícara de chá com um enroladinho. Tratava-se de uma escolha simples, entre adquirir o disco ou degustar relaxadamente uma torta e uma cerveja no Speirs's Bar, o pub mais próximo da fábrica. Mas agora os atraentes aromas da cantina anunciavam que era sexta-feira, e o rango estava entrando em cena. Eles sempre faziam um esforço especial na sexta, porque nesse dia o pessoal tendia mais a almoçar no pub, coisa que prejudicava a produtividade na última tarde da semana.

Duncan desligou a máquina. Elvis Aaron Presley. O Rei. Sem disputa. O disco vencera. Consultando outra vez o relógio, ele decidiu sair de macacão mesmo, batendo impacientemente o ponto e correndo para pegar o ônibus diante dos portões da fábrica. Negociara com a gerência a instalação de armários, para que os trabalhadores pudessem se deslocar à paisana e só vestir a roupa de trabalho lá dentro. Na prática poucos, inclusive ele, faziam isso, a menos que fossem direto para a cidade depois do trabalho na sexta-feira. Acomodando-se no fundo do andar superior do ônibus, Duncan pegou o isqueiro e acendeu um Regal, pensando que se conseguisse comprar o "The Wonder of You", tocaria o disco com Maria no Tartan Club à noite. O ronronar do motor do veículo parecia ecoar o contentamento dele, aconchegado no meio da fumaça quente.

Pois é, parecia que o fim de semana seria bom. O Kilmarnock ia jogar em Dunfermline no dia seguinte, e Tommy McLean estava em forma outra vez. O Baixinho providenciaria os cruzamentos para municiar Eddie Morrison e Mathie, o tal garoto novo. Mathie e aquele outro rapaz, chamado McSherry, pareciam jogadores promissores. Duncan sempre gostara de ir a Dunfermline, que considerava uma espécie de versão de Kilmarnock na costa leste: eram duas cidades pequenas em áreas de mineração, com clubes que haviam obtido conquistas gloriosas nos dez últimos anos, lutando contra alguns dos melhores times europeus.

– Essas porcarias de ônibus são péssimos – gritou um velhote de boné, tragando um Capstan e interrompendo os pensamentos dele. – Vinte e cinco minutos de espera. Eles nunca deviam ter aposentado os bondes.

– Pode crer. – Duncan sorriu, relaxando lentamente diante da perspectiva do fim de semana.

– Nunca deviam ter aposentado os bondes – repetiu o velhote para si mesmo.

Desde que fora exilado em Edimburgo, Duncan geralmente dividia suas tardes de sábado entre os estádios Easter Road e Tynecastle. Sempre preferira o segundo, não por conveniência, mas por lhe fazer recordar o grande dia do último jogo da temporada de 1964, quando para ser campeão o Hearts só precisava empatar em casa com o Kilmarnock. Podia até perder por um a zero. O Kilmarnock precisava vencer por dois gols de diferença para conquistar o título pela primeira vez na história. Ninguém fora de Ayrshire dava ao clube a menor chance, mas quando Bobby Ferguson fez aquela grande defesa diante de Alan Gordon, Duncan percebeu que era o dia deles. E depois da vitória, quando ele passou três dias bebendo fora de casa, Maria nem reclamou.

Os dois haviam acabado de ficar noivos, de modo que ele estava errado, mas ela aceitou a coisa bem. E isso era maravilhoso nela, entender tudo, perceber o que aquilo significava para ele sem pedir explicações, saber que Duncan não era um libertino.

The Wonder of You. Duncan pensou em Maria, na magia que o envolvera, e na bênção que ele recebera ao conhecê-la. Pensou que tocaria a canção para ela à noite, para ela e o garoto. Saltou na rua Junction, refletindo que a música sempre fora o fulcro da sua vida, e que ele sempre vibrava com aquela excitação quase infantil quando ia comprar um disco. Toda semana era manhã de Natal. Aquela sensação de expectativa; você não sabia se o disco que queria estava disponível, esgotado, ou outra coisa qualquer. Talvez ele até precisasse ir a Bandparts na manhã de sábado para conseguir o disco. Enquanto rumava para a loja Ards, sua garganta começou a apertar, e o coração a martelar. Ele puxou a maçaneta, entrou e se aproximou do balcão. Liz estava lá: grande, com muita maquiagem, e um cabelo tão duro de laquê que parecia um capacete. Seu rosto se iluminou ao reconhecer Duncan, e ela ergueu uma cópia de *The Wonder of You*.

– Achei que você ia querer isso, Duncan – disse ela. Depois cochichou – Guardei pra você.

– Maravilha, Liz... você é genial. – Ele sorriu, estendendo avidamente uma nota de dez.

– Você me deve um drinque – disse ela, erguendo as sobrancelhas para sublinhar com seriedade o flerte brincalhão.

Duncan forçou um sorriso sem compromisso.

– Só se o disco chegar ao primeiro lugar – retrucou, tentando disfarçar o embaraço que sentia. Diziam que você sempre levava mais cantadas se fosse casado, e era verdade, refletiu ele. Ou talvez você simplesmente notasse a coisa mais.

Ela riu com excessivo entusiasmo da réplica dele, deixando Duncan ainda com mais vontade de ir embora. Ao sair porta afora, ele ouviu Liz dizer: – Vou lembrar esse drinque a você!

Duncan continuou se sentindo um pouco desconfortável por mais alguns minutos. Pensou em Liz, mas nem mesmo ali, ainda na rua da loja de discos, conseguia lembrar da aparência dela. Só conseguia enxergar Maria.

Pelo menos comprara o disco. Era um bom sinal. O Kilmarnock certamente venceria, embora com aqueles apagões ninguém soubesse por quanto tempo ainda haveria futebol, pois logo começaria a anoitecer mais cedo. Mesmo assim, era um preço pequeno a pagar para ver pelas costas o escroto do Heath e os conservadores. Era genial ver que os filhos da puta já não conseguiam sacanear os trabalhadores.

Os pais de Duncan haviam feito sacrifícios, decididos a não verem o filho seguir o pai ladeira abaixo. Insistiram que ele virasse aprendiz, para ter um ofício. De modo que Duncan fora morar com uma tia em Glasgow, enquanto passava um período em uma oficina em Kinning Park.

Para sua sensibilidade de interiorano, Glasgow parecia grande, vibrante e violenta, mas na fábrica ele era afável e popular. Seu melhor amigo no trabalho era um cara chamado Matt Muir, nascido em Govan, torcedor fanático do Rangers e comunista de carteirinha. Todo mundo na fábrica torcia pelo Rangers, e como socialista Duncan sabia e se envergonhava do fato de que ele, tal como seus colegas, só conseguira se tornar um aprendiz devido às conexões maçônicas de sua família. Seu próprio pai não via contradição entre a maçonaria e o socialismo, e muitos dos frequentadores do estádio Ibrox ali da fábrica eram socialistas militantes; em alguns casos, como Matt, eram até comunistas de carteirinha.

– Os primeiros escrotos a dançar seriam aqueles putos do Vaticano – explicava ele entusiasticamente. – Pro paredão com aqueles filhos da puta.

Matt orientava Duncan acerca das coisas que tinham peso: como se vestir, quais salões de dança frequentar, quem eram os rapazes da turma da navalha, e (o mais relevante) quem eram as namoradas deles, e com quem, portanto, não se deveria dançar. Então aconteceu uma excursão a Edimburgo: houve uma noitada com alguns amigos, em que eles foram ao salão de dança Tollcross, e lá Duncan avistou a garota de vestido azul. Toda vez que ele olhava para ela, parecia que o ar estava sendo expulso dos seus pulmões.

Embora Edimburgo aparentasse ser mais calma do que Glasgow, e Matt alegasse que navalhas ou facas fossem raridades ali, houvera uma briga. Um grandalhão socara outro cara, e quisera continuar. Duncan e Matt haviam interferido, e conseguido ajudar a acalmar as coisas. Felizmente, um dos gratos beneficiados pela intervenção deles era funcionário da empresa da garota por quem Duncan passara a noite toda hipnotizado, a ponto de ficar tímido demais para convidá-la a dançar. Mas então ele conseguiu ver Maria: as linhas dos maxilares dela e o hábito que ela tinha de baixar os olhos davam-lhe uma aparência arrogante, mas que uma simples conversa logo dissipava.

Melhor ainda: o cara que ele protegera se chamava Lenny, e era irmão de Maria.

Teoricamente, ela era católica, embora seu pai tivesse uma amargura inexplicável em relação a padres e já houvesse parado de ir à igreja. A esposa e os filhos acabaram fazendo o mesmo. Mesmo assim, Duncan temia a reação de seus parentes ao casamento, e viu-se obrigado a ir a Ayrshire para discutir o assunto com eles.

O pai de Duncan era um homem quieto e pensativo. Frequentemente, sua timidez era confundida com rabugice, impressão essa acentuada pelo seu tamanho (ele tinha bem mais que um metro e oitenta de altura), que Duncan herdara junto com o cabelo louro-palha. O pai escutou em silêncio o depoimento dele, vez ou outra meneando a cabeça em apoio. Quando falou, seu tom era o de um homem que sentia ter sido muito mal interpretado.

– Eu não odeio os católicos, filho – insistiu o pai. – Não tenho nada contra a religião de qualquer um. São aqueles porcos no Vaticano que oprimem as pessoas, e que mantêm o povo na ignorância pra poder encher os cofres... são esses escrotos que eu odeio.

Tranquilizado quanto a isso, Duncan resolveu esconder sua maçonaria do pai de Maria, que parecia detestar os maçons tanto quanto ele detestava os padres. Ele e ela se casaram no Cartório de Registro Geral dos Victoria Buildings de Edimburgo; a recepção foi no salão do segundo andar de um pub em Cowgate.

Duncan temia ouvir um discurso Alaranjado, ou até Vermelho, por parte de Matt Muir, então pedira a Ronnie Lambie, seu melhor amigo na escola em Ayrshire, para ser o padrinho. Infelizmente, Ronnie ficou bastante bêbado, e fez um discurso anti-Edimburgo, coisa que irritou alguns convidados, e mais tarde precipitou uma pancadaria. Duncan e Maria tomaram isso como deixa para partirem rumo ao quarto que haviam reservado numa pousada em Portobello.

De volta à fabrica e à máquina, Duncan começou a cantar "The Wonder of You"; a melodia girava sem parar na sua cabeça, enquanto o metal cedia à borda cortante do torno. Então a luz que vinha das enormes janelas acima virou sombra. Alguém parara ali ao lado. Duncan desligou a máquina e ergueu o olhar.

Ele não conhecia aquele homem direito. Já o vira na cantina, e no ônibus: obviamente não fumava, pois sempre sentava no andar inferior. Duncan achava que os dois moravam no mesmo conjunto, já que o sujeito sempre saltava na parada anterior. Ele tinha cerca de um metro e setenta e cinco, com cabelo castanho curto e olhos ágeis. Pelo que Duncan lembrava, geralmente tinha um jeito de ser alegre e prosaico, que contrastava com sua aparência, de uma beleza convencional, suficiente para induzir narcisismo. Agora, porém, ele se mostrava extremamente agitado ali. Perturbado e ansioso, balbuciou: – Duncan Ewart, representante da oficina... é aqui que eu dou parte?

Os dois perceberam a maluquice da rima, e sorriram um para o outro.

– Eu sou Duncan Ewart... e você vai dar parte? – Duncan continuou a brincadeira. Conhecia aquele número de trás para diante.

Mas o sujeito já não estava rindo e arquejou sem fôlego: – Wullie Birrell... Minha mulher... Sandra... foi pro hospital... trabalho de parto... o Abercrombie... não quer me deixar ir até o hospital... gente que faltou por doença... a diretriz Crofton... falou que se eu sair agora saio de vez...

Em dois instantes, a indignação conseguiu se instalar no peito de Duncan feito uma bronquite. Ele rilhou os dentes por um segundo e depois falou com uma autoridade calma. – Vá direto para aquele hospital, Wullie. Aqui só tem um homem que vai sair desse emprego de vez... o Abercrombie. Fique tranquilo, você vai receber um belo pedido de desculpas por isso!

– Bato o ponto ou não? – perguntou Wullie Birrell, com um tique no olho que fazia seu rosto tremelicar.

– Não se preocupe com isso, Wullie... vá já. Pegue um táxi, peça o recibo ao motorista e eu mando o troço pro sindicato.

Wullie Birrell meneou a cabeça agradecendo, e foi embora apressadamente. Já estava fora da fábrica quando Duncan largou as ferramentas e foi lentamente até o telefone na cantina; lá ligou primeiro para o administrador, e depois para o secretário do departamento, ouvindo as panelas e talheres tilintando ao serem lavados. Então foi diretamente ao gerente, Catter, e registrou uma queixa formal.

Catter escutou calmamente, mas com perturbação crescente diante da reclamação de Duncan Ewart. A diretriz Crofton precisava ser derrubada, isso era essencial. E Ewart conseguiria que todos os trabalhadores da fábrica cruzassem os braços em apoio a esse tal de Birrell. Em nome de Deus, o que aquele palhaço do Abercrombie tinha na cabeça? Claro que Catter falara que ele precisava garantir que a diretriz fosse derrubada por todos os meios necessários, e sim, ele usara essas palavras exatas, mas o idiota obviamente perdera toda a noção de sentido e perspectiva.

Catter examinou o homem alto e de ar franco à sua frente. Já conhecera homens duros, com uma agenda própria, na função de representante da oficina muitas vezes. Eles o odiavam, detestavam a firma, e tudo que aquilo representava. Duncan Ewart não era um deles. Ele tinha um brilho caloroso nos olhos, uma espécie de virtude calma que após um período revelava-se mais enraizada em malícia e humor do que em raiva.

– Parece ter havido um mal-entendido – disse Catter devagar, oferecendo um sorriso que esperava ser contagiante. – Vou explicar a situação ao Abercrombie.

– Ótimo – assentiu Duncan. Depois acrescentou: – Muito agradecido.

Por seu lado, Duncan tinha bastante abertura com Catter, que sempre lhe parecera um homem de índole basicamente justa. Quando era obrigado a impor os ditames superiores, era possível ver que ele não o fazia com grande prazer. E não podia ser muito divertido ficar mantendo na coleira loucos como Abercrombie.

Abercrombie. Que maluco.

No caminho de volta para a oficina, Duncan não resistiu: enfiou a cabeça no cercado, isolado do resto da fábrica, que Abercrombie chamava de escritório. – Obrigado, Tam!

Abercrombie ergueu para ele o olhar fixado nas planilhas de papel encerado espalhadas na mesa, e perguntou: – Por quê?

Tentava fingir surpresa, mas seu rosto se avermelhou. Fora pego em um momento perturbado, sob pressão, e não pensara direito sobre Birrell. Acabara caindo feito bobo nas mãos de Ewart, aquele puto bolchevique.

Duncan deu um sorriso grave.

– Por tentar manter o Wullie Birrell no serviço numa tarde de sexta-feira, com toda a rapaziada louca pra largar as ferramentas. Uma bela lição de gerência. – disse ele. Depois acrescentou em tom irônico: – Mas já acertei a coisa pra você... mandei que ele fosse embora.

Uma bola de ódio explodiu no peito de Abercrombie, indo até as pontas dos dedos das mãos e dos pés. Ele começou a corar e tremer. Não conseguia evitar. Aquele escroto do Ewart: que porra ele pensava que era? – Sou eu que mando na porra desta oficina! Não se esqueça disso, cacete!

Duncan sorriu diante da explosão de Abercrombie. – Desculpe, Tam, mas a cavalaria já está a caminho.

Nesse momento Abercrombie murchou, não por ouvir as palavras de Duncan, mas por ver a aproximação de um impávido Catter atrás dele, como que seguindo a deixa. Pior ainda: ele entrou no pequeno recinto com o administrador Bobby Affleck, que era um homem atarracado feito um touro, que mesmo quando apenas levemente irritado tinha uma postura de ferocidade intimidadora. Naquele instante, porém, Abercrombie percebeu que o administrador se encontrava em um estado de fúria incandescente.

Duncan sorriu para Abercrombie e piscou para Affleck, antes de sair e fechar a fina porta de compensado, que se mostrou uma barreira insuficiente para o som da fúria de Affleck.

Milagrosamente, todos as máquinas na oficina foram sendo desligadas uma a uma, trocadas por risadas que se espalharam feito um colorido primaveril pelo chão de fábrica pintado de cinza.

Billy Birrell

Duas pestes reais

Duncan Ewart estava fazendo seu jovem filho, Carl, dançar sobre o aparador ao som de uma música de Count Basie. O disco de Elvis fora bastante gasto durante aquele fim de semana, e Duncan já tinha bebido bastante. Acabara de voltar de Fife, onde vira o empate entre o Kilmarnock e o Dunfermline. Ele e seu filho estavam à mesma altura, e o menino estava imitando a dança do pai. Maria entrou na sala e se juntou a eles. Tirou o animado garoto do aparador e saiu dançando com ele pelo aposento, enquanto cantava: – Sangue real de verdade vem em doses pequenas, mas eu tenho duas pestes reais, tenho Carl, e tenho Duncan...

O menino tinha aquele cabelo louro-palha da família Ewart. Duncan ficou pensando se Carl acabaria herdando o seu apelido na fábrica, "Garoto Milky Bar", quando fosse para a escola. Só esperava que nenhum dos dois precisasse de óculos, enquanto Maria baixava o garoto ao chão. Sentindo os braços da esposa deslizando em torno da sua cintura, ele se virou, compartilhando um abraço e um longo beijo com ela. Carl ficou sem saber o que fazer: sentindo-se excluído, agarrou as pernas dos dois.

A campainha tocou e Maria saiu para atender. Duncan aproveitou a oportunidade para ouvir Elvis novamente, desta vez "In the Ghetto".

Maria viu um homem de queixo quadrado, com um ar desconcertado, parado nos degraus. Era um desconhecido, segurando uma garrafa de uísque e um desenho que parecia ter sido feito por uma criança. Estava obviamente um pouco bêbado e eufórico, embora pouco à vontade, ao perguntar: – Com licença, minha senhora... seu marido está em casa?

– Está... só um instante – disse Maria, chamando Duncan, que rapidamente levou Wullie Birrell para dentro, apresentando-o à esposa como um amigo do trabalho.

Wullie ficou satisfeito, mas um tanto constrangido, com a familiaridade de Duncan.

– Ewart, hum... o Johnny Dawson me deu o seu endereço... só passei pra agradecer pelo que você fez outro dia. – Wullie tossiu nervosamente. – Ouvi dizer que o Abercrombie virou motivo de chacota.

Duncan sorriu, embora na verdade estivesse se sentindo um pouco culpado por seu papel na humilhação de Abercrombie. O sujeito merecia uma lição, e ele realmente quisera tripudiar. Mas depois vira o sofrimento no rosto de Abercrombie ao passar pelo estacionamento no fim do expediente. Normalmente Tam Abercrombie era o último a ir embora, mas naquele dia mal conseguira esperar para sair porta afora. Um conselho que Duncan recebera do pai era tentar não julgar os outros com demasiada rapidez, mesmo que fossem inimigos. Nunca se sabia que tipo de merda andava acontecendo na vida deles. Havia algo em Abercrombie, algo esmagado, e por algo muito maior do que os acontecimentos daquele dia.

Mas foda-se: a esposa de Wullie Birrell estava tendo bebê. Quem a porra do Abercrombie achava que era, para falar que ele não podia ficar com a mulher?

– Ele mereceu, Wullie – disse Duncan, com um sorriso petulante. – E é Duncan, pelo amor de Cristo. Pois é, aquele maluco não ficou muito satisfeito, mas não vamos tocar no nome dele aqui em casa. Como vai a patroa? Alguma novidade?

Ele olhou para Wullie de alto a baixo, já sabendo a resposta.

– Um garotinho. Três quilos e meio. É o nosso segundo filho homem. Já chegou chutando e berrando, e inda não parou – explicou Wullie com um sorriso nervoso. – Diferente do primeiro, que é todo quieto. E da mesma idade desse aí...

Ele sorriu para Carl, que estava examinando aquele desconhecido, embora se mantivesse junto da mãe.

– Vocês têm outros? – perguntou Wullie.

Duncan deu uma risada forte, e Maria revirou os olhos.

– Esse aí já é mais do que suficiente – disse Duncan. Depois baixou a voz. – Nós íamos dar o fora antes da chegada dele. Íamos comprar duas passagens pra América, alugar um carro e sair passeando. Ver Nova York, Nova Orleans, Memphis, Nashville, Las Vegas, tudo. Então tivemos nosso pequeno acidente aqui...

Ele esfregou a cabeleira branco-leitosa de Carl.

– Pare de falar do menino assim, Duncan... ele vai crescer se sentindo indesejado – sussurrou Maria.

Duncan olhou para o filho. – Não, nós não podíamos devolver nosso coelhinho maluco, podíamos?

– Ponha o Elvis, pai – pediu Carl.

Duncan vibrou com o pedido do menino. – Boa ideia, filho, mas primeiro vou pegar umas cervejas e uns copos pra gente molhar o bico. Tudo bem se for uma Export, Wullie?

– Tudo ótimo, Duncan, e pegue também uns copinhos pra esse uísque aqui.

– Por mim está ótimo – assentiu Duncan, piscando para Maria e partindo para a cozinha, seguido por Carl.

Quase como quem pede desculpas, Wullie passou a Maria o desenho que estava segurando. Era a pintura infantil, feita com linhas retas e balões, de uma família. Maria ergueu o desenho em direção à luz e examinou as palavras que acompanhavam as figuras.

Era uma história

> um bebê novo por William Birrell idade cinco escola primária saughton contada a Wendy hines idade onze e escrita por Bobby Sharp idade oito
>
> meu nome é William mas so chamado de Billy meu paie Billy dois e nós vamo ter um bebê novo. eu gosto de futebol e o Hibs é o melhor tim papai me leva pra ver eles mas o bebê não causa tá na cama ainda mamãe tem um fogo e seu nome é Sandra Birrell gorda causa do bebê
>
> eu moro numa casa gandi cum janela eu teno namorada chama Sally ela idade sete numa turma gandi fessor colins sala au lado e véio

– É ótima – disse Maria a Wullie.

– Eles são geniais naquela escola. Botam alunos de idades diferentes pra ajudar os professores a ajudar os menores – explicou ele.

– Isso é bom, porque o nosso vai pra lá no fim do verão – respondeu Maria. Depois arrulhou: – O seu mais velho deve ser um garoto esperto.

Orgulho e bebida conspiraram para emprestar um rubor saudável ao rosto de Wullie.

– Ele fez isso enquanto esperava que eu voltasse do hospital. Pois é, acho que o Billy vai ser o crânio, e esse mais novo, que vamos chamar de Robert, vai ser o lutador. Já chegou chutando e berrando, rasgou minha mulher toda – disse ele, corando por estar na presença de Maria. – Desculpe... quer dizer...

Maria simplesmente deu uma gargalhada, acenando para que ele se calasse, enquanto Duncan voltava com as bebidas em cima de uma bandeja Youngers que trouxera do Tartan Club em certa noite de bebedeira.

Billy Birrell começara a ir à escola no ano anterior. Wullie tinha orgulho do filho, embora precisasse vigiar constantemente o que ele fazia com fósforos. O menino parecia obcecado por fogo, acendendo fósforos no jardim, no terreno baldio, onde quer que pudesse, e certa noite quase incendiara a casa.

– Mas é bom ele gostar de fogo, Wullie – disse Duncan. A bebida já estava fazendo efeito, somada ao que ele já tomara. – Apolo, o deus do fogo, também é o deus da luz.

– Que bom, porque haveria luz mesmo, se aquelas cortinas tivessem pegado fogo...

– Mas é o impulso revolucionário, Wullie. Às vezes você precisa destruir tudo, queimar a porcaria toda, antes de poder recomeçar. – Duncan riu, enquanto servia mais uísque.

– Que bobagem – debochou Maria, lançando um olhar severo para a grande dose que Duncan servira, juntando limonada ao copo para diluir o álcool.

Duncan passou outro copo grande com uísque para Wullie. – Só estou falando... que o sol é fogo, mas também é luz e cura.

Maria não se deu por vencida, e disse: – O Wullie ia precisar mesmo de cura, se acordasse com queimaduras de terceiro grau.

Wullie já estava culpado por involuntariamente estar sendo um pouco severo com o filho, diante de gente que mal conhecia.

– Ele é um menino bom, mas inda precisa aprender o que é certo e o que é errado – disse ele com voz arrastada, já sentindo a bebida e o cansaço.

– O mundo de hoje é difícil, não é mais como aquele em que nós fomos criados – disse Duncan. – Não dá pra saber o que ensinar a eles. Quer dizer, tem os troços básicos, como apoiar os amigos, nunca furar um piquete...

– Nunca bater em mulher – assentiu Wullie.

– Isso aí – concordou Duncan em tom sério, enquanto Maria olhava para ele com uma expressão que dizia "experimente só, amigo". – Nunca dedurar alguém pra polícia...

– Amigo ou inimigo – acrescentou Wullie.

– É isso que eu acho que vou fazer... substituir os dez mandamentos pelos meus dez mandamentos. Seriam melhores pros garotos do que os desses médicos novos. Comprar um disco toda semana, esse seria um dos meus mandamentos... ninguém pode passar uma semana inteira sem a expectativa de uma boa melodia...

– Se vocês querem dar aos filhos uma espécie de código para a vida, que tal tentarem não forrar demais os bolsos dos donos de bares e agências de apostas? – riu Maria.

– Algumas coisas são mais difíceis do que outras – arriscou Duncan para Wullie, que balançou a cabeça sabiamente.

Eles passaram a maior parte da noite sentados ali, bebendo e lembrando das suas origens antes do advento dos conjuntos habitacionais que haviam substituído os cortiços. Todos concordavam que aquilo fora a melhor coisa que acontecera à classe trabalhadora. Maria fora criada em Tollcross, enquanto Wullie e sua mulher vinham do Leith, dos prédios pré-fabricados de West Granton. Diante de uma proposta de ir para Muirhouse, haviam preferido aquele lugar por ser mais perto da mãe de Sandra, que andara doente e morava em Chesser.

– Só que a gente mora na parte mais antiga do conjunto – disse Wullie, quase como que pedindo desculpas. – Lá não é tão elegante quanto aqui.

Duncan tentou não se sentir superior, mas aquilo era consenso no bairro: os apartamentos mais novos eram melhores. A família Ewart, como outras na vizinhança, gostava daquele apartamento arejado. Todos os vizinhos comentavam acerca do aquecimento sob o piso: você podia aquecer o apartamento todo só apertando um botão. Recentemente o pai de Maria morrera de tuberculose, devido à umidade dos conjuntos habitacionais de Tollcross; agora, tudo aquilo era coisa do passado. Duncan adorava aquelas grandes lajotas quentes sob o carpete. Você enfiava os pés embaixo do tapete, e era um luxo só.

Quando o inverno se instalou e as primeiras contas chegaram pelo correio, porém, os sistemas de aquecimento central do conjunto foram desligados, com tamanho sincronismo que quase pareciam ser manobrados por uma única tecla.

Andrew Galloway

O homem da casa

Foi quando era uma das melhores horas quando eu tou ajoelhado no chão com uma revista em quadrinhos numa das cadeiras grandes pra ninguém poder me incomodar e eu tenho um biscoito de chocolate e um copo de leite em cima do banquinho e meu pai tá sentado na outra cadeira, lendo o jornal e minha mãe tá fazendo chá e minha mãe, ela é a melhor cozinheira do mundo porque sabe fazer as melhores batatas fritas e meu pai é o melhor pai do mundo porque pode surrar qualquer um e uma vez ele ia surrar o Paul McCartney porque minha mãe gosta dele e ele ia casar com ela mas meu pai casou primeiro e se não tivesse eu seria um dos Beatles.

A Sheena tá na cama dela... fazendo barulho, com a cara toda vermelha. Chora chora chora... isso é ela e ela às vezes vive chorando, igualzinho ao Natal, diz meu pai, não como eu porque eu sou grande, já vou pra escola!

Eu tive na guerra.

O Terry chorou no primeiro dia de aula eu nunca choro mas ele chorou, Terry cara-de-chorão... sentado na plataforma onde a fessora tem a mesa ele chorava e chorava.

A fessora botou Terry no colo e ele teve sorte. Eu vou casar com a fessora porque ela é cheirosa e bondosa e eu pus meu braço em volta do Terry porque ele é meu amigo e falei pra ele tentar ser crescido e Terry tava com medo que a mãe dele não voltasse mas eu sei que a minha ia voltar porque ela falou que a gente ia tomar um sorvete no Mr Whippy's.

A tia May tinha um canário...

O Paul McCartney vai ser surrado! Vai ser surrado por mim e meu pai! Bangue! Pow!

A fessora disse tudo bem, Terry, você tem o Andrew aqui. Eu tava sendo crescido.

Dentro da sua calcinha...

Arrebentar a cabeça dele. Se eu perdesse a paciência podia surrar todos os Beatles.

Meu pai me chama de Pimentinha porque eu quero um cachorro como o dele mas minha mãe diz que não até a Sheena crescer porque alguns cachorros comem bebês. Deve ser por isso que eles têm o hálito muito ruim, porque os bebês fedem a mijo e vômito. Os cachorros devem comer legumes, fritas e hambúrgueres de carne boa, não aqueles de carne barata.

Não queria sair antes do mês de junho...

Eu comi meu biscoito, comi tudo porque era um daqueles bons, com gosto de trigo, e o chocolate bem grosso. Os baratos nunca têm um gosto tão bom. Alguém bateu na porta. Meu pai foi atender. Quando voltou, dois homens entraram com ele porque eram policiais e um parecia malvado, o outro era simpático e sorriu pra mim, alisou minha cabeça. Meu pai tá dizendo que precisa ir, pra ajudar esses policiais, mas vai voltar logo.

O Paul McCartney e minha mãe não podem fazer um bebê porque agora tem a Sheena e ela tá na cama dela.

Ela sentou no gás e queimou o rabo...

Minha mãe tá chorando, mas meu pai fala que tá tudo bem. Ele diz pra mim – Preciso ir ajudar esses policiais. Cuide da sua mãe agora, e faça o que mandarem. Lembre que é o homem da casa.

e esse foi o fim da calcinha...

Quando ele foi embora, minha mãe me botou no colo e me abraçou e eu ouvi o choro dela, mas eu não chorei porque já era um garoto crescido e eu nunca choro! Fiquei um pouco triste no começo porque eu tinha meu gibi e era pra ser a melhor hora, logo depois da aula, antes do chá eu não chorei porque sabia que meu pai ia voltar logo, depois de ajudar os policiais a prender os bandidos e ele ia ajudar os policiais a surrar os bandidos e eu ia ajudar também porque ia surrar o Paul McCartney se ele tentasse ser o namorado da minha mãe e mesmo que meu pai passasse muito tempo longe, isso não me incomodava, porque queria dizer que eu era o homem da casa.

2 | 1980 E POUCOS: A ÚLTIMA CEIA (DE PEIXE)

Janelas 80

Parecia que o prédio inteiro sibilava e tremia ao ser perpassado pelas uivantes rajadas de ar frio, que o deixavam chorando, rangendo e vazando, como se fosse uma lagosta lançada em um caldeirão fervente. A ventania fria e suja lá fora criava lufadas de alta pressão que explodiam implacavelmente junto das rachaduras nos caixilhos das janelas, por baixo dos parapeitos, através dos dutos, e nas frestas entre as tábuas do assoalho.

Subitamente, com uma chicotada torta e desdenhosa, e arrastando uma tralha feita de latas e lixo atrás de si, os ventos se dignaram a mudar de direção, oferecendo algum descanso a Sandra. Quando as fibras de seu corpo e sua alma já pareciam prestes a relaxar, bêbados se materializaram nas ruas lá fora, espalhando-se pelo vazio silencioso, enchendo o vácuo com seus berros e cânticos. O vento e a chuva haviam morrido, assim eles já podiam vir para casa. Só que aqueles vendedores de miséria sempre pareciam se deter à porta dela, e havia um sujeito especialmente persistente que sem querer ensinara-lhe todos os versos e refrões de "Hearts Glorious Hearts" ao longo dos últimos meses.

Todo aquele barulho nunca parecia incomodar Sandra. Agora ela era a única, Sandra Birrell, mãe e esposa, que morava ali e não dormia à noite. Os garotos dormiam feito toras; às vezes ela ia conferir, só para se maravilhar com a paz deles, e a rapidez com que estavam crescendo.

Billy partiria em breve, ela sabia. Só tinha dezesseis anos, mas teria um lugar seu dentro de dois anos. Ele parecia tanto com o pai quando jovem, embora seu cabelo fosse mais aproximado do louro dela. Billy era duro e reservado; tinha uma vida própria, e preservava sua intimidade. Sandra sabia que havia garotas por perto, mas achava difícil lidar com a falta de expressividade do filho, ao mesmo tempo em que se maravilhava com as gentilezas espontâneas dele, feitas não a ela, mas a parentes e vizinhos. Era comum ver Billy em um dos jardins das casas das pensionistas de guerra, aparando a grama e se recusando, com uma severa sacudidela dos cabelos curtos, a receber qualquer dinheiro. E também havia Robert: ainda um potrinho magrelo, mas em rápido crescimento. Um sonhador, sem o senso objetivo de Billy, mas também pouco propenso a compartilhar os segredos que tinha na cabeça. Quando ele partisse, o que sobraria para ela e seu marido Wullie, ressonando profundamente ali ao lado? Então o que ela seria? Depois deles seria como antes deles? Ela voltaria a ser Sandra Lockhart?

Parecia maluquice, mas o que acontecera com Sandra Lockhart? A loura bonita que era boa na escola, que fora para a Academia do Leith, quando o resto de seus parentes, os Lockhart da Tennent Street, haviam ido para a escola David Kilpatrick – ou a DK dos baderneiros segundo o povo local chamava. Sandra era a mais jovem do clã, a única criança naquele bando de vadios que parecia ser capaz de subir na vida. Vivaz, borbulhante e mimada, ela sempre parecera grande demais para aquela vizinhança, dando continuamente a impressão de desprezar todos nas ruas do velho conjunto onde sua família morava. Todos, exceto um, e ele estava deitado ali ao lado.

Os bêbados já haviam ido embora, e suas vozes se afastavam noite afora, mas apenas para saudar a volta dos ventos flagelantes. Outra rajada feroz, e a janela balançou feito uma placa de Rolf Harris, por um instante fugaz assustando Sandra com a dramática possibilidade de fratura, único evento que certamente acordaria seu marido sonolento ali ao lado, forçando-o a agir e fazer algo. Qualquer coisa. Só para lhe mostrar que eles estavam naquilo juntos.

Sandra olhou para Wullie, dormindo tão tranquilamente quanto os garotos no quarto vizinho. Ele ganhara um pouco de peso, e começara a perder alguns cabelos, mas não relaxara como outros, e ainda lembrava Rock Hudson em *Palavras ao vento*, o primeiro filme sério que ela vira quando jovem. Sandra tentou pensar na sua *própria* aparência, sentindo suas banhas e celulites: o toque das mãos em seu corpo trazia ao mesmo tempo reconforto e repulsa. Ela duvidava que ainda conseguisse fazer alguém se lembrar de Dorothy Malone. Era assim que era chamada na época: "A Loura de Hollywood."

Marilyn Monroe, Doris Day, Vera Ellen; ela imitara todas com um penteado após o outro, mas nenhuma mais do que Dorothy Malone em *Palavras ao vento*. Que piada. É claro que na época ela não sabia que tinha esse apelido pelas redondezas. Se soubesse, teria ficado insuportavelmente besta, admitia Sandra. Fora Wullie quem lhe contara, pouco depois de começarem a sair, que ele estava namorando a garota que todos os caras conheciam como "A Loura de Hollywood".

Com violência súbita, as gotas de chuva bateram na janela como se fossem pedras, com tanta força que o coração de Sandra pareceu se partir ao meio, uma parte correndo para a boca, e a outra para o estômago. Antigamente, pensou ela, tudo aquilo nada significava: o vento, a chuva, os bêbados lá fora. Se ao menos Wullie acordasse, pusesse os braços em torno dela, abraçando-a e fazendo amor com ela, como eles costumavam fazer, às vezes a noite toda. Se ao menos ela conseguisse encurtar a distância entre os dois, simplesmente sacudi-lo até que ele acordasse, e pedir–lhe que a abraçasse. De certa forma, porém, não eram essas as palavras que qualquer um deles esperava ouvir da sua boca.

Como aqueles poucos centímetros entre os dois haviam se transformado em tal abismo?

Deitada na cama, olhando para aquele teto sem graça e vendo-se tomada por ondas de pânico, Sandra sentiu uma fissura ofuscante se abrir na sua mente. E quase sentia sua sanidade deslizar através daquilo rumo a um precipício, deixando apenas uma casca zumbificada. Estava prestes a abraçar aquilo, confortavelmente, só para ser como seu marido, Wullie, que conseguia atravessar o caos dormindo sem parar até o amanhecer.

Terry Lawson

Suco na veia

Às vezes Stevie Bannerman é abusado pra caralho. Ele pode passar o dia inteiro sentado dentro do caminhão, porque sou eu que enfrento o tempo ruim lá fora, tirando a porra dos caixotes da traseira do caminhão embaixo de chuva, parando nos pubs e nos clubes noturnos, depois de porta em porta pelos conjuntos habitacionais. Mas não posso reclamar; tem um monte de gatas passando por aí, e ficar ao ar livre assim, paquerando todas, é o tempero da vida. Pode crer.

Eles queriam que eu continuasse, e falaram que eu conseguiria tirar umas notas boas se quisesse. Mas pra que continuar estudando, se você já comeu mais ou menos todas as gatas que tão a fim de dar? Perda de tempo do caralho. Preciso falar com meu parceiro, o Garoto Milky Bar, sobre isso.

Acordei com muito tesão hoje de manhã. Isso sempre acontece quando vou ao Classic ver filme de sacanagem na noite anterior. Bem que eu queria ir à casa da Lucy logo depois, mas o velho dela não me deixa dormir lá. Nós já somos até noivos, porra. Mas o puto velho vive dizendo, "Depois de casados vocês vão ter bastante tempo pra isso". É, que nem ele e a mãe da Lucy, que trepam todo dia, não é?

Tá certo.

Nós já voltamos ao conjunto, e Stevie parou o caminhão no terreno baldio. Duas velhotas chegam perto de mim. Tem bocas desdentadas que me lembram um par de botinas antigas que eu tenho no armário, e que estão com as costuras arrebentadas. Comprei um par novo com o salário da primeira semana, mas ainda não consegui jogar fora o outro.

– Duas garrafas de laranja, filho – diz uma delas.

Eu tiro do caixote de cima duas garrafas de Hendry's, recebo a libra e dou o troco. Desculpe, madame, sei qual é o suco que você precisa receber aí dentro, mas esse não vem na porra das garrafas.

De qualquer forma, de mim é que você não vai receber isso, madame!

Elas se afastam, e então eu vejo uma que pode até receber alguma coisa de mim. Conheço aquele rostinho alegre chegando perto... é a Maggie Orr. Ela está com uma amiga, outra trepada boa que já vi por aí, mas que não conheço. Pelo menos ainda não.

– Uma garrafa de limonada e uma garrafa de Coca-Cola – diz Maggie. Um ano abaixo do meu na escola. Mais carne pra faca do açougueiro. Eu dava comida pra ela quando era monitor do almoço escolar. Meu parceiro Carl, o Garoto Milky Bar, morre de tesão por ela. Achei que ele até ia se dar bem, porque vivia andando por aí com ela, o Topsy, e aquela banda maluca que eles tão tentando armar, além de toda a turma que torce pro Herts. Mas ouvi falar que sábado passado ele deu uma de babaca na frente dela. Deve ser por isso que ele está tão a fim de ir com a gente ao jogo do Hibs nesse sábado agora. Eu sei como a cabeça daquele puto funciona.

– Dizem por aí que você adora Coca – digo a ela.

Maggie fica calada, sem sacar a piada, mas mesmo assim cora um pouco. A amiga saca tudo, mas finge que está estreitando os olhos no sol, pondo a mão na frente do rosto. Cabeleira preta, olhos escuros, lábios cheios e vermelhos. Pois é...

Além de um belo par de peitos.

– Vocês deviam estar na escola – digo. – Esperem até o Blackie ouvir falar disso.

Maggie franze a testa ao ouvir o nome daquele puto. Não é de se surpreender.

– Pois é, eu e o Blackie ainda mantemos contato – digo. – Ficamos amigos, agora que somos dois trabalhadores. Ele sempre me pede pra informar quais dos seus alunos não tão se comportando. Vou ficar de boca fechada porque são vocês, mas isso custa alguma coisa.

A amiga já está rindo, mas a coitada da Maggie meio que olha pra mim como se fosse sério.

– Eu faltei porque tô doente. Só saí pra comprar refresco – diz ela, como se eu fosse dedurar as duas pra porra de um fiscal de frequência, coisa assim.

– Claro. – Eu rio e olho pra amiga, que tem mesmo um belo par de peitos. – E você também está doente.

– Não, ela largou a escola... estudava na Auggie's – explica Maggie antes que a amiga possa responder. Ela está muito nervosa e perturbada, olhando em volta pra ver quem testemunhou sua ida à rua.

A amiga parece muito mais tranquila. Eu gosto dos olhos grandes e da cabeleira preta dela. Então pergunto: – Você não trabalha, princesa?

– Trabalho na padaria – diz a dos peitos, conseguindo falar pela primeira vez. – Mas é meu dia de folga.

Hora de botar a mão na massa, é? Bom, de qualquer forma eu até enfiaria a porra de um pão no forno dela. Sem perigo. Não, ela não é tímida porra nenhuma, está só de sacanagem comigo.

– Muito bem – digo. Depois pergunto a ambas: – Mas então vocês duas tão sozinhas?

– Pois é, meu tio Alec saiu, e minha mãe e meu pai foram pra Blackpool.

Blackpool. Era legal pra caralho lá na Golden Mile, com todos aqueles pubs. Uma porrada de trepadas lá. Eu e aquela gata de Huddersfield, além da outra de Lincoln. Mas a de Huddersfield, Philippa, era a melhor. A gente trepou tanto que quebrou a porra da cama. E o escroto abusado ainda queria me cobrar por aquela velharia de compensado, que já estava toda fodida mesmo. Mandei o babaca pra puta que o pariu. O Malky Carson queria encher o puto de porrada. E o café da manhã foi uma merda; eles botaram no meu prato uma salsicha que mais parecia o pinto do Gally.

Mas aquela Pleasure Beach era uma praia maneira. Eu cheguei até a subir na torre, e tudo o mais. Foi a terceira coisa em que eu me meti quando baixei por lá! Mas o vento que vinha do mar era frio pra caralho. E agora os nojentos dos pais da Maggie tinham ido pra lá, deixando a filha sozinha.

– Eles não levam você junto? – pergunto.

– Não.

– Pois é – sorrio. – Eles sabem que teriam de ficar de olho em você. Já ouvi falar cada coisa a seu respeito!

– Pare com isso. – Ela ri, e a amiga também.

Eu me viro pra de cabelo preto. – Então é essa aqui que está tomando conta de você, Maggie?

– Pois é.

Eu pisco pra amiga, e viro de volta pra Maggie. – Bom vou precisar passar lá hoje à tarde, depois que terminar. Tipo visitar a paciente enferma. E levar meus remédios especiais.

Maggie simplesmente dá de ombros. – Você é que sabe.

– Mas vai ser um exame completo. Uma segunda opinião – digo. Depois aponto pra mim mesmo, pra de cabelo preto, e pra Maggie, dizendo: – Médico, enfermeira, paciente.

A de cabelo preto fica toda assanhada, pulando ali mesmo, e fazendo aqueles peitos balançarem dentro da blusa lilás quando se mexe. – Opa, Maggie! Ouviu isso? Médicos e enfermeiras! A sua brincadeira predileta!

Maggie olha friamente pra mim, ainda de braços cruzados, e dá uma tragada no cigarro, tirando a franja castanha de cima dos olhos.

– Isso, continue sonhando, meu filho – diz ela, virando e se afastando.

As duas putinhas vão embora, a princípio com ar besta, mas pelo olhar que lançam de volta, rindo, dá pra ver que estão loucas pra foder. As duas vão ser comidas mais tarde, isso é mais que garantido, caralho.

– Pois é, isso eu sei fazer bem, só ficar pensando em vocês duas, belas senhoritas. – Dou uma risada, e depois grito. – Mas vejo vocês mais tarde, só prum cigarro e uma xícara de chá.

– Está certo – grita Maggie de volta. Mas agora já está rindo.

– A gente se vê, meninas! – Eu aceno, vendo as duas se afastarem. Essa Maggie... se aqueles putos lá de Biafra vissem imagens dela no noticiário, logo fariam uma vaquinha e mandariam uns caixotes de arroz aqui pra ela. Já a amiga tem uma bela bunda: parece que tem dois bebês lutando dentro de uma fronha naquelas calças brancas.

Uma máquina de foda total.

O Stevie é mesmo um escroto. Não pode passar por uma agência de apostas. Só fica folheando as páginas de corrida. Ele é um puto nervoso, com um bigodão. Daquele tipo que é todo sério e tenso no trabalho; só relaxa quando termina e vai pro boteco. Eu não curto esse tipo de papo: como se a gente tivesse de fazer cara feia pra dirigir direito uma porra de um caminhão. Tô querendo fazer a prova e arrumar um carango, só por causa das trepadas. As gatas sempre preferem quem tá motorizado. Não que eu precise disso pra *me* dar bem, ao contrário de outros que posso citar. Mas uma van é sempre útil.

Quando a gente para, Stevie quer ir tomar cerveja no Busy Bee, mas eu digo a ele: – Não, eu tenho outros planos.

– À vontade – diz ele. Depois começa a falar de novo que a nossa ronda não dá dinheiro. Quem liga pra isso, caralho? Eu tiro dinheiro suficiente pra mim, e ainda consigo conferir a mulherada. Isso é mais importante do que dinheiro: ter a chance de cantar gatas diferentes, pra descobrir quais dão e quais não dão. Se você quer roupas, é só roubar algumas do varal de algum puto, ou arrumar um viadinho qualquer que faça isso pra você.

Mas pra mim o principal é xoxota. Até botei uma aliança no dedo da Lucy, mas só como um cala-boca. Ela vive falando do meu trabalho nos caminhões de suco, como se isso não estivesse à sua altura. E eu sei de onde vem essa atitude; o velho dela é um puto esnobe pra cacete. Dirige a porra de um ônibus só pra executivos, mas acha que é de classe média. Uma vez o viado até me disse: – Caminhão de suco e refresco... isso não tem muitas perspectivas, tem?

Eu só falei não, mas fiquei pensando comigo mesmo, você está errado pra caralho, parceiro, aquele emprego tem montes de perspectivas, e a sua filhota é uma delas. Eu mal consigo me mexer, com tantas perspectivas gostosas! É o tempero da vida!

Bom, a tal Maggie é uma perspectiva, claro, e eu vou direto pra casa dela quando termino. Ela mora no mesmo prédio que a família Birrell, mas um andar acima, de modo que eu sei todas as fofocas sobre o pai e a mãe dela, por causa do Billy. Babacas da porra. Farejo os sovacos pra ver se não tô fedendo de tanto carregar caixotes, e bato na porta dela.

Maggie vem atender, e fica parada ali de braços cruzados, olhando pra mim como quem diz: o que você tá querendo?

Eu sei muito bem o que tô querendo. – Posso entrar pra tomar uma xícara de chá? Sustância prum trabalhador sedento?

– Está bem – diz ela, olhando por cima do meu ombro. – Mas só pra uma xícara de chá, e só por cinco minutos.

Nós entramos na sala: só tem ela e a tal outra garota em casa. Eu pego um cigarro, enquanto Maggie pergunta: – Você conhece a Gail, Terry?

A amiga tem no rosto aquela expressão que diz: "conheço você de algum lugar."

– Não tive o prazer – digo, meneando a cabeça pra Gail e piscando. Depois acrescento: – Pelo menos ainda não.

Maggie dá uma risadinha, enquanto Gail e eu ficamos nos entreolhando. Toda gata gosta de caras com senso de humor, e o meu é no estilo Monty Python. Na escola, quando eu, Carl e Gally começávamos a falar sacanagem, nenhum puto conseguia nos entender. Todos achavam que nós éramos loucos, e acho que éramos mesmo. Só que o que Carl não sabe, e é por isso que ele não consegue dar uma trepada, é que você precisa ter senso de humor, mas também precisa ser maduro diante de uma mulher, sem bancar o maluco o tempo todo. É só ver aqueles caras do Monty Python; eles podem ser loucos, mas não agem assim o tempo todo. Todos foram pra porra de Cambridge, ou algum lugar assim, e ninguém entra lá se não tiver bestunto. Pode apostar que eles não ficaram andando feito idiotas, ou fazendo qualquer merda assim, durante os exames deles. Não. O negócio é que eu sou bastante maduro. Lembro que um dia uma professora de arte chamada Ormond me disse, "Você é o rapaz mais imaturo para quem eu já dei aula". Precisei falar francamente com ela: eu sou maduro, fessora, venho trepando pra caralho há anos, e já comi mais gatas do que qualquer outro puto nessa escola. A vaca se irritou e me mandou direto pro chicote do Blackie.

Elas estão vendo um programa de tevê vespertino: reprises de *The Saint*. É o outro puto, aquele parecido com o irmão caçula do verdadeiro Saint. Eu me acomodo no sofá, Gail senta em uma das poltronas, e Maggie senta no braço da outra. Fico olhando pra coxa que se exibe abaixo do saiote xadrezado de Maggie, pensando naquele slogan do American Express: servirá perfeitamente.

– Querem me contar suas aventuras, meninas? – pergunto, dando uma longa tragada no meu Embie Regal. – O que vocês andam aprontando? E o mais importante... tão saindo com alguém? Quero saber todas as fofocas escandalosas.

– Ela estava saindo com o Alan Leighton – diz Maggie, apontando pra tal Gail.

– Mas não tô mais – diz ela. – Odeio o Alan.

– Eu não conheço direito esse rapaz. – Dou um sorriso, pensando que Leighton é amigo do Larry Wylie, de modo que ela só pode ser dadeira, se anda por aí com aquela turma.

– Ele é um bobalhão – diz Gail, de um jeito que só um idiota não leria como: "a gente não está mais trepando, mas eu preciso muito de um caralho, de modo que pode vir, gostosão".

Aqui é Terence Henry Lawson, interpretando as malcomidas.

Tempero da vida.

O engraçado dessa tal Gail é que eu ainda tô tentando localizar a origem dela. Acho que ela pode ser da família Banks. Tenho certeza que é amiga da irmã do Doyle. E também tenho certeza que ela usava óculos, um belo par de óculos com aros dourados, que lhe davam um ar ainda mais sujo e sensual do que agora, se isso é possível. Talvez eu esteja pensando na amiga dela. Mas não, ela vai servir, sem problema, dá pra perceber. Então viro pra Maggie, que parece estar se sentindo meio excluída.

– Fico surpreso que você não esteja amarrada, Maggie – digo, vendo seu rosto se ruborizar um pouco. – Quer dizer, não tô reclamando... pra mim é uma notícia ótima, porque eu sempre fui a fim de você!

Gail joga a cabeça pra trás, dá uma risada, revira os olhos e diz: – Opa, opa!

Maggie, porém, meio que junta as mãos, baixa o olhar toda tímida, e diz em voz bem fraca: – Mas você tá saindo com a Lucy Wilson.

Puta que pariu, ela parecia estar numa igreja, ou coisa assim. Mas não engana puto algum com essa merda. Ela é protestante, e isso significa que nunca vai à igreja. – Não, aquilo já era. Mas então... se eu convidasse você pra sair comigo, você iria?

Ela fica toda roxa. Vira pra Gail e ri, sem saber direito se eu tô de sacanagem ou não.

– O Terry tá fazendo uma pergunta a você, Maggie – diz Gail em tom bem alto.

– Não sei – responde ela toda irritada, mas um pouco faceira ao mesmo tempo.

O problema é que existe sair e sair. Às vezes quando você diz que está "saindo" com alguém só quer dizer que você está "comendo" a pessoa. Outras vezes, é meio como "namorando". Isso é meio louco, como se antes você estivesse errado. Não, a Lucy é uma gata pra sair, sempre bem-vestida, e virgem até ser pega por mim. Tem gatas feito ela, as que a gente namora, e tem gatas feito a Maggie e a Gail, que a gente só come.

– Bom, se você não sabe, ninguém mais sabe – diz Gail, dando uma piscadela pra mim. – Né, Terry?

Essa é uma foda certa, mesmo. Já nem me importo mais com a Maggie, a gente sempre vai com quem vem, e mesmo que as duas venham, a Gail é dadeira. A gente percebe de cara.

Só que a casa é da Maggie, e ninguém quer ser expulso dali. Então digo a ela: – Talvez eu possa convencer você... não quer sentar no meu joelho?

Ela parece em dúvida.

– Venha cá – digo, meneando a cabeça. – Venha.

Gail ergue o olhar pra ela, e diz em tom de incentivo: – Ele não vai morder você, Maggie...

Gostei dessa gata, cheia de malícia. Exatamente do meu tipo. Se bem que *todas* são do meu tipo.

– Vocês acham que não, é? – digo, rindo delas. Depois insisto, já um pouco mais impaciente. – Venha, Maggie.

Um gata tímida é legal por algum tempo, mas depois fica entediante, e você quer que ela fique nua, pronta pra ação. Afinal, ninguém gosta de uma mela-cueca. Maggie chega perto, e eu faço com que ela sente no meu joelho; depois começo a mexer as pernas, fazendo o corpinho dela balançar pra cima e pra baixo. E lhe dou um beijinho na boca.

– Pronto, não foi tão ruim. Venho querendo fazer isso há muito tempo, garanto.

Quer dizer, em qualquer porra de boca. Ficar mexendo em caixotes o dia todo, quando você devia estar mexendo em xotas. Maggie curte a coisa; põe a mão em torno do meu pescoço e passa os dedos pelos cabelos da minha nuca. Fico olhando pra velha lareira azulejada, com fogo a gás, das que existem em todas as casas antigas dos conjuntos habitacionais. Nada moderno e elétrico, como nós, os esnobes, temos nos apartamentos mais novos.

– Eu gosto do seu corte de cabelo – diz ela.

Eu dou um sorriso, aquele sorrisinho tímido que treino no espelho todo dia, e beijo Maggie outra vez, agora de forma mais demorada e vagarosa.

Dá pra ouvir um suspiro forte quando Gail se levanta. Maggie e eu nos afastamos um instante.

– Já que vocês dois vão ficar de chamego aí, eu vou subir pra ouvir aquela fita – diz ela em tom besta, mas a pose é meio afetada, porque dá pra ver que ela sabe que sua vara está mais do que garantida, coisa que está, se não agora, ao menos depois. Porque eu conheço todas as padarias na parte oeste de Edimburgo. Aí é que está a beleza de se trabalhar nos caminhões de suco.

– Eu vou botar a chaleira no fogo – diz Maggie, em um tom de protesto meio desanimado, mas Gail já está saindo porta afora. Fico vendo aquela bela bunda de calça branca desaparecer da minha vista, só pensando em botar as mãos ali mais tarde.

Mas é melhor começar pelo começo. Essa foi uma coisa que eu realmente aprendi na escola, ainda no primário. Aqueles ditados idiotas que eles nos ensinavam. Mais vale um pássaro na mão do que dois voando. Só que eu mudei tudo: mais vale uma franga depenada do que duas emplumadas.

– Eu boto a chaleira – digo a Maggie. – Mas só depois de ganhar outro beijo.

– Pare com isso – diz ela.

– Um beijinho só, vamos – sussurro.

Um beijinho só... está bem. Depois de um sarro de mais ou menos dez minutos, eu consigo tirar a porcaria do suéter, a blusa e o sutiã de Maggie. Seus peitinhos ficam quicando pra cima e pra baixo nas palmas das minhas mãos, enquanto ela olha pros dois como se nunca houvesse visto aquilo antes.

Eita, seu puto! Já garantiu a foda aqui!

Eu acomodo Maggie no sofá e lhe dou logo uma dedada, enfiando a mão por baixo da saia e dentro da calcinha. Fico curtindo seus gemidos, enquanto ela começa a se excitar roçando nos meus dedinhos duros. Lembro daquela banda, imaginando se o puto sacana que inventou o nome pensou em alguma gata que ele andava dedando. Aqui vai uma melodia alternativa pra você, minha gata! Tempero da vida!

Hora de agir: eu baixo a calcinha de Maggie até os joelhos, depois por cima dos tornozelos, e puxo seu corpo pra cima de mim. Ela fica tremendo, enquanto eu baixo a cueca até as coxas, e ponho o pau pra fora. Seguro a bundinha dela numa das mãos, e os peitos na outra, enquanto Maggie se apoia nos meus ombros. E ela nem precisa tentar bancar a virgenzinha, porque já foi traçada antes, pela maioria da turma de Topsy, calculo eu. Só que nunca agasalhou uma vara feito esta, isso é garantido. Ela é muito apertada, até mais do que a Lucy, de modo que começo fodendo bem devagar, até ela começar a querer mais. Então acelero a marcha e meto nela de jeito.

– Isso, você gosta de um caralho, não é? – digo, mas ela não fala nada, só dá um gritinho quando goza. Eu mesmo começo a soltar uns guinchos malucos, feito um viadinho maluco, mas isso é só o calor da paixão, coisa assim.

É melhor Maggie não contar coisa alguma pra puto algum sobre esses barulhos que eu faço. Um monte de caras acham que as mulheres não falam assim umas com as outras, que é tudo papo açucarado, mas isso é babaquice. Elas são como nós. Até piores, pra falar a porra da verdade.

Fico abraçado com ela um pouco, porque em dez minutos vou estar pronto outra vez, mas é como se ela estivesse em transe. Não adianta perder tempo.

– É melhor eu ir dar uma mijada – digo a ela. Levanto e visto a cueca, a calça jeans e a camiseta. Maggie fica com o olhar perdido no espaço, e depois ajeita as roupas em torno do corpo.

Eu subo a escada, pulando de dois em dois os degraus cobertos por um velho carpete azul. No vaso do banheiro boia um cagalhão que não desceu. Fico com uma sensação esquisita ao pensar em mijar ali, como se o cagalhão fosse subir por dentro do meu pau, então mijo na pia, e depois dou uma lavadinha no meu equipamento. Quando termino, avisto uma aranha no chuveiro, e ataco a puta com as duas torneiras, afogando a porra ralo abaixo, antes de ir pro quarto ao lado.

Encontro Gail deitada na cama, com o rosto virado pra baixo. Ela tem os fones de ouvido ligados ao equipamento de som por um longo fio, que passa por cima da blusa e daquela bela bunda, de modo que nem consegue me ouvir entrando ali. Seu rabo parece maravilhoso naquela calça branca: dá pra ver a costura esticada por cima das nádegas, sumindo no rego e na racha da buceta. Ela está lendo um livro sobre o travesseiro, com a cabeleira preta caída de lado. Tem mesmo um belo corpo; é mais cheia do que Maggie, e muito mais mulher, caralho.

Na parede, acima dela, há um grande pôster de Gary Glitter. O puto é maneiro. Eu gosto daquela parte em que ele diz: eu sou o homem que pôs o bangue na gangue. Ele é o cara, porra. Quer dizer, agora eu gosto de Jam e Pistols, mas ele e Slade são os únicos putos dos velhos tempos que ainda curto.

Fico parado ali um tempo, vendo a vista e dando uma piscadela pro Gary. Vou mostrar ao puto como se põe o bangue na gangue direito. Já tô com o pau duro feito a porra de uma pedra outra vez. Vou até o equipamento de som e diminuo o volume, vendo Gail se virar e tirar os fones de ouvido. Ela não parece surpresa de me ver ali. Eu é que fico surpreso, porque ela está usando óculos de aros dourados. Aquilo deveria ser broxante, mas só me dá ainda mais tesão.

– Beleza, quatro-olhos – digo.

– Eu só uso óculos pra ler – diz ela, tirando os óculos.

– Bom, acho isso sexy pra caramba – digo, indo logo pra cama e pensando em agarrar Gail. Se ela aprontar qualquer porra, posso parar e falar que era só brincadeira. Mas não tenho com o que me preocupar aqui, porque logo minha língua está na sua boca; como não sinto resistência, ponho o pau pra fora e ela bota a mão em volta, com um tesão da porra.

— Aqui não... não pode ser agora — diz ela, mas sem pressa alguma de largar meu cacete.

— Puta que pariu, vamos nessa, a Maggie sabe como a banda toca — digo a ela.

Gail fica olhando pra mim por um instante, mas eu já vou tirando a roupa, e ela também não demora muito. Logo estamos embaixo das cobertas. Estou me sentindo ótimo, e é maneiro que meu pau ainda esteja duro, embora eu tenha gozado muito dentro da Maggie. O Carl ou o Gally já estariam em tratamento intensivo no hospital depois de bater uma punheta, que dirá depois de traçar uma gata. Mas isso não me cansa, e eu consigo foder o dia inteiro.

Fico impressionado com a atitude da Gail, que não fica de sacanagem, vai logo tirando a calcinha e o sutiã. Um monte de gatas mantém a calcinha como uma espécie de seguro, pra garantir algumas preliminares, mas só um panaca total tenta meter direto entre as pernas de uma mulher quando existe tanta coisa a curtir antes.

De modo que o velho Gary Glitter fica nos observando lá de cima, enquanto eu meto a língua entre as pernas de Gail. Primeiro ela tenta afastar minha cabeça, mas logo começa a alisar meu couro cabeludo, e depois a puxar meu cabelo. Vou lambendo tudo à minha frente, enquanto ela relaxa o corpo e curte a sacanagem. Meto minhas mãos embaixo da sua bunda, agarrando as duas nádegas; depois enfio meu dedo na buceta, e começo a tocar uma siririca ali. Estou tentando me virar, porque aqueles lábios grandes dela precisam sugar meu cacete, mas as cobertas atrapalham. O truque é manter Gail fervendo, mas fazer com que ela precise receber meu pau dentro da boca. Ela está a fim, continua alisando com vontade, e puxando a pele do prepúcio pra trás.

— Que delícia, Terry, isso é maluquice... nós somos loucos — arqueja ela.

— É o tempero da vida. — Dou um grunhido, e depois digo: — Quero minha língua nos seus dois buracos, um depois do outro...

Era isso que um sujeito falava num filme pornô que Donny Ness tinha. Eu sempre tento lembrar de todas as melhores falas, e das melhores posições.

Então subo em cima dela pra fazer sessenta e nove; a Gail enfia o meu pau na boca e começa a chupar com força... por Cristo, taí uma mulher que sabe fazer boquete. Eu abro os lábios dela, dando grandes lambidas e dedando a xota primeiro; então passo pro cu, que tem um cheiro úmido e terroso; depois volto ao clitóris, que parece grande e duro o suficiente pra ser um minipau. Quando Gail tira o meu cacete da boca, penso que ela está arquejando em busca de ar, mas não... ela começa a gozar com espasmos entrecortados e chocados, enquanto meu dedo fica grudado naquele seu botãozinho amoroso, como se estivesse preso ao botão de uma boa estação de rádio.

Gail vai parando de arquejar e estremecer, mas eu ainda não terminei com ela e viro, puxando seu corpo pra cima. Ela tem no rosto uma expressão de choque mental, e eu continuo na cama, mas agora vou baixando sua cabeça até meu pau. Gail começa a pagar um boquete da porra, erguendo pra mim os olhos arregalados, cheios de gratidão, porque ela sabe que isso foi só o começo, e que dentro de poucos segundos vai ser muito bem fodida. Eu agarro sua cabeleira, torcendo as mechas escuras; então puxo a boca pra mim, e depois afasto; vou ajustando o ritmo e o alcance, pra que ela entenda... e é isso mesmo, Gail sabe das coisas, porque sua cabeça logo acerta o ritmo, e eu nem preciso mexer a pelve junto, nada disso. Mas então ela engasga e afasta a boca, coisa que é até boa, porque eu já estava decidindo se queria esporrar na boca e esperar pra comer a xota só depois, deixando a putinha louca de tesão. Mas então penso, não, vou meter nela de jeito agora mesmo. Quando subo em cima dela, já enfiando, Gail diz: – Ah, Terry, a gente não devia estar fazendo isso, agora não...

Como já ouvi essa melodia antes, arquejo: – Quer que eu pare, então?

Não é preciso ser o puto do Bamber Gascoigne, apresentador do *Desafio Universitário*, pra saber a resposta a isso. Só ouço outra vez: – Ah, Terry...

Eu tomo isso como a porra da minha deixa pra resposta certa: então subo em cima de Gail e começo a entrar no meu ritmo normal. Mas de repente ela desvia o olhar e fica tensa. Depois solta uma risada baixa e puxa minha cabeça, com uma expressão estranha no rosto. Eu ergo o olhar e vejo que Maggie entrou no quarto.

Ela põe os braços em forma de cruz sobre o peito. É como se tivesse acabado de levar um tiro. Fica parada ali um instante, sem falar, com a boquinha toda torta, parecendo preocupada e tensa. Finalmente sussurra pra nós: – Vocês precisam ir embora... meu tio Alec chegou.

– Ah, meu Deus, eu não aguento essa porra! – diz Gail, virando pra parede outra vez. Agarra a roupa de cama e começa a unhar as cobertas como se fosse a porra de uma gata.

Só que meu pau ainda está duro, e ninguém vai a lugar algum antes que eu consiga esporrar.

– Cale a boca um instante – digo pra Maggie, mas ainda olhando pra Gail e mexendo os quadris. – Desça e cuide do seu tio Alec... nós vamos...

Ouço a porta bater com força. Então Gail volta a se mexer normalmente, e logo começa a fazer uns barulhos. Eu até queria que ela ficasse um pouco por cima, pra depois tentar terminar enfiando no outro buraco, mas agora isso precisa ser adiado, por causa daquela vaca maluca da Maggie, mas também foda-se, só vai me dar algo a esperar no futuro. Gail começa a gritar e a gemer, enquanto eu vou fazendo aqueles barulhos arquejantes... ela goza feito um patrulheiro, e eu também... é até bom pra caralho que a Maggie tenha ficado emburrada e saído do quarto, quando a gente goza, porque a Gail explode feito um litro de leite deixado ao relento no deserto do Saara. Ela urra: – Ah, Terry... você parece a porra de um animal...

Puta que me pariiiiuuuu...

Eu arquejo e agarro Gail, lançando dentro dela cada gota que ainda tenho em mim. Depois deixo minha respiração se acalmar, começando a pensar que ela foi daquela escola, a Auggie's, e deve ser católica, na porra da esperança de que ela esteja na boa. Dou um beijo lambido nos seus lábios grandes; depois arqueio o corpo sobre os braços e encaro seu olhar. – A gente tem uma química da porra, princesa. Você não deu as costas a isso. Saca o que eu tô falando?

Ela balança a cabeça.

Essa é uma fala ótima, tirada de um dos filmes que eu vi no Classic da rua Nicolson. *Percy's Progress*, acho que era. Aquele do rapaz branco que fez um transplante e recebeu o pau de um escurinho.

Saio de cima dela e começo a me vestir, mas Maggie entra outra vez.

– Vocês precisam ir embora – diz ela com os olhos vermelhos, quase guinchando e torcendo uma mecha de cabelo com os dedos.

Gail está procurando a calcinha, mas eu cheguei primeiro, e disfarçadamente embolsei o treco. Suvenir. Como fiz com a tal Philippa, de Huddersfield, que comi na pousada. Um suvenir de Blackpool. Por que não? Cada qual com seu cada qual. É melhor traçar gatas do que planos, melhor lamber xotas do que pirulitos duros. Pelo menos é o que eu acho.

Mas Maggie continua irritada.

– Diga lá, Maggie... qual é o problema? Seu tio não vai nos perturbar aqui – digo a ela. – Você não está com ciúme da Gail, está?

– Vão se foder – vareja ela. – Só quero vocês fora daqui logo.

Eu abano a cabeça, enquanto amarro os cordões das botas. Não aguento imaturidade numa mulher, quando se trata de questões de pau e buceta. Se você quer trepar, trepe. Se não quer, simplesmente diga não.

– Não comece a bancar a porra da desaforada, Maggie. A Gail e eu só estávamos nos divertindo um pouco – aviso pra vaca maluquinha. Todo puto tem direito a se divertir. Qual é a porra do problema? Eu devia ter soltado aquela fala de *Emmanuelle*, acho que era, em que o rapaz dizia: não seja tão tensa e reprimida, gatinha.

– Foi só isso, Maggie – diz Gail, ainda procurando a calcinha. – Não crie problema por causa disso. Você nem tá namorando o Terry.

Maggie range os dentes pra Gail, vira pra mim e pergunta com ar sofrido: – Quer dizer que agora você tá namorando a Gail?

Não briguem, meninas, não briguem, aqui tem o suficiente pra todas! É garantido! Não fique tão tensa e reprimida, gatinha!

Então me viro pra Gail e dou uma piscadela.

– Não... não seja idiota, Maggie. Como eu ia dizendo, foi só uma maluquice divertida. Né, Gail? É preciso rir um pouco. Venha cá me dar um abraço – digo pra Maggie, alisando a cama. Depois sussurro: – Você, eu e a Gail aqui... seu tio Alec não vai nos perturbar.

Ela se mantém firme, olhando duramente pra nós. Lembro da época em que eu e Carl Ewart éramos monitores das refeições na escola, servindo a boia na nossa mesa. Como ele curtia a Maggie, costumava garantir que ela fosse bem servida, até com repeteco. Provavelmente Carl e eu mantivemos essa vaca magrela viva, e essa é a porra do agradecimento que eu recebo.

Aposto que Carl teria gostado de servir à coitadinha a porção que eu acabei de servir! Garanto!

– Terry, você viu minha calcinha? – pergunta Gail. – Não consigo achar a porra da calcinha.

– Não, não é do meu tamanho – rio. A calcinha ficará muito bem debaixo do meu travesseiro hoje à noite! Só pra ser farejada!

– Pelo menos às vezes, que tal tentar manter a porra da calcinha no corpo? Talvez você até consiga não perder alguma – sibila Maggie pra Gail.

– Pois é, que nem você fez – rebate Gail. – Não venha bancar a abusada pra cima de mim, frangota, só porque você está na sua casa!

Os olhos de Maggie já ficaram marejados novamente. Qualquer puto sabe que Gail encheria Maggie de porrada numa briga. O show aqui já está todo armado. Eu boto a cueca e vou abraçar Maggie. Ela tenta me afastar, mas não com muita força, se é que você me entende.

– A gente só tava de sacanagem – digo. – Vamos sentar e relaxar.

– Eu não posso relaxar! Como posso relaxar? Minha mãe e meu pai tão lá em Blackpool, e meu tio Alec tá aqui! Ele vive bêbado, e já botou fogo na própria casa. Precisa ser vigiado o tempo todo... não é justo! – choraminga ela, começando a soluçar pra valer.

Tento reconfortar Maggie, vendo Gail vestir a calça sem calcinha. Talvez ela tente roubar uma de Maggie mais tarde, porque o seu matagal preto pode ficar aparente por trás do algodão fino daquela calça branca. Mas acho que ela não mora muito longe daqui.

Maggie tem um pouco de medo do tio Alec. Não quer descer e encarar o homem, mesmo que seja pra nos fazer uma xícara de chá.

– Você não conhece o tio Alec, Gail... ele vive bêbado – soluça ela. Talvez isso seja uma desculpa, e talvez ela saiba que assim que sair porta afora eu vou agarrar a Gail outra vez.

– Está bem, eu vou descer, dizer oi, e fazer um chá pra trazer aqui com uns biscoitinhos – digo, imitando o rapaz de Glasgow naquele anúncio da British Rail. O coitado do puto achava uma grande coisa arrumar um biscoito num trem. Mas provavelmente por lá é mesmo, aquilo deve parecer ouro em pó pra porra daqueles muquiranas. Pois é, ninguém barra o papo de Glasgow, ou pelo menos é isso que eles vivem falando pra qualquer idiota o suficiente pra ouvir.

Desço na esperança de que o velhote não seja um daqueles filhos da puta psicóticos. O negócio é o seguinte: é legal ser legal, e eu descobri que a maioria dos putos nos trata bem, quando são bem tratados por nós.

Tio Alec

É uma casa suja pra caralho, isso precisa ser dito. Minha mãe não tem muito dinheiro, mas mesmo quando estava sozinha, antes de se amigar com o tal puto alemão, mantinha a casa feito um palácio comparado a isso aqui. O quarto de Maggie é o melhor lugar, e parece que pertence a outra casa.

É engraçado, mas quando desço a escada e chego à sala, descubro que conheço o sujeito. Alec Connolly. Um verdadeiro larápio, é o que ele é.

O tal do Alec olha pra mim com uma cara de bebum, como diria minha mãe: rosto todo corado, com manchas subindo pelo pescoço. Mesmo assim, eu preferiria conviver com alguém assim do que com o puto daquele alemão que ela arrumou. O cara vive dentro de casa, nunca bebe, e resmunga comigo se eu chego de cabeça feita. Quanto mais depressa Lucy e eu arrumarmos um lugar só pra gente, melhor.

– E aí? – diz o tal Alec, meio friamente.

Eu só dou uma piscadela pro puto velho. – Tudo bem, parceiro. Como vai tudo? Tô lá em cima com a Maggie e uma amiga, ouvindo discos.

– Isso agora se chama assim, é? – diz ele, já meio que rindo. O puto é legal, e na verdade está cagando. Tenho certeza que essa sala já está mais suja do que na última vez que estive aqui. Minhas solas grudam no piso rachado, e no bolorento tapete quadrado que existe no centro.

Alec está sentado numa poltrona surrada, tentando enrolar um cigarro com as mãos trêmulas. Na mesa de centro à sua frente há pilhas de latas, uma garrafa de uísque já pela metade, e um grande cinzeiro de vidro. Ele está usando terno e gravata azuis, quase da mesma cor dos seus olhos, que sobressaem naquela fuça avermelhada. Eu só dou de ombros. – Você é o Alec, né? Sou o Terry.

– Eu sei quem você é, já vi você nos caminhões. Filho do Henry Lawson?

Epa. Ele conhece a porra do velho. – Sou. Conhece o meu pai?

– Conheço de ouvir falar, mas ele é alguns anos mais velho que eu. Bebe lá no Leith. Como ele anda?

Que se foda aquele puto.

– Bem, quer dizer... não sei. Parece que tá bem. A gente não é muito próximo – digo, mas acho que o Alec sacou isso assim que mencionou o nome do escroto do velho. Primeiro ele grunhe algo, como se estivesse limpando a garganta, e só fala depois de uma pausa. – Pois é... família. É daí que vêm os problemas. Mas o que se pode fazer, né? Diga lá...

Ele abre as mãos, com o cigarro enrolado preso em uma delas. Mas não há o que responder a isso, de modo que eu simplesmente balanço a cabeça, e digo: – Só vou fazer uma xicarazinha de chá pra sua sobrinha e a amiga dela. Quer uma também?

– Chá é o caralho. – Ele acende o cigarro e aponta pra pilha de latas na mesa. – Tome uma cerveja. Ande. Pode se servir.

– Mais tarde eu tomo uma cerveja e até bato um papo, Alec, mas não quero ser mal-educado com o pessoal lá em cima – explico pra ele.

Alec dá de ombros e desvia o olhar como quem diz, vai sobrar mais pra mim. Alguma coisa me faz gostar desse escroto. Mais tarde vou levar um lero com ele.

É bom agradar o puto, pra poder continuar comendo Maggie e Gail aqui mesmo. Além disso, lá no Busy Bee dizem que ele vive armando por aí. É sempre útil conhecer putos desse tipo: contatos, coisa assim.

Vou pra cozinha, quase caindo e quebrando o pescoço num pedaço solto do piso. Boto pra ferver a chaleira, que não é elétrica, de modo que preciso acender o gás. Um pouco depois subo com um bule de chá e encontro as duas vacas me esperando. Maggie está sentada com uma caixa de cassetes, anotando no cartão os títulos das faixas de um álbum que ela andou gravando. Parece totalmente concentrada nisso, mas é uma desculpa pra não falar com a Gail.

– Chegou o chá – digo, enquanto Maggie ergue o olhar pra mim. – Não sei por que você tá preocupada, Maggie... o tal do Alec é legal.

– É, mas você não conhece meu tio como eu – avisa ela de novo.

Gail continua a arenga sobre a calcinha, dizendo: – Isso está me deixando pirada.

Mas ela não vai precisar de calcinha se continuar andando comigo, isso é mais que garantido, caralho.

Sally e Sid James

Eu acordo na cama, suando pra caralho, e percebo que tô sozinho. Olho e vejo as duas, dormindo deitadas no chão. Então volta tudo; durante a noite consegui me enfiar entre as duas, pensando numa suruba a três, como nos filmes. Tentei tocar uma siririca nelas, as duas ao mesmo tempo, mas elas ficaram meio esquisitas. Nenhuma me deixou subir em cima depois disso, tímidas demais uma na frente da outra. De modo que vou precisar continuar traçando as duas separadamente por um tempo, até conseguir a suruba a três. Garantido.

Pois é, tentei a noite toda, mas elas não queriam. Então, depois de tentarem me expulsar da cama, e não havia a menor chance dessa porra acontecer, elas desistiram e foram dormir no chão. Então bati uma bela bronha e acabei adormecendo. Foi uma noite um pouco frustrante, mas eu precisava mesmo dormir bem, porque tenho estádio de dia e clube à noite. Tempero da vida.

Mas não é fácil sair da cama pela manhã, porque já acordo de pau duraço, com as duas deitadas ali, dormindo no chão. Então toco outra punhetinha em cima delas: a maior parte vai pro carpete, mas um pouco cai no braço da blusa de

Gail. Então desço sem fazer barulho, e vejo Alec, ainda na mesma poltrona, assistindo a *Tiswas*. Aquela mulher peituda aparece na tela.

– Essa Sally James é um fodaço, né? – digo.

– Sally James – repete Alec com voz pastosa. Podia ser até a porra do Sid James, pelo que o puto velho está enxergando. A garrafa de uísque já está vazia, e acho que a maioria das latas também. Ele pergunta: – Você quer um pouco de chá?

– Bom, Alec, eu queria saber se aquela oferta de um trago ainda tá valendo...

– Só se for no pub – diz ele, apontando pra pilha de latas vazias na mesa.

– Por mim tudo bem – digo.

Então seguimos rua abaixo rumo ao Wheatsheaf. Está um dia ótimo, e eu mal posso esperar pelo jogo de hoje. Rolou um papo de juntar uma galera lá do conjunto, com o Doyle e aquele bando. A maior parte do pessoal no nosso conjunto torce pelo Hearts, por serem desta ponta da cidade, mas tem também uma torcida do Hibs espalhada por lá. Se todos os Hibs se juntassem, formariam até uma turma, porque teriam gente como Doyle, Gentleman, eu e Birrell. Sempre rola esse papo, mas nunca passa disso. Aconteça o que acontecer, vamos dar umas boas risadas. Isso é verdade sobre o Doyle: ele é um puto maluco, mas sempre rende uma boa história. Que nem na vez que a gente roubou toda aquela fiação de cobre, foi legal pra caralho. Só que o puto ainda não nos pagou por aquilo.

Quando passamos pelo parque e avistamos o pub, pergunto a Alec: – Então você tá lá pra garantir que a Maggie não faça besteira enquanto o pai e a mãe dela estão em Blackpool?

– Pois é, e não tô fazendo um trabalho muito bom, não é? – Ele dá uma risada sarcástica.

– Eu sou um cavalheiro, Alec. Nós sentamos e papeamos a noite toda. Eu saí pra vir dormir. A Maggie é uma menina legal, não é assim.

– Claro, claro – diz ele, sem acreditar numa só palavra.

– Não, isso é fofoca. Aquela amiga dela pode até ter um pé na vadiagem, mas a Maggie, não – explico. É melhor não deixar o puto achar que eu tô de sacanagem. Mas ele está pensando sobre isso, porque fica um silêncio enquanto entramos no pub. Eu peço duas canecas, e isso devolve o sorriso ao rosto dele. Dá pra ver que Alec é um verdadeiro artista da bronca. E eu pergunto: – Mas quanto tempo você vai passar lá?

– Não sei. Teve um incêndio na minha casa, lá em Dalry. Fiação ruim. O lugar inteiro pegou fogo, e minha mulher está no hospital – explica ele, com o olhar perdido. Depois começa a ficar venenoso. – A culpa é dos diretores da porra da companhia de gás... eu vou arrumar um advogado... e processar aqueles putos.

– É isso aí, Alec... você merece alguma compensação por isso. Puta que pariu, é um direito seu, parceiro – digo.

– Pois é. – Ele dá um sorriso amargo. – Quando eu conseguir receber o seguro... ninguém me segura mais.

Billy Birrell

Sexo em vez de futebol

Ouço as garrafas chacoalhando nos caixotes, de modo que vou até a janela e afasto a cortina. É o caminhão de suco, e dá pra ouvir a arenga do Terry. Quando eu penso em gritar da janela ou descer pra levar um papo, vejo que ele está conversando com Maggie Orr e uma outra menina. Que merda, daí desisto. Não que eu tenha algo contra Maggie; ela é legal, mas na semana passada discuti aos berros com o pai dela.

O babaca sempre volta bêbado com a esposa do bar, e eles tiveram uma briga feia no meio da rua, sem deixar minha mãe dormir. Meu velho não faz nada, então eu fui até a porta dar uma palavra com os dois. O cara ficou abusado, falando que eu não passava de um menino idiota. Eu falei que ia mostrar quem era o menino idiota se ele saísse de casa. Ele já ia sair, mas foi puxado pra trás pela esposa, que interferiu. Quando eu vi a Maggie lá atrás, fui embora, porque ela parecia perturbada, e eu não queria deixar a menina constrangida; não é justo, porque ela não fez nada de errado.

Terry está cantando Maggie e a amiga. Sei que ele não gosta que eu esteja transando com a Yvonne. Ele pode comer tudo que se mexe, embora esteja noivo e tudo, mas fica todo irritado se a irmã fizer o mesmo. Mas esse é o Terry Lawson: brutal.

Yvonne é legal, e boa demais pra ser irmã de Terry. Ele é meu amigo, mas ninguém gostaria de namorar uma menina que fosse como Terry. Se existisse alguma. Não que eu esteja namorando Yvonne. Como já tentei dizer a ela.

Mas preciso parar de fazer sacanagem com ela. Já foram três vezes até agora, e só uma de camisinha. Que ideia: engravidar Yvonne e ter de aturar Terry como cunhado. Ruim demais pra acreditar.

Não, não é bom ficar amarrado. Não a uma mulher que mora a duas ruas daqui. Talvez a alguma gata da Espanha, da Califórnia, ou do Brasil. Até da porra do Leith, qualquer lugar assim, mas não daqui.

A primeira vez foi no alto da minha escada; meus joelhos tremiam. De jeito nenhum ela podia engravidar ali, porque a porra toda caiu no chão. Se bem que tinha uma chance, porque eu estava encostado nela quando escapuliu. A vez seguinte foi lá em Colinton Dell, de novo contra a parede, no meio do túnel. E a terceira foi no quarto dela, em uma tarde em que a gente matou aula. Mas ali eu usei camisinha. A gente tinha bastante tempo, e um pacote inteiro, mas eu só dei umazinha, porque me falaram que isso prejudica as pernas pro treino.

É maneiro ficar sentado aqui em casa sozinho. Adoro a hora do almoço nas sextas-feiras: chego em casa e não tem ninguém. O Rab almoça na escola, e minha mãe e meu pai estão no trabalho. Fico com tempo pra pensar.

Maggie e a amiga vão embora, e o caminhão do Terry se afasta. Então passam umas garotinhas da primeira série. São todas magricelas, menos uma que parece ser da terceira série: peitos, bunda, tudo. Olhando pra elas, começo a sentir um pouco de pena dessa menina. Na verdade, ela é como as amigas, dá pra ver pelo olhar: uma criança como as outras. Mas como é bem fornida, será perseguida por todos os putos imundos como Terry, tentando dar uma trepada, tirando sarro dela, e tudo o mais. Acho isso brutal. Se eu tivesse uma irmã e um filho da puta qualquer tentasse isso com ela, eu arrebentaria a cabeça dele.

Talvez Terry pense que as coisas são assim entre mim e Yvonne, porque ela só está na segunda série.

Drástico! Aí vem ela pela rua. Tem o cabelo preso em um rabo de cavalo e vestiu uma saia que bate vários centímetros acima dos joelhos.

Ela não atravessou, e isso quer dizer que está vindo pra cá. Deve saber que eu estou em casa, ou talvez tenha resolvido arriscar e dar um pulo aqui. Saco.

Bem que eu podia traçar Yvonne agora. Na minha cama, uma trepada na minha própria cama.

Dá pra ouvir os passos dela subindo a escada. Fico pensando nas pernas dela: quando estamos subindo uma escada, eu gosto de ficar pra trás, fingindo que estou amarrando o sapato, só pra poder ver Yvonne subir.

A campainha toca.

Eu tenho jogo amanhã de manhã. Não quero foder minhas pernas. Dizem que um olheiro do Dundee United talvez esteja lá.

A campainha toca outra vez.

Então a portinhola da caixa de correio se abre, e eu ouço Yvonne se agachar, procurando sinais de vida dentro do vestíbulo.

Seria bom dar uma trepada aqui em cima, e tirar a tarde de folga. Mas não quero que Yvonne pense que somos namorados.

E tenho futebol pela manhã.

Então ignoro a campainha. Depois vejo Yvonne sair porta afora e se afastar pela rua.

O juiz é um escroto

Kenny dá um passe cruzado e eu corro pra receber, mas não mato direito a bola, que escapa um pouco do meu controle. Um jogador do Fet avança e há um choque entre nós dois. Eu levanto logo, mas ele fica estendido. O juiz apita e marca uma falta minha.

Que sacana.

– Você estava mostrando as traves da chuteira, filho, mas não vai fazer isso no meu jogo – guincha ele pra mim. – Entendeu?

Eu me afasto. Foi uma dividida normal. Saco.

– Entendeu? – repete ele.

Quase digo que foi uma dividida normal, mas não, não vou nem falar com um panaca feito ele. Esses babacas se acham o máximo, mas não passam de uns bundões velhuscos que gostam de dar ordens a rapazes. Um tipo comum. É melhor ignorar os caras, e nunca falar com eles. Todos odeiam isso. Que nem aquele idiota do Blackie lá da escola. Ontem o otário passou dos limites, ao fazer o que fez comigo, com Carl e com Gally. Se o Blackie tivesse sido pego pelo McDonald ou pelo Forbes, ele é que estaria encrencado, e não nós. Se eles agissem assim com qualquer um da idade deles, sabem que teriam a boca arrebentada, de modo que só se metem com gente como nós pra se sentirem grandes e espertos.

Um tipo comum.

De qualquer forma, o apito soa outra vez e acabou: ganhamos deles e abrimos seis pontos de vantagem, porque o Salvy só joga no meio da semana. De volta ao vestiário, eu me troco depressa, porque à tarde tem Hibs contra Rangers, e o clima deve estar bom. Nós vamos à luta, se ninguém se cagar.

Quando saio, vejo meu irmão Rab e seus amigos, ainda esperando ali após o jogo. O tal do Alex é grandalhão demais pra ainda estar no primário. Setterington. Acho que ele é primo do Martin Gentleman, ou coisa assim, então o tamanho do escroto deve ser de família. Eles estão naquela idade em que começam a pensar que podem ser abusados, mas ainda são uns garotinhos. Estou feliz por terminar o secundário antes de Rab começar, no próximo ano. É constrangedor pra caramba ter seu irmão caçula na mesma escola, na frente dos seus amigos, das meninas, e do resto. Pra Falkirk com tudo isso.

– E aí? – digo pra ele. O bestinha está com a minha jaqueta velha. Acho que me lembro de ter dito que ele podia ficar com ela. Mas ainda parece grande demais pra ele, está sobrando.

– Você vai ao jogo hoje? – pergunta ele.

– Não sei – digo, mexendo na lapela da jaqueta dele. A qualidade ainda é boa. Tenho certeza que estava bêbado quando falei que ele podia usá-la.. – Você tá parado aqui pra bancar o espantalho?

Os amigos dele riem disso. Esses sacaninhas são brutais.

– Engraçadinho – diz ele. Depois aponta pro bolso da minha jaqueta. – Então por que tá com o lenço dentro do bolso?

– Pois é... eu não tinha certeza se a gente ia ou não. Trouxe por via das dúvidas. Escute, preciso ir direto pra cidade, encontrar com Terry, Carl e Gally. Você pode levar essa bolsa de volta pra mim?

Rab estreita os olhos sob o sol. – O Carl torce pelo Herts. Por que ele vai a um jogo do Hibs?

Esse sacaninha se chama Doutor Perguntas. Com ele, o tempo todo é "como é isso" ou "por que é assim". – Dia de folga. O time do Herts está em Montrose, ou um lugar assim, por causa daquela liga maluca, e ele não tinha dinheiro pra ir, por isso vai com a gente.

– A gente também vai, Rab – diz o tal do Alex Setterington. Depois o sacaninha vira pra mim e pergunta: – Vocês vão brigar com a torcida de Glasgow?

Lanço um olhar duro pro moleque sardento. Abusado, ele simplesmente dá um sorriso de volta pra mim. Olho pro Rab, e depois de volta pro tal do Setterington. Por cima do seu ombro, vejo Mackie descendo a rua com Keith Syme e Doogie Wilson; estão puxando o saco dele. Só porque ele marcou dois gols hoje, e só porque ele está na mira do Hibs. Mas eu nunca vou puxar o saco daquele puto. – Quem falou que a gente vai brigar no jogo?

– Não sei, alguém me contou – diz Setterington, ainda sorrindo. É, esse é um escrotinho abusado.

– Não acredite em tudo que você ouve.

– Onde vocês vão se encontrar? – diz Rab.

– Não é da sua conta – digo, empurrando a bolsa pra ele. – Só leve isso pra casa. Você vai ao jogo com o pai?

Rab desloca o peso do corpo de um pé pro outro, e fica calado um instante. Depois diz: – Talvez, não sei.

Ele não vai com o meu pai, nem com o pai de mais ninguém, isso é certeza. Também é certeza que minha mãe e meu pai nem sabem que ele vai. Não deixam que ele vá sozinho a um jogo do Rangers, do Herts, Celtic ou de qualquer campeonato importante. Eu ainda lembro da época em que eles eram assim comigo: era brutal. Não quero envergonhar Rab na frente dos seus parceirinhos, nem bancar o caguete aqui, mas depois vou bater um papo com esse sacaninha.

Ele está olhando pra mim todo invocado, porque terá de levar a bolsa pra casa. Então vira e se afasta.

Quando chego ao ponto de ônibus, encontro dois jogadores do Fet olhando pra mim.

– E aí? – digo.

– Tudo bem – diz um deles.

O outro só balança a cabeça. Ainda bem que eles não estão bancando os abusados.

Ainda bem pra eles.

Fio de cobre

Os jogadores do Fet pegam seu ônibus logo depois. O Fet é um time engraçado: devia ser bom, mas é brutal. Ainda no ponto, uma dona de casa me fala que eu acabei de perder o ônibus 25. Mas tenho tempo de sobra. Começo a pensar sobre o dia, sobre Doyle e aquela turma. É bom Terry falar com Doyle sobre a nossa parte no dinheiro da fiação. Já faz mais de duas semanas. Todos nós corremos riscos, e riscos grandes, surrupiando aquela fiação. O puto quer nos passar a perna, e vai ouvir. Ele e o Gentleman. Pouco me importa o que eles são.

Mas foi uma noite incrível lá na fiação: totalmente surreal.

1980 E POUCOS: A ÚLTIMA CEIA (DE PEIXE)

Engraçado, mas foi o Carl que botou todo mundo na onda de assaltar a fiação, e foi ele que acabou ficando de fora. Se descobrisse, ia até passar mal. Só que a culpa foi dele mesmo; não dá pra falar coisas na frente do Terry, se você quer que elas fiquem em segredo. Isso a vida já me ensinou, pelo menos. Claro que Terry falou com Doyle, e depois me envolveu também. "Eu e você, Billy", disse ele. "Carl e Gally são nossos amigos, mas pra gente como Doyle e Gentleman, não passam de moleques. Eles não vão querer os dois por perto."

Só que dava pra ver que na verdade era o Terry quem achava isso. Eu pensei, tudo bem, mas continuei me sentindo mal por excluir o Carl. Ele fora até lá com aquele sujeito que é patrão dele, o velho lojista. Os dois tinham ido comprar coisas pra loja. Acima de tudo, Carl notou que havia grandes rolos de fio de cobre, empilhados em uma plataforma de carga diante da fábrica, quase invisível lá da rua Shore.

Terry comentou sobre isso com Doyle, só porque o velho dele era um gângster, um bandido, ou qualquer porra assim que ele tem fama de ser. Chamam o puto de Duque. Não sei do que ele é Duque... Broomhoose ou algo assim. Algumas pessoas gostam de ficar fantasiando. Em todo caso, a fiação United Wire tinha despedido um monte de gente, então só havia uma equipe mínima lá. Acontece que um dos vigias noturnos era o Jim Pender, e ele frequentava o Busy Bee. Claro que Terry começou a dar corda pro velhote, ganhando intimidade com ele. Falou pro Doyle que achava Pender mais falso que uma moeda de quarenta e oito centavos, e que ele concordaria que nós roubássemos o cobre. Claro, foi algo drástico, porque na verdade o coitado do velhote ficou sem opção depois de ser apresentado por Terry a Doyle, Martin Gentleman, e um grandalhão chamado Bri, primo de Doyle. O pobre velhote começou a se cagar, ao se ver cercado por todos aqueles bandidinhos, ou bandidões no caso de Gentleman. Brutal, na realidade, mas o que se pode fazer?

Foi então que os Doyle tomaram conta da parada, na verdade; eu e Terry fomos só de carona. O negócio é que não tem porra nenhuma pra fazer à noite na nossa vizinhança, e a gente precisa se divertir um pouco.

De modo que Dozo Doyle, o grande mestre do crime do nosso conjunto habitacional, o vagabundo que Terry quer imitar, foi quem bolou esse plano.

Só existiam uma entrada e uma saída na propriedade onde fica a fiação. Não havia jeito de passar de carro até Silverknowes e Cramond, porque junto à propriedade a estrada estava bloqueada por obras da companhia de gás. Isso significava que qualquer ladrão precisava entrar e sair pela estrada. Doyle sabia que a polícia vivia patrulhando a estrada perto do distrito industrial de Granton, procurando mercadorias ilegais.

Ele calculou que deveríamos deixar uma van na plataforma de carga durante o dia. A van passaria o dia todo lá, e Pender, dentro do escritório, garantiria que ninguém mexesse no veículo. Esperaríamos a semana em que Pender trocasse do expediente diurno pro noturno, e trabalharíamos durante todo o turno duplo. Assim ele estaria lá o tempo todo, vigiando as coisas.

Havia um grande problema. Pender nos contou que a Securicor, a empresa de vigilância, soltava cães de guarda no terreno toda noite. Claro que os cães não conseguiam entrar no escritório dele, de onde se avistava a plataforma de carga, mas nós bateríamos de frente com eles se fizéssemos as coisas do jeito de Doyle. Quando os cães davam o alarme, Pender tinha obrigação de chamar a polícia. Só que essa era a menor das nossas preocupações: as feras eram treinadas pra atacar gente.

Doyle não se perturbou. Quando alguém mencionava o assunto, ele simplesmente passava a mão devagar pelo cabelo preto, deixando-o cair pra frente em camadas, e dizendo: – A gente vai cuidar daqueles putos. A maioria dos cães de guarda são cagões. O latido é pior que a mordida. É daí que vem o ditado.

Terry não se convenceu. – Não entendo de cachorros...

– Deixe a porra dos cachorros com a gente. – Doyle sorriu, olhando pro Marty Gentleman. O grandalhão devolveu o olhar com uma expressão que fazia você ter pena dos pastores-alemães. Eu não tenho medo de ninguém, mas preferia sair na porrada com dois Doyles do que com Gentleman. Com aquele tamanho, ele é um monstro, uma aberração. Quinze anos, aquilo? De jeito nenhum. Existe uma regra de ouro no nosso conjunto: quem enfrenta Doyle enfrenta Gentleman. E aquele babaca do Dozo Doyle sabe disso muito bem.

Brian Doyle, o primo, foi com Gentleman visitar Pender durante o dia, e largou lá uma van branca. O velhote percorreu o terreno com eles, apontando onde os cachorros patrulhavam, e mostrando onde ficavam empilhados os enormes rolos embrulhados de fio de cobre.

Nós nos encontramos no Busy Bee. Brian Doyle parecia um sujeito legal. Era mais velho do que nós, mas mesmo assim parecia um pouco temeroso de seu primo mais novo. Avisou que os fardos de fio eram bem pesados, e que teríamos sorte de conseguir sair de lá com dois deles dentro da van.

Pender, sugando um inalador, era um velhote gordo que parecia fora de forma. Exibia um enorme nervosismo, principalmente acerca dos cachorros. Nunca andava pelo terreno, e nunca entrava em contato direto com eles. Seu carro ficava estacionado diante do escritório, e ele só entrava por ali. Mas podia ouvir os bichos lá fora. Às vezes um deles pulava na janela quando o coitado do puto estava tentando ver tevê, e ele se cagava todo.

– Um espécime magnífico – disse ele pro Gentleman. Depois acrescentou:
– Mas malvado pra cacete.

O outro puto envolvido era um rapaz chamado McMurray, que todos conheciam como Polmont, porque ele já passara pelo reformatório de lá. Havia algo engraçado acerca daquele sacana. Ele estivera na nossa escola uma vez e tentara bancar o abusado com um parceirinho meu chamado Arthur Breslin. O Arthur era um cara legal, tipo inofensivo. Eu peitei o tal do Polmont, e ele se cagou. Isso foi há séculos, ainda na primeira série, mas essas coisas grudam na gente.

Então Dozo Doyle, Terry, o puto do Polmont e eu fomos até Granton à noite, pra verificar como íamos entrar. Paramos na lanchonete de lá, a Jubilee. Depois ficamos no ponto do ônibus, comendo nossas batatas fritas e olhando pro terreno onde se erguia a fábrica.

Não gostei da cara de uma placa grande no terreno. Tinha o esboço escurecido da cabeça de um pastor-alemão, com o aviso:

A SECURICOR ADVERTE:
ESTE TERRENO É PATRULHADO POR CÃES DE GUARDA

– Aquela cerca parece alta pra caralho – disse Terry. – E tem aquelas casas ali em frente. Algum bisbilhoteiro vai nos ver. Todos aqueles velhos aposentados que vivem com insônia.

– É, eu sei, e é por isso que a gente não vai pular, vai atravessar – disse Dozo Doyle, comendo seu peixe e registrando a entrada de alguns rapazes na lanchonete.

Terry e eu éramos só ouvidos.

– Eu tenho umas tenazes industriais que podem cortar esse arame – continuou Doyle, passando a mão na cerca. – Elas arrebentam até corrente grande, de cadeado. Mas você precisa usar os dois braços.

Ele sorriu e fez o gesto, pra nos mostrar como era. Eu não tinha muita confiança naquele filho da puta, mas aquilo era até engraçado. Algo pra fazer além das chatices normais.

– Pois é, a gente corta aqui – disse ele, apontando pra um trecho da cerca. Depois socou o abrigo do ponto de ônibus, feito de alumínio cinzento. – Essa porra aqui nos esconde das casas e de qualquer carro que passe. Então cuidamos dos cachorros, invadimos o escritório e amarramos o Pender. Talvez haja até um pequeno bônus lá... um cofre. Eu sei que ele fala que não existe, mas não acredito naquele puto velho. Depois disso, carregamos os fios de cobre pra van. Cortamos a corrente do cadeado do portão, e saímos pela frente. Os outros vigias na propriedade podem até ver a van saindo, mas isso poderia ser só outro vigia terminando o serviço... não é tão suspeito quanto uma van entrando. Vai ser moleza.

– Mas nós não cabemos todos na van – disse Terry.

Doyle olhou pro Terry como se ele fosse retardado. Lembro que pensei que Terry não aturaria aquilo de mais ninguém.

– O Marty sabe dirigir tão bem quanto o Bri, e nós podemos arrumar outra van, menor, pra ficar estacionada ali – disse ele todo impaciente, como se estivesse dando explicações pra uma criança, e meneando a cabeça em direção aos outros carros estacionados. – Depois encontramos com eles na praia de Gullane.

Eu olho pro Terry, esperando que ele fale alguma coisa. Ele pergunta: – Ir a Gullane pra quê?

Os olhinhos negros de Doyle se dilataram. – Porque a gente precisa queimar o revestimento plástico dos fios de cobre antes de passar o troço adiante, seu maluco. Uma praia deserta é o lugar perfeito pra isso.

Terry assentiu lentamente, com o lábio inferior projetado à frente. Dava pra ver que ele estava impressionado com Doyle. Terry sempre se imaginou um larápio autêntico, mas esse tipo de coisa está no sangue de gente como a família Doyle. Eles vêm fazendo isso há gerações.

Tudo seguiu conforme o plano. Com exceção de Doyle, e do jeito como ele agiu. Aquele sacana é brutal pra caralho.

Na noite marcada, eu fui até a casa de Terry. Tomamos uma lata de cerveja no quarto dele, e botamos pra tocar o primeiro disco do Clash. "Police and Thieves" bateu bem. A mãe dele parecia toda desconfiada, como se soubesse que havia alguma coisa no ar. Eram onze da noite e a gente ia sair. *Police and thieves, oh yeah-
-eh-eh...*

Encontramos Dozo e Brian Doyle na lanchonete em Cross, seguindo depois até Longstone pra encontrar Gentleman e o tal do Polmont, que não é de falar muito. Geralmente eu gosto disso, e não curto os falastrões. Como é mesmo aquele ditado sobre bocas e moscas? A gente vê os políticos na tevê: eles é que sabem falar. Sempre souberam, e sempre saberão. Mas não parecem ser tão bons na hora de fazer as coisas. Ou talvez não sejam tão bons na hora de fazer as coisas pra gente como nós.

Eles se amontoam na traseira, e então vamos até Granton. O lugar está deserto, com exceção de uma turma de caras parados diante da lanchonete, fechada há muito tempo. Eles andaram bebendo. Mas são só rapazes da região como nós, curtindo perto do seu conjunto habitacional, entediados, sem vontade de ir pra casa. Doyle ficou olhando pra eles dentro da van, irritado.

– Esses putos... daqui a um minuto vou até lá mandar todos pro caralho – rosnou ele, passando a mão pelo cabelo. Quando tira a mão, vejo que ele tem a linha do cabelo em formato de V, feito o conde Drácula.

– Eles podem estar a fim – diz Brian.

– A gente enfrenta, porra – cospe Doyle.

– Eu vim aqui pra roubar, não pra brigar com uns sacanas – diz Brian. – Se você começar alguma coisa, vai chamar todo mundo... a polícia, a vizinhança, a porra inteira.

Doyle estava prestes a falar algo, quando Terry interrompeu: – Parece que eles estão se mandando.

Isso mesmo, a rapaziada já estava indo embora, com exceção de dois sacanas insistentes.

– Vão pro caralho, vão pro caralho, vão pro caralho – sibilou Doyle. Depois que os caras se despediram pela centésima vez, ele abriu a porta do carona e disse: – Está certo... esses putos vão morrer.

Brian agarrou o ombro dele, e disse: – Calma aí, cara... a gente veio aqui fazer a porra de um serviço.

Dozo Doyle lançou pra ele um olhar duro, com o queixo trincado, e perguntou em voz baixa: – Porra, você está tentando me peitar, Brian?

– Não... só estou falando que...

– Porra, não tente me peitar – diz ele suavemente. Depois cospe pelos dentes cerrados. – Nenhum filho da puta me peita! Sacou?

Brian fica calado.

– Perguntei se você sacou – sibila Doyle.

– Não estou tentando peitar você. Só estou falando que a gente veio aqui pra fazer a porra de um serviço.

– Ótimo – diz Dozo, todo sorrisos. Depois vira pra mim, como se estivesse falando comigo o tempo todo, e meio que cantarola: – Desde que você não tente me peitar.

– Aqueles putos já foram embora... vamos nessa. Até curto ficar na traseira de uma van com um bando de gatas, mas não com vocês, seus merdas – diz Terry. Depois olha pra mim. – Esse puto aqui acaba de peidar, porra... que escrotice, Birrell!

– Vá se foder... todo cachorro vive farejando a própria sujeira – digo. A cara de pau desse escroto... só podia ser o Terry: brutal.

Abrimos as portas e saltamos com as ferramentas. Doyle tem uma luva comprida e uma espécie de tubo acolchoado onde enfia um dos braços. O troço foi confeccionado a partir de um cone de trânsito. Ele também carrega uma jaqueta velha, com um fedor que lembra carne morta. Embora as ruas estejam desertas, só pode parecer drástico pra caralho seis rapazes saírem de uma van em Granton no meio da noite. Não é só brutal: na verdade, nós somos amadores pra caralho.

O lado bom é que bem depressa cortamos o alambrado, que cede de uma vez só diante daquelas tenazes enormes. Polmont e Brian ficam dentro do abrigo do ponto de ônibus, vigiando os carros ou transeuntes. Martin Gentleman passa primeiro, depois Terry, depois Doyle, e depois eu, que balanço a cabeça pro Brian e pro Polmont avançarem.

Assim que eles passam eu ouço os latidos de um cachorro, que surge do nada, correndo direto pra nós! O bicho parece perceber que somos um grupo, e estaca como se houvesse um campo de força poucos metros à nossa frente. Mas Terry já pulou pra trás, e depois se afastou. Imediatamente Polmont cruza de volta o alambrado. Doyle, porém, já se agachara em posição de ação, com o tal tubo em volta do braço. Rosnando, o cachorro arqueou o corpo pra baixo, a cerca de três metros de nós, com as orelhas apontadas pra trás. Doyle simplesmente rosnou de volta, agitando o braço acolchoado à frente do bicho, e balançando a jaqueta velha rente ao chão feito um toureiro espanhol. A cena parecia o pôster que minha tia Lily me trouxe da Espanha, aquele que eu tinha na parede do meu quarto e queria tirar, mas a velha sempre resmungava que era um presente:

> PLAZA DE TORRES
> EL CORDOBÉS
> BILLY BIRRELL

– Venha seu puto... venha logo... seu abusado da porra – diz Doyle.

Então levamos um choque; um outro cachorro, ainda maior, aparece correndo, pulando por cima do cachorro que rosnava no chão e se jogando em cima de Doyle. Ele ergueu o pulso acolchoado, que foi mordido pelo cachorro. Eu corri pro outro cachorro, que pulou pra trás, mas depois se retesou, baixou a cabeça e começou a rosnar, com as narinas tremendo. Doyle continuava lutando com o cachorro maior, mas Gentleman se aproximou por trás e apoiou todo o seu peso sobre o lombo do bicho, que ganiu e lentamente desabou no chão sob o corpanzil dele.

Terry já está ao meu lado, e nós ficamos de olho no outro cachorro. Ele diz:
– Não entendo disso, Billy.

– Não, esse merda aqui tá se cagando – digo, avançando e vendo o cachorro recuar.

Gentleman continua em cima do outro cachorro, imobilizando o bicho e segurando as mandíbulas abertas dele com as duas mãos, enquanto Doyle livra o braço.

Eu e Terry continuamos enfrentando o outro cachorro. Empunhando um bastão de beisebol, Brian diz: – É só vigiar a boca do puto. Eles só têm dentes e mandíbulas. Não podem socar nem chutar, só morder. Vamos lá, seu puto...

Polmont já voltou, e passou as tenazes pro Doyle. Gentleman continua em cima do cachorro, já segurando o focinho fechado do bicho com suas mãos enormes e puxando o pescoço pra trás, com a cabeça encostada no peito. Doyle bota a tenaz por cima de uma das pernas dianteiras do cachorro, e há um estalo horrível, seguido de um ganido abafado. Quando ele faz o mesmo com a segunda, há um uivo estranho, que ecoa. Gentleman solta o cachorro, que tenta levantar, mas só consegue ganir, e parece dançar sobre carvões em brasa; manquitola, guincha e tomba emborcado. Mas continua rosnando, e vai se arrastando sobre as pernas traseiras, tentando avançar pro Doyle.

– Puto abusado – diz ele, antes de dar um forte pontapé na fuça do bicho, e pisotear suas costelas umas duas vezes. O rosnado vira um gemido, e dá pra ver que o espírito do cão foi quebrado.

Gentleman começa a prender o focinho do cachorro com uma fita adesiva marrom, do tipo usado pra encaixotar coisas e fazer mudança. Depois faz o mesmo com as pernas traseiras.

Doyle se aproxima de nós e do segundo cachorro. Joga seu casaco pro bicho, que se lança sobre ele. Antes que o bicho largue o pano, todos nós avançamos correndo pra imobilizá-lo. Eu empurro sua cabeça sobre a grama macia. Terry treme feito uma vara verde ao segurar o bicho ali junto com Brian. Já Polmont dá um pontapé no flanco do cachorro, fazendo com que ele se torça e quase escape das minhas mãos.

– Não chute o bicho, só segure – grito pro babaca, que então se abaixa e agarra o bicho.

Mas ele logo levanta e chuta o estômago do cachorro, que solta um grande gemido, com uma enorme bolha sangrenta emergindo de uma de suas narinas.

– Essa porra merece morrer – diz Polmont.

Gentleman se aproxima e monta no lombo do cão, segurando e fechando com fita a boca. Depois enrola as patas dianteiras e traseiras.

– Ainda não terminamos com esses putos – sorri Dozo, enquanto começamos a cruzar o terreno na escuridão, deixando os dois cães deitados ali, impotentes.

Quando nos afastamos da cerca do perímetro, a grama sob nossos pés vai se tornando cada vez mais encharcada de água lamacenta. Sentindo a umidade fria penetrar nos meus tênis, eu digo: – Que merdaaa...

– Psiu... estamos quase lá – diz Terry.

Está escuro feito breu, e fico aliviado ao ver a luz no escritório à nossa frente, ao pé da colina. O barranco começa a ficar íngreme, à medida que desce até o estacionamento perto da estrada. Subitamente, ouço um berro. Fico tenso, mas é só o Polmont, que caiu. Silenciosamente, Gentleman faz o otário ficar de pé outra vez, apenas com um puxão.

Logo estamos chafurdando na lama, e quando chegamos ao concreto da plataforma de carga, meus pés estão totalmente ensopados. Mesmo assim eu tenho uma sensação maneira, como se estivesse em um filme de James Bond, ou num filme de ação durante a invasão do quartel-general inimigo. Mas quando chegamos ao escritório, Pender não deixa Doyle entrar.

– Abra a porra dessa porta, seu puto velho – grita ele à janela.

– Não posso. Se deixar vocês entrarem, eles vão sacar que eu tava na jogada – geme Pender.

Gentleman recua e corre até a porta, arrombando-a com dois coices. Depois diz: – Pronto, é até melhor parecer que a gente entrou assim...

– Vocês não precisam entrar aqui! – diz Pender, todo cagado. – Tudo que é necessário tá lá fora!

Mas Gentleman já entrou, olhando em torno feito o Lurch da família Adams. Polmont empurra uma papelada pra fora da mesa e tenta arrancar o telefone da parede, como se faz nos filmes, mas o puto do fio não se solta... uma vez, duas vezes. Gentleman abana a cabeça, tira o aparelho das mãos dele, e arranca tudo fora.

Terry está vasculhando as gavetas. O velho Pender tá ficando histérico. – Não faça isso, Terry... você vai me encrencar pra caralho!

– Agora a gente precisa amarrar você – diz Doyle. – Só pra não criar suspeitas.

O velhote vê que ele não tá brincando e quase entra em pânico, ganindo: – Eu não posso, tenho coração fraco...

Vejo Polmont dar um sorriso debochado diante disso, e resolvo falar em defesa do velhote, que parecia aterrorizado, dizendo: – Deixem o cara em paz.

Doyle vira lentamente e olha pra mim. Assim como Gentleman. Terry para de vasculhar tudo em volta e bota a mão no meu ombro.

– Ninguém vai machucar o Jim, Billy... só estamos fazendo isso pra evitar chateação. Se virem o velhote assim, vão sacar que ele estava na jogada – diz ele, virando pro Pender. – Só vamos fazer isso na hora de ir embora, Jim, e os caras da Securicor vão achar você logo depois, quando vierem apanhar os cachorros.

– Mas a porta foi arrombada, e os cachorros podem entrar pra me pegar...

Todos nós rimos disso, e Doyle disse: – Não, não vai ter cachorro por aqui...

Terry olha pro Pender. – Então não tem grana aqui, Jim?

– Não, aqui dentro, não... é só administração. Como eu falei, tem muito pouca gente trabalhando aqui hoje em dia...

Terry e Doyle parecem aceitar isso. Terry registra o meu par de tênis, deixando uma trilha lamacenta escritório adentro e por todo o estacionamento.

– Já não falei a você qual era o calçado sensato, Birrell, o calçado correto pro serviço? Você iria jogar futebol de chinelos? – diz, com aquela voz professoral que ele e Carl sempre fazem.

Doyle ri disso, junto com o bundão do Polmont. Todos os outros sacanas estão de botas; só eu estou de tênis. Eu me sinto meio babaca, e isso é chato pra caralho. Lembro que não fiquei feliz ao ver Terry bancar o fodão daquele jeito e se exibir pro Doyle. O puto podia ter acabado com a boca arrebentada, se tivesse continuado assim.

Mas a gente estava lá dentro. Tínhamos conseguido, e era isso que contava.

Gentleman e Brian começam a levantar os grandes fardos, e conseguimos enfiar dois na traseira da van. Cortamos alguns pedaços de um terceiro fardo, e carregamos isso também. Então Gentleman corta as correntes dos portões com as tenazes, ensanguentadas por causa dos cachorros. Depois abrimos os portões. Antes de partirmos, levamos o coitado do Jim lá pra dentro.

O puto velho parece meio em estado de choque, ao ser amarrado à cadeira com fita adesiva. Dá pra perceber que ele nunca pensou que acabaria assim, enquanto bebia, sentado lá no Busy Bee, as canecas pagas por Terry e Doyle. É uma coisa totalmente brutal pro pobre-diabo. Ele fica balbuciando coisas sobre os homens que trabalhavam ali antigamente; quantos eram, de onde vinham, coisa e tal.

– Bom, mas tudo isso já se foi, Pender, junto com os fios de cobre – diz Doyle. – Certo, moçada?

Nós assentimos, com Terry e Polmont às gargalhadas.

Polmont pega o bastão de beisebol e começa a brandir no estilo Kung Fu, chegando perto do velhote. – Vamos fazer tudo de forma realista, Pender, como se você fosse a porra de um herói que lutou contra nós...

Eu agarro o braço do bundão e, pra ser justo, até Gentleman já tinha se aproximado. Então digo: – Você está querendo sentir esse bastão na *sua* cabeça?

– Era só brincadeira – diz ele.

Era porra nenhuma. Bastava um incentivo da nossa parte e a cabeça do Pender seria arrebentada. Dozo ficou olhando pra mim como se fosse falar alguma coisa, mas depois olhou pro Polmont, como se ele devesse ter mostrado firmeza. Realmente olhou pro idiota como se estivesse constrangido com ele. Então disse pro Pender: – Jim, quando os caras da Securicor chegarem e perguntarem pelos cachorros, só fale que eles fugiram.

– Mas... mas... como eles poderiam fugir? – diz ele.

– Pelo nosso buraco no alambrado, seu maluco – diz Doyle.

– Só que eles ainda estão amarrados lá atrás – diz Brian, apontando pra estrada de cima.

– Estão... agora. – Doyle deu uma piscadela.

Percebi o que Doyle estava falando enquanto voltávamos. Terry, Brian e Polmont saíram com a van pelos portões da frente, carregando a fiação ao longo da estrada. Aquele era o caminho mais arriscado, na minha opinião, mas eu, Gentleman e Doyle ficamos com o maior problema, forçados a voltar pelo terreno lamacento e escuro. Os cachorros continuavam onde haviam sido deixados, e ainda se debatiam, com as feridas nas pernas do mais feroz sangrando muito. Dava pra ouvir os gemidos suaves através da fita adesiva. Então Doyle se curvou perto do pastor-alemão que não se machucara, alisando o bicho de forma reconfortante.

– Pronto, pronto, garoto. Que escândalo todo é esse? – arrulhou ele. Depois, em tom meio tatibitate, disse: – Qui iscandalu todu e essi?

Então Gentleman se aproximou. Ele e Doyle pegaram as duas pontas do cachorro, as pernas dianteiras e traseiras, e carregaram o bicho através da cerca. Gentleman estacionara a Ford branca ali, e largou sua ponta do cachorro pra abrir as portas traseiras. Depois os dois jogaram dentro da van o bicho, que guinchou de dor, através da fita, ao bater no assoalho.

Eu esperei que eles entrassem de volta e trouxessem o segundo cachorro. Gentleman trouxe o bicho pela coleira, a fim de poupar as pernas dianteiras machucadas, e Doyle veio segurando as pernas traseiras. O animal foi lançado pra dentro junto do outro.

Eu não estava curtindo aquilo. O que me grilava era que ninguém me contara pra que servia aquela merda toda com os cachorros. Então perguntei: – Que porra tá acontecendo aqui? Isso é brutal pra caralho. Vocês estão brincando de quê?

– Reféns, parceiro. – Doyle deu uma piscadela. Depois começou a rir pro Gentleman, que deu uma gargalhada. Gentleman parecia tão esquisito quando ria, feito um verdadeiro maníaco com um machado. Depois Doyle continuou: – Esses putos sabem demais. Podem falar, ou dedurar a gente. Só é preciso trazer pro caso de um filho da puta feito aquele Dr. Dolittle, e todos nós vamos pro buraco. Vamos lá, Birrell... sente aí na frente com o Marty, e eu faço companhia aos garotos ali atrás.

Eu entro e Gentleman diz pra mim: – Nunca gostei de pastor-alemão. Não é cachorro pra se curtir. Se eu tivesse um cachorro, seria um Border collie.

Fico calado, porque Doyle começa a falar outra vez, debochando. – Eles são uns putos cagões. Se fosse a porra de um rotweiller ou um pitbull, não teria sido pego com tanta facilidade.

Ele andou tomando anfetamina e passa um pouco pra nós. Eu só dou uma bicadinha, porque tenho aula de manhã, mas a maior parte some do papel-alumínio nos dedões molhados de Gentleman.

Fomos na van até Gullane, o tempo todo aturando a tagarelice doentia de Doyle com os cachorros lá atrás. Ele era um psicopata. Na minha visão, não batia bem da bola.

– Sabem o que dizem aquelas tribos na porra da África? – diz ele, rilhando os dentes com os olhos esbugalhados. – Dizem que se você mata um puto, fica com todo o poder dele. É a porra da coisa do caçador. Isso quer dizer que a gente vai ficar com a porra do poder desses cachorros! A gente acabou com esses putos da porra!

Gentleman ficou calado, só olhando pra frente enquanto guiava. "Police and Thieves", aquela canção, não sai da minha cabeça. Parecia que Doyle nunca esperava que Marty falasse, de modo que dirigia tudo pra mim, coisa que me desagradava.

– Você é sério, Birrell... não fala muito, tal como o Marty aqui. Pois é, não fala muito, mas saca a porra da jogada. Com você não tem babaquice, caralho. Já o Lawson, ao contrário, é outro lance. Sei que ele é seu amigo, não me entenda mal... eu gosto do cara, mas ele é cheio de merda. Quem é aquele parceirinho de vocês, o puto que esfaqueou a mão do garoto na escola?

– O Gally – digo. Não que eu chamasse aquilo de esfaquear. Só um rapazola se exibindo pra um puto que bancou o abusado. Essas coisas são todas exageradas.

– Gally, é isso. Ele parece ser um puto bom. Vi o cara em ação no futebol uma vez. Daqui a duas semanas tem Hibs contra Rangers lá no Easter Road. Devíamos ir juntos, uma turma do nosso conjunto, e qualquer outro viado que esteja a fim. Eu conheço uma rapaziada lá no Leith. Seria maneiro juntar uns putos bacanas e enfiar porrada na turma de Glasgow.

– Beleza, estou dentro – digo, porque com certeza estaria. A gente precisa se divertir. Se não a vida fica chata demais.

Gentleman, ainda guiando em silêncio, passa um chiclete pra mim. E Dozo começa a contar piadas.

– Como se fala em Glasgow quando dois drogados começam a se esfaquear? – diz ele, meneando a cabeça pro Gentleman. – Não fale pra ele, Marty.

– Não sei – digo.

– Empata-foda. – Doyle dá uma gargalhada, erguendo a cabeça de um dos cachorros e encarando o bicho olho no olho. – Empata-foda, rapaz! Essa é boa pra caralho, não é, parceiro? Uma beleza da porra...

Foi um alívio chegar a Gullane e encontrar o resto dos rapazes, que estavam descarregando os fios de cobre, com Terry e Polmont empurrando um carretel ladeira abaixo até a praia.

Eles levaram um choque quando nós chegamos, carregando os dois cachorros, ganindo, ao longo do estacionamento. Um deles, acho que era o das pernas quebradas, tinha mijado e cagado dentro da van, enfurecendo Doyle.

– Você vai morrer, seu puto imundo – rosnou ele, curvado sobre o cão. Depois mudou subitamente, imitando aquela mulher, Barbara Woodhoose, e disse:

– Warrkeyysss!

Quando posicionamos os fardos direito, Doyle jogou parafina em cima e incendiou tudo. Enquanto os núcleos e as rodas de madeira pegavam fogo, o plástico começou a derreter, e uma enorme labareda brilhante se ergueu, a partir do cobre. O ar se encheu de vapores venenosos, e todo mundo buscou uma posição com o vento a favor, exceto o tal de Polmont, que nem parecia se incomodar. A chama assumiu um tom esverdeado, e era uma visão incrível, dava pra ficar olhando pra aquilo a noite toda. Lembrava a escola, em que eles falam que é fria aquela chama pequena no bico de Bunsen. Parecia que você podia entrar naquela chama verde, e que a sensação seria mágica. Eu só estava tentando não pensar no meu cansaço, que podia ser sentido apesar da anfetamina e da excitação; eu tinha aula de manhã, e ia ouvir uma bronca da velha quando me esgueirasse de volta.

Então Doyle foi até a van e voltou com uns pedaços de corda pra varal de roupa. Passou um pedaço em torno da coleira do primeiro cachorro, e depois do outro, jogando a outra ponta por cima do galho de uma árvore. Puxou a corda e pendurou os dois ali, com Gentleman e Polmont ajudando. Enquanto eles se debatiam, sufocando no ar, Polmont surrava um deles com o bastão. Terry estava abanando a cabeça, mas tinha um sorriso debochado na cara. Doyle avançou com a lata de parafina. Fiquei enojado, mas também excitado, porque sempre quis saber como seria ver algo vivo queimar até morrer. Os cachorros espernearam quando Doyle despejou a parafina em cima dos dois. Ele segurou a mandíbula de um deles, e rasgou rudemente a fita adesiva com um canivete, tirando sangue ao cortar a gengiva do bicho.

– Vamos ouvir esse puto urrar – disse ele, rindo e fazendo o mesmo com o outro.

Os cachorros estavam sufocando e uivando. Brian, que andara quieto, avançou e disse: – Já chega. Estou falando pra você.

Dozo se aproximou do primo, estendendo as palmas das mãos no ar, como se fosse lhe pedir algo. Então enfiou a cabeça no nariz do rapaz. Houve um estalo e um jorro de sangue. Foi um golpe forte e certeiro. Brian pôs as mãos no rosto. Dava pra ver o choque nos seus olhos, entre os dedos. Qualquer um percebia que não haveria revés.

– Isso chega, Bri? Já chega? – Doyle ficou andando em torno de Brian, no meio do estacionamento, e depois deu um passo em direção ao primo outra vez. Terry desviou o olhar pro mar, como se não quisesse testemunhar aquilo. Eu olhei pro Gentleman.

– Tudo bem? – disse ele, sem se perturbar.

– Tudo beleza – digo.

– Isso está legal pra você, Birrell? – Doyle sorri, olhando pros cachorros. Um deles já não esperneia mais. Tem os olhos abertos, e ainda respira, mas pendurado ali na coleira, amarrado e coberto de parafina, parece fraco demais pra continuar lutando. O outro, o das pernas quebradas, ainda se debate. Uma de suas pernas está realmente torta, e toda deformada. Pra eles seria melhor morrer. Agora ninguém aceitaria mais os dois, que precisariam ser sacrificados de qualquer maneira.

Eu simplesmente dei de ombros. Nenhum puto podia fazer qualquer coisa pra deter Doyle. Ele estava decidido. Qualquer puto que fizesse algo provavelmente acabaria recebendo o mesmo tratamento que os cachorros.

– Terry? – diz Dozo.

– Eu não vou ligar pra Sociedade Protetora dos Animais, se você também não ligar. – Terry sorri, passando a mão pela cabeleira de saca-rolha.

Só que isso aqui é brutal pra caralho. Brian está sentado na areia, ainda segurando o nariz. Doyle já se virou pro primo outra vez e aponta pra ele.

– Lembre como você veio parar aqui com a gente. Porque *a gente* planejou essa porra toda! Lembre disso. Não tente falar pra qualquer outro puto o que fazer e o que não fazer. Não pense que você pode só chegar aqui e já dirigir a porra do show!

Então Doyle incendiou um cachorro e depois o outro. Eles ficaram urrando e esperneando, enquanto eram cobertos pelas chamas. Logo não consigo mais continuar olhando. Eu me viro pro vento, longe deles, e olho pra praia deserta. Então ouço um baque. A corda deve ter ficado encharcada de parafina, porque queima completamente: um dos cachorros cai e tenta levantar pra se arrastar pela areia até o mar. Era o mais feroz, mas com as pernas arrebentadas não chegou a ir muito longe.

O outro soltou um uivo baixo e depois parou de se debater; quando sua corda queimou, ele simplesmente caiu e ficou imóvel.

– Ninguém faz um churrasco de praia direito sem a porra de um cachorro-quente. – Terry sorriu, mas não parecia muito à vontade. Então ele, Polmont e Doyle começaram a rir de um jeito histérico. Eu e Gentleman ficamos calados, assim como Brian.

Mais tarde, quando todos fomos pra casa, Terry e eu combinamos não falar sobre aquela noite com ninguém. No dia seguinte eu faltei à escola. Quando minha mãe perguntou onde eu estava, só falei que tinha ido à casa de Terry. Ela ergueu os olhos. Eu tinha mandado Rab falar que me vira chegar antes do que cheguei. Ele é legal nesse ponto, o Rab.

Pensei um pouco sobre os cachorros. Era uma pena. Eles eram assassinos, é verdade. Treinados pra não ter compaixão. Mas ninguém pode fazer aquilo com um cachorro. Matar o bicho, tudo bem, mas fazer o que Doyle fez mostra que ele não bate bem da bola. Só que ele é assim. Eu queria ficar longe dele depois disso, e preferia não ter combinado ir ao jogo junto com ele. O negócio é que eu nunca gostei muito daquele escroto. Nem daquele covarde, o Polmont. O Gentleman eu não conheço. Nunca me fez mal, mas ele e Doyle são mais unidos que duas pregas em um cu apertado.

Estou devaneando pra caralho aqui, e meu ônibus vem aí. Não vou entrar em guerra com um maluco feito Doyle por causa da merreca daqueles fios de cobre, mas ele vai ouvir poucas e boas.

Pego o ônibus e vou pro andar de cima. Até que o dia não está ruim até agora. Daqui, do segundo andar de um ônibus na Princes Street, dá pra ter uma vista legal do castelo. Só que o trânsito está brutal. Dá pra entender por que o pessoal de Glasgow tem raiva de Edimburgo: eles não têm o castelo, os jardins e as lojas que nós temos. As pessoas falam que há favelas em Edimburgo, e isso é verdade, mas Glasgow *inteira* é uma favela, e aí está a diferença. É por isso que eles parecem apaches. Malucos como Doyle sobressaem feito uma pústula aqui, mas em Glasgow ninguém percebe que eles existem.

Ronnie Allison, da academia de boxe, sobe no ônibus. Eu viro de lado, mas ele já me viu, chega perto e senta do meu lado. De cara registra o lenço do Hibs pendurado no meu bolso.

– E aí?

– Ronnie.

Ele meneia a cabeça na direção do lenço. – Seria melhor você passar a tarde na academia de boxe do que nas arquibancadas. Estou indo pra lá agora.

– Pois é, mas você só fala isso porque torce pelo Herts – digo, meio que brincando.

Ronnie abana a cabeça. – Não. Escute aqui, Billy. Eu sei que você também joga futebol, e gosta de assistir, tudo isso. Mas tem talento mesmo como lutador. Pode acreditar.

Talvez.

– É, você tem talento para o boxe, filho. Não jogue isso fora.

Eu quero jogar futebol. No Hibs. Só pra desfilar de uniforme no Easter Road. O tal do Alan Mackie nunca vai vingar. Logo vão descobrir a farsa. Cheio de firulas, um enganador.

– Minha parada é aqui, Ronnie – digo, fazendo com que ele se levante pra me deixar sair.

Ronnie olha pra mim como se fosse um ator daquele programa *Crossroads*, na parte final em que eles voltam só pra uma última fala, depois que você pensa que já acabou. – Lembre do que eu falei.

– A gente se vê, Ronnie – digo. Então viro, descendo a escada até o andar de baixo e as portas.

Na verdade não era a minha parada, seria melhor ter continuado até a próxima, mas é bom estar sozinho outra vez. Com todo o trânsito na Princes Street, seria quase tão rápido caminhar até a lanchonete.

Andrew Galloway

Atraso

De certa maneira, nosso atraso foi culpa de Caroline Urquhart. Na aula de ontem, ela estava usando aquela saia marrom com botões na lateral, e uma meia-calça com buracos grandes por dentro e por fora das pernas. Eu estava pensando nisso quando minha mãe me acordou com chá e torradas.

– Ande logo, Andrew, os meninos vão passar aqui num minuto – disse ela, como sempre fazia.

Deixei o chá esfriar, porque estava pensando naqueles buracos da meia-calça da Caroline: se continuassem perna acima, também haveria um no lugar da xota dela, e se ela não estivesse usando calcinha, eu só precisaria levantar aquela saia e enfiar meu pau, pra foder com ela em cima da carteira na aula de inglês, enquanto todos os outros não conseguiriam ver nem ouvir isso, como naqueles filmes ou sonhos, ficariam só olhando pro quadro-negro... a meia que eu guardo embaixo do colchão saiu, e já está em volta do meu pau duro... Caroline se maquiou com rímel e gloss, e tem uma expressão de superioridade severa no rosto, como no dia em que a gente foi de bicicleta até Colinton Dell... ela estava lá de mãos dadas com aquele puto sortudo e grandalhão que já tem trinta e poucos anos... mas não, agora ela está comigo, e quer transar...

.... hhhuuummm...

... aahh... aahh... aahh...

... a meia está encharcada outra vez.

Levei um minuto pra recuperar os sentidos. Meu brinco novo ainda estava no lugar, desde a véspera. Pus o brinco outra vez no pingue-pongue do clube. Mas na última sexta-feira lembrei de tirar, porque a professora Drew manda pro Blackie quem aparecer de brinco na escola. Catei minha calça social (o puto proibiu calça jeans de todo tipo), as botinas, minha camisa azul da Fred Perry, e o agasalho de beisebol amarelo e preto, com zíper.

Engolindo o chá depressa, corri pra lavar o rosto. Já dava pra ouvir os putos à porta lá embaixo: Billy e Carl. Minha mãe já está reclamando de novo, de modo que me lavei depressa: rosto, sovacos, culhões e rabo. Depois enfiei as roupas, ainda mastigando a torrada.

— Venha logo, menino! — gritou ela. Eu conferi a gaveta junto à cama, pra ver se a faca continuava ali. Lembro de ter pegado aquilo e esfaqueado aquele puto do The Jam e o pôster na parede. Depois me arrependi um pouco, porque aquele pôster é bom, e o rapaz é legal. Os escrotos do The Jam usam roupas geniais. Mas são viadinhos ingleses.

Não consigo parar de ficar olhando pra lâmina. Naquela sexta-feira fiquei tentado a levar a faca pra escola, mas não queria mais encrenca. Coloco de volta na gaveta. Minha mãe gritou comigo outra vez. Correndo escada abaixo, quase tropecei no cachorro, que só estava deitado no meu caminho, sem se mexer.

— Saia da porra da minha frente, Cropley! — rugi pra ele, que se levantou. Então nós saímos porta afora e pegamos a rua.

Billy estava irritado pra caralho naquela manhã, e nem um pouco feliz, mas a princípio ficou calado. Nós pegamos a avenida de mão dupla.

— Você nunca consegue se aprontar na porra da hora – diz Carl pra mim, mas na verdade o puto nem se incomoda com o atraso, só quer sacanear Birrell.

— Tem que ver se o Blackie está esticando o horário – diz Billy, mordendo o lábio inferior.

— Ele nunca estica a porra do horário sexta-feira! Já estava de serviço ontem, quando pegou o Davie Leslie – digo a eles.

Era uma manhã mortiça, embora fosse verão, e parecia que ia chover mais tarde. Mesmo assim, a coisa estava apertada pra caralho, e eu comecei a suar feito um porco por causa do ritmo da nossa caminhada.

Ouvimos a buzina de um caminhão quando cruzamos a rampa de saída. Erguemos o olhar, e era o caminhão de suco. Terry estava no banco do carona, com aquela cabeleira encaracolada pra fora da janela.

— Depressa aí, meninos, vão chegar atrasados à escola! – diz ele, em tom agudo e afetadamente sofisticado.

Nós fizemos uns gestos obscenos pra ele e Billy gritou: – É bom você aparecer no jogo amanhã!

Terry fez um gesto de punheta do lado de fora da janela. Mas pensar na manhã seguinte nos deu uma sensação boa, de modo que fomos dando risada o resto do caminho até a escola. Manhã de sábado! Maneiro pra caralho!

Só que Blackie *estava* esticando o horário, quando chegamos à escola. Demos uma espiadela pra conferir atrás das sebes que cresciam ao longo da cerca da escola. O puto estava mesmo lá, parado nos degraus, com as mãos atrás das costas. Billy não conseguiu resistir e deu um empurrão em Carl, que ficou a descoberto. Carl pulou pra trás, mas o puto nos viu e berrou: – Vocês aí, meninos! Já vi vocês! Venham cá! Carl Ewart! Venha cá!

Carl olhou de volta pra nós e foi caminhando até lá, de um jeito medroso e matreiro, feito um cachorro que fugiu e passou séculos fora, perseguindo todas as cadelas no cio. Eu sei como o coitado do puto se sente, mas espero que ele tenha mais sorte do que eu!

– Tem outros! Eu sei que tem mais! Venham cá, ou terão um problema sério!

Billy e eu assentimos um pro outro, e depois demos de ombros. Não havia o que fazer, além de caminhar até os portões da escola e cruzar o pátio de recreação asfaltado até as portas da frente, onde aquele babaca estava parado como se fosse a porra do Hitler. Ainda bem que eu lembrei de tirar a porra daquele brinco de manhã cedo.

– Não vou tolerar atrasos – disse Blackie. Depois olhou pro Carl. – Sr. Ewart. Eu devia ter adivinhado.

Ele olha um pouco pra mim, como que tentando me localizar. Depois vira pro Billy. – É Birrell, não?

– É – disse Billy.

– É? É? – Blackie meio que uiva, dando a impressão de que algum puto agarrou os culhões dele. – Aqui nós falamos o inglês da rainha, menino idiota. O que nós falamos?

– O inglês da rainha – disse Billy.

– É mesmo?

– Sim.

– Sim o quê?

– Sim, senhor.

– Assim é melhor. Bom, todos para dentro – disse Blackie. Então nós entramos na escola atrás dele, e seguimos pelo corredor. Quando chegamos ao escritório do puto, ele nos detém agarrando meu ombro com força. Olha pro Billy e diz: – Birrell. Birrell, Birrell, Birrell, Birrell, Birrell. O esportista, não?

– É... sim, senhor.

– O futebol. O boxe, sim. Futebol e boxe, não é, sr. Birrell? – Ele continua apertando meu ombro com força, enfiando os dedos ali.

– Sim, senhor.

Blackie examinou Birrell com uma tristeza autêntica no olhar. E largou o meu ombro.

– Tão decepcionante. Você, acima de todos, deveria estar exibindo liderança, Birrell – diz ele, olhando pra mim e Carl como se fôssemos lixo. Depois olhou de volta pro Billy, que tinha o olhar fixo à frente. – Liderança. Esporte, Birrell... esporte e tempo são conceitos indivisíveis. Quanto tempo dura uma partida de futebol?

– Noventa minutos... senhor – diz Billy.

– Um assalto de boxe dura quanto?

– Três minutos, senhor.

– Sim, e a escola também funciona com base no conceito de tempo. Quando começa a chamada?

– Oito e cinquenta, senhor.

– Oito e cinquenta, sr. Birrell – diz ele. Depois vira pro Carl. – Oito e cinquenta, sr. Ewart.

Então vira pra mim. – Qual é o seu nome, menino?

– Andrew Galloway, senhor – digo. A bronca que o puto estava nos dando era mortificante pra caralho, porque passava gente de outras turmas, até meninas, e todo mundo ria de nós.

– Soletre "senhor", sim, sr. Galloway? – pede ele.

– Ah...

– Errado! Não tem "a". Soletre "senhor".

– S-E-N-H-O-R.

– Correto. S-E-N-H-O-R. E não S-I-N-H-Ô, Andrew Galloway – diz ele. Depois olha pro relógio. – Bom, sr. Galloway, a chamada, como seus associados me informam, principia às oito e cinquenta. Não oito e cinquenta e um...

Ele enfia o relógio na minha cara e bate no mostrador com o dedo. – Certamente não nove e seis.

Achei até que o puto ia simplesmente nos liberar, sem nos dar chicotadas, porque ele ficou se pavoneando como se houvesse provado uma grande tese. Um de nós deveria ter dito "desculpe, senhor", ou qualquer merda assim, porque parecia que ele estava esperando que a gente falasse algo. Mas não. Não íamos falar coisa alguma assim, pelo menos praquele filho da puta. Então ele nos mandou entrar no gabinete. Lá estava o couro sobre a escrivaninha, é a primeira coisa que eu vejo. Fiquei com uma sensação de enjoo nas tripas.

Blackie bateu palmas e depois esfregou as mãos. Havia grandes marcas de giz no seu paletó azul. Nós ficamos em fila. Eu ponho as mãos no radiador atrás das minhas costas, já aquecendo as duas pro que estava por vir. Blackie dá bem no couro. Ele figura em terceiro, só atrás de Bruce da techno e talvez Masterton, o puto de ciências, embora Carl ache que sofreu mais com Blackie do que com Masterton.

– Nossa sociedade se baseia em responsabilidades. Um dos alicerces da responsabilidade é a pontualidade. Os atrasados nunca chegam a lugar algum, seja no esporte, Birrell, ou em qualquer outra coisa – diz ele, olhando pro Billy. – Uma escola que tolera atrasos é, por definição, uma escola fracassada. Fracassada por não conseguir preparar seus alunos para uma vida de trabalho.

Carl ia falar alguma coisa. O puto sempre se defende, é preciso reconhecer. Dava pra ver que ele ainda estava meio que hesitando, mas já se aprontando. Então Blackie olhou pra ele, com o pescoço projetado à frente e os olhos esbugalhados. – Você tem algo a dizer, Ewart? Então fale, menino!

– Por favor, senhor – diz Carl. – É só que na verdade não existem mais empregos. Que nem no lugar onde meu pai trabalha, a Ferranti's, eles acabam de despedir um monte de homens.

Blackie lançou um olhar totalmente enojado pro Carl. A porra da fuça desse puto quatro-olhos: dá pra ver que ele acha que a nossa raça não existe. Isso me espicaçou. – A United Wire também despediu gente, senhor. E a Burton's Biscuits já virou estatal.

– Silêncio! Só fale quando alguém lhe perguntar alguma coisa, Galloway! – rebateu Blackie, baixando o olhar pra nós como se fôssemos soldados sob inspeção. – Rapazola insolente. Há bastante trabalho para quem quer trabalhar. Sempre existiu, e sempre existirá. Já os preguiçosos e vadios, por outro lado, sempre encontrarão desculpas para sua indolência e preguiça.

É engraçado, mas essa menção à indolência e à preguiça me fez pensar em Terry, e ele é praticamente o único conhecido meu que trabalha, mesmo que seja só nos caminhões de suco. Tentei não olhar pra Billy e Carl, embora já percebesse que Carl estava começando a rir abafado. Dá pra sentir. E comecei a sentir vontade de rir também. Mas continuei de cabeça baixa.

Blackie começou a andar de um lado pro outro, lançando o olhar pela janela. Depois pegou o couro na escrivaninha e ficou balançando enquanto perguntava:
– O que teria acontecido se Jesus tivesse se atrasado para a última ceia?

– Ele não teria conseguido comer porra nenhuma – disse Carl pelo canto da boca.

Blackie fica ensandecido.

– O QQUUÊÊ? Quem... quem falou issooo... seus... seus... seus... animaizinhos! – Seus olhos se esbugalharam feito os caras que veem fantasmas em desenhos animados, como naquele *Gasparzinho*. Ele começa a nos perseguir em torno da mesa, brandindo a porra da chibata. O troço parecia a porra do final de Benny Hill, e a gente tava rindo pra caralho, um pouco se cagando de medo, mas rindo. Então ele agarra Carl e começa a dar uma surra nele, e Carl fica protegendo o rosto, mas Blackie enlouqueceu. Billy pula pra lá e agarra o pulso dele, mas Blackie diz:
– Largue o meu pulso, Birrell! Tire suas mãos de cima de mim, garoto idiota!

– Você não deve bater nele assim – diz Billy, mostrando firmeza.

Blackie olha fixamente pra ele e depois baixa os braços. Billy solta o pulso dele e Blackie diz: – Estenda suas mãos, Birrell.

Billy fica olhando pra ele e Blackie diz: – Agora!

Billy estende as mãos e Blackie lhe dá três, mas não com muita força. Billy nem faz careta. Depois Blackie faz o mesmo comigo, mas não com Carl, que ainda está esfregando a perna da calça esportiva azul-gelo do Hearts, onde o couro pegou.

– Parabéns, rapazes. Vocês receberam seu castigo feito homens – disse ele, todo nervoso. O puto sabe que passou dos limites. Depois meneou a cabeça pra porta. Ao sairmos, ainda ouvimos sua voz dizer: – Como Jesus teria feito.

Então saímos correndo pra caralho, e fomos logo pra aula, antes de cairmos na gargalhada outra vez. Lá em cima, a primeira coisa que eu vi foi Caroline Urquhart saindo porta afora. Ela não está com saia marrom; hoje é uma outra, justa, comprida e preta. Fiquei olhando, enquanto ela cruzava o corredor com Amy Connor.

– Bimbadas – disse Birrell. A professora Drew olhou pra gente e marcou nossos nomes na lista de chamada. Eu ergui os polegares pra ela e nós fomos pras nossas aulas.

Vida esportiva

A primeira leva deles saiu de Waverley. Nós estávamos sentados na Wimpy em frente, sem os lenços, com exceção de Billy, que já tirara o seu do bolso e exibia ostensivamente. Carl era Hearts, e não contava, mas Terry e eu não estávamos mostrando os nossos. Então eu disse: – Tire esse lenço daí, Billy, aqueles putos vão vir pra cá.

– Vá se foder, seu cagão. Eu não tenho medo desses babacas de Glasgow.

Birrell está fodendo as coisas pra nós todos. Não foi isso que a gente combinou, e eu olho pro Terry.

– Não foi isso que a gente falou, Billy – diz Terry. – Aqueles putos são mais numerosos. São uns escrotos cagões quando são pegos sozinhos, um contra um. Mas nunca vão querer isso.

– Esse é o melhor jeito de fazer a coisa – disse Carl. – Feito aqueles caras do West Ham que o meu primo Davie e seus amigos conheceram depois de Wembley. Eles nos contaram que nunca usavam os lenços quando iam a lugares como Newcastle ou Manchester. É isso que a gente precisa fazer: se infiltrar no meio dos torcedores do Rangers, encontrar uns otários e arrebentar os putos.

– Só quem é covarde não mostra o lenço – diz Birrell. – Isso é pra usar com orgulho, contra tudo e contra todos.

Terry abana a cabeça, acendendo e apagando o isqueiro. Está com bafo de bebida. Contou que comeu a tal da Maggie, e isso deixou Carl calado por um tempo, porque ele estava tentando comer a garota.

– Escute, Billy, quem inventou essa porra de regra? Os putos de Glasgow, com toda aquela merda irlandesa, a porra do laranja e do verde. Isso é conveniente pra eles, porque são mais numerosos. É fácil bancar o abusado quando você tem quinze mil filhos da puta de lenço por trás. Tranquilo. Mas quantos daqueles putos iam querer nos encontrar em número igual? Responda isso, se puder.

Pelo menos uma vez na vida, Terry está sendo sensato. Dá pra ver que Billy está escutando. Ele alisa o queixo. – Tudo bem, Terry, mas não é uma coisa só irlandesa, é uma coisa escocesa, vem de Culloden, quando os ingleses não deixavam nossos clãs usarem suas cores. Lembra que o seu velho contou isso, Carl?

Carl assente, esfregando a logomarca da bolsa plástica que está segurando. Seu velho vive falando de história e coisas assim, quando a gente está na casa dele. Mas não a história que é ensinada pra gente na escola, cheia de reis e rainhas ingleses, e toda aquela merda que ninguém quer saber.

– É, mas quem mantém o costume até hoje? O Terry tem razão, Billy. Isso é fazer o jogo deles. Aqueles putos do Celtics se vestem feito uns malucos, com lenços, emblemas e bandeiras. Feito umas porras de umas menininhas desfilando na Parada do Leith. Eles vêm pra cima da gente, porque sabem que vão ser ajudados pela putada toda. Vamos ver quem sobra quando a gente juntar uma turma do tamanho do pelotão deles. Só homem contra homem, sem ninguém se esconder na multidão. E o mais bonito é... o resto deles nem vai saber que nós somos Hibs!

Billy olhou pra mim e riu. – A gente saca um cuzão de Glasgow a mais de um quilômetro de distância, sem lenço algum. Eles também vão conseguir notar a gente.

– Não sei como você consegue encontrar piolho na sua cabeça a distância – riu Terry. Todos nós rimos também, e ele continuou: – Sabem de uma coisa... tenho certeza que aquela mina no filme de ontem tinha piolho nos pentelhos.

– Qual é? – digo.

– Estou falando, Gally, você precisava ter visto aquela idiota. Puta que pariu. E o tamanho do vergão do cara que estava dando o recado a ela...

Nas noites de quinta-feira, Terry sempre ia ao Classic, lá na Nicolson Street, pra ver os filmes pornô. Uma vez eu tentei entrar, mas fui barrado por parecer jovem demais.

– O que estava em cartaz? – perguntei.

– O primeiro se chamava *Hard Stuff*, o segundo era *I Feel It Rising*. Mas a gente também ficou pra última sessão, *Soldier Blue*. Filme maneiro pra caralho.

– Ouvi falar que *Soldier Blue* era uma bosta – diz Billy.

– Não, Birrell. Você precisava ver, cara. A parte em que eles cortam a cabeça da gata, que sai voando pela tela... achei que aquilo ia cair na porra do meu colo.

– Isso teria perturbado a sua bronha, sozinho na última fileira – diz Carl com uma risada.

Terry faz com que ele se cale, cantando um trecho daquela canção de Rod Stewart: – *Oh, Maggie, I couldn't have tried anymo-ho-hore...* – Depois aponta pro Carl. – *Ela fez você de bobo...*

Nós rimos de Carl, que fica vendo pela janela alguns torcedores do Rangers passarem.

— Tem um bom número de "Soldier Blues" ali fora — diz ele, tentando mudar de assunto.

Terry ignora Carl e começa a rir pra mim. — Eu sempre tenho de contar a esse putinho os filmes do Classic. Ainda vou passar um bom tempo fazendo isso, porque vai levar séculos até ele parecer ter idade suficiente pra entrar.

Billy ri de mim, assim como Carl, embora eu já tenha notado que ele nunca tentou entrar no Classic. Então digo a Terry: — Fique tranquilo, doutor Lawson... eu consigo entrar no Ritz.

— Grande coisa, doutor Galloway. Logo você estará até fazendo a barba. Depois o quê? Esporrar?

— Já tenho bastante porra aqui, doutor Lawson.

— Só falta o lugar pra colocar — diz ele, e a turma toda ri. Puto abusado. Sempre foi brincadeira nossa falar uns com os outros como os professores falavam com a gente. Mas isso me faz lembrar do Ritz, e é uma boa hora pra mudar de assunto. — Ninguém topa ir ao Ritz essa semana? Está passando aquele *Zombies*. Programa duplo com o *Great British Striptease*.

Terry ri e olha pra janela.

— Tô fora. Pra que a gente precisa disso? Aí fora mesmo tem todos os zumbis do mundo pra encher de porrada. — Ele aponta pra alguns *huns* da torcida do Rangers que passam. — À noite, ainda podemos traçar umas buças na Clouds, e então vai ser mesmo o "Grande Striptease Britânico". Filme é o caralho, vamos partir pra realidade!

Isso me fez pensar, mas então um cântico de "No Surrender" soou na rua lá fora, e fiquei até enjoado. Não sabia se estava mesmo a fim daquilo!

— E o Dozo... onde está aquela galera? Olhem ali! — digo. Um sujeito alto e cabeludo, com uma camiseta estampada de gola em V, estava enrolado em uma bandeira dos condados de Ulster. O puto parecia um ancião. — Não vou sair na porrada com um quarentão, caralho.

Eu ainda tinha quinze anos, caralho.

— Meta a porrada em qualquer puto que sacaneie você, baixinho — diz Billy.

— Como foi seu jogo hoje de manhã? — perguntei a ele, tentando mudar de assunto outra vez. Detesto ser chamado de baixinho.

— Quatro a um — disse ele.

— Pra quem?

– Quem você acha? A gente jogou contra o Fet-Lor. Eles são uma bosta. Eu marquei um. O Alan Mackey fez dois – diz ele, baixando a voz.

Billy tinha vindo direto da partida. Ele jogava no Hutchie Vale, e era o capitão do nosso time na escola. Mas acho que ele tinha certa inveja de gente como Alan Mackey, que séculos antes assinara uma carta-compromisso com o Hibs, porque ninguém lhe oferecera qualquer contrato.

– O Doogie Wilson levou seu material pra casa?

– Não, eu dei tudo pro meu irmão caçula e vim direto pra cá. Não queria perder qualquer coisa – diz ele, meneando a cabeça pra que eu veja a mesa vizinha, e depois pro Terry e o Carl, que já estão olhando fixamente pra lá.

Há duas meninas sentadas a uma mesa diante de nós. Uma delas é legal: dentes grandes com uma cabeleira castanha. Bem alta. Está usando um blusão vermelho da Wrangler, com capuz. A outra é mais baixa, com cabelo preto e curto. Tem uma jaqueta feita de material que imita couro, e está fumando um cigarro. Terry está olhando pra elas, que olham de volta, rindo uma pra outra.

– Oi, meu amigo gostou de você – grita ele pra uma delas, apontando pro Carl. Mas Carl continua tranquilo, e nem fica vermelho, como eu teria ficado.

– Eu estou careta, e não carente – devolve ela.

Terry passa a mão pela cabeleira de saca-rolha. Os fios parecem muito encaracolados, mais do que normalmente, de modo que tenho certeza que o puto fez permanente às escondidas. Mas ele tem uma aparência legal, com aquele blusão azul-escuro da Adidas e a calça marrom da Wrangler. Então eu sinto um cutucão nas costelas.

– Não vá ficar com cagaço, Gally – diz Birrell pra mim em voz baixa.

Que audácia do puto. – Vá passear, Birrell. É você que tá com cagaço dessa porra...

– Por que eu estou com...

– Cagaço do plano que a gente combinou... arrumar alguns putos abusados pra bater. Íamos até arrumar um lenço dos *huns* pra usar como disfarce, lembra? – digo. – Esse foi o plano que a gente combinou.

Billy abanou a cabeça. – Eu não vou usar um lenço dos *huns*.

– Que se foda – disse Terry.

Carl está sentado ali, esperando pra entrar na conversa.

– Eu não preciso usar um. Não queria usar um lenço dos *huns*, mas trouxe isso aqui, como camuflagem – diz ele, tirando da bolsa plástica uma bandeira com a Mão Vermelha de Ulster.

Terry olha pra mim e depois pro Billy, que já arrancou a bandeira das mãos de Carl e pegou seu isqueiro. Ele risca duas fagulhas em branco, mas Carl consegue recuperar a bandeira depois de uma luta que já estava ficando um pouco violenta.

– Seu puto – diz ele, com o rosto tão vermelho quanto a porra da mão da bandeira.

– Não venha exibir uma bandeira dos *huns* na minha frente – diz Birrell, todo irritado.

Carl dobra a bandeira, mantendo-a fora do alcance de Birrell, mas não a guarda. – Essa bandeira não é da porra do Rangers, é uma bandeira protestante. Você nem é católico, Birrell... vai brigar comigo por causa de uma bandeira protestante por quê?

– Porque você é um babaca de cabeça branca que torce pelo Herts, e vai acabar com a boca arrebentada, por isso.

A coisa está ficando feia: Billy parece estar em um daqueles dias de mau humor. Terry já desviou o olhar das duas gatas e olhou pra ele. – Fica frio, Birrell... temos todos os *huns* do mundo pra encher de porrada, seu puto, e não vamos começar a brigar entre nós mesmos.

– Esse Hearts babaca nem devia estar aqui – diz Billy, com um sorriso debochado. – Aposto que o Topsy e todos os seus amigos do ônibus que não viajaram com a torcida do Herts vão estar aqui com esses *huns* do Rangers.

– Mas eu estou aqui com vocês, não estou? – devolve Carl.

Quando ele falou isso, eu notei uma turma de *huns*, da nossa idade ou talvez um pouco mais velhos, entrando na Wimpy. Ficamos em silêncio. Então eles nos viram e também ficaram em silêncio. Dava pra perceber que eles estavam olhando pra bandeira com a Mão Vermelha de Ulster de Carl junto do lenço de Birrell, tentando entender. Birrell ficou olhando de volta pra eles. Terry nem ligou; ainda olhando pras meninas, gritou: – Você tem namorado?

A gata da cabeleira castanha e dos dentes olha pra ele. – Talvez. O que você tem com isso?

Estou tentando dar uma sacada nos peitos dela, mas não consigo distinguir coisa alguma embaixo daquele blusão.

– Nada, é só porque tenho certeza que uma vez vi você com um namorado lá na Annabel's.

— Eu nunca fui à Annabel's — diz ela, mas olhando pra ele toda satisfeita e a fim de dar... o puto se deu bem!

— Bom, então era alguém parecido com você — diz Terry, que já levantou e se enfiou no banco ao lado dela. O puto não é tímido.

Dois *huns* começam a cantar uma balada irlandesa. Esses caras vão ficar animados pra caralho, porque outro dia deu na tevê que o papa vai vir à Escócia. Eu estou cagando e andando pra isso. Mas não estou cagando e andando pra esses babacas tirando onda de fodões aqui dentro. Mas Birrell fica feliz, porque eles não estão olhando pra ele, e então diz pra mim: — Esses escrotos... vamos pegar esses putos.

Eram um sujeito de cabelo moicano, cheio de espinhas na bochecha, e um puto gordo, de cabelo louro cacheado.

Apalpei o estoque no bolso. Já cortei um puto na escola uma vez, mesmo que não tenha sido um grande corte. Glen Henderson. Eu passei dos limites, porque o cara nem estava sendo abusado demais. Mas lembro do puto torcendo meu braço na primeira série, quando estava com os antigos colegas do primário, de modo que eu devia uma a ele, mas na verdade aquilo foi pura exibição da minha parte. Eu nem tencionava que a coisa acontecesse assim. Foi na mão dele, enfiei a faca na mão dele. Passei dias me cagando todo, com medo que alguém ouvisse falar da história: a polícia, os professores ou minha mãe em casa. Mas o Glen ficou de bico fechado. De certa forma foi até maneiro, porque só depois disso Dozo Doyle, Marty Gentleman e aquela turma passaram a falar comigo. Mesmo assim, eu me caguei nas calças por causa do que tinha feito.

Só que ali ia ser diferente. Sem perigo de revanche... só um puto de Glasgow que a gente jamais veria outra vez. Eu não curtia a ideia de andar armado, não mesmo, mas todo cara sabe que esses filhos da puta favelados só andam com facas. A verdade é que metade desses putos em busca de glória nem são de Glasgow, e sim da porra de Perth, Dumfries ou lugares assim, forçando a barra pra falar com sotaque de Glasgow. Eles querem ser vistos como sendo de Glasgow, pra que todo mundo pense que são durões. Querem que a gente pense que todos são como aquele cara da Unidade Especial, ou coisa assim. No cu. Não, eu não curtia andar armado, mas esse reforço extra dá uma sensação boa. Só pra assustar os otários que a gente quiser.

— Se você tirar o seu lenço, eu fico a fim... sigo atrás de você pra cima deles — digo a Birrell.

Ele me ignora e pega um prato de papel que incendeia com o isqueiro. Segura com cuidado, deixando queimar devagar. Uma faxineira com o uniforme da Wimpy vê tudo, mas não parece ligar.

Billy está ficando abusado pra caralho. Ele tem fama de ser o terceiro mais temido na escola, só atrás de Dozo e Gentleman, desde que arrebentou Topsy na segunda série. Mas acho que até poderia enfrentar Dozo no mano a mano, já que luta boxe e tudo. Só que gente como Doyle nunca encara um mano a mano. Carl odiou quando Birrell e Topsy saíram na porrada lá no parque, porque ele é amigo dos dois.

– Puta que pariu, Billy, assim a gente vai ser expulso daqui – resmunga Carl, virando pra mim. – Esse corno adora fogo...

Billy deixa o prato arder, virando a chama pra não queimar os dedos. Depois joga a borda na xícara, dizendo suavemente: – Queimem, seus escrotos.

Uma senhora idosa, de cabelos brancos, óculos, chapéu e casaco amarelo olha pra nós. E fica só olhando. A coitada parece meio maluca. Deve ser uma merda envelhecer. Eu nunca vou ficar velho, eu não.

Vamos em frente.

Então entram Dozo e sua turma: Marty Gentleman, Joe Begbie, Ally Jamieson, e aquele puto que tem cara de doido, com o cabelo gomalinado pra trás e as sobrancelhas peludas. O puto que foi expulso de Auggie's, e veio pra nossa escola. Só passou algumas semanas com a gente, porque foi expulso também. Era da série acima da nossa. Mandaram o sujeito passar um tempo no reformatório de Polmont. Jamieson e Begbie são do Leith, mas conhecem Dozo e Gentleman daqui.

Eles se aproximam de nós. Foi maneiro, porque os *huns* pararam de cantar, todos menos um. Eles começaram a se separar um pouco uns dos outros, e a se ocupar com outras coisas, como pedir hambúrgueres.

Notando o efeito que estava provocando, a rapaziada de Dozo começou a exagerar o andar, com cada passada lenta esfregando na cara da turma do Rangers que eles não iam fazer coisa alguma.

– Billy, Gally... o que é isso? – diz Dozo, olhando pra bandeira da Mão Vermelha de Carl, que se cagou todo. Então eu interrompi.

– Hum... a gente tomou isso de um *hun* idiota lá na estação. Pra disfarçar, como vocês falam. Nada de lenços hoje. Tire isso, Billy. – Cutuquei Birrell, e o puto tirou o lenço, embora nada satisfeito.

Eu sempre apoio Carl, porque foi com ele que comecei a ir aos jogos, há séculos. O velho dele costumava nos levar pra ver o Hibs em uma semana, e o Hearts na seguinte. Foi então que eu escolhi o Hibs, e Carl, o Herts. Era engraçado, porque o pai de Carl nasceu em Ayrshire e torcia pelo Kilmarnock. Ele costumava nos envergonhar, usando o lenço do Kilmarnock quando eles jogavam no Easter Road ou no Tynie.

Meu pai nunca ligou pra futebol. Ele falava que torcia pelo Hibs, mas nunca ia aos jogos. Era só porque uma vez ele ganhou o Marque a Bola do *Evening News*, marcando com a cruz vencedora uma imagem do Easter Road, e não do Tynie. Lembro de todo mundo falar que a gente ia comprar uma casa grande, mas minha mãe ganhou uma máquina de lavar roupa, e eu ganhei Cropley, o cachorro. E meu pai costumava dizer, "Pelo menos ganhei alguma coisa com o Hibs. Eu apoio o time que me apoia". Mas ele não apoiava porra nenhuma.

O pai e a mãe de Carl cuidavam de nós quando meu pai estava longe. O pai e a mãe de Billy também, além do meu tio Donald, que me levava pra viajar: Kinghorn, Peebles, North Berwick, Ullapool, Blackpool e lugares assim. Mas o casal Ewart cuidava mais, e eles nunca alardeavam isso. Nunca parecia que estavam lhe fazendo um favor.

Por isso eu sempre tento cuidar do Carl, só pra compensar. Às vezes é preciso cuidar do puto, porque ele faz as coisas do jeito dele, e as pessoas ficam com uma ideia errada. Não é que o Carl seja abusado; é só que ele não tenta puxar o saco do pessoal durão. Ele sempre tem de ser diferente.

De qualquer forma, pro Dozo parecia estar tudo bem, o que foi um alívio pra mim! Provavelmente pro Carl também, porque aquele puto reina no nosso conjunto.

– Onde está o Refresco? – diz ele. Era assim que a gente chamava Terry, porque ele trabalhava nos caminhões de sucos e refrescos. Eu meneei a cabeça na direção da mesa com divisória à nossa frente. Terry estava segurando a mão da garota, fingindo ler a palma.

– Está ali – digo. – O cartomante. Sempre achei que a porra do puto era cigano!

Dozo riu, e isso me deu uma sensação boa, porque junto com Gentleman ele era o puto mais durão da escola, e na verdade eu nunca conversara *tanto* assim com ele. Agora estava me enturmando com a turma que mandava, tanto quanto Terry e Billy, talvez até mais.

Dozo diz: – Tudo bem, Terry?

Terry estava curtindo tanto as gatas que nem viu o pessoal entrar, ou *fingiu* que não viu.

– Dozooo! Gent! Ally! Como vai a rapaziada? Vamos foder com esses *huns* hoje, né? – diz ele em voz bem alta, fazendo os *huns* que tinham entrado com tanto barulho começarem a se esgueirar pra fora em silêncio. Na época da escola, Terry gostava de pensar que era o quarto mais durão. No cu.

Dozo Doyle riu de volta pro Terry, como se os dois estivessem por dentro da parada. Depois sorriu pras duas gatas, e perguntou a Terry: – Sua namorada, é?

– Estou tentando, parceiro, estou tentando – disse Terry, virando pra gata a seu lado. – Você vai sair comigo, então?

– Talvez – diz a garota, ficando com o rosto meio avermelhado. Ela até tenta fingir que não ficou, mas ficou.

O puto do Terry não é lento, porque num instante já está tirando um sarro com a porra da garota, e parte da rapaziada começa a torcer, berrando.

Só que Dozo não parece feliz. Ele tem planos, e não quer gata alguma no meio do caminho. Então diz: – É melhor a gente se mandar.

Todo mundo se levanta, e até o Terry interrompe o amasso com a garota. O puto é abusado pra caralho. Ainda ouço a voz dele dizer a ela: – Vamos nos esconder no hotel Fraser, às oito.

– Vá sonhando – responde a garota.

– Mas então talvez a gente se veja na Clouds – insiste ele.

– É, talvez – diz ela, mas vai ser comida pelo sacana hoje à noite, nada é mais certo.

Às vezes eu queria ser como o Terry, que sempre sabe o que falar, e como agir. Às vezes fico com medo de ser um atraso na vida dele, do Billy, e até do Carl, por parecer tão jovem. Mas isso só me deixa mais determinado a mostrar a eles, e a gente como Dozo ou Gentleman, que eu não vou ser um atraso de vida quando nós encontrarmos alguns babacas de Glasgow.

Saímos da Wimpy, sentindo a força que vem de fazer parte de uma turma. Nos jogos sempre existiram putos que conseguem brigar na multidão, mas que se cagam todos num mano a mano. São a maioria. Mas dá uma sensação boa ficar com essa putada, porque aqui estão alguns dos caras mais durões da escola ou do conjunto. Você sente que eles não vão arregar, nem mesmo contra os filhos da puta mais abusados lá de Gorbals, ou de qualquer outro lugar de onde venham essas bichas escrotas. Nem mesmo contra homens, putos já com 21 anos, coisa assim. Fico feliz por ter mantido o brinco na orelha. Se algum puto agarrar isso, tá fodido.

Lá vamos nós!

Meu coração está disparado pra caralho, mas tento esconder isso.

Vejo Doyle passar disfarçadamente pro Billy algo que parece ser dinheiro. Ele fala algo sobre cobres e cobrança, de modo que deve ser pra pagar multas se a gente for preso! Só pode ser isso: planejamento antecipado. Gângsteres de verdade, nós e a turma do Doyle!

Mas Carl parece esquisito em relação a isso, e dá pra ver que ele quer saber o que está acontecendo. Só que também sabe perfeitamente que não pode perguntar na frente de Doyle.

Primeiro descemos a Rose Street, caminhando separados, em pequenos grupos de três ou quatro. Eu vou com Dozo, Terry e Martin Gentleman. Chamo Martin de Marty, porque ele só é chamado de Gent por seus amigos de verdade. Dou uma olhadela dentro de um pub, vendo que tem uma máquina pra jogar Asteroids. E resolvo sacanear o puto do Terry. – Você levou cartão vermelho, Terry?

– Porra nenhuma. Ela queria era ser bem comida, aquela dos dentes. Vai agasalhar o ganso se aparecer lá na Clouds hoje à noite, garanto essa porra a vocês – diz ele, fazendo todo mundo rir.

– A Caroline Urquhart é dadeira. Estava com dois botões da blusa abertos, e dava pra ver parte dos peitos. Na aula de inglês de ontem – digo.

Dou uma olhadela no próximo pub, onde dá pra jogar Space Invaders, que é maneiro. Mas eu nunca seria servido ali. Alguns torcedores mais velhos, com lenços do Hibs, saem do pub abanando a cabeça com nojo. Alguns *huns* do Rangers estão cantando junto ao bar. Um deles, um magricela cabeludo com cerca de trinta anos, vem até a rua e grita pros velhotes: – Seus católicos de merda!

Mas eles não olham pra trás.

Eu olho pra ver se a nossa rapaziada se anima, mas não, estamos procurando uma galera da nossa idade.

– Aquela Caroline Urquhart... é uma porra de uma bestinha metida – diz Terry pra mim.

– Mas você treparia com ela, se tivesse chance – digo a ele.

– Não, não treparia – diz Terry, que parece estar falando sério.

— Eu treparia com aquela mina a qualquer hora – diz Marty Gentleman. – Mas comeria a Amy Connor primeiro.

Gentleman provavelmente conseguiria traçar a Amy Connor, porque parece mais velho, e é um grandalhão duro na queda. Mas a Caroline Urquhart não, porque ela é mais esnobe... bom, eu não diria esnobe, só mais classuda. Mas fico pensando nisso, em quem é a melhor bimbada entre as duas. Só que Dozo já está todo irritado, e meneia a cabeça pra uns putos cantando uma balada irlandesa. Nós aceleramos o passo, e vamos seguindo atrás deles, que são cerca de cinco, enrolados em bandeiras da Inglaterra. Um deles tem a inscrição ARDROSSAN em letras brancas. Está usando botas com biqueiras. Dozo dá-lhe um pontapé no calcanhar, fazendo uma perna se enrolar na outra, e ele desaba nos paralelepípedos. Gent chuta o puto no chão e grita com sotaque de Glasgow: – Seus abusados! Ninguém começa a cantar essa balada, só nós!

A coisa funciona que é uma beleza! Eles recuam e um sai correndo rua abaixo. O resto fica em silêncio. Todos os outros grupos de *huns* parecem confusos, mas não entram em ação. Se estivéssemos usando nossos lenços, seríamos massacrados. Eles arrebentam tudo que é verde, mas acham que aquilo ali é só *huns* contra *huns*, uma guerra civil. Agora os outros putos nem querem saber! Está funcionando, o plano que a gente combinou! Isolar os putos, equilibrar as chances tornando a coisa pessoal, nós contra eles, em vez de futebol, Hibs contra Rangers.

Nós ficamos um pouco empolgados demais na rodoviária. É como se qualquer puto da nossa idade merecesse apanhar ali. Joe Begbie baixa a porrada num cara que não era Rangers, e nem ia ao jogo, só um punk de cabelo moicano.

— Quem é skinhead manda – diz ele, enquanto o cara fica em estado de choque, segurando o nariz ensanguentado. Mas eu concordo com isso, porque não gosto de punks. Quer dizer, até rendia uma risada chocar a putada toda daquele jeito na época da primeira série, mas na verdade eles não passam de uns metidos que curtem se vestir feito escrotos. Essa é a brincadeira deles. Os punks vivem pelos jardins da Princes Street, brigando com os moderninhos aos sábados. Se houver qualquer um deles por lá depois, vai entrar na porrada.

Só que eu me cago todo, com o coração disparado, quando vejo um sujeito olhando pra nós e os punks que surramos. Ele está com uma menininha, que também não para de olhar. É o tio Alan, com minha priminha Lisa. Lembro que um dia falei pra minha mãe que ia levar Lisa à cidade pra comprar um presente de aniversário. Então me afasto, e passo por trás de um ônibus. Mas acho que ele não me viu.

– Não era o seu tio lá atrás, Gally? – provoca Terry. – Volte lá e diga oi!

– Vá se foder – devolvo a ele. Mas fico feliz por sair da rodoviária.

Há uma multidão quando chegamos à Leith Street, com grupos de Rangers por toda a parte, saindo dos fundos da rodoviária em Calton Road e unindo-se às turmas anteriores que estavam bebendo nos pubs da Rose Street. Alguns grupos de torcedores do Hibs ficam provocando do outro lado da rua. Nós nos misturamos à maioria dos torcedores do Rangers, mas há policiais demais pra tentar começar qualquer coisa, e será a mesma história até chegarmos ao estádio, então vamos andando pelo calçadão do Leith, enquanto a galera toda pega a London Road rumo ao setor de visitantes. Ainda é cedo, de modo que teremos casa lotada.

Vamos descendo em direção a Pilrig, e vemos alguns torcedores do Hibs, da nossa idade, parados ali. É o irmão de Begbie, acho que ele se chama Frank, e alguns amigos. Um deles é um rapaz chamado Tommy, que eu conheço das antigas, ele é legal; outro é um tal de Renton; o terceiro é um sujeito magricela e sujo que não conheço.

Carl nota o lenço do Hibs do tal de Renton. – Pensei que você torcesse pela porra do Hearts, parceiro.

– Porra nenhuma – diz o tal de Renton.

– Mas o seu irmão torce pelo Herts. A gente já se encontrou em Tynie.

O tal de Renton simplesmente balança a cabeça, e Joe Begbie diz: – Só porque o puto do irmão é um escroto da porra, ele não é obrigado a ser um Herts, né, Mark? Cada um tem o direito de torcer pelo time que quiser.

O tal do Renton só dá de ombros, mas isso faz Carl se calar. De qualquer forma isso não importa, porque Dozo já está dando ordens.

– Tirem a porra dos lenços, escondam isso embaixo da camisa e venham com a gente. Vamos pro lado dos Rangers, armar uma confusão. Depois pegamos todos do lado de fora. – Ele sorri e esfrega o rosto com o dedo pra se dar uma cicatriz imaginária. Depois dança um pouco. – Porrada, cara, porrada. Aqueles putos vão levar porrada pra caralho.

O irmão de Begbie e Tommy obedecem, seguidos por Renton e o outro cara, acho que seu nome é Murphy. Ele já tem algo escondido na camisa.

– O que esse puto tem aí? – pergunta Carl. Ele está ficando um pouco abusado porque pensa que já se enturmou com Dozo e Gent, os mandachuvas do conjunto. Pensa que já foi promovido. Deveria se lembrar que torce pela porra do Herts e é amigo do puto do Topsy. Só está aqui porque a gente assinou embaixo.

O puto sujo tira algo do blusão: um pacote de ervilhas congeladas, e outro de gurjões de peixe. – Ei, eu roubei isso aqui de uma loja...

– Jogue isso fora, Spud, puta que pariu – diz Tommy pra ele. Frank Begbie toma as ervilhas congeladas da mão dele, joga o pacote pra cima e dá-lhe um pontapé ainda no ar, arrebentando o troço. Toda a turma ri, enquanto as ervilhas se esparramam pela rua.

– Sai, pobreza! – grita Franco.

O tal de Spud pula pra trás e diz: – Vou ficar com os gurjões de peixe.

Frank Begbie olha pro Spud, como se o puto fosse seu parceiro e ele estivesse constrangido por isso.

– Muquirana pra caralho. É a única porra de comida que esses putos veem. Ali dentro tem uma porra de um gurjão de peixe pra cada um das porras daqueles putos ciganos – diz ele. Depois ri pra Tommy e Renton. – Essa é a porra da família Murphy!

Joe Begbie é legal, mas esse seu irmão caçula banca o abusado desde que deu uma dura num dos Sutherland. Todo mundo ouviu falar naquilo. Foi o que se pode chamar de um resultado de choque.

– Deixem o cara em paz. Pelo menos ele apareceu aqui. Ao contrário de um monte de putos que falaram que iam vir e não deram as caras. Nelly, Larry, e aquela turma. Onde está essa putada, caralho? – diz Joe. Depois olha pro irmão. – Pra onde a turma do Leith ia antes do jogo?

Os torcedores lá do Leith mesmo, os verdadeiros, não davam papo pra nós, rapazolas bobos. Teriam o dia já todo planejado, e não contariam coisa alguma pra gente do nosso tipo. Nós só estávamos nos exibindo ali, citando nomes e coisa assim.

– A gente não precisa dos putos que não querem estar aqui – diz Dozo, olhando à nossa volta com ar desafiador. – Aqui todo puto tá a fim.

– E também não é bom ter gente demais, porque a polícia fica esperta e estraga tudo – acrescenta Jamieson.

– Bastam alguns putos a fim – repete Doyle suavemente, olhando pra todos nós, balançando a cabeça e sorrindo sem parar. Às vezes aquele maluco dá até arrepio.

Ficamos todos olhando uns pros outros. Eu nem me sentia tão a fim assim daquela porra, isso posso garantir. Preferia poder dizer, olhem, já conseguimos um resultado bom lá na cidade, vamos parar enquanto estamos no lucro e aproveitar a partida. Afinal, o puto do George Best vai jogar, se não tiver ficado preso no botequim. Que se foda essa história de enfrentar um monte de putos de Glasgow, meio bêbados, com idade suficiente pra serem nossos pais.

Mas Dozo, Joe Begbie e o grandalhão do Marty Gentleman já tinham tudo combinado. E pra falar a verdade, eu preferia me meter no meio de uma multidão de Rangers, e tomar uma bela surra, a encarar aqueles malucos diante dos portões escolares na manhã de segunda-feira. De modo que fomos até a casa de Doogie Spencer com umas bebidas. Seria um cu ficar uma hora dentro do estádio antes do começo da partida. Isso não é problema quando você está tentando tomar ou defender um dos lados da arquibancada, mas agora a polícia já organizou todo o esquema de separação das torcidas. Então passamos na mercearia do paquistanês, pra comprar cerveja e vinho barato. Somos menores de idade, mas Terry e Gent parecem ter 25 anos, daí não tiveram problema pra ser servidos. Pra mim é bom, porque eu nunca sou servido nos pubs. Não queríamos ficar bêbados demais, mas eu realmente precisava daquilo pra ganhar coragem.

Doogie Spencer não ficou muito feliz ao nos ver, a princípio. Ele era bem mais velho do que nós, já com vinte e poucos. Andava com Dozo, Gent, Polmont e a rapaziada do Leith, mas dava pra ver que eles achavam Doogie um filho da puta, que só era aturado porque tinha um apartamento próprio. Ele não ficou muito satisfeito com a entrada de toda a nossa turma, mas logo simpatizou comigo, Carl e Billy, porque nós ficamos sentados escutando suas histórias sobre as pancadarias com a torcida do Herts no final dos anos 1960 e começo dos 1970, enquanto a turma de Dozo só olhava como se ele fosse um babaca. Dava pra ver que Carl estava se coçando pra falar algo, porque ele é Herts, e às vezes sai com um pelotão lá da nossa vizinhança. O Herts pode ter a maior torcida agora, mas calculo que a garotada está indo mais pro lado do Hibs, de modo que em breve isso pode mudar outra vez.

Fui dar uma mijada, e quando cheguei ao corredor vi o tal do Polmont parado ali sozinho. O puto me deu as costas, como se estivesse perturbado. Como se estivesse chorando pra caralho ou coisa assim.

– Tudo bem aí, parceiro? – digo. Mas ele ficou calado, então eu simplesmente entrei no banheiro.

Embora desse pra ver que um monte das histórias de Spencer eram só merda, junto com o vinho e a cerveja elas nos encheram de fogo quando nós partimos pela rua rumo ao estádio. Fomos caminhando com a torcida do Hibs, mas quando chegamos a Albion Road pegamos o trecho em que a rua vira por trás das arquibancadas. Cruzamos as barreiras e passamos pelos policiais a cavalo.

– Vocês torcem pro Rangers, meninos? – perguntou um policial corpulento.

– Claro que sim, grandalhão – disse Dozo com um sotaque fedorento. Então atravessamos aqueles cinquenta metros da terra de ninguém, passamos pelo outro cordão de isolamento pra nos misturarmos aos *huns* da torcida do Rangers, e chegamos ao lado de Dunbar. Carl já pegara a bandeira com a Mão Vermelha de Ulster e enrolara o pano em torno dos ombros. Claro que já estávamos recebendo olhares, porque a nossa turma estava sem lenços, e todos os *huns* pareciam enfeitados como se fossem a uma pantomima escolar: bandeiras, lenços, emblemas, bonés e camisetas. Dava pra ver que, na pior das hipóteses, eles achavam que nós éramos uns putos do Hearts torcendo por eles.

Dozo entrou escondendo meia garrafa de vodca. E vai passando a bebida pra nós, enquanto estamos na fila. Quando chega a minha vez, tomo um gole. A bebida parece fria, cortante e acre na minha boca, mas quando bate nas tripas eu quase vomito aquele hambúrguer da Wimpy. É foda beber vodca pura. Passo a garrafa pro Tommy, enquanto continuamos conferindo a putada ao nosso redor, tentando descobrir idade, grau de rudeza, quem faz parte de alguma torcida organizada, esse tipo de coisa.

Alguns parecem cafonas pra caralho, em termos de roupas e coisas assim. Camisetas estampadas e mais uma porrada de troços que nenhum puto aqui usa desde a época dos punks. Nada de Fred Perry, quase nada de Adidas, puta merda. O mais assustador era que todos os putos pareciam muito velhos. É engraçado, porque todo mundo fala que os putos de Glasgow se vestem muito bem, quando saem à noite, ou coisa assim. Mas eles não fazem porra nenhuma disso durante o dia, a julgar por aqueles filhos da puta ali. Acho que eles estavam olhando pra nós porque nós estávamos muito mais bem-vestidos do que eles: a maioria de nós tinha camisetas de mangas bem curtas e jeans folgadas, ou então da Levi's. Embora a maioria de nós viesse dos conjuntos habitacionais, ainda estávamos um pouco acima daqueles filhos da puta sujos. Metade daqueles putos nunca tinha visto água e sabão, isso era garantido. Acho que nem era engraçado, na verdade era uma pena que eles morassem em cortiços sem água quente ou tevê, mas a porra da culpa não é nossa, e eles não deveriam vir aqui pra descontar na gente.

Enquanto entrávamos, Dozo começou a cantar "nós somos a torcida da hora, fodam-se o papa e Nossa Senhora", e um monte de putos do Rangers se juntou ao coro. Começamos a rir por ser tão fácil enganar os caras, feito dar corda à porra do mecanismo de um brinquedo. Mas dá pra ver que alguns dos putos não têm certeza sobre nós, e ficam aliviados ao acompanhar uma canção protestante enquanto cruzamos as borboletas de acesso a Dunbar, subindo pras arquibancadas. Já tínhamos perdido Renton e o puto do Spud. Eles haviam se esgueirado pra longe, e provavelmente ido pro lado da torcida do Hibs: cagões da porra. Não lembro de ver os dois cruzando as barreiras conosco. Não que isso me incomode. O puto do Murphy é tão esmolambado quanto qualquer filho da puta de Glasgow. Constrangedor pra caralho, é preciso que se diga. De modo que somos eu, Birrell, Carl, Terry, Dozo, Marty Gentleman, Ally, Joe Begbie, o irmão de Begbie, Tommy, e aquele puto esquisito que não fala, o puto lá de Polmont, McMurray acho que ele se chama. É um ano mais velho que eu, mas parece novo. Não entendo esse sujeito. Fica olhando pro Dozo Doyle o tempo todo, parece só falar com aquele puto. Nós achamos nossos lugares à direita do gol, perto do meio da arquibancada. A garrafa de vodca gira novamente, e eu enfio a língua no gargalo, só fingindo beber. Mesmo assim quase vomito, por causa da porra do cheiro acre ali dentro. E passo a garrafa pro Gent.

Estamos cercados pelos malucos do Rangers. Meu coração faz bum, bum, bum. Eu apalpo a lâmina no bolso. Até dá vontade de ver o circo pegar fogo agora, porque a porra da tensão é insuportável. É estranho ver o campo deste ângulo. Os torcedores do Hibs erguem os lenços no ar e começam a cantar, mas o resultado é uma bosta, porque eles fazem a coisa em grupos pequenos, e não todos juntos. Dá pra ver as galeras que vieram do Leith, Niddrie, Drylaw, Porty, Tollcross, Lochend e por aí afora, todas torcendo separadamente. Daqui a pouco vão começar a brigar umas com as outras. Algumas torcidas do Hibs jamais se unem, nem contra as do Rangers. Putos que vêm baixando a porrada uns nos outros todo fim de semana, desde o começo dos tempos, não vão deixar suas diferenças de lado por duas horas numa tarde de sábado, mesmo que seja contra a putada de Glasgow. Contra os torcedores do Herts, talvez. Então eles começam a cantar "O nome dele é Georgie Best". A torcida vibra quando o Hibs entra em campo, e todos nós nos entreolhamos. Best vai jogar! Os vivas lá do outro lado são abafados pelas vaias ao nosso redor, que se transformam em vivas quando o Rangers entra em campo. A torcida começa a cantar "As muralhas de Derry". É engraçado olhar lá pra torcida do Hibs e nos ver como os adversários nos veem.

O pontapé inicial é dado, e depois de mais alguns cânticos o clima se acomoda. Nós começamos a nos acalmar um pouco. Vamos conferindo quais putos queremos encaçapar, e tem um garoto mais ou menos da nossa idade, de cabelo ruivo e calça branca, que simplesmente fala demais. Ele não para de berrar que católicos escrotos isso, e putos do IRA aquilo. Nem dá pra imaginar em que porra de planeta vivem alguns desses filhos da puta.

– Aquele sacana da porra já tá marcado – diz Dozo, e Gentleman assente.

Na metade do primeiro tempo, Dozo faz um sinal e nós vamos até os banheiros. Tem uns dois *huns* do Rangers mijando lá, e Gentleman senta a porrada em um deles. É um soco tão repentino e feroz na lateral da cabeça do cara, que eu mesmo fico enjoado por alguns segundos. A vodca arde nas minhas tripas outra vez. O rapaz fica caído no próprio mijo, enquanto é chutado por nós. Eu só chuto a perna dele, sem muita força, pra não machucar demais. Já deixamos nossa marca. O puto do Polmont mostra entusiasmo demais, e é afastado por Billy. Enquanto isso, Dozo deu um chute no saco do parceiro do rapaz.

– Nós somos a brigada do Ulster – berra ele na cara do sujeito. Depois imita Johnny Rotten. – Ou será... tu é do IRA?! É, é esse mesmo...

Ele ri, e nós também nos mijamos de rir. O coitado do puto está todo curvado, segurando as bolas, tremendo com o olhar erguido pra nós. Carl dá uma piscadela pra ele, mas o tal do Polmont avança e lhe dá um tabefe na fuça com as costas da mão. Então nós saímos daquele cagadouro e voltamos pra torcida.

Assim que chegamos a nossos lugares, o Hibs faz um gol e a torcida entra em erupção lá do outro lado. É maneiro pra caralho, e nós também só queremos vibrar... mas ficamos na nossa, sem falar coisa alguma, só esperando a hora certa. Dozo ri abafado na manga da camisa. Então acontece: dois Rangers discutem e um dá uma porrada no outro. O amigo do cara entra na briga e a coisa começa a se espalhar!

É a nossa chance. Gentleman avança e dá uma bela porrada no tal puto de calça branca. O nariz do cara explode, e ele cambaleia pra trás na multidão, espirrando sangue pra todo lado. Seus parceiros seguram o coitado em pé, completamente em estado de choque. Um deles diz: – Qual é, galera, aqui todo mundo é protestante!

Terry corre e acerta o escroto, enquanto Birrell simplesmente começa a socar tudo que é puto. Um filho da puta grandalhão, que só podia ter uns quarenta anos, está mais acima na arquibancada, e começa a socar Birrell, mas o puto maluco não arreda pé, vai tipo escolhendo os socos, boxeando com o cara enquanto a multidão se afasta. Eu corro e chuto a perna do sujeito, mirando as bolas, e Gentleman baixa a meia garrafa de vodca no topo da cabeça dele. Faz isso usando a base da garrafa, que não quebra, mas o puto sente, porque cambaleia pra trás.

Então todos nós piramos pra caralho, e Dozo fica bem no meio da confusão, atacando um monte de caras. O irmão de Begbie acerta uma cotovelada de surpresa na lateral da cabeça de um deles. Esse sacana fica berrando comigo a poucos metros de distância, passando o dedo ao lado do rosto como se fosse a marca de um corte. Eu ouço todos aqueles sotaques de Glasgow falando em "descontrolados" e "porra de animais". É uma sensação apavorante, mas gostosa, quando se pensa em todas as vezes que eles já nos perseguiram ou arrebentaram. Eu subo e desço feito a porra de um ioiô com os impulsos da multidão, tentando balançar ou atacar pra manter o equilíbrio. Em um momento você está cercado por corpos voadores, e no seguinte se vê em um espaço isolado que surge do nada. Eu acerto uma porrada na fuça de um puto idiota que tem os braços presos ao lado do corpo pela multidão que empurra em direção à grade de separação. Os *huns* estão confusos: nenhum dos putos perto de nós quer avançar, mas enquanto eles ficam parados ali só xingando, impedem que um monte de escrotos grandes e malvados pra caralho passem pra nos pegar. O puto do Carl recebe uma cusparada no rosto e enlouquece: corre à frente e baixa a porrada em um rapaz. É engraçado, mas nenhum dos amigos do cara tenta deter Carl. Ficam parados ali, vendo o parceiro levar uma surra. Então vejo quem está avançando pra nós e, pra ser sincero, fico satisfeito pra caralho quando a polícia chega lá primeiro. Uma garrafa passa voando pelo meu rosto, mas acerta um torcedor do Rangers atrás de mim. Outra atinge uma grade de separação diante de Tommy, espalhando estilhaços de vidro em cima de todos nós. É como se os Rangers finalmente houvessem sacado qual era a nossa, e estivéssemos prestes a ser esmagados pela superioridade numérica deles. Felizmente a porra da polícia entra e forma uma cunha. Nunca pensei que fosse ficar tão feliz por ver aqueles canas!

A coisa vira um caos da porra, com todos se dedurando uns aos outros. A polícia pega Gentleman, Terry e Frank Begbie. Eles são arrastados arquibancada abaixo, levando cusparadas e pontapés de toda a putada ao passar. O irmão de

Begbie rosna e tenta se livrar da polícia pra enfrentar os torcedores. Sua jaqueta Harrington tem um rasgão no braço. Gentleman solta brados sobre o IRA, enquanto Terry simplesmente ri e manda beijos pra galera do Rangers. Mais garrafas e latas voam, ao mesmo tempo que várias pancadarias estouram aqui e ali. Uma garrafa cai bem perto de George Best no gramado. Ele pega a garrafa e finge beber. A torcida do Hibs vibra, e até alguns torcedores do Rangers riem. Sempre falam que os jogadores sacaneiam a torcida, mas acho que o Best, só por fazer aquilo, impediu um tumulto grande. O clima estava totalmente envenenado antes. Então nós partimos: Billy, Carl e eu vamos por um lado, enquanto o resto segue por outro. Joe vai junto com Dozo e o tal de Polmont, que não fez porra nenhuma: não deu um só soco, simplesmente ficou parado ali no meio, com cara de nervoso, enquanto todo mundo baixava o sarrafo. Fiquei surpreso ao ver Terry entrando com vontade, porque antes o puto nem parecia muito a fim. Mas ele é assim, faz qualquer coisa por uma risada e um pouco de diversão.

Passamos pela multidão até um lugar perto do placar, onde vemos que Marty Gentleman, Terry e Frank Begbie estão sendo conduzidos pela pista em torno do gramado. Um grande viva é ouvido, porque Terry conseguiu tirar seu lenço do bolso e agita as cores do Hibs no ar, enlouquecendo a torcida. O policial simplesmente fica olhando como se fosse um idiota, sem sequer lhe tomar o lenço. Só depois chega outro policial e faz isso. O caçula de Begbie desfila como se fosse um gângster: até parece James Cagney ao ir pra cadeira elétrica, cagando e andando. Marty Gentleman tem uma expressão dura no rosto, mas Terry sorri como aquele puto do Bob Monkhouse na tevê em *The Golden Shot*.

Um velhote ao meu lado fala que eles são animais, e eu digo com sotaque de Glasgow: – Pode crer, parceiro.

Passamos o resto da partida só assistindo, em um silêncio satisfeito. De repente, George sai driblando os jogadores do Rangers no meio do campo. Não é mais Hibs contra Rangers, é Best contra o Rangers. Eles não conseguem tirar a bola dele. Best muda de direção, invade a área do Rangers e enfia a bola na rede! Eu fico ali parado, mordendo a pele dos dedos até arder e sangrar. Parece que demora a porra de um século, mas finalmente o apito soa. Nós ganhamos!

Vencemos os putos!

Carl continua cuspindo saliva no chão e tossindo como se estivesse tentando vomitar. Foi engraçado pra caralho ver o puto baixar a porrada naquele cara, porque antes ele falava que não ligava, e que só ia com a gente pra sentir o clima.

Então saímos e vamos caminhando com um monte de torcedores resmungões do Rangers até a rodoviária. Quase não conseguimos olhar uns pros outros. Estou me cagando de medo que um dos putos que nós surramos nos veja, e quero sair dessa massa vermelha, branca e azul o mais depressa possível. Eles estão revoltados pra caralho, chamando Best de traidor, e falando que ele é um protestante de Ulster, mas só joga por times de católicos: primeiro o Manchester United, e depois o Hibs. Como podem dizer que o Manchester United é um time de católicos? Que porra de cabeças de merda.

A polícia está desviando todo mundo pra Abbeyhill, mas nós pegamos a London Road em direção ao Leith. No início, é um alívio estar fora daquela multidão de corpos azuis, mas descobrimos que entramos direto em um campo de batalha. A coisa se espalhou por toda a parte no topo do calçadão, com grupelhos de putos brigando uns contra os outros. Alguns torcedores do Hibs estão atacando dois ônibus da torcida do Rangers que fizeram a idiotice de estacionar no terreno baldio atrás do Playhouse. Então um bando de Rangers valentes pra caralho desce dos ônibus e vem subindo a ladeira, mas eles são repelidos por pedras e tijolos lançados sobre eles. É loucura: um dos caras está com a cabeça toda arrebentada, bem ao lado de um grande pôster de Max Bygraves, anunciando seu show no Festival do Playhouse. A polícia também parece pirada, entrando pra valer na briga, e nós decidimos encerrar o dia, rumando de volta pra casa de Spencer a fim de encontrar o resto da turma. Meu corpo inteiro treme, enquanto cruzamos o calçadão. Tenho medo que algum puto banque o abusado conosco agora, porque já não tenho energia pra enfrentar ninguém; parece que meu coração foi retirado do corpo. Só consigo sentir a acidez nas minhas tripas, e o medo na minha espinha. Felizmente já estamos no Leith, e aqui só tem Hibs, mas ainda podemos ser atacados por putos de outra parte da cidade.

Carl continua tossindo e cuspindo, o tempo todo, e eu digo: – O que está havendo?

– Aquele puto escroto de Glasgow cuspiu em mim, e eu senti uma parte entrando na minha boca e descendo pela garganta. Uma ostra grande pra caralho.

Todo mundo ri, mas ele não está brincando. – Isso é perigoso pra caralho, Gally... você pode pegar hepatite assim! Foi o que aconteceu com Joe Strummer uma vez. O cara foi parar no hospital. E quase morreu, caralho!

Carl está realmente perturbado, mas é impossível não rir. Felizmente, chegamos à casa de Spencer sem mais encrenca. Todo mundo está doido pra caralho.

O puto do Polmont é o único que não fala muito. Terry e alguns outros entram no tal pub que tem Space Invaders. Eu tento me esgueirar pra dentro também, mas o sujeito do bar me vê e começa a berrar: – Já falei pra você, seu safado... saia dessa porra aqui agora! Vai me fazer perder a porra da licença!

Terry ri, mas Billy sai comigo. Eu lhe dou uma grana, e ele compra uma garrafa de sidra.

Continuamos lá no Leith, esperando a publicação do *Pink News*. Billy e eu dividimos a garrafa de sidra, mas não queremos nos embebedar demais antes do anoitecer. Ficamos perto do tal pub, metade da turma dentro, metade fora. Compramos umas batatas fritas que ajudam a sossegar as tripas. Há um monte de bêbados por lá, cantando canções do Hibs e "O nome dele é Georgie Best". Depois de algum tempo Carl vai até o jornaleiro e volta com o *Pink News*. É maneiro, porque há uma menção a nós na notícia sobre a partida:

> esse erro foi a deixa que provocou um sério tumulto na torcida adversária. Parece que havia alguns torcedores do Hibs no lado errado do estádio. A polícia avançou rapidamente para afastar os encrenqueiros.

Mais adiante estava escrito que oito pessoas tinham sido presas dentro do estádio, além de quarenta e duas lá fora.

– Podia ter sido melhor – disse Dozo.

Mas nós ficamos satisfeitos. Eu até dei um pouco de sidra pro puto do Carl.

Clouds

Pegamos o ônibus de volta pro conjunto, sentados no banco dos vagabundos, bem no fundo do andar superior, e encarando qualquer sujeito que embarcasse. Já estávamos animados pra caralho outra vez, principalmente por estar voltando ao nosso próprio território. Quando saltamos, Birrell cortou pela avenida pra chegar ao seu cafofo entre as casas antigas, mas Carl e eu tínhamos que passar pela de Terry. A mãe do puto deve ter nos visto, porque chegou à porta e deu um grito pra nós.

Vamos subindo a trilha até lá, enquanto ela desce os degraus da frente com os braços cruzados sobre o peito. A irmã caçula de Terry também sai e para atrás dela. Está usando aquela calça azul-celeste maneira, a que tem uma espécie de suspensório, e que já me fez até bater uma bronha. Eu comeria a Yvonne, se ela não fosse tão parecida com o Terry. Mas isso nunca incomodou Birrell.

– Yvonne, já pra dentro – diz a mãe, e ela obedece. – Então o que aconteceu?

Carl e eu nos entreolhamos. Antes que possamos responder, a mãe de Terry continua: – Recebi um telefonema da polícia. Eles ligaram pra vizinha aqui do lado. A acusação é de perturbação da paz e agressão. Falaram que vocês estavam todos do lado errado. O que aconteceu?

– Não foi bem assim, sra. Laws... quer dizer, sra. Ulrich – digo eu. Vivo esquecendo que agora ela é a sra. Ulrich, porque casou com aquele alemão.

– Não foi culpa do Terry, nem da nossa rapaziada. Isso é só fofoca – diz Carl. – Nós chegamos atrasados e fomos praquele lado a fim de não perder o pontapé inicial. Tiramos nossos lenços e nem torcemos pelo Hibs... não é, Andrew?

Deve ser a primeira vez que ele já me chamou de "Andrew". E nem se trata da porra do seu time, porque ele torce pelo Herts. Mesmo assim, está tentando ajudar, de modo que eu dou meu apoio. – É, mas o pessoal ouviu nosso sotaque e ficou nos provocando. Cuspindo e tudo mais. Um deles socou o Terry, e ele devolveu o soco. Então todos partiram pra cima dele. A nossa rapaziada só foi ajudar o Terry.

A sra. Ulrich deixou seu cigarro queimar todo. Ela larga a guimba e pisa em cima da brasa, girando o salto do sapato no chão. E acende outro. Dá pra ver que Carl está pensando em lhe pedir um, mas acho que isso não seria boa ideia agora.

– O Terry acha que pode fazer isso, porque está trabalhando. Mas o que ele me dá pra ajudar a manter a casa? Quem vai ter de pagar as multas? Eu! Sempre eu! Onde vou arrumar o dinheiro pra pagar a porcaria das multas do tribunal? Não dá... simplesmente não dá...

Ela abana a cabeça, olhando pra nós como se esperasse que disséssemos alguma coisa. Dá uma longa tragada no cigarro e abana a cabeça. Depois torna a falar.

– Não pode ser assim. Ele só ia ao boxe com o Billy pra isso, pra acabar com essa besteirada toda. Lá ele ia aprender a ser disciplinado... era isso que todos me falavam. Disciplina é o escambau! – Ela fica olhando pra nós, e ri de um jeito malvado. – Aposto que o Billy não foi preso... hein?

– Não – diz Carl.

– Não, ele não – diz ela, cheia de amargura.

Era engraçado mesmo: o Terry ia ao boxe com o Billy, mas foi o único de nós a ser preso. Isso parece ter fundido a cuca da sua mãe. Yvonne reaparece atrás dela, com uma mecha de cabelo na boca. Fica sugando e mordendo os fios. Depois pergunta: – Mas o Billy não foi preso, foi, Carl?

– Não, ele já está em casa, acabou de se despedir de nós.

A sra. Ulrich se vira pra filha. – Já falei pra você, Yvonne... pra dentro!

– Posso ficar aqui se eu quiser – diz Yvonne.

– Perguntando pela porcaria do Billy Birrell, quando o seu próprio irmão está na porcaria daquela cadeia imunda! – diz a mãe de Terry.

Então o sr. Ulrich aparece, dizendo: – Entre logo, Alice, isso não vai resolver coisa alguma. Não adianta. Nada será realizado assim. Yvonne. Entrem logo. Venham!

Yvonne entra. Depois a mãe de Terry estremece e também entra, batendo a porta com força. Carl e eu nos entreolhamos, abrindo as bocas ao máximo.

Quando eu chego, minha mãe está com a comida pronta. Peixe e batatas fritas, o que é maneiro. Eu pego as cascas do pão, passo manteiga, e enfio a maior parte do chá entre as duas, cobrindo tudo com molho marrom. Minha mãe sempre briga porque eu pego a casca no fundo do pacote de pão, mas é preciso, pra fazer o troço direito. A fatia comum fica encharcada demais com a manteiga derretida, e simplesmente se desfaz em pedaços. Sheena já comeu, e está sentada no sofá vendo tevê com sua amiga Tessa.

– Não teve encrenca durante a partida? – pergunta minha mãe, servindo um pouco de chá do bule.

Eu estava prestes a falar o que geralmente falo, e que é "Não que eu visse". A gente sempre fala isso, seja sobre um tumulto generalizado ou porra nenhuma. Mas lembro que talvez Terry apareça na tevê e nos jornais! Então conto a ela que me perdi de Terry: ele foi parar no lado errado por engano, e acabou preso.

– É melhor você se afastar dele, que é um encrenqueiro – disse ela. – Assim como o pai. Não valem coisa alguma, nenhum deles. O Alan me telefonou. Estava com a Lisa, e viu os brigões do futebol correndo por toda a cidade...

Puta que pariu!

Ela sente o cheiro de algo no meu bafo. – Você andou bebendo?

– É só sidra...

Puta merda... aquele puto do Alan...

Ela olha pra mim e abana a cabeça. Depois começa a arrumar a louça, dizendo: – Pois é, o Alan falou que agora só tem animais no futebol, e ele não vai mais lá. Nem deixa o Raymond ir.

Graças ao caralho ele não me viu! Pensei que ela só estava falando isso pra ver o que eu dizia.

Fodam-se o Alan, o Raymond, e a pentelha da Lisa... são uns escrotos esnobes.

Na tevê aparece a piranha da Thatcher, aquela que os ingleses elegeram. Não aguento a porra dessa mulher, com aquela porra de voz. Quem podia votar numa vaca dessas, caralho? Não dá pra votar em alguém com uma porra de voz assim. Mas o pai de Carl fala que os mineiros logo vão se livrar dela. Então fico sentado ali um pouco, relaxando e vendo tevê. *Starsky & Hutch* começa, e eu já começo a entrar no clima de não me importar mais se vou sair ou não, quando a campainha toca: são Billy e Carl. Eles entram, mas querem que eu saia pra ir à Clouds. Eu ainda estava começando a ver *Starsky & Hutch*, e nem tive tempo de trocar de roupa. Mas Sheena e Tessa já começaram a agir de um modo afetado, porque as duas gostam de Billy, e fiquei com vontade de sair logo de casa, antes que elas me envergonhassem. Corri escada acima e me troquei depressa, colocando o brinco na orelha. Tinha uma espinha nascendo no meu queixo, mas nem tive tempo de conferir isso. Ninguém quer ter espinhas, seja quando for, mas principalmente na Clouds. Quando saímos porta afora, o puto do Carl dá um peteleco no meu brinco e diz: – Olá, marujo!

Dentro do ônibus, percebo que ainda estou com a faca. Não tencionava trazer aquilo. Puta que pariu, não vai ter encrenca hoje à noite. Fiquei feliz por não ter usado durante a partida. A verdade é que fiquei tão concentrado em socar e chutar, que nem pensei na faca.

Então à noite fomos todos à Clouds, ou ao lugar que costumava se chamar Clouds. Agora se chama Cavendish, mas tem uma galera que ainda chama de Clouds. É engraçado, porque meu pai e meu tio Donald costumavam me irritar quando chamavam lugares, pubs e casas noturnas pelos nomes antigos, mas agora aqui estou eu fazendo o mesmo. Seja qual for o nome, porém, é maneiro, porque na fila nós somos tratados como heróis. Havia uns bestas lá de Clerie, mas eles ficaram calados. Carl e eu já tínhamos dividido outra garrafa de sidra, e estávamos meio altos quando chegamos lá. É preciso mostrar firmeza na portaria, porque os seguranças não deixam entrar quem dá bandeira, e eu fico com medo que eles descubram a faca, mas a gente passa direto. Lá dentro já tem um monte de gente, Dozo e sua turma, e nós começamos a contar as histórias outra vez. Então Terry e Marty Gentleman chegam, recebidos com grandes vivas por Dozo e parte da rapaziada. Todos perguntam o que aconteceu na polícia, vez após vez. Tratados como heróis, porra. Maneiro.

Mas Terry nem liga muito pra isso, preciso admitir. É como se ele tivesse a hora do futebol, e agora fosse a hora das gatas. Carl pergunta a ele: – Nada de Lucy hoje à noite?

– Não, ela ficou zangada pra caralho porque eu fui preso. Mas eu também não queria que ela viesse aqui hoje. As noites de sábado são só minhas, prefiro que a gente se veja durante a semana e aos domingos – explica Terry. Esse puto leva uma vida do caralho. Consegue entrar na Annabel's, na Pipers e tudo, o puto sortudo. Às vezes vai até a Bandwagon. E só quer saber de xoxotas, como sempre. Primeiro eu vejo aquela gata da Viv McKenzie dançando com ele, e logo os dois já estão tirando um sarro no canto. Depois Terry se junta a uma daquelas minas da Wimpy, e já se dá bem com ela, mas não é a grandona dos dentes brancos, é a baixinha de jaqueta de couro. Viv nem liga, porque já se enganchou com o parceiro de Tommy das antigas, um cara do Leith chamado Simon Williamson.

Billy, Carl e eu descemos, porque o tal do Nicky que vende as balas está lá embaixo, e compramos uma pra cada. O negócio começa a fazer efeito enquanto estou com Billy jogando Galaxian, que pode não ser tão legal quanto Space Invaders ou até Asteroids, mas é tudo que eles têm ali. Mas ficamos ligados com as balas, daí que logo quero que o Galaxian se foda, onde estão as minas? Estão escada acima, é claro, então subimos de novo. Já estou até a fim de dançar.

Ficamos parados na beira da pista, vendo as gatas dançarem sob o globo espelhado, em torno de pilhas de bolsas. O gelo seco solta fumaça, e as luzes estroboscópicas são ligadas. Billy estava falando que uma vez viu aquele muquirana do Leith, o tal de Spud Murphy, ser preso por roubar bolsas, achando que naquela hora nenhum puto conseguia enxergar devido à fumaça que saía da máquina. Mas nem quero saber das bolsas na pista, porque aqui está cheio de belas trepadas, não tem erro. Um monte de bundas maneiras, embrulhadas em saias finas e bem justas. O coração até dispara, se você já está doidão. Uma das meninas que estavam com a rapaziada de Clerie fica olhando pra mim, mas não estou a fim da encrenca envolvida nisso. Alguns dos caras de Clerie já nos viram. Os putos não gostam da atenção que a gente está atraindo. Só porque nunca pensaram em armar um truque como o nosso durante uma partida. Filhos da puta invejosos. Esses escrotos não têm cérebro pra pensar nisso, nem coragem pra fazer. E metade desses putos são Hearts. Então vejo o tal de Renton, da partida de futebol, passar, e balanço a cabeça.

— Bom resultado hoje, né? — diz o puto.

— Esqueça o resultado... onde você e o seu parceiro se meteram? — digo.

Carl ri, e Billy lança um olhar duro pro sujeito.

Preciso reconhecer: se fica nervoso, ele não deixa isso transparecer. E explica: — A polícia viu a porra do meu lenço saindo por baixo do blusão e mandou que eu voltasse. Foi até bom, porque eu não tinha visto, mas os *huns* teriam. O Spud só me fez companhia.

Billy ri, aparentando não acreditar no puto, mas dando-lhe o benefício da dúvida. A história me parece cascata, e vejo que Carl acha o mesmo, pelo olhar que lança pro Renton. Mesmo assim, pouco me importa. Quem deve falar qualquer coisa com ele é o Frank Begbie, que trouxe o puto.

— A gente se vê — diz ele, já se afastando.

Depois que Renton passa, Carl faz o sinal de punheta nas costas dele.

Estou levando um lero com Billy e Carl quando vejo a chegada dela. *É ela*. Tão maravilhosa, caralho, que nem consigo olhar. Caroline Urquhart. Ela passa por nós junto com um grupo de meninas. Eu não sabia que ela vinha aqui, e achava que só ia a lugares de gente mais velha, como a Annabel's e coisas assim. Viro de lado e tento ficar frio. Estou um pouco chapado, mas de um jeito bom, recebendo a energia das azulzinhas. Carl está desembestado, falando merda como sempre. — Escutem... Billy, Gally... escutem aqui. Será que não se pode pegar uma doença venérea nos peitos de uma gata? Tipo só sarrando...

Junto com Billy, eu começo a rir. — Você é maluco, Carl.

— Você nunca deu uma trepada, deu? — acusa Billy.

Carl fica meio branco, mas continua tranquilo, e diz: — Claro que já dei. É só que eu li em algum lugar que um rapaz pegou uma doença venérea nos peitos de uma menina.

É engraçado: alguns putos ficam vermelhos quando se envergonham, mas outros, como Carl, ficam brancos.

— Qual é... ele nunca trepou com ela?

— Não, foi só por apalpar os peitos.

– Isso é papo furado. Você está de sacanagem, seu puto! Escute só, Gally – diz Billy pra mim, abanando a cabeça.

Carl gosta de bancar o fodão, mas duvido que ele já tenha dado uma trepada na vida. Já ficou de sacanagem com um monte de meninas, e namorou a Alison Lewis durante um tempo, mas duvido que tenha conseguido alguma coisa com ela. Não, ele nunca trepou. Eu também não, sei disso, e já está mais do que na hora de fazer essa porra. Já apalpei peitinho, já dei dedada, já bateram punheta pra mim, e já tive o pau chupado, de modo que estou louco pra fazer a coisa direito. Mas a garota com quem eu saía, Karen Moore, não quis ir até o fim. Então liguei o foda-se e terminei com ela, porque ninguém aguenta ficar só de pau duro o tempo todo. Mas ela era uma garota legal, e minha mãe gostava dela; na verdade, ficou toda zangada quando eu contei que tinha terminado. Tive vontade de falar: saia você com a porra da Karen, então... provavelmente tem mais chance de trepar com ela do que eu tinha!

De qualquer forma, hoje eu estou a fim. Está tocando "Use it Up and Wear it Out", do Odyssey, e eu vejo a Caroline Urquhart na pista, dançando com uma amiga. Ela está usando um vestido vermelho maneiro, com meia-calça preta. A amiga é legal, com um belo par de peitos. Puta que pariu, é a Amy Connor! Ela parece diferente, com a blusa verde, a maquiagem e o penteado. Mais velha. Billy também já viu as duas.

– Gostosas – diz ele. Depois olha pra mim. – Está a fim de dar uma chegada ali?

Eu me sinto meio esquisito. Um pouco nervoso. Esfrego o lugar onde senti aquela espinha surgindo. Já parece até ter formado um caroço! Uma espinha sob a luz estroboscópica com Caroline Urquhart! Se me portar feito um babaca e levar cartão vermelho, precisarei encarar o olhar dela todo dia na escola.

– Não quero confusão com as gatas da escola – arquejo, um pouco depressa demais. Billy deixa isso passar em branco, mas Terry não teria deixado. Quer dizer, agora ele só quer saber de seus amigos novos, seus amigos durões e abusados. Então acrescento: – Quer dizer... isso dá merda.

– Cagão – diz Birrell.

– Escute, Billy, tem um monte de gatas aqui. – Eu aponto pras outras duas meninas dançando sozinhas. Uma tem cabelo louro e liso. É uma trepada e tanto. A outra tem uma cabeleira escura, e a saia estreita revela uma bela bunda. – Veja aquelas duas ali.

— Gostosas — concorda Billy, e nós avançamos, dançando na frente delas. Eu meneio a cabeça pra loura, e ela faz o mesmo pra mim. Tenho vontade de sorrir pra ela, mas meus amigos podem pensar que eu sou bicha. Já surramos a porra dos *huns* hoje, de modo que não dá pra agir feito uma bicha com as gatas e constranger toda a putada. Gente feito Terry até consegue, porque ele tem esse tipo de personalidade. Então "Atomic", de Blondie, começa a tocar, e eu tomo isso como deixa pra cantar a mina.

— Essa é você... a Blondie, de cabelo louro, né? — digo, apalpando um pouco o cabelo dela. Ela simplesmente sorri, mas de um jeito que faz com que eu me sinta um idiota. Se aquele puto do Terry falasse a mesma coisa, elas ficariam todas derretidas.

— Eu fui ao jogo no Easter Road hoje. Enfrentar a porra dos *huns* — grito no seu ouvido. Ela tem um cheiro bom pra caramba.

— Eu não gosto de futebol — diz ela.

— Mas você não é Herts, é?

— Eu não gosto de futebol. Meu pai torce pelo Motherwell.

— O Motherwell é uma merda — digo. Talvez eu não devesse ter sido grosso pra caralho, mas o time *é* um zero à esquerda, e ela precisa saber disso.

Vamos deixando a pista, e ela se vira pro lugar onde suas amigas estão sentadas. Eu ainda digo: — A gente se vê.

— Falô — diz ela, indo sentar com as amigas.

Billy se aproxima. — E aí... se deu bem?

— Já está no papo — digo. — Ela vai me dar tudo.

Só que ele não se deu bem com a outra. Isso vai me atrasar. Então começa a tocar aquela "Start!", do The Jam, que desbancou do primeiro lugar "Ashes to Ashes", do Bowie. Eu até gosto da música, e nós começamos a cantar, mas é como cantar sobre os *huns*... "se eu nunca mais te vir... já será um começo!" Doo doo doo doo... Vão pro caralho.

... quando percebo, já está na hora da última música lenta, e o DJ está mandando todo mundo levantar e dançar. Não que algum puto precise de incentivo. Eu corro pra cima daquela lourinha outra vez. Mas é uma canção antiga de Olivia Newton-John, "Hopelessly Devoted to You", do *Grease*. A gente tira um sarro rápido, mas eu fico de pau duro, e sinto que ela quer se afastar. Estou até parecendo Cropley, o cachorro.

Quando a música para, a gente se afasta. Ela sorri, aperta minha mão e olha pra mim, mas eu meio que congelo, sem saber o que falar.

– Ei, a gente se vê daqui a pouco – diz ela, deixando a pista outra vez.

Vejo Billy conversando com Renton e o tal do Matty, lá do Leith. Não consigo ver Carl. A loura se juntou às amigas.

Eles já acenderam as luzes, desligaram a música e estão nos botando pra fora. Vamos conferindo onde está cada puto. Carl parece ter se dado bem com uma gorda ruiva: foi visto por Billy se esgueirando pra fora com ela. Realmente a mina só podia ser uma porra de um balde de bosta, pra que ele tenha ido embora à francesa. Tento manter uma frieza aparente, mas continuo à procura dela... não de Caroline Urquhart, mas daquela lourinha.

Só consigo vê-la à saída, já no saguão. A lourinha. Sua amiga se aproxima de mim, meneia a cabeça na direção dela e diz: – Ela gostou de você.

Eu olho pra lá e vejo a expressão no seu rosto: dura, séria e petulante. Só queria que ela sorrisse como antes, e não parecesse que ia me desafiar pra uma briga mano a mano, mas eu também não posso sorrir, porque aqui em volta tem putos demais prontos pra me sacanear. Então meneio a cabeça em direção à porta. Nós vamos pra lá, dobramos a esquina e pegamos uma viela que passa nos fundos da Clouds, bem atrás de Tollcross. Paramos ali e começamos a tirar um sarro. Eu tento agarrar o peitinho, mas ela fica afastando minha mão, e se não vai me dar nem a porra do peitinho, isso aqui não me adianta porra nenhuma...

... preciso arrumar uma trepada de verdade...

... não quero mais ser virgem...

– Então não banque a porra da lésbica – digo eu.

– Não sou lésbica porra nenhuma, meu filho!

– Então qual é a porra do seu problema?

Ela se afasta de mim e parte em direção a suas amigas. Eu começo a falar algo, mas ela simplesmente se vira e diz: – Vá se catar.

A amiga parece abusada pra caralho: tem uma expressão dura, e cabelo escuro. Do tipo que tem irmãos malucos, dá pra perceber. Ela olha pra mim e diz: – Vá pra puta que pariu, pivete. Sacou? Vá pra puta que pariu.

Nesse instante Caroline Urquhart e sua amiga Amy saem com Terry e Simon Williamson, o tal cara do Leith. Parece que ele é amigo de Renton, de Tommy, de Matty, e do irmão de Joe Begbie. Terry está rindo, com o braço em torno de Caroline, e ela olha pra mim como se eu fosse a porra de um... como se eu fosse a porra de um nada...

Então ouço uma gritaria, e todo mundo olha prum ponto onde surgiu uma pancadaria. Isso me dá uma desculpa pra sair dali daquela porra, e eu avanço. Mas Billy agarra meu pulso e diz: – Deixe isso pra lá, Gally. É o Dozo Doyle com aqueles putos lá de Clerie. Não é com a gente.

– Vá se foder! – Eu empurro Billy pro lado, tiro do bolso a porra da faca e avanço. Então paro e penso: que porra estou fazendo aqui? Fico parado ali, enquanto Dozo enfia a porrada no tal sujeito de Clerie. Os amigos dele notam a faca e se mandam rua abaixo. Foi a lâmina que provocou isso! O tal do Polmont fica ali parado, sem fazer coisa alguma. O rapaz de Clerie está caído, e vai sendo chutado por Dozo. Então Polmont meneia a cabeça pra mim e toma a faca da minha mão, sem que eu reaja. Ele se abaixa e corta o rosto do outro rapaz. Meu coração quase para, quando eu vejo a pele do sujeito se abrir. Depois de um segundo em que nada acontece, surge um corte vermelho e depois um jorro de sangue. Doyle baixa o olhar pro sujeito de Clerie. – Filho da puta.

O rapaz segura o próprio rosto, falando uns troços malucos sem sentido, e eu fico olhando pra ele. Era pra ser uma briga mano a mano... Dozo e o sujeito...

Fico enraizado no lugar, enquanto Polmont me entrega a faca. Apanho a lâmina, sem saber pra quê. Porque é minha, acho eu. Polmont olha pra mim e faz uma careta, enquanto Dozo abana a cabeça. Os dois riem e começam a se afastar.

Dois caras se aproximam, olhando pra mim. Veem o rapaz, veem o sangue. Depois vão embora. Um fala algo, mas eu não ouço. O rapaz continua com a mãos sobre a lateral do rosto. Ele ergue o olhar e vê a faca na minha mão. Então olha pra mim enojado, como se eu fosse um bicho.

Eu viro e cruzo correndo o estacionamento, até a avenida principal. Corro durante séculos, só parando quando fico sem fôlego. Então jogo a faca fora, em um daqueles latões de lixo. Levo algum tempo até perceber onde estou. Tomei a direção errada. Vou recuando, mas por um caminho tortuoso, e rumo pra casa pelas ruas transversais, evitando as avenidas principais.

Começa a chover. As lâmpadas dos postes de luz são refletidas no asfalto azul-negro, causando enjoo e tontura. Eu fecho o zíper do agasalho e abotoo o colarinho. Minhas tripas ardem a cada passo que dou. Toda vez que ouço uma sirene policial ou vejo uma radiopatrulha, acho que é pra mim. Meu coração vai até a boca, e meu sangue simplesmente congela. Vou vendo a cidade mudar: as lojas se tornam casas sofisticadas, depois vêm os prédios baixos, depois parece que nada existe por séculos, depois vem a avenida de mão dupla, e enfim as luzes do nosso conjunto.

Canção do soldado (virgem)

Estamos parados perto das lojas de Stenhoose Croass na manhã de domingo. Domingo é sempre um dia de merda, que vai ficando mais merda ainda à medida que o tempo passa. Não há o que fazer, além de falar sobre o fim de semana, sentindo o medo e a depressão aumentar dentro de você, até a manhã de segunda-feira. Meu tio Donald trabalha na Rentokil, e uma vez eu perguntei a ele, "Isso melhora quando a gente larga a escola e vai trabalhar?".

Ele só abanou a cabeça e riu, como se falasse: claro, melhora pra caralho.

Mas ainda é de manhã, e todos os nossos triunfos durante o fim de semana estão frescos. Principalmente pro abusado do Terry, que diz: – Ainda estou com a porra da marca de uma mordida dada por aquela aluninha ontem à noite. Que foda boa...

Ele estende as mãos e projeta os quadris à frente bem devagar. Mas ele não se deu bem com ela, não com Caroline Urquhart.

A porra do puto é cheio de merda.

– E aquele baboseira de "eu nem tocaria nela", que você vivia falando antigamente? – digo.

Terry sorri. – Bom, eu pensei... agora que estou trabalhando, não é mau ter uma gatinha da escola pra comer de vez em quando.

Billy parece bastante impressionado com essas mentiras, e dá pra ver que o puto do Terry adora isso. Birrell baixou a porrada em todo mundo na partida, e na verdade ele é que foi o cara... bom, ele e o Gent, embora o Terry tenha ido preso. Ele nunca puxa o saco de Doyle, como Terry faz. Acho que Billy curte Caroline Urquhart, Amy Connor, e as outras. Todos os caras curtem, mesmo quando mentem a respeito, como o Terry.

– Ela não namorava aquele grandalhão? – pergunta Billy.

– Não, o puto terminou com ela. Ele já está namorando outra. E eu estava à mão com meu ouvido solidário... além de um cacete solidário – diz ele, dando um sorriso que vira uma risada, e projetando os quadris à frente outra vez. – Eu até deveria agradecer ao puto grandalhão, porque ele treinou a garota bem. Achei que ela ficaria toda nervosa e dura, feito uma virgem...

Ele cospe a palavra "virgem" como se fosse "leprosa", e continua: – Mas não, o puto grandalhão deve ter trepado com ela até isso passar, deixando a gata no ponto certo pra mim. A vaquinha já sabe até pagar um belo boquete. Foi bom demais! Ela chupou até quase me fazer gozar!

Porra nenhuma.

Ela nunca chuparia o cacete sujo desse puto suado.

– Quem era o cara que se deu bem com a amiga dela? – pergunta Billy.

Terry bebe um gole da Irn Bru que está tomando. – O nome dele é Simon. Cara bacana. Tirou um sarro dos peitos da Amy Connor. Ele é amigo do irmão do Joe Begbie, aquele puto do Franco, que foi preso comigo. Tomara que eu não tenha pegado alguma coisa com a Caroline, porque vou almoçar na casa da Lucy hoje à tarde, e sei o que vai ter de sobremesa!

– Mas ela não ficou emputecida por você ter sido preso? – pergunta Carl.

– Pois é, o puto do pai dela está tentando envenenar a Lucy contra mim. O negócio é que não adianta. Toda gata que transa com Terence Henry Lawson fica mal acostumada, e depois só aceita o melhor. Elas nunca se cansam, cara! É garantido!

O puto convencido passa a garrafa pra mim. Mas eu meneio a cabeça, e ele passa a Irn Bru pro Carl, que toma um gole. Carl parece muito satisfeito consigo mesmo. Talvez tenha conseguido dar uma trepada com a tal gorda ruiva. Espero pra caralho que não, pois isso significaria que eu sou o único aqui que ainda não trepou. Billy já comeu Kathleen Murray e a Yvonne, irmã de Terry.

A tal da Maggie Orr, que mora no bloco de Billy, está descendo a rua com uma garota de óculos, mas que parece bem bonita. Elas param perto da lanchonete. Maggie acena pro Terry e diz: – Terry, venha cá.

Ele se mantém firme e diz em tom desafiador: – Não, venham vocês aqui.

– Não – diz a garota de óculos bonita, meneando a cabeça pra Maggie e fazendo uma careta, como se a amiga não quisesse encontrar Carl ou Billy, que nem liga, porque está lendo o jornal. Carl simplesmente desvia o olhar, com as mãos nos quadris. Billy enrola o jornal e dá uma cacetada na cabeça de Carl com o rolo. Carl diz algo como: – Filho da puta.

Terry dá de ombros e vai em direção às garotas.

A gata maneira de cabeleira preta e óculos olha pra mim, sorridente. Meu coração dispara. Ela parece legal pra caramba, diferente de algumas outras nessa vizinhança. Então Terry vira e olha pra mim; depois ri com a tal garota, empurrando-a e agarrando-a, como se estivesse fazendo cócegas nela. Ela ri sem parar, mandando que ele pare. Terry não deveria estar fazendo isso com uma menina dessas, uma menina bacana. A gente pode zonear com as vadias, mas não com meninas bacanas feito essa. Maggie também não gosta, e Terry percebe isso, de modo que vai até lá, e começa a fazer cócegas *nela*. Depois levanta Maggie no ar e ela grita: – TERRY!

Vemos sua calcinha, antes que ela seja baixada ao chão por Terry, com o rosto todo vermelho. As duas se mandam rua abaixo, e a garota maior, a que é bonita, vai rindo, mas Maggie parece uma beterraba, com os olhos marejados. Só que ela também está rindo um pouco. Terry volta correndo pra nós.

– Dadeiras, as duas. – Terry ri, enquanto as meninas se afastam rua abaixo. Depois ele vê que eu estou olhando pra elas e diz pra mim: – Ei, a grandona da Gail gostou de você. Falou assim: "Quem é o bonitinho de olhos grandes?"

Puto abusado do caralho: sacaneando. Carl e Billy riem de mim, e Billy belisca a minha bochecha. Eu ignoro o babaca do Terry, ignoro todo mundo. E digo: – Ah, é, com certeza...

Billy abre o *Sunday Mail* outra vez. O puto do Terry, que se acha o máximo, está adorando essa porra toda. O jornal fez escândalo com aquela merda na partida. A porra dos jornais de Glasgow nunca se incomodam quando os escrotos de lá causam tumultos aqui. A porra da cara idiota do Terry, com a porra daquele cabelo idiota. No jornal todo. O puto já está se achando a porra de um astro. Babaquice.

IDENTIFICADO O MARGINAL DO HIBS

O marginal de sorriso debochado, e que não se arrependeu de ter espalhado terror e vergonha no estádio Easter Road no sábado, é um vendedor de sucos e refrigerantes, Terence Lawson (17). Milhões de torcedores de poltrona viram ontem à noite, no popular programa *Sportscene*, o Hibs, inspirado por George Best, arrancar uma vitória sobre o Rangers. Só que a partida foi perturbada por sérios tumultos dentro e fora do estádio. "Esses elementos não gostam de futebol, na realidade", disse o inspetor Robert Toal, da polícia de Lothian. "Devem ser denunciados pelos torcedores verdadeiros. Tomaram a decisão diabólica de destruir o jogo."

A expressão insolente de Lawson, ao ser arrastado para longe de uma pancadaria séria que ele próprio instigara, foi demais para muitos torcedores autênticos. Bill McLean (41), de Penicuik, disse: "Foi a primeira partida que eu vi em muitos anos, e será a última. Há bandidagem demais hoje em dia."

MÁFIA

Lawson tem reputação de ser o mandachuva de uma notória gangue de *hooligans* em Edimburgo, conhecida como "A Máfia Esmeralda", por causa de sua ligação com o Hibs Football Club e sua extrema crueldade.

VIOLÊNCIA

Lawson não é estranho à violência. No ano passado, esse marginal corpulento, mas que faz permanente no cabelo, foi condenado por uma agressão brutal a outro rapaz diante de uma lanchonete na cidade. Também podemos revelar que ele tem condenações por vandalizar uma cabine telefônica e por riscar deliberadamente a carroceria de um automóvel caro com um molho de chaves caseiras. O carro pertence a Arthur Rennie, um empresário de Edimburgo.

DOENTE

Ontem à noite a mãe de Lawson, sra. Alice Ulrich (38), deu apoio ao filho. "Meu Terry pode ser amalucado, mas não é bandido. Só vem andando com a turma errada. Isso já está me deixando doente." Lawson foi preso junto com dois rapazes de dezesseis e quinze anos de idade, que não podem ser identificados por motivos legais. Dentro de duas semanas haverá uma audiência no tribunal distrital de Edimburgo.

– Essa porra não é um permanente – diz Terry, passando a mão pelo cabelo. – Eu não fiz permanente nessa porra.

Ele acha que pode falar merda sem feder. Esse empregadinho de merda em caminhões de suco. Então digo: – É que a porra do seu velho era crioulo, só por causa disso.

Preferia não ter falado isso. Terry não se dá bem com o velho dele. Acho que ele vai surtar, mas ele nem fica com raiva.

– Bom, pelo menos ele tinha uma pele boa pra caralho – devolve ele, apontando pro meu rosto. – Ter uma pele assim não combina muito com dar umas trepadas, meu amigo... não é de espantar que você seja AV!

Terry dá uma piscadela e a putada toda se mija de rir. Ele contorce o rosto todo e eu fico tentando imaginar que porra é aquela...

Billy lança um olhar vago pro Terry. – O que é isso?

– Ainda virgem – diz ele.

Eles riem de mim pra caralho; tremem e se apoiam uns nos outros. Quando eu acho que pararam, vem outra onda; por um instante eu vejo nos olhos de Terry algo que parece um pedido de desculpas, mas é substituído por grandes zurros de asno. Minha mão voa pra tal espinha no meu rosto. Não consegui evitar. Agora já tenho até outra. Pois é, e eles estão rindo ainda mais. Carl, que saiu se esgueirando com a porra daquela gorda ruiva, e acha que é o maior dos amantes ardentes, só porque traçou uma cadela que ninguém mais quer. Birrell, que nunca tirou um sarro...

– Vão se foder, seus putos. – Consigo me ouvir falando isso, mas estou tão enfurecido que o ar fica preso no meu peito.

Terry.

Putos.

Eles que vão todos pra puta que pariu. Não são amigos porra nenhuma...

– VÁ SE FODER, LAWSON... SUA BICHA!

– E você vai me obrigar a isso, é? – diz Terry, olhando fixamente pra mim. Viro pro lado e acho que ele meio que sabe que é por medo do que *eu* vou fazer, e não do que ele vai fazer. E então ele diz: – Não vá dar chilique feito a porra de uma criancinha, Gally. Foi você que começou tudo com a merda do negro.

– Porra, foi só uma brincadeira, seu puto.

Terry. A porra do mandachuva. Empurrando a porra das garrafas de suco pelos conjuntos...

– Bom, eu também só estou brincando sobre a porra das suas espinhas – diz ele, fazendo Ewart e Birrell rirem de novo.

Filhos da puta.

Eu dou um passo adiante e enfrento Terry. Não tenho medo da porra do puto. Nunca tive medo de porra nenhuma. É, todos eles pensam que agora ele é um puto grande e durão, mas eu sei que não. A porra do puto esquece que eu cresci junto com ele. Ele está mostrando firmeza, tudo bem, mas há uma certa cautela na sua postura.

Billy se mete entre nós dois. – Parem de bancar os fodões um com o outro. Está certo? Nós somos amigos.

Nós continuamos frente a frente, olhando fixamente um pro outro por cima do ombro de Billy.

– Falei pra vocês pararem de sacanagem. Certo? – diz Birrell, com a palma da mão encostada no meu peito. O puto está me enervando tanto quanto Terry. Eu passei dos limites falando aquilo, ok, mas o puto deveria ter levado na brincadeira. Sinto meu corpo se inclinando contra a mão de Birrell, de modo que ele precisará realmente me empurrar pra trás, ou sair fora. Ele balança a cabeça pra mim e sai fora, dizendo em tom firme, mas razoável: – Vamos lá, Gally.

– Pois é, pessoal... vamos acalmar aí – diz Carl abraçando Terry, e logo depois puxando o puto a fim de que ele pare de me encarar. Terry protesta, mas Carl luta com ele de brincadeira, forçando-o a fazer o mesmo.

– Vá pro caralho com esse seu cabelo leitoso, Ewart...

Então eu digo: – Eu só quis soltar uma piada, caralho. Não pense que você pode tirar onda só porque foi preso durante a partida, Terry. Não pense essa porra.

Terry empurra Carl pro lado e olha pra mim. – E não pense que você pode tirar onda só porque anda por aí carregando a porra de uma faca.

Uma faca. O rosto do rapaz.

Eu sinto um calafrio. Sinto que estou sozinho, que todos eles me odeiam.

Birrell apoia o puto e tudo. – Pois é, você precisa parar com essa merda, ou vai se encrencar todo... estou falando pra você, Gally. E só estou dizendo isso porque você é meu amigo. O seu papo está ficando brutal.

Falando essa porra pra mim

Papo furado da porra desse puto

O rosto do rapaz. Aquele puto do Polmont. Não deu um só soco durante a partida, a porra do puto covarde. Chorando sozinho feito uma garotinha lá na casa do Spencer. Não foi ajudar o Dozo quando os caras de Clerie estavam prontos pra entrar na briga, até me avistarem com a lâmina. E o que ele fez com o rapaz foi tomar verdadeiras liberdades. Dozo já estava surrando o cara. Não havia a porra da menor necessidade. E eu fiquei ali parado, deixando que ele me devolvesse a lâmina. Peguei a faca de volta, feito a porra de um pastel. Agora estou me cagando todo, caralho. E viro pra Carl. – Por que isso tudo?

– Você passou dos limites, Gally – diz Carl, apontando pra mim. – Nada de estoques, caralho.

Ewart, o puto da porra do Herts, avisando que eu passei dos limites. Ah, é. Claro.

Billy fica olhando pra mim. – A polícia apareceu ontem à noite, depois que você se mandou. Perguntando a todo mundo o que tinha acontecido.

Fico olhando pra todos eles, que olham pra mim como só fazem o Blackie e todo aquele pessoal da escola. Esses são a porra dos meus amigos?

– Pois é, e o que vocês contaram pra merda da polícia? Aposto qualquer porra que me deduraram!

– Aí, qual é, pegue leve – diz Billy. Terry só olha pra mim como se me odiasse. Carl está parado um pouco atrás, abanando a cabeça.

– Vocês não sabem de nada – digo eu, virando e começando a me afastar.

Carl grita: – Qual é, Gally?

Billy diz: – Deixem o cara em paz.

Ouço o puto do Lawson gritando com voz de americano, em tom agudo: – Bonitiiinho... tchau, bonitiiinho...

Meu sangue está fervendo pra caralho. Esse puto da porra vai ver só.

Sigo rua abaixo, passando a igreja e o bloco de Birrell, até a nossa parte do conjunto. Avisto o velho Pender descendo a ladeira do pub Busy Bee, e grito: – Oi!

Mas ele me ignora, desviando o olhar depressa. O que está havendo com ele? Nunca lhe fiz coisa alguma.

Quando passo o quarteirão de Terry, olho pra casa dele, a fim de ver se Yvonne ou alguma amiga está lá. É de espantar que Terry seja tão escroto, e Yvonne tão bacana.

Yvonne é adorável.

Mas não tem ninguém por lá, então vou até o meu bloco e subo a escada. Cheguei bem a tempo, porque vejo um monte de torcedores do Herts, inclusive Topsy, vindo pra cá. Topsy é legal, amigo de Carl, mas alguns dos outros certamente iriam querer bancar os fodões se vissem que eu estava sozinho. E no momento não estou a fim de ver qualquer puto bancar o fodão.

Então avisto a pichação na parede da escada, feita com caneta hidrográfica vermelha:

LEANNE HALCROW

e

TERRY LAWSON

Sempre fiéis.

Provavelmente o próprio puto escreveu isso. Eu cuspo em cima, vendo a cor escorrer parede abaixo. Tinta vagabunda pra caralho. A porra do Terry acha que pode abusar assim, com a porra daquele cabelo de crioulo. Agora a porra da mãe do puto anda fodendo com a merda de um nazista. Porra de otário abusado, gordo e burro pra caralho. Com fama de já ter comido todas as gatas, e arrebentado todos os putos dentro do conjunto. Nem por um caralho. O durão. Nem por um caralho. E a porra do Birrell e a porra do Ewart... apoiando o cara... putos.

Vou pro meu quarto e ponho pra tocar o primeiro LP que comprei na vida, *This is the Modern World*, do The Jam. Cropley entra, e eu lhe faço um carinho com a mão trêmula, enquanto minhas lágrimas pingam na sua cabeça. Lágrimas que puto algum jamais verá.

Eu nunca vou continuar na escola. Nunca vou arrumar emprego. Nunca vou dar uma trepada.

Eles vão me botar em cana.

Arquivo Confidencial versus *Os Profissionais*

As noites de domingo são chatas pra caralho. Fico puxando a argola elástica amarela da boca de Cropley. Ele rosna através das narinas. E morde com bastante força. A argola fica coberta de baba.

— Andrew, chega! — diz minha mãe. — Você vai arrancar os dentes do bicho! Não posso pagar o que o veterinário vai cobrar pra colocar nele uma dentadura, ou seja lá o que for necessário.

Ela começa a rir, assim como Sheena e eu, ao pensar em Cropley de dentadura. De modo que solto a argola. Cropley simplesmente me devolve o objeto pra que eu puxe outra vez.

— Está com você, Cropley... vá embora, sai fora daqui — digo. Na verdade, os cachorros não são muito espertos. Aquele troço todo da Barbara Woodhoose na tevê não passa de um monte de merda. Ela não conseguiria treinar um cachorro feito Cropley, ou aqueles vira-latas que sempre atacam quando a gente tenta cruzar o parque até a escola. Na semana retrasada, Birrell chutou a garganta de um deles, que foi embora ganindo. Ele falou que cachorros são como gente, alguns curtem bancar os abusados. Carl falou que ia começar a ir à escola com sua arma de ar comprimido pra se proteger. Eu falei que era melhor ele não atirar na porra do meu cachorro, ou eu atiraria nele, amigos ou não.

Cropley fica entediado, ou esquece, e larga a argola. Mas minha mãe precisa bater nele, porque ele tenta trepar com a perna de Sheena quando ela levanta pra ir ao lavatório. Sheena ri e diz: – Desça, Cropley! Desça já!

Provavelmente ela nem sabe o que o cachorro está tentando fazer, ou talvez saiba. Só que minha mãe sabe, e dá uma surra nele com o chinelo, mas o bicho leva séculos pra largar aquela perna.

Estou rindo pra caralho, de modo que ela também me dá um sopapo bem na lateral da cabeça. Uma beleza, de fazer os ouvidos estalarem. E ela grita comigo: – Não tem graça alguma, droga.

Minha cabeça lateja onde ela bateu, mas eu continuo rindo, mesmo tonto e surdo de um ouvido. – Por que foi isso?

– Por provocar o cachorro, Andrew Galloway. Você vai levar o coitado do bicho à loucura.

Ah, claro. Eu só esfrego a cabeça, e apanho o jornal aberto na página da tevê. O tímpano meio que estala de volta, e já consigo ouvir bem outra vez. O que eu mais odeio nas noites de domingo é que tem *Arquivo Confidencial* na BBC, e *Os Profissionais* na STV, exatamente à porra da mesma hora. Os putos só podem estar de sacanagem, caralho... não dava pra planejar melhor?

Sinto minha mãe sentar ao meu lado no sofá. Ela bota o braço em volta de mim, aperta com força, esfrega a minha cabeça, e parece estar quase chorando. Então diz: – Desculpe, querido... desculpe, meu queridinho...

– Tudo bem, mãe, nem doeu, mas se comporte! – Estou rindo, mas também estou quase chorando. Quando ela faz isso, é como se eu virasse criança outra vez.

Ela olha pra mim e diz: – Às vezes não é fácil pra mim... sabe?

Eu fico engasgado, sem conseguir falar, então só balanço a cabeça.

– Você é um menino bom, Andrew... sempre foi. Nunca me deu problema. Eu amo você, filho. – Ela soluça novamente.

Eu lhe devolvo o abraço. – Ah, mãe...

Sheena volta do lavatório, fazendo com que eu e minha mãe nos afastemos um do outro no sofá, como um jovem casal que está tirando sarro e precisa sentar direito depressa.

– Qual é o problema? – diz Sheena, toda temerosa.

– Está tudo bem, querida – diz minha mãe. – Só estamos batendo um papinho. Venha sentar aqui no sofá conosco...

Ela alisa o assento ao seu lado, mas Sheena se senta no chão aos pés dela. Minha mãe tem um braço em volta de mim, e bota o outro em torno de Sheena, enquanto vai dizendo maluquices como: – Minhas criancinhas...

Eu me sinto bem, mas constrangido ao mesmo tempo, porque já sou um pouco velho pra essa porra, mas... bom, ela está perturbada, então fico calado. Sheena pegou uma das mãos dela entre as suas, e fico feliz de não poder ser visto por meus amigos agora.

Ficamos vendo tevê, mas depois de algum tempo a campainha toca, e é Carl. Com uma expressão ávida no olhar, ele pergunta: – Quer ver *Os Profissionais* lá em casa?

Olho pra ele, meio que hesitando por um breve segundo. Ele percebe que eu não quero ir. Mas não quero que ele pense que é porque não quero deixar minha mãe nesse momento. De modo que culpo Terry e a tarde de hoje. – O Terry é um puto abusado. Ele vai ter a porra da boca arrebentada.

– Ah, é – diz Carl, em tom cansado. Ele sabe que Terry e eu somos melhores amigos, mesmo que um encha o saco do outro às vezes. – Vamos lá pra casa ver *Os Profissionais*.

– Está bem – digo. Eu queria ver *Arquivo Confidencial* com minha mãe e Sheena, mas foda-se, vai ser bom sair de casa.

Falo pra minha mãe que vou à casa de Carl, sentindo um pouco de culpa por deixá-la com Sheena, e certo constrangimento por não ficar ali. Mas ela vai ficar bem! Mulher é sempre assim, como diz meu tio Donald. Minha mãe fica tranquila: ela nunca cria problema com Carl ou Billy, mas não gosta que eu vá à casa de Terry. Às vezes, quando vamos à casa dele cheirar cola ou tomar uma birita, eu falo pra ela que vamos à casa de Carl ou Billy, e que é só sidra. Mas acho que a minha mãe, a mãe de Billy e a mãe de Carl sabem que vamos à casa de Terry.

Então vamos pra casa de Carl. Eu gosto de lá, porque sempre parece mais quente do que na nossa casa, mas acho que é só por causa dos carpetes que vão de parede a parede. Dá a sensação de que o ambiente é mais selado. Na nossa só tem os tapetes velhos que eram do meu tio, e eles não vão até a parede. Lá também tem móveis novos, cadeiras de uma espécie grande e confortável, com uma armação de madeira clara, em que a gente pode afundar. Carl diz que são da Suécia.

— Pois é, aí vem o outro *hooligan* do futebol! — diz o velho de Carl, mas é só brincadeira. Esse é o lance do velho de Carl: ele sempre tem uma piada pronta, e não é resmungão feito os outros velhos.

— A gente não, seu Ewart, foi só o Terry, não é, Carl? — digo, sem conseguir resistir.

— Aquele rapaz vai se encrencar todo um dia desses, estou avisando — diz a mãe de Carl.

Carl olha pra ela e diz: — Já falei a você, mãe... não foi culpa do Terry. Na verdade, a coisa nada tinha a ver com ele.

Esse é o lance do Carl: ele sempre apoia todo mundo.

— Eu vi o Terry na tevê, andando em volta do gramado com um sorrisão de maluco na cara. A coitada da Alice deve ter ficado arrasada — diz a mãe de Carl, partindo pra cozinha.

O pai de Carl grita pra ela: — Foi tudo uma tolice, mas o rapaz só estava rindo. Quando fizerem uma lei contra isso, a coisa vai pro brejo.

A mãe de Carl não responde, mas então eu abaixo a voz e olho pra ele. — O senhor já se meteu em encrenca no futebol?

A gente até pode falar esse tipo de coisa com o pai de Carl, mas eu espero que ele diga: "Não seja abusado, na minha época esse tipo de coisa não acontecia."

Ele simplesmente sorri pra mim e dá uma piscadela, dizendo: — Ah, sim, sempre houve isso... vocês acham que inventaram tudo, mas não sabem da missa a metade.

— É com o Ayr United que o Kilmarnock briga?

Ele abana a cabeça e ri. — Bom, o Ayr e o Killie são rivais, mas raramente estão na mesma liga. De modo que lá a maioria das encrencas acontecia nas partidas de juniores. Eu era um homem de Darvel, e nas partidas do campeonato contra times como Kilwhinning ou Cumnock sempre havia encrenca antes, durante e depois do jogo. E às vezes a coisa ficava muito, muito violenta. Se aquelas torcidas fossem maiores, vocês nunca teriam ouvido falar de briga entre Rangers e Celtic!

A mãe de Carl fez chá e traz uma bandeja. — Fique quieto, Duncan... não é bom encorajar esses meninos.

Mas ela está rindo. O pai de Carl sorri, como se estivesse gozando a esposa, e continua: — É pura história social, só isso. Quer dizer, não sei como está o panorama agora, mas todas aquelas cidades viviam da mineração. O trabalho era duro, e havia muita pobreza. As pessoas precisavam de uma válvula de escape, como o orgulho por sua aldeia ou vila, por aquilo que você era, e pelo lugar de onde vinha.

– Bom, mas *eles* não precisam de uma válvula de escape. Vão acabar na porcaria da cadeia, é lá que vão terminar – avisa ela.

Carl sorri pra mim, e eu tento não olhar de volta, pra não irritar a mãe dele. Sei que nunca se devem falar coisas sobre as mães dos amigos, mas eu gosto muito da mãe do Carl. Ela tem uns peitos maneiros. Sinto muita vergonha disso, mas já bati punheta pensando nela.

Os Profissionais começou, e nós nos acomodamos pra ver. Eu fico olhando pras pernas da mãe do Carl, atraído pelo jeito com que ela descalçou os chinelos. Ela me pega em flagrante e sorri. Eu fico todo vermelho, e olho de volta pra tela. *Os Profissionais* é um programa legal. Eu seria Doyle e Carl seria Bodie, mesmo que Doyle tenha um cabelo igual ao de Terry.

Doyle.

Polmont.

A faca.

O rapaz lá de Clerie.

Olho de volta pra tela. Embora o programa fosse ótimo, eu ainda tinha aquela sensação enjoativa e apavorante de que a noite de domingo estava chegando, pior do que nunca.

Sem homem em casa

Mas quando acordo já estou um pouco mais feliz; na verdade, faz séculos que não sentia vontade de ir à escola em uma manhã de segunda-feira. Eu odeio a porra do lugar, e mal posso esperar o verão pra fazer dezesseis anos e mandar tudo aquilo lá pra puta que pariu. Falam que eu devia continuar, e que eu poderia até me dar bem se me esforçasse mais. Mas eu só gosto de francês. Se deixassem a gente estudar francês o tempo todo, ou talvez outra língua como alemão ou espanhol, eu nunca sairia da escola. O resto é merda. Eu gostaria de ir morar na França um dia, e de ter uma gata francesa, porque as meninas de lá são lindas.

Quero ouvir falar da partida, mas não do que aconteceu na frente da boate. Só que provavelmente já é boataria a essa altura.

Boate! Já é boataria a essa altura!

Mas fico preocupado ao pensar no assunto. Às vezes acho que está tudo bem, e então sinto um calafrio que quase para meu coração. Minha mãe sabe que eu estou com algum problema. Estou achando difícil encarar o seu olhar. Levanto logo e saio cedo, chamando Carl e Billy primeiro, coisa que em geral nunca acontece.

Chegamos à escola e vamos à assembleia das segundas-feiras no ginásio. O diretor McDonald está sentado lá em cima da plataforma, com ar grave e sério. Há uma tagarelice geral, que só para quando ele se levanta e diz: – É realmente triste termos de começar a semana com uma nota azeda. Professor Black...

Ele meneia a cabeça pro Blackie, que logo se levanta, disparando outro zumbido de sussurros ginásio afora. O puto parece furioso, com faixas vermelhas nos dois lados do rosto. Ele pigarreia e todos nos calamos outra vez.

– Em todos os meus anos como professor, eu nunca, nunca tive vergonha de dizer que era membro desta escola...

– O sacana nunca foi desta escola... do que ele está falando? cochicha Billy pra mim.

– Até testemunhar um comportamento nauseante na partida de futebol no Easter Road neste último sábado. Um grupo de rapazes, obviamente decididos a criar uma encrenca infernal, arrastou na lama o nome de toda esta cidade, toda esta cidade – lamenta ele, abrindo os braços largamente. Como de costume, o puto faz uma pausa em busca de efeito. Todos abaixam a cabeça, mas só alguns esnobes e puxa-sacos, além de uma ou duas meninas, fazem isso por vergonha; quase todos nós só queremos evitar cair na gargalhada. Então Blackie continua: – E é doloroso dizer isso, mas alguns dos envolvidos eram alunos desta escola. Um deles é conhecido por muitos de vocês. Ele partiu no verão passado. Um rapaz pateta, conhecido como Terence Lawson.

Ouvem-se muitos risos abafados. Como eu queria que Terry estivesse ali pra escutar isso... um rapaz pateta! É a cara dele!

– O outro jovem idiota não era conhecido meu. Mas havia um bandido que desfilava com a maior audácia possível, ao ser levado à força em torno do gramado para as câmeras de televisão, para o *mundo todo*, ver! Um rapaz *desta escola*! – Blackie já está tão enfurecido que treme pra caralho. – Adiante-se, Martin Gentleman! O que você tem a dizer em sua defesa?

A princípio não consegui avistar Marty Gentleman. Só vi Dozo Doyle rindo enviesado, com a cabeça recém-raspada e aqueles olhos loucos. Depois vi Hillier, o professor de educação física, fazer sinal pra que Gentleman saísse da fileira, e então consigo avistá-lo. Ele não passa despercebido facilmente.

– Enfie essa porra de escola no cu, seu maluco! – diz Gentleman, ao sair da fila. Ouvem-se muitas risadas e exclamações de espanto nas outras fileiras. Na realidade, foi muito parecido com o que acontecia quando meu tio Donald me levava ao teatro em Tollcross pra ver Stanley Baxter e Ronnie Corbett em *Cinderela*, essas coisas. Hillier tenta agarrar o braço de Gentleman, mas é empurrado e encarado por ele. O puto se caga todo.

– Essa mentalidade... estão vendo? Estão vendo? – Blackie aponta pro Gentleman, que já ruma pra porta, fazendo sinais obscenos pra ele. O puto começa a grasnar no palco. – Essa mentalidade... é contra isso que nós lutamos! Estamos tentando ensinar! Estamos tentando ensinaaarrr...

Gentleman se vira pro palco e dá um berro tão forte que quase cai, cambaleando à frente na ponta dos pés. – VÁ SE FODER, SEU MALUCO! ENFIE A PORRA DE JESUS NO RABO!

– VOCÊ NUNCA MAIS PORÁ OS PÉS NESTA ESCOLA! – uiva Blackie.

Mais expressões de espanto, e mais risadas. A porra da melhor comédia que qualquer um aqui já viu, isso é certeza.

– Não se preocupe com essa porra, seu puto! Não volto aqui nem por um caralho! – rugiu Gentleman, antes de virar as costas e sair de vez.

Uma garota chamada Marjorie Phillips teve um acesso de riso e precisou morder o dedo a fim de parar. Billy e Carl já estavam quase chorando. Então eu digo: – Gentleman... um verdadeiro gentil-homem, mas nada erudito. Pelo menos a partir de agora...

Todo mundo começa a dar risadas, e a coisa se espalha pela fileira toda. Maneiro!

Blackie continua sua arenga, mas já perdeu a porra da cabeça, e McDonald manda que o puto se sente. Então somos dispensados. O papo se espalha pela escola, e a galera toda está quase se mijando de tanto rir. Gentleman agiu certo ao fazer o que fez, e o puto do Blackie passou dos limites. A coisa aconteceu fora do horário escolar, e não tinha porra nenhuma a ver com ele. Na minha visão, nós deveríamos ter ganhado a porra de uma medalha por ter enfrentado aqueles putos. Mas Gentleman já largaria mesmo a escola dentro de um mês ou dois, de modo que não faz a porra da menor diferença se ele for expulso ou não. Foi até sorte do puto ter sido preso, porque significa que ele está fora de vez. Por isso é que seria bárbaro ir trabalhar: você não levaria mais bronca só por brigar durante a porra de uma partida de futebol. Na escola, todo mundo era tratado feito uma criancinha.

Quando chego em casa, vou até a lanchonete pra minha mãe. Vou passar a noite em casa, vendo tevê. Nós sempre pedimos comida na lanchonete às segundas, porque minha mãe só termina a faxina muito tarde, e não tem tempo de fazer comida. Trago uma ceia de peixe, duas cebolas em conserva, um ovo em conserva, um pão e uma lata de Coca-Cola. Depois sento pra ver o noticiário. Quando acabo de comer, alguém bate à porta. Minha mãe atende e eu ouço umas vozes de homens. A dela está estridente; as deles, baixas.

É a polícia. Eu sei.

Deve ter algo a ver com o velho. Só pode ser. Da última vez que tivemos notícia, ele estava na Inglaterra. Birmingham, ou algum lugar por perto.

Então eles entram. Minha mãe olha pra mim com o rosto branco de choque. Os policiais ficam me encarando, mas suas fuças parecem esculpidas em pedra.

É comigo.

Não posso ficar calado. Se for comigo, não posso ficar calado.

Minha mãe chora, implorando, mas eles falam que precisam me levar à delegacia.

– É um engano, mãe, tudo vai ser esclarecido. Eu volto logo – digo. Ela olha pra mim e abana a cabeça, sofrendo muito. Eu insisto: – É sério, mãe.

Não adianta, porque ela já lembrou da faca. Vivia pedindo que eu me livrasse daquilo, e eu prometi jogar o troço fora.

– Andrew... vamos logo, filho – diz um policial.

Eu levanto. Não consigo olhar pra minha mãe. Sheena fica alisando Cropley. Tento lhe dar uma piscadela, mas ela mantém o olhar baixo. Está fazendo isso por vergonha, feito aqueles moleques puxa-sacos na assembleia.

Um dos policiais parece ser um filho da puta, mas o outro parece ser legal, e vai falando sobre futebol enquanto entramos no carro. Tento não falar demais, caso eles estejam tentando me dar corda pra que eu caguete algum puto por engano. O pai de Carl vem descendo a rua de macacão, com o saco do seu cachimbo. Ele me vê dentro do carro e chega mais perto, mas eu não consigo olhar pra ele. Sinto que decepcionei todo mundo.

Fico feliz quando partimos, pra que ele não possa se envolver. Ele tentaria ajudar, sei que tentaria, e isso só me envergonharia ainda mais. Acho que ele nem foi visto pelos policiais.

Sinto que é o fim do mundo.

Lá na delegacia eles me levam até uma sala, e então me largam lá. Há duas cadeiras de plástico alaranjado, com pernas de metal preto, feito as da escola, uma mesa de fórmica verde e paredes em tom amarelo-creme. Nem sei quanto tempo eu fico ali. Muitas horas, suponho. Só consigo pensar na noite de sábado, no rosto do rapaz, no tal do Polmont, na maluquice que foi ter puxado a faca, na burrice que foi dar a faca a ele, e na loucura que foi pegar de volta.

Em que porra eu estava pensando? Três burrices no espaço de três segundos.

Os dois policiais voltam pra sala, com um outro sujeito à paisana. Ele usa um terno cinzento, e tem o rosto comprido feito um cavalo. Há uma verruga no seu nariz, e não consigo tirar os olhos daquilo. Faz com que eu me lembre da minha espinha, e que não devia ter ido à Clouds assim. Mas meus pensamentos param e congelam dentro da minha cabeça, quando o sujeito tira da bolsa a minha faca.

– Essa faca é sua? – pergunta ele.

Eu só dou de ombros, mas estou tremendo por dentro.

– Daqui a um minutinho vamos tirar as suas impressões digitais, Andrew – diz pra mim o policial legal. – Também temos testemunhas dizendo que você tinha uma faca igual a essa.

Há uma mosca rastejando na parede atrás do cara.

– Também temos testemunhas dizendo que você estava fugindo da cena da agressão, e outras testemunhando que viram você botar alguma coisa na lata de lixo onde achamos a faca – diz o policial filho da puta, tamborilando na mesa.

– O que estamos tentando dizer, Andrew, é que você pode facilitar sua vida se nos contar a verdade – diz o sujeito à paisana. – Nós sabemos que essa faca é sua. Você deu a faca a outra pessoa naquela noite?

Foi o Polmont. Eu nem sabia o nome do cara. Polmont. Era como se ele fosse um fantasma. Foi coisa do Polmont. Eles vão descobrir isso. Vão perceber isso.

– Não – digo.

O cara à paisana com a verruga começa novamente. – Eu conheço o seu pai, Andrew. É, ele já fez muita besteira na vida, mas não é um homem mau. Nunca se envolveria em uma coisa dessas. Não há maldade nele, e acho que também não há em você. Eu vi o rapaz que foi cortado com essa faca. Todos os nervos do rosto foram rasgados, e ele vai passar o resto da vida com aquele lado da cara paralisado. Acho que havia maldade em quem fez aquilo. Pense no que seu pai acharia disso. Pense na sua mãe, filho... como ela vai se sentir?

Minha mãe.

– Mais uma vez, Andrew... você deu essa faca a alguém naquela noite?

Nunca dedurar alguém.

A mosca ainda está lá, subindo outra vez.

– Andrew? – diz o policial durão.

– Não.

O cara da verruga olha pra mim e solta o ar com força. – Cada cabeça, uma sentença.

Sou um preso, vou pra cadeia, mas não há o que fazer. Ninguém dedura ninguém. Mas certamente algum puto contará a eles que foi o Polmont. Não vão me deixar cumprir pena, nem Doyle, nem o resto da rapaziada. Eles vão falar com o Polmont e acertar as coisas.

A mosca sai voando da parede.

Eu já não vou ser mais o homem da casa. Não existe homem da casa agora.

Minha mãe.

Puta que pariu, que porra minha mãe vai fazer?

Carl Ewart

Educação sexual

– Essas coisas acontecem na época certa, filho – disse o meu velho, obviamente constrangido, através da névoa azulada da fumaça do Regal. Aquela não era a sua praia, mas minha mãe insistira que ele sentasse e conversasse comigo, porque percebera que eu andava "todo ansioso e deprimido", como descrevera. Mas o coitado do meu pai estava se sentindo no purgatório. Poucas vezes eu o vira ficar sem palavras, como ali.

Essas coisas acontecem na época certa. Exatamente a notícia que eu queria, pai... obrigado. Nem precisei dizer "Pois é, e que época é essa, então?", porque isso já estava escrito na minha cara. Ele sabia que era papo furado, e eu sabia que era papo furado. As coisas *não* acontecem, você precisa *fazer* com que elas aconteçam. Nós dois sabíamos que a questão era: "Que porra a gente faz pra que elas aconteçam?"

Ele tossiu, já parecendo realmente perturbado, enquanto a fumaça se dissipava diante de seus olhos. – Quer dizer... você aprende esse troço todo na escola. Quer dizer... nós não tínhamos isso quando estávamos na escola.

Mas aquela porra era totalmente inútil: aulas de educação sexual. O Gallagher, professor de ciências, ficava nos mostrando diagramas com paus e bolas cortados ao meio, ou então o interior das bucetas das garotas: eram canais, tubos, bebês ainda não nascidos, esse tipo de troço. Coisas que só tiravam a vontade de trepar. Aquilo me deixava enojado: por dentro, o peitinho de uma menina parece estar cheio de algas marinhas. Antigamente eu *gostava* de peitinhos. Ainda *gosto*, e quero continuar gostando; não quero pensar neles como cheios de algas marinhas.

Essa é a pior das épocas.

140   1980 E POUCOS: A ÚLTIMA CEIA (DE PEIXE)

Eu só quero saber o seguinte: COMO CONSIGO DAR UMA TREPADA porque essa porra já está me pirando!

Então, depois da exibição de imagens, e do anúncio das camisinhas de borracha, eles falam pra gente: procure um professor com quem você sente que pode conversar, se tiver qualquer problema. Eu devia ir ao Blackie. Afinal, é com ele que tenho a maior ligação: vivo sendo mandado ao escritório dele pra apanhar. Seria o máximo. Com licença, professor, como eu consigo dar uma trepada? Jesus deu uma trepada, ou morreu virgem feito Maria? Deus comeu Maria, e isso significa que quebrou um dos dez mandamentos, "Não cobiçarás a mulher do próximo", ou existe uma regra diferente só pra ele?

Seria maneiro pra caralho fazer isso, eu acho!

O que eu preciso saber é:

(1) Como passo uma cantada em uma gata?
(2) Como faço pra que *ela* fique com tesão... que passos dou? Vou primeiro pro peitinho, ou apalpo a buceta? Enfio o dedo lá dentro e estouro o hímen, como falam os putos da série logo acima da minha, e que obviamente nunca treparam na vida, ou existe outra maneira de fazer o troço?
(3) Devo mijar quando meu pau estiver dentro da buceta, ou simplesmente lançar a porra, como faço quando bato bronha? Espero que a resposta seja a segunda, porque é difícil mijar de pau duro.
(4) O que a gata faz durante tudo isso? Só pra saber o que esperar.
(5) Devo usar uma camisinha de borracha? (Isso não é problema, andei experimentando algumas, e já sei como se coloca.)
(6) E as doenças venéreas? Não podem ser causadas só pelo peitinho de uma menina, essa não. Tudo bem, as aulas de educação sexual do Gallagher até tiveram *alguma* utilidade: esclareceram isso. Fui burro pra caralho quando repeti na Clouds essa besteira que o Donny contou no Tynecastle na outra semana. Claro que o Birrell e o Gally ficaram me gozando sem parar.

E o Blackie vai dizer: Bom, Ewart, fico feliz por você ter vindo discutir esses assuntos comigo. Acho que a maneira mais direta para esclarecermos o problema é você ir comigo à minha casa, onde minha esposa, uma ex-modelo bem mais jovem que eu, poderá lhe ensinar tudo.

E eu diria, Eu não poderia de jeito algum, senhor... professor Black.

Bom, você poderia me prestar uma ajuda, Ewart. Depois que minha esposa lhe mostrasse o que fazer, você teria a gentileza de devolver o favor e ensinar minha filha? Ela tem a sua idade, e é virgem. E *em absolutamente nada se parece comigo*, na verdade falam que tem uma semelhança marcante com Debbie Harry ou Blondie... não que eu acompanhe essa besteirada que é a música popular. Espero que reflita sobre minha solicitação, Ewart, já que eu também estou preparado para fazer com que isso lhe seja vantajoso em termos de despesas.

Então tudo bem, professor, pra mim será ótimo.

Boa escolha, Carl. E vamos acabar com essa besteira de "professor" ou "senhor". Pode me chamar de Cara de Puto. Afinal, nós dois somos cidadãos do mundo.

Tudo bem, Cara de Puto.

Não. Isso não parece nem um pouco provável. De modo que perguntei a meu pai, que pareceu ficar abalado, e resmungou que eu ainda deveria estar subindo em árvores, algo assim. Depois ele se recompôs e começou a me mandar tomar cuidado com gravidez e doença venérea. Então, como um grand finale, disse: – Quando você encontrar uma menina bacana de quem goste, vai saber que chegou a hora.

O conselho do meu velho: encontre uma garota bacana, e cuide bem dela.

Como todos os conselhos do meu velho, seus dez mandamentos, esse não tem me adiantado muito. Não fala como arranjar uma menina, só diz pra não bater nela. Eu já sei que não devo bater nas meninas. Quero saber é como trepar com uma delas. As regras inúteis do meu velho. O seu papo, de sempre me defender e apoiar outros putos que nunca agradecem, só me deixa encrencado na escola com gente feito o Blackie. E o velho anda tenso, porque um conselho importante que me deu não combina com as outras coisas que ele fala.

Uma de suas regras é: sempre apoiar os amigos. Beleza. Mas ele também fala pra nunca dedurar alguém. Bom, como dá pra fazer as duas coisas no caso do Gally? Como apoiar o Gally sem dedurar o Polmont? Porque o Polmont não vai se entregar. Eu não posso obrigar o cara a fazer isso, e nem o Billy ou o Terry podem. Nem mesmo o Topsy e a rapaziada do conjunto com quem eu vou aos jogos do Herts querem se meter com gente feito Doyle e Gent. Principalmente por causa de um torcedor do Hibs feito o Gally, embora todo mundo goste dele. Os parentes do Doyle não são só uns putos durões, são gângsteres. Existe uma diferença.

Uma diferença grande.

O sábado continua sendo chamado de a noite das facas longas. Principalmente por Terry, que está tentando capitalizar o suposto esfaqueamento do rapaz por Gally, ligando isso à sua própria detenção, pra que todos os vagabundos da área somem dois mais dois, e cheguem a dez. Eu sei como a cabeça dele funciona: está usando a desgraça do amigo pra se promover.

Filho da puta.

É claro que eu não vi o que aconteceu com Gally na Clouds no fim de semana passado. Tinha ido embora com Sabrina muito antes do início da encrenca. Mas Terry deve ter visto alguma coisa, ou Billy. Ou então algum dos outros caras.

Sabrina: quero saber o que fazer a respeito dela, e quero saber o que fazer a respeito de Gally.

Tudo está ficando complicado.

Meu velho só consegue tentar me proibir de ir à Clouds. Não falou isso claramente, mas disse: – Venha ao Tartan Club tocar uns discos, filho, brincar de DJ um pouco.

Ele nunca curtiu me ver dando uma de DJ junto com ele no Tartan antes. Quantas vezes eu pedi, tantas ele disse não.

O velho e a velha ouviram falar das encrencas naquele fim de semana, no futebol e na discoteca. Acho que eles pensam que é tudo culpa do Terry, já que ele foi preso durante a partida. Mas nós quase não estivemos com ele naquela noite. Billy acha que Gally simplesmente pirou, depois de ser rejeitado por aquela gata. Mas foi o Polmont, ou então o Doyle, quem cortou o cara. Certeza. Gally não faria aquilo, nunca chegaria a esse ponto. Na escola ele até esfaqueou a mão daquele garoto, o Glen, e isso já foi uma maluquice, mas é diferente de cortar o rosto de um puto.

Agora Gally vai pra prisão. Ele faz aniversário no dia de Natal. Lembro de perguntar se ele ganhava dois conjuntos de presentes, um pelo Natal e outro pelo aniversário. Agora não vai receber nem um. Aquele baixinho é o melhor amigo que qualquer um poderia ter.

Meu velho. Encontre uma garota bacana, diz ele. Fácil.

Feito Sabrina, e toda garota com que eu converso, isso não é problema, mas e depois? O que acontece aqui embaixo, e lá embaixo? Tive vontade de falar que eu encontro uma garota bacana pelo menos dez vezes na porra de um dia. Mas isso não adianta, porque ainda não consegui transar.

Talvez seja preciso só meter e disparar. Mas como não vou encontrar com Sabrina neste fim de semana, nem na casa do caralho vou conseguir fazer isso.

Make Me Smile (Come Up and See Me)

Ela é mesmo uma garota bacana, uma garota genial. Se pelo menos eu tivesse um pouco mais de atração por ela. Uma vez Terry falou que ninguém consegue foder uma personalidade, depois de Gally falar que uma gata da escola tinha uma personalidade bacana.

A gente se conheceu na Golden Oldies, aquela loja de discos em Haymarket. Ela estava perguntando ao atendente se ele tinha um disco daquela canção antiga de Steve Harley e Cockney Rebel, "Come Up and See Me, Make Me Smile".

– Lamento – disse ele.

Não sei por quê, eu fui até lá e disse: – Esse é o melhor disco que já fizeram.

Ela ficou olhando pra mim, como se fosse me mandar pra puta que pariu.

– Pois é, meu irmão tinha, mas se mudou lá de casa e vai levar tudo que é dele... não quer me dar o disco – disse por fim, erguendo as sobrancelhas finas, delicadas e claras.

– Vá até a Sweet Inspiration em Tollcross. Com certeza eles têm – disse eu. Depois menti. – Lembro que vi o disco lá na semana retrasada.

E arrematei: – Posso ir com você até lá, se quiser.

– Legal. – Ela sorriu de volta pra mim, e eu senti um pequeno PING por dentro. Quando sorria, sua boca assumia a forma de um crescente perfeito, mudando totalmente o rosto.

Às vezes ela parecia muito bonita. O problema é que era uma menina bastante gorda... bom, não gorda, mas grande, e tinha um cabelo alourado, quase ruivo. Fomos andando rua abaixo, eu todo tímido, com medo que alguém nos visse e pensasse que estávamos namorando. Encontrar o Terry agora seria a pior coisa da Terra. Não que eu desgostasse de Sabrina; mas ela não era magra com peitões, feito as garotas das revistas de punheta, e normalmente esse era o tipo de gata que eu paquerava.

Por todo o caminho só falamos de som, som, som, e ela realmente entendia da coisa. Foi legal poder conversar sobre música com uma garota que entende do assunto. Na escola não havia uma só... bom, na verdade devia haver, mas eu não conhecia. Quer dizer, elas sabem os sucessos que tocam nas paradas e essa merda toda, mas ficam só olhando quando você tenta falar de álbuns inteiros. Eu fiquei feliz quando vimos que também não havia Steve Harley em Tollcross, porque tivemos de andar por Southside, e depois direto até fim do calçadão do Leith, antes de finalmente conseguir o disco. Achei o nome de Sabrina muito bacana, mas não gostei quando ela falou que era chamada de Sab. Prefiro Sabrina. Mais exótico e misterioso, e não feito um carro, falei pra ela. A essa altura eu já sabia que não queria só falar de música com Sabrina, eu queria que a gente se desse bem. Era a porra da melhor chance que eu tinha, porque podia falar com ela sobre algo que conhecia, sem que ela se cansasse feito o resto. E podia porque me sentia totalmente relaxado com ela.

Então fomos até a Wimpy, tomar uma Coca-Cola e comer batata frita. Pelos olhares que Sabrina lançava pro hambúrguer de um cara lá, deu pra perceber que queria um também, mas não queria que eu achasse que ela era gulosa.

Nosso próximo encontro foi na Clouds, no sábado, a noite em que Gally se encrencou. Ela estava com umas amigas. Nós até tiramos uns sarrinhos, mas passamos a maior parte do tempo sentados lá embaixo, falando de música. Eu estava nervoso, porque meus amigos estavam lá, mas fiquei feliz quando ela falou que precisava ir pra casa, e nós saímos cedo pra ir caminhando pela cidade. Acho que o Renton e o tal do Matty, lá do Leith, foram os únicos que nos viram juntos, na saída. Quando chegamos lá fora, já estávamos tirando um sarro e falando de música. Eu andei com ela até Dalry e depois fui pra casa, pegando a Gorgie Road até o nosso conjunto.

De modo que perdi tudo, perdi toda a ação. Andy Galloway, o baixote do Gally, meu amiguinho, foi levado pro centro de detenção, sem direito a fiança, pra enfrentar polícia, assistência social, relatórios psiquiátricos e julgamento. São essas duas coisas que estão baixando o meu astral e me deixando deprimido, como diz minha mãe: não poder fazer coisa alguma pelo Gally, e não conseguir dar uma trepada.

Eu sabia que se não conseguisse dar uma trepada dentro de poucas semanas, ou dias, morreria virgem, destinado a morar em casa com minha mãe e meu pai pelo resto da vida. Era toda essa porra que estava em jogo ali. Eu estava pronto. Estava muito mais do que pronto. Só conseguia pensar em sexo.

Sexo, sexo, sexo.

Liguei pra Sabrina e combinamos um encontro na Wimpy na terça-feira. Sentamos naquela porra e ficamos nos beijando, até que eu quase esporrei na calça jeans. Foi bárbaro, mas não era suficiente. Tomei coragem e perguntei se ela queria ir até a minha casa, ver meus discos na noite de sábado, quando minha mãe e meu pai estariam no Tartan Club.

Sabrina deu um sorriso ousado e disse: – Se você quiser...

Vou conseguir.

Come up and see me, make me smile...

Eu mal conseguia esperar pelo sábado. As horas se arrastavam. Na quarta-feira saí e liguei pra ela, embora isso não fosse muito maneiro. O orelhão estava quebrado. Precisei voltar pra casa e ligar de lá escondido. O pai dela atendeu. Eu perguntei por ela, com voz falha. Sabrina parecia muito mais displicente, como se estivesse cagando e andando. Fiquei na dúvida se ela viria ou não. Eu precisava cochichar, e tinha a impressão de já estar ruborizado, caso minha mãe ou meu pai entrasse. Então tentei assumir um tom de machão, como se estivesse falando com um amigo.

Já estava duvidando que Sabrina viesse, embora ela houvesse respondido que sim, quando eu falei que nos veríamos no sábado. Foi deprimente.

Na loja do Newman, Topsy perguntou se eu queria ver o Herts no sábado. Não. De jeito nenhum. Talvez a Maggie estivesse lá, mas Sabrina é melhor do que ela. Eu achava que iria à casa dela quando os pais viajassem. Billy fala que eles a deixaram sozinha pra ir a Blackpool. A magricela e cafona da Maggie, que me rejeitou e depois deu pra porra do Terry. Pelo menos é o que o puto conta. Pra mim ele tá falando merda. Não pode ter comido *todo mundo* que tem xota.

Judeus e gentios

Topsy passara a semana toda na escola e também no serviço, pentelhando porque eu não ia ao jogo do Herts em Montrose. Acho que ele pensava que eu estava virando casaca. Sem chance. Ainda me cago todo pensando naquela ostra de catarro que desceu pela minha garganta. Eu não ligo pra socos ou pontapés, mas aquilo foi nojento. Que jeito mais merda de morrer: hepatite transmitida pela porra de um esmolambado de Glasgow, por apoiar putos que torcem pelo Hibs, que de qualquer maneira eu detesto pra caralho! Isso não é nada rock and roll: não é como uma overdose de drogas, ou um acidente de helicóptero. Provavelmente Maggie Orr e todas as meninas da escola, vestidas de preto, ficariam de pé em volta do meu túmulo, derramando lágrimas, lamentando não terem tido a decência de trepar comigo quando tiveram chance.

Depois de me encher o saco a semana toda, agora Topsy quer que eu fique repetindo o que aconteceu no sábado. Estamos sentados no escritório que fica no porão da loja, durante nosso intervalo. George Bichona está lá fora, fazendo buquês e coroas.

Topsy parece fascinado pela gangue dos Doyle, principalmente Dozo. Quer que eu conte a história outra vez: quem entrou primeiro, Doyle ou Gentleman, quem estava mais a fim, e essa merda toda. Por algum tempo é bacana, até divertido, mas depois enche o saco.

De modo que eu mudo de assunto e começo a falar da banda, dizendo: – Sabe de uma coisa... ontem à noite passou uma melodia muito legal na minha cabeça.

Topsy fica silencioso e pensativo. Depois suga seus grandes dentes da frente, como sempre faz quando vai falar algo, e me diz: – O meu velho não vai mais nos deixar ensaiar dentro de casa, por causa da última vez.

Puta que pariu... eu sabia! O maluco do puto tinha posto pra dentro aquelas gatas, Maggie e tudo mais. Não que eu estivesse reclamando, mas o quarto dele parecia o St. James's Centre. Empolgados, nós tínhamos começado a nos exibir, ligando os amplificadores em volume máximo, e o velho tinha nos expulsado. Que banda da porra.

– Pois é, a minha velha também fica louca. – Isso eu tinha de admitir. – De qualquer forma, é perda de tempo ensaiar na minha casa, porque o meu velho sempre se intromete. Nunca consigo tirar a guitarra da mão dele. É melhor a gente ensaiar sempre na casa do Malc. Tem mais lógica. Nas nossas ele demora tanto pra levar e montar a bateria que o ensaio quase acaba antes.

– A velha dele vai adorar isso – diz Topsy, quebrando o seu biscoito e molhando o pedaço dentro da xícara de chá.

– Pois é... uma roubada da porra – concordo.

Se bem que hoje em dia tudo é roubada, como ficarmos presos ali, naquela loja de frutas e flores do Newman, quando devíamos estar ensaiando. A Snap deveria e poderia ser a melhor banda da história, se não fosse por merdas desse tipo. Essa é a melhor hora no trabalho, o intervalo, a hora em que dá pra sentar e discutir coisas importantes. E Topsy começa a refletir.

– Esse é o problema de morar lá no nosso conjunto... paredes finas demais. Todo mundo reclama pra caralho. A gente já estaria no nível da merda do The

Jam, se morasse em um casarão com uma porão ou uma garagem feito o puto desse judeu velho aí em cima – diz ele, indicando com o polegar a loja acima de nós. – Seria The Jam que estaria abrindo o show pra porra da Snap.

Fico com medo que George Bichona tenha ouvido isso, porque Topsy tem um vozeirão, de modo que olho lá pra fora. George continua resfolegando, aprontando suas flores, e soltando aquele assobio estranho entre os dentes. Viro de volta pro escritório, e baixo a voz. – O Newman não é judeu, Tops. É protestante como nós.

O rosto de Topsy assume uma expressão dura, e ele diz em tom acusatório: – Você é metade católico... pelo lado da sua mãe.

– Vá se foder, seu puto preconceituoso. Minha mãe nunca foi à igreja na vida, e no lado do meu velho só tem protestante, mas estou cagando e andando pra isso. E o Newman é protestante. – Eu aponto pro teto. – Puta que pariu, a porra do cara tem até um cargo na igreja.

Topsy bate no lado do nariz. – Isso é o que eles querem que você pense. Tomam as igrejas pra tornar a coisa menos óbvia. Se os judeus simplesmente fossem à sinagoga, todos notariam logo. Eles se infiltram na igreja protestante pra tornar a coisa menos óbvia. O Newman quer que você pense que ele é um de nós, mas não é.

Nesse momento, Newman desce, mas só ouvimos suas duas últimas passadas. O puto *sabe* ser ladino pra caralho. Entrando de lado, feito um caranguejo, no escritório estreito, ele aponta pro relógio de pulso.

– Vamos! Vamos! – Seu rosto parece de pássaro, com um bico afiado e dardejantes olhos de pardal. Ele diz pra mim: – Tem entregas que precisam ser feitas!

Pois é, e essa é a maior injustiça: o Topsy faz corpo mole com o Newman, mas nunca é incomodado pelo puto; sempre sou eu o cobrado. Geralmente sou eu o idiota que é mandado à rua com a bicicleta de entrega, em qualquer tipo de clima, entregando provisões a uma putada rica que nunca dá gorjeta, e que me trata feito um criado de merda. Se eu não precisasse do dinheiro pra aquele amplificador Marshall, mandaria o puto enfiar esse emprego no rabo. Mas não dá pra tocar uma guitarra Fender com um amplificador de merda.

Eu é que faço a porra do trabalho aqui. O Topsy só arruma as prateleiras da loja lá em cima, ou carrega as coroas até a traseira da van, pra serem levadas por Newman aos cemitérios e crematórios. Quando estamos os dois aqui, eu sempre sou obrigado a fazer as entregas. E às vezes pra loja lá na Gorgie Road também.

Mesmo assim, sair à rua evita que eu me meta em discussões políticas com Topsy. Ele tem umas ideias esquisitas, mas quase sempre só quer sacanear alguém, ou deixar todo mundo chocado. Só que as pessoas nem sempre entendem isso nele. E eu tenho muito a agradecer, já que foi o Topsy que me arrumou esse emprego.

— Brian, você sobe e vê o que tem de ser reposto — diz Newman com aqueles seus guinchos anasalados. — Vai precisar de uma caixa de fatias de abacaxi, isso já posso adiantar, e algumas ervilhas.

— Certo — diz Topsy alegremente, seguindo Newman escada acima pra encher as prateleiras. E ainda faz sinais obscenos pro puto, atrás dele. A vida é dura só pra alguns; esse filho da puta vai ficar dentro de uma loja agradável e quente, passando uma cantada em Deborah ou Vicky, qualquer uma que esteja lá com a velha sra. Baxter. Enquanto isso, eu preciso arriscar a vida no trânsito pesado, pedalando uma bicicleta com carga excessiva por Merchiston e Colinton.

As caixas de provisões estão espalhadas pelo chão, onde a bicha assobiante, com seu macacão verde, está terminando os arranjos florais. Ele é bom nisso; suas mãos torcem e puxam os arames, criando uma verdadeira obra de arte em poucos minutos. Eu não saberia por onde começar. Olho pras ordens de serviço coladas em cada caixa e começo a planejar meu trajeto. Até que não será um dia tão ruim. Sempre é melhor começar pelos locais mais distantes, em Colinton, e vir voltando aos poucos. É mais encorajador assim. O pior horário é sábado de manhã, que uma semana é meu, e de Topsy na outra. Às vezes um de nós perde o ônibus do Hearts, principalmente quando é um jogo fora de casa, e eles precisam partir mais cedo.

Topsy me avisou acerca de George Bichona quando eu comecei. — Ele é mesmo uma bicha velha. Quer dizer, não passa a mão na sua bunda ou coisa assim, mas dá pra ver que é uma bicha pelo jeito de falar e se mexer.

E com certeza, o velho George cicia, salpicando meu rosto com cuspe tal como salpica seus arranjos com a pistola de água. Apontando pra uma encomenda, ele diz: — Leve essa aí pra sra. Ross primeiro, filho. Ela telefonou pra cá exigindo isso. Um palavrório pavoroso.

De modo que começo a carregar a velha bicicleta de entregas preta, e lá em cima da escada já ouço Topsy e Deborah, aquela estudante que é uma gata, dando altas risadas acerca de alguma coisa.

Bebendo pra esquecer

Estou atrasado, e a feiosa da sra. Ross tem um poodle pequeno, com uma coleira de padronagem xadrezada, que sempre morde meus calcanhares. Desta vez o bicho realmente me pega de jeito: os dentes já romperam minha pele, e minhas calças podem se rasgar. Eu já estou cansado pra caralho disso, de modo que largo a pesada caixa em cima dele. Ouve-se um guincho, e o escroto geme e gane, lutando pra se libertar sob o peso da caixa. Tomara que eu tenha quebrado o lombo do puto.

A porca da velha gorda chega à porta, uivando: – O que aconteceu? O que você fez com ele?

Ela afasta a caixa e a porra do bicho se escafede pra dentro da casa.

– Desculpe, mas foi um acidente. – Eu sorrio. – Ele mordeu minha perna, e de susto eu deixei a caixa cair.

– Seu... seu... burro...

Já descobri que a melhor coisa a fazer nessas situações é manter a cabeça fria e ficar se repetindo. Meu velho já falou que era assim que o sindicato ensinava os operários a negociar. – Ele mordeu minha perna, e com o choque eu deixei a caixa cair, por engano.

Ela me lança um olhar de puro ódio, mas depois se vira e vai bamboleando atrás do cachorro. – Pipuhrr... Pipuhrr... meu menininho...

Eu nem estava jogando fora uma possível gorjeta, porque aquela puta velha, embora cheia de merda, nunca solta sequer um peido. Na Slateford Road enchi os pulmões de bosta, devido ao cano de descarga de um ônibus desregulado da Lothian Region Transport, obrigado. Até ganhei dez paus da sra. Bryan mais tarde, e isso me alegrou, mas já passava do horário de encerramento quando cheguei de volta à loja em Shandon.

Eles estavam parados do lado de fora, esperando pra trancar tudo. Newman consultava o relógio, com cara de que algum puto peidara sob seu nariz.

– Vamos, vamos – chilreia ele. Topsy e Deborah dão risadinhas, enquanto a sra. Baxter parece emburrada, consultando o relógio como o patrão. Os putos agem como se estivessem presos ali até tarde por culpa minha, mas sou eu que faço a porra do trabalho de verdade. Fico achando que seria ótimo ver algum puto arrebentar a porra da boca do Newman, ou melhor ainda: ver o sacana tentar pedalar essa bicicleta sozinho, antes de ser atropelado por um ônibus, e esmagado no asfalto da Slateford Road.

Topsy e eu ficamos olhando, enquanto a tal da Deborah se afasta rua abaixo. Imagine sair com uma gata dessas! Vemos quando ela passa pela ponte em Shandon. Então Topsy diz: – Essa aí eu comeria a qualquer hora do dia ou da noite... mas ela tem namorado.

– Aposto qualquer porra que tem mesmo. – Eu balanço a cabeça, admirando a curva descrita pelos tornozelos sobre os saltos altos ao se transformarem em panturrilhas. A saia batia abaixo dos joelhos, mas era bem justa: dava pra ver que ela tinha uma bunda e coxas maneiras. Nós tínhamos um ótimo sistema pra dar espiadelas nela e em Vicky: peitinhos, quando parado na escada pra estocar a prateleira superior; pernas, ao erguer o olhar diante das prateleiras inferiores. Em certa manhã de sábado era o plantão da Vicky, e ela foi trabalhar com uma saia curta sobre uma minúscula calcinha branca. Dava pra ver os pentelhos, enroscados do lado de fora. Eu achei que fosse desmaiar. À noite toquei uma punheta pensando naquilo, e esporrei tanto que achei que ia precisar receber uma solução salina intravenosa no hospital, só pra repor os fluidos. Só de pensar naqueles pentelhos dela... mas já chega.

– Você vai pra casa? – pergunto a Tops.

– Não, a gente se vê amanhã. Hoje vou rangar na casa da minha avó.

A mãe e o pai de Topsy tinham acabado de se separar, então ele estava passando mais tempo na casa da avó, em Wester Hailes. Então vou embora, cruzo a Slateford Road e desço os degraus. Paro no Star, um bar de peixe, pra comprar batatas fritas, porque estou morto de fome. E pego a Gorgie Road. Passo pelo abatedouro, já a caminho do conjunto, quando vejo a aproximação deles.

Notei primeiro a Lucy, com aquele cabelo louro-branco brilhando sob o sol feito magnésio em ignição no laboratório de ciências. Bem que eu queria ter um cabelo assim: branco, tudo bem, mas com aquele matiz louro crucial, que separa os que têm classe dos semialbinos com uma garrafa de leite na cabeça. Ela está usando uma calça bege, do tipo que chega até a metade da canela, e uma blusa amarela que revela o sutiã por baixo. Leva uma jaqueta branca pendurada sobre o pulso. Então olho pra sua direita, e lá está aquela grande massa familiar de cabelo de saca-rolha. Eles vêm caminhando um pouco separados, como se estivessem discutindo. Lucy tem no rosto uma expressão dura e decidida. A bela e a fera, com certeza. Ela podia se dar melhor, obviamente. Se bem que isso é só inveja, e provavelmente significa que ela devia estar comigo, não com aquele puto. Eles me veem e começam a se juntar um pouco.

– Lucy. Tez.

Lucy tem o cabelo preso atrás, e sua pele parece lisa feito a melhor porcelana da minha avó, se minha avó tivesse alguma porcelana.

– Tudo bem – diz ela, com o olhar afiado e o lábio inferior virado pra baixo, cheia de azedume.

Terry faz um escarcéu por minha causa. Dá pra ver que ele quer alguma coisa.

– Eeeiii... Carl Ewart! O Garoto Milky Bar! – Depois, como se houvesse acabado de pensar nisso, ele meneia a cabeça pra Lucy e diz: – O homem certo! Conte a ela, Carl...

– Não comece, Terry – sibila Lucy. – Esqueça o assunto.

– Não me fale pra não começar. É você que tá fazendo acusações contra mim. Não faça acusações contra as pessoas se você não consegue escutar a verdade!

O puto já está subindo nas tamancas, assumindo um tom eloquente, sofrido e escandalizado. Agora eu *sei* que ele quer alguma coisa.

Lucy olha furiosa pra ele e abaixa a voz. – Não sou eu, é a Pamela, já falei pra você!

A coisa sai feito um rosnado grave e me faz pensar em Piper Ross, aquele poodle em quem deixei a caixa cair.

GGGGRRRRR!

– Pois é, e você acredita mais naquela vaca do que em mim, o seu próprio noivo! – diz Terry com as mãos nos quadris, abanando a cabeça de um jeito semelhante a um jogador exasperado, que não espera justiça de um árbitro parcial.

Lucy encara o puto durante um ou dois segundos, e depois vira o olhar pra mim. – Ele está falando a verdade, Carl?

Eu olho pros dois, um da cada vez. – Talvez fosse bom eu saber de que porra vocês estão falando.

– Dele. – Ela meneia a cabeça pra Terry, mas continua olhando pra mim. – Ele saiu da Clouds com uma garota... uma garota da sua escola!

Lucy frequentava o Centro Educacional até sair no ano passado, de modo que provavelmente não conhece as garotas da nossa escola. Uma garota da nossa escola. A esnobe da Caroline, do meu curso de arte. Os olhos do Gally quase pulam da porra da cabeça dele toda vez que ela entra em uma sala. Na verdade eu nem tenho Caroline em alta conta, mas ela é um fodaço. E o Lawson é um puto de sorte.

Terry dá uma piscadela pra mim por cima do ombro de Lucy. Depois cruza a rua, abanando a cabeça e falando sozinho. – Vou até ali, pra ficar de fora, sem falar coisa alguma...

– Só no dia de São Nunca. – Eu dou um muxoxo pra Lucy, na esperança de que ela entenda a piada, mas ela não entende. Então pigarreio e faço o que meu velho sempre me mandou fazer quando estivesse pressionado em uma negociação e precisasse ganhar tempo: olhar pro próprio nariz e deixar o olhar focalizado ali. Todos pensam que estão sendo encarados fixamente, mas não. E começo: – Pra ser sincero, Lucy...

Imediatamente percebo meu erro. A gente nunca deve falar "pra ser sincero", porque isso já de cara indica que é mentira. Meu pai me ensinou isso, e é assim que o pessoal do sindicato negocia. Mas então continuo: – Eu queria pra caralho que ele tivesse saído de lá com uma garota da escola.

– Que porra é essa que você tá falando? – Os maravilhosos olhos grandes de Lucy se estreitam até virar duas fendas venenosas de ódio.

– Bom, isso me livraria de ficar escutando o Terry falar de você o tempo todo. É Lucy isso, Lucy aquilo, sabe, quando a gente se casar...

Ela olha de volta pra Terry, lá do outro lado da rua, abanando a cabeça com ar sofrido e triste. Depois se vira pra mim outra vez. – Sério... é disso que ele fala?

– Juro.

Ela ficou me encarando duramente por um segundo ou dois, e se demorasse mais um pouco ia perceber que eu estava de conversa fiada. Mas se virou pra Terry outra vez. Eu queria falar para os olhos grandes, tristes e adoráveis: não, Lucy, o Terry é um puto. Trata você feito merda, e faz você de boba. Mas *eu* amo você. *Eu* vou tratar você direito. É só me deixar ir pra casa com você, e trepar até a porra dos seus miolos estourarem.

Eu jamais imaginaria que uma menina como Sabrina fosse tão crédula, e sem dignidade. Então lembro do que se fala por aí sobre a cegueira do amor, e vejo que provavelmente ela ama Terry de verdade: coitada dessa maluca. Ou pelo menos gosta de Terry o suficiente pra acreditar que sente amor por ele, o que é o mais perto que se pode chegar disso.

Lucy cruza a rua e tenta dar o braço a Terry, mas ele se vira de lado, erguendo os braços pra que ela não consiga fazer isso. Dispensa Lucy e se aproxima de mim, seguido por ela, que chora. Ele está no meio de uma arenga, dizendo: – Confiança!

É preciso ter confiança quando você namora alguém! Quando você é noivo de alguém!

– Não, Terry... escute... eu não quis dizer...

– Eu concordei com tudo! Isso é o que mais dói! Falei que ia parar de ir ao futebol! Falei que ia arrumar outro emprego, mesmo gostando do que tenho agora! Falei que ia tentar economizar!

– Terry...

Terry soca o próprio peito. – Eu fico cedendo em tudo, e agora recebo isso! Sou acusado de ter saído com uma menina que nunca vi na vida!

Lucy ainda tenta dar uma palavra com ele, mas a essa altura já deve saber que ninguém consegue deter Terry quando ele engrena. – Estou tentando dizer a você...

Um brilho insano surge nos olhos do puto.

– Talvez eu devesse sair com outras garotas, já que vou ser culpado por coisas que não fiz. É melhor fazer de uma vez – diz ele, ficando rígido. Então olha pra mim. – É melhor fazer *logo*, né, Carl?

Ele faz a palavra *logo* parecer um longo sussurro.

Eu continuo calado, mas Lucy já está implorando com ele. – Desculpe, Terry, desculpe...

Ele para abruptamente. – Mas não vou fazer isso. Sabe por quê?

Lucy arregala os olhos pra ele, boquiaberta de choque e expectativa.

– Sabe por quê? Você sabe? Você sabe por quê?

Ela fica tentando descobrir do que o puto está falando.

– Você quer saber? Você quer saber por quê? Hein? Hein? Você quer?

Ela balança a cabeça lentamente pra ele. Dois caras passam por nós, rindo discretamente. Um deles faz contato visual comigo, e não consigo evitar um pequeno sorriso.

– Vou dizer por quê. Porque eu sou um otário. Porque eu amo você. Você! Ele aponta pra ela de forma acusatória. – Mais ninguém. Você!

Eles se entreolham parados na rua. Eu dou dois passos pro lado, caso mais alguém queira passar. Um cara de macacão parece ter acabado de sair do abatedouro, e está olhando pra nós. O lábio de Lucy treme, e juro por Deus... parece que há lágrimas se formando nos olhos de Terry.

Eles se abraçam com força, ali mesmo na rua, diante do abatedouro. Uma van passa buzinando repetidamente. Um cara inclina o corpo fora da janela e grita: – ALGUÉM VAI DAR UMAZINHA HOJE À NOITE!

Terry olha pra mim por cima do ombro de Lucy, e eu espero uma piscadela, mas aparentemente ele está curtindo tanto seu desempenho que não quer quebrar o ritmo. Lucy e ele trocam olhares profundos e significativos, como se leria naquele livro de Catherine Cookson que minha tia Avril deu à minha mãe pra ler. Como eu já me cansei disso, viro e parto rua abaixo.

– Carl! Espere um instante! – ruge Terry.

A distância, vejo os dois se beijando. Quando se afastam, algumas palavras são trocadas. Lucy enfia a mão na bolsa. Tira a carteira. Apanha uma nota, uma nota azul. Entrega o dinheiro a Terry. Outro olhar profundo. Mais algumas palavras. Um beijinho na bochecha. Eles se afastam, virando-se ao mesmo tempo pra um aceno de despedida. Terry envia a ela um beijo soprado. Depois vem saltitando até onde estou. Lucy olha de volta outra vez, mas Terry já me agarrou, e vamos descendo, lutando de brincadeira.

– Você é um astro, Ewart! Merece a porra de um drinque por isso. Acabou de salvar meu rabo! Vamos lá, hoje a conta é toda minha! – Ele agita uma nota de cinco paus e ri. – Bom, da Lucy, na verdade, mas você sabe o que eu quero dizer.

Só não me meta nessa roubada outra vez, Terry – digo, mas não consigo evitar uma risada, enquanto agarro a gola da sua jaqueta Levi's e empurro o puto de encontro a um poste. Depois tento ficar sério. – Não vou enganar a Lucy só pra acobertar você.

– Qual é, parceiro, você conhece as regras – diz ele, afastando minhas mãos e alisando as roupas. – É preciso apoiar os amigos. Foi você que nos ensinou isso...

É tudo conversa fiada, claro, e ele está vindo com esse papo só pra puxar meu saco. Mas claro que a coisa funciona, nós dois sabemos disso, e não há o que fazer a respeito: somos amigos.

– Portanto, não fique chateado. E agora lembrei de uma coisa... por falar em gatas, ouvi falar que você fugiu da Clouds com uma ruivinha – diz ele em tom sinistro, como que falando pelo nariz.

Fico calado. É melhor. O puto que pense o que quiser lendo meu rosto.

– Então! Agora é outra história! – Ele balança a cabeça de um jeito cúmplice. – Logo será você que vai precisar de álibis, parceiro.

– Por quê?

– A Maggie Orr ainda está a fim de você. – Ele dá uma piscadela com ar sério.

– Conversa fiada – digo a ele. Seria bom acreditar nisso, mas não dá pra gozar um gozador, como diria meu velho. – Então por que ela me deu cartão vermelho e foi com você?

Terry encosta os cotovelos no corpo, e estende as mãos pros lados, explicando: – É o poder do papo, parceiro... mas você está aprendendo depressa. Foi um desempenho e tanto, esse seu papo ali com a Lucy. É, logo você vai se dar bem com a Maggie. Garantido. Eu curto mais a amiga dela, a Gail. Aquela quatro-olhos que você já viu por aí. Espere até ver o rabo que ela tem. Quando conseguir tirar a roupa de cima daquilo...

Ele passa a língua lentamente pelos lábios, e depois continua: – Não, a melhor combinação pra todas as partes é a seguinte... você namora a gata da Clouds, e eu namoro a Lucy direito, enquanto nós dois comemos a Maggie e a Gail na encolha. Pra mim isso parece bom... pra caralho!

Talvez seja só o sorrisão do puto, o entusiasmo que ele tem por tudo, além, claro, do fato de que estou completamente desesperado pra trepar... mas no momento até consigo pensar em combinações piores.

O campanário da igreja aparece diante de nós, e voltamos ao nosso conjunto. Terry insiste em ir ao Busy Bee. Eu não estive em muitos pubs na vida, e nunca tentei ser servido nesse.

– Vamos, seu puto, depois que você virar um cliente normal de lá, todas as gatas vão ficar impressionadas com isso. Você não pode ser aluno a vida inteira. – Ele sorri e depois acusa. – Estão falando que você vai continuar estudando.

– Não sei, depende de...

Mas nem tenho chance de explicar.

– Então você vai pra faculdade, que é uma escola, e vai virar professor, que vive em escolas. Vai acabar nunca saindo da escola. E não vai ter dinheiro. – Ele baixa a voz enquanto subimos a ladeira, com as lojas e o prédio baixo do pub do outro lado. Depois para e coloca as mãos nos meus ombros. – Vou falar uma coisa pra você, amigo, uma fórmula que ninguém se deu ao trabalho de *me* ensinar na escola. Uma porra de uma soma matemática que poderia ter poupado muito tempo e preocupação, e que é... falta de grana é igual a falta de buceta.

Ele recua, parecendo muito satisfeito, e deixa que isso entre na minha cabeça. Depois me passa a nota de cinco que ganhou de Lucy.

– Vá até o balcão e peça duas canecas de cerveja. Isso é "duas canecas de cerveja" – diz ele em tom grave. Depois assume um tom agudo e estridente. – E não "duas canecas de cerveja". Não me envergonhe como o babaca do Gally fez quando foi lá comigo. Ele chegou ao bar e falou "por favor, moço... duas canecas de cerveja", como se estivesse pedindo balas.

Mas eu já estive em alguns pubs, e já fui ao Tartan um monte de vezes. – Eu sei pedir uma bebida, seu puto.

Então entro lá com ele e vou até o balcão. Só que a caminhada parece longa, e toda a putada fica olhando pra mim, como quem diz "esse não tem dezoito anos". Quando chego lá, o barman meneia a cabeça pra mim e sinto que minha voz vai rachar.

– Duas canecas de cerveja, por favor, parceiro – digo em tom áspero.

– Tá com a garganta inflamada, amigo? – O barman ri, assim como Terry e mais dois caras parados junto ao balcão.

– Não, é só...

Minha voz fica aguda e todos caem na gargalhada.

Mas o cara nos serve e Terry senta no canto. Minhas mãos estão tremendo e derramo metade da cerveja antes de chegar ao meu assento.

– Saúde, Carl... essa foi boa, parceiro. – Ele brinda comigo e toma um gole grande. Depois balança a cabeça. – A puta daquela Pamela, caralho, falando merda sobre mim pra Lucy...

– Mas ela só está apoiando a amiga, Terry. A mesma regra vale pras meninas.

Terry abana a cabeça. – Não, não, não... as garotas são diferentes. Você não entendeu o jogo daquela vaca, Carl. Ela tá a fim de dar pra caralho, e nenhum puto tá comendo ela. Então vai se tornando toda despeitada, só porque a Lucy ficou noiva. Mas a porra da culpa é minha, eu devia ter cuidado dela.

– Como?

– Metendo-lhe a vara na encolha, só pra calar a boca da mulher. Ela precisa ser comida, esse é o problema. Essa é que é a diferença entre homem e mulher. Qualquer gata malcomida começa logo a ficar despeitada e invejosa. Nós não somos assim – diz ele, tomando outro gole grande de cerveja. – Passe o troco pra cá, seu puto abusado... vou pegar mais duas cervejas.

Dou as notas e moedas a ele, que vai saltitando até o balcão. Engolindo às pressas, tento forçar a cerveja goela abaixo, ou pelo menos fazer algum progresso razoável antes que ele volte com mais. Quando reaparece com as bebidas, Terry obviamente teve uma ideia.

– Então, Carl, eu estava pensando... ou eu preciso dar uma umazinha com a Pamela, ou arrumo algum outro puto pra dar. Você já está comprometido, então talvez eu deva recorrer ao Birrell. Pelo menos isso afastaria o puto um pouco da Yvonne. Agora, imagine as cantadas daquele filho da puta – diz ele, começando uma genial imitação exagerada de Birrell, em um tom tenso e entrecortado. –

Eu sou Billy. Moro em Stenhouse. Jogo futebol e luto boxe. Preciso treinar muito. É brutal. O tempo está agradável. Você quer ter relações sexuais comigo?

Caímos na gargalhada e ficamos séculos fazendo só isso. Terry e eu poderíamos escrever roteiros de comédia pro Monty Python quando entramos nesse clima.

Depois da terceira cerveja eu ligo pra casa e peço que minha mãe guarde a comida, que eu chego mais tarde. Falo que já comi umas batatas fritas da Star's. Ela fica calada, mas dá pra ver que não está muito satisfeita. Quando sento outra vez, um velhote entra. Terry me deixa vermelho ao dizer que ele é tio da Maggie Orr, e ao me apresentar como um "amigo íntimo" da sobrinha dele.

– Cutucão, cutucão, piscadela, piscadela, boca de siri! – diz ele, imitando aquele cara do Monty Python. Terry é mesmo um puto abusado: foi ele que comeu a Maggie, mas é em mim que está tentando botar a culpa! Só que o tal do Alec não dá a mínima. Ele parece um pouco bêbado.

As cervejas continuam vindo, e meu rosto fica vermelho e pesado. Quando vou ao balcão mais uma vez, o barman sorri de orelha a orelha, como se soubesse que estou muito bêbado. Quando saímos do pub, fico um pouco fodido ao ser atingido pelo ar. Lembro de cantar "Glorious Hearts" e de Terry cantar "Glory to the Hibees", um pro outro, descendo a rua. Depois, nada.

É de manhã, e eu acordo na cama de Terry, sobre as cobertas, mas totalmente vestido, felizmente, na casa da mãe dele.

Na minha cabeça havia um barulho feito uma britadeira: é Terry, roncando a valer. Ergo o olhar e vejo aquela massa de saca-rolhas. Ele também está na cama, mas na outra ponta. Tem os pés perto da minha cabeça e, embora não estejam fedendo, o quarto parece empesteado por gases emanados de peidos. Acordei de pau duro, talvez porque precise mijar, e talvez porque tive um sonho esquisito com Sabrina, Lucy e Maggie ontem à noite. De qualquer forma, não foi por ter dormido na mesma porra de cama que o Terry!

Escuto passos na escada e logo depois a mãe do Terry entra, trazendo uma xícara de chá em cada mão. Finjo que estou dormindo, mas ouço o ruído de uma pessoa engasgando, sufocada, e de uma xícara chacoalhando loucamente no pires. – Meu Deus... o que vocês andam comendo?

Ela bota os pires na mesa de cabeceira. – Fizeram uma porcariada lá no banheiro, que eu precisei limpar. Isso não pode ser assim, Terry... simplesmente não pode ser assim.

— Só quero paz, porra — geme Terry.

Eu abro os olhos e vejo a mãe de Terry parada à porta, abanando a mão diante do rosto franzido. — Oi, sra. Laws... quer dizer, sra. Ulrich.

— Sua mãe e seu pai estão preocupados com você, Carl Ewart. Eu liguei aí da vizinha, e falei que você estava aqui. Garanti que você ia tomar o café da manhã, e depois iria pra escola. — Ela olha pro Terry. — Quanto a esse aí... você precisa levantar e ir pro serviço. Está atrasado! Vai perder aquele caminhão.

— Sei, sei, sei — geme Terry, enquanto sua mãe sai do quarto.

Eu coço os colhões. Depois levanto e corro até o banheiro, todo vestido, mas escondendo o pau duro, caso alguém me veja no corredor. Lá dentro dou uma longa mijada, precisando entortar o pau dolorosamente para não mijar no chão, que fede a vômito e desinfetante. Volto e vejo que o preguiçoso do Terry já adormeceu outra vez. Como esse puto adora dormir.

Vou até a sala lá embaixo. A mãe de Terry está sentada em uma cadeira, fumando um cigarro. Eu digo: — Tudo bem?

Ela fica calada, só meneando a cabeça pra mim.

— Outra noitada? — diz uma voz, fazendo com que eu dê um pulo. Não vi Walter, o padrasto de Terry, sentado no canto lendo o *Daily Record*. Terry não se dá bem com o cara, mas eu acho Walter legal. Ele me mata de rir com aquele jeito de falar, misturando a fala escocesa comum, o inglês formal, e um sotaque alemão. Mas Terry detesta o coitado do escroto.

— Pois é, sr. Ulrich...

O puto do Terry entra, provavelmente com medo de começarmos a falar dele pelas costas, coisa que acho que até faríamos se ele não tivesse entrado. Passa pela mãe e vai até a cozinha. Abre a porta da geladeira, tira um litro de leite e começa a beber.

— Terry... use um copo! — diz a mãe, abanando a cabeça com nojo. Depois pergunta se ele quer um enroladinho de ovo e outro de salsicha.

— Quero — diz Terry.

— O mesmo pra você, Carl? — pergunta ela.

— Beleza, sra. Ulrich — digo, fazendo o gênero alegre e dando um sorrisinho pra ela, mas sem receber outro de volta.

— Vá falar com sua mãe antes de ir pra escola — avisa ela.

Eu rio um pouco, porque ainda estou bêbado da véspera. Bebendo no Busy Bee! Eu e Terry! Bêbados!

Dá pra ver que a mãe de Terry não está muito satisfeita, e que está se preparando pra falar algo. Ela parece toda tensa. Dá pra sentir a porra do clima a um quilômetro de distância. E com certeza, ela solta os bichos, bem quando você pensa que talvez já tenha escapado. Todas as mães fazem esse tipo de coisa, e a minha é especialmente boa nisso. Você acha que vai escapulir sem levar bronca, e então... bum! A porra do soco que nocauteia! E você lá, naquela sinuca de bico. Só que sua mãe é a melhor amiga que você vai ter na vida. Nunca consegui dizer quem eu amava mais, entre minha mãe e meu pai. Deve ser horrível pro Terry ter outro cara sentado onde seu pai verdadeiro deveria estar. Isso simplesmente me mataria.

– Vocês fizeram uma barulhada terrível ontem à noite – diz a sra. Ulrich pro filho. – Acordaram o quarteirão inteiro com suas bobajadas.

– Pois é – diz Terry.

– O sr. Jeavons ficou batendo nessa parede aí do lado!

– Esse puto vai se foder comigo – diz Terry entredentes.

– O quê? – Ela volta da cozinha feito a porra de um João Teimoso.

– Nada.

– Isso não é bom, Terry! – diz a sra. Ulrich, voltando depois pra cozinha.

– Arre, está bem, então! – explode Terry. Ele não gosta de levar esporro, e até tem certa razão, porque a coisa está feia aqui dentro. A gente só queria relaxar um pouco. A mãe de Terry está passando dos limites, ao envergonhar o filho assim quando ele recebe um parceiro em casa. As mãos de Terry ficam brancas ao agarrar os braços da cadeira.

Já sua mãe volta à carga. – Isso aqui não é uma hospedaria, Terry! É um lar!

Terry olha em torno chocado, como se não acreditasse. – Ah, é... um lar da porra.

A sra. Ulrich sai da cozinha com as mãos nos quadris. Terry deve ter herdado isso dela, porque vive fazendo a mesma coisa. Bom, eu ainda estou bêbado por causa da noite de ontem. É engraçado pensar nas coisas que você nota quando está bêbado, não ainda bebendo, mas tipo se *recuperando* da bebida.

– Seu padrasto e eu só estamos querendo um pouco de paz. – Ela se vira pro alemão. – Walter...

– Ora, deixe os dois pra lá, Alice... eles são umas porcarias de idiotas – diz ele.

– Então cale a porra da boca e me *deixe* em paz – grita Terry, erguendo o olhar do jornal. – A porra da minha cabeça está doendo!

A mãe se vira pra ele, aos berros.

– Quem está falando aqui é a sua mãe! – Ela aponta pra si mesma. – Sua mãe, Terry!

Ela meio que implora, como se quisesse que o filho entendesse o que ela queria dizer, e de certa forma ele entende, mas ela já passou dos limites ao envergonhar Terry assim na frente de um amigo. Eu olho pra ele e meneio a cabeça pra ela, como quem diz: não aceite essa merda.

É preciso reconhecer que Terry não aceita essa merda. – Cale a porra dessa boca. Você nunca para de falar...

A mãe do Terry se enrijece e fica parada ali, como que em estado de choque. Fica rígida pra caralho. Eu já estou novamente com aquela semiereção. Olho pro Walter, imaginando se ele anda comparecendo com a mãe do Terry. E fico pensando comigo mesmo: eu comeria essa mulher? Talvez sim e talvez não, mas gostaria de ver a mãe do Terry em ação, só pra saber como ela age quando é comida. Só que ela some outra vez cozinha adentro.

O padrasto do Terry entra em campo, porque sente que precisa apoiar a esposa, mas dá pra ver que ele está cagando e andando. Terry ganharia qualquer briga entre os dois. Fácil. Walter sabe que Terry está ficando maior e mais forte, enquanto ele está ficando mais velho e mais fraco, de modo que não vai tentar coisa alguma. Mas diz: – Não é que a gente faça objeção à sua bebida, Terry. Quer dizer, eu também gosto de um drinque. É a bebida *excessiva*, o tempo todo, que eu não consigo entender.

– Eu só bebo pra esquecer – diz Terry, dando um sorriso debochado pra mim, que começo a rir.

A mãe de Terry acaba de voltar, com alguns enroladinhos em uma travessa. Eles parecem bons. Ela diz: – Deixe dessa porcaria de idiotice, Terry... como assim, esquecer? Que diabos você tem pra esquecer?

– Talvez porra nenhuma, mas não consigo lembrar. A coisa deve estar funcionando! – diz Terry, e eu ergo o polegar pra ele. Que beleza! Ela caiu direitinho na porra da piada! Eu até queria que o Gally estivesse aqui pra ver isso. Um clássico da porra: o melhor até hoje.

– Você pode rir, Terry, mas a conta virá mais tarde – diz o padrasto.

– Mas a gente não bebe o tempo todo. – Terry dá uma risada. – Às vezes também se droga.

Eu começo a rir sem parar, com risadas abafadas, vibrando feito aquele barbeador elétrico que meu velho ganhou de Natal. O Remington, tal como anunciado por Victor Kiam, o puto que comprou a porra da companhia.

– Espero que você não se meta com essas bobagens, e certamente deve ser mais sensato – diz a mãe de Terry, abanando a cabeça e pondo os enroladinhos na nossa frente. – Ouviu essa, Walter? Ouviu? É isso que espera a Lucy. Isso!

Ela aponta pro filho.

Walter lança um olhar severo pro Terry. – Se vocês casarem, aquela menina não vai aturar esse tipo de bobagem. Se você acha isso, está vivendo no mundo da lua.

– Deixem a Lucy fora disso – debocha Terry, arreganhando os dentes. – Ela nada tem a ver com vocês.

Walter desvia o olhar, enquanto a mãe de Terry abana a cabeça, e diz: – Coitada da Lucy. Devia fazer um exame mental. Se ele não fosse sangue do meu sangue...

– Quer calar a porra dessa boca? – diz Terry revoltado, lançando a cabeça pra trás.

A velha dele treme como se estivesse tendo um acesso. – Ouviu isso? Você ouviu isso? Walter!

O velhote só balança a cabeça atrás do jornal, como se aquilo fosse um escudo, pra anular a cena no aposento. Então a sra. Ulrich se vira pro Terry, e diz: – Quem está falando aqui é a sua mãe! Sua mãe!

Depois ela vira pra mim: – Você fala com a sua mãe assim, Carl?

Antes que eu possa responder qualquer coisa, ela arremata: – Não, aposto que não.

E então olha pro Terry. – E eu vou lhe dizer por quê. Porque ele mostra respeito por ela, é isso. Só isso!

Terry simplesmente abana a cabeça e morde o enroladinho de ovo, de onde espirra um jato de gema que cai no carpete.

– Olhe pra essa sujeira! Walter! – diz a mãe, enfurecida.

Walter ergue o olhar e solta uma interjeição patética, mas seu rosto assume uma expressão que significa: que porra você espera que eu faça?

– Você devia ter cozinhado essa porra melhor – diz Terry, fungando. – Um pouco até caiu na minha calça nova. Não tenho culpa se você não consegue cozinhar um ovo.

— Pois tente cozinhar você mesmo! Tente isso!

— Só no dia de São Nunca – ri Terry.

Walter ergue o olhar. — Pois é, estou pensando que o mar seria um bom destino pra você, Terry. Ao menos, lá você aprenderia a cozinhar, cacete. Seria uma bela conquista, e lhe daria a disciplina que é necessária.

— Eu não vou pro mar nem por um caralho. Aquilo é coisa de viado. Ficar preso na porra de um barco só com homem? É, com certeza – debocha Terry, absorvendo com o rolinho parte da gema no seu prato.

Tentando manter o papo leve e amistoso, Walter diz: — Não, não seria assim. Nunca ouviu o ditado "nós temos uma mulher em cada porto"?

Terry sorri com desdém e lança um olhar duro pro Walter. Depois olha pra sua velha, como quem diz "Pois é, veja onde você amarrou seu burro". Mas fico feliz por ele ficar calado, porque ela é mãe dele, e *é* preciso mostrar algum respeito.

Yvonne entra, usando um vestido cor-de-rosa. Ela parece toda sonolenta, e sem maquiagem fica realmente jovem, mas estranhamente mais bonita, de um jeito que nunca notei. Sinto um puxão dentro do peito, e pela primeira vez tenho inveja de Birrell por ele ter traçado Yvonne. Ela pergunta pro Terry: — Tem um cigarro aí?

Terry pega seu maço de Regal. Joga um pra Yvonne, outro pra mim, e pra sua mãe ainda outro, que quica no peito dela. Ela olha pra ele e apanha o cigarro no chão.

— Você vai pra escola, Carl? – pergunta Yvonne.

— Vou.

— O que você tem hoje?

— Duas aulas de arte. É só por isso que eu vou – digo a ela.

A sra. Ulrich abana a cabeça e fala que hoje em dia nós achamos que podemos simplesmente escolher, mas ninguém lhe dá a menor atenção.

— Pois é. Nós temos culinária, e depois inglês, de forma que nem é tão ruim – concorda Yvonne, ajeitando o vestido no corpo, como se eu tivesse visto o seu peito. Só que ela não tem muito peito. Mas tem pernas bonitas. — Vou andando com você, só preciso me aprontar.

— Está bem, mas precisamos tomar cuidado com quem nos avistar saindo da sua casa juntos, porque não quero passar uma impressão errada pras pessoas – digo, rindo. Sei que isso deixa Terry sem jeito, e aproveito cada minuto.

Yvonne sorri e afasta dos olhos a franja. – Você pode carregar os meus livros, como nos filmes americanos.

Depois ela ruma pro corredor da casa. É claro, sei que passarei o caminho todo até a escola ouvindo que Birrell isso, e Birrell aquilo, mas a ideia parece boa.

Só que a mãe de Terry ainda não está feliz, e diz pro filho: – Yvonne mal fez quinze anos e já fuma feito a porcaria de uma chaminé. Você não devia encorajar isso dando cigarro a ela.

– Cale a boca – diz Terry entredentes, em tom duro. – Quem anda encorajando quem? Você é que nunca tira um cigarro da porra dessa boca. Quem é a grande influência aqui?

Ela respira fundo e olha pro marido. É como se já estivesse além da irritação e da decepção, simplesmente resignada ao seu destino.

– Antigamente eu achava que ele falava comigo como fala com os amigos no pub. Acreditava mesmo nisso. Mas estava enganada. Agora vejo que ele jamais mostraria tanto desrespeito por eles. Ele fala comigo como se eu fosse uma inimiga, Walter. – Ela se deixa cair na cadeira vazia, completamente abalada e derrubada, dizendo pra si mesma: – Não sei onde foi que eu errei.

Pego Walter olhando pra ela, e percebo que ele odeia a mãe do Terry. Odeia a mulher por obrigá-lo a ir contra o enteado.

Mas nós estamos cagando e andando, e simplesmente devoramos os enroladinhos. Um bom começo pro dia. É preciso um rango depois da bebida da véspera.

Terry se inclina pro Walter e estala os dedos. – Preciso dar uma espiadela nesse jornal. Nós vamos embora daqui a um minuto.

Walter olha pra ele por um ou dois segundos, mas depois entrega o jornal.

Terry lança a cabeça pra trás e solta uma gargalhada forte, profunda e maligna, que nunca ouvi antes. De repente me ocorre que sua casa parece uma zona de guerra, e que os coitados dos dois velhos não são páreo pra ele. No momento eu adoro o escroto, adoro o poder que ele tem, e adoro ser seu amigo. Mas acho que nunca quereria ser como ele.

Bom, com exceção das trepadas, quer dizer.

Trepada de estreia

Ainda naquela manhã Yvonne e eu fomos até a casa da minha mãe, onde ela nos fez mingau, chá e torradas. Eu fiquei constrangido, quando a coitada da Yvonne explicou que nunca tomava café da manhã, mas minha mãe explicou que aquela era a refeição mais importante do dia, e alimentou a garota praticamente à força. Depois contou que Billy acabara de passar ali, e a notícia desapontou Yvonne. Então tivemos de correr de verdade, caso contrário haveria mais encrenca com Blackie. É esquisito, mas você pode faltar a aulas, ou até a dias inteiros, enquanto todos parecem cagar e andar; se chega dois minutos atrasado pela manhã, porém, eles piram.

Quando estávamos saindo, minha mãe deu aquele sorriso falsamente açucarado que as meninas da escola dão quando estão sacaneando, e disse: – Ah, uma garota ligou pra você ontem à noite. Não deixou o nome, falou que era só uma amiga...

Ela arqueia as sobrancelhas e assume um tom de voz sugestivo ao falar "amiga".

– Huuummm... Carl Ewart! Agora saquei qual é a sua! – diz Yvonne, e minha mãe ri, porque sabe que estou constrangido.

Eu gaguejo. – Não, é só... o que ela falou?

– Ah, foi simpática – diz minha mãe. – Falou que tinha ligado só pra bater papo e que ia encontrar você como combinado.

– Uuuhhhuuu! – diz Yvonne.

– Foi só isso – ri minha mãe. Depois parece se lembrar de algo mais. – Ah, e agradeceu pelas lindas flores que você mandou pra ela.

– Aaahh... que romântico – diz Yvonne, dando uma cotovelada nas minhas costelas. – Flores e tudo!

Que porra é essa?

Eu olho pra minha mãe, depois pra Yvonne, e depois de volta pra minha mãe. Sabrina. Algum outro puto está atrás dela.

Eu nunca mandei flores pra ela, e protesto: – Mas... mas... eu não mandei flor alguma pra ela...

Minha mãe só abana a cabeça e ri pra mim.

– Não, tem razão, não mandou mesmo. Essa parte eu inventei. – Então ela sorri. – Mas é uma coisa pra se pensar, não?

Fico ali emudecido, com Yvonne e minha mãe gargalhando diante de mim. Ser sacaneado lá fora pelos amigos já é ruim o suficiente, mas dentro da sua casa, por sua própria mãe... puta que pariu! Às vezes acho que fui posto aqui na Terra só pra divertir outras pessoas, coisa que não tem problema, desde que eu me divirta também. E isso não está acontecendo, bom, pelo menos não do jeito que eu quero.

Então partimos pra escola. Eu e Yvonne. Ela é seis meses mais nova que eu, uma garota da segunda série, mas é ela que está indo rua abaixo com um idiota virgem. Mas ela nem falou muito do Billy. Falou mais do que acontecia na sua casa às vezes, aquelas discussões. Contou que, embora seja irmã de Terry, preferia que ele simplesmente se casasse com a Lucy e se mudasse de lá. O Walter era legal, dava um tratamento bom a ela e sua mãe. Mas Terry simplesmente não ia com a cara dele, e chamava o sujeito de Velho Nazista o tempo todo.

Até dava pra entender o ponto de vista de Yvonne. Eu tinha aturado aquilo de manhã cedo, mas não conseguiria viver assim dia sim, dia não. Ficaria com a cabeça fodida. De qualquer forma, chegamos um pouco atrasados, mas felizmente o Blackie não estava de plantão, só a sra. Walters, que nem ligava.

– Venham logo, vocês dois!

– Obrigado.

Fui pra aula e passei a maior parte da manhã na escola ainda meio bêbado. Billy estava lá, e foi estranho não ver Gally. Fiquei só enrolando na aula de arte, querendo me exibir pra todas as garotas lá. O mais engraçado é que naquela turma eu sempre tinha sido quieto e consciencioso, sempre concentrado nas minhas pinturas ou cerâmicas. É como se tivesse acabado de me ocorrer, devido à bebida, que a aula de arte realmente continha as meninas mais comíveis da escola. Aquelas que a gente sempre sentia que estavam em um nível muito superior, sendo comidas por caras mais velhos, com salários e carros. Amy Connor, Frances McDowall, Caroline Urquhart e, na minha opinião a melhor de todas, Nicola Aird. Todas elas estavam naquela turma. Era como se aquilo fosse a passarela das modelos top: a gente só ia ali pintar e coletar material pra punheta. Elas se mantinham em cima de um pedestal, no que diz respeito a possíveis trepadas, mas são meninas simpáticas, com exceção de Caroline Urquhart, que é esnobe e superestimada na tabela de comíveis. Não que eu recusasse uma chupada dela no meu pau, mas então penso em Terry, e lembro que ela já esteve com o puto imundo. Coitado do Gally, que esbugalhava os olhos sempre que ela aparecia. Ele até tentou frequentar as aulas de arte só pra ficar mais perto dela, mas acharam que ele não tinha nível suficiente.

Olho pra Caroline e mantenho o olhar, ousado devido à bebida, e ela desvia o olhar, sabendo que sou amigo de Terry, e sabendo que eu sei. Mais tarde Nicky e Amy vêm ver a pintura da capa do meu disco, pro primeiro disco que a Snap, nossa banda, gravar. Dou uma espiadela nos peitinhos da Amy, e fico me imaginando com o pau enfiado entre os dois, como Terry falou que o amigo dele do Leith fez.

– O que é isso, Carl? – pergunta Nicola.

– A capa do disco da nossa banda. Quer dizer, se a gente chegar a gravar um disco – digo, rindo. É claro que eu posso rir disso, porque *sei* que a gente vai gravar. Vai acontecer, eu sei. Vou fazer isso acontecer. Só queria ter tanta confiança em relação a outras coisas...

Nicola sorri pra mim como se eu fosse seu avô gagá.

– Vi você com sua guitarra outro dia – diz Amy. – O Malcolm Taylor está na sua banda... o irmão da Angela Taylor.

– Pois é, ele é o baterista. Bom baterista, até – minto. O Malky mal consegue tocar. Mas vai aprender.

Amy olha pra mim e chega à frente. Seu cabelo está quase roçando meu rosto. Nicky também se aproxima e bota a mão no meu ombro. Sinto o aroma do perfume das duas, junto com aquele cheiro maluco de garota, e tenho a sensação de que o oxigênio sumiu do ar, porque certamente nenhum resta no meu cérebro. Penso que esse seria um ótimo título pra uma faixa: "Cheiro Maluco de Garota". Mas é pouco metaleiro, e pesado demais.

– De onde vocês tiraram esse nome, Snap? – pergunta Amy.

Fico com medo de começar a falar agora, e meus lábios simplesmente se trancarem feito um portão velho na ventania. Tentando me recompor, começo a contar a história de Topsy e eu jogando baralho no ônibus, a caminho de ver um jogo do Hearts fora de casa. Estourou uma briga por causa do *snap*, o tal jogo de baralho, e um garoto arrebentou o nariz de outro. A gente vinha procurando um nome e percebemos que tínhamos achado quando um cara mais velho começou a gritar: – Que ridículo, brigar por causa da porra do *snap*.

– Eu gostaria de ouvir vocês – diz Amy. – Tem uma fita?

Então a professora Harte se aproxima. – Vamos lá, pessoal, essas pinturas não vão terminar sozinhas.

Eu estava tão perto de dizer: vá até a minha casa. Puta que pariu, imagine só: Sabrina, Maggie e Amy, todas a fim de dar!

A chance desaparece com a campainha do intervalo. Mais tarde, porém, eu *convidaria* Amy, e sei que ela simplesmente responderia "sim", "não", ou "traga a fita aqui". Suas amigas ficariam frias; não fariam aquele "uuuhhhuuu" que algumas gatas fazem, e eu também ficaria frio. Se eu conseguisse dar a porra de uma trepada, só uma vez, a pressão diminuiria, e eu dominaria a porra do mundo!

Na aula de geografia esqueço do delta do Ganges, a fim de escrever a letra de uma canção nova. E geografia é a melhor matéria de todas. Tantos lugares pra ir e conhecer. Um dia vou visitar todos eles. Mas agora estou na onda de compor. Começo pensando em "Cheiro Maluco de Garota", mas vou ficando de pau duro.

Depois de um pouco de composição lírica, o professor McClymont me pega.
– Bom, Carl Ewart, você gostaria de compartilhar conosco o que anda fazendo?
– Tudo bem – digo, dando de ombros. – É só uma canção que estou compondo pra minha banda, a Snap. Chama-se "Sem notas". É assim: Não quero exame, não quero nota baixa, meus amigos se dão bem sem precisar de nota... exame, que coisa mais infame...

Algumas risadas são ouvidas, embora a maior parte se deva a McClymont, pra dar crédito ao puto. E ele diz: – Bom, Carl, eu ia avisar que você nunca fará sucesso em geografia. Mas depois de ouvir sua tentativa de composição musical, acho que é melhor você ficar aqui mesmo.

Todos nós rimos. O McClymont é legal. Eu detestava o puto quando estava na primeira série, mas quando você fica mais velho ele brinca mais. Já vi o McClymont lá no Tynie. É bom dar risada na escola.

À tarde, porém, minha autoconfiança já sumira, e eu estava me sentindo um merda: cansado, nervoso, e com medo da minha própria sombra. Doyle ficou olhando pra mim no corredor, e eu não sabia se éramos amigos, ou se ele descobrira que eu torcia pelo Herts. De qualquer forma, evitei o contato visual. Sinistro pra caralho, aquele puto.

Na noite de sexta-feira fiquei em casa, vendo tevê, pra depois gravar um som e ensaiar na guitarra. Quando minha mãe e meu pai saíram pra ir ao cinema, liguei pro Malky, nosso baterista. Queria falar pra ele que a mulherada andava farejando pra caralho, e que isso era sinal certo de que as pessoas estavam ouvindo falar da nossa banda. Ele ficou empolgado.

— A Amy Connor queria ouvir a *gente*? — arqueja ele, todo empolgado. Mas então falei que íamos precisar ensaiar mais na sua casa, e ele se aquietou.

O velho e a velha desconfiaram um pouco quando me viram em casa na manhã de sábado. Quando não estava trabalhando na loja de frutas, ou indo ver um jogo fora de casa, geralmente eu ia pra cidade, visitar as lojas de discos. Meu pai perguntou se eu queria ir com ele ao jogo do Kilmarnock em Brockville, mas eu não estava a fim. Quando chegou a noite de sábado, eles demoraram pra caralho se preparando pra sair. Ainda estavam um pouco zangados comigo por ter passado a noite de quinta fora. Não se importavam que eu dormisse na casa de um amigo, mas eu tinha quebrado duas regras. A primeira era nunca fazer isso quando tivesse aula na manhã seguinte. A segunda era que eu não tinha ligado pra dizer onde ia estar. Só que essa regra é maluca, porque você só sabe quando chega lá, e geralmente a essa altura já está bêbado demais pra ligar.

Fui obrigado a prometer a meus pais que eu não iria à Clouds com a rapaziada, nem à cidade. Falei pra eles que ia passar a noite em casa, só indo buscar lá na lanchonete uma torta de carne moída, duas cebolas em conserva e uma garrafa de Irn Bru. Então ia escavar um pouco da torta e encher parte da crosta com fritas, comendo tudo assim enquanto via o filme de terror da sessão coruja. E talvez até trouxesse um ovo em conserva junto.

Acho que eles sacaram que havia algo no ar, mas finalmente foram embora, e eu saí logo depois, indo até a lanchonete sim, mas pra encontrar Sabrina. Meu coração disparou quando o primeiro ônibus número seis apareceu, mas ela não estava a bordo. Eu me senti um merda, mas também aliviado. Depois me senti um merda outra vez, e então fiquei todo empolgado, porque outro ônibus aparece logo atrás. Ela salta, envolta em uma jaqueta preta. A roupa lhe dá uma aparência tão maneira, tão mais madura. Ela está até maquiada. Eu aprovo tudo, porque assim ela parece um fodaço. Nunca vi Sabrina assim lá na Clouds, e ela sabe usar maquiagem muito bem.

Mas *é* um choque, e por um minuto eu me sinto um garotinho ao lado de uma mulher adulta. Só que já estou totalmente na onda dela. A gente troca um abraço e um beijo rápidos.

Então me ocorre que estou na periferia do nosso conjunto, e que não posso ser visto aqui com ela: se Terry visse Sabrina desse jeito, em um segundo afastaria a menina de mim. Só que… eu quero que as pessoas vejam tudo, vejam a gata que está comigo aqui, de modo que vou indo com ela na direção de casa.

Ah, não...

O primeiro puto que vejo é Birrell, saindo do jornaleiro com o *Pink News*, uns pãezinhos e leite. Ele diz: – Carl!

– Billy. – Eu meneio a cabeça, e solto o ar dos pulmões. – Essa é a Sabrina. E esse é o Billy.

Billy sorri pra ela, e faz algo realmente esquisito, mas ao mesmo tempo bastante comum: toca no braço dela. Depois diz: – Oi, Sabrina. Acho que já vi você lá na Clouds.

Dá pra ver que ela fica um pouco surpresa, mas ele faz tudo parecer natural. – Oi, Billy... como vai?

– Não estou mal. Pensei em ter uma noite calma depois do fim de semana passado. – Ele dá uma meia risada e vira pra mim. – O Hibs perdeu... o Andy Ritchie marcou dois pro Morton. O Herts também entrou pelo cano. Você foi?

– Não... quero ficar na maciota, como você diz. Mas talvez vá ao Rinque de Gelo durante a semana... hein?

– Legal. Passe lá em casa antes.

– Falô. A gente se vê, Billy.

– Beleza, Carl... beleza, Sabrina.

E lá se foi ele rua abaixo, enquanto eu pensava: com que porra eu estava preocupado? Por favor se comporte, Carl Ewart, seu babaca. O Billy era legal, e eu fiquei até envergonhado. Aquilo deixava claro que Birrell é um cara maneiro. Ele pode ser irritadiço, mas tem bom coração, e é sempre generoso com quem não incomoda. Melhor puto que eu já conheci, na verdade.

Fomos seguindo pela rua.

– Seu amigo parece legal – diz ela.

– É, o Billy é bacana. O melhor.

– Eu não sabia que você patinava no gelo.

Eu tinha começado a ir com Billy, porque era o melhor lugar da cidade pra achar mulher. Tinha umas gatinhas sofisticadas lá. Eu tinha começado a ir com Billy recentemente, depois de sacar que aquele era um dos seus pontos de encontro secretos. O rinque era um segredo nosso, que Terry não podia descobrir, porque ele nos constrangeria ao tomar conta de tudo. Eu tinha um plano na minha cabeça: depois de conseguir dar uma trepada com alguma garota legal de lá, eu apresentaria o lugar a Gally, e botaria a maior banca diante do virgem nervoso!

Queria que isso acontecesse agora.

Eu era um fracasso no gelo: passava a maior parte do tempo com o rabo no chão e voltava encharcado. O puto esportivo do Birrell era ótimo, claro, e dava pra ver que as gatas ficavam impressionadas. Ele só relaxava, na maior tranquilidade, marcando encontros discretos na Clouds ou na Buster's.

Fiquei com medo de Sabrina me achar um esmolambado por morar num conjunto. Mas um apartamento em Dalry também não chega a ser classe alta. Fico falando sobre música e fazendo contato visual, pra que ela não note a pichação nas escadas. Depois nem vai ser preciso, porque quando a gente entrar, ela vai ver que nós não somos esmolambados. Só tem uma coisa que não posso evitar: o fedor de mijo na escada. Aqueles putos lá em cima, os Barclay, vivem soltando o cachorro, que desce correndo pra fazer suas necessidades lá fora. Mas quando a porta da frente está fechada, o bicho simplesmente mija, e às vezes até caga, na escada mesmo. Quando chegamos à minha porta, lembro que a chave está em um cordão em volta do meu pescoço, feito a de uma criança. Eu me sinto tão idiota e constrangido ao tirar o troço do pescoço, que até me atrapalho ao enfiar a chave na fechadura.

Um lance nada maneiro.

Se eu não consigo enfiar a porra da chave na fechadura, como vou conseguir... puta que pariu, não.

De qualquer forma, a coisa melhora depois que entramos. Eu boto Cockney Rebel pra tocar. Sabrina fica fascinada pela coleção de discos do meu velho, ela nunca viu tantas canções. Mais de oito mil.

— A maioria é minha — minto, já me arrependendo de fazer isso.

Mostro a ela minha guitarra e algumas canções que compus pra banda. Acho que Sabrina não acreditava totalmente no que eu dizia sobre isso, mas ela fica bem impressionada com a guitarra e pergunta: — Você vai tocar alguma coisa?

— Hum, talvez mais tarde — digo. Vou só fazer papel de babaca se tentar isso na frente dela. — O amplificador está meio baleado... lembra que eu falei disso? Estou economizando pra comprar um novo.

Botamos mais alguns discos pra tocar, e então nos acomodamos no sofá. Depois de um sarro, lembro do que Terry falou outro dia, quando nos contou a cantada que passou em uma gata. E então pergunto se Sabrina já fez amor antes, tipo até o fim. Ela não fala, só fica calada.

— É só, tipo... se você quisesse fazer, seria bárbaro... tipo... comigo... tipo agora...

Só faço falar tipo, e fico tentando me brecar antes de começar a delirar merda, merda, merda.

Ela ergue um olhar tímido pra mim, balança a cabeça, sorri e diz: – Então vamos tirar a roupa.

Puta que pariu. Quase me cago todo nessa hora. Então ela levanta do sofá e simplesmente começa a se despir, de uma forma displicente, como se isso fosse a coisa mais natural do mundo! Acho até que é, e fico com medo que ela já tenha feito isso um monte de vezes, como se fosse uma puta pestilenta... talvez meu pau vá ficar coberto de pus e simplesmente se esfarelar todo se for posto em qualquer lugar perto dela.

Foda-se. Melhor morrer de gonorreia do que morrer virgem.

Eu rilho os dentes e fecho as persianas, com a mão tremendo na corda. Meu coração dispara e eu mal consigo me despir. Acho que nunca mais vou parar de tremer.

Nós dois tiramos a roupa, mas Sabrina é diferente pra caralho das gatas das revistas ou da tevê. Os peitinhos são maneiros, mas sua pele é tão branca que parece fria feito sorvete. É engraçado como a gente espera que as gatas sejam bronzeadas, feito nas revistas de bronha. Mas eu também acho que não pareço o Robert Redford. Preciso fazer alguma coisa, e assim abraço Sabrina e fico surpreso com o calor do corpo dela. Já parei de tremer. O mais engraçado é que pensei que seria difícil ter uma ereção, quando chegasse tipo a hora, mas já estou de prontidão.

Os olhos de Sabrina se banqueteiam com meu pau, ela parece fascinada. Eu achava que era só eu!

– Posso pegar? – pergunta ela.

Só consigo balançar a cabeça. Ela começa a puxar meu pau delicadamente, mas eu estremeço e fico tenso devido ao contato, porque ninguém tocou no meu pau antes. Depois consigo relaxar e fico meio nervoso, mas cheio de luxúria ao mesmo tempo. Olho pra Sabrina e acho que deveria estar pensando, vaca suja, mas estou gostando de ver que ela aprecia o troço. Estou gostando até demais, porque não quero gozar em cima dela, quero gozar dentro, quero dar minha trepada.

Dou um passo pra trás, depois dois à frente, puxando Sabrina pra mim, segurando seu corpo, enquanto meu pau encosta na sua coxa. E sussurro com voz falha: – Deite ali.

– Não podemos ficar só brincando um pouco? – pergunta ela.

– Não, vamos transar logo... deite ali – peço insistentemente. Ela é como a maioria das meninas, acho eu, excessivamente hollywoodiana, querendo que a coisa seja como em filmes ou revistas. Tudo bem quando você sabe o que está fazendo, mas se eu não conseguir dar uma trepada agora...

Sabrina dá um sorriso decepcionado, mas já está deitando no sofá e abre as pernas devagar. Eu arquejo sem querer... essa xoxota cabeluda e macia parece bonita pra caralho. Tiro do bolso a camisinha, que coloco no meu pau. Fico aliviado por conseguir desenrolar a coisa toda sem mostrar uma falta de jeito constrangedora. Então me posiciono entre as pernas e em cima do corpo de Sabrina, sentindo sua virilha embaixo da minha. Tento enfiar no buraco, mas fico só roçando nos pentelhos e lábios, sem conseguir encontrar o rumo certo. Já estou broxando. Começo a tirar um sarro dela, pra logo ficar de pau duro outra vez: aliso os peitinhos, apertando os bicos entre os indicadores e polegares. Nem moleza demais, nem dureza demais, como certa vez falou Terry diante da lanchonete, séculos atrás. Só que eu sou perito em peitinho, já tive montes de peitinhos, todos os peitinhos que quero nessa vida, na verdade; agora estou atrás do meu *buraco*.

O buraco, o buraco inteiro, e nada além do buraco.

Mais uma vez tento enfiar, mas não... só consigo ficar roçando nos lábios, com a esperança de que conseguirei deslizar pra esse grande buraco lubrificado, mas nada encontro ali.

Não *existe* buraco!

Começo a entrar em pânico... será que ela é um cara, algo assim, um daqueles putos que trocam de sexo e teve o pau cortado fora... mas agora Sabrina pega minha mão e põe lá embaixo, na sua moita, dizendo: – Brinque comigo um pouco.

De que porra ela está falando... brincar? A gente está brincando de médico aqui... ela está querendo bandidos e mocinhos, algo assim?

De qualquer forma, vou tocando Sabrina, esfregando meus dedos naquela racha seca, tentando encontrar o assim chamado buraco. E então a coisa acontece! Sinto o buraco, mais embaixo do que pensava... puta que pariu, quase no cu! E é muito pequeno, de jeito nenhum meu pau vai entrar aí! Fico trabalhando com o dedo lá dentro, cutucando pra ver se aumento o buraco, mas ela faz força em volta, é como se sua xota fosse uma boca, e sinto que ela vai ficando toda tensa embaixo de mim.

– Um pouco mais pra cima – diz ela. – Faça isso mais acima.

Do que ela está falando, mais acima? Como isso vai abrir o buraco? Essa porra é terrível. Eu devia ter economizado e ido procurar uma piranha no Leith, ou então ido naquele lugar novo em New Town. Só que meu pau continua duro, roçando na coxa de Sabrina. Começo a tirar sarro novamente, ainda trabalhando o tal buraco, pensando em outras gatas que curto na escola, e então penso... mais acima pode haver outro buraco, que ainda não achei! Talvez Sabrina esteja falando disso! Então faço o que ela pediu e começo a esfregar mais acima, mas nem por um caralho descubro outro buraco. Só encontro um pequeno botão carnudo e fico bolindo ali. Mas então Sabrina começa a relaxar, e logo a se contorcer, gemendo...

Que maneiro, ela está ligadona! Até morde meu ombro, e diz: – Agora mete... mete tudo em mim...

Começo a achar que sou um amante da porra, uma máquina sexual potente pra caralho, mas puta que pariu, nunca vou meter naquele buraco, que é apertado demais, princesa. Talvez um sujeito menor, como o coitado do Gally... mas não, ela agarra e abaixa meu pulso e, puta merda, o buraco se transformou completamente! Está todo úmido e largo, deixando meu dedo entrar com facilidade. Sinto um aroma no ar, e acho que deve ser sua porra, ou suco de xota, ou seja lá o que as gatas têm. Agora saquei tudo! É aquele botão idiota ali em cima que *abre* o buraco! Aqueles putos da educação sexual só precisavam avisar isso pra gente! Aperte um pouco o pequeno botão em cima e o buraco se abre. Enfie o pau dentro do buraco! Simples assim!

POR QUE OS PUTOS NÃO AVISARAM
ISSO LOGO!!!

Então logo depois eu começo a enfiar meu pau lá dentro, pouco a pouco. Já não estou com pressa, porque agora sei como funciona. Mexo pra frente e pra trás, pra cima e pra baixo, mas puta que pariu, tem uma névoa vermelha atrás dos meus olhos, e eu eu saio voando por cima do Tynecastle, estou tendo um espasmo, e o negócio todo só dura uns cinco segundos antes que eu comece a descarregar dentro dela, e é genial pra caralho.

Está bem, nem foi tão bom assim, mas que alívio da porra!

Genial pra caralho!

O Gally, a putada toda, todos aqueles virgens da escola... Ha! Ha! Ha!

O Gally, não. Coitado do Gally.

Mas foi genial pra caralho! Quinze anos! Ainda menor de idade! O Terry? Com aquele puto, noventa por cento é cascata. Ele está se enganando!

Imagine ser virgem. Mas tipos como eu e Billy... a gente sabe das coisas.

– Foi maneiro – digo.

Ela me abraça como se eu fosse um menininho, mas não me sinto confortável, e sim inquieto. Fico pensando em escrever pro coitado do Gally na cadeia. Mas o que posso dizer? Não quero que você fique deprimido aí dentro, Baixinho, mas eu e a turma estamos dando nossas trepadas aqui fora, e é maneiro pra caralho!

Agora quero me vestir e levar Sabrina pra casa. Ela está começando a parecer gorda, e tem uma expressão esquisita no rosto. Mal posso acreditar que acabei de trepar com ela.

– Você já fez isso antes? – pergunta ela, enquanto eu me afasto pra vestir a cueca e a calça.

– Claro, um monte de vezes – digo, fazendo parecer que ela é uma tonta. – E você?

– Não, foi minha primeira vez. – Ela se levanta, e eu vejo um pouco de sangue. Só pode ser uma coisa: meu pau é tão grande que machucou Sabrina. Ela olha pro sangue, toda feliz, e diz: – Lá se foi minha virgindade.

Eu olho pro meu pau. Não há sangue na camisinha, ou talvez um pouco, mas não é vermelho... parece que eu mergulhei o troço no vinagre da lanchonete.

Sabrina está se vestindo. – Você é um cara bacana, Carl. Foi muito legal comigo. Todos os garotos da escola, a gente saca que eles só estão atrás de uma coisa, mas você foi bacana.

Ela se aproxima e me abraça. Fico sem jeito, e não sei o que dizer. Então ela vai se lavar no banheiro. Estou me sentindo bom e mau ao mesmo tempo, querendo ser diferente, mas ao mesmo tempo feliz por não ser. A gente nunca, nunca sabe o que é melhor. Seria ótimo se trepar fosse como nos filmes, sem tensão, tolices, falta de jeito, cheiros esquisitos, ou gosmas grudentas, com todo mundo se comportando e sabendo o que tem na cabeça, mas acho que a gente simplesmente precisa se virar do melhor jeito possível. Talvez mais tarde a coisa melhore.

Já me vesti, e olho pro meu rosto no espelho acima da lareira. Pareço o mesmo, só que mais duro. É como se agora eu tivesse pelos mais densos no queixo, não só aquela penugem de bundinha, mas louros de verdade, finos e brancos-leitosos. Examinando meus olhos, vejo algo que não consigo explicar, algo que nunca vi antes. Dizem que isso sempre acontece depois que você dá a primeira trepada. Pois é, já sou mais homem, e não apenas um garoto idiota.

Eu consegui, consegui, consegui!

Agora preciso tirar Sabrina daqui antes que minha mãe e meu pai cheguem. Ela é uma menina legal e tudo, mas não quero que pensem que estamos namorando. A verdade é que quero ser como Terry, e ter um monte de gatas diferentes de prontidão. Não quero me amarrar em ninguém. Uma vez Terry falou que mulheres são como cerveja: uma só não adianta grande coisa. Ando com Sabrina até o ponto do ônibus e ela vai me abraçando com força. Um lado meu sabe que isso é importante pra ela, mas eu só quero que o ônibus chegue logo pra poder ficar sozinho e pensar nas coisas.

Um ônibus para do outro lado da rua que dá no conjunto e, puta merda, minha mãe e meu pai saltam. Eu viro pro lado, mas ouço minha mãe, meio bêbada, gritar: – Carl!

Aceno timidamente pro outro lado da rua e Sabrina pergunta: – Quem é?

– Hum... minha mãe e meu pai.

– Sua mãe parece muito bacana... gosto do jeito que ela se veste – diz Sabrina.

Isso me espanta: como a mãe da gente pode parecer legal, caralho? Fico calado. Mas olho pro outro lado da rua e puta merda... puta merda... eles estão vindo pra cá, estragar tudo.

– Oi – diz minha mãe pra Sabrina. – Sou Maria, mãe do Carl.

– Sabrina – devolve ela, toda tímida.

– Nome lindo – diz minha mãe, olhando pra ela com um sorriso verdadeiro, quase cheio de amor.

– Sou o Duncan, Sabrina, e vendo um cara bonito feito eu, sei que é difícil acreditar, mas esse aí é meu filho. – O puto aperta a mão dela e percebe que eu fico vermelho. – A gente vai caminhar um pouco e comprar umas batatas fritas. Querem que a gente traga um pouco pra vocês?

– Hum, a Sabrina precisa ir pra casa... a gente só está esperando o ônibus.

– Está certo, então, não vamos atrapalhar vocês – diz ele. Os dois se despedem e se afastam rua abaixo.

Ainda ouço a risada estridente e bêbada da minha mãe quando eles dobram a esquina, enquanto meu velho entoa o refrão de "Suspicious Minds". – *We can't go on this wey-hey-hey... with suspic-sho-hos-ma-hands...*

– Shhh, Duncan. – Minha mãe ri.

Esse putos velhos me deixaram totalmente constrangido, e já estou prestes a me desculpar com Sabrina, quando ela se vira pra mim e, com toda a sinceridade, diz: – Sua mãe e seu pai são geniais. Queria que os meus fossem assim.

– Pois é – digo.

– Quer dizer, os meus são até legais. Só que eles nunca saem.

O ônibus está chegando. Dou um beijo em Sabrina, prometendo encontrar com ela durante a semana, e provavelmente farei isso, mas na verdade a gente nunca sabe quem vai conhecer.

É uma vida legal pra caralho!

Vou pra casa pulando, todo empolgado e nervoso, mas depois penso que estou parecendo uma menininha, de modo que retardo o passo e fico frio. Não dá pra ficar saltitando por aí feito uma criancinha no pátio de recreação da escola primária. Quase dezesseis anos, porra. Os caras só acreditam que você deu a primeira trepada se você mostra frieza, porque essa é a melhor parte da parada: não contar a todo mundo que você já trepou, mas garantir que todos saquem o lance, meio que virando uma autoridade discreta no assunto. Porque a trepada em si é superestimada, isso é certo. Nos livros sobre sexo, você vê o pessoal em tudo que é posição diferente. Nem dá pra entender por que se dão a tanto trabalho.

Talvez melhore com o tempo. Espero que sim. O que acha, sr. Black, desculpe, Cara de Puto?

Se for a vontade de Nosso Senhor, Ewart. Em todo caso, tenho certeza que agora o senhor fará dessa menina Sabrina uma mulher honesta, em um bom casamento cristão sancionado pela divina Igreja Presbiteriana da Escócia?

Claro que não, Cara de Puto. De agora em diante vou comer qualquer uma que aparecer na minha frente.

Então começa a chuviscar e fico em casa esperando meus pais voltarem com as batatas fritas. Espero que eles também tragam um pouco pra mim, porque cairia bem.

Agora consegui. Um troço que me assombrava há séculos está resolvido, mas o Gally se foi, e vou passar muito tempo esperando por ele.

3 | SÓ PODE TER SIDO 1990: BAR DE HITLER

Janelas 90

Maria Ewart tirou o pé do sapato e deixou seus dedos massagearem o carpete grosso. Os confortáveis móveis do lar de seus amigos tinham muito em comum com os seus. A casa dos Birrell, tal como a dos Ewart, era equipada com grana de uma redundância otimista: era uma declaração de confiança, fé ou esperança de que acabaria surgindo algo para assegurar aquele novo status quo.

O ponto alto da sala era um enorme espelho folheado a ouro, pendurado acima da lareira. O espelho parecia lançar o aposento inteiro de volta para você. Maria achava aquele espelho grande demais; talvez ainda fosse suficientemente vaidosa para encarar como irreconciliáveis a meia-idade e qualquer espelho.

Sandra interrompeu aqueles devaneios ao se aproximar e encher novamente o copo da amiga. Maria se pegou maravilhada diante da perfeição com que as mãos dela eram tratadas: pareciam pertencer a uma criança.

Eles haviam ido tomar uns drinques e jantar lá: Duncan e Maria Ewart, visitando seus velhos amigos Wullie e Sandra Birrell. Maria até sentia uma leve vergonha, por ser a primeira vez que os dois voltavam ao conjunto habitacional desde a mudança para Baberton Mains, quase três anos antes. Gradualmente, porém, a maioria dos amigos que eles tinham ali também se mudara de lá. E Maria vivia falando das pessoas que haviam ocupado o lugar que era deles, dizendo que não tinham o mesmo apreço pela região, que já não existia qualquer espírito comunitário: tudo virara um depósito de problemas sociais indo ladeira abaixo.

Ela tinha consciência de que esse tipo de conversa deprimia Duncan. As coisas haviam mudado muito, mas os casais Ewart e Birrell permaneciam amigos íntimos, embora jamais houvessem se visitado com grande frequência, apenas na véspera de Ano-Novo ou em outra ocasião especial. Normalmente, eles saíam juntos, encontrando-se em algum lounge bar no Tartan Club ou no BMC.

Duncan tinha de admirar as mudanças que Wullie fizera desde que comprara a casa do governo. As janelas e portas trocadas eram até previsíveis, mas ele e

Sandra pareciam ter adquirido um estilo associado a gente mais jovem. A tinta esmaltada substituíra o papel colado nas paredes, e o funcionalismo da Habitat substituíra a mobília de teca; estranhamente, porém, tudo ainda parecia combinar com eles.

Wullie demorara a comprar a casa, até que sua resistência virara um gesto fútil e vazio. Os aluguéis haviam subido, e os preços para compra pelos ocupantes caído, a tal ponto que, como diziam muitos, ele estava cortando o próprio nariz para se vingar do seu rosto. Quando enfim se cansara de ser abertamente estigmatizado pelos vizinhos no seu lado da curta rua que separava o velho conjunto dos apês, Wullie relutantemente se juntara ao grupo de troca-de-janelas-e-portas.

Também fora insinuado que ele e Sandra ficariam melhor nos apês do outro lado da rua, deixando o velho e sólido conjunto para quem queria "progredir". Wullie se divertira bastante bancando o teimoso por algum tempo, até que Sandra interferira, acrescentando sua voz às dos demais. Agora ele estava feliz por ter se rendido. Desde que dera aquele passo e gastara a indenização que recebera ao ser despedido no lar e nas janelas, Sandra voltara a dormir sem álcool ou pílulas. Ela parecia bem melhor. Ganhara peso, mas ser uma gorducha de meia-idade lhe caía melhor do que ser uma magricela cansada. Ela ainda tinha tendência a um nervosismo extremo, e Wullie aguentava essa carga. Billy já saíra de casa havia muito tempo, embora Robert ainda continuasse lá. Seus garotos; ela sempre os colocaria em um pedestal.

Às vezes, Wullie ficava de coração pesado quando via a diferença entre eles dois e o casal Ewart. Duncan e Maria ainda se entreolhavam, ainda eram o centro do mundo um para o outro. Carl era um convidado muito amado naquela festa, mas a festa era *deles*. Wullie, por seu turno, sabia que fora imediatamente deslocado no afeto de Sandra pela chegada de seus filhos.

Ele andava se sentindo inútil. A palavra dispensa parecia significar algo mais do que apenas a perda de um emprego. Ele aprendera a cozinhar, a fim de ter refeições prontas para Sandra quando ela voltava do trabalho em meio expediente como empregada doméstica. Mas isso não bastava. Wullie fora se recolhendo cada vez mais ao seu próprio mundo, processo esse ainda mais solidificado pela sua segunda grande aquisição, um computador que ele parecia ter grande prazer em mostrar a Duncan como funcionava.

Tal como Wullie, Duncan estava achando difícil a vida de desempregado, lutando para pagar a hipoteca da casinha deles em Baberton Mains. Se tivesse uma sólida casa governamental feito a de Wullie e Sandra, ele teria ficado ali, comprando e reformando a residência. Já os apês eram inúteis, e nada podia ser feito com eles. Mas a situação era apertada. Carl ajudava, pois estava indo bem como DJ na boate. Duncan não gostava quando o filho lhe dava dinheiro; ele tinha sua própria vida, e sua própria casa na cidade. Em certa ocasião, porém, aquilo já o salvara de uma retomada de posse. Mas aquela música! O problema era que os troços que ele tocava não eram músicas de verdade, apenas um modismo passageiro, e logo as pessoas voltariam a querer a coisa real.

Aquilo não era um emprego de verdade, e não duraria muito, mas também... o que era um emprego de verdade atualmente? Sob certos aspectos, Wullie e Duncan admitiam que estavam felizes por ver o trabalho pelas costas. A velha fábrica ainda funcionava como uma unidade high-tech, empregando apenas um punhado de pessoas. Paradoxalmente, as condições haviam piorado muito; acima de tudo, concordavam os sobreviventes mais antigos, ninguém mais se divertia. Havia uma arrogância e uma presunção na organização, e a sensação era de que se voltara à escola.

Maria estava na cozinha, ajudando Sandra com a lasanha. As duas mães compartilhavam a mesma preocupação com os filhos. O mundo atual tinha uma riqueza superficial maior do que a daquele em que elas haviam sido criadas. Mesmo assim, algo se perdera. O mundo lhes parecia um lugar mais cruel e duro, sem valores. Pior: parecia que os jovens, apesar de sua decência fundamental, atualmente eram levados a abraçar uma mentalidade que só facilitava a violência e a traição.

As duas trouxeram para a mesa a comida, e depois as garrafas de vinho, embora Duncan e Wullie se entreolhassem e se agarrassem tranquilizadoramente as suas latas vermelhas de McEwan's Export. Todos se sentaram para comer.

– A gente só ouve falar nisso, em raves, clubes noturnos... drogas, drogas e drogas – disse Maria, abanando a cabeça.

Sandra assentiu em solidariedade.

Duncan já ouvira tudo aquilo antes. Supostamente, nos anos 1960 o LSD e a maconha andavam destruindo o mundo, mas ali estavam eles. Só que o LSD não fechara fábricas, minas e estaleiros. Não destruíra comunidades. O vício em drogas mais parecia ser um dos sintomas de uma doença, do que a doença em si. Ele não contara a Maria, mas Carl insistira que experimentasse um daqueles comprimidos de ecstasy, e ele ficara bem mais tentado do que deixara o filho perceber.

Talvez experimentasse um dia. Mas ele estava bem mais preocupado com o que considerava a má qualidade da música atual. E vivia resmungando, "Isso não é música, é uma bobajada. Roubam o material dos outros e vendem de volta pra eles. Roubo, música thatcheriana, é isso que é. São os malditos filhos da geração Thatcher".

Sandra estava pensando em Billy. Seu filho não curtia drogas, mas ganhava a vida batendo nas pessoas. Ela não queria que o filho se profissionalizasse como boxeador, mas ele estava indo bem e fazendo sucesso. Sua última luta fora incluída no programa *Fight Night* da STV. Uma vitória explosiva, dissera o comentarista. Mas ela se preocupava. Ninguém conseguia continuar arrebentando as pessoas sem um dia ser também arrebentado.

– Mesmo sem drogas por perto, a gente se preocupa. Quer dizer, o Billy e o boxe... ele pode ser morto com um único soco.

– Mas ele está em forma, e não curte drogas – argumentou Maria. – Isso só pode ser bom, atualmente.

– Acho que sim – concordou Sandra. – Mas mesmo assim me preocupo... um único soco.

Ela estremeceu, levando uma garfada de comida à boca.

– É pra isso que servem as mães – disse Wullie para Duncan em tom jovial, recebendo um olhar gélido de Sandra como resultado.

– O que o seu marido tinha na cabeça? Não vira seu ídolo, Muhammad Ali? Não vira o que o boxe fizera com o homem?

Maria sentou-se ereta na cadeira, com ar indignado.

– Todos eles vão a Munique, com o baixinho do Andrew – disse ela. Depois baixou a voz e arrematou. – E aquele Terry Lawson...

– O Terry é legal, não é um garoto ruim. Arrumou uma namorada nova, e ela parece bacana. Esbarrei com os dois na cidade – disse Duncan. Ele sempre defendia Terry. Tudo bem, o garoto era meio rebelde, mas não tivera uma vida fácil e tinha um grande coração.

– Sei não – disse Sandra. – Aquele tal de Terry é meio maluco.

– Não, é que nem o nosso Robert – contestou Wullie. – Todo esse negócio de brigar no estádio... faz parte do processo de crescimento. A Jubilee Gang, os Valder Boys, depois o Young Leith Team e o Young Mental Drylaw. E agora são eles. Isso tudo é história social... a juventude crescendo.

– Mas esse é que é o problema, ele está crescendo que nem o tal do Terry! Ele admira esse Terry – varejou Sandra. – Também foi preso por encrenca no futebol. Eu me preocupo... me preocupo muito.

– Mas hoje eles prendem qualquer um nessas partidas, Sandra – garantiu Duncan a ela, sentindo a raiva assomando no peito. – Que nem o nosso Carl com a estupidez daquela... que idiota, fazer a maluquice daquela saudação nazista no jornal. É tudo bobagem de garotos idiotas se exibindo pros colegas. Eles não fazem por mal. Mas vêm sendo demonizados, de forma totalmente exagerada, pra desviar a atenção popular daquilo que o governo vem fazendo há anos, e que é o *verdadeiro* hooliganismo. Um vandalismo com o serviço de saúde, vandalismo com a educação...

Duncan percebeu os olhares erguidos de Maria e Sandra, bem como a risada de Wullie, e continuou em tom tímido: – Desculpe, gente, já tô montando no meu cavalo de batalha outra vez... mas o que eu queria dizer, Sandra, é que o seu Rab é um garoto bom, com uma cabeça boa. Ele tem juízo suficiente pra não se envolver em qualquer coisa verdadeiramente ruim.

– É isso mesmo, Sandra, escute o Duncan – implorou Wullie.

Sandra não queria saber. Baixou o garfo e disse: – Eu tenho um filho que surra homens no ringue pra ganhar a vida, e outro que faz a mesma coisa na rua pra se divertir! Qual é a de vocês, homens... parecem idiotas e malucos!

Ela fungou, levantou já em prantos, e foi depressa para a cozinha, seguida por Maria, que ainda se virou e apontou para Duncan.

– E o seu filho agindo feito um camisa-negra fascista! Ah, o tal Terry teve uma vida dura. Mas a Yvonne também, e é uma menina boa. A Sheena Galloway também, e nunca esteve na cadeia, ou fora de si por causa de drogas feito o irmão! – disse ela, seguindo a amiga.

Wullie e Duncan reviraram os olhos um para o outro. Em tom sardônico, Duncan disse: – Um a zero pras garotas, Wull.

– Não ligue pra Sandra – pediu Wullie ao amigo em tom de desculpa. – Ela sempre fica assim depois de uma luta do Billy. Não me entenda mal, eu também me preocupo, mas ele sabe o que está fazendo.

– Pois é, a Maria é igual. Viu uns troços sobre o Carl em um jornal de música, falando besteira sobre todas as drogas que toma. Ele mesmo me falou que é tudo babaquice, eles só dizem aquilo por causa da publicidade, porque é o que a imprensa quer ouvir. Antigamente ele chegava aqui em mau estado, antes de se meter nesse negócio de rave e ecstasy. Agora parece estar em plena forma. Já nos encontramos pela manhã, depois que ele passou metade da noite acordado, e não vi nem vestígio de ressaca. Se esse troço está matando Carl, vem fazendo um belo serviço, é só o que posso dizer. – Duncan balançou a cabeça e ficou com o olhar perdido na distância. – Mas vou lhe dizer uma coisa, Wullie... *eu* poderia ter matado o Carl no dia daquela saudação nazi no *Record*. Porque o meu pai, que mora em Ayrshire, perdeu metade da porra da perna lutando contra os escrotos... peguei o carro e fui até lá... ele não falou nada, mas eu percebi que já tinha visto o troço. A decepção na cara do velho... teria partido o coração de qualquer um...

O próprio Duncan já parecia quase a ponto de chorar, mas se reaprumou, deu uma risada e apontou para a cozinha, dizendo: – Deixa pra lá... eles têm direito a uma choradeira de vez em quando. Você gravou a luta do Billy em vídeo?

– Gravei – disse Wullie, pegando o controle remoto. – Veja só isso...

A imagem surgiu na tela. Lá estava Billy Birrell, com uma expressão de concentração no rosto, olhando duramente para Bobby Archer do outro lado. Então soou o gongo e ele saiu voando do seu córner.

Billy Birrell

As colinas

Agora estou voando aqui, embora tenha um bom vento contrário. Estou correndo direto contra o sacana, morro acima, sempre subindo as colinas, cobrindo a distância, como diz o Ronnie, sempre como diz o Ronnie. *Nós* subimos as colinas. *Nós* cobrimos a distância. *Nós* criamos estamina. Sempre nós; é brutal. E lá no ringue também, *nós* podemos bater com mais força do que aquele cara. Os socos dele não podem *nos* preocupar. Mas eu nunca vi Ronnie levar um soco no ringue depois do gongo, ou sem estar de capacete.

Neca, desculpe, Ron, nós sempre estamos sozinhos no ringue.

Está ficando mais íngreme, e eu já consigo enxergar o topo, além de todos os obstáculos no meu caminho. Quase todos eles. O Morgan é o próximo, mas eu nem consigo olhar pra ele, vou passar direto através dele, e acho que nós dois sabemos disso. Que nem o Bobby Archer, caído ao lado da estrada atrás de mim. Eles não passam de degraus até Cliff Cook. Estou indo pegar você, Cookie, e você vai ficar bem passadinho.

O velho Cookie, o melhor de Custom House. Eu também gosto dele, provavelmente até mais do que deveria. Quando nos enfrentarmos no ringue, porém, não estaremos mais gostando um do outro. Seja quem for o vencedor, tomaremos um drinque e bateremos um papo depois. Até aí tudo bem, mas nunca mais falaremos um com o outro, afora lançar ameaças e insultos.

Não, falaremos, sim. A coisa vai melhorar. Melhorou da última vez, quando eu ganhei dele como amador. Virei profissional bem tarde, mas não tarde demais. Inda vou ganhar de você outra vez.

O aclive está aumentando, e já estou sentindo as panturrilhas... o Ronnie tem uma coisa com panturrilhas, pernas e pés. Ele vive me dizendo, "O melhor soco não é o que vem só, é o que vem das solas... passando pelo corpo, pelo braço, e pela mão, até o queixo".

O Ronnie me fez passar por muito trabalho de combinação. Ele acha que eu sempre me fio demais em um só grande golpe pra nocautear os caras. Mas é preciso que se diga... eu sinto que essa tática vem dando certo.

Ele também se preocupa com as minhas defesas: eu vivo indo pra frente, encurtando o ringue, usando minha força, assediando, caçando os caras.

O Ronnie me diz que, quando enfrentar gente de mais categoria, vou precisar recuar de vez em quando. Eu concordo, mas sei que tipo de lutador sou. Quando eu começar a recuar, estará na hora de largar tudo. Nunca vou ser esse tipo de lutador. Quando os meus reflexos se forem e eu começar a levar golpes, acabou, saio na mesma hora. Porque coragem *verdadeira* é você afastar seu ego e parar na hora certa. A coisa mais patética do mundo é ver um lutador velho e coberto de cicatrizes ser torturado feito um touro ferido por um jovem que ele teria derrotado dormindo poucos anos antes.

Chegando ao topo, é só descer a suave estrada de trás até o carro. Tomando cuidado pra não estirar algum músculo ladeira abaixo. O sol está ofuscando meus olhos. Aproveitando que o terreno vai ficando plano à minha frente, eu termino dando um pique, levando ao máximo o barato esportivo, como se houvesse tomado uma bola. Já parei e estou enchendo os pulmões de ar frio, pensando que Cookie ou Morgan podem tentar fazer o mesmo em Custom House ou Port Talbot... coitados dos putos, não durarão o suficiente pra entrar no ringue comigo. Então Ronnie começa a secar o meu suor com uma toalha, ajudando a me agasalhar como se ele fosse uma mãe de primeira viagem e eu seu bebê recém-nascido. Entramos no carro pra voltar à academia.

Ronnie é um homem de muitos silêncios. Eu gosto disso, porque gosto de ter tempo pra botar a cabeça em ordem. Não gosto de sentir as merdas da vida moderna passando pela minha mente. Isso é brutal e suga a nossa energia. As lutas verdadeiras são travadas na nossa cabeça, e isso só pode ser assim mesmo. E você pode treinar a sua cabeça tão bem quanto o corpo; pode se treinar a peneirar ou enterrar toda a merda com que é bombardeado diariamente.

Focar.

Concentrar.

Não deixar a merda entrar. Nunca.

É claro que você pode optar pela saída mais fácil, e então se encher de pó ou bebida, como alguns fazem por aqui. Esses fracassados desistiram de tudo há anos, coitados. Se você perde o amor-próprio, fica sem nada.

Espero que o Gally tenha largado aquelas merdas de vez.

Os comprimidos de ecstasy são diferentes, mas ninguém sabe o que eles fazem conosco a longo prazo. É bom lembrar que *todo mundo* sabe o que cigarros e álcool fazem a longo prazo; matam a gente, e ninguém parece com pressa de proibir os dois. Portanto, o que o ecstasy pode fazer além disso... matar você duas vezes?

Ronnie continua calado. Por mim, tudo bem.

O mundo fica legal quando a gente toma uma bala e sai dançando ao som da música de Carl lá na boate, embora ele esteja um pouco robótico demais... como ele mesmo fala? Curtindo um lance "techno" demais pra mim; eu gostava quando ele estava numa viagem mais emocional. Mesmo assim, é o estilo dele, e Carl está indo bem. Anda se projetando e angariando respeito. Quando vou às lojas e boates com ele, dá pra ver que já não somos mais dois moleques dos conjuntos habitacionais; agora é N-SIGN, o DJ, e Business Birrell, o boxeador.

Mas só estamos recebendo o mesmo respeito que nossos pais recebiam por serem artesãos, ou por trabalharem numa fábrica. Hoje os sujeitos assim, clientes que já foram vistos como o sal da terra, são tratados como otários.

Ronnie faz parte dessa turma. Foi demitido das docas em Rosyth há anos. O boxe é sua vida hoje. Talvez sempre tenha sido.

Mas eu e Carl não somos tratados como otários. Só que precisamos maneirar o lance com o ecstasy. Todos nós tomamos demais, menos o Terry, justiça seja feita, coisa que no caso dele raramente é. Pois é, o mundo fica legal quando a gente toma uma bala, mas talvez no começo a mesma coisa fosse dita pelo viciado em pó e o bebum com a lata de Tennent's ou a garrafa de vinho barato.

O silêncio é de ouro, hein, Ronnie!

Só que hoje o silêncio de Ronnie parece diferente do normal. Ele está com alguma coisa na cabeça, e eu sei o que é. Viro de frente pra ele, com seu cabelo prateado, e seu rosto avermelhado feito o de um verdadeiro bebum. A piada é que Ronnie é abstêmio, e a vermelhidão é causada por pressão alta. Sem nenhuma sorte. Só que ninguém jamais saberia, porque Ronnie é um homem de poucas palavras. Tudo deve acontecer lá dentro dele. Talvez eu também fique assim, porque sempre acham que nós somos feito pai e filho, diz ele. Eu nem gosto de ouvir isso, porque ele não é meu pai, e nunca será. Mas é só pensar: se continuo correndo doze quilômetros por dia, até o Terry terá uma pele melhor do que a minha dentro de alguns anos. Sem sorte. Mas dane-se tudo isso. Saco.

Então Ronnie fala! Aquele mutismo já deu o que tinha de dar.

– Eu queria que você reconsiderasse essas férias, Billy – diz ele. – Nós precisamos fazer alguns sacrifícios, filho.

O tal NÓS outra vez.

– O troço já está reservado – digo.

– Nós realmente precisamos manter a forma – continua ele. – O Morgan não é bobo. Ele tem energia e coragem. Até me faz lembrar daquele garoto, o Bobby Archer... ele tinha garra.

Bobby Archer, lá de Coventry. Minha última luta. Ele tinha garra, mas eu ganhei em três assaltos. É bom ter garra, mas também ajuda saber boxear um pouco, e não ter um queixo feito de cristal.

Assim que aquele gancho de direita fez contato, eu me afastei e fui pro meu córner. Tudo terminado.

– Tudo reservado – repito. – Nós só vamos passar duas semanas fora.

Ronnie faz uma curva velozmente e o carro balança sobre os paralelepípedos rumo à academia. O lugar fica dentro de um antigo prédio vitoriano, que por fora parece uma merda. Já por *dentro* parece uma câmara de tortura, quando Ronnie me impõe seu treinamento.

Ele para o carro, mas não faz menção de saltar. Quando eu me mexo, ele agarra meu pulso. – A gente precisa manter a forma, Billy, e não vejo como fazer isso se você vai passar duas semanas num Festival de cerveja na Alemanha com aquela sua turma de vagabundos.

Isso me deixa perturbado.

– Eu não vou ter problema. Vou continuar as corridas e arranjar uma academia lá – explico novamente. Passamos a semana inteira só falando sobre essa merda.

– E a sua namorada... o que ela tem a dizer sobre isso?

Uma característica do Ronnie é que ele praticamente não fala, mas quando fala exagera bastante. O que Anthea tem a dizer? O mesmo que ele, Ronnie. Muito pouco. – Isso é problema meu. Você já tá parecendo uma garotinha. Esqueça o assunto.

Ronnie franze a testa e depois faz uma cara triste, olhando pra frente pelo para-brisa. Eu não gosto de falar com ele assim... não faz bem a nenhum de nós dois. Na vida, cada um toma suas próprias decisões. As pessoas podem dar conselhos, tudo bem. Mas precisam ter o bom senso de saber que, depois que você decide, acabou.

Portanto, cale a boca.

– Se você tivesse vindo pra mim dois anos antes, a esta altura já seria campeão europeu, e estaria pronto pra tentar chegar ao título mundial – diz Ronnie.

– É – digo em tom bem frio, só pra interromper. Não vou entrar nessa bobajada novamente. Acho um desrespeito com meu velho e minha velha. Meu pai conseguiu me colocar como aprendiz, e isso era muito importante pra ele. E minha mãe simplesmente nunca quis me ver no boxe, ponto final. Muito menos que eu virasse profissional e lutasse por dinheiro... pra ela, isso foi realmente o fim da picada.

Mas Ronnie ficava insistindo que eu virasse profissional. Dizia que nós precisamos seguir nossos sonhos. O tal NÓS outra vez. O que Ronnie nunca vai meter na cabeça é que foi meu pai, e não ele, quem me levou a virar profissional, quando me levou ao QPR em Londres, em uma noite de sábado, 8 de junho de 1985, pra ver Barry McGuigan contra Eusebio Pedroza.

Nós fomos com o meu tio Andy, que mora lá em Staines. Ainda lembro de nós em um ônibus 207, rastejando no tráfego ao longo da Uxbridge Road, com medo de perdermos a luta. Quando chegamos lá, havia vinte e seis mil irlandeses tentando entrar. O Pedroza era o cara que eu queria ver, porque era o melhor. Já tinha defendido o título com êxito dezenove vezes. Eu achava que ele era invencível. Gostava de McGuigan, achava que ele parecia um sujeito legal, mas nunca que ia derrotar O Cara.

McGuigan até tinha a bandeira branca da paz, porque não curtia aquela bosta de tricolor ou mão vermelha de Ulster. Pra mim, porém, aquilo parecia um ato de rendição antes mesmo de tentar dar qualquer soco. Então entrou no ringue um velhote, que mais tarde descobrimos ser o pai de McGuigan, e começou a cantar "Danny Boy". A plateia inteira acompanhou, todos os católicos e protestantes de Belfast juntos. Eu olhei pro meu pai. Pela primeira e única vez, vi lágrimas nos olhos dele. Meu tio Andy também, e todo mundo. Que momento genial foi aquele. Então soou o gongo, e eu achei que Pedroza ia estragar a festa imediatamente, mas aconteceu uma coisa incrível. McGuigan voou pra cima dele e começou a massacrar o cara. Achei que ele logo ia se cansar, mas a cada segundo ele foi se encontrando, combinando golpes por toda a parte. Fiquei esperando que o gás daquele baixinho acabasse, mas isso não aconteceu. Ele atacou implacavelmente o outro, e sem dar bobeira, usando a cabeça junto com o coração, ainda usando combinações de golpes, mas mantendo as defesas em alta, enquanto empurrava Pedroza pra trás. Seus braços longos, sua postura desajeitada: tentar acertar McGuigan devia se assemelhar a tirar a bola de Kenny Dalglish perto do gol. Pedroza fora um grande campeão, mas naquela noite no Loftus Road achei que ele estava velho pra caralho.

Depois da luta fomos sentar com uns pedidos pra viagem que meu tio Andy conseguiu arrancar de um pub lotado que tinha ficado aberto a noite toda. Simplesmente sentamos embaixo de umas árvores em Sheperd's Bush Green, curtindo o clima, conversando sobre a luta, a noite incrível de que tínhamos participado.

Foi então que pensei: bom, eu até curtiria fazer isso. Vinha lutando havia anos, e indo ver lutas havia séculos. Só que, pra mim, o futebol sempre vinha em primeiro lugar. Mesmo depois que ficou óbvio que eu era melhor lutador do que jogador. E o futebol não tinha me dado nada: um teste vagabundo no Dunfermline, um ano na divisão East Seniors do Craigroyston.

Era uma perda de tempo. Bom, na verdade não era, porque eu gostava. Mas também queria mais.

Portanto, agora com certeza estamos seguindo os sonhos de Ronnie. E sim, talvez eu realmente tenha esperado demais. O dinheiro que entra é bom, mas pra mim o principal é o respeito que a gente ganha. Agora eu até gosto quando o pessoal me chama de Business. No começo foi barra... aquilo me constrangia, mas agora está começando a servir.

Está começando a servir feito uma luva.

Nós saltamos do carro e entramos na academia, onde eu tomo uma chuveirada e troco de roupa. Volto refrescado e fico vendo Eddie Nicol no ringue, treinando com algum otário que ele fica só sacaneando. Mas Eddie me deixa em dúvida. Tem um jogo de pernas excelente. Quando está bem, ele é muito bom, mas às vezes dá pra sentir nele uma hesitação... é como se ele soubesse que, bem cedo, acabará massacrado por alguém, que pode ser exatamente esse rapaz à sua frente.

Ronnie está conversando com um sujeito de terno de verão creme, feito de tecido leve, mas caro. Sua cabeça foi raspada com máquina um, e ele usa óculos que reagem à luz. Quando me aproximo, penso que aquele terno ficaria bem em um homem melhor.

– Business – diz ele, estendendo a mão. É o Gillfillan, um sujeito abusado como o quê. Trabalha pro Power, que também é um dos patrocinadores, como vive me lembrando o Ronnie. Ele me dá o aperto de mão forte que tipos mais velhos gostam de dar, feito um teste maluco de malandragem. Quando você reage, eles falam "É só um aperto de mão", como quem diz, somos todos homens aqui, esse tipo de merda.

Como esse filho da puta está realmente forçando a barra, eu aponto pra mão dele com minha mão livre e pergunto: – Você está com uma aliança de noivado na outra mão? Que história é essa?

Ele larga minha mão e ri. – É só um aperto de mão.

Eu baixo minha mão, olho diretamente pra ele e digo: – Essas mãos aqui são pra trabalhar. E não pra alguém tentar mostrar como é fodão.

– Calma, Billy – diz Ronnie.

Gillfillan me soca de leve no ombro e sorri. – Não acalme o Billy demais, Ronnie... é por isso que ele é o Business Birrell, e é isso que vai fazer dele um campeão, né, Billy? Nada de aturar babaquice.

Eu continuo encarando o babaca, olho no olho, bem na parte preta, que se expande. Os lábios dele tremem um pouco e eu digo: – Pois é, fico feliz por nós concordarmos que foi só isso.

Ele não gosta disso. Então sorri novamente, dá uma piscadela e aponta pra mim. – Espero que você tenha pensado na minha proposta, Billy. O Business Bar. Gostando ou não, você já é um nome nesta cidade. Uma celebridade. Suas lutas empolgaram o povo.

– Vou viajar de férias semana que vem. A gente conversa quando eu voltar – digo.

Gillfillan balança a cabeça devagar.

– Não, não... acho melhor a gente conversar agora, Billy. Sei de alguém que quer conhecer você. Não vai demorar muito. Lembre que nós estamos do mesmo lado. – Ele sorri e vira pro Ronnie. – Dê uma palavrinha com ele aqui, Ronnie.

Ronnie assente e Gillfillan começa a se afastar em direção ao ponto onde Eddie Nicol e o outro rapaz estão treinando.

Sussurrando pra mim em tom grave, Ronnie diz: – Não é bom sacanear o cara, Billy, não tem necessidade disso.

Eu dou de ombros. – Talvez tenha, talvez não tenha.

– Ele é um patrocinador, Billy. Já há algum tempo. E é pesado pra caralho. Não cuspa no prato onde você come.

– Talvez a gente precise de patrocinadores novos.

Rugas de preocupação surgem no rosto de Ronnie. Isto não é fácil pra ele. – Billy, você nunca foi um rapaz burro. Eu nunca, nunca precisei soletrar as coisas pra você.

Eu fico calado. Não sei do que ele está falando, mas sei que é sobre algo que eu *devia* saber. Ronnie também se contém por alguns instantes, mas depois vê Gillfillan olhando pro relógio e percebe que não tem mais tempo.

– Fique esperto, Billy – diz ele, apontando pra mandíbula. – Está vendo essa cicatriz no seu queixo?

Todo dia, na porra do espelho. Claro que vejo. – Sei, o que tem ela?

– Você se encrencou com aquele rapaz na época. O maluco que lhe deu isso aí. Agora ele já não encrenca mais. Você já se perguntou por que isso acontece?

– Porque eu botei o rabo dele no chão – digo a Ronnie.

Ronnie dá um sorriso taciturno e abana a cabeça. – Acha mesmo que ele tem medo de você... um pirado daqueles?

Doyle. Não. Você pode derrubar aquele sujeito quantas vezes quiser. Ele vai continuar vindo pra cima, e pelo menos alguma vez vai dar sorte.

– Acha que o tal Doyle tem medo de você? – repete Ronnie, dando nome aos bois.

– Não.

Eu não achava que ele tinha, e sempre me perguntava por que não dava o troco.

Ronnie dá um sorriso triste e agarra meu braço. – Existe um motivo que leva o Doyle a não criar problemas. É que ele associa você a gente como Gillfillan e Power.

Então eram Gillfillan e Power que serviam de freios pro Doyle. Isso até fazia sentido. Eu achava que eram aqueles colegas do Rab... Lexo e os outros. Só que eles conhecem bem o Doyle, e o Lexo é até parente do Marty Gentleman, de modo que eles não seriam obrigados a ficar do nosso lado.

– O homem só está pedindo uma hora do seu tempo, pra discutir uma coisa que pode render algum dinheiro pra você. Uma coisa legítima. É um pedido razoável, não? – Ronnie está quase implorando.

A academia é um trabalho que Ronnie ama. Hoje lugares assim precisam de patrocinadores pra sobreviver. Patrocinadores empresariais.

– Tá legal – digo, meneando a cabeça pro Gillfillan.

O que eu sei, acerca de tipos como Gillfillan e Power, é que eles são apenas versões mais desenvolvidas de Doyle. Uns putos metidos a fodões. E você nunca golpeia os vagabundos lá no ringue. Os que estão dentro das cordas são apenas os que você *pode* golpear e se safar; pra compensar a frustração de não conseguir arrebentar aqueles que você *quer* golpear.

Gillfillan se aproxima. – Ótimo, Billy, a gente não vai tomar muito do seu tempo. Eu só quero mostrar uma coisa, e apresentar algumas pessoas a você. A gente se vê lá na George Street em quinze minutos, mais ou menos. Número cento e quinze. Tá legal?

– Tá certo.

– A gente se vê terça que vem, então, Ronnie – diz Gillfillan, virando e saindo.

Ronnie dá um aceno de despedida, todo simpático. Isso não faz o seu gênero, e é constrangedor ver Ronnie lamber o saco desse filho da puta. Acho que ele percebe que eu não estou feliz.

Vou ligar pro apartamento, a fim de ver se Anthea já voltou de um trabalho em Londres. Seu primeiro trabalho de verdade, um vídeo pop. É melhor do que fazer a ronda dos bares distribuindo drinques grátis e camisetas promocionais, levando cantadas, apalpadelas e olhares de bêbados. O glamour de ser modelo.

Ninguém atende.

Espero um pouco e ouço a voz dela na secretária eletrônica: "Nem Anthea nem Billy estão disponíveis no momento. Por favor, deixe recado após o sinal, e um de nós dois retornará a sua ligação."

Eu falo pra secretária que encontrarei com ela mais tarde, que vou visitar minha mãe. É engraçado, mas sempre penso na casa da minha mãe como meu lar. O lugar que divido com Anthea em Lothian House, aquele complexo com uma boa piscina, é igual a ela: bacana e agradável de se ver, mas não parece permanente.

Deixo Ronnie ali e saio andando. Então ouço um ruído grave, o céu negro se abre e preciso dar uma corrida até o carro pra não ficar encharcado.

No espelho do carro examino minha cicatriz, bem na frente do meu queixo, quase um sulco. Se fosse dois centímetros pra direita, eu seria o Kirk Douglas.

Aconteceu assim. Eu tinha virado profissional pouco tempo antes e estava treinando pra uma luta. Tinha ficado até tarde na academia, trabalhando com o Ronnie. E já estava a caminho de casa. Foi só quando vi o Terry no West End, saindo da Slutland (como eles chamam a Rutland), que resolvi saltar do ônibus.

Havia um clima esquisito na cidade naquela noite de sábado, e então percebi por quê. O Aberdeen tinha jogado com o Hibs e suas torcidas formavam as maiores gangues do país. Os caras deviam estar se procurando pelas ruas, provavelmente não todos ao mesmo tempo, mas em grupos menores pra iludir a polícia. Eu corri e gritei pro Terry. Ele ia se encontrar com meu irmão Rab e o Gally num pub na Lothian Road.

Tanto Rab quanto Gally se achavam uns dândis. Rab tinha entrado naquilo por causa dos seus amigos, mas adorava roupas, grifes, essas coisas. Gally era só maluquete. As coisas entre ele e sua mulher, a tal da Gail, andavam pesadas. Ela vinha andando com o Polmont... logo quem!

A Gail e o Gally tinham tido uma briga daquelas, e a pequerrucha da Jacqueline saiu bem machucada do tiroteio. Na época, o caso ainda estava pendente no tribunal, e a Jacqueline continuava no hospital pra fazer uma cirurgia de reconstrução da face. Uma garotinha com cerca de cinco anos. Isso era mais do que brutal. O Gally tinha ido ao hospital ver a filha, desafiando uma ordem do tribunal. Ficou olhando pra ela por um instante, mas não aguentou encarar a menina, e foi embora.

Quando Terry e eu chegamos, o pub estava apinhado de torcedores do Hibs. Eram os brigões, tentando descobrir onde estava a galera de Aberdeen, e uns caras mais velhos de tempos mais mansos. Essa turma mais velha só estava ali pra beber. Provavelmente muitos deles teriam se envolvido caso os torcedores do Aberdeen cruzassem a porta, mas eram de uma época diferente, e não curtiam a ideia de vasculhar as ruas à procura de torcedores mais jovens. Só queriam se afogar em cerveja, feito Terry.

Rab, Gally e Gareth, um amigo de Gally, estavam sentados junto ao balcão bebendo Beck's, com alguns outros caras que eu não conhecia. O lugar estava lotado. Vários caras chegavam, dizendo que havia torcedores do Aberdeen na William Street, Haymarket ou Rose Street, ou então que eles estavam indo pra lá. Dava pra sentir a violência reprimida.

Portanto, a mistura ali já era volátil. Então vi a turma toda sentada num canto distante do bar. Dozo Doyle, Marty Gentleman, Stevie Doyle, Rab Finnegan e outros dois sujeitos mais velhos. Eram todos bandidões dos conjuntos, e não torcedores do Hibs. Eu sempre percebera que os rapazes da minha idade, ou mais velhos, tinham uma certa inveja dos dândis. Enquanto os nossos grupos etários tinham ficado se arrebentando nos conjuntos da cidade, os dândis tinham unido sua geração e posto o show na estrada. Doyle e sua turma estavam só conferindo os caras, mas dava pra ver que o pessoal mais velho, como Finnegan, simplesmente não sacava o lance. Agora eles estavam dentro do pub.

E Polmont estava com eles.

Gally não tinha visto a turma, porque eles tinham entrado pouco antes. Eu tinha esperança de que ele não visse ninguém, e nem que fosse visto por eles. Era sábado e o lugar estava apinhado. Mas então ele avistou o pessoal. Ficou parado um instante, resmungando entredentes. Terry viu isso primeiro e disse, "Não começa confusão aqui dentro, Gally".

Gally estava a fim, mas ouviu o que Terry falou. Já estava encrencado o suficiente, devido ao tal caso pendente no tribunal. Então fomos com ele pro canto mais distante do pub, que ficava junto à porta, e sentamos ali. Quando olhei de novo pra eles, vi Doyle atiçando Polmont. Achei que era melhor nós bebermos mais, porque se algum puto aprontasse ali dentro, o lugar inteiro explodiria, e não havia como calcular o resultado.

Era tarde demais. Polmont se aproximou, seguido de perto por Dozo e Stevie Doyle. Mas eu fiquei olhando pra um ponto atrás deles, vendo a enorme silhueta de Gentleman se erguer lentamente do assento.

Polmont parou a pouco mais de um metro da cadeira de Gally e disse: – Tomara que você esteja feliz pra caralho, Galloway. Uma criança, sua própria filha, no hospital por sua causa! Se você chegar perto da Gail ou da Jackie outra vez, vai morrer!

Os nós dos dedos de Gally ficaram brancos, da mesma cor da caneca que ele estava segurando. Ele se levantou e disse baixinho: – Vamos lá pra fora, eu e você.

Polmont deu um passo atrás. Se algum puto ia matar o Gally, não seria ele, que não estava a fim de qualquer confronto individual. Dozo Doyle avançou, olhando pra mim e pro Terry. – Vocês estão com esse bostinha aí?

– Isso é da conta deles, Dozo... não é da nossa, nem da sua – disse Terry.

– Quem disse isso, caralho? Hein? – Dozo olhou pro Terry.

– Eu – disse eu, ficando de pé. Depois apontei com o polegar pra porta e disse: – Agora caiam fora.

Dozo não ficou de lero-lero, isso eu admito. Simplesmente partiu pra cima de mim. Uma mesa tombou. Dozo deu um golpe no meu queixo, mas eu sabia que ia bater nele, e esse foi o único que ele acertou. Dei-lhe logo dois socos e ele caiu de bunda pra trás. Então prossegui com um pontapé. Terry já tinha dado um tabefe em Polmont, que apanhou um copo, mas um dos amigos de Rab, um garoto chamado Johnny Watson, bateu na cabeça dele com uma garrafa de Beck's.

Gentleman apareceu, e eu acertei um bom golpe de esquerda nele, que cambaleou pra trás. Lexo e Rab se enfiaram entre nós dois, enquanto Dempsey chegava e golpeava Finnegan. Houve gritos e ameaças gerais. Mais tarde descobri que Dempsey, pelos dândis, e Finnegan, o ajudante de Doyle, tinham uma rixa de longa data, e que Dempsey vira ali uma chance boa demais pra ser desperdiçada. A noite foi brutal a esse ponto.

O lugar estava tomado por uma mistura maluca de garotos, muitos dos quais bastante bombados, e que só queriam se aliviar soltando os bichos. Mas também havia as cabeças mais frias, que viam a situação como uma guerra civil e queriam acalmar as coisas. O que me impressionou foi a disciplina dos mandachuvas. Eles tinham aquele encontro com a torcida do Aberdeen na agenda havia semanas, e não queriam que tudo fosse arruinado pelo que viam como um punhado de moradores de conjuntos brigando por causa de uma mulher idiota e atraindo a polícia pra lá.

Fiquei feliz por ver o grandalhão do Lexo impedindo Gentleman de avançar. Aquelas mãos pareciam umas pás. Houve mais uma gritaria, um empurra-empurra, e então chegou um cara falando que os torcedores do Aberdeen estavam mesmo na William Street. Todos foram saindo do pub e partiram em grupos pequenos. Enquanto saíam, Dempsey ensaiou outro ataque pra cima de Finnegan, ainda grogue, mas foi detido por Stevie Doyle e um dândi de cabelo branco. Nós partimos rua abaixo imediatamente. E só então eu percebi que estava coberto de sangue.

– Isso vai precisar de pontos – disse Terry.

– Desculpe, Billy – disse Gally timidamente. Parecia um garotinho pedindo desculpas ao pai por mijar na cama.

Lembro de Stevie Doyle nos ameaçando de morte aos berros lá atrás, enquanto descíamos a Lothian Road e pegávamos um táxi em direção ao pronto-socorro. Na hora eu não percebera que Doyle não me dera um soco: ele me golpeara com uma faca. Era estranho, mas eu só tinha visto a mão dele. Todos os outros me falaram que não, que era uma faca. A ferida recebeu oito pontos. Ainda bem que foi o único golpe que ele acertou.

Como o corte foi bem no queixo, minha luta com Kenny Parnell, o cara de Liverpool, foi adiada. Aquilo deve ter custado uma grana a Power e Gillfillan, que provavelmente deram um aperto em Doyle.

Acho que nunca mais vi o cara.

Estacionar na George Street é um saco, então preciso ir e vir duas vezes antes de ver um Volvo branco sair de uma vaga, que ocupo logo depois. Drástico. É uma boa caminhada até o número um-zero-cinco. No começo acho que Gillfillan está de sacanagem, porque o prédio é um banco e está fechado, completamente vazio, como se fosse ser reformado. Empurro a porta e vejo Gillfillan falando com um segurança. Não sei por que eles querem segurança em um lugar assim.

Há um gordão sentado numa cadeira junto a uma mesa. Reconheço a figura, que já vi à beira do ringue: David Alexander Power, ou Tyrone, como costuma ser chamado. Ele é imenso, com um cabelo preto espetado pra cima feito uma escova.

– E que tal isso aqui, Billy... hein? – diz ele, olhando em volta do espaço árido. – Bacana, hein?

– Pra quem gosta de bancos, sim.

Power se levanta e vai até uma chaleira, perguntando se eu quero um café. Eu aceito e ele começa a servir. Está diferente do que eu imaginava. Depois de ver Gillfillan, achei que ele teria aquele jeito sério e rápido de gângster. Mas o puto do grandalhão parece todo relaxado, alegre e entusiástico, como se o seu tio predileto tivesse aberto um negócio.

– Vou lhe dizer uma coisa, Billy... daqui a dez anos essa rua estará irreconhecível. Todas aquelas obras lá no West End vão chegar ao que a gente costumava chamar de Tollcross. Sabe o que aquilo vai virar?

– Escritórios, aposto.

Power sorri e passa pra mim o café numa caneca do Hibs. – Certo, mas não só isso. Aquilo será o novo centro financeiro de Edimburgo. Portanto, o que acontecerá aqui, com todos esses belos prédios antigos?

Eu fico calado.

– O lugar vai mudar... vai virar um centro de entretenimento – explica ele. – Mas não feito a Rose Street, com aqueles pubs bregas pra turistas, ou lugares pros suburbanos fazerem maratonas etílicas. Não, esses fregueses que agora saem delirando logo terão dez anos a mais, e vão querer conforto, como toda criatura.

Só consigo pensar em toda aquela gente dançando em descampados ou galpões suarentos, e digo: – Não consigo ver o povo querendo isso, não.

– Ah, mas eles vão querer... todos nós chegamos a esse ponto. E a George Street é o lugar certo. A gente já tem o West End pro mercado de carne, e o East End transado pros clubes noturnos, mas ainda precisa de algo no meio – diz o grandalhão do Power, sorrindo. Ele para e abre os braços. – George Street. Uma rua com bares bacanas, pré-boates, instalados em todos esses prédios bancários, antigos e clássicos. Elegantes o suficiente pra uma clientela classuda, grandes o suficiente pra virar outra coisa quando as leis de licenciamento mudarem com o tempo. E nenhum maior ou mais classudo do que o Business Bar.

Ele meneia a cabeça pro recinto em torno, apalpa a própria barriga avantajada e arremata: – Mas já é tarde. Que tal a gente continuar esta conversa almoçando no Café Royal?

– Por que não? – digo, em resposta ao sorriso do grandalhão.

Então vamos pro Oyster Bar: eu, Power e Gillfillan. Eu só fico na água mineral, mas Power não para de entornar espumantes. É a primeira vez que como ostras, e não acho grande coisa. Isso deve ser óbvio.

– É um gosto que a gente adquire, Billy – diz Power, sorrindo.

Gillfillan fala muito pouco. Obviamente, Power é o cara. Ao contrário de Gillfillan, ele não banca o gângster, e provavelmente isso significa que se sente tão à vontade na função que nem liga.

Pensando nisso, resolvo botar tudo em pratos limpos, pra ver como ele reage quando acabar a conversa fiada. Toco na minha cicatriz e pergunto: – Isso aqui... você cobrou a conta do Doyle, é?

Power torce o nariz, e pela primeira vez parece levemente irritado, como se eu tivesse quebrado o protocolo ao ser tão direto. Depois dá uma risada. – O pessoal dos conjuntos... onde a gente estaria sem eles?

– Eu nasci num conjunto – digo a ele.

Power dá um sorriso largo, mas pela primeira vez vejo nos seus olhos aquele olhar, sem dureza ou até maldade... aquele *outro* lugar, pra onde ele pode ir e ficar confortável quando precisa. Algo que muito pouca gente consegue fazer.

– Eu também, Billy, eu também. E um conjunto de *verdade*, não esses vagabundinhos de agora. – Ele ri disso. Para ser sincero, eu também rio um pouco. –

Eu preciso ser mais específico quanto a isso... não estou falando do pessoal dos conjuntos, como nós dois aqui, mas da *mentalidade* dos conjuntos. Veja o Doyle: eu conheci bem o pai dele. Era igual. Eles seriam perigosos se tivessem ambições além do conjunto. Mas só conhecem aquilo... e é lá que se sentem seguros. O Doyle fica satisfeito governando o galinheiro, comprando sua casa própria do conselho municipal, e fazendo umas firulas com os cheques dos desempregados ou dos aluguéis. Um pouco de agiotagem e drogas. Beleza. Vamos deixar isso pra ele. A gente só precisa se preocupar quando esses putos ficam ambiciosos.

Eu sorrio diante disso. Power é um puto esperto, porque isso é mesmo a cara dos Doyle. – Então o que a gente faz?

– Se eles forem idiotas, levam um esporro. Se não forem, são trazidos pro rebanho. Você sempre fica mais forte com gente forte à sua volta – diz ele, olhando rapidamente pra Gillfillan. – Mas força não quer dizer musculatura. Isso a gente sempre pode comprar. É aqui em cima que conta...

Ele bate de leve na cabeça, mas é a *minha* cabeça que está girando quando me despeço e volto pela rua até o carro. Eu achava que detestaria Power... já tinha até marcado o sujeito como um escroto feito Gillfillan. Mas não. Descobri que gostava dele... respeitava e até admirava o sujeito. E é bastante brutal, mas por causa disso... pela primeira vez em muito tempo, eu realmente fiquei assustado.

Lembranças da Itália

Vou dar uma volta de carro, tentando desanuviar a cabeça. Cruzo o viaduto e desço até Musselburgh, mas paro no Luca's pra tomar um café. A comida do Royal pesa na minha barriga, e Ronnie não ficaria satisfeito ao saber disso, mas a ideia foi dele. Sou drástico a respeito de rango; quanto mais tenho, mais quero. Agora mesmo já estou tentado a tomar um sorvete do Luca's; meu velho costumava me trazer aqui pra tomar sorvete quando éramos jovens. Você nunca esquece um gosto assim. Mas agora já não terá o mesmo gosto. O sorvete talvez sim, mas as minhas papilas gustativas serão diferentes. As coisas mudam.

Eu, com meu próprio bar e meu próprio negócio. Parece bom. É o único jeito de ganhar dinheiro: ter um negócio próprio, comprar e vender. E ter dinheiro é o único jeito de obter respeito. Um desespero, mas esse é o mundo em que vivemos agora. Você ouve gente como Kinnock e o Partido Trabalhista falando de médicos, enfermeiras e professores, das pessoas que cuidam dos doentes e educam as crianças, enquanto todos balançam a cabeça concordando. Mas o tempo todo eles estão pensando, eu nunca faria esse tipo de serviço, só quero dinheiro. Um troço drástico, mas que nunca vai mudar. Você tenta ser decente com as pessoas próximas, mas o resto que se dane, e é assim que as coisas funcionam.

Termino meu café e volto pro carro.

Indo pra casa, vejo um vulto familiar caminhando na chuva. Eu reconheceria aquele andar em qualquer lugar; os ombros caídos, os braços projetados pra fora, a cabeça indo de um lado pro outro, sempre fugidia; mas, acima de tudo, aquela esvoaçante cabeleira de saca-rolha.

Feito um galo com hemorroidas.

Eu me aproximo por trás do babaca e encosto ao lado dele, berrando: – TERENCE LAWSON! POLÍCIA!

O sacana se vira devagar, tentando agir com frieza, mas dá pra ver que ele está se cagando por dentro.

– Vá se foder, Birrell – diz ele, ao ver que sou eu.

– Um pouco longe da sua área, não é, Lawson?

– Pois é, vim visitar uma gata aqui – diz ele.

Isso é cascata. O Terry visita gatas, isso é certo, bastante crível, mas não aqui em Grange. Tirando aquele pequeno intervalo na Itália, em que ele viu como a outra metade trepava, Terry nunca esteve com uma garota cuja mãe não pagasse aluguel ao Conselho Distrital de Edimburgo. – Nem vem com essa, Lawson. Você tá de olho em alguma casa na vizinhança. Você é terrível, cara.

– Vá se foder, Billy. – Ele ri.

– Ah, é assim, é? Então acho que você não quer uma carona minha, num é?

Claro que quer. Está caindo um toró e Terry entra no carro. Sua jaqueta de veludo branco está ensopada nos ombros. Ele esfrega as mãos e diz: – É isso aí, Birrell, meu chapa. O conjunto habitacional municipal que nós dois conhecemos e amamos tanto... pronto!

Começamos a conversar sobre a Copa da Itália em 1990. Eu lembro que subimos os degraus do Vaticano. Terry lançou o olhar sobre a Praça de São Pedro e começou a cantar: Sem o papa em Roma, sem capelas para entristecer meus olhos...

Então os seguranças do Vaticano avançaram, agarraram o maluco e o babaca aqui precisou acalmar os ânimos. Mais do que brutal.

– Que eu saiba você torce pelo Hibs, Lawson – disse eu.

– Sim, mas a gente precisa sacanear esses putos – respondeu ele. – A maior máfia que existe na porra do mundo.

Lembro dele comprando um cinzeiro de vidro na loja de presentes, aquele com o crucifixo. Achei que era de mau gosto, de modo que comprei um com o Coliseu.

É, foi uma farra boa lá em Roma. O Terry já foi marcando o compasso desde o início. Eu disse: – A gente pode se juntar com aquela rapaziada que conheceu no avião, o pessoal lá de Fife. Eles eram bacanas.

– Não, não, Birrell – disse ele, já de olho em umas garotas perto de nós em um café à beira do rio. – Vou te falar uma coisa... a qualidade do mulherio aqui é absolutamente incrível, caralho. As xotas do conjunto não dão nem pra saída. Eu estou cagando e andando pro futebol, ou pros ingressos... se a Escócia perder todos os jogos por seis a zero, ou se ganhar a porra da Copa, não faria a menor diferença pra mim, caralho. Estou aqui pra trepar. Fim de papo.

– Mas pelo amor de Deus... é a Copa do Mundo!

– Caguei e andei. Se você acha que eu vou ficar zanzando por aí com uns marmanjos de bunda peluda e cara vermelha que usam saias xadrezadas, sejam de Fife ou qualquer outro lugar, cantando "Flower ay Scotland" sem parar, vá pra puta que pariu, meu rapaz. – Terry faz um aceno grandioso pro grupo de garotas sentadas ali perto, com os óculos escuros erguidos sobre a testa (gesto esse que ele já copiou), e diz: – Porque essa aqui é a tela que um artista sexual como Terry Lawson nasceu pra cobrir de tinta branca cremosa.

Depois disso eu só esbarrei ocasionalmente com Terry, no hotel, na estação ferroviária, ou quando ele me caçava pra arrumar algum dinheiro emprestado. E então não consegui acreditar nos meus próprios olhos, ao ver o escroto hipócrita usando uma saia xadrezada.

– Roubei isso de um puto em um hotel em que passei uma noite dessas. Ele deixou a porta aberta quando foi tomar banho. Panaca. Ficou perfeita, como uma luva. As gatas adoram isso, cara... eu já devia ter sacado. Por que você acha que tantos putos feios vão a jogos da Escócia no exterior usando essas saias? Teve uma gatinha que falou "O que os escoceses usam por baixo da saia?" Eu levantei a bainha um pouco, tipo discretamente, embaixo da mesa, e mostrei a ela a porra do equipamento. Ela falou, "Está tudo em ordem... agora, como os escoceses fazem amor?".

– E aí você caiu de boca na garrafa de uísque?

Ele imitou o barulho de um peido com a boca. – Não houve reclamações, Birrell... isso eu posso garantir.

Pois é, ele se deu bem lá, isso eu admito. E agora que começou a gostar de estrangeiras, mal pode esperar pra ir a Munique. Só fala nisso... mas, pensando bem, eu também.

Quando chegamos às lojas perto do conjunto, Terry vê Gally discutindo com o tal cara de Polmont, o McMurray. Ela e a garota estão por perto. É como se eles fossem brigar ali no meio da rua. Nós não queremos isso, não com o histórico dos dois. Então paramos e saltamos, mas o filho da puta já se mandou rua abaixo. O Gally está todo nervoso, e o Terry fica tentando acalmá-lo. Eu também tento, até ver a velha sra. Carlops sair do supermercado, batalhando com duas sacolas pesadas. Pego as sacolas dela e coloco tudo na mala do carro.

Terry e Gally queriam que eu fosse beber uma cerveja, mas com eles dois uma cerveja nunca é uma só, e acho que vou beber o suficiente quando for viajar com eles. Peço licença e levo a sra. Carlops pra casa.

A pobre velha fica muito agradecida. Coitada, ela mora na frente da nossa casa. Não vou deixar a velha ir pra casa lutando com aquele peso.

Quando chego, não há sinal de papai ou mamãe. Rab está sentado no sofá com uma garota, vendo um programa de televisão idiota.

– Cadê a mãe?

– Foi à cidade com a tia Brenda. É o dia em que ela sempre faz isso.

– E o pai?

Rab curva o pulso e cicia: – Foi à aula de culinária.

A garota ao lado dele solta uma gargalhada chapada. Eu achei que tinha sentido cheiro de haxixe, e há um morretão na mão de Rab. Não fico feliz ao vê-lo desrespeitar meu pai na frente de uma vaca doidona. Pelo menos o velho está se esforçando. E Rab está desrespeitando a casa deles, ao fumar esse lixo.

Só que não me cabe dizer isso.

– O que você andou fazendo? – pergunto.

– O de sempre – diz ele. – Você tava treinando?

– Quando o pai volta?

– Como vou saber, caralho? – diz ele.

Fico pensando se ele anda comendo essa gata, ou se está curtindo com ela. É engraçado, mas o relaxamento que eles mostram na companhia um do outro, a facilidade com que riem juntos fazem com que eu pense em mim e Anthea. Na nossa vida. Na nossa relação profissional. Mas é maluquice... não dá pra invejar dois retardados que provavelmente nem estão se comendo.

No momento eu me sinto como meu velho deve se sentir todo dia, sem utilidade, e quase me arrependo de não ter ido tomar uma cerveja com a rapaziada.

Não. Foco. Concentração.

Rab e eu voamos em direções diferentes.

A chave gira na porta, e é o meu velho.

Andrew Galloway

Treinamento

Eu esperava aquela notícia havia três semanas. Achava que ia ser de matar, mas tanta coisa estava acontecendo, tantas outras merdas, que mal notei. Quando pensava no assunto, coisa que fazia principalmente à noite, não conseguia entender como aquilo se encaixava na ansiedade que eu já vinha sentindo havia... quanto tempo?

Anos, caralho.

Eles recebem você, fazem você se sentar e acalmam você. Sabem o que estão fazendo, e são bons nisso. Mas há poucas maneiras de falar a coisa. E então a mulher na clínica me disse: – Você é soropositivo.

Eu não sou tão idiota assim. Sei a diferença entre HIV e Aids. Sei quase tudo de importante que há pra saber sobre o assunto. É esquisito conseguir ignorar algo tão estudadamente, a ponto de criar referências por omissão, e ao mesmo tempo deixar que o conhecimento aflore sorrateiramente, de forma subconsciente. Meio como o próprio vírus. Mesmo assim, eu me ouço dizer: – Então é isso... eu estou com Aids.

E eu falei isso, escolhi falar isso, porque parte de mim, uma parte alegre e otimista que nunca desiste, desejava ouvir o discurso inteiro: que aquilo não era uma sentença de morte, que eu só precisava me cuidar, que havia tratamentos, e assim por diante.

Mas meu primeiro pensamento foi... bom, agora está tudo fodido. E foi um alívio estranho, porque eu já vinha sentindo que estava tudo fodido havia algum tempo... só parecia que agora tinha descoberto *como*. O resto do tempo na clínica passou em branco na minha cabeça. Então fui pra casa e sentei na poltrona. Comecei a rir sem parar, até que as gargalhadas ficaram ensandecidas, engasgaram na minha garganta e viraram soluços convulsivos.

Tentei pensar em todos os quem, como, quê, onde, e por quê. Não cheguei a lugar algum. Pensei em como me sentia. Fiquei imaginando quanto tempo levaria.

Era melhor segurar as pontas.

Fiquei sentado ali, entorpecido, pensando em assuntos inacabados.

É, era melhor segurar as pontas. Tipo até conseguir sacar o lance.

Parei de me iludir que conseguiria realizar qualquer coisa útil. Peguei a garrafa de uísque e me servi uma dose. Minha garganta ardeu quando o troço quente e amargo desceu. A segunda dose já foi melhor, mas o medo não me largava. Minha pele estava pegajosa, e meus pulmões pareciam rasos.

Fiquei tentando falar pra mim mesmo que aquilo era só mais um dia, e que a noite seria só mais uma noite em uma longa dança escura de noites que se estendiam até o desconhecido, bem mais longe do que os olhos podiam enxergar. Minha vida continuaria, eu falava pra mim mesmo, talvez por muito tempo. Longe de ser reconfortante, o terror desse pensamento quase esmagou o pouco que restava de mim.

A vida podia continuar, mas não ia melhorar.

Você não percebe a âncora que a esperança é, até ver que ela realmente se foi. Você se sente estripado, eviscerado, e é como se simplesmente não pertencesse mais a este mundo... como se não tivesse mais massa pra continuar a pesar sobre a terra.

Na desintegração da realidade, sua visão vira um esquadrinhamento difuso, seguido pelo foco desesperado no que é extremo e prosaico. Você se agarra a qualquer coisa, por mais idiota que seja, que pareça fornecer uma resposta, tentando ao máximo encontrar significado nela.

A parede à minha frente parecia conter o segredo do meu futuro. A espada de samurai, a balestra. Lá em cima na parede, só olhando pra mim.

O futuro... olhando pra mim cara a cara. *Resolva isso... resolva esse assunto inacabado.*

Tirei da parede a grande espada de samurai. Desembainhei a arma e fiquei vendo seu brilho sob a luz. Mas a lâmina não estava afiada, e nem manteiga conseguiria cortar. Terry tinha arrumado aquilo pra mim... roubara de algum lugar.

Como seria fácil, porém, afiar a lâmina.

Já a balestra não era tão ornamental. Peguei a arma, senti o peso, enfiei no lugar o dardo de cinco centímetros, mirei e acertei o vermelho no centro do alvo na parede oposta.

Sentei outra vez e pensei sobre a minha vida. Tentei pensar no meu pai. As visitas fugazes ao longo dos anos. Todo ávido, eu perguntava a minha mãe:
— Quando o papai vai voltar?
— Logo — dizia ela. Outras vezes simplesmente dava de ombros, como quem diz: como eu posso saber, caralho?

Os intervalos entre as aparições dele foram aumentando, até que ele virou um desconhecido indesejado, cuja presença fodia a sua rotina.

Mas eu me lembro de um dia com fogos de artifício, quando éramos garotos. Ele me levou, junto com Billy, Rab e Sheena, até o parque. Estávamos todos agasalhados contra o frio de novembro. Os rojões que ele tinha comprado foram enfiados no chão congelado pelos pauzinhos mesmo. O certo era apoiar cada um em uma garrafa, mas achamos que ele sabia o que estava fazendo, de modo que ficamos calados.

Eu e Billy só tínhamos sete anos, e já sabíamos disso. Como ele podia não saber daquela porra?

Os rojões deveriam subir aos céus, e então explodir, mas nós vimos os dele queimar e explodir ali mesmo, sem sair do chão frio e duro. Ele não sabia de nada, porque estava sempre em cana. Quando eu era criança, a pior coisa que minha mãe podia me dizer era que eu era tão ruim quanto meu pai. E eu falava pra mim mesmo que nunca, jamais, seria como ele.

Então eu mesmo fui preso.

Dois períodos em cana, um inocente, outro culpado. Não sei qual dos dois me fodeu mais; o crime de estupidez é o maior crime de todos, caralho. Agora estou neste apartamento do conselho municipal, de volta ao conjunto, sublocado de um parceiro chamado Colin Bishop, que está trabalhando na Espanha. É engraçado, mas o pessoal fala, pois é, você acabou voltando pra cá. Só que eu vou, eu vou *acabar* aqui.

A chuva não deu trégua o dia todo, mas agora vejo que se esvaiu. Há um arco-íris na rua.

Na minha cabeça, fico pra cima e pra baixo feito um ioiô. Começo a imaginar... quantas pessoas têm a chance de acertar contas antigas antes de partir? Não muitas. A maioria das pessoas vive muito tempo, de modo que elas têm muito a perder... ou isso, ou são fracas demais pra agir quando percebem que tudo terminou. Pensar assim faz com que eu me sinta forte.

Passei a sentir que o mundo me dera o pior golpe possível, e que... foda-se, eu ainda estava aqui. Quando saí ao sol pra clarear a cabeça, sentia uma euforia tão bizarra que realmente pensava que nada mais conseguiria me deixar triste.

Mas estava errado, é claro.

Meu erro ficou provado em cerca de cinco minutos.

Cinco minutos, a distância entre o conjunto e as lojas. Quando vi Gail com a menina, saindo do jornaleiro, meu coração disparou no meio do meu peito, e eu quase atravessei a rua. Mas elas estavam sozinhas, e *ele* não estava por perto. Eu simplesmente não estava a fim de encontrar o cara, não agora... quando fizesse isso, seria quando *eu* estivesse pronto.

Mas não agora.

Olhei em volta, certo de que *ele* não estava por perto.

O negócio era que eu estava me sentindo bem, já tinha feito o que tinha de fazer com os putos lá do centro, e estava tentando tirar tudo aquilo da minha cabeça. Tentando olhar pra frente, pensando no Festival de Cerveja em Munique, e nos comprimidos que eu teria de vender pra chegar lá. As passagens aéreas já estavam reservadas, de modo que eu só precisava de estadia e grana pra gastar. Era um dia e tanto: pouco antes estava chovendo, mas agora o sol brilhava, e todos estavam saindo. Já estava quase na hora de comer, e as pessoas saltavam dos ônibus que vinham da cidade. Enquanto caminhava, eu olhava pras paredes cobertas de grafites, tentando encontrar nossos esforços antigos. Lá estavam eles, desbotando lenta e seguramente:

GALLY   BIRO   HFC LÍDER

Aquilo já devia ter dez anos de idade. Biro. Esse era o antigo apelido de Birrell, que hoje nunca era usado. Eu também devia ter arrumado um apelido melhor, mais obscuro. Minha mãe descobriu que era eu, e me deu uma surra. O puto do Terry ia me visitar, séculos atrás, e sempre dizia pra minha mãe, "Oi, o Gally... quer dizer, o Andrew... está?".

E agora íamos viajar juntos: eu, Terry, Carl e Billy. Talvez pela última vez.

Mas eles são bons rapazes, principalmente Birrell: um camarada nota dez. Ele me apoiou naquela vez com o Doyle. O tempo todo. E tinha muito a perder. Sua luta foi adiada. O *Evening News* soube de toda a história, e pintou o Birrell como um marginal descerebrado, relembrando até uma antiga condenação dele, por incendiar aquele galpão. Mas o Billy lidou com esse negócio todo muito bem. E pulverizou o rapaz de Liverpool, quando a luta foi remarcada. Depois disso voltaram a marcar em cima dele.

Fiquei pensando nisso, nessa época toda, e voltei a me sentir pra baixo. Então pensei, vamos lá, vá em frente Galloway, tome tenência. E quando saí, já estava me sentindo bem.

Foi então que vi as duas.

Vi as duas, e tive a sensação de ter tomado um soco bem na barriga.

Quando foi a primeira vez? Anos atrás. Ela estava com o Terry. Achei que era uma garota bacana, e tudo o mais. Ela sabia ligar o charme, quando queria. A segunda vez foi diferente. Eu só queria dar uma trepada. E consegui. Fiquei feliz da vida, até ela me contar que estava prenhe. Eu não conseguia acreditar. Então veio a Jacqueline. Nasceu poucas semanas depois de Lucy, a esposa de Terry, ter o Jason.

Eu queria tudo quando saí da cadeia. Principalmente uma gata. Então consegui dar minha trepada, mas o preço foi uma aliança de casamento e a responsabilidade de ter uma esposa com filha. Era coisa demais, mesmo que ela e eu combinássemos mais. Eu mal conseguia esperar pra sair de casa, longe dela; ela e as amigas, feito Catriona, a irmã de Doyle. Elas ficavam sentadas em casa, fumando o dia todo. Eu queria ficar longe delas, e longe dos filhos delas. Filhos que só berravam e choravam.

Eu queria qualquer tipo de ação que pudesse encontrar. Já era velho demais pra ser um dândi, na verdade... a maioria dos caras eram uns cinco anos mais novos do que eu. Mas eu perdera tempo, e sempre parecera mais jovem do que era. Então fiquei curtindo essa por umas duas temporadas. Depois comecei a ir a boates com o Carl.

Longe de Gail e sua turma, mas também, admito, longe de Jacqueline. Então, sim, grande parte foi culpa minha, porque eu não andava muito por lá. Mas ele andava. Ele. E ela começou a ver *aquele* puto. Ele.

Quando cobrei isso dela, Gail simplesmente riu na minha cara. Contou como ele era na cama. Melhor do que eu; muito melhor do que eu, disse ela. Um verdadeiro animal, falou pra mim. Conseguia trepar a noite toda. Com uma geba que parecia uma britadeira. Eu pensei sobre *ele*, e não conseguia acreditar. Ela só podia estar falando de outra pessoa. Não podia ser o McMurray, o tal do Polmont, a porra daquele puto nervoso, funguento e cagão, marionete do Doyle.

Gail falava sem parar, e eu queria que ela calasse a boca. Mandei que ela fechasse a porra daquela matraca de vadia, mas eu já tinha feito isso muitas vezes, e a única porra que ela fazia era abrir a boca cada vez mais. Eu não aguentei. Agarrei o cabelo dela. Gail me bateu, e nós começamos a brigar. Segurei bem aquele cabelo e, que a porra de Deus me ajude, já ia lhe meter a porrada. Fechei a mão em punho, recuei o braço, e...

e... e... e...

e minha filha estava atrás de mim. Tinha levantado da cama pra ver qual era o motivo da briga. Meu cotovelo entrou no rosto dela, esmagando o lado da face, com aqueles ossos frágeis...

eu nunca quis machucar

machucar a tadinha da Jacqueline.

Só que o tribunal não encarou a coisa assim. Voltei pra cadeia, em Saughton, uma prisão de verdade, dessa vez sem o atenuante de ser delinquente juvenil. De volta lá dentro, com tempo pra pensar.

Tempo pra odiar.

Quem eu mais odiava, porém, não era ela, e nem ele. Era eu: *eu*, o panaca fraco e burro. Ah, *esse* puto eu arrebentei, claro. Arrebentei o puto com tudo: álcool, balas, pó. Soquei paredes até os ossos das minhas mãos quebrarem, incharem, e parecerem luvas de beisebol. Abri buracos imundos, vermelho-amarronzados, nos meus braços com cigarros. Acabei com aquele puto direitinho... mijei em cima do escroto inteiro. E fiz isso tão discretamente, de forma tão matreira, que poucos percebiam o que estava por trás do sorriso insolente e chapado.

Do resto dos caras eu mantinha distância. Ordens do tribunal. Mantive distância até agora. Agora aquela vaca está bem aqui, a poucos passos de mim.

Ver *Gail* nem era tão importante, perto de ver Jacqueline: o estado da criança. Só de ver a menininha daquele jeito, usando óculos, já fiquei muito triste. Óculos, em uma menina daquela idade. Eu pensei na escola, na gozação, nos putinhos cruéis que nós éramos na nossa infância... e pensei que não podia fazer coisa alguma pra proteger minha filha. Também pensei que uma porra simples, idiota, cosmética, e totalmente sem valor como a porra de um par de óculos podia mudar a imagem que as pessoas tinham dela, mudar a maneira como ela iria crescer.

O lado da mãe: aquela vaca era cega feito a porra de um morcego. Mas conseguia enxergar um caralho a quilômetros de distância... nunca teve problema com isso. Vivia falando que ia botar lentes de contato, quando estávamos juntos. Nunca usava óculos na rua, e quando saíamos eu ficava junto ao corpo dela como se fosse a porra de um cão-guia. Só que ela era a porra da cadela. Dentro de casa era diferente: ela vivia sentada, feito a porra daquela gorda em Oan the Buses. Agora parece estar enxergando bem: provavelmente investiu nas lentes, e é por isso que a menina está usando roupas que, obviamente, são de segunda mão. Isso deixa bem claro quais são as prioridades dessa vaca vaidosa. Agora ela tira os óculos de Jacqueline e limpa as lentes com um lenço. Fica parada ali com uma jaqueta velha, limpando os óculos baratos da minha filha. E eu penso, por que você não arranja um pano decente...

... por que *eu* não posso fazer isso pela menina...

Não tenho acesso, caralho.

Eu deveria ter me afastado, mas cruzo a rua na direção delas. Se essa vaca tem lentes de contato, precisa devolver o par, porque é uma merda. Já estou praticamente em cima dela quando Gail ergue o olhar.

– E aí? – digo a ela. Depois baixo o olhar pra Jacqueline. – Oi, meu amor.

A menina sorri, mas se afasta um pouco.

Ela se afasta de mim.

– É o papai – digo, sorrindo pra ela. Ouço as palavras saírem da minha boca, com um som patético, ao mesmo tempo débil e triste.

– O que você quer? – pergunta a piranha. Ela olha pra mim como se eu fosse uma cagalhão mole. Antes que eu possa retrucar qualquer coisa, acrescenta: – Não quero mais encrenca, Andrew, já falei essa porra pra você! Você devia ter vergonha de aparecer na frente dela, caralho!

E baixa o olhar pra menina.

Aquilo foi...

Aquilo foi um acidente, caralho...

Foi culpa dela, caralho... da porra da língua dela, das coisas que ela falou, caralho...

Sinto vontade de dar um soco na boca suja da piranha, falando palavrão assim, feito a porra da puta que ela é, bem na frente da menina, mas isso é justamente o que ela quer, de modo que faço força, uma força desesperada da porra, pra ficar frio. – Só quero esclarecer uma coisa... pra conseguir ver a menina às vezes... podemos fazer um acordo...

– Já tá tudo resolvido – diz ela.

– Pois é, resolvido por você, sem que eu pudesse opinar...
Sinto que estou me perdendo aqui, e não queria que fosse assim. Eu só queria conversar.

– Se você num gostou, vá conversar com o seu advogado... isso tudo já foi resolvido – repete ela, em tom lento e preciso.

De que porra de advogado ela tá falando? Onde eu vou arrumar a porra de um advogado? Então ela olha prum puto que vem vindo pela rua, sim, é *ele* sim, e puxa a mão da menina.

– Vamos, lá vem o papai – diz ela, torcendo a boca pra mim. A frase me parece uma facada. Como pude transar com a porra dessa mulher? Devia estar louco.

Ele fica parado ali, olhando pra mim. Ainda mantém aquele corpo esquisito, que não é magricela, mas achatado, como se ele houvesse sido atropelado por um rolo compressor. Parece largo de frente, mas não de lado, como se pudesse ser passado por baixo de uma porta.

– Papai – diz a menina, correndo pra *ele*.

Ele dá um abraço nela, empurra a criança pra puta que o pobre anjinho aprendeu a chamar de Mãe, e cochicha algo no ouvido de Gail. Ela toma a menina pela mão e as duas se afastam rua abaixo. A garotinha olha pra mim e me dá um breve aceno.

Eu tento dizer, tchau filhota, mas nada sai da minha boca. Erguendo a mão, aceno de volta pra Jacqueline, vendo as duas se afastarem, enquanto a pequena faz perguntas pra mãe. Não que *aquela* vaca ignorante seja capaz de compreender alguma, que dirá responder algo.

Ele se aproximou e já está bem na minha frente.

– Que porra você quer aqui? – diz. Mas está só se exibindo pra ela, porque parece nervoso pra caralho. Dá pra ver o medo em seus olhos. Então começo a gostar pra caralho daquilo, a curtir esse momento discreto entre nós dois, e pela primeira vez a me divertir de verdade.

Olho pro puto. Eu podia lhe sentar a porrada agora mesmo, ali mesmo. Ele sabe disso, e eu sei disso, mas nós dois também sabemos o que aconteceria se eu agisse assim.

A polícia e os Doyle no meu caso. Um bilhete premiado, esse. Agora num posso pensar só em mim. Billy me deu apoio, e levou uma facada no queixo por isso.

– Você já foi avisado, caralho. Não obrigue a gente a dar outro aviso – diz ele apontando pra mim, e depois coçando o nariz. Nervosismo. Dá pra ver seus olhos lacrimejando. Mano a mano não é o seu estilo. Que nem da última vez; ele se cagou todo, e a mesma coisa acontece agora. Mesmo aos vinte e seis, ou vinte e sete, ele ainda não passa de um puto sardento.

– Engraçado... acho que lembro que fiquei mais preocupado da última vez. Talvez fosse por causa da turma com que você estava, mas que não está aqui agora – digo, sorrindo pra ele. Depois lanço o olhar por cima do ombro dele, pra ela e a menina, com um acesso de culpa. A coitada da Jacqueline não precisa passar por esse tipo de coisa. Ela olha pra nós, e eu não consigo encarar seu olhar. Viro de volta pra ele. Então uma buzina de carro soa. Ele olha por cima do meu ombro, e diz: – Até mais tarde.

E vai embora.

– Tá legal, seu cagão. – Dou uma risada, pensando por que ele estava com tanta pressa. Talvez o puto tenha pensado que eu estava recuando. Por um instante lívido, dou um passo à frente e paro. Não... não era hora.

Viro pra ver que buzina era aquela... é o carro de Billy, com ele e Terry a bordo. Eles saltam e o cara se manda depressa rua abaixo, apertando o passo. Não é de surpreender. Quando alcança Gail e a menina, pega Jacqueline e a põe sobre seus ombros.

Aquele puto enfia a porra da minha filha nos ombros.

Eles partem rua abaixo. A piranha da Gail é a única que lança a porra de um olhar de volta pra nós. Terry chega ao meu lado e sorri tranquilamente pra ela, que desvia o olhar.

– Qual é o lance? – pergunta Billy, meneando a cabeça pra velha sra. Carlops, que vem subindo a rua com duas grandes sacolas.

Não vou envolver Billy ou Terry nisso novamente. Já essa porra do Polmont... vai morrer. E o Doyle? Eu olho pra cicatriz de Billy. Não tenho nada a perder. Ele pode ficar com tudo.

– Não tem lance – respondo, tentando sorrir pra sra. Carlops. Coitada da velha, está lutando no calor com aquelas enormes sacolas de compras.

Billy vai até lá, pega as sacolas dela e enfia tudo na mala do carro. Depois abre a porta do passageiro. – Entre aí, sra. Carlops, e tire esse peso do corpo.

– Tem certeza, filho?

– Estou indo pro seu lado ver minha mãe, de modo que não é incômodo algum.

— Estava mesmo tentando carregar coisa demais — bufa ela, entrando no carro. — A família do Gordon está vindo de York, então pensei em fazer umas comprinhas...

Terry fica olhando, como se a sra. Carlops ou Billy fossem meio idiotas por estarem nessa situação, mas depois vira abruptamente pra mim e diz: — Aqueles putos estão sacaneando você outra vez?

— Deixe pra lá, Terry — digo a ele, mas minha voz parece sem fôlego, e minhas unhas estão cravadas nas palmas das mãos.

Terry ergue as mãos em uma postura defensiva. Ele parece ter sido pego por aquele toró. Tem a cabeleira e a jaqueta molhadas. Os olhos de Billy seguem todos *eles* rua abaixo. A menina sobre os ombros *dele*. O pior de tudo é que ela realmente gosta dele. Algumas coisas não podem ser fingidas. Eu respiro fundo e tento engolir o negócio que acaba de entalar na minha garganta. — O que vocês vão fazer?

— Eu tinha acabado de treinar — diz Billy. — Estava passando de carro por Grange, quando avistei este sacana rondando pelas ruas. Ele quase se cagou todo quando me viu.

— Por que você tava rondando aquelas casonas lá em Grange, como se eu não soubesse? — pergunto a Terry.

— Eu estou cuidando da minha vida, e eles já sumiram de vista — diz ele, apontando pra rua. — Portanto, queira ter a mesma cortesia comigo, sr. Galloway.

— Combinado — concordo depressa.

— Vocês tão a fim de uma cerveja? — pergunta ele.

Billy solta o ar com força, olhando pra Terry como se ele houvesse sugerido uma sessão de pedofilia. — Nada disso, vou levar a velha sra. Carlops pra casa e depois jantar com minha mãe. Preciso me manter em forma, porque ando treinando.

Terry começa a bater na sua papada com o dedo indicador. — Nós também, Birrell... pras férias no Festival de Cerveja em Munique.

— Certo, vou deixar vocês irem em frente. A gente se vê amanhã à noite lá na boate do Carl — diz Billy, sem se deixar impressionar. Ele vai em direção ao carro, mas vira de volta pra mim e dá uma piscadela. — Fique tranquilo, parceiro... tá legal?

Eu sorrio e devolvo uma piscadela forçada. — Claro, Billy.

Billy entra no carro, deixando que eu fique com Terry.

— Esse Birrell é muito esperto, sabe fazer as coisas — diz Terry. Quando Billy e a velha sra. Carlops se afastam, ele ri e pergunta: — Wheatsheaf?

— Tá certo. Uma birita cairia bem — digo a ele. Uma porrada delas também cairiam muito bem.

Vamos pro Wheatsheaf. Terry pede as cervejas e aciona a jukebox. Eu continuo atordoado, e só consigo pensar na flecha da minha balestra explodindo na cabeça daquele puto do Polmont... quer dizer, depois que a espada de samurai é retirada dos ombros dele. E o conteúdo é enviado a Doyle dentro de uma caixa. É, você pode ficar com tudo, seu puto. O poder de estar cagando e andando.

Então penso na menina. Na minha mãe. Em Sheena. Não... a gente nunca tá cagando e andando.

Terry volta com duas canecas de cerveja. Ele é um cara genial, um dos melhores. Às vezes banca o escroto, mas não há maldade dentro dele. E pergunta: — Você vai ficar sentado aí, dentro do seu próprio mundo?

— Aquele puto, com a minha filha — digo, quase fervendo. — E ela... aquela piranha. Eles dois bem que se merecem, caralho. Eu sei que um monte de putos já afogou o ganso nela, muitos escrotos me falaram isso, tudo que é puto já esteve lá, falaram. Mas eu não quis escutar.

Terry me lança um olhar grave, como se estivesse incomodado. — Mas que machismo, sr. Galloway... o que é isso? Qual é o problema se uma gata gosta de um pouco de pica? A gente gosta de xota.

Eu acho que ele está tentando me gozar, mas não... é sério. — Tudo bem, só que isso foi quando ela devia estar comigo... é disso que eu estou falando.

Terry não responde a isso. Olha pro lado, vê Alec entrando no pub e grita: — Alec!

Alec parece fodido. Vem andando encurvado ao se aproximar de nós.

— Que cara é essa? — pergunta Terry.

— Fui até lá hoje — diz ele em tom moroso. Depois suspira suavemente: — A Ethel...

— Sei — diz Terry.

Alec quer dizer que foi ao cemitério, ou capela de descanso, como acho que eles chamam aquilo no crematório. Ethel era a esposa dele, a mulher que morreu no incêndio. Inalação de fumaça. Isso foi há séculos, quando nós nos conhecemos. O filho de Alec não fala com ele, porque acham que a culpa foi dele. Alguns falam que foi Alec com a fritadeira, bêbado, e outros que foi um defeito elétrico. Seja como for, foi uma péssima notícia pra ele, e pra ela.

– Quer beber o quê? – pergunta Terry a Alec, e depois a mim. Eu dou de ombros, tal como Alec. Terry arremata: – Só eu mesmo, pra escolher uma companhia tão boa.

Pesadelo em Elm Row

Minha cabeça estava latejando e a boca estava seca feito xereca de freira, enquanto eu planejava pegar um ônibus até minha casa pra relaxar um pouco antes que a boate do Carl abrisse. Fui vendo as luzes dos postes se separarem à medida que eu avançava em direção a elas, e então percebi que estava perto do cafofo novo de Larry Wylie. Talvez ele quisesse alguns dos meus comprimidos de ecstasy. O porteiro eletrônico está quebrado, mas a porta da escada está aberta. Enquanto subo os degraus, percebo que o barato do ecstasy já está acabando, e que ainda estou fodido por causa da birita da véspera.

O puto do Terry quase caga tudo. Treinamento pro Festival de cerveja, diz ele. Bom, foi um programa de treinamento longo e dedicado praquele puto... cerca de quinze anos, aproximadamente. O Billy, se conseguisse encarar o boxe com a mesma determinação, já teria unificado o Título Mundial a esta altura.

Apertei a campainha, já sabendo que aquilo seria um erro. Simplesmente sou impelido em direção ao desastre, e não há porra alguma que eu possa fazer a respeito. O pior já aconteceu, e o resto se resume a detalhes.

Quem liga pra essa porra?

Larry parecia até mais aceso do que de costume, quando finalmente abriu a porta, após gritar por trás da madeira: – Quem é?

– Gally – disse eu.

Ele me lançou um olhar vigilante, verificando se não havia algum puto subindo a escada atrás de mim. O escroto parece ligado e a paranoia que está tomando conta dele é tão tangível que daria pra colocar entre duas fatias de pão.

– Entre logo – diz ele.

– Qual é o lance? – Solto a pergunta enquanto ele me puxa pra dentro da casa, bate a porta atrás de mim e fecha duas trancas, aferrolhando dois putos de tamanho industrial.

– Um monte de merda aqui – diz ele, apontando pro aposento com o olhar perdido e desfocado. Com amargura, acrescenta: – O Phil Balofo... eu esfaqueei o puto.

Tive vontade de dar meia-volta ali mesmo, mas teria de ultrapassar muito metal, e o estado mental de Larry era obviamente volátil, mesmo pelos padrões horrendos do puto. Além disso, não sinto medo, só curiosidade. Mas resolvi que não era o momento de perguntar *por que* ele esfaqueara o Phil. – Ele está legal?

Por um segundo Larry olhou pra mim como se eu estivesse sendo abusado, e depois abriu um sorriso largo, belo e esfuziante.

– E eu lá sei, caralho? – disse ele. Um segundo depois, assumiu um tom de negócios, e até com certa impaciência disse: – Você quer aquela anfetamina?

Estou aqui pra vender, não comprar, de modo que digo a ele: – Hum... é, mas eu tenho um ecstasy bom aqui, Larry...

Larry nem escutou. Fui atrás dele até o salão da frente e depois entramos na cozinha. Phil Balofo estava sentado à mesa. Meneei a cabeça pra ele, mas seus olhos estavam perdidos à meia distância, aparentemente focalizados em algo. Ele mantinha um lençol dobrado junto ao estômago. O pano estava um pouco ensanguentado, mas não ao ponto de saturação ou algo assim.

Larry estava todo tenso e animado. Fiquei pensando se ele tinha tomado anfetamina.

– E ao final voltei ao dó – canta ele no estilo de *A noviça rebelde*, teatralmente satisfeito consigo mesmo, com os polegares enfiados em suspensórios imaginários. Depois pega em um armário da cozinha uns copos, seguidos por uma garrafa de JD, e serve duas doses grandes pra nós dois.

– Onde está a porra da Coca-Cola? – continua ele. Depois grita pro aposento ao lado: – QUEM FOI O PUTO QUE ROUBOU A PORRA DA COCA?

Ouvi passadas em um quarto, e Muriel Mathie aparece na porta com algumas bandagens e um par de tesouras. Ela estava usando uma camisa xadrez masculina, que podia ser de Larry, e olhou pra mim com ar tenso ao passar em direção a Phil.

– Não tem coca? – perguntou Larry, com um sorriso desafiador no rosto.

– Não – diz ela.

– Você pode ir ao posto buscar uma? – pede ele. – Foram vocês que beberam aquela porra. Como vou oferecer uma bebida ao meu convidado?

Muriel se virou, brandindo as tesouras pro Larry. A garota estava fervendo de raiva. – Vá você buscar essa porra! Já me cansei de você, Larry, estou falando!

Larry olhou pra mim com um sorriso debochado no rosto, estendeu os braços pros lados e abriu as palmas das mãos. – Só estava indagando a respeito da situação da Coca-Cola. Vai ter de ser caubói, Gally... tim-tim!

Ele brinda, e damos um gole.

Sharon Forsyth entrou, vindo do mesmo quarto, e examinou a cena, parecendo excitada e assombrada, feito uma *starlet* que houvesse acabado de ganhar um papel num filme importante.

– Isto é loucura... oi, Andrew! – disse ela, sorrindo pra mim. Estava usando uma camiseta de algodão verde-garrafa, sem mangas. Seu umbigo era visível, e tinha um piercing. Eu nunca vira aquilo antes. Parecia uma coisa transada, sexy, e meio vulgar.

– Genial, Sharon... sexy! – disse eu, apontando pro piercing..

– Você gosta? Também acho maneiro. – Ela deu uma risadinha. Seu cabelo parecia gorduroso e maltratado, pedindo pra ser lavado. Eu até podia me oferecer pra lavá-lo, se ela topasse ir à Fluid. Mas Carl não gosta de ver essa turma lá. Chama o pessoal de "elementos do conjunto". Uma cara de pau da porra por parte dele, mesmo que seja só uma brincadeira. Eu sempre curti a Sharon, e até saí com ela quando fui solto da cadeia, a cadeia de verdade, há alguns anos. Que só pensava em sexo quando estava lá dentro, mas quando saí tinha um monte de merdas na cabeça, por causa da vaca da Gail, e não conseguia botar o pau em pé. Mas Sharon nunca fez com que eu me sentisse mal por isso. É o que eu chamo de uma gata de primeira categoria. Ela parecia aceitar o meu discurso de a-prisão-faz- -coisas-com-um-homem.

– Fazer isso doeu?

– Na verdade, não... só que é preciso manter limpo. Mas há quanto tempo a gente não se vê... venha cá!

Nós trocamos um abraço eufórico, como se estivéssemos na pista de dança. Sharon é uma menina maravilhosa, embora eu sentisse a gordura do seu cabelo no meu rosto, entupindo meus próprios poros. Fico pensando se ela está sendo comida por Larry. É provável. Com certeza ele está comendo Muriel.

Por cima do ombro de Sharon, vejo Muriel, ainda cuidando de Phil, dar uma olhadela pro Larry, que lhe devolve um olhar desafiador, como quem diz "o que foi?", antes de começar a vasculhar uma gaveta.

Quando Sharon e eu desfizemos o abraço, Phil Balofo grunhiu algo. Ele tinha a respiração pesada, e Muriel começou a murmurar entredentes.

– Tenho uma herô boa pra caralho – sorriu Larry. – Quer um pico?

Herô? Ele é mesmo um palhaço da porra. Eu digo: – Não, não é a minha.

– Não foi isso que eu ouvi. – Ele dá uma piscadela.

— Isso foi há muito tempo — respondo.

Sharon olhou pro Larry. — A gente não vai entrar na boate se chegar lá com herô na cabeça, Larry.

— A última moda em boates é ficar só olhando pras paredes. É o que diz *The Face* — sorriu ele.

Muriel tentou tirar a camisa de Phil, mas ele a afastou, embora o movimento lhe causasse mais dor do que a ela. Mas Muriel insistiu. — Você perdeu muito sangue aí, é melhor ir prum hospital. Vou chamar uma ambulância.

— Não. Nada de hospital, nada de ambulância — gemeu Phil. Suava em bicas, principalmente na cabeça. O suor formava gotículas que salpicavam seu rosto.

Larry balançou a cabeça, aquiescendo.

Era o tipo de cena em que qualquer elemento oficial, até o mais benigno dos serviços de emergência, merecia desconfiança instintiva. Nada de polícia. Nada de ambulância, mesmo que ele pudesse sangrar até morrer. Já parecia haver um pouco mais de sangue no lençol agora. Eu até conseguia imaginar Phil Balofo em uma casa em chamas à sua volta, gritando: Nada de bombeiros!

— Mas você precisa, precisa — disse Muriel, antes de começar a uivar, como se estivesse tendo um acesso de pânico. Sharon foi acalmá-la.

— Não fique histérica, isso pode contagiar o Phil — disse ela, virando pra Phil, que continuava olhando pra frente, com o lençol apertado na barriga. — Desculpe, Phil, mas você sabe do que eu estou falando. Se ela fizer a coisa parecer pior do que é, você vai ficar com medo que sua pressão sanguínea suba, e então vai sangrar mais depressa...

— É isso aí! Vê se bota a porra da cabeça no lugar, Muriel, senão você só vai piorar a porra toda — diz Larry, balançando a cabeça em aprovação. Depois ele solta um muxoxo, pega seus troços e me leva pra outro aposento. Então, como se fosse um assistente social com uma carga de trabalho pesada, já prestes a perder a paciência, diz: — Essa putada pira a minha cabeça. Tem gente que simplesmente não consegue ajudar em porra nenhuma...

Eu já resolvera que queria um pico, quando ele me perguntou outra vez. Não é que eu tenha dito sim, é só que não consegui dizer "não", ou dizer "não" pra valer. Meu corpo pareceu esfriar, enquanto meus pensamentos ficavam desconectados e vagos. Aquilo era meio idiota, já que eu virara a noite bebendo com Terry, e não estava em boas condições.

Quando Larry pegou os troços e começou a cozinhar, eu quase disse que ia cheirar a minha parte ali mesmo, mas isso também parecia tão idiota e absurdo...

Então dei uns petelecos em uma veia e Larry me aplicou. Assim que o barato bateu no meu sistema, fui completamente dominado, perdi o controle e apaguei.

Achei que tinha ficado fodido só alguns minutos, mas Muriel estava me sacudindo e me estapeando, obviamente aliviada quando comecei a reviver. Primeiro senti o cheiro, só depois vi o vômito no meu peito. Larry estava sentado ali, vendo um vídeo de Jackie Chan. Deu um risinho sem graça e disse: – Cercado por uns pesos-plumas de merda... você falou que podia encarar o troço.

Tentei falar, pra dizer que já fazia muito tempo, mas senti o catarro acre na minha garganta, e balancei a cabeça pra Muriel, que tinha um copo de água ao seu lado. Beberiquei, quase engasgando, mas a coisa não era desconfortável: parecia uma lenta carícia quente na minha garganta e nos meus pulmões, porque a droga continuava fazendo efeito.

Sharon está sentada no sofá, passando os dedos pelo meu cabelo, e massageando minha nuca como se eu tivesse tomado ecstasy. – Você é um menino mau, Andrew Galloway. Deixou todo mundo aqui preocupado. Não foi, Larry?

– É – grunhe Larry distraidamente, sem tirar o olho da tevê.

Dei uma risada fraca, diante da perspectiva de Larry se preocupar com alguém além de si mesmo.

Devo ter ficado deitado ali por mais de uma hora, perdendo e recuperando a consciência, com os dedos de Sharon trabalhando na minha nuca e nos meus ombros, enquanto a voz de Larry entrava e saía de alcance, feito um sinal recebido e depois interrompido.

– ... esse barato é do melhor... dava pra ganhar um troco vendendo isso... a putada tá toda com medo da Aids, mas quem toma cuidado não tem problema... tem que misturar a herô com a metanfeta... mas não com a anfeta, caralho... o Phil achou que podia ser abusado... começou a citar nomes... detesto que os putos comecem a citar nomes, esperando enquadrar você... falando dos Doyle... de Catriona... eu falei que conhecia Franco, Lexo e tudo, então não venha com os Doyle pra cima de *mim*... daí ele começa a falar merda sobre dinheiro... sabe de porra nenhuma... nada de errado com ele... o puto balofo acha que Muriel vai ficar com pena e deixar que ele meta nela...

Sharon levanta e volta de roupa trocada, desfilando na minha frente feito uma modelo na passarela. Está usando uma calça branca, com um top de listras pretas e brancas. Eu consigo até levantar os polegares pra ela, que vai pra cozinha, enquanto Larry continua arengando sobre suas recentes atrocidades menores, de uma forma estranhamente tranquilizadora e reconfortante.

– a que estava lá em Deacon's... acha que pode me provocar à vontade... comigo o buraco é mais embaixo... enfiei umas jujubas na sua vodca e ela apagou num instante... ha ha ha... ainda tenho as polaroides... boto direto na traseira daquele abrigo de ônibus perto das lojas se a vadia mijar fora do penico outra vez...

E não tem mais importância. Isso é que é bonito. Nada mais tem importância.

– ... a vagaba mais suja do mundo... falei pra ela, você nunca lava a porra dessa xota... e veja o seu amigo, Gally; aquele puto do Terry... vá me dizer que ele num é abusado pra caralho...

Muriel entrou berrando, e Phil apareceu cambaleando atrás dela. Tinha o rosto branco de choque e pânico, e estava tropeçando, com o sangue já jorrando no lençol. Muriel disse: – Vou levar o Phil pro hospital.

– Vamos nessa. Estamos juntos – disse Larry para o meu espanto, já se levantando. Depois acrescentou em tom de cantoria: – Você sabe que nós juramos nos amaaar pra seeempre...

Eu meio que protestei, mas Larry me botou em pé, dizendo com voz pastosa: – Quero ouvir que história essa putada vai contar lá no hospital... pra ter certeza que num vai ter deduragem...

Entramos todos no mesmo carro, que estava estacionado na Montgomery Street: Sharon ao volante, Phil no banco do carona, e o restante de nós atrás. Larry parecia fodido, porque tomou outro pico ainda dentro de casa, e já estava flutuando.

– Lembrem de não dizer nada – disse, antes de desmaiar.

– Tente ao máximo ficar só nas ruas transversais, Sharon – disse Muriel, empunhando uma Planta da Cidade de Edimburgo. – Só falta a gente ser parada com esses dois doidões.

Quando Sharon ligou o carro, Phil começou realmente a exibir sinais de pânico, pela primeira vez, e berrou: – ESSE PUTO DO WYLIE! NÃO CONSIGO ACREDITAR QUE ELE FEZ ISSO!

Eu estava de um jeito que nem sei se disse ou não: – Acredite.

– EU NÃO CONSI...

Phil engasgou com a frase, virou-se no assento e enfiou um punho balofo no rosto de Larry, que acordou e disse com um tom meio anasalado: – Que história é essa?

Muriel empurrou Phil pra trás e segurou os ombros dele, pedindo: – Phil, puta que pariu... fique parado aí, você está perdendo sangue.

– Isso é maluquice pura – disse Sharon.

– Tente ficar parado, Phil – implorou Muriel. – Daqui a pouco a gente chega lá. E lembre que você não pode dedurar o Larry.

– Nunca dedurei um puto em toda a minha vida – grasnou Phil. Depois virou no assento e tentou dar outro soco em Larry, dizendo: – Mas esse puto...

– Qual é? – disse Larry, rindo.

Mas Phil já estava saindo do estado de choque causado pelo esfaqueamento. Parecia furioso pra caralho com Larry. Virou-se outra vez e arrebentou-lhe a fuça. A cabeça de Larry recuou sob o impacto do golpe, como se ele fosse uma boneca de pano. Parecia um daqueles cachorrinhos animados nos para-brisas traseiros dos carros.

– Tá certo, Phil... mas agora já chega – disse Muriel, quase ao mesmo tempo. Eu comecei a rir. O olho de Larry estava inchando, parecia um pedaço de fruta podre.

– PUTO... ABUSADO – urrou Phil.

– Ahhhhh! – disse Sharon, ao ver mais sangue, sangue de *verdade* começar a jorrar no colo dele. Assim que chegamos ao hospital, Phil tombou em cima dela. Sharon parou o carro a cerca de cinquenta metros do pátio. Muriel não conseguiu erguer Phil, de modo que simplesmente saltou e saiu correndo pelo asfalto. Atordoado, Larry tombou em cima do meu colo. Com o rosto chapadão erguido pra mim, murmurou: – Que merdéu da porra esse troço, Gally...

Os rapazes da ambulância apareceram logo, tiraram Phil do carro e foram se afastando. Precisaram lutar pra caralho a fim de colocar o corpo dele na maca, mesmo abaixada. Eu gritei pra Muriel, e ela voltou, empurrando pra longe um paramédico que acenava em direção ao balcão. Entrou no carro ao lado de Sharon, que fez uma boa manobra de ré, e então nós partimos.

– Pra onde vamos? – perguntou Muriel.

– A praia – sugeri. – Portobelly.

– Eu quero ir dançar – diz Sharon.

– Por mim tudo bem – disse eu, lembrando que queria vender umas paradas na boate do Carl Ewart, a fim de ganhar uma grana pra viagem a Munique.

– A gente não vai entrar em clube noturno algum hoje à noite – debochou Muriel.

— A Fluid é a casa do meu parceiro, na Fluid a gente entra — digo com voz pastosa.

A cabeça de Larry continua no meu colo. Ele ergueu o olhar pra mim e levantou um punho fechado como saudação, arquejando fortemente: — Clubelââ-âândia!

Limitações

Larry não conseguiu passar pelos seguranças na porta e foi levado pra casa por Muriel. Eles deixaram que eu entrasse com Sharon, mas só porque sou amigo do Carl, e ela estava comigo. Eu estava fodidaço, e nem lembro muita coisa sobre a boate. Billy ficou conversando comigo um pouco, e acho que Terry falou alguma coisa sobre o Festival de Cerveja. Sharon nos levou pra casa. Lembro que ela me botou na cama, e depois se deitou comigo. Durante a noite fiquei de pau duro, mas quase nem percebi. Ela deve ter sentido o cutucão no seu corpo, porque acordou, começou a brincar com o troço, e depois mandou que eu metesse nela.

Quando começou a me beijar profundamente, fiquei um tempo pensando que eu era outra pessoa. Depois me ocorreu exatamente quem eu era. E falei que eu não podia, que não era por ela, era por mim. Não havia camisinha ali, e eu simplesmente não podia fazer aquilo. Ela manteve a mão firme em mim, enquanto eu falava que ela estava brincando com lixo, e eu me incluía nisso, e falei que ela era melhor do que aquilo, e devia entender.

Seu rosto suado se afastou do meu, e entrou em foco. Então, com um sorrisinho maroto, ela disse: — Tudo bem... não tem importância. Eu meio que adivinhei. Achei que você sabia... eu também sou um pouco assim.

Não havia medo nos olhos dela. Nenhum. Era como se ela estivesse falando de pertencer à porra dos maçons ou algo assim. Eu me caguei todo. Então me levantei, fui andando e sentei de pernas cruzadas na cadeira, olhando pra minha balestra na parede.

Terry Lawson

Meio expediente

Tem gente que fala que o seguro-desemprego não é tão ruim quanto a Departamento de Saúde e Seguridade Social. Já outros acham o contrário. Uma porra de debate acadêmico, porque pra mim é tudo a mesma merda: uns putos que só querem meter a porra do nariz na sua vida. Pois é, os escrotos me chamaram, então vou fazer uma entrevista em Castle Terrace. Chego na hora marcada, mas o lugar está lotado. Pelo visto, vai demorar pra caralho. Vou esperando naquelas cadeiras de plástico vermelho, junto com outros pobres-diabos, tentando ficar confortável. Todos esses lugares se parecem: escolas, delegacias, fábricas, o Departamento de Saúde e Seguridade Social, e os escritórios de seguro-desemprego. Qualquer um onde eles processem os fregueses. Têm as paredes amarelas, as luzes azuladas, e o quadro de avisos com um ou dois pôsteres rasgados. A primeira palavra no pôster ou placa geralmente é "Não". Ou é isso, ou ali há uma de duas mensagens, que são: estamos de olho em vocês, seus putos; ou então, dedurem seus amigos e vizinhos pra nós. A que estou lendo anda por toda a parte atualmente:

> CONHECE ALGUM BENEFÍCIO FRAUDADO?
> PEGUE O TELEFONE E NOS DÊ O RECADO

Houve uma pequena encrenca na última vez que vim aqui fazer um desses troços. Mandaram uma vaca abusada da porra tratar comigo, mas a coisa não funcionou como os putos tinham planejado. Ela chegou cheia de detalhes, falando do emprego que eu tinha de pegar, se não eles cortariam o meu benefício.

A mulher tinha um cabelo duro e quebradiço, e usava um vestido estampado. Suas narinas tremelicavam na fuça, pra ver se ela conseguia captar o cheiro do conjunto habitacional em mim: os cigarros, a cerveja, e aonde mais os preconceitos da escrota levassem.

Então eu examinei os detalhes, sem pressa alguma, olhei pra mulher e expliquei: – Bom, na verdade eu estava procurando emprego em tempo integral.

Preciso reconhecer que ela ao menos teve a decência de parecer constrangida ao explicar: – Mas este serviço *é* em tempo integral, sr. Lawson... são, hum... trinta e sete horas por semana.

– Hummm... não tem algo que seja só pra vender refrigerantes? – pergunto. – É que já vendi suco de casa em casa. Naqueles caminhões, sabe?

– Não, sr. Lawson – diz ela com frieza. – Já falamos disso mil vezes. Não se pode mais vender suco, como o senhor diz, na traseira de caminhões. Os refrigerantes são comercializados de outra forma atualmente.

– Mas por quê? – pergunto, mantendo propositalmente a boca um pouco entreaberta depois de fazer a pergunta.

– Porque é mais fácil para o consumidor – diz ela em tom esnobe.

Vaca condescendente. Burra pra caralho. Não tinha a porra da menor ideia de que eu estava apenas ganhando tempo. – Bom, isso não facilita as coisas pra gente como eu. E algumas conhecidas minhas até hoje perguntam por que não se vende mais suco nos conjuntos... senhoras que não podem sair, coisa assim.

Então o papo era esse, mas ela não quer saber. Fala que eu preciso pegar aquele emprego ali na minha frente e ponto final.

Mas eu simplesmente não tinha condições de aceitar aquilo. Era mais pelo fator temporal do que pelo financeiro, mesmo que a grana fosse uma piada ruim. Setenta e cinco tostões a hora pra encher hambúrgueres? Mas o tempo era ainda pior, porque você ficava preso na hamburgueria, quando podia estar lá fora ganhando dinheiro de verdade. Não tenho tempo pra isso. Trinta e sete horas por semana fazendo essa merda? Puta que pariu.

Só que eu precisava aceitar. E, pra ser justo comigo mesmo, fiquei lá dois dias inteiros. Eu, trabalhando com um carinha coberto de espinhas que nunca iam melhorar no meio daquela gordura toda à nossa volta; servindo hambúrgueres pra bêbados irritados, estudantes idiotas e donas de casa com crianças, parecendo um boneco naquele uniforme.

Mas não por muito tempo.

Na noite de domingo, lá estava eu, sentado no bar do outro lado da loja. Pois é, eu tinha muitas testemunhas pra dizer que eu passara a noite toda ali, e pra atestar o meu choque quando o velho George McCandles entrou, todo assanhado, contando que a hamburgueria nova aberta no calçadão estava em chamas. Com certeza: ouvimos as sirenes uivando nessa hora e fomos correndo lá pra fora, de cerveja na mão, ver os fogos.

É sempre melhor que a porra da tevê.

A grande surpresa foi que a polícia não me levou em cana imediatamente. Eles chegaram lá bem depressa e me viram parado diante do bar.

– Era o meu trabalho – disse eu pra um dos canas, com revolta fingida. – O que eu vou fazer agora?

Ouvindo isso, Ralphie Stewart diz: – Pois é, Terry... aquilo só levaria você a uma vida de crimes.

Fui até lá no dia seguinte, e o lugar estava destruído. O gerente estava por ali com um sujeito do escritório central, e outro da seguradora. Ele nos falou que o lugar estava fechado, de modo que precisávamos voltar ao seguro-desemprego e nos registrar novamente. Só que, quando cheguei lá, a tal vaca velha fez um monte de insinuações. Coitada daquele dragão... ela acabou se dando mal, por exagerar na dose. Essa é a melhor abordagem: enganar o pessoal bancando o maluquinho, sentado ali balançando a cabeça feito a porra do idiota da aldeia, até que eles fiquem convencidos e abusados demais. Então você pega a porra dos putos com dois tiros de canhão. E vê o maravilhoso olhar de choque nas fuças deles, quando sacam que foram enganados, que não estão simplesmente sacaneando a porra de um boneco que podem ludibriar, e que apenas aturará a babaquice deles, mas lidando com a porra de um cara safo pra valer, de olho nas grandes oportunidades.

Então continuei balançando a cabeça feito um puto idiota, enquanto ela, incapaz de esconder que estava adorando aquela porra, dizia: – É engraçado, sr. Lawson... mas é a segunda vez que isso acontece nos lugares em que o senhor começa a trabalhar.

Bingo!

Engrenei uma segunda. Sentei ereto, concentrei a atenção nela, dando aquele olhar Birrell-antes-do-gongo, e perguntei: – Do que você está falando?

– Só estou dizendo...

Ela começou a ficar toda perturbada com minha mudança de olhar, postura e tom de voz.

Olhei pra ela e inclinei o corpo sobre a mesa. – Bom, eu só estou dizendo que gostaria que você trouxesse seu supervisor aqui e repetisse o que acaba de me dizer. Tenho certeza que a polícia também ficará interessada nessas alegações. Antes disso, é claro, vou entrar em contato com meu advogado. Tá legal?

Ela foi tomada por uma explosão de suor, peidos e baba, com a porra do coração galopando, e aquele rosto gordo avermelhado feito um fogão novo. – Eu... eu...

– Vá chamar o homem. – Eu sorri friamente, tamborilando com insistência alegre na mesa. Depois acrescentei: – Ou a mulher. Por favor.

Então o supervisor foi timidamente convocado. Àquela altura a porra da vaca já entrou em estado de choque, porque aquilo que começou como o esculacho rotineiro de um puto suspeito vindo de um conjunto habitacional já virou um verdadeiro pesadelo. A porra de uma mancha disciplinar em um currículo até então exemplar. Pois é: manchas desse tipo podem ser umas escrotas teimosas, minha senhora, pouco importa qual seja o seu sabão em pó. O negócio é o seguinte: mesmo que seja caso apenas de uma advertência verbal, o próximo comitê de promoções dirá, "Sim, essa vaca gorda talvez seja malvada e perversa o suficiente pra ser uma boa supervisora no Departamento de Saúde e Seguridade Social, mas não tem a malandragem necessária pra lidar com os clientes. Restrinjam essa escrota boba a funções de arquivamento rotineiras e prosaicas, até que surja a oportunidade de uma aposentadoria precoce ou dispensa recebendo uma indenização."

De modo que a escrota recebeu uma repreensão, e eu recebi uma carta de desculpas meia-boca:

> Prezado sr. Lawson,
> Escrevo para pedir desculpas em nome do Departamento de Emprego, a respeito dos alegados comentários feitos ao senhor por uma de nossas funcionárias. Reconhecemos que os comentários alegados eram inapropriados à investigação do seu caso, e podem ter sido mal interpretados.
>
>   Fique certo de que o assunto está sendo tratado internamente de forma apropriada.
>
> Atenciosamente,
> RJ Miller
> *Gerente.*

A América, esse é que seria o lugar pra mim. Lá, se qualquer puto fica abusado, recebe logo a porra de um processo no rabo, ou na bunda, como dizem os ianques. Aqui, o que a gente recebe quando é esculachado pelos putos oficiais? Uma carta de desculpas meia-boca, que nem faz sentido. Alegados comentários é o caralho. Mesmo com meu diploma da escola de Edimburgo, sei reconhecer um fraseado de merda na minha frente. Nada, os ianques é que estão com tudo. Lá os direitos é que são importantes... não é essa merda de sistema de castas que existe aqui. Eles logo botariam no seu lugar a porra de uma piranha esnobe feito aquela. Isso mesmo, sua galinha: enfie umas balas na porra da boca e pense que já pode tocar uma siririca nessa sua buceta seca embaixo da mesa, só porque viu um rapaz de um conjunto habitacional entrando aqui. Acha que eu vou bancar o súdito nesse seu joguinho de dominação?

Nein, mein schwester, nein, porque *ich bin ein Municher* logo. Portanto, mantenha essa sua língua dentro da boca, porque aqui você está enfrentando um homem internacional.

A Copa da Itália em 1990: trepando pela Escócia. Vai ser a mesma coisa em Munique. Pode crer.

Mas numa coisa eu tinha razão: a polícia não se interessou. Eu até me surpreendi que eles não fossem direto pra casa do Birrell, devido à fama que ele tem de iniciar incêndios. Não atualmente, como o puto declarou ao repórter do *News* quando eles denunciaram as convicções incendiárias dele: "Hoje em dia só inicio incêndios no ringue."

Mas fui ao seguro-desemprego no dia seguinte, e é preciso reconhecer: os putos aprenderam a porra da lição. Primeiro, é uma gata jeitosa que vem ao balcão me chamar pra ir à sua cabine; segundo, ela é muito mais maneira, e tem uma abordagem suave, suave.

– É a terceira vez que isso acontece comigo – explico, tentando tirar da cara um sorriso debochado. – O último lugar em que eu comecei também pegou fogo. O penúltimo precisou fechar por causa de uma enchente. Estou começando a pensar que sou amaldiçoado!

O tal da enchente foi pra ir à Copa da Itália, no verão. Pois é, eu realmente vou ficar sentado em uma piazza em Roma, cercado por belos vinhos e xotas maravilhosas, quando poderia estar trabalhando na cozinha calorenta de um restaurante, ao dispor de um ex-aluno de arte fracassado, alcoólatra e de rosto vermelho, que se intitula chef, no auge do verão, a vinte tostões por semana.

Pois é, claro. Por que não pensei nisso antes?

Mas esta gata aqui na mesa só sorri de volta pra mim. Pois é, a menina é maneira mesmo. Enquanto seus olhos vão pros formulários, eu dou uma espiadela nos seus peitinhos; surpreendentemente, ela não é bem fornida nesse ponto. É engraçado, porque ela parece que *deveria* ter um belo par de peitos. É o sorriso, e o tipo de autoconfiança, aquela vivacidade da porra. Mesmo assim, há espaço pra tudo, e eu não diria não se ela fosse posta em uma travessa na minha frente, posso garantir. A gente precisa, é o tempero da vida, isso é o que eu sempre digo.

A gata é doce como uma restituição de imposto inesperada. Concordamos que eu preciso continuar combatendo o bom combate até eles conseguirem me apresentar algo adequado. E eu explico: – Foi quando acabaram com os caminhões de suco... isso é que me derrubou.

E foi mesmo; depois disso, eu mudei meu ramo de trabalho.

Por falar nisso, está na hora de ver o tio Alec, porque há trabalho de *verdade* a ser feito. Nunca encontrei um puto que tenha enricado enchendo hambúrgueres.

Problemas domésticos

Eu chamo Alec de "tio Alec" por brincadeira, porque conheci o puto velho há séculos, quando estava traçando a sua sobrinha. Entro no Western Bar e ele está lá, vendo as dançarinas, mas sem ver de verdade, se alguém me entende. Eu nunca curti muito as dançarinas; gosto de ver as gatas tirando a roupa quando querem ser traçadas, e não quando só querem dançar. O negócio todo me parece remoto demais. Sem romantismo, caralho. Mas isso sou eu.

Ele está parado no balcão, lendo o *Daily Express*. Por aí já dá pra ver como o puto é da velha guarda; um resquício da época em que o *Express* tinha melhor seção sobre corridas. Hoje nenhum puto compra aquilo. Os olhos dele se desviam do formulário de corrida pras curvas da dançarina.

– Alec – digo, abrindo caminho até o velho escroto.

– Terry – diz ele com voz pastosa. O puto está meio bêbado outra vez. – O que você quer?

Eu examino o bar apinhado. Olhos bisbilhoteiros em demasia aqui. Dá até pra imaginar o puto meio bêbado gritando no meu ouvido acerca do serviço que ele arrumou, enquanto a música para e o bar inteiro saca o que estamos armando. Não dá. Já está começando a me preocupar que eu seja quem precisa, cada vez mais, pensar por nós dois. E é tudo coisa básica, isso é que anda me enervando, a porra é toda básica, tão básica que o puto devia perceber.

– Vamos dar um pulo lá no Ryrie's.

– Tudo bem – diz ele, terminando a caneca, e indo atrás de mim até a porta.

Vamos batendo perna por Tollcross, ao longo da Morrison Street, e eu acelero o passo, porque parece haver uma bela bunda mais adiante.

Sim... uma gatinha. Saia curta, coxas maneiras.

Alec está ofegando e arquejando, porque não consegue acompanhar o meu ritmo. – Espere aí, Terry, onde é a porra do incêndio?

– Aqui embaixo – digo, alisando a virilha, e balançando a cabeça à frente.

Alec puxa da garganta um catarro verde e amarelo, cuspindo o troço na sarjeta sem interromper o passo.

– Você só consegue ter uma boa ideia da bunda conferindo as coxas – tento explicar ao puto, enquanto vamos quicando pela rua atrás do tal rabo bonito e uma cabeleira. Claro que é perda de tempo tentar explicar isso a um otário que não trepa há anos, talvez décadas, e que passaria por cima de uma multidão de supermodelos nuas pra conseguir uma lata de cerveja Tennent Super, mas é isso aí.

O que eu estava tentando enfatizar, caso ele fosse receptivo, era que alguns caras veem a bunda de uma gata e dizem "uau, que bunda bonita", mas quem faz isso é amador. O problema é que eles só veem a bunda. Já o profissional sempre confere as coxas (além da cintura), *e como elas se relacionam com a bunda*. Assim você consegue avaliar a gata inteira. Qualquer uma pode ter uma bunda bonita, duas nádegas, mas como isso se encaixa no todo?

Bom, nesse caso... bem pra caralho. As coxas são bem torneadas e firmes, grossas o suficiente pra sugerir força e dar realce, mas não são grandes o bastante pra dominar ou ofuscar a bunda. Coxas boas devem *exibir* a bunda sob seus melhores ângulos. Todo troféu precisa de um pedestal decente. É o tempero da vida.

Mas a cabeça de Alec está em outro lugar.

– É um belo cafofo – explica ele sem fôlego, falando da parada que vamos armar na próxima semana, do casarão em Grange. – A segurança é fraca... o puto é professor na universidade... escreveu um livro sobre o novo estado de segurança máxima no país. Diz que as firmas de segurança privadas, dirigidas por gângsteres, estão usurpando a lei e a ordem... e por isso na casa dele não há alarmes, porra nenhuma... está pedindo pra ser traçada... espere aí, Terry!

Pedindo pra ser traçada, diz ele. Nem pela metade, penso eu, mas a gata vira numa rua transversal e começa a subir uma ladeira.

Essa foi a maior realização do Partido Conservador: encarecer a vida de quem tem princípios. Planos de saúde privados, venda de casas comunitárias, hipotecas, liquidação das indústrias nacionalizadas, quem não entrasse nessa roda estava fora, mesmo que você só estivesse ajudando os caras a meter a mão no seu bolso pelo resto da vida. Mas você ficava feliz com seu dinheirinho, seu cartãozinho de plástico, e nem enxergava isso. Pois é: ter princípios custa muito. Bom, logo vai custar bastante a esse puto, e à sua seguradora, se ele tiver uma, isso é garantido.

– A família foi passar duas semanas na Toscana, então o sinal está verde – arqueja Alec, enquanto entramos no Ryrie's, pedindo cerveja pra nós. Seu rosto está ainda mais corado do que o normal, e ele meneia a cabeça para os seus cupinchas. Provavelmente esse foi o primeiro exercício que ele faz em anos e anos.

– Onde fica isso?

– Na Itália – diz ele, olhando pra mim como se eu fosse idiota. – Pensei que você tivesse voltado de lá há pouco tempo!

Depois meneia a cabeça, entornando um gole dourado.

Bom, não haveria jogos da Copa do Mundo lá, e além disso eu sempre fui uma merda na aula de geografia. Mas sei chegar a Grange direitinho, sei voltar ao nosso depósito em Sighthill, e isso me basta, obrigado.

Só que a Copa do Mundo na Itália foi genial. O padrão da mulherada era soberbo, principalmente as mais jovens. Elas parecem começar a engordar assim que põem uma aliança no dedo, como naquele esquete antigo de Benny Hill. Por que isso?

Alec já esvaziou o copo e pediu outra rodada, embora a minha caneca ainda esteja quase cheia. Ele é o melhor assaltante de casas no ramo, ou pelo menos era antigamente. Agora é uma luta manter o sujeito sóbrio. Ninguém quer um puto que faz cagada no serviço. Portanto, não é que eu não confie no puto, mas penso em ir até Grange e conferir pessoalmente a parada até ficar satisfeito. Só não posso contar isso ao velho escroto, porque ele ficaria emputecido. Pra ele ainda sou o jovem aprendiz, e sempre serei, mas depois de outra caneca peço licença e vou rapidinho até lá.

Um lar em Grange

Está chovendo em Grange, e eu fico embaixo de um olmo grande, um dos que sobreviveram à praga holandesa que atingiu essa área há alguns anos. A porra de Edimburgo é assim: até as porras das árvores têm uma epidemia própria. Surpreendente é os caras de Glasgow não explorarem isso mais. Mesmo assim, fico feliz pela cobertura desse puto, até a chuva virar uma garoa enevoada. As ruas transversais daqui são esquisitas, cheias de casas de hóspedes. Eu não gosto disso; há um entra e sai demasiado. Já a nossa rua é mais residencial, mas eu não me demoro muito lá. Vasculhando a área, consigo *sentir* as cortinas tremelicando em estado de alerta toda vez que saio de uma das ruas principais. Pois é, a casa parece bastante isolada, mas é maluquice me aproximar demais neste estado de paranoia. Talvez eu volte aqui mais tarde, quando escurecer.

Vou andando em direção ao ponto de ônibus, quando sinto um carro parando ao meu lado.

É a porra da polícia. Garantido.

Puta que pariu.

Ouço um puto gritar meu nome e se anunciar como policial. Quase pulo de susto, mas fico frio e me viro devagar. É a porra do Birrell, dentro do carro. Então eu entro, feliz com a carona, porque já começou a chover forte outra vez. O cabelo de Birrell parece mais comprido do que de costume; está úmido, e começou a grudar no couro cabeludo. O carro fede como o quarto de uma piranha, cheio de loções, musses e géis. Esses putos esportivos são os maiores viados enrustidos sob o sol. Não acho que as gatas curtem esse tipo de piranhice em um homem. Preferem os cheiros corporais mais naturais, pelo menos as gatas de verdade. Mas acho que o tipo que Birrell curte, aquelas piranhas anoréxicas com roupas caras e rostos azedos que rachariam ao meio se recebessem a porra de uma vara decente... essas provavelmente adoram essas merdas.

Então levamos um papo sobre a Itália, e eu começo até a ver com prazer a ida a Munique em outubro, mas não haverá prazer algum pra mim lá se esse nosso serviço aqui não der certo.

Quando chegamos ao nosso bairro, ainda perto das lojas, antes de entrar no conjunto, eu vejo Gail com a criança. Então olho ao longo da rua: lá está a porra do idiota do Polmont com o Gally, e os dois parecem prontos pra brigar!

Ei, seu puto!

Gally parece todo seguro, e o idiota do Polmont está bem perturbado. Então eu digo: – Billy, pare aqui... olhe ali as lojas.

Birrell dá um cavalo de pau no estilo *Miami Vice*, e nós saltamos depressa. Billy dá um grito, e Gally vira pra nós. O idiota do Polmont sai correndo pela porra da rua como se sua vida dependesse disso. E depende mesmo; aquele puto vai ter o que merece. Não que Gally ou qualquer outro precise de ajuda com aquele filho da puta.

O Wheatsheaf

Gally está um pouco abalado, de modo que levo o puto até o Wheatsheaf, onde meio que combinei encontrar Alec. Birrell já se mandou, porque precisa manter a forma pra luta. Boa sorte pro puto. Ele é bom e tudo, não é um boxeador ruim. Só não acho que seja tão bom quanto todos os putos falam que é. Eles se empolgam com essa merda de "herói local". Só que eu não posso falar isso; a putada toda vai achar que é inveja. Mas boa sorte pra ele.

Gally e Alec, que dupla. Gally começa a falar da menina, depois de Gail, depois do puto do Polmont, enquanto Alec fica chorando em cima da cerveja por causa da esposa que morreu naquele incêndio, e por causa do filho que não fala mais com ele. É triste, mas o troço aconteceu há séculos, e agora ele só quer tentar melhorar sua imagem um pouco. Não há muito que eu possa dizer pra qualquer um dos dois. Que porra de drinque isso aqui virou...

– Qual é, rapaziada, só viemos tomar uma biritinha aqui!

Os dois olham pra mim como eu tivesse sugerido molestar a porra de uma criança.

Acabamos indo pra casa de Alec com umas cervejas, mas a noitada continua no mesmo clima deprimente, com Gally e Alec repetindo essa merda de "a gente fodeu tudo".

Realmente o coitado do Gally ficou com a cabeça fodida quando Gail contou que estava dando pro Polmont. Que ela ia abandonar o Gally, por causa do *Pol-*

mont, logo ele. Qualquer outro homem na porra do mundo. Os dois brigaram, e como Gail era do mesmo tamanho que Gally, não sei em quem eu teria apostado meu dinheiro ali.

Lembro que conversamos sobre isso depois. Carl disse que tinha sido errado Gally bater em Gail, pouco importava o resto. Billy ficou calado. Então eu perguntei a Carl se tinha sido certo Gail bater em Gally. Foi a vez dele ficar calado. E agora Gally está contando tudo outra vez, pra que Alec, perdido em seu próprio sofrimento, consiga entender.

– Eu berrei com a Gail, e ela berrou de volta. Nós nos empurramos. Ela deu o primeiro tapa. Eu perdi a cabeça e agarrei o cabelo dela. Então a Jacqueline saiu correndo do quarto pra impedir que a mamãe e o papai se machucassem. – Gally tossiu, e olhou pro Alec. – A Gail tinha as mãos em volta da minha garganta. Eu larguei o cabelo dela, fechei a mão em punho e recuei o braço pra dar um soco nela. Meu cotovelo atingiu o rosto da Jacqueline e quebrou o malar dela como se fosse o osso de algum... mamífero pequeno. Eu não sabia que ela tinha entrado na sala. Nem consegui olhar pra aquele rostinho arrebentado, esmagado. Gail chamou a ambulância, a polícia, e eu voltei pra cadeia.

– Isto aqui está alegre pra caralho – digo.

– Desculpem... desculpem a chatice. A Gail e aquele puto que se fodam – diz ele. Depois de uma pausa longa, em que todos ficamos sentados feito uns babacas, ele vai pegar outra leva de cervejas na geladeira. E eu vou botar uma música pra tocar. Encontro uma fita de Dean Martin, que é mais ou menos a única coisa escutável ali. A bebida acaba fazendo efeito, e eles sentem suas tristezas se esvaindo. Mas a gente nunca afoga as tristezas, só consegue submergir as putas até o dia seguinte.

Alec acaba adormecendo. Esse cafofo dele parece a terra que o tempo esqueceu. Aquela moldura envernizada da lareira já viu dias melhores. O carpete parece tão gasto e impregnado por anos de merda, que dá até pra patinar ali em cima, como se fosse aquele rinque de gelo em Murrayfield. Há um grande espelho rachado na parede, dentro de uma moldura dourada de imitação. Mais deprimentes ainda são as fotos amarrotadas da família, emolduradas acima da lareira e da tevê. Parece que foram amassadas em um acesso alcoólico, e no dia seguinte alisadas amorosamente com autodesprezo sóbrio. Roupas velhas estão empilhadas no encosto do sofá, que é cheio de queimaduras de cigarro, com molas arrebentadas pendendo embaixo. O ar fede a cigarro, cerveja choca e fritura antiga. Além das nossas latas, e de um pedaço de queijo mofado, a geladeira está vazia. O lixo transborda de uma lata repleta sobre o piso. Foda-se Glasgow, com suas merdas de cidade europeia e cultura; há muito mais cultura nos pratos de Alec, todos empilhados dentro da pia, cobertos de mofo verde e gosma preta. Ele realmente passou por uma bebedeira grande.

No dia seguinte Gally já se foi, e eu acordo com a cabeça pesada. Talvez ele tenha ido até as lojas, buscar cigarro. Em todo caso, não vou ficar ali pra ver os putos entrarem naquela orgia de ódio por si mesmos. É hora de sair fora, antes que eu seja arrastado a outra sessão de babaquice com o Alec.

Dentro do ônibus, vou passando por Chesser. Fico de pau duro, e nem vi qualquer xota. Começo a me sentir meio Zorba, o Grego, porque às vezes o ônibus faz isso comigo. Então resolvo saltar e andar de volta pelo parque em busca de ar. Farejando meus sovacos, decido que os suores novos são legais.

Há algumas partidas em andamento; um time de azul está arrasando outro de preto e dourado. Eles parecem dez anos mais novos, e cinco vezes mais em forma, do que o pessoal de preto e dourado. Eu avanço, passando pelos brinquedos pra crianças, e paro porque alguém parece familiar.

Ela está com a menina no carrossel e mantém o olho nela, mas parece muito pensativa. Eu me aproximo, já sentindo o tesão que nunca deixo de sentir quando chego perto dela, e digo: – Pois é, pois é.

Ela vira e olha pra mim lentamente, com olhos cansados, sem hostilidade, sem aprovação. Depois diz em tom fatigado: – Terry.

– Foi uma performance e tanto ontem, hein.

Ela envolve o corpo com os braços, olha pra mim e diz: – Não quero falar dele, nem do outro... nenhum dos dois.

– Por mim tudo bem. – Eu sorrio e dou um passo adiante. A menina continua brincando no carrossel.

Ela fica calada.

Fico pensando na aparência dela na última vez. Já faz um bom tempo, quatro ou cinco anos. Quando o Gally foi preso outra vez, eu fiquei um tempinho. Ela e eu... sempre fomos uma dupla do caralho juntos. Sempre houve alguma coisa... eu sinto meu pau formigando devagar, e as palavras começam a sair da minha boca. – O que você vai fazer hoje à noite, então? Vão botar pra quebrar pela cidade?

Ela olha pra mim com uma expressão que diz, pois é, lá vamos nós outra vez, nessa brincadeira maluca. – Não. Ele foi passar uma quinzena em Sullum Voe.

– Mesmo assim, é tudo dinheiro – digo, dando de ombros. Dinheiro é a última coisa que eu tenho em mente. Nós dois conhecemos essa babaquice toda de trás pra frente.

Ela só dá um sorriso triste, pra me dizer que nem tudo está beleza entre eles, e abrindo espaço pra que eu avance.

– Bom, se você conseguir se livrar da criança, eu gostaria de convidar você pra sair à noite – digo.

Ela fica meio irritada com isso e começa a me olhar de alto a baixo.

– Vou me portar feito um cavalheiro – digo.

Então recebo dela um sorriso sem humor que poderia rachar a porra de um prato.

– Então não vou – diz ela, sem brincar de porra nenhuma.

Isso me coloca em uma situação bem delicada. Por que fui entrar nessa porra outra vez? Está tudo tão bem com a Viv. É o tal tesão pós-ressaca. Sangue demais que deveria estar na cabeça indo pro pau, fazendo o cara ficar maluco, falar coisas que não deveria falar, caralho. Mas o que se pode dizer, o que se pode fazer? Quando a gente se confunde, sempre reverte ao costumeiro. Quando em dúvida, elogie.

– Bom, vou me esforçar pra manter as boas intenções, mas tenho certeza que não conseguirei resistir aos seus encantos. Eles nunca me falharam.

Disso ela gosta: dá pra ver pela dilatação das pupilas e pelo sorriso enviesado na sua boca. Esses lábios. Ela sempre foi craque no boquete. Podia chupar um pau como ninguém na Escócia. Craque por craque, como ninguém no Brasil, até.

– Passe lá às oito – diz ela, faceira feito uma gatinha, coisa que é ridícula pra caralho, se você conhece a história. Mas história é a última coisa na minha mente agora.

– Combinado, às oito.

De modo que já tenho uma trepada marcada. Eu me sinto um escroto, mas sei que estarei lá. E vou embora, deixando com ela a criança, que continua brincando.

Acho que a Jacqueline nem me viu.

Quando me afasto, olho pras outras jovens mães ali, imaginando se todas são como ela. Talvez os homens de algumas delas estejam no trabalho, em abençoada ignorância de que um abusado qualquer está mandando ver na sua senhora, enquanto o puto idiota dá duro no batente pra botar comida dentro de casa. Algumas daquelas mulheres ali devem estar no mesmo barco, isso é certo. Passar o dia todo sentada em parques, casas ou lojas com um par de crianças não pode ser uma curtição pra todas as gatas. E que se foda a espera por um puto que já chega em casa exausto, e que provavelmente nem tem mais desejo por ela, só quer fisgar uma outra qualquer lá no trabalho mesmo.

Aqui há algumas mulheres da mesma idade das gatas que passam a noite toda dançando em campos e galpões, viajando pelo país inteiro, divertindo-se como nunca na vida. Essas vaquinhas aqui devem querer algo assim: um puto magro, jovem e bonito, com pau grande, sem preocupações, que consegue foder a noite toda, dizendo que elas são a coisa mais bonita que ele já viu, e falando isso com verdade. Pois é, todo mundo quer o melhor de tudo: o dinheiro, a diversão, a porra inteira. E por que não, caralho? É o tempero da vida. Não consigo entender como alguém espera que as xotas sejam diferentes dos paus hoje em dia.

Passo pelos portões do parque, e a rua principal se estende à minha frente. O conjunto habitacional está caído, pelo menos deste lado. Do outro lado da rua, onde ficam as casas antigas que nós, nos apartamentos, achávamos que eram cortiços... bom, lá a coisa está prosperando. Eles têm tudo: janelas e portas novas, com jardins arrumados. Aqui, nas *maisonettes* que nenhum puto quer comprar, tudo anda caindo aos pedaços.

Percebo que não vou conseguir ir pra casa. A velha anda irritada pra caralho desde que eu voltei a morar lá, e a Vivian ainda não terá chegado do trabalho. Minhas tripas já estão se acomodando, mas a cabeça continua um pouco pesada. Opto pelo *Evening News* e por uma cerveja no Busy Bee. Só que o movimento não faz jus ao nome do lugar, que está vazio, exceto por Carl e Topsy na sinuca, Soft Johnny no fliperama, e um puto de 55 anos chamado Tidy Wilson, com uma camisa da Pringle, no bar. Eu meneio a cabeça pro pessoal e assumo meu lugar. É engraçado ver Carl Ewart aqui perto do conjunto, porque ele não vem aqui com frequência, já que tem um apê na cidade, e seus pais se mudaram pra algum bairro esnobe.

Carl se aproxima e me dá um tapinha nas costas. Tem um sorrisão no rosto. Às vezes esse puto fica um pouco convencido demais, principalmente agora que está trabalhando na boate Fluid, mas eu curto muito o escroto.

– E aí, Lawson – diz ele.

– Nada mau. – Eu aperto a mão dele, e depois a de Topsy. – E aí?

– Beleza. – Topsy dá uma piscadela. Ele é um rapaz magricela e nervoso, que sempre pareceu mais jovem do que é, mas valente pra caralho. Era torcedor do Hearts, até que a antiga turma deles se evaporou, quando o pessoal do Hibs tomou a cidade. Um dia Topsy levou uma porrada do Lexo e nunca mais foi o mesmo. Mas eu sempre gostei do puto, tipo do cara da velha guarda. Só que meio nazista, e foi assim que ele meteu o Carl naquela encrenca. Mas Carl acha que o sol sai brilhando do rabo de Topsy; os dois sempre foram próximos pra caralho. Uma dupla engraçada, Carl e Topsy.

– Mas o que trouxe você a esta favela, Carl? – digo.

– Só vim conferir a sua vida, seu puto, pra saber se você ainda está a fim de ir ao Festival de Cerveja em Munique.

– Eu vou estar lá, não se preocupe com isso. O Birrell tá cuidando de tudo. O único puto que pode fraquejar é o Gally.

– Ah, é? – diz Carl, todo preocupado.

Então conto a ele o que aconteceu no outro dia. E falo que Gally anda esquisito ultimamente.

– Acha que ele voltou a se drogar? – pergunta Carl. Ele se preocupa com o Gally. É maluquice, mas eu também me preocupo. Ele é um dos carinhas mais valentes que se pode achar por aí, mas sempre teve alguma coisa vulnerável. Caras como Carl, Birrell e Topsy, você sabe que sempre estarão bem, mas às vezes Gally preocupa.

– Tomara que não, caralho. Eu não quero passar a porra de um feriado com a porra de um viciado. Vá pra porra.

Topsy olha pro Carl, depois pra mim, e diz: – De certa forma, é bem feito pra ele, aquela porra da Gail... uma vagaba. Quer dizer, eu comi a Gail pra caralho antigamente, todo mundo comeu, mas ninguém casa com uma vaca feito aquela.

– Vá se foder, seu puto – diz Carl. – Qual é o problema se uma gata gosta de pica? Estamos nos anos 1990, caralho.

– Pois é, tudo bem... mas pra você casar, é preciso saber se ela mudou de hábitos. E ela não mudou – diz Topsy, dando uma olhadela pra mim.

Eu fico calado. O Topsy está de sacanagem, mas o puto tem razão. A Gail não passa de uma boa foda, mas acho que era só isso que o Gally queria quando saiu da prisão, ainda virgem. O engraçado é que fui eu que apresentei os dois. Juntei os dois quando o Gally saiu da cadeia. Achei que estava bancando o Cupido na época, ou pelo menos arrumando uma trepada pro Gally.

Às vezes não dá pra evitar, se o seu melhor amigo é um otário.

A persistência de trepadas problemáticas

Culpa e foda andam juntas feito peixe e batatas. A culpa, e uma boa foda. Na Escócia existem a culpa católica e a culpa calvinista. Talvez seja por isso que o ecstasy realmente decolou aqui. Falei com Carl sobre isso lá no bar, e o puto disse que o prazer ilícito é sempre melhor. E é verdade. Comigo, o problema sempre foi lealdade. Amor e sexo nunca foram a mesma coisa pra mim, e a maioria dos homens também vai dizer isso, mas escolhe viver uma mentira. Até que tudo se revela, e começam os grandes problemas.

A Vivian é uma gata bacana, e eu sou apaixonado por ela. Minha mãe tem ódio dela e culpa a Vivian pelo rompimento entre mim e Lucy. Isso não é nada justo. Ela só anda irritada por causa da porra do alemão. Boa viagem praquele lixo ruim. Pois é, eu amo a Vivian, mas já descobri que, depois de passar seis meses com uma gata qualquer, começo a querer trepar com outras novamente.

Não posso mudar a porra do meu jeito de ser. Só às vezes, quando vejo Vivian deitada ao meu lado depois de fazermos amor, cochilando suavemente, é que tenho vontade de berrar pedindo pra ser diferente.

Mas isso nunca vai acontecer.

Quando volto pra casa, minha mãe está cozinhando.

– Tudo bem? – digo. Nenhuma resposta. Mas ela está fazendo uma barulhada da porra na cozinha, batendo as portas dos armários, chacoalhando as panelas, armando alguma. Está no ar, como diz aquele carinha esquisito, sinto isso vindo no ar hoje à noite... ah, é...

Mas é uma porra de uma salada, ainda por cima com batatas cozidas em vez de fritas. Se existe uma coisa que eu odeio, é salada, caralho. E ela botou até beterraba dentro, manchando tudo!

Eu já tinha tomado algumas com Carl, Topsy e Soft Johnny. A velha consegue sentir o cheiro em mim. E bebida durante o dia é motivo de irritação pra ela. Na minha visão, porém, você tem de aceitar os prazeres onde os putos são achados.

– Que cara é essa? – pergunta ela. – Uma boa salada saudável! Você devia comer mais verduras. Não é bom viver jantando só peixe! Peixe e comida chinesa! Isso não é bom, nem pra um homem, nem pra um bicho!

Isso me faz imaginar como eu poderia conseguir um frango com limão e um arroz com ovo frito imediatamente, em vez daquela merda ali. O frango com limão no chinês da esquina é sempre genial.

– Eu não gosto de salada. É comida de coelho.

– Comece a trazer pra casa um salário decente, e você pode escolher qualquer coisa pra comer.

Ela tem uma audácia da porra. Eu tento contribuir toda vez que estou forrado. – Isso não tem cabimento. Ofereci dinheiro a você na semana passada, ofereci duzentos paus, e você não quis a porra!

– É, porque sei de onde veio aquilo! Sei de onde vem todo o seu dinheiro! – rebate ela, enquanto eu sento pra comer aquela merda em silêncio, enfiando tudo entre duas fatias de pão. Então ela continua: – Eu vi a Lucy com o garoto outro dia. Lá no centro Wester Hailes. Fomos tomar um café.

Que intimidade da porra. – E aí?

– Pois é. Ela falou que você não vai ver o menino há um bom tempo.

– E isso é culpa de quem? Toda vez que eu vou até lá recebo um balde de gelo na cabeça, da parte dela e daquele fedelho grandalhão.

Ela fica calada um instante, depois diz em voz baixa: – E aquela outra telefonou. A tal da Vivian.

Eu ligo de volta pra Vivian, dizendo que esqueci que tinha combinado jogar em um torneio de sinuca, e que nós nos vemos pela manhã. E o que isso significa é que pela primeira vez desde que começamos a namorar, eu vou jogar fora de casa.

Liberdade de escolha

O problema da nicotina está ficando sério: a mancha amarela no meu dedo fica realçada pelo branco da campainha na parede. Eu aperto o pequeno botão na porta dela e ouço um barulho bem forte. Fico chocado quando vejo a aparência dela. Em três horas, desde que nos vimos, ela ficou loura. Não sei ao certo se esse tom lhe cai bem, mas a novidade já me levanta o pau. Pela primeira vez percebo que sua pele está bem bronzeada. Eles foram à Flórida: ela, a menina e o idiota do Polmont.

– Oi – diz ela, conferindo as casas dos dois lados em busca de olhos bisbilhoteiros. – Entre aí.

– A menina tá com sua mãe? – pergunto, já entrando.

– Minha irmã.

Eu sorrio e abano o dedo. – Se não conhecesse você tão bem, pensaria que você estava planejando me seduzir.

– O que deu essa ideia a você? – diz ela.

Eu começo a dizer: – Essa imagem nova, eu gosto...

Mas ela já está desafivelando o cinto, tirando o jeans e chutando pra longe. Depois começa a tirar a camiseta.

Sinto vontade de mandar que ela vá mais devagar, porque eu queria saborear as preliminares um pouco. A coisa pode ser o tempero da vida, mas os temperos precisam ser saboreados no palato, e não simplesmente engolidos. Mas obviamente ela quer muito que aquela chaminé seja varrida, de modo que foda-se... ela que comande a parada. E eu começo a tirar a roupa, encolhendo a minha barriga de cerveja. Já faz tempo que não dou o recado a ela, e a barriga vem ficando meio flácida.

– Tem camisinha? – diz ela.

– Não – digo eu. Quase falo que ela nunca se preocupava com isso, mas as coisas mudaram muito desde que a gente parou de foder com regularidade. O que você diz e o que você faz? Acho que o fato de Gally andar se drogando e tudo deve fazer com que ela pense em coisas assim.

Ela vai até a cozinha. Há duas bolsas de supermercado na bancada. Em uma delas há um pacote de camisinhas. Ela me dá uma delas, que eu coloco em mim mesmo.

Ela se vira, apoiando os cotovelos na bancada e exibindo o rabo, que tem uma nítida marca de biquíni, causada pelas férias na Flórida. É preciso reconhecer: ela sabe gastar a grana do idiota do Polmont muito bem. Ela agarra uma das nádegas e diz: – Você sempre gostou da minha bunda... não acha que tá ficando meio flácida?

Dá pra ver que ela anda cuidando disso na aula de aeróbica ou de *step*, porque nunca achei aquele rabo mais firme do que agora.

– Parece estar bem, mas precisa de mais um pequeno teste – digo, já ajoelhando e deixando minha língua se banquetear nos dois buracos dela. Foda-se aquela salada... eu sempre fui homem de carne. Ela não levou muito tempo pra demonstrar seu prazer. Eu gosto de gatas assim, que mostram a você como anda a brincadeira. Tenho a tendência de vocalizar bastante durante o sexo e tudo. Não aguento ver futebol no bar com o som desligado.

Depois de um tempo, ela diz: – Mete agora, Terry. Mete tudo. Agora!

– Você quer?

– Quero, agora – diz ela. – Vem, Terry, não estou a fim de brincadeira... mete logo essa porra!

– Em que buraco?

– Nos dois – diz ela.

Eu só tenho a porra de um pau aqui, minha senhora, essa é que é a porra do problema. – Sei disso, mas em qual primeiro?

– Você escolhe – diz ela.

Beleza. Vamos ver se consigo fazer uma surpresa pra nós dois, metendo na sua xota.

Mas nada.

Vou enfiando tudo na sua bunda, quando ela grita: – Porra...

Ela manteve uma faixa preta no cabelo, enfatizando a lourice de garrafa, e tem uma expressão amalucada no rosto. Eu puxo seu cabelo e empurro seu rosto, tentando imaginar se isto é amor, sexo, ódio, ou o quê. É engraçado, porque sou eu que estou fazendo todo o barulho: um lixo venenoso e tarado vai saindo da minha boca em forma de rosnado primitivo, mas depois eu entro em uma bobajada romântica e sem nexo. Essa coisa toda é tão fodida que precisa de um comentário. Vou mexendo na xota dela com a outra mão, esfregando o grelo, quando sinto que ela vai gozar... tenho vontade de tirar o pau do rabo e meter no primeiro buraco, mas você não pode fazer isso sem uma lavada... então gozo com força na bunda mesmo, empurrando o seu rosto contra o armário... há grandes círculos embaixo dos seus olhos arregalados e parece que o amor vai sair!

Ela parece estar tendo convulsões, enquanto eu tiro o pau, e solta um peido trovejante que me leva de volta àquela perversidade animal do que você é e o que andou fazendo... nem consigo olhar pro meu pau. É preciso conferir os hábitos alimentares da sua parceira de sexo anal. Então eu saio direto e subo a escada até o chuveiro, pra me lavar e tirar os cheiros.

Trepadas anais heterossexuais: o novo amor que não ousa dizer seu nome. Isso vale até uma dúzia de canecas no bar, mas então toda a merda aparece, e isso é o que a maior parte é. Eu saco logo um cara que nunca enrabou uma gata, assim como sacava logo quem nunca tinha comido uma xota anos atrás. Passo à frente, sr. Galloway! Passo à frente, sr. Ewart! Passo à frente, senhor tipo-esportivo-todo-limpinho Birrell! Não tinha certeza quanto a Topsy Turvey, mas provavelmente ele já enrabara *garotos*. Sendo ao mesmo tempo nazista e torcedor do Hearts, só podia ser bichona.

Desço outra vez, esperando que ela se lave e se vista. Dou uma conferida no pedaço, que é, como se espera, um cafofo normal pra um casal e uma criança, todo bem arrumado, mas sem qualquer coisa de valor. Não que eu fosse roubar algo dela, é só que o Polmont poderia ter alguns troços ali. Só que não há sinal disso. Capto a vibração de que ele está tomando, ou até já tomou, o mesmo rumo que o coitado do Gally.

— Não é um cafofo ruim — digo a ela, olhando em torno da sala bem mobiliada. Essas casas do governo são bastante procuradas.

— Odeio essa porra aqui — diz ela, soltando uma baforada. — Eu fui até a câmara falar com a Maggie. Disse que queria um dos lugares novos que eles estão construindo ali nos fundos. A porra daquela vaca esnobe me falou assim... "não posso fazer nada por você, Gail, seu caso não é prioridade". Eu respondi... "grande amiga você é". Não que a gente ainda se veja. Aquela vaca nem sequer me convidou pro casamento dela.

Ah, a Maggie. Agora uma vereadora, que também faz parte da Comissão de Habitação.

— Eles não podem mostrar favoritismo — digo, dando de ombros. — Se bem que antigamente ela me mostrava bastante...

— Pois é, sei bem qual foi o tipo que ela mostrava pra você. — Gail ri. — Mas agora ela está se achando o máximo.

A Maggie até que se deu muito bem.

— Sabe, ela também não convidou o Alec, aquele tio dela, pro casamento. Na época ele estava na cadeia por assaltar uma casa. Foi sorte dela, porque aquele riquinho com quem ela casou teria se cagado todo. A coisa não sairia bem na foto.

Fico pensando no processo de transmissão das coisas dentro das famílias. Lembro que Maggie declarou numa entrevista que agora ela tinha um "interesse passional em questões de habitação". É garantido que ela tenha herdado isso de Alec! Só que nela a porra foi canalizada de forma diferente!

Gail ficou bem nesse vestido, de modo que eu lhe dou outra bimbada em cima do sofá. Ela goza bastante; acho que quanto mais velho, melhor eu fico. Dá pra ver que o puto do Polmont não pode ser grande coisa, porque ela leva muito pouco tempo pra gozar.

Resolvemos pegar um táxi e tomar um drinque num hotel em Polwarth. No banco traseiro, ela agarra os meus culhões, já quase em carne viva, e diz: – Você é um puto safado da porra, filho.

É esquisito, mas eu já estou pensando em Gally, depois em Vivian... provavelmente, essas são as pessoas de quem eu mais gosto no mundo, e os dois ficariam destruídos se soubessem o que eu estou fazendo agora. Já sinto a porra do cacete na minha calça começar a endurecer, mas sei que sou fraco e burro... por mais que eu tente me enganar, as mulheres sempre mandaram em mim. Elas só precisam olhar pra mim e eu venho correndo.

Tal como faço com Gail.

– O resto... eles me atraem com dinheiro, mas você me fode melhor. Como você pode não ser milionário, Terry? – Ela ri.

– Quem falou que eu não sou? – digo, mantendo um tom leve. Não quero ouvir falar das fodas dela com Gally, nem com a porra do idiota do Polmont. A única coisa que sempre quero que ela faça é dar pra mim. Depois, quero que ela desapareça, porque antes da trepada com ela é tudo genial, as preliminares e tudo, mas depois nada é como a Vivian. Aqui só há luxúria, mais nada. Mesmo assim, é o tempero da vida, sempre acreditei nisso. Por mim, foder e amar seriam duas coisas diferentes. Não deveria haver complicações emocionais em uma simples foda. Existem putos reprimidos em número demasiado no poder, nas igrejas, nas escolas públicas e tudo. Essa é que é a porra do problema neste país. Quando você tem bichas enrustidas decretando a agenda sexual de todo mundo, quem pode estranhar que qualquer escroto se ourice todo pra invadir um rochedo qualquer no Atlântico Sul?

Aqui neste bar vagabundo cheio de fedelhos suburbanos, ela começa a se embebedar bem depressa... não sabe beber. Está despejando veneno, dizendo que todos os homens são uns putos, só servem pra foder e trazer um salário pra casa. – Esse é um ponto a seu favor, Terry... com você não tem babaquice. Aposto que você nunca disse que amava uma gata, e estava falando sério. Você só quer meter no buraco e ponto final.

É mesmo, caralho?

O Gally detestava esse tipo de boca suja que ela exagerava depois de um drinque. Mas isso não me incomoda. Ela tem razão: eu só estou interessado nela pra transar. Se ela sente o mesmo por mim, tanto melhor. Só que foi ela quem quis este drinque. Eu poderia ter ficado lá e dado outra bimbada. Mal posso esperar pra chegar em Munique, longe desta babaquice daqui. Do jeito que o Gally anda ultimamente, é como se toda a putada precisasse de férias, pode crer.

Tentando alegrar as coisas, eu começo a falar merda. – Você não usa mais óculos?

– Não... lentes de contato.

– Eu sempre achava sensuais aqueles óculos – digo, pensando no dia em que ela estava me chupando e eu tirei o pau, gozando em cima dos aros dourados que ela usava. Por falar em aros, ela bem que podia dar uma arejada na porra do cu...

– Use você aquela porra – diz ela.

Não, isto não está funcionando.

Ela vai ao toalete e eu vejo suas costas desaparecerem. Penso na foda que demos e na minha traição a Vivian. Agora que já fiz uma vez, é claro, posso fazer de novo. Há muitas xotas na cidade a fim disso, toneladas delas na Fluid. Não quero que Gail pense que ela é especial. Então pego uma caneta com o barman e deixo um recado na bolacha de cerveja:

G.
ACABO DE LEMBRAR DE UMA COISA URGENTE.
VEJO VOCÊ EM BREVE.
T.

Saio depressa porta afora e faço sinal prum táxi na rua principal, indo pro centro. Tremo de riso quando penso nela lendo aquele bilhete.

Clubelândia

A porra da Fluid está lotada de xotas de alta qualidade, e o Carl está aproveitando, como sempre. Seu parceiro Chris está na função de DJ, e Carl fica simplesmente esperando sua chance, desfilando pelo lugar, abraçando a galera toda... uma babaquice da porra. Ele já enlaçou uma gata, que reconheço como uma das irmãs

Brook. Eles me veem, chegam perto e me dão um abraço grupal. Eu seguro a menina com força e aperto Carl com leveza... ele sabe que eu não curto muito essa merda com outros caras. Essa porra de beijar homem me dá no saco, com ecstasy ou sem ecstasy.

– Ah, Terry, Terry – diz ele, antes de nos separarmos.

– É bom o barato?

– O melhor, Terry, o melhor. O melhor que já experimentei.

Tudo é sempre o melhor com esse puto.

– Tá gostando, gata? – pergunto pra irmã Brook. Não lembro se é Lesley, ou a outra.

– Genial – diz ela, passando o braço em torno da cintura magricela e quase feminina de Carl, e afastando o cabelo do rosto. – O Carl vai me dar uma das suas massagens especiais... não vai, Carl?

Massagens especiais é o cacete. Ewart.

O escroto escorregadio simplesmente encara o olhar dela, dá um sorriso profundo e vira pra mim. – Essa gata é uma visão e tanto, não é, Terry? Olhe só pra ela... que colírio!

– Tem toda a razão. – Eu dou um sorriso. Carl é um desses caras que tomam ecstasy e acham que estão espalhando um rastro de amor pela sala toda, mas é a porra de um rastro de óleo, seu puto nojento.

– Desacompanhado hoje, sr. Lawson? Onde está a bela Vivian?

– É a noite em que ela sai com as colegas de trabalho – minto eu. – E o Billy ou o Gally?

– O Billy está em algum lugar por aqui – diz Carl, olhando em torno. – E o Gally... ele chegou com uma gata, mas os dois estavam muito chapados. Ele parecia ter tomado heroína pra caralho.

A gata ao seu lado balança a cabeça. – Ele também é um carinha tão bonito e legal... não precisa desse lixo.

Esse filhos da puta tomam ecstasy e entram num barato tão virtuoso que se acham no direito de dizer o que todo mundo deve ou não fazer.

– Você tinha razão sobre ele, Terry... o Gally anda tomando muita merda. Quer dizer, nós somos pessoas sensíveis, mas o Gally é o mais sensível de todos. Ele parece um clitóris, ampliado até um metro e sessenta e cinco de altura, e moldado como uma figura humana – diz Carl, e eu dou uma risada. Já a gata considera pensativamente a questão, antes de virar pra mim.

— Fale com o Andrew, Terry... ele é um cara tão bacana. É um dos caras mais bonitos que já conheci. Tem olhos tão maravilhosos. Parecem duas grandes piscinas de amor, e a gente tem vontade de mergulhar ali – diz ela, enlaçando o próprio corpo com os braços, como se fosse ter a porra de um orgasmo só de pensar nos olhos ensandecidos de heroína do Gally. Esses comprimidos de ecstasy só podem ser bons mesmo.

Carl agarra o meu braço. – Escute, Terry, eu vou tocar daqui a um minuto... encontre o puto e não deixe que ele se meta em mais encrenca. O Mark me falou de um problema lá na porta...

— Vocês são tão bonitos com os amigos... adoro o cuidado que têm uns com os outros... sinto isso vindo de vocês com verdade, e consigo captar tudo porque ser gêmea torna a gente mais sensível – diz a gata, tagarelando sem parar.

Hora de me mandar.

— Certo. – Meneio a cabeça, dou um beijo na sua bochecha reluzente, aperto sua bunda e vou me afastando.

Quando olho de volta, vejo que ela grudou feito um marisco no Carl, que está lutando pra subir à plataforma onde ficam os deques.

Mas ali dentro tá um saco. Pensei em procurar Gally na área de *chill-out*, mas não há sinal dele. Então vejo o puto cambaleando pela pista de dança, atraindo sorrisos engraçados por parte dos ravers siderados. E vou até ele. – Gally!

Ele estava realmente no bagaço. Registrou minha presença e ficou grudado no chão, mas balançando de um lado pro outro, feito um guarda-roupa cambeta. Pelo que entendi, o escroto idiota tinha tentado trazer o puto do Wylie, mas felizmente na porta Mark não quis saber daquela merda. O Wylie começou a fazer um escarcéu e foi levado pra casa por uma franga qualquer.

De modo que Gally está ali com uma baranga que eu, tudo bem, até traçaria uma vez. Há algo em comum neles: os dois fedem a bagulho. Gally provavelmente está na rua desde que nos vimos pela última vez, na casa do Alec. Tento conversar com ele, mas sua cabeça está longe. Não sei por que Mark deixou que ele entrasse, sendo ou não amigo do Carl.

— Qual é a sua, parceiro? – Sinto o mesmo tipo de desprezo impotente que Gail deve ter por ele, e até entendo o ponto de vista dela.

— Hibs... Dundee... O Rab Birrell foi pego... não contei ao Billy – balbucia ele.

— Ele foi pego... o Rab?

Gally assente. A maluquete está pendurada nele, olhando pra mim e sorrindo. Ela não tomou heroína; tomou ecstasy até ficar pirada, feito aquela gêmea de antes.

– O Larry esfaqueou o Phil, e a gente precisou levar o Phil ao hospital – diz ela. – Mas a Muriel e o Larry não entraram, não foi, Andrew?

Eu ignoro a franga, mas agarro Gally pelas orelhas e obrigo o puto a me encarar. – Escute aqui, Gally... quando você fala que o Rab foi pego, é pela polícia ou por alguma rapaziada?

– Polícia... ele arrebentou um cara...

Essa é uma surpresa, Rab Birrell ser preso. Sempre achei que ele era um puto cagão demais pra ser preso por brigar. Mas Gally conta que ele faz isso muito no futebol. O negócio é: o que Gally pretende, indo ao futebol com uma gangue de torcedores e depois se entupindo de heroína com gente feito Wylie? Isso é misturar azeite e água, com certeza. O puto está muito confuso, e não vai se sentir melhor se souber que andei traçando sua ex-mulher.

– Tente relaxar, parceiro... venha até aqui e sente aí – digo, levando Gally até a área de *chill-out*.

– Mas a gente veio dançar – lamenta a franga, enxugando o suor da testa. Com o Gally é que não será... o babaca mal consegue ficar em pé.

Gally balbucia algo sobre querer comprar mais ecstasy. Eu pego dois comprimidos com ele e peço licença, indo pro centro da pista. A maluquete que cuide dele. Vejo umas minas gostosas, mas sempre preferi cantar minhas gatas em bares, não em clubes noturnos. A música estraga a arte da conversa.

Há uma em particular de quem eu realmente gosto, verdadeira classe Série A em estilo italiano. Depois daquele período divertido na Itália, resolvi que de agora em diante só quero xotas de melhor categoria. Você se envolve com as frangas do conjunto, e no começo nem é ruim, mas esse negócio todo com a Gail e o Gally é íntimo demais.

Então, ela está no bar. Já fiquei todo empolgado quando dei de cara com ela ali. Ela parece maravilhosa: uma camiseta justa e calça de couro. A cabeleira é lisa, tão maneira quanto... bom, aquela caneca de cerveja na sua mão. Ela é uma visão, e agora avança em direção a Carl, que está tocando suas músicas no meio da aparelhagem. Eu vou atrás dela.

– N-SIGN? Você é o N-SIGN? – pergunta ela, em tom até bem elegante.

As alegrias de ser DJ desse puto esperto. Ele sorri e diz: – Sou.

Parecia prestes a falar algo mais, quando ela joga a caneca de cerveja na cara do puto!

– NAZISTA ESCROTO! – berra ela. Carl parece bastante chocado; continua parado ali, emudecido, pingando de cerveja. É genial pra caralho... a boca de Carl Ewart fica bem fechada!

A tal da Brook fica fazendo ahs e ohs, tentando reconfortar Carl, falando que a vibração continua adorável, e por que as pessoas precisam estragar isso, toda essa merda, e então todo mundo se aproxima. Carl está pirado com aquilo que o puto idiota vê como pura injustiça da história toda. Está falando um monte de merda sobre ele e Topsy, sobre uma bebedeira maluca com colegas antigos e um senso de humor imbecil, sobre manipulação e ardis da mídia, além de sua preciosa política, sua política libertária e socialista.

Só que a mina não quer saber de porra nenhuma, porque continua berrando com o ensopado do Carl. Ele ainda tem de cuidar da cerveja que respingou nos vinis, nos deques, nos amplificadores, de modo que começa a usar o blusão freneticamente como um pano de secar antes que o negócio todo entre em curto.

Mark, um dos leões de chácara, logo se aproxima do trio: ela, uma amiga e um carinha ligadão, de aspecto limpo e ar bobo, que pode ser namorado da amiga. Billy Birrell também chega depressa, pois viu tudo.

Ele tenta mandar a gata ir embora, em tom até amável, mas é questionado pelo tal carinha.

– Com quem você acha que tá falando, caralho? – pergunta ele em um tom abusado, adotado só pra impressionar as gatas. O puto pode até tentar, mas não consegue disfarçar o ar de estudante que sai de todos os seus poros.

Birrell ignora a frase e diz pra gata: – Olhe, vão embora, só isso.

Ela começa a berrar, chamando Billy de nazista, fascista, e todas aquelas merdas que os estudantes metidos a besta gostam de chamar as pessoas, geralmente porque estão longe de casa pela primeira vez, descobrem que odeiam papai e mamãe e não conseguem lidar com isso.

Mas Billy continua tranquilo pra caralho. Ele sabe que nada tem a provar a gente assim. Simplesmente se vira e se afasta. Só que o burro do cara agarra o ombro dele. Billy vira depressa, com um movimento instintivo, e dá uma cabeçada na fuça dele. O cara cambaleia pra trás, com sangue jorrando do nariz. A gata fica paralisada de choque. Billy olha pra ela enquanto aponta pra ele. – Seu namorado está mal. Ele merece mais do que uma vaca idiota feito você. Leve o cara pra casa!

Mark, o leão de chácara, chega perto, preocupado com Birrell. – Você tá bem, Billy? Sua mão tá bem? Você não precisou socar o rapaz, precisou?

– Não. Dei uma cabeçada nele – explica Birrell.

– Foi esperto – diz Mark, todo aliviado, dando um tapinha nas costas de Billy. Mark é um grande fã de Birrell, e não quer ver a próxima luta dele adiada porque ele fodeu os nós dos dedos com algum puto maluco. Então se vira pros estudantes. – ENTÃO, VOCÊS AÍ... FORA! VÃO NESSA! JÁ FORAM AVISADOS!

Carl está pedindo que todos se acalmem. Preciso reconhecer o mérito do puto: na verdade, ele está passando uma cantada na tal franga. Fica falando que não é problema, foi só um mal-entendido. O puto abusado tem a coragem até de dizer a Birrell: – Isso não ajudou muito, Billy.

Billy ergue as sobrancelhas pra ele, como quem diz: fiz isso por você, seu maluco.

Mas eles ainda estão fazendo um escarcéu, principalmente a gata que deixou Carl ensopado. Então Gally chega e começa a gritar: – Quem são vocês, caralho... são vocês... são vocês...

Só que ele está tão chapado que só consegue bancar o idiota. Então a porra da bichona do Carl balança a cabeça e diz: – Tem testosterona demais flutuando aqui dentro...

Pra começar, se não tivesse havido toda aquela testosterona voando em torno dele e de Topsy, ele não teria ido parar nos jornais, e provavelmente estaria a caminho de traçar aquela franga estudantil agora. Pois é, pra ele sempre tem testosterona demais quando é a testosterona dos outros. Ele nunca parece se incomodar com a testosterona que tem nos próprios colhões. Eu sou fã do Carl, mas não consigo deixar de pensar que foi genial o que aquela gata fez com o puto arrogante.

Mande ver agora, senhor DJ!

O mais incrível é que o escroto deve tudo a nós. Se ele não fosse nosso amigo, meu e do Birrell, teria apanhado pra caralho na escola, pode crer. A porra do Garoto Milky Bar tinha uma garantia lá. E então ele nunca teria tido autoconfiança suficiente pra ficar brincando atrás de uma aparelhagem de som como se tivesse um pau do tamanho da Torre de Blackpool. Pois é, hoje em dia esse puto espertinho se acha uma dádiva divina pra mulherada, mas lembro da época em que ele ficava grato a qualquer cadela que desse pra ele. Carl se achava o máximo, por causa daquela banda de merda que tinha com Topsy, mas as buças de categoria nem olhavam pra ele... só depois que ele arrumou uma aparelhagem, umas noites em boates e uma grana preta.

A tal gata de primeira categoria continua berrando com Billy, enquanto sua amiga tenta ir embora com ela. Essa está a reboque ali: meio atarracada, de vestido preto, com cabelo crespo e pele manchada. Pois é, não se trata só de testosterona; há uma boa quantidade de estrogênio solta por aqui, e a maior parte está vindo dessa frangota. Pra mim isso significa uma coceira que não pode ser coçada, ao menos pelo tal namoradinho. Ele ainda está segurando o nariz no lugar. Ela aponta pra ele e diz: – Ninguém vai falar disso aí? Ninguém vai enfrentar esses caras?

A frangota tem mesmo um canal entupido, então a única coisa a fazer é convocar Terry, o Desentupidor! Eu avanço, piscando pro Billy.

– É esse o seu barato, Birrell... aterrorizar pessoas e defender fascistas? Enfie sua boate no rabo – digo, virando pra Gata de Primeira, sua amiga Frangota Crespa e o namorado ferido. – Tô fora!

E com certeza, quando boto o pé lá fora, eles não estão muito atrás. Mark e seu parceiro só querem garantir que eles não voltem. O coitado do puto é metido num táxi e enviado sozinho pra casa, ou pro hospital. A gata que deixou Carl ensopado está lívida com o pobre escroto, e enquanto o táxi se afasta depressa, exclama: – Ele foi totalmente inútil.

– Você tá bem? – pergunto.

– Estou, estou bem! – berra ela comigo. Eu levanto as mãos no ar.

A tal frangota agarra a amiga, e depois se aproxima de mim, puxando a minha manga. – Desculpe, e obrigada por nos defender lá dentro.

A gata que deixou Carl ensopado está toda tensa, mordendo a pele em torno das unhas. Dou uma piscadela, tentando apaziguar seu ânimo, e ela me devolve um sorriso tenso.

– Escute, acho que a sua amiga está em estado de choque. Vou arranjar outro táxi pra nós – digo pra Frangota Crespa, que balança a cabeça agradecendo.

Pulo pra rua e chamo um táxi, entrando depressa atrás e segurando a porta aberta. Elas olham pra mim por um instante, e depois também entram.

Rumamos pro apartamento delas na South Clerk Street. Eu vou papeando com a Frangota Crespa, pensando: se ela for bem tratada, seguramente me convidará a subir. E com certeza, elas me convidam pra um drinque e um baseado.

É um apartamento mais maneiro do que eu tinha imaginado, de jovens profissionais, e não de estudantes. Nós sentamos e conversamos sobre boates e política. Fico relaxado, deixando que elas liderem a conversa, mas é tudo aquela merda típica de estudantes, e preciso admitir que estou achando difícil fingir interesse. O objetivo principal é conseguir lançar um ou outro olhar revelador, coisa que consigo fazer de vez em quando. A Gata de Primeira está ligadona demais pra notar, mas a amiga tá muito a fim.

As duas parecem cansadas, como que saindo de um barato qualquer, e contam que vêm enfiando o pé na jaca desde que saíram na noite de sexta-feira. A Gata de Primeira diz: – Eu queria era arrumar mais ecstasy.

Eu pego os dois comprimidos que Gally me deu e passo a elas. – Tomem esses aqui, são muito bons.

– Uau... tem certeza?

– Fiquem à vontade – digo, dando de ombros.

– Isso é tão bacana da sua parte – diz a Gata de Primeira, sorrindo pra mim. Finjo frieza, porque esse tipo de xota provoca seu pau até fazer os colhões explodirem, se você se mostra muito a fim.

Em meia hora elas se animam outra vez. Estavam xingando o namoradinho de tudo que existe sob o sol, mas agora já estamos todos sentados abraçados no sofá, com o aquecimento no máximo, e elas ficam falando como eu sou legal, alisando meu rosto, meu cabelo, minhas roupas e tudo. Um bálsamo pra porra do ego, isso. Só que na verdade eu nunca tive problemas com meu ego, é na porra do id que eu estou interessado. Fico pensando que talvez eu deva puxar o barco, mas dentro da minha cabeça existe um pervertido anfetaminado, cheio de licenciosidade e malícia, sempre me incentivando a mais e mais depravações.

– Então vamos transar agora, meninas? – pergunto. Duas de um lado, com um homem expulso do outro, esse é tipo de jogo que eu curto!

Elas olham pra mim, depois uma pra outra... lenta, mas seguramente, as roupas começam a ser tiradas... e nós três temos uma noitada daquelas.

De madrugada eu acordo e dou uma espiadela nas duas putinhas. O sono é um puto trapaceiro, pois está dando às duas uma espécie de altivez e inocência que elas não merecem. Mas que porra é essa? Sono é o cacete, é a inconsciência. Em meia hora qualquer agente funerário poderia fazer o cadáver do Charlie Manson parecer "pacífico".

Eu me visto e saio na friagem da noite, mas me sinto mais solitário e culpado do que já me senti em toda a minha vida, com muita saudade de Vivian. Só que antes preciso me livrar de alguns cheiros e fluidos.

Competição

O casarão parece fácil pra caralho. O vagabundo do Alec até que fez bem o trabalho de mapeamento, é preciso reconhecer. Ainda bem, porque eu nem tive chance de fazer isso, emboscado como fui pelo Esquilo Sem Grilo.

– A casa fica completamente isolada, com enormes jardins na frente e atrás. Na lateral, uma alameda arborizada leva a uma garagem. Nem dá pra ver essa alameda lá da rua, por causa das moitas e dos galhos das árvores – explicara Alec, parecendo um corretor imobiliário. Só que ele não tem a menor pinta de um.

Depois de passar por ali com a van duas vezes, eu salto e abro o portão de madeira pintado de preto. Alec se prepara pra levar o veículo pela lateral da casa. Eu noto que as portas do pátio dos fundos são caras e reforçadas. Só que Alec tem razão: na lateral da casa, o otário tem uma porta de vidro simples que "dá acesso" à cozinha.

Alec está ofegando e arquejando com a van, que é antiga. Primeiro, o escroto maluco tenta avançar de frente, e isso significa que precisaremos sair de ré em caso de emergência. De jeito nenhum. Esse velho puto está fazendo uma cagada, esquecendo as próprias regras.

– Saída, Alec, lembre da saída – sibilo eu, batendo com o dedo na janela da van.

Ele manobra, entrando desajeitadamente de ré na alameda. Enquanto entramos, eu fecho os portões, notando uma van azul estacionada na rua ali fora. Parece abandonada. Não é um veículo policial à paisana. Se foi largada ali, pode prenunciar encrenca, porque algum puto bisbilhoteiro da vizinhança logo chamará a porra do reboque.

O fator de risco só faz subir.

Alec salta da van e fica olhando hesitantemente pra porra da vidraça na porta da cozinha. Quando entramos, vejo o motivo de sua preocupação. A porra foi quebrada.

– Que porra é essa que tá havendo aqui? – sussurra ele. – Não estou gostando... vamos voltar pra van e dar o fora dessa porra!

Não aceito isso. – Nem pensar, caralho... algum puto tá tentando roubar a porra do nosso casarão! Vamos esclarecer isso logo!

Abrimos a porta e entramos pé ante pé na cozinha escura. Minha bota raspa em vidro quebrado. Vou cruzando o piso ladrilhado, mas subitamente ouço um baque imenso, e eu quase cago na calça. Depois percebo que Alec caiu pesadamente de bunda no chão. Em meio à escuridão, sibilo pro puto bêbado e desajeitado: – Que porra é essa...

– Escorreguei em alguma coisa – geme ele.

Sinto um cheiro infernal, de algo pungente pra caralho: é o coitado do Alec vomitando. Então começo a pensar que a porra do pobre-diabo também se borrou todo, mas percebo que alguém cagou no chão, e foi nisso que Alec escorregou.

– Sujeira do caralho – arqueja ele, salpicando os ladrilhos de vômito.

Então vejo à nossa frente um vulto, parado no umbral. Algo brilha refletindo o luar, e percebo que há uma faca na mão do sujeito. É um jovem, com cerca de 18 anos, e está se cagando todo. Tremendo, com a faca balançando à sua frente.

– O que vocês querem? – diz ele. Depois vira a cabeça e sibila em direção à escada. – Danny!

Alec levanta e aponta pro garoto. – Foi você que cagou aí, seu escrotinho imundo?

– Foi – diz ele, brandindo a faca novamente. – Quem são vocês?

Hora de esclarecer as coisas.

– Baixe essa porra aí, seu panaquinha, porque se eu precisar tirar isso de você, vou enfiar tudo no seu rabo de merda – aviso ao garoto.

Ele sabe que eu não estou brincando. Dou um passo à frente, e ele recua. Então aparece atrás dele um vulto suado e trêmulo, que me parece familiar.

– Terry – arqueja ele. – Terry Lawson... que porra você tá fazendo aqui?

– Spud... puta que pariu, qual é o lance? Essa parada aqui é nossa, cara... estamos de olho nisso há meses!

É o Spud Murphy, lá do Leith.

– Mas a gente chegou primeiro – insiste ele.

– Desculpe, parceiro – digo, abanando a cabeça. – Nada pessoal, mas nós já investimos tempo demais nesta parada pra sermos prejudicados por dois malditos viciados. Vocês precisam mudar de...

— *Eu* não sou viciado — protesta o garoto.

— E você, seu putinho imundo... cagando no chão feito um animal! — ruge Alec, apontando pra sujeira na sua jaqueta.

— É o primeiro trabalho do garoto, Alec — protesta Spud.

— Pois é, eu nunca teria adivinhado essa porra, nada disso — digo, abanando a cabeça. — Hoje em dia está difícil arranjar funcionários, não é, parceiro?

Spud põe a mão no rosto, enxugando a testa com a manga da jaqueta. O coitado do puto parece arrasado pra caralho.

— Hoje nada tá dando certo — diz ele. Depois ergue o olhar. — Olhe, vamos ter de repartir... dividir tudo em duas partes.

Eu olho pro Alec. Nós dois sabemos que precisamos sair da porra da casa logo. Não se pode dar mole. O garoto nem tem luvas, e Spud está usando o que parece ser a porra de uma luva de criança, com que não se consegue pegar coisa alguma. Esses putos ficarão satisfeitos com alguns CDs pra vender no bar.

— Tá legal, vocês podem levar os CDs.

— Ele tem uma coleção grande — concede Spud. — Vídeos e tudo.

Dou uma pequena volta pela casa. Spud está bastante mal, puto viciado idiota. O Gally andava junto com Matty Connell, um parceiro dele. Eu falava pra ele nunca se misturar com aquela rapaziada. Não dá pra confiar em viciado, e nem nunca, *nunca* trabalhar com um deles. Quebrando todas as regras aqui, caralho. Este negócio começou direito, mas já ficou de pernas pro ar. Enquanto subimos a escada, eu alcanço Spud. Lembro de não confiar em viciados, e ele é prova viva disso, porque foi roubado, junto com outros amigos, por um parceiro. Eles tinham uma parada de heroína grande lá em Londres, e o cara se mandou com tudo!

— Ouvi falar que o puto do Renton sacaneou vocês, parceiro. Você, Begbie e Sick Boy, foi isso que me contaram — disse eu. — Qual foi o lance?

— Pois é... foi há uns dois anos. Não vi o cara depois.

— E como tá o resto da rapaziada, Sick Boy e os outros?

— Sick Boy ainda tá em Londres. Mas veio ver a mãe há algumas semanas, e tomamos umas cervejas.

Ele não telefonou pra *mim*, aquele puto. Mesmo assim, eu sempre gostei do Sick Boy. — Dê meu abraço a ele, quando puder. Grande puto, o Sick Boy. E o Franco, ainda tá em cana?

– Pois é – diz Spud. A simples menção desse nome causa um leve desconforto nele.

Que bom, penso eu, é o melhor lugar pra aquele puto. Não sabe quando é hora de parar. Vai acabar matando alguém, ou sendo morto ele próprio, o escroto, nada mais certo. *Pior* do que o Doyle, aquele puto. Só que estou mais preocupado com o conteúdo desta casa do que com o conteúdo da mente do sr. Begbie, seja qual for. O equipamento de som é de primeira categoria. Assim como a tevê. Eles são uma família musical, porque há dois violinos e um trompete numa sala de recreação lá no porão, além de um órgão Hammond. As crianças têm alguns jogos de computador, e há duas bicicletas novas. No quarto há algumas joias, mas só uma ou duas peças parecem ter algum valor. Umas duas mesas antigas que irão pra um receptador de fora da cidade. Os CDs e LPs não valem porra nenhuma. Spud e seu parceirinho podem levar tudo, e depois trocar por qualquer merda que os putos fracassados queiram cozinhar e injetar nas veias.

O próximo estágio é tirar a mercadoria da casa, colocar tudo na van e ir até o depósito. Só não quero que Spud e o garoto vão até lá conosco, porque a localização deve ser secreta, e não continuará assim por muito tempo se esses putos falastrões forem a reboque.

– Por que você não pôs sua van na alameda, Spud?

– Achei que poderia ser vista pelos vizinhos ao lado.

– Não, as árvores bloqueiam a visão – digo, enquanto entramos na suíte principal. – Você ia sair pela porta da frente carregando o material?

– Pois é, tudo de uma vez dentro de umas sacolas – diz ele. Depois lança um olhar esperançoso pra mim. – A gente não tem onde guardar o material maior.

Ele pode esquecer esse assunto. Nunca trabalhe com um viciado.

– Desculpe, parceiro... não posso ajudar. Mas vocês conseguem enfiar os CDs e os vídeos dentro das sacolas.

Olho pro Spud, esperando uma grande discussão, mas ele está chapado. Não que ele seja do tipo que discute. Um grande camarada, mas tranquilo demais, esse é que é o seu problema. Sacaneado pela putada toda. Triste, mas verdadeiro. Ele vai sentando na cama, que tem uma armação de metal.

– Estou me sentindo meio enjoado, cara...

– O efeito ainda tá forte, parceiro? – digo, vasculhando as gavetas. Umas belas calcinhas de seda.

— Pois é – diz Spud. Ele estremece e tenta mudar de assunto. – O pessoal desta casa vai ficar quanto tempo fora?

— Duas semanas.

Spud já está deitado na cama, todo enroscado, parecendo desconfortável e suado. – Acho que vou relaxar um pouco aqui, cara...

— Qual é, parceiro... você não pode ficar aqui – digo, meio que rindo.

Ele está com a respiração pesada. – Escute, cara, só estou pensando que aqui pode ser um lugar pra me livrar do barato... um cafofo bacana feito este... de vibração relaxada... só por uns dois dias... mergulhar e ficar totalmente limpo...

O puto vive no mundo dos sonhos. – Como quiser, Spud. Só não espere que eu vá lhe fazer companhia. Tenho negócios a tratar, meu chapa.

Desço a escada com o máximo de coisas que consigo carregar, querendo me afastar do puto maluco e dar o fora da porra da casa. Alec continua fedendo por causa da cagada daquele escroto, e que ele andou espalhando pela casa. Até fez umas tentativas de se limpar, mas agora achou o armário de bebidas e está entornando o uísque. Eu fico muito emputecido com isso.

— Qual é, seu puto bebum... que porra é essa?

— Unzinho dourado só pra rebater – geme Alec, tentando se aprumar numa grande cadeira forrada de couro. Depois olha pro garoto, que está examinando os CDs e vídeos. – Esse garoto aí pode ajudar você a carregar as coisas... é o mínimo que ele pode fazer depois de me cobrir de merda!

O garoto parece desanimado. Então seu rosto se ilumina e ele ergue um vídeo de *Touro indomável*. – Tudo bem se eu ficar com isto aqui?

— Veremos, parceiro... por enquanto, me dê uma mãozinha com esta tevê aqui – digo. Ele não fica satisfeito, mas pega na outra ponta, e nós saímos pela cozinha, tentando desviar da merda que escorre ali. – Ninguém te avisou que cagar é a *última* coisa que se faz, depois que já removeu tudo que quer surrupiar?

Ele faz uma expressão vaga.

— E você também não deve cagar na sua rota de fuga... é a saída! – advirto o putinho.

Mas ele trabalha bem e logo carregamos a van inteira. Coitado do escrotinho. Anos atrás, quando havia fartura de empregos manuais pras classes trabalhadoras, um putinho feito ele passaria a vida trabalhando pra loja da companhia, até cair morto carregando móveis pra casa de algum ricaço escroto. Mas seria um cidadão obediente às leis. Agora, tirando o suicídio, o crime é a única opção pra gente assim.

Pelo canto do olho, noto dois tapetes na parede. Sei que ricaço tem mania disso, mas fico pensando que eles devem ser valiosos pro pessoal da casa não querer que uma visita qualquer pisasse neles. Realmente parecem ser de primeira categoria, de modo que eu pego e enrolo os dois, enquanto o puto bebum do Alec enche uma sacola só com birita. A coisa entre ele e a bebida já está muito além de uma brincadeira. Se aquele puto conseguisse arrombar Fort Knox, juro que pularia por cima dos lingotes de ouro empilhados só pra chegar ao armário onde os seguranças guardam sua bebida.

– Cadê o Danny? – pergunta o garoto. Quase esqueci; esse é o nome verdadeiro do Spud.

– Lá em cima, em mau estado – explico. Depois indico a ponta dos tapetes que empilhei e digo: – Pegue essa ponta aí, parceiro.

– Tudo bem – diz ele, pegando os tapetes e dando um pequeno sorriso. – Desculpe a cagada no chão. Eu fiquei tão nervoso por estar aqui... não aguentei.

– Todo mundo faz isso na primeira vez, geralmente bem no meio do chão. Esse é sempre o jeito de conferir se você foi roubado por um novato ou amador, a presença de merda no chão.

– O Danny... hum, o Spud falou isso e tudo. Só não imagino pra quê...

Esse ponto é polêmico desde o Velho Testamento.

– Algumas pessoas dizem que tem tudo a ver com a luta de classes. Tipo... vocês têm o tesouro, mas nós derrotamos vocês, seus escrotos. Já eu acho que tem mais a ver com reciprocidade.

O putinho parece não entender outra vez. Ele jamais vai trabalhar pra NASA, ou no campo do design, isso é certo.

– Devolver algo em troca – explico. – É por isso que ninguém tem vontade de dar dinheiro a um bêbado na rua, mesmo que esteja forrado na hora. Dizem que ninguém fica satisfeito numa transação se uma pessoa recebe e a outra dá. Só que isso nunca me incomodou, se eu estou na posição que recebe. Mas é isso que eles acham.

O puto assente, mas dá pra ver que ele tá perdido.

– Então a gente tenta deixar ali um pequeno presente, um cartão de visitas pessoal – explico, fazendo um barulho de peido. O garoto ri disso, esse é o nível dele. – Só que você deveria mudar a porra da sua alimentação, parceiro... menos fibras, e um pouco mais de ferro, se você quer continuar neste ramo. Tente trocar a cerveja clara pela escura.

– Certo – diz ele, como se pensasse seriamente que isso seria uma boa decisão profissional.

Alec vai cambaleando em direção à van, com a sacola esticada pelo peso das garrafas. Eu vou até lá e tento ajudar o velho bêbado a entrar no banco dianteiro, atrás do volante. Ele se esforça, mas se mantém agarrado à tal sacola como se as joias da coroa estivessem ali dentro. Finalmente consegue entrar.

– Você quer que eu dirija? – pergunto, porque ele tá bebaço.

– Não, eu tô legal...

Dando a volta, fecho as portas da van e abro os portões. O putinho fica parado olhando e depois me pergunta: – E eu e o Spud... quando recebemos nossa parte?

Eu rio do escrotinho idiota e entro no banco do carona. Pego um exemplar do *Daily Record* em cima do painel. É da semana anterior. – Qual é o teu signo, parceiro?

Ele ergue o olhar pra mim por um instante. – Hum... Sagitário.

– Sagitário – digo, fingindo que estou procurando no jornal. – Como Urano está ativo, você terá um período lucrativo, principalmente se escutar colegas mais experientes no seu ramo de trabalho... veja só, parceiro! Confira isto: CDs e videocassetes são um investimento especialmente bom nesta época do ano, e vender esses bens em bares de conjuntos habitacionais do reino provavelmente trará ganhos maravilhosos.

– Hum...

– O que o jornal está dizendo, parceiro, é que a parte de vocês ainda está dentro da casa aí. Aqueles vídeos e tudo mais valem uma fortuna! E quanto aos CDs...

Ele tartamudeia. – Mas...

– Já nós estamos cortando nossas próprias gargantas! – Eu meneio a cabeça pra trás. – Esses troços aqui precisam ser passados adiante, e todos são rastreáveis. Nós é que estamos correndo riscos. Da próxima vez que nos encontrarmos, eu pago uma cerveja e umas balas pra você pelo seu trabalho.

– Mas...

– Não, parceiro... entre logo lá, pra enfiar aqueles vídeos e CDs nas sacolas. Depressa, ou vocês vão se foder!

Ele reflete sobre isso por um instante e depois corre lá pra dentro, enquanto nós arrancamos pela alameda até a rua.

– Otários. – Eu rio, sentindo o cheiro de Alec, que fede ainda mais do que de costume.

Nossa van é um pouco semelhante a Alec: pode estar cheia de gás, mas parece cansada e ofegante. Também faz uma barulhada da porra. Quando Alec faz uma curva depressa demais, ouço uma chacoalhada na traseira, e vejo que não empilhamos a mercadoria tão bem quanto pensei. – Puta que pariu, Alec, vá mais devagar, ou volte pra autoescola! Você vai botar a porra da polícia atrás de nós. Tome tenência!

Isso parece deixar Alec um pouco mais sóbrio, mas quando chegamos ao distrito industrial ele sobe na porra do meio-fio, e há outro baque lá atrás.

Desta vez resolvo ficar calado. O branco dos olhos dele está amarelo, e isso não é um bom sinal. É como se a qualquer momento ele fosse começar a lutar contra demônios imaginários. Nós conseguimos chegar ao depósito, entrar e descarregar os troços, mas eu faço praticamente todo o trabalho, enquanto Alec, suando e gemendo, vomita duas vezes. Os estrados estão empilhados até as alturas; isto aqui parece a porra de um armazém.

– O depósito tá cheio pra caralho, Alec. Precisamos levar uma parte dessas velharias pro receptador.

– A loja dele ainda tá cheia de troços – diz Alec, descansando sobre um grande amplificador Marshall.

Já estou me emputecendo com esse negócio todo. – Bom, mas essa porra está ficando ridícula, Alec. Nós andamos fazendo uns serviços só pra pagar o aluguel de um depósito cheio de tranqueiras que nem conseguimos vender, caralho.

Alec tosse. – O problema é que agora... se você passa seis meses com um aparelho elétrico, nenhum puto quer mais o troço... depreciação de mercadorias... obsoletas... tecnologia e tudo...

– Eu sei, mas você não pode ter mercadoria quente nas lojas, Alec, a polícia só precisa rastrear um item... se algum puto entrar em pânico e abrir o bico, nós estamos fodidos.

– ... mudança... obsoletas... tecnologia...

O mito sobre deduragem era que as pessoas deduram principalmente por causa de rancor e despeito, ou ganho pessoal. Isso talvez aconteça na criminalidade de alto nível, ou então na outra ponta: o coitado de um puto está fazendo seus biscates e deixa de receber o cheque do seguro social por causa de algum escroto venenoso. No meio de gente como nós, porém, a maioria das deduragens é obra de putos idiotas que caguetam você por pura burrice. Eles não queriam fazer aquilo, mas falam demais no bar; depois ficam confusos e intimidados na sala de interrogatório, virando vítimas fáceis prum policial experiente.

— ... as coisas estão mudando.... as mercadorias ficam obsoletas... em muito pouco tempo... e a coisa tá piorando — avisa Alec. — Tá piorando...

Essa é uma porra de coisa de que eu posso ter certeza, ficando junto de um maluco inútil feito ele.

Carl Ewart

Ich Bin Ein Edinburgher

A turma costumeira está presente e incorreta: eu, Terry, Gally e Billy Birrell. Tínhamos ido à Oktoberfest de Munique, mas precisávamos de um tempinho longe do local do Festival, porque as coisas não estavam saindo como o planejado.

Pois é, estávamos ficando bêbados feito ratos de esgoto todas as noites, e a viagem era pra isso mesmo. O objetivo declarado era nos afastarmos pra voltar à cerveja e deixar o ecstasy, porque vínhamos tomando muito lá em Edimburgo. Em parte isso foi obra minha; depois que comecei a levar a sério a carreira de DJ, tive muito acesso ao ecstasy e mergulhei nessa vida. A coisa não nos tinha feito mal algum, mas nada tão bom vem sem preço, de modo que pensamos... vamos deixar isso de lado por um tempo, voltar a beber e ver o que rola.

É claro, o que aconteceu foi a mesma coisa que acontecia antes da época do ecstasy: toda a putada querendo tomar ecstasy e ninguém conseguindo dar uma trepada. Isso era até previsível, mas aquele lugar parecia uma cidade das xotas. Se alguém não conseguisse trepar ali, era melhor cortar o pau com a porra de uma gilete e vender a carne aos franceses como iguaria. O negócio era que, embora nós tivéssemos sido criados com bebida, toda a nossa cultura estava saturada pela porra da droga, e nós simplesmente não estávamos mais acostumados com aquele tipo de cenário.

É claro, cada um de nós tinha uma pauta própria. A coisa não é tão simples quanto um bando de camaradas se embebedando por uma quinzena, embora de longe até pareça ser só isso. Billy tinha uma luta pelo título se aproximando; ele queria se afastar das baladas e manter a forma física. Seu empresário, Ronnie Allison, relutara em deixar que ele se afastasse dois meses antes do grande combate, mas errara ao dizer "não" a Billy logo de cara. Às vezes Billy era um puto obstinado e voluntarioso: se você dissesse "menta", ele dizia "merda". Que fora exatamente o que ele dissera a Ronnie.

Já Terry era um departamento à parte. Ele era um mercador de bebida, pura e simplesmente. A Grande Esperança Branca da Venda de Refrigerantes não se empolgara pela cultura do ecstasy e boates com o mesmo entusiasmo que nós. A Oktoberfest de Munique era o santuário de Lurdes pros bebuns, e Terry estava decidido a tomar todas as canecas de águas curativas. Então pode-se dizer que Terry Lawson era a força motriz por trás da nossa viagem.

Andy Galloway, como de costume, seguia o fluxo. De Gally, sempre se podia obter um resultado positivo. Ele tivera sua cota de problemas ao longo da estrada recentemente. Gally era um cara legal, que simplesmente parecia atrair azar. Se algum puto ali merecia uma viagem boa, era ele.

E eu? Bom, pra ser bem sincero, eu estava legal... na realidade, estava feito uma mosca na forma de merda mais deliciosamente tóxica que se pode ter, só percorrendo as lojas de discos pra conferir a onda do Eurotechno. A coisa estava crescendo, e essa era a minha pauta. Já estávamos ali há uma semana, e eu passara a maior parte do tempo conferindo as lojas de discos, mas certa noite também conseguira me enfiar em duas boates com Billy, que estava ansioso pra se afastar das bebedeiras. Terry e Gally encheram o nosso saco por causa disso, mas nós nem tomamos ecstasy, permanecendo fiéis ao nosso pacto de só beber, e o Senhor Todo-Poderoso é Testemunha.

Já o Festival de cerveja era outra coisa. O lugar inteiro parecia uma Sodoma pra se livrar de inibições e uma Gomorra pra encher a cara, mas nosso poder de atração *ainda* era uma merda. Havia dois problemas básicos. O primeiro era que nós tínhamos perdido a capacidade de falar aquelas merdas insinuantes codificadas pelos bebuns que formam a maioria das cantadas, e os troços mais abertos e sinceros do ecstasy não pareciam apropriados. O segundo problema era que nós simplesmente não conseguíamos controlar a bebida. Ficávamos bêbados de cair antes de perceber. Portanto, essa primeira semana fora de aclimatação ao novo status quo. Claro que haviam surgido oportunidades pra encontros de natureza sexual; na primeira noite achei que ia comer uma gata belga, mas fiquei tão bêbado que meu pau nem conseguiu endurecer direito, e precisei me contentar com um boquete de camisinha e um gozo meia bomba. Em outra noite, Terry estava bêbado pra caralho, e ficou curtindo tanto as preliminares que se hipnotizou e adormeceu, deixando uma pobre *Fräulein* procurando as velas. Surpreendentemente, Gally e Billy nem chegaram perto disso. A coisa me fez pensar que podemos falar em exploração colonial, devastação econômica e imigração, mas talvez a verdadeira razão de a população da Escócia ser tão baixa é que todos os putos vivem bêbados demais pra fazer o troço subir.

Portanto, provavelmente conheceremos mais hotéis do que gatas na porra desta viagem. Primeiro ficamos em uma hospedaria turca, com uma escadaria estreita que levava a um quarto grande com dois beliches. O lugar tinha um barzinho embaixo, e quando voltamos bêbados do Festival eu enfiei o braço por cima do balcão e peguei uma garrafa de Johnny Walker Red Label. Arriamos nos beliches e fomos bebendo tudo até desmaiar.

Minha próxima lembrança é a de ser acordado por aqueles escrotos turcos entrando no nosso quarto. Estavam gritando e berrando conosco, e um deles foi até o nosso banheiro. O que aconteceu é que Terry tinha levantado durante a noite pra cagar, mas em vez de usar a privada, o puto bêbado usou um troço chamado bidê que havia lá. Eu presumia que aquilo só existisse na França, mas aquela hospedaria também tinha um. De qualquer forma, Terry percebeu que cagou no lugar errado, daí abriu as torneiras do tal bidê pra lavar o cagalhão antes de voltar ao colchão e dormir de novo. O problema é que a maior parte da merda entupiu o ralo do esgoto, fazendo a água transbordar e fluir no quarto de baixo, onde um casal em lua de mel tentava trepar em paz, mas acabou coberto de reboco úmido e a água cheia de merda de Terry. Isso nos deixou jogados no meio da rua, com todas as nossas roupas e coisas enfiadas às pressas nas malas.

– Seus ingleses imundos – gritou o garoto turco pra nós, fazendo Billy querer protestar por causa daquele "ingleses".

– Foda-se, Birrell, vamos engolir essa – disse Terry. Depois virou pro garoto turco. – Desculpe aí o mau jeito, parceiro.

Fomos cambaleando pela rua, por volta das cinco da manhã, arrasados e delirantes. Dormimos na estação e passamos todo o dia seguinte em estado lastimável, de ressaca, procurando outro cafofo.

Era o caso de pegar o que estivesse disponível, e a porra do cafofo novo era bem mais caro. Gally começou a se lamentar que estava durango e não podia pagar, mas pro resto de nós valia qualquer porto na tormenta. Billy não parava de falar que precisava se acomodar, como ele mesmo dizia.

– Preciso me acomodar, tenho uma luta vindo aí – reclamava ele. Fiquei preocupado que ele estivesse reclamando tanto, porque normalmente Birrell não reclamava de coisa alguma. Ele simplesmente ia em frente com as coisas.

Terry estava recebendo a maior parte da culpa pelo fiasco turco, e a discussão não parava. No café da manhã seguinte, a coisa ainda prosseguia. Eu não aguentava mais aquela rusga, então fui dar uma caminhada e conferir umas músicas. Achei uma loja de discos excelente, prontamente arrumando um equipamento e um par de fones de ouvido. O primeiro disco que escolhi boto pra tocar três vezes. Não consigo me decidir. O som começa muito bem, mas depois parece não chegar a lugar algum. O segundo é demais, de um selo belga que eu não conhecia, e nem consigo pronunciar. O clima só vai crescendo e crescendo, depois nivela por um tempo, antes de soltar a porra de uma tempestade novamente. Ótima trilha pra aumentar a voltagem na pista de dança. A melhor música que já ouvi na vida. Descubro outro legal do mesmo selo, e depois uma trilha FX louca, de arrebentar, que decido que seria apocalíptica pra caralho, se você reduzisse o baixo.

Dentro da loja, começo a conversar com um cara que veio entregar umas filipetas. Ele se chama Rolf e deve ter a nossa idade, talvez um pouco menos, com pele morena e um sorriso ousado. Está usando uma camiseta que promove um selo techno alemão. Esses putos alemães têm a porra de uma aparência tão boa que não é fácil adivinhar a idade deles. Rolf me fala de uma festa hoje à noite, e depois me indica algumas músicas, uma das quais é um barato absoluto, então levo essa também. Depois de um tempo uma gata jeitosa, magra e de cabeleira loura, usando uma camiseta branca sem sutiã, entra pra se encontrar com ele, que diz: – Esta é a Gretchen.

Dou a ela um tapinha no braço e um oi. Rolf me dá seu número de telefone, antes de sair com ela. Fico vendo os dois irem embora, na esperança de que a gata tenha uma irmã em casa, ou talvez algumas amigas parecidas com ela: xotas Bundesliga, como diria Terry.

Depois de conferir mais umas faixas, começo a papear com o cara atrás do balcão, Max, e alguns amigos seus. Vamos falando de música, e os caras parecem tão autenticamente interessados pelo que anda acontecendo na Escócia quanto eu estou pelo que anda acontecendo aqui. A verdade é que, e até me sinto meio culpado por isso, é disto que eu mais gosto atualmente: papear sobre música com pessoas, conferir o que a galera anda escutando e sacando o que rola por aí. Tirando os momentos nos deques, esta é a melhor forma de diversão pra mim. Obviamente, ainda gosto de curtir com a turma e tudo, só que todos os putos ali já são mais maneiros. Podemos nos juntar e dar risada, sem ficarmos grudados o tempo todo.

Daí que passo a maior parte do dia ali na loja. Música tem isso: se você realmente curte o lance, pode ir a qualquer parte do mundo e dentro de duas horas sentir que tem amigos há muito tempo perdidos.

É claro, o Lawson-Já-Não-Tão-Magro ainda fala que devemos nos manter juntos, mas isso é só quando a coisa é conveniente pro puto. Assim que uma xota mostra interesse, ele se manda feito a porra de um raio. Que nem hoje de manhã, depois do café: ele queria que a gente ficasse lá papeando, até a hora da sua saída pra pegar por aí. Terry é assim: quando descobre uma mina legal trabalhando num bar ou numa loja, ele fica perturbando até que ela vá tomar um drinque com ele. Não tem vergonha alguma, e obviamente já localizou alguns alvos. Terry não aguenta ficar sozinho, a menos que tenha a companhia de um televisor. Mas Billy queria voltar e fazer alguns exercícios, enquanto Gally estava a fim de beber.

Claro, quando voltei no fim da tarde, o Terry não estava, Birrell tinha ido dar uma corrida com seu traje esportivo, e Gally estava sentado na varanda do hotel, semiembriagado com um pack de cervejas.

– Cervejas excelentes – disse ele com voz pastosa. Depois fixou em mim seus olhos grandes. – Bom, hospedado em um cafofo assim, eu não terei dinheiro sobrando pra beber na rua.

Eu não gostei de ver Gally sentado ali, tomando porre sozinho. Pra mim não se bebe assim numa viagem, mas se é isso que ele quer fazer, problema dele.

Então à noite damos um passeio até a área da universidade, a fim de avaliar a situação. Tínhamos pegado o metrô e saltado na Estação da Universidade, só porque, acho eu, toneladas de gatas pareciam estar saltando ali. Andamos um pouco e acabamos num lugar chamado Schelling Saloon. Era um bar grande, com um monte de mesas de bilhar. Tinha personalidade; na realidade, provavelmente tinha isso até demais. Um carinha alemão nos contou que ali era o bar de Hitler, e que ele frequentava muito o local logo que chegou a Munique.

De todo modo, lá estávamos nós. Ficando bêbados novamente, mas desta vez distantes da turba enlouquecedora do Festival, simplesmente sentados no antigo boteco de Hitler. Pois é, logo estávamos mandando ver, embora Billy continuasse um pouco retraído por causa da luta importante que se avizinhava. É claro que Terry estava enchendo o saco do coitado do puto.

– Vamos lá, Birrell, seu viadinho... era pra você estar de férias. Meta logo a porra de uma birita pra dentro – diz ele, olhando com desdém pro suco de laranja de Billy.

Billy simplesmente sorri pra ele. – Mais tarde, Terry. Preciso tomar cuidado, parceiro. Vou lutar daqui a poucas semanas, lembra? Ronnie Allison vai pirar se eu não conseguir manter a forma.

– Ouçam só esse puto. Parece a porra do Garoto Rembrandt... nunca sai da porra da lona – disse o cavaleiro de cabeleira de saca-rolha, rindo.

– Que babaquice, Terry. Eu nunca fui derrubado na vida, mas seria se você fosse o meu treinador – retorquiu Billy, olhando com desprezo pra Terry.

Isto era verdade. Todos nós tínhamos muito orgulho do Billy. Ronnie Allison já lhe avisara pra não ficar saindo conosco: bebida, baladas e futebol. Só que Billy estava cagando e andando pra isso. Aquele garoto era raçudo. Sabia dar um soco, e sabia levar um, se bem que raramente isso acontecia, devido aos seus reflexos. Acho que eu já assumira a missão de ser a consciência de Billy, de modo que me intrometi.

– É isso mesmo, vá devagar, Billy – disse eu como incentivo, virando depois pra Terry. – Você não vai querer que o Billy desperdice sua chance, Terry, não por uns goles a mais. Esse é o problema da porra desta viagem: bebida demais e buracos de menos...

Só que na verdade ninguém estava me escutando. Terry e Billy estavam absortos no bilhar, e Gally olhava as meninas que trabalhavam atrás do balcão.

– Ainda bem que o puto do Hitler não tá aqui hoje – disse eu, dando uma risada depois que Billy errou uma bola. – A porra do maluco poderia tentar anexar a porra desta mesa.

– Aquele puto nazista tomaria uma porrada na fuça com este taco se tentasse isso – disse Terry, batendo na palma da mão com a ponta mais gorda.

– Mas estas mesas de bilhar não estariam aqui na época de Hitler – observou Billy. – Foram os ianques que trouxeram o jogo pra cá, depois da guerra.

Isso me fez pensar, e eu disse: – Mas o negócio é que... imaginem se houvesse mesas neste lugar quando Hitler estava aqui, tipo, quando ele vinha beber aqui. O curso da história humana poderia ter sido outro. Quer dizer, vocês sabem como aquele puto era obsessivo, certo? Digamos que o escroto usasse toda a sua energia pra ser o mestre da mesa de bilhar.

– Bilharführer Hitler – disse Terry, fazendo a saudação nazista e batendo os calcanhares.

Alguns putos alemães nas outras mesas olharam pra nós, mas Terry estava cagando e andando. Eu também, porque ali não havia fotógrafos pra transformar uma piada inofensiva num comício de Nuremberg.

— Mas falando sério, é o tipo de jogo que vicia a gente – digo. – Olhando por outro ângulo, quantos ditadores em potencial já tiveram seus planos de dominação mundial frustrados pela porra de uma mesa de bilhar no bar local?

Só que Terry já não me escutava, porque estava admirando a garçonete que nos trazia outra rodada de bebidas. Todas elas usavam aqueles trajes tradicionais da Baviera, em que os peitos são realçados e exibidos pra rapaziada.

— Esse traje é encantador – diz Terry pra garçonete, que pousa as bebidas na mesa. Ela apenas sorri pra ele.

Eu não gostei do olhar que ele estava lançando pro decote dela. Já trabalhei em restaurantes ou bares, e detesto putos que acham que você é um nada, um simples objeto, ou um babaquara que só foi posto na Terra pro prazer deles. Quando ela se afasta, eu digo: – Cale a porra dessa boca e pare com esse papo de trajes encantadores.

— De que merda você tá falando? Só fiz um elogio pra gata – diz Terry.

Não aceito isso, porque Lawson, um dos putos mais grosseiros nesta Terra de Deus, já passou um pouco dos limites com toda aquela besteirada nazista. O puto é pras altas esferas morais e intelectuais o que Paul Daniels é pra comédia.

— Escute, cara... ela é obrigada a usar aquela roupa. Não é uma coisa que ela escolheu. Ela fica ao bel-prazer de putos como nós a noite toda... abanamos a pata preguiçosa, e lá vem ela. Ainda por cima, ela fica toda amarrada daquele jeito, com os peitos pra fora, só pra agradar a merda de gente como nós. Se a própria gata tivesse escolhido a roupa, tudo bem, claro que você poderia fazer um elogio autêntico, não tenho nada contra isso, mas não quando ela é forçada a se vestir assim.

— Escute, você ainda não conseguiu dar uma trepada aqui, por isso essa irritação. Mas não venha descontar isso em cima da gente. Em todo caso, a gata não consegue entender uma só palavra do que você tá dizendo, caralho – diz ele, preparando uma tacada.

Terry sempre teve mania de reduzir qualquer postura de princípios a impulsos básicos.

— Pouco importa a língua, cara, as gatas sempre sabem quando a porra de um babaca meio bêbado tá debochando delas. É uma língua internacional.

Mas o Senhor Ofendido de Saughton Mains não aceita isso.

— Nem comece. Lá na nossa terra, você nunca tira as mãos de cima das gatas. Puto tarado. Quem é o babaca pervertido, então?

Seu rosto se contorce de forma acusatória, enquanto a mandíbula se projeta à frente uns cinco centímetros. Ninguém consegue acusar como este puto. Ele deveria ser promotor da coroa.

– É diferente, porque isso só acontece quando eu tomo ecstasy. E eu não ponho as mãos em cima das gatas... eu fico tátil... é a porra do ecstasy. Cheguei até a alisar o seu paletó de veludo preto naquela noite, lembra?

Só que ele me ignora, porque já foi pro outro lado da mesa. Seu taco corre ao longo daquela mandíbula, enquanto a bola é encaçapada com um gesto limpo. É preciso reconhecer: o puto sabe jogar bilhar. Também, com todo o tempo que Terry passa nas mesas de bilhar dos bares, se ele *não* soubesse jogar haveria algo muito errado.

– Olhem só, vocês dois... nós viemos aqui pra pegar, não vamos nos enganar. Pessoalmente, eu nunca comi uma gata alemã, e não volto pra casa antes de fazer isso, mesmo que ela seja uma velha – interrompe Gally. Depois aponta pro Billy. – Esse puto aí nos trouxe pra cá com alegações falsas. Falou que as gatas alemãs estavam muito a fim. Pior do que as inglesas.

– Bom, elas estavam na Espanha no ano passado, e eu precisava lutar pra fugir delas – protesta Billy. Ele está meio emburrado, porque parece que Terry vai ganhar dele novamente. Billy não é grande coisa no bilhar, mas detesta perder qualquer disputa.

– Pois é, grande Espanha. Na Espanha, todo mundo tá a fim de tudo – debocha Gally.

– Claro. É por isso que as gatas vão pra lá, a fim de arrumar um buraco, quer dizer, um pau... vocês sabem o que eu quero dizer. É diferente quando elas estão no próprio quintal, porque aí não querem ser chamadas de vadias. Aqui você tem mais chance com qualquer outra do que com uma alemã – diz Terry.

– O problema não é a porra das gatas, e nem a Oktoberfest. Tudo aqui já virou um troca-troca da porra – digo eu, abanando a cabeça. – Somos nós. Nós somos o problema. Precisamos tentar ficar um pouco mais longe da birita. Já não estamos mais acostumados com isso, por causa da porra das raves.

Depois viro pro Billy. – E você... qual é a sua? O Ronnie Allison falou que você não tinha permissão pra trepar seis semanas antes de uma luta?

Terry está se preparando pra encaçapar a bola preta.

– Falou é o caralho – diz Birrell. – Ainda não trepei por uma só razão... estou com vocês, uns bichos feios e bêbados, a reboque.

Eu rio disso, enquanto Gally revira os olhos e solta o ar depressa, deixando o som de um peido sair de seus lábios.

– Ora. – Terry faz biquinho, enquanto encaçapa displicentemente a bola preta. Depois ri. – Vejam a porra das bolas do puto do Birrell aí. Espero que você seja melhor no boxe do que no bilhar, parceiro.

– A verdade é que vocês estão me atrapalhando. – Billy aponta na direção da cabeleira de Terry. – Esse estilo aí já saiu de moda... ninguém te avisou?

Isso deixa Terry um pouco irritado.

– Tá bom, então vamos nos separar, caralho, e ver quem emplaca alguma coisa hoje – diz ele, em tom ríspido e audacioso. Com um andar cheio de pose, pendura o taco na parede e entorna o resto da bebida. – Não fiquem me esperando na porra do cafofo à noite, meninos, porque eu estou caçando, e tudo vai ser muito diferente, agora que me livrei desta bagagem cansativa.

Ele olha pra nós de alto a baixo, ergue a cabeça com altivez e sai do bar com um pequeno floreio confiante.

– Esse puto anda tomando anfetamina, ou algo assim? Que escroto abusado – geme Gally.

– É o que parece – digo.

Gally parece um pouco irritado. Balança a cabeça e começa a mexer no seu brinco. Dá até pra saber quando aquele puto tem alguma coisa na cabeça: ele fica mexendo no brinco o tempo todo. Isso é desde que ele parou de fumar.

– Ele não deveria estar agindo assim, e deixar a Vivian lá na nossa terra – diz ele.

– Qual é, Gally? – Billy ri. – É diferente quando a gente sai de férias. Estamos em 1990, seu maluco, e não em 1690.

– Infelizmente – digo eu, e Billy me lança um olhar duro.

Gally só abana a cabeça com severidade. – Não, Billy, isso está errado. Ela é uma menina legal, boa demais pra esse gordo escroto. Igualzinha à Lucy, antes dela.

Billy e eu nos entreolhamos. Não era exatamente fácil argumentar com o puto quanto a esse aspecto. O negócio é que os homens conseguem as mulheres que podem, e não as que eles merecem.

– Quer dizer – continua Gally. – Pra nós tudo bem, porque nós somos livres.

– O Billy não é livre, Gally – lembro eu. – Ele está morando com a Anthea.

– Pois é – diz Billy em tom duvidoso.

– A coisa entre você e ela já não tá borbulhando como antes, Billy? – pergunta Gally.

– Nunca borbulhou muito, pra começar – diz ele.

Eu tinha notado que Billy não fora com ela à Fluid cerca de duas semanas antes, e tenho certeza que ele comentara que ela ia ficar mais tempo em Londres.

– Tudo bem, mas você não enche o saco da putada com os seus relacionamentos, Billy – diz Gally. – Nenhum puto aqui faz isso. Só o Terry é diferente. Há poucas semanas, ele não parava de falar como a coisa é especial com ela. Fomos obrigados a escutar esta merda durante séculos: Vivian isto, Vivian aquilo. "Eu amo a Vivinha." Quanta babaquice.

– O Terry é o Terry. É mais fácil você fazer o papa parar de rezar do que fazer aquele puto parar de trepar – digo, dando de ombros e virando pro Gally. Ele tenta falar, mas eu continuo. – Eu gosto da Vivian, e também acho aquilo um exagero, mas isso é problema deles. O que acho estranho é ele usar diminutivos sempre que fala de alguma menina. Isso é ser condescendente pra caralho. Mas no que diz respeito a ele e Vivian, como já falei, é problema deles.

– Assuntos internos – sorri Billy. – Ele é mau, mas todos nós recebemos uma chance. Ninguém aqui pode falar que sempre agiu certo com as gatas.

O putinho do Gally assente, concordando, mas não está feliz. Os dedos já subiram pro lóbulo outra vez.

Um estudante de óculos está pondo filipetas sobre as mesas: um rapaz louro, alto e magro, com óculos de aros dourados em cima de um nariz adunco. É engraçado notar quantos alemães com menos de quarenta anos usam óculos: mais especificamente, quase todos. Era de se pensar que seriam os escrotos mais velhos, tipo: "Eu nunca vi coisa alguma... veja só os meus olhos!" Mas, não... são os putos mais jovens. Eu olho pra filipeta que ele põe à minha frente. É sobre uma festa noturna, no dia seguinte; a mesma que o tal do Rolf estava distribuindo.

Começo a conversar com o rapaz e pago uma cerveja pra ele, que se chama Wolfgang. Falo sobre o dia e ele diz: – É um mundo pequeno. O Rolf é meu melhor amigo. Nós temos um lugar que é bom pra relaxar. Você e seus amigos deviam vir comigo. Nós todos podemos fumar haxixe lá.

– Por mim, beleza – digo, mas Billy e Gally não se interessam muito. Isto só muda na hora de fechar, porque Gally quer continuar a noitada. Billy parece em dúvida, certamente pensando no seu treino matinal. Então Gally olha pra mim e dá de ombros.

– É bacana ser bacana – diz ele.

Saímos do bar e seguimos rua abaixo, mudando da U-Bahn para a S-Bahn. Levamos cerca de vinte e cinco minutos no trem. Quando saltamos, parecemos passar séculos caminhando pela rua. É como se estivéssemos numa cidade velha que foi engolida pelos subúrbios.

– Pra onde estamos indo, parceiro? – pergunta Gally. Depois vira pra mim e geme. – É muito esforço pra vir curtir um subúrbio.

– Não, não estamos longe – diz Wolfgang, dando grandes passadas pela rua com suas pernas compridas, enquanto repete: – Seguir... seguir...

– Você é mesmo um alemão da porra, parceiro – diz Gally, rindo. Depois começa a cantar. – Se-guir... se-guir... Vamos seguir Wolfgang, por toda parte, em qualquer parte...

Felizmente, parece quase impossível insultar o tal Wolfgang. Ele tem no rosto uma expressão neutra, e não dá pra entender o que a porra do putinho quer, marchando rua abaixo a uma velocidade que nós sofremos pra acompanhar. Até o Birrell, caralho, e ele não bebeu *tanto* assim. Talvez esteja guardando energia pro treino.

Eu estava pensando que o tal lugar seria um apezinho vagabundo. O troço acaba se revelando uma mansão suburbana espalhada por um terreno enorme. O melhor de tudo é que um dos salões tem dois deques, uma mesa de mixagem e um monte de discos.

– Lugar transado, parceiro.

– Sim... meu pai e minha mãe estão se divorciando – explica Wolfgang. – Ele mora na Suíça, e ela em Hamburgo. Eu estou vendendo a casa pra eles. Só que vou demorar um pouco, entendem?

Ele dá um sorriso matreiro.

– Aposto que vai, parceiro – diz Birrell, olhando em torno bastante impressionado, enquanto nós relaxamos sentando em cima de uns pufes do salão, que dá vista prum pátio com plantas no grande jardim dos fundos.

Eu assumo as carrapetas e toco algumas canções. Há uma boa seleção ali, a maior parte de Eurotechno que não conheço, mas também um pouco de Chicago House, e até alguns clássicos antigos de Donna Summer. Boto o Kraftwerk pra tocar uma faixa bem peculiar de *Trans-Euro Express*.

Wolfgang me lança um olhar de aprovação. Depois arrisca uns passos de dança esquisitos, que fazem Gally, sentado em um pufe branco, dar umas risadinhas. Birrell também sorri. Mas Wolfgang está cagando e andando.

– Isto é bom. Você é DJ lá na Escócia?

– O melhor – interrompe Gally. – N-SIGN.

– Eu também gosto de tocar, mas não sou tão bom – sorri Wolfgang, apontando pra si mesmo. – Preciso treinar mais... bem...

Aposto que isso é papo furado e que o puto é excelente. Ele não parece precisar do dinheiro; é um escroto rico e mimado, portanto... aposto que nunca larga as carrapetas. Mas nos trouxe até aqui, então deve ser um cara do cacete, e já vamos fazendo uma ronda pelo lugar. É um lugar maneiro, cheio de quartos vazios. Ele nos conta que tem duas irmãs e dois irmãos menores, todos estão em Hamburgo com sua mãe.

A campainha toca e Wolfgang vai atender, enquanto nós ficamos ali em cima.

– Aceitável, sr. Ewart? – pergunta Gally.

– Nível palaciano, sr. Galloway. Só fico aliviado por Terry não estar aqui... o puto já teria feito a limpa a esta altura.

Gally ri. – Ele teria trazido o Alec Connolly lá de Dalry com a van.

A sala da frente é genial: toda forrada de carvalho e mobiliada em estilo antigo. Parece um daqueles aposentos em que aparecem uns idiotas de voz macia sentados, sendo entrevistados pela BBC2 ou pelo Channel 4, quando você chega em casa cambaleando de bêbado. Geralmente eles estão nos dizendo que somos uns escrotos, enquanto seus parceiros são geniais. – Em alguns aspectos, Hitler poderia ser classificado como o primeiro pós-modernista. Ele deveria ser resgatado como tal, assim como já estamos fazendo com Benny Hill.

Hitler.

Heil Hitler.

Eu fui burro pra caralho. Estava bêbado, falando besteira com uma turma antiga, relembrando os velhos tempos. Um babaca com uma câmera, trabalhando como freelancer, reconheceu meu rosto de uma matéria sobre a boate na imprensa musical. Perguntou se éramos fascistas, e dois de nós fizemos aquele negócio do John Cleese, só de sacanagem.

Eu fui burro. Burro por não perceber que eles podem ser tão "irônicos" quanto queiram, mas que o pessoal dos conjuntos nunca pode fazer o mesmo. Fomos criados assim, mas chamando o troço de levar na sacanagem.

Foda-se tudo, porém... este salão é maior do que a antiga casa do meu velho e da minha velha junto com a nova caixa de sapatos deles em Baberton Mains. Rolf também chega, com sua namorada Gretchen e três outras garotas: Elsa, Gudrun e Marcia. Gally fica tão desajeitado quando curte uma gata, que seus olhos parecem sair voando da cabeça. Dá pra ver que ele está louco pela tal Gudrun. Só que todas as garotas são maravilhosas, não há o que escolher entre elas. É o tal efeito geral de xotas classudas *en masse* que simplesmente alucina qualquer um. Eu também preciso lutar pra manter a frieza, mas ao menos Birrell se porta com alguma dignidade, levantando e apertando a mão de todos.

Há alguns baseados de maconha e haxixe circulando, e todos nós damos umas boas tragadas, exceto Birrell, que declina polidamente. Isto deixa as garotas estranhamente impressionadas. Eu explico que Birrell tem uma luta já marcada.

– Boxe... isso não é muito perigoso?

Birrell tem uma fala preparada pra essas ocasiões. – É... pra qualquer um que seja idiota a ponto de entrar no ringue comigo.

Todos nós rimos e Gally imita um punheteiro com a mão. Billy faz uma reverência pequena, irônica e autodepreciativa.

Fico tentando descobrir quem está comendo quem, pra não pisar no pé de alguém por acidente. Como que lendo a minha mente, a tal da Marcia diz: – Eu sou a namorada do Wolfgang. Moro aqui com ele.

Fico encantado com isto, porque examinada mais de perto ela parece um pouco mais careta e severa do que as outras. Sei que a que se chama Gretchen é a gata do Rolf, pois já nos conhecemos mais cedo. Sobram Gudrun e Elsa.

Enquanto a noite avança, começo a sacar uma coisa sobre a tal de Marcia: acho que ela não nos aprova. Mais especificamente, ela não curte Galloway, que já está meio falastrão.

– Munique é ótima, mas diferente de Edimburgo... sabem como? – delira ele. – É por causa dos putos mais velhos, da turma mais velha, que são muito mais legais.

Então o escrotinho começa a falar em alemão, e é entendido por todo mundo ali.

– Que babaquice! – grito.

– Não, Carl. Aqui não tem aqueles cinquentões abusados, com blusões da Pringle, que a gente vê nos bares do Leith, sempre prontos a transformar a galera mais jovem em purê de tomate, só porque os escrotos não têm mais vinte anos – diz ele, tomando o baseado de mim e se calando pra dar um tapa. – Assim como nós também não temos. Um quarto de século, é o que nós temos agora. Antigos pra caralho.

Ele tem razão, e eu estremeço só de pensar nisso. Meu velho sempre fala que "quando a gente chega aos 28, já era", de modo que isso ainda nos dá algum tempo. As coisas mudaram muito recentemente; nós fazemos nossas próprias coisas mais. Gally e Terry ainda andam juntos bastante, porque ficaram no conjunto. Bom, o Gally dorme em um apartamento em Gorgie, mas aquilo é um muquifo vagabundo, e ele nunca passa muito tempo longe da casa antiga. Billy e eu nos vemos bastante, geralmente nas boates. Hoje em dia somos rapazes da cidade, então eu tendo a andar mais com ele. Nossos velhos são amigos, porque trabalharam juntos, é como se nossa amizade fosse predestinada. Eu ainda curto mais o Gally, na verdade, mesmo que ele realmente me emputeça quando vai à boate. Ele vende ecstasy, coisa que não me incomoda, mas às vezes a qualidade não é tão boa, e isso fode com a noite. E às vezes ele não é muito discreto. Já o Terry é um ladrão, de um mundo diferente. Ele tem sua próprias redes de contato. Ainda somos próximos, mas não tanto quanto antes.

Pois é... a marcha do tempo, e o modo como as coisas mudam. Mas foda-se tudo isso; agora é hora de festejar, de se alegrar e de deflorar donzelas lindas... quem dera.

Meu Deus, aquela Elsa e a Gudrun... mas a gata do Rolf, a Gretchen... pois é, não há muito o que escolher entre elas. Isso acontece quando a gente vê um monte de garotas bacanas juntas, é o efeito cumulativo. A gente leva um tempo pra perceber as diferenças. Estou tentando me manter tranquilo, porque detesto bancar o babaca na frente das gatas, e com álcool isso é fácil de acontecer. Fico pensando que o lugar é perfeito pra dar umas boas trepadas. Eu poderia acampar aqui durante alguns dias com uma dessas bonequinhas alemãs, e fugir um pouco dos meus exigentes colegas, principalmente o sr. Galloway, que parece quicar feito um ioiô.

Um enorme gato preto entrou no salão e foi acariciado um pouco por Gally. Agora o bicho senta no braço de uma poltrona, olhando pro Birrell, que também fica olhando pra ele com aquele seu olhar de boxeador.

Marcia vai até o gato, berrando algo em alemão, e o bicho foge, pulando pela janela. Então ela se vira pra nós e diz: – Um vira-lata sujo.

– Isso não é maneira de falar do Gally – digo.

Algumas pessoas sacam a piada e riem, mas Wolfgang diz: – Sim, eu não devia dar comida a ele. Ele espalha o mijo quando entra.

– Agora estou cansada – diz a tal Marcia de repente, revirando os olhos.

– Vocês todos precisam ficar aqui – diz Wolfgang com voz pastosa e olhar velado. O puto está bem chapado. Marcia dá uma olhadela pra ele, mas Wolfgang nem percebe. Ele acena com o baseado e diz: – Fiquem a semana toda, se quiserem. Há muitos quartos.

Que beleza!

A tal da Marcia fala algo em alemão pra ele. Depois arma um sorriso bem falso e se vira pra nós, dizendo: – Vocês estão de férias, e não vão querer ficar amarrados a nós.

– Não, foi ótimo... é sério... vocês são as pessoas mais legais que nós já conhecemos – digo eu, todo chapado. – Não é, Gally?

– É, e não só aqui. Em todos os lugares que nós já fomos – arrulha ele, com um olhar siderado pra Gudrun e Elsa. – E isso é incrível.

Eu olho pro Birrell, que como de costume está calado, e digo: – Se não for problema pra vocês, será ótimo.

– Então está resolvido – diz Wolfgang, dando uma olhadela seca pra Marcia, como quem diz "Esta casa é dos *meus* pais, sacou?".

– Mágico – diz Gally, sem dúvida já pensando na grana que vai economizar.

Billy, porém, parece enfezado. – Nós acabamos de nos acomodar. E precisamos pensar no Terry.

– Tem razão... eu estava tentando esquecer aquele puto. – Viro pro Wolfgang e Marcia, explicando. – É muita gentileza de vocês, e seria um prazer ficar na sua casa, mas há mais um de nós.

– Mais um não é problema – diz Wolfgang.

Marcia nem tenta esconder sua exasperação. Solta o ar com força e sai do aposento, gesticulando e batendo a porta atrás de si. Wolfgang nos lança um olhar do tipo estou-pouco-me-lixando, e depois dá de ombros, chapadão, dizendo: – Ela só está um pouco tensa hoje.

Gretchen dá um olhar malicioso pra ele e diz: – Wolfgang, você deve dar mais atenção a ela no sexo.

Completamente tranquilo, Wolfgang responde: – Eu estou tentando, mas talvez esteja puxando fumo demais pra ser muito bom de cama.

Todo mundo começa a dar risadas chapadonas... bem, quase todo mundo. Birrell consegue dar um leve sorriso por alguns segundos. Que má impressão sobre os escoceses pra dar aos putos! Isso só faz com que Gally e eu nos esforcemos mais ainda.

— Genial! *Deutschland Über Alles* – digo, erguendo minha garrafa. Todos, menos Birrell, brindam. Ele me lança um olhar de boxeador, que é inútil na minha névoa chapadona.

Só que nós já estamos caidaços e prontos pra dormir. Rolf e as garotas saem, sob a testa franzida de Gally, que diz com voz pastosa: – A gente se vê de manhã, meninas.

Birrell parece nervoso, provavelmente por causa da luta, mas levanta e faz seu número de apertar de mão de todos novamente.

Nós recebemos nossas acomodações. Birrell e Gally vão prum quarto, que parece ser de meninos, com duas camas. Eu fico ao lado, no quarto das menininhas, e ao que parece vou dividir isto com Terry, porque há duas camas de solteiro. Vou precisar usar uma máscara contra gases. Escolho a cama mais próxima da janela, tiro a roupa e entro embaixo dos lençóis. Parecem tão limpos e frescos que você até ficaria com medo de bater uma bronha ali. Imagino que Marcia seja exatamente como eles: toda dura e fria. Puta que pariu... fico preocupado até de suar. Lembro de pensar que naqueles hotéis já fazia bastante tempo que eu não dormia numa cama com lençóis e cobertores, em vez de um edredom. Agora estou em outra delas. Com a minha sorte, vou acabar esporrando nesses lençóis depois de um sonho molhado em tecnicolor.

Embora eu me sinta um pouco feito um daqueles caras em filmes de terror com casas mal-assombradas, estou totalmente chapado e caio num sono profundo.

Aqui estou eu no banco dos réus, e eles estão todos ali me acusando, apontando o dedo. Terry levanta e olha pro promotor, um cara parecido com o McLaren, que era meu gerente quando eu trabalhava no galpão da fábrica de móveis. O puto que me acusou de ser fascista por causa daquela continência idiota que saiu na Record, depois que nós sacaneamos o fotógrafo diante do Tree, fingindo que éramos John Cleese em Fawlty Towers.

Terry vai acertar as coisas pra mim.

— Carl Ewart... não posso defender o comportamento dele – diz ele, dando de ombros. – *Todos nós já erramos no passado, mas Ewart se alinhar publicamente a um regime que praticava genocídio em escala sistemática... é francamente imperdoável.*

Birrell se levanta.

— *Eu pediria que a pena máxima desta comissão de crimes de guerra seja dada a este puto do Hearts* – debocha ele, antes de virar pra mim e cochichar. – Desculpe, Carl.

Um leve barulho vem das galerias...

Então o juiz entra no meu campo de visão. É a porra do Blackie, o diretor da escola..

O barulho vai ficando mais forte, e Blackie bate seu martelo na mesa.

Então Gally se levanta e fica ao meu lado no banco dos réus.

– Vão se foder vocês todos – berra ele. – O Carl é direito pra caralho! Quem são vocês pra julgar alguém? QUE PORRA SÃO VOCÊS, DIABOS?

Vejo Terry e Billy já mudando de ideia, enquanto o cântico aumenta, e nós nos unimos. Há uma multidão de rostos na audiência, torcedores do Hibs, do Herts, do Rangers, do Aberdeen, e todos estão cantando QUE PORRA É VOCÊ, DIABO? pro púlpito... primeiro eles parecem raivosos, depois preocupados: os juízes, os professores, os patrões, os vereadores, os políticos, os empresários... todos saem correndo do tribunal... Blackie é o último a sair...

– Veem a mentalidade desta escória? – grita ele, mas o som é abafado pelos nossos risos.

Porra de sonho genial... o melhor que já tive. Só que então eu acordo, louco pra mijar.

Levanto e vou até o corredor. Está escuro pra caralho. Minha bexiga parece que vai estourar, mas não consigo achar um banheiro. Não consigo achar nem a porra de uma luz, nem descobrir pra onde estou indo. Vou passando a mão pela parede até achar o umbral de uma porta, que está entreaberta, de modo que me esgueiro pra dentro do aposento. Só que não é um banheiro, embora eu mal distinga qualquer coisa...

Aaaahhhputodaporraquetué eu vou desmaiar e me mijar todo...

Então quase tropeço em alguma coisa no chão, e penso que decididamente vou estourar, mas cerro os dentes e me agacho, vendo que se trata de uma espécie de saco. Afasto minha calça do pau, das bolas e da bexiga dolorida... pra simplesmente mijar, mijar e mijar ali, na esperança de que nada vaze, porque o saco parece à prova d'água. Não sei o que há ali dentro, mas puta que pariu... ai... fodam-se os orgasmos e os baratos das drogas... é a melhor sensação do mundo, simplesmente se livrar desta dor!

Termino com um alívio agradecido, enquanto a dor diminui e o aposento ganha mais definição. Há duas camas com alguns putos adormecidos sobre elas. Nem tento descobrir quem são. Saio depressa e em silêncio, voltando ao meu próprio quarto pra me meter embaixo dos lençóis e tornar a dormir em dois tempos.

Planos de contingência

De manhã levanto e imediatamente vejo que o banheiro estava bem perto, do outro lado, mas não percebi a porra ali. Que se foda... a menos que você seja pego em flagrante, com a boca na botija, é preciso negar qualquer conhecimento. O chuveiro é excelente, high-tech pra uma casa tão antiga, e eu fico ali embaixo durante muito tempo, deixando que os jatos d'água me façam acordar de vez. Então me seco e me visto pra descer em seguida. Gally já se levantou e está sentado no pátio que dá vista pra um grande jardim. Só que a manhã está enevoada e não dá pra ver muita coisa. Ainda não há sinal de Birrell.

– Bom dia, sr. Galloway – digo, num tom de salão de chá matinal.

– Sr. Ewart – diz o puto no mesmo tom, parecendo estar animado novamente. – Como vai, meu nobre amigo? Como está este camarada formidável hoje?

– Excelente, sr. G. Por onde anda o Esquilo sem Grilo? O que aconteceu com nosso grande esportista atlético? Não continua emburrado conosco por conseguirmos um barraco gratuito pra ele, continua? – Eu dou uma risada. – Achei que ele estaria em cima das árvores procurando bolotas.

– Aposto que aquele puto preguiçoso está brincando com suas bolotas na porra da cama – diz Gally, rindo. – Não consegui acordar o escroto. Grande esportista!

Começo a contar meu sonho pro Gally.

Os sonhos são engraçados, não há dúvida disso. Já li bastante sobre eles, da psicologia pop a Freud, mas ninguém sabe ao certo o que são. É isto que eu mais odeio no mundo. Idiotas demais dizendo como são as coisas. As coisas são assim *pra eles*, quer dizer. Onde está a porra da dúvida? Onde está a porra da humildade na presença da maravilhosa complexidade deste grande universo cósmico?

– Pra mim parece um monte de merda – ri ele, mas acho que fica feliz por se sair bem no sonho.

– Mas você deve ter uns sonhos esquisitos, seu puto – digo, enquanto Billy aparece na varanda.

Gally balança a cabeça e diz: – Não, eu nunca sonho.

Billy está segurando um conjunto de corrida molhado e parece furioso. Taticamente, eu resolvo ignorar a presença dele. Gally ainda não viu Billy, e o que está dizendo me parece um monte de merda. Tudo que é puto sonha. Então digo:
– Você deve sonhar com alguma porra, Gally... só não consegue se lembrar, talvez por ter um sono profundo.

– Não, eu nunca sonhei – diz ele. O puto não quer nem saber.

– Nem mesmo quando criança?

– Desde que deixei de ser moleque.

– E com o que você sonhava, então?

– Não consigo lembrar, só bobagem – diz ele, olhando pro jardim enquanto a névoa começa a se dissipar.

Billy segura o conjunto de corrida e os tênis encharcados com a ponta dos dedos, bem longe do corpo. Tem uma sacola esportiva virada do avesso. E fica torcendo tudo durante algum tempo. Parece bem irritado ao pendurar o gotejante conjunto de corrida na varanda. Eu me sinto afundando na cadeira.

– Galloway, você mijou no meu conjunto de corrida ontem à noite?

– O que é isso, Billy? – pergunta Gally.

Billy torce as pernas do conjunto outra vez. – Tive de lavar as roupas de corrida na minha sacola. Estavam ensopadas e fedorentas, como se algum puto tivesse mijado em tudo ali dentro – diz ele, baixando a voz. – Mas deve ter sido o gato, aquele saco de merda imundo. Isto é brutal. Se o bicho chegar perto de mim, vai ser escalpelado, garanto a vocês.

– Nós estamos gozando a hospitalidade deles – diz Gally. – Não comece a abusar do pessoal, Billy.

– Não estou abusando de ninguém. Vocês logo perceberiam se eu me metesse a abusado. A porra do meu conjunto... que desespero.

– E nós vamos precisar retribuir, hospedando o pessoal em Edimburgo – digo.

Gally diz: – Pois é, lá no conjunto... ele vão curtir muito aquela porra lá.

– Não – digo. – Eu tenho o meu cafofo, e Billy tem o dele. Vai haver espaço suficiente.

– Pois é, você e Billy têm seus apês legais na cidade... como pude esquecer disso? – debocha ele. Depois vira pro Billy. – E eu não mijei na porra do seu maravilhoso conjunto de corrida.

Billy e eu apenas erguemos os olhos. Gally não costuma ser assim.

– Puta que pariu – digo. – Hoje vocês dois levantaram da cama pelo lado errado. Já estou quase com vontade de ver Terry novamente.

Wolfgang e Marcia aparecem. Estão preparando um café da manhã na cozinha, e Wolfgang diz: – Bom dia, meus amigos... como estão?

– É só manter o gato fora do meu caminho – diz Billy.

– Sinto muito... o que aconteceu?

Gally conta a história pra ele.

– Sinto muito – repete Wolfgang.

– É bom sentir mesmo – diz Billy, levando um cutucão de Gally. – Bom, o meu conjunto de corrida... eu preciso continuar treinando, Gally. Preciso fazer pelo menos oito quilômetros por dia.

Nós tomamos o café da manhã e combinamos ficar ali a semana toda. Pra ser bem franco, Gally e eu ficamos constrangidos com as queixas de Birrell, pensando que ele seria o último a decepcionar nosso time. Então voltamos ao hotel pra buscar nossas malas. Gally e eu abrimos a porta do quarto de Terry, que está deitado na cama, só zapeando, mas assume um ar furtivo antes de ver que somos nós.

– Estamos perturbando a sua bronha aí, Terry? – pergunto.

Um sorriso delicioso se espalha pela boca do puto, que ergue as sobrancelhas. – Alguns de nós não precisam manejar o pau pra esporrar, filho. Arrumamos outras pessoas pra fazer isso por nós.

– Quem foi o infeliz que você pagou pra isso, e quanto custou? – perguntou Gally.

Nosso querido sr. Lawson lança pro Gally o tipo de olhar que um mendigo bêbado receberia ao tentar penetrar numa reunião regada a queijos e vinhos, dizendo: – Pois é, ele era ela, e vocês vão conhecer a gata mais tarde. Mas por falar em viadinhos, por onde vocês andaram, seus putos? Fazendo uma surubinha a três?

Falamos a Terry do cafofo, sem saber se ele ficaria a fim de ir pra lá. No início Terry pareceu incerto; traçara uma gata e já tinha marcado um encontro com ela mais tarde. Além disso, seu padrasto era alemão, e ele odiava o puto, de modo que, por extensão, odiava todo mundo que nascera na Alemanha, menos quem tinha xotas. Era assim que a cabeça dele funcionava. Quando pronunciamos as expressões "casa grande" e "de graça", porém, a atitude do escroto mudou depressa pra caralho.

– Não parece ruim, é mais grana pra gastar em birita. Desde que não seja muito longe. Alguns de nós têm trepadas já marcadas pela cidade.

Birrell já está ficando irritado com todo este papo de viado. Deve estar com a cabeça na tal luta. Mas antigamente ele nunca parecia ficar incomodado assim. Tinha uma fleuma total diante das coisas. Já agora, não.

– Você falou que gostava deste hotel, Terry. Agora já me acostumei aqui – reclama ele, dando um bocejo.

– Deixa isso pra lá, Vilhelm – diz Terry, que nunca deixa passar uma boa oportunidade. – Em frente... vamos fazer as malas e cair fora daqui.

– Eu preciso economizar alguma grana, Billy – pede Gally, virando as grandes lâmpadas dos seus olhos pro Birrell.

– Tá bem, então... vamos nessa – concorda ele, levantando da cama. O coitado do Billy parece arrasado. Esta mudança na rotina parece ter realmente tirado o puto do prumo. Enquanto fazemos as malas (novamente), ele me puxa pro lado e diz: – Precisamos ter uma palavrinha com o Terry acerca da conduta dele lá na casa do alemão. Não quero passar pelo constrangimento de revistar o maluco em busca de talheres de prata toda vez que nós formos sair.

Eu já tinha pensado nisso e digo com cautela: – Ele com certeza não vai aprontar uma sacanagem dessas... a hospitalidade do alemão e tudo... mas você tem razão, vamos monitorar a situação.

Os putos do hotel ficaram longe de satisfeitos, quando falamos que íamos embora uma semana antes do previsto.

– Vocês fizeram uma reserva de duas semanas – diz o gerente. Ergue dois dedos e repete: – Duas semanas.

– Pois é, mas houve uma mudança de planos. A gente precisa ser flexível, parceiro – diz Terry, dando uma piscadela e colocando a mochila no ombro. – Essa é até uma lição pra vocês... foi por isso que se foderam na guerra. Às vezes é preciso mudar o plano e aproveitar uma situação nova que surge. Ter a porra de um plano de contingência, não?

O tal gerente não acha a menor graça. É um puto grandalhão, gordo, de rosto avermelhado, com cabelo prateado penteado pra trás, e óculos. Usa um paletó elegante, com gravata. Parece mais um dos parceiros de boate do meu velho nas noites de sexta-feira, lá em Edimburgo, do que *ein Municher*.

– Mas como posso achar alguém pra ficar com os quartos tão de repente? – reclama ele conosco.

Terry abana a cabeça, com irritação fatigada, e diz: – Isto é problema seu, parceiro. Eu não sei administrar um hotel, mas você é do ramo. Pode me perguntar qualquer coisa sobre a venda de sucos e refrescos na traseira de um caminhão e eu dou todas as dicas... já a administração de hotéis não é a minha praia.

É preciso tirar o chapéu pro Terry: parado ali, agindo como se o gerente de um hotel alemão devesse automaticamente saber a biografia de qualquer sujeito nascido num conjunto habitacional escocês.

Em todo caso, o puto pode bufar à vontade, porque logo nós nos mandamos rua abaixo.

Depois de perambular um pouco pela cidade, nós vamos até o mercado de carne tomar uma cerveja. Entramos na fila pra pegar cervejas e petiscos, enquanto os olhos de Terry e Gally dardejam em torno, conferindo as mulheres. A maioria é composta por funcionárias de escritórios, mas há também algumas turistas.

– Bacana... – diz Terry. Depois continua: – Vão me dizer que o puto do gerente daquele hotel não era babaca pra caralho? Administração de hotéis! O que ele acha que eu sou? Lembro que até a nossa Yvonne fez algo do tipo lá em Telford...

Então ele se vira pro Birrell. – O seu irmão Rab não faz faculdade?

– Faz. Só não sei o que ele estuda lá – diz Billy, que está pegando as bebidas e vai tomar uma caneca de cerveja.

Eu meneio a cabeça pra ele, pensando na luta, e digo: – Vá devagar, Billy.

– Tenho o direito de tomar uma bebida nas férias – diz ele. Acho que Billy está um pouco chateado com a perturbação de sua rotina, por ter tido as roupas de corrida encharcadas de mijo.

– É isso aí, Billy, desça tudo goela abaixo – brinda Terry, batendo sua caneca na de Billy. – Birrell é Business, papo sério!

Fico pensando em Yvonne, a irmã de Terry. Ela já tinha transado com Billy e Gally. Acho que sempre fui deixado um pouco de fora, de certa forma enganado, como se parte da minha herança houvesse sido tomada. Só que isso é injusto com Yvonne, e não passa de rivalidade minha com Terry. Talvez, quando chegarmos em casa, eu convide Yvonne pra balada e tente me dar bem com ela, só pra ver a cara do Terry! Em todo caso, agora não é só Birrell que é papo sério, já que instintivamente rumamos pra uma mesa bem próxima de um grupo de gatas sentadas. Gally lidera a investida, e é um lugar ideal. Só que as garotas já estão terminando, e, assim que sentamos, elas se levantam. Meu olhar cruza com o de uma delas, e eu dou uma farejada óbvia nos meus sovacos. Ela sorri e eu pergunto: – Não vai tomar outra cerveja?

Ela olha pra amiga e depois de volta pra mim. – Acho que não.

Então se vira e se afasta.

Terry olha pra mim por cima da mesa. – Ainda tem o dom da lábia, hein, Carl? Elas estavam quase caindo aos seus pés, parceiro.

Isto é o paraíso pra Terry: uma cerveja na mão e ele comendo alguém, enquanto nós mantemos o celibato.

Tomamos mais duas, e é ótimo ficar sentado ali com uma cerveja, dando risada e vendo o mundo passar. Só que eu já estou começando a me sentir meio escroto por causa da sacola do Billy. Ele fica falando da porra do gato e sua rotina de treinamento. A coisa chega a tal ponto que por duas vezes eu me vejo prestes a confessar, coisa que sei que seria um erro, de modo que vou até uma loja de discos que já tinha visto antes, a fim de conferir a seção techno antes que a birita me deixe falastrão. Gally nem se importa, porque parece distraído, e nem Billy, mas Terry faz um pequeno comentário ao qual eu não reajo. Nunca se sabe se aquele puto está de gozação ou falando sério. Como ele vai encontrar com sua gata logo mais, acho que provavelmente é apenas uma sacanagem.

– Tente se comportar, Lawson! Seu menino bobo! – grito de volta ao sair. Isto provoca risadas em Gally e Billy, mas uma careta em Terry. A brincadeira tinha raízes no passado, acho que da época da escola.

Só voltei a me reunir a eles bem mais tarde, indo todos pra casa de Wolfgang e Marcia. Terry aprovou a casa, mas não ficou lá muito tempo, dizendo com um sorriso debochado ao partir: – Trepadas já marcadas na cidade, rapazes. Não me esperem.

Já tínhamos dado a ele o endereço, e Billy desenhara um mapa meticuloso. Achamos que devíamos deixar nossos anfitriões bem à vontade, de modo que nós três saímos à noite. Ficamos pelas redondezas, na intenção de fazer uma refeição num pub tradicional, com grandes mesas compridas e pouca decoração.

Não conseguíamos entender o que a porra do menu dizia. Nem os funcionários, nem os clientes falavam inglês. Esse era o problema. Também era um pouco como se esperássemos que os putos de um pub na porra de Peebles ou Bathgate pudessem falarrrr Deutsch. O alemão falado de Gally não era ruim, mas ele não conseguia entender patavina daquele menu. No final, resolvemos apostar em pratos variados. Billy recebeu uma montanha de salsichas; Gally recebeu ovos, repolho e arroz; eu recebi uma monte de carne com molho e um troço parecido com picles. Misturamos e trocamos tudo, pra que cada um ficasse mais ou menos satisfeito. Depois de alguns drinques, fomos até um bar mais elegante à beira de um lago, onde ficamos vendo uns putos velhos e ricos, com ternos em tom pastel, passeando com seus cachorros sarnentos pelas margens do lago, enquanto os iates entravam na marina e o sol se deitava sobre os Alpes feito uma puta do Leith sobre um pau suado.

O tempo esfriou, então entramos pra tomar mais algumas cervejas. Ficamos papeando um pouco, sacaneando Terry, já que ele era o puto ausente ali. Billy não parava de bocejar, e depois de um tempo Gally começou a me irritar: bêbado, com voz pastosa, falando merda, fazendo as mesmas perguntas e dizendo a mesma coisa sem parar, torrando o nosso saco. Era o tipo de merda de que nós achávamos que tínhamos nos livrado quando começamos a tomar ecstasy. Acabamos resolvendo levar o puto pra casa. À noite eu dormi a sono solto entre os lençóis. Consciência limpa, entende?

No meio da noite sou acordado por Terry, que encontrara o caminho de volta até o cafofo. O puto entra na cama comigo.

– Vá se foder, Terry... sua cama é lá – digo, mas ele não se mexe. Eu não vou dividir uma cama com esse puto sujo e bêbado, então saio e mergulho na cama dele. Minhas pernas encostam em algo molhado e frio. O puto de cabelo de pentelho tinha mijado na própria cama.

Prepúcio

Foi uma noite terrível, e eu estou emputecido com Terry. O puto não se mexia e *eu* tive de virar o colchão da cama dele pra tentar esconder o mijo, além de colocar os lençóis em cima do radiador pra secar. Ele simplesmente ficou deitado ali, na porra de um coma. Arranquei meus lençóis e cobertores de cima do puto e dormi sobre o colchão revirado.

Na manhã seguinte, acordei diante da visão do vagabundo do Terry esparramado com sua cueca manchada na outra cama. Vou procurar Gally e Billy. Galloway já se levantou: parece que passou a noite toda acordado e está lendo um livro de frases em alemão. Billy leva séculos pra acordar e luta pra se enfiar no conjunto de corrida. Só consigo ouvi-lo resmungar "desespero", enquanto parte pra sua corrida.

Desço até a cozinha em busca de café. Marcia está lá embaixo e conta que Wolfgang foi falar com um advogado sobre a venda da casa. Nós fazemos força pra ter uma conversa polida; está bastante claro pra nós que essa *Fräulein* acha nossa presença ali desagradável, e também está bastante claro pra ela que nós sabemos disto, mas estamos cagando e andando. Ela já percebeu que não vai conseguir nos constranger a ponto de fazermos as malas, de modo que agora é só uma questão de contar os dias.

Então partimos de volta pro pub local. É hora do almoço, o dia está lindo e nos sentamos no movimentado jardim das cervejas, ao lado de dois velhotes. Fico sentado em silêncio, pensando naquela parte do mundo, que é tão bela, e que foi o "centro do movimento", como falou todo empolgado meu velho parceiro Topsy, quando eu contei que estávamos ali.

Terry sabe que estou irritado com ele. Não vim à Alemanha pra limpar o mijo de um babaca.

— Como aqueles putos alemães são seus amigos, Carl, pensei que eles poderiam nos perdoar com mais facilidade se achassem que *você* mijou na cama. É preciso pensar taticamente.

— Eu *não* sou amigo desse pessoal, Terry... acabei de conhecer os putos, e *não* mijei na porra da cama deles. Você mijou.

Terry ergue as palmas das mãos.

— Você vai continuar com a porra dessa briga a manhã toda? Uma camaradagem internacional entre duas almas musicais de mentes similares mundo afora, isso é que vale, Ewart – diz ele. – Mas vou dizer uma coisa... foi até bom que eu não tenha ficado na casa da minha gata. Ela não teria ficado feliz se eu tivesse mijado na cama lá. Nós voltamos pro Festival, mas depois ela me enfiou no trem, é só do que eu lembro. Graças à porra do puto do táxi...

— Quando a gente voltar, você vai arrumar os lençóis, Terry... certo?

— Relaxe, seu babaca – diz ele, dando uma piscadela. – Você até que escolheu uma casa boa, parceiro. Só não tenho certeza quanto à gata da Marcia. Um pouco irritada, mas nada que uma boa vara não resolva.

— E você vai *arrumar* os lençóis. Certo?

O puto me ignora.

– Vai ligar pra sua mãe no Saughton Mains e pedir que ela venha aqui arrumar os lençóis pra você? – insisto.

Terry pensa por um segundo, como que considerando essa possibilidade. Depois vira as costas pra mim e começa a conversar com os dois velhotes.

Filho da puta. Gally está sentado com um boné idiota que comprou ontem, do Bayern de Munique. Acho que é só porque eles (afortunadamente) nos eliminaram na Europa. Usando o troço, o puto parece um babaca total. Poucas pessoas ficam bem com aquilo. Principalmente os retardados que viram o boné pra trás e passam uma mecha de cabelo no meio dele; pelo menos o puto não fez isso. Muitos desses putos precisam queimar fotos antigas, isso é certo. Gally está com o olhar perdido no espaço, como de costume, mas Billy tem um sorriso no rosto ao nos ver – Terry e eu – discutindo.

– É bom ver você sorrindo outra vez – comento.

– Pois é, eu sei – diz ele, abanando a cabeça. – É só este treinamento...

– Eu também ia ficar deprê, se tivesse de correr tanto e ainda vigiar o que comesse ou bebesse nas férias – digo.

Billy abana a cabeça.

– Não é isso, Carl. Normalmente, eu gosto de treinar. É só que mais ou menos na semana passada, antes mesmo de virmos pra cá, a coisa virou um desespero. Eu me sinto cansado o tempo todo. Não sou eu – diz ele tristemente. – É brutal, e essa bebedeira toda não ajudou.

– Como assim, cansado... você não está bem?

– Não me sinto bem... por dentro. É como se eu tivesse um vírus, coisa assim. Sem energia.

Gally se intromete a esta altura. – Como assim, um vírus... como *você* pode ter a porra de um vírus?

Billy olha pra ele. – Eu não sei. Só me sinto arrasado. É um desespero.

Gally assente lentamente, como que tentando entender, e então dá uma risadinha entredentes. – Vou trazer as bebidas. Suco de laranja outra vez, Billy?

– Só uma água.

Ficamos em silêncio por algum tempo, mas não foi desconfortável, foi um silêncio bem-vindo. Terry estava recostado, todo frio, com aquela pose de estou--seguro-de-mim. Então tive de fazer a pergunta.

– Tá certo, Lawson... você venceu. Como foi a coisa, como você se saiu ontem à noite? – digo, vendo a barriga de cerveja dele por baixo da camisa vermelha e por cima da bermuda azul. Então viro e olho pro estômago de tanquinho de Billy. Há um tempo que não parece tão distante assim, essas duas barrigas eram iguais. Lá em Blackpool, em 1986.

Com um floreio, Terry passa a mão por aquele cabelo de saca-rolha.

– Maravilha. Vou encontrar com ela novamente mais tarde – diz ele, mas seu tom deixa transparecer certa dúvida.

– Você não parece muito satisfeito – diz Gally, sentindo a vibração.

– Bom, o negócio é que eu estou com um pouco de coceira no pau. Nem botei camisinha, porque não consegui achar nas farmácias daqui.

Vejo a chance de uma gozação, e digo: – Típico bastião papista da porra. Um dos grandes mitos sobre a Escócia é que somos protestantes versus católicos. A verdade é que somos anticatólicos versus católicos. A maioria dos anticatólicos nunca foi a uma igreja, sem contar casamentos e funerais. Não, eu nunca acreditei nessa merda de protestantes e católicos, é um monte de bobagem, mas esses putos papistas *deveriam* vir pra porra do século XX, é preciso que se diga. E é bom gozar os escrotos do Hibs de vez em quando, mesmo que ninguém aqui seja realmente católico. Acho que o Birrell é metade católico, feito eu, mas não tenho certeza.

– Eu estava me perguntando quando você ia soltar a primeira merda sectária do dia... veja, ainda são dez horas, então você está indo bem – diz Billy pra mim.

Ele estava só tomando sol, mas então se levanta e dá um tapa na minha nuca que dói mais do que deixo transparecer. O puto tem a mão pesada e eu fico até tonto. Escroto. Ergo o olhar acima do jardim e respiro fundo. Pois é, acho que a mãe do Billy pode ser católica, feito a minha.

– Já estava coçando um pouco antes da noite passada – diz Terry, fazendo a conversa avançar. Fico até bem feliz, porque não queria entrar numa discussão sobre quem tem mais apoio (nós, mas antes eram eles), que é a turma mais durona (eles, mas antes éramos nós), nem se há mais viados, yuppies, preconceito, pubs, putas, frequentadores de raves, Aids, escolas, lojas e hospitais no Leith ou Gorgie. Foda-se tudo isso. Estamos de férias, porra.

O rosto de Gally se iluminou. Conheço aquela maliciosa expressão demoníaca, e não estou errado.

– O negócio é que você tem um prepúcio muito grande, parceiro – diz ele pro Terry.

– Hein? – Terry fica chocado com isto. Billy dá uns risinhos, assim como eu, embora ainda esteja esfregando minha cabeça.

Nosso Senhor Galloway arregala inocentemente os olhos.

– Só estou falando que você tem um prepúcio bastante longo, que deve ser mais difícil manter limpo, como se estivesse embaixo de um capacete, coisa assim – diz ele tranquilamente.

Billy e eu sorrimos um pro outro, porque Terry está um pouco irritado.

– Que porra de história é essa? – diz ele, apontando pro Gally.

– Bom, você tem, não tem? – pergunta Gally. O baixinho está aproveitando esta megagozação.

– Não importa se eu tenho ou não tenho, caralho. Isso é jeito de um homem falar de um amigo?

Gally mantém o rosto sem expressão. Quando está em forma, ele é o único puto capaz de enfrentar Terry numa gozação, por pura persistência.

– Escute, parceiro – explica ele. – Nós jogamos futebol juntos há anos. Eu já vi o seu prepúcio um monte de vezes. E antes que me acuse de ficar olhando pro seu pau, não é exatamente como se você escondesse o troço embaixo de uma moita.

– Teria de ser uma moita grande pra esconder o prepúcio dele – riu Billy.

– Hein? – respondeu Terry.

Gally olha pro Terry, depois pra mim e Billy, e então pro Terry novamente.

– Olhe, você costumava enfiar cigarros embaixo do seu prepúcio, fingindo que estava fumando. Era o seu número predileto, lembra? Você costumava ver quantos conseguia enfiar ali embaixo. Todos nós já vimos o pau uns dos outros. Não vamos negar isto. Eu só estou dizendo que você tem um prepúcio mais longo do que a média dos prepúcios, de modo que imagino que você precisaria ser um pouquinho mais cuidadoso do que a média em termos de higiene pessoal... mais nada. Só estava fazendo um comentário sobre a coceira – explica Gally, virando de volta pra mim. Eu solto uma risadinha, e depois todos nós rimos a valer.

Quer dizer... todos, exceto Terry. Mas a gente nunca sabe se Terry está mesmo chateado, ou só brincando, a fim de manter a gozação em andamento.

– Você é um puto doente. Faz comentários sobre o pau de outros caras?

– Não é a porra de um estudo, Terry. É uma observação casual – diz Gally pra ele. – Eu não fico olhando pro pau de outros caras. Mas vi o seu ao longo dos anos, na escola, jogando futebol e tudo. Não estou transformando isto em uma grande coisa...

– Já é grande o suficiente – diz Billy, dando uma piscadela. – Quer dizer, o prepúcio.

– Não há necessidade de ficar tão emburrado, caralho – acrescenta Gally. Terry olha friamente pra ele e se senta ereto.

– Então, vocês acham que isto tá certo? – diz ele, meneando a cabeça pros velhotes. – Falar sobre o meu pau pra porra do mundo todo?

– Não... não é isso... não estou falando pro mundo todo... estou... ah, porra... tá bem, tá bem, desculpe. Vamos esquecer o assunto – diz Gally, enquanto Billy e eu gargalhamos um pro outro.

Terry age como se estivesse se defendendo no tribunal. O puto já tem bastante prática nisso, porque é a porra de um ladrão. – Então você concorda que isto não é o tipo de assunto pra homens, amigos que são homens, e não bichonas?

– Só se você concordar que tem um prepúcio bastante longo – retruca Gally.

– Nada disso, sem condição! Concordar com isso significa aceitar seu direito de fazer declarações sobre o meu pau, coisa que não aceito. Entendeu?

Passo um tempo pensando sobre isso, bem como Gally, que não para de girar aquele brinco. Eu não sei aonde Terry quer chegar, nem por que o puto parece tão sensível acerca da porra do seu prepúcio. Ele vive exibindo a porra do caralho. Tem a porra do maior pau entre nós. Portanto, não sei direito o que está rolando ali, mas Terry parece realmente irritado, como se a coisa estivesse passando dos limites, e Gally tem o bom senso de perceber isto.

– Você tem razão, parceiro. Terry Lawson é fodão. Eu admito isso – diz ele, estendendo a mão. Terry fica só olhando, mas depois aperta a mão de Gally, que meneia a cabeça pros dois velhotes alemães e continua: – O lance é que você se daria muito bem com esses dois putos aí, devido ao seu prepúcio avantajado.

– Hein? – Terry parece ofendido novamente. Billy e eu caímos na gargalhada. É como se Terry ainda tentasse voltar a lutar, depois de derrubado.

– Gente como eu é que estaria na rua da amargura. Eu e a minha circuncisão.

Eu lembro da circuncisão de Gally. Lembro que ele nos mostrou o troço, ainda cheio de pontos, no banheiro do hipódromo.

– Por que você foi circuncidado? – pergunta Billy.

– Era apertado demais. Foi quando eu estava comendo uma das irmãs Brooks – explica Gally.

– As irmãs Brooks – digo afetuosamente, e Billy também sorri. Até Terry já parece um pouco mais relaxado. Eu amo a porra daquelas meninas: as melhores do mundo.

– A porra da coisa era tão apertada que simplesmente arrebentou! – elabora Gally. – Subiu feito a porra de uma veneziana. Foi uma agonia pra mim. No começo pensei que era só a camisinha estourada e enrolada ali, mas estava doendo demais. Então percebi que era a porra do meu prepúcio! Pois é, feito a porra de uma persiana quebrada, enrolado em volta do ponto onde o corpo do pau encontra a cabeça e cortando o fornecimento de sangue. A cabeça ficou azulada, e depois preta. A irmã Brook chamou uma ambulância e eles me levaram pro hospital. Circuncisão de emergência.

– E agora está melhor? – perguntou Billy.

O sr. Andrew Galloway comprimiu os lábios. – No começo doía pra caralho, por mais que alguém fale o contrário pra vocês, principalmente quando os pontos ainda estão lá, e você fica de pau duro enquanto dorme durante a noite. Mas agora as trepadas estão melhores do que nunca. As gatas preferem assim. Eu pensaria em fazer a operação, Terry, se tivesse um prepúcio como o seu. Você sabe o que dizem por aí: tudo prepúcio, nada de pau.

– O quê?

Gally põe a palma de uma das mãos no peito e gesticula com a outra. – Só estou falando o seguinte: não estamos discutindo se há pão suficiente, mas sim se há alguma carne no sanduíche...

– Não há problema algum com a porra do meu pau, meu filho – rebate Terry, novamente em tom defensivo. – Tem muito pau que aparece acima daquele prepúcio, quando eu meto em alguém. Basta você tentar fazer a porra da comparação... onde estava a porra do meu pau ontem à noite, e onde estava o seu? Enfiado entre as palmas suadas das suas mãos, como de costume! Portanto, não comece com essa porra! Eles jogaram fora a ponta errada quando circuncidaram você, seu putinho.

As gêmeas Brook. Hum. Hum. Era a ambição de uma vida inteira fazer uma suruba com aquelas duas. Eu jamais mencionaria isso a Terry, porque o puto provavelmente diria que fizera isso, junto com a mãe ou prima delas, ainda por cima. A maluquice era que eu já tinha tentado com as duas irmãs, depois da balada, certa noite em que levara ambas pra minha casa. Mas fiquei no zero a zero.

– Escute... qual gêmea Brook você tava comendo quando tudo aconteceu? – digo pro Gally.

– Não tenho a menor ideia, cara – diz o sr. Galloway. – Não consigo distinguir uma da outra.

Billy refletiu sobre isto. – Eu sei. Idênticas. Nem uma verruga diferente, ou coisa assim, pelo que posso perceber. Acho que a Lesley talvez esteja ficando um pouco mais gorda do que a Karen, mas há uns dois anos elas eram absolutamente iguais.

– Sabem qual é o único jeito de perceber a diferença? – arrisca Terry.

– Já sei o que você vai falar, Lawson – interrompe Gally. – Que uma cospe e a outra engole.

– Você tá falando da Lesley, a cuspidora – digo. – Ela nem gosta de chupar. Eu sei bem disso, porque tentei pra caralho.

– Errado – diz Terry. – Ela chupa se você botar uma camisinha. Mas a Karen é, de longe, a melhor trepada entre as duas. Leva até na bunda, a sacana.

– Vou acreditar na sua palavra. Já eu não sou de comer bunda. Isso é coisa pra putos que não sabem o que querem – digo a ele, com um sorriso. – Você sabe o que dizem sobre homens que enrabam mulheres... só estão esperando pra ir até o fim com outros homens.

Terry me lança um olhar desafiador, com o cabelo todo despenteado. – Que babaquice! Não me venha com esse papo, Ewart. Isto é só porque você é reprimido pra caralho, e nada aventureiro. É preciso experimentar tudo, parceiro. Mas já imagino você trepando... cinco minutos na posição papai e mamãe e de volta à birita.

– O puto anda falando outra vez, hein? Agora é sério... pra que esperar tanto? Por que você acha que os escoceses inventaram a ejaculação precoce? Pra podermos passar mais tempo dentro do pub. Salve a Caledônia! – digo, erguendo meu copo pros dois velhotes, que erguem os seus de volta.

Terry me encara com um olhar de ave de rapina. – Você tem andado muito com as irmãs Brook. Elas vivem lá na Fluid. Você já traçou as duas ao mesmo tempo, numa suruba?

O puto consegue ler a porra da minha mente. Birrell já é todo ouvidos, e os olhos de Gally parecem duas grandes antenas parabólicas negras focalizadas em mim. Fico um pouco paranoico de que uma das irmãs tenha contado a história pro Terry e decido que a franqueza é a melhor política.

– Não, elas só foram até a minha casa, as duas juntas, numa noite depois da Fluid.

– Pois é, aquela gata certamente derramou um pouco de fluido em você naquela noite – diz Gally.

O sorriso de Terry parece uma fornalha, quando ele diz: – Pois é, bom, eu dei o meu por você, parceiro, porque despejei um pouco dentro dela.

O negócio é... a gente sabe que não é cascata. Aquele puto gordo. Como ele consegue, caralho, está além da minha compreensão. Terry está uns quinze quilos acima do peso; suas roupas e penteados estão dez, não, quinze anos defasados. Ele parece a porra do Rod Stewart de Acid House.

– Vai fundo, Lawson... que se foda a sua babaquice – diz Gally com um muxoxo. Terry olha pra ele como quem diz, pois é, nós sabemos o estado em que você estava naquela noite. Antes que ele possa falar qualquer coisa, porém, Gally acrescenta: – Vamos lá, Ewart, o que aconteceu com as duas irmãs?

– Bom, nós fomos pra minha casa, doidos de ecstasy, só nós três. Vocês sabem como é... estávamos dançando, nos beijando e nos abraçando, só espalhando aquela vibração de amor e tesão. Então ficamos um pouco cansados e fomos relaxar no sofá. Eu sugeri que podíamos ir até a minha cama grande, os três, e dormir juntos. O negócio é que, naquela altura, o ecstasy já tinha me transformado na porra de uma lésbica, e eu nem estava pensando mais em penetração, só queria uma espécie de travessura sexual. A Karen também topou, ela vive no clima de "ah, isso seria liiiindo", mas a Lesley não estava nem um pouco a fim. Eu não vou tirar minha roupa e entrar na cama com minha própria irmã, disse ela. Então eu falei, vamos lá, Lesley, vocês dividiram o mesmo útero durante nove meses... é só pensar naquela cama como um grande útero. E ela respondeu, não é isso que me incomoda... o problema é que eu vejo você lá dentro com a gente... e só penso em você como uma grande placenta naquele útero.

Gally olha lentamente pro Terry e um sibilo pneumático de riso começa a surgir do puto. Nisso ele é acompanhado por Terry, bem como Birrell.

– Ewart Placenta – diz Gally, dando uma risada entredentes. Depois fica sério e aponta pra mim. – Este apelido pode pegar!

– DJ Placenta... parece genial! – ri Terry.

Partimos pela S–Bahn e resolvemos ir na direção oposta, indo mais longe um pouco, parando em Starnberg pra tomar uma cerveja num bar à margem do lago.

A água está batida pra um dia límpido e calmo. Fico pensando... como pode uma água cercada de terra por todos os lados ter esse movimento? Aquilo vinha dos barcos, ou seriam correntes submersas fluindo ali? Já estou prestes a discutir o assunto, mas sou preguiçoso demais pra desenvolver o raciocínio, preferindo curtir o barulho das pequenas ondas que batem na borda do deque a pouca distância da nossa mesa. É um som agradável, até excitante, que traz à mente dois corpos nus (especificamente o meu e o de uma gata comível, talvez duas, talvez as gêmeas Brook) se debatendo numa enorme cama clássica. Já fazia tempo demais. Dez dias, caralho. Há um cachorro pequeno farejando perto de nós, e isto me lembra Cropley, o velho cão de Gally. Eu me sinto tão excitado quanto o coitado do puto sempre ficava no verão, antes de ser castrado pelos donos.

Terry olha pro cachorro, que estava olhando pra ele com ar questionador. – Oi, garoto... ele até parece entender o que estou falando.

– Talvez ele só esteja a fim de você. Não vai ser o primeiro que você já fodeu – diz Gally, provocando uma careta de Terry.

Billy diz: – Gally, lembra do seu amigo que também é amigo do meu irmão, aquele todo bacana que vai ser veterinário?

– Sei, o Gareth – diz Gally.

– Pois é, ele estudava numa daquelas escolas esnobes, mas é torcedor do Hibs, um cara legal – diz Terry pra mim.

– Em todo caso, o Rab estava falando que os cachorros conseguem entender o que a gente diz, e o Gareth falou: não antropomorfize os nossos amigos de quatro patas, Robert... isso só serve pra desabonar os membros de ambas as espécies.

– É a cara do Gareth – ri Gally.

Eu não conheço o tal cara, só sua reputação, e calo a boca. Fico tentado a dizer que aquela é uma palavra terrivelmente longa pra ser usada por um torcedor do Hibs, mas enfio a viola no saco. Só que as probabilidades estão contra mim: Ewart Placenta. Só estou esperando que o apelido reapareça.

Terry está falando de uma tal gata. Ela é alemã, estudante de espanhol e italiano na Universidade de Munique. Aparentemente, porém, seu inglês também é uma merda-após-uma-noite-de-comida-indiana-apimentada. Todos nós ficamos com inveja, e provavelmente vieram daí todos aqueles troços de Gally sobre o pau de Terry. Só que o puto realmente tem um prepúcio comprido: trata-se de um fato real. Com prepúcio longo ou não, porém, deixamos o puto ir na frente, e combinamos um encontro com ele na tenda Hacker-Psychor do Festival mais tarde. Ficamos dando risinhos enquanto ele se afasta, com a cabeleira de saca-rolha toda desgrenhada pelo vento que sopra do lago.

Só que ele saca qual é a nossa e vira pra nós, sorrindo debochadamente e fazendo um sinal obsceno.

Isso é o que eu chamo de serviço

Alguns drinques mais tarde, cruzamos por baixo da passarela da estação local da S-Bahn em direção à cidade. Há um grupo de gatas bem jovens, na verdade quase meninas, reunidas em torno da saída do túnel. Elas não devem ter porra nenhuma pra fazer num lugar assim: uma cidade dominada por velhos e frequentadores ricos.

– Já temos umas trepadinhas pra hoje – diz Gally, que já deve estar ficando desesperado.

– São crianças – digo sem muita convicção.

– Foda-se – diz ele, indo direto até elas. – Enchildigung bitte, mein alemon nein é tão bom. Vocês falam Engels?

Elas começar a dar risadinhas, escondendo a boca com as mãos. São só crianças, na verdade. Eu começo a me sentir desconfortável, e vejo que Billy também.

– Onde fica a loja de CDs? – sorri Gally. Ele é um carinha muito boa-pinta, com aqueles olhos e dentes grandes; quando está relaxado, sabe dar um sorriso preguiçoso. Os olhos parecem lâmpadas com uma qualidade estranha, que atingem em cheio algumas gatas. São capazes de arrancar tinta das paredes, e às vezes funcionam da mesma forma com a roupa de uma gata. Gally e Terry nunca ficam sem mulher, porque são dois putos cheios de charme e confiança. O mulherio gosta disso. Lá na nossa terra eles costumavam sair juntos pra pegar, mesmo que ficassem se gozando e às vezes até se estranhassem. Portanto, não sei por que ele está tentando cantar estas meninas.

– Há uma loja que vende CDs. Ali – diz uma garota atenciosa e séria, apontando pra rua.

Eu tive de praticamente arrastar Gally pra longe daquelas gatinhas. – Fica frio, Gally. Sua filhota vai ter essa idade em breve. Quer que ela seja cantada por caras de 25 anos nessa época?

– Eu só tava brincando – diz ele.

Tenho vontade de dizer que a ala dos tarados na prisão está lotada de putos que falavam assim, mas isso seria passar dos limites, mesmo como brincadeira, porque Gally é legal. Ele só estava brincando, e talvez eu esteja sendo sensível demais. Só que tarado é tarado: na Alemanha ou na Escócia, não faz diferença.

E eu vejo Billy olhando com certa estranheza pro Gally. Não sei o que anda acontecendo com esse putinho hoje em dia. Terry diz que ele está andando com uns babacas, Larry Wylie e sua turma. Talvez seja exagero dele. Gally realmente andou com um pessoal da pesada há algum tempo, mas já saiu dessa.

Billy é meio que um azarão em relação ao mulherio. Elas gostam dele, porque Billy está sempre em forma e bem-vestido. O negócio é que nunca dá pra imaginar o Billy cantando uma gata, tipo conversando com uma delas, mas ele parece estar sempre papeando com todas. Sempre que arruma uma gata nova, ele nunca apresenta pra gente como nós. Só vemos o cara no carro, ou andando rua abaixo, em geral com uma xota bem bacana. Ele nunca parou a fim de apresentar qualquer uma, e nunca jamais fala das gatas com quem anda, a menos que seja uma menina do conjunto, porque a putada já conhece todas, de qualquer forma. A garota com quem Billy anda morando às vezes vai à boate com ele. Os dois dançam juntos e depois passam a noite toda com seu respectivo grupo de amigos. Nunca cheguei a conversar muito com ela, que me parece burra ou tímida. Mas Billy é assim: um Esquilo Sem Grilo.

– Eu não vou roubar CDs aqui – diz Billy, balançando a cabeça com nojo e olhando pro Gally, porque sabe exatamente qual é a intenção do putinho, enquanto entramos numa loja chamada Mullers.

Há uma esposa gorducha e uma mina entediada trabalhando na loja. E há um monte de CDs em grandes prateleiras de madeira. Gally pega um deles e arranca uma fita de alumínio da caixa.

– Só é preciso arrancar estas fitas das caixas e esconder os CDs – diz ele, enfiando o CD no bolso.

Billy fica possesso e se afasta de nós, saindo porta afora.

– Pois é, Birrell... você tá certo, seu resmungão... nós não somos esportistas elegantes pra caralho – diz Gally pra mim. Porra de puto incendiário.

– Pugilista filho da puta de conjunto suburbano – digo eu, às gargalhadas.

Gally assume um porte e uma expressão teatrais, começando a entoar a canção-tema do Esquilo Sem Grilo, que eu acompanho, até enfiarmos dois dedos na boca e darmos um grande assobio.

– Esquilo Sem Grilo! – berramos.

Eu não sou um grande larápio, e Gally... bom, ele já fez isso um pouco, mas não como o sr. Terence Lawson e seu velho parceiro Alec lá na nossa terra. Esses dois putos são da pesada: arrombam casas, saqueiam lojas, tudo. Pouco antes de partirmos, Billy e eu precisamos ter uma palavrinha com o renegado do Terry. Falamos pra ele que tencionávamos tirar férias, e que não era pra fazermos qualquer serviço. O puto cabelo de pentelho ficou todo emburrado. – Eu tenho 25 anos, não quinze, caralho. Sei me comportar, seus putos. Sei quando posso trabalhar, e quando é melhor relaxar.

Portanto, era tipo, perdão por respirarmos, então, seu puto.

Terry sempre chamava aquilo de serviço. Pra ele, até acho que era; foi praticamente só isso que ele fez depois de ser despedido dos caminhões de suco. Agora, depois do meu discurso metido, sou eu que estou envolvido no serviço. Acho que é por isto que Billy ficou com nojo de mim. Só que Gally tem razão: aqui eles insultam a sua inteligência. É difícil *não* fazer um serviço. Você precisaria ser louco pra dispensar uma chance destas. Além disto, existe a necessidade: muitos dos meus velhos álbuns já estão fodidos.

Portanto, eu saio e vou até a loja vizinha, pegando uma sacola plástica com uma garrafa de água pra fazer peso. Então, retornando à loja de CDs, começo a arrancar sistematicamente as fitas de alumínio antes de voltar e colocar os CDs dentro da sacola plástica. Atrás do balcão, as mulheres não conseguem ver as prateleiras. Não há câmeras, ou qualquer coisa assim. É uma moleza total: você *precisa* fazer o serviço. Gally é diferente de mim; pro puto trata-se de lucro, e não de algo pessoal. Ele está com a cabeça de Terry, e parte impiedosamente pros grandes álbuns do momento. Procura o que a galera quererá comprar no Silver Wing, no Dodger, ou no Busy Bee. É escroto pra caralho ver o que o puto vai pegando: *Now That's What I Call Music Volume 10, 11, 12 e 13*, Phil Collins (*But Seriously*), Gloria Stefan (*Cuts Both Ways*), Tina Turner (*Foreign Affair*), Simply Red (*A New Flame*), Kathryn Joyner (*Sincere Love*), Jason Donovan (*Ten Good Reasons*), Eurythmics (*We Too Are One*), um monte de discos do Pavarotti depois da Copa do Mundo e todas as merdas que ninguém gostaria de ser visto carregando. O troço até me broxa. O puto fica exibindo cada um pra mim, todo satisfeito, com os olhos brilhando feito lâmpadas embaixo daquele boné de beisebol. Não entendo como alguém pode achar um barato surrupiar aqueles troços, discos que jamais serão tocados.

Estou mais interessado no catálogo antigo. É assim que a gente fala quando substitui os álbuns velhos por CDs. Quando se pensa bem, é até uma armação obrigar alguém a trocar seus vinis por CDs, de modo que os fabricantes deveriam substituir toda a sua coleção de discos por CDs novos, se você comprar um CD player. Eu pego os discos antigos dos Beatles, Stones, Zeppelin, Bowie e Pink Floyd. São só os troços antigos que eu escuto em CD; a *dance music*, obviamente, precisa ser em vinil.

O resultado é genial, e nós saimos com as sacolas cheias. O Esquilo Sem Grilo faz uma expressão azeda, enquanto nós vamos descendo a rua pra deixar tudo lá no cafofo. Imediatamente Gally e ele começam uma daquelas discussões sem propósito, entre "escroto" e "esnobe", que parecem brotar entre eles no conjunto desde que começaram a falar. Quando chegamos de volta, eu ligo pro Rolf e a Gretchen pedindo que nos encontrem na Oktoberfest se estiverem a fim de uma birita. Então saímos novamente e voltamos à estação pra pegar o trem da S-Bahn até Munique.

Saltamos e tomamos uma cerveja na cidade, só nos preparando pra beber mais seriamente com Terry e sua gata na tenda Hacker-Psychor, mas então vemos o puto em pessoa vindo em nossa direção de mãos dadas com uma gata. Esta gata de Terry, Hedra, é gostosa pra caralho. Quando ele nos apresentou, porém, precisei evitar o olhar de Gally e Billy. Dava pra ver que eles só estavam pensando em boquetes, ou coisa assim. Nunca saberei o que essa gata viu em Terry. Fico explicando isso pro Birrell, enquanto Terry e Gally põem o papo em dia. Gally se gaba pro puto do nosso serviço, enquanto Birrell diz: – Não, isto é só porque ela é estrangeira... pra você, é exótica. Não tem uma aparência ruim, mas, se fosse oriunda de Wester Hailes, você só pensaria... que gata comum.

Olho pra garota novamente, imaginando-a com um pastel de forno na boca num shopping de Wester Hailes, e admito que Birrell pode ter razão. A minha razão, porém, é que *não* estamos em Wester Hailes.

Vamos descendo a rua, quando Terry avista uma placa diante de um grande prédio público de pedra. – Vejam isto, rapaziada... vamos dar uma parada aqui.

Há algo em alemão, mas na parte de baixo a placa diz em inglês:

O COMITÊ DAS CIDADES-GÊMEAS MUNIQUE-EDIMBURGO DA CÂMARA DE MUNIQUE DÁ BOAS-VINDAS AOS JOVENS DE EDIMBURGO

– Isso é pra você, o jovem de Edimburgo – diz Hedra, dando uma risadinha.

– Tá certa. A gente deve tomar umas boas biritas aqui. Tipo de graça. Nós, jovens de Edimburgo, somos assim – diz Terry com orgulho.

– Não podemos entrar aí – diz Billy, abanando a cabeça e recebendo de Gally um olhar de desdém.

– Não podemos fazer isto, não podemos fazer aquilo – diz Terry, imitando a voz de uma bichona. Depois dá um leve soco no braço de Billy, aliviando a raiva crescente, e acrescenta: – Onde está o seu tutano, Birrell... deixou tudo no ringue? Vamos lá! Pense no Souness! Vamos com a cara e a coragem.

Graeme Souness era lá das nossas bandas, e ainda é o herói de Terry, embora atualmente trabalhe pros *huns*. Quando Souness fez um permanente no cabelo e adotou um bigode, Terry deixou crescer um buço ridículo pra tentar imitar o cara. Sempre que deseja motivar algum puto, pra tentar fazer o sujeito entrar nos seus esquemas, Terry sempre fala "Pense no Souness". Quando éramos meninos, sempre víamos Souness voltar do treino. Uma vez ele deu a Terry cinquenta centavos pra comprar balas. E a gente sempre lembra de coisas assim. Terry até perdoou Souness por aquele carrinho chocante em George McCluskey lá no Easter Road há alguns anos.

– McCluskey era um pipoqueiro da porra, e nem deveria ter gente de Glasgow jogando no Hibs, pra começar – disse ele, muito sério. Toda a putada sabia que Souness era Hearts, mas Terry não admitia isso, e declarava: – Souness é a porra de um Hib. Se estivesse por aqui agora, estaria lá na cidade com a rapaziada da CCS, cheio de equipamentos de grife, e não escondido num conjunto feito vocês, da putada do Hearts.

Por que ele está falando de equipamentos de grife, caralho? Terry está pra moda assim como Sydney Devine está pra acid house. Em todo caso, pensando no Souness, nós subimos com firmeza o lance de degraus de pedra que leva ao prédio. Dois porteiros corpulentos bloqueiam nosso caminho. Eu já não estou me sentindo mais tão Souness assim. Felizmente, um cara de terno aparece por trás dos grandalhões e afasta os putos. Eu já podia ver o Birrell, instigado por Terry, pronto pra enfrentar os dois. O tal cara, um puto barbudo que faz a linha Rolf Harris, usa um paletó elegante e carrega uma papelada, sorri pra nós. – Eu sou Horst. Vocês são o contingente de Edimburgo?

– Somos nós mesmos, chefia – diz Gally. – O Young Mental Shotgun Squad de Amsterdã, pros nossos amigos.

O tal do Horst alisa a barba. – Amsterdã não serve, nós estamos querendo o pessoal de Edimburgo.

– Ele está de gozação com você, parceiro... todos nós somos camaradas de primeira categoria – explica Terry. – Três Hibs e um Hearts. Sem qualquer impostor triste de Glasgow em nosso meio.

Horst olha pra nós, um por um, depois pro seu pedaço de papel, e então pra nós. – Que bom. Recebemos o recado de que o voo atrasou. Vocês fizeram bem, vindo do aeroporto até aqui tão depressa. Qual de vocês é o campeão de squash, Murdo Campbell-Lewis, lá do distrito de Barnton?

– Ah, é ele ali – diz Terry, apontando pro Billy, que parece mais em forma. Horst mostra um crachá de delegado e o passa pro Billy, que prende o crachá na roupa com um ar constrangido.

Então Horst olha pra Hedra, que o esquadrinha com frieza. Ela é maneira, esta garota. – Onde estão as outras meninas?

Gally esfrega o brinco. – Boa pergunta, parceiro. Nós não tivemos muita sorte tentando arrumar uma trepada desde que chegamos aqui.

Billy intervém, pra silenciar nossas risadas. – Elas vão chegar depois.

Somos levados a um salão com candelabros imensos pendurados no teto e mesas com um monte de delegados já sentados, comendo e bebendo, sendo servidos por garçons e garçonetes. Horst nos dá mais crachás, e Gally agarra um, dizendo: – Este aqui sou eu, Christian Knox, estudante e inventor, do Stewart's--Melville College.

– Quem é Robert Jones, o violinista... da CFS... Craigmillar Festival Society? – pergunta Horst.

– Essa é a cota do conjunto habitacional – cochicha Terry pra mim.

Eu pego o crachá. – Sou eu, parceiro... e é CSF, não CFS.

O tal Horst me lança um olhar perplexo e me dá o crachá. Eu prendo o troço no canto do meu paletó de camurça.

Então sentamos pra traçar a porra do rango. Há muito vinho, e Gally fica um pouco tenso quando uma das garçonetes pergunta se ele já tem idade pra beber.

– Eu tenho uma filha da sua idade – debocha ele.

Todos nós fazemos "Ohhhhhh!", e isto deixa Gally irritado. O rango, porém, é do melhor: temos uma salada de frutos do mar pra começar, depois frango assado com batatas e legumes.

Após algum tempo, tomo consciência de uma certa comoção com vozes elevadas; olho e vejo duas pessoas que me parecem vagamente familiares. Uma delas é bem velha: toda estridente, com os olhos ardentes permanentemente esquadrinhando o mundo em busca de algo a ser reprovado. A outra é um sujeito besta, com um terno, um rosto bem alimentado, e uma expressão que irradia: "eu estou me sentindo na porra do paraíso aqui, e quero que todo mundo saiba disso". Há um monte de putos jovens com eles: rapazes e moças, todos de aspecto bem limpo, com olhos aguçados e brilhantes, olhos desacostumados à observação casual da aspereza da vida. Parecem iguais aos puxa-sacos que a gente conhecia lá no conjunto, os esquisitos que costumavam fazer compras pra putada mais velha. Tipo o Birrell, o assistente social boxeador, acho eu!

– Epa – diz Terry, esvaziando logo sua taça de vinho, antes de pegar uma garrafa cheia no balde de gelo e enfiar a coisa embaixo do paletó. – Parece que a festa acabou...

– É aquela vereadora lá de Edimburgo, a puta velha que vive se queixando na imprensa sobre a sujeira do Festival – diz Birrell, sacudindo minha memória. Eu sabia que conhecia aquela mulher de algum lugar. – Ela reduziu a subvenção que a nossa academia de boxe recebe do Comitê de Recreação.

Eles estão olhando pra nós, quase tão satisfeitos por verem ali seus concidadãos quanto você fica ao se deparar com uma privada entupida num dia de ressaca. Horst se aproxima correndo, junto com os dois putos da portaria, e grita:

– Vocês não deveriam estar aqui! Precisam sair!

– Ei, ainda não comemos a sobremesa! – ri Gally. Depois vira pro pessoal da Câmara de Vereadores, ergue os polegares e grita: – Tudo bem aí, meus camaradas?

O rosto do sujeito prosa não parece nada bem: o verniz de relações-públicas já foi todo raspado.

– Vão embora, ou a polícia será chamada imediatamente – ordena Horst.

Bom, ninguém gosta de ouvir isso, e não há desculpa pra ser rude com desconhecidos, principalmente porque parece haver bastante espaço e rango pra todos nós... mas, bom, estes putos estão com todos os ases na mão.

– Pois é, você tá certo, seu puto – digo. – Vamos nessa, pessoal.

Nós levantamos, e Gally ainda enfia um pão na boca enquanto saímos. Terry olha pra um dos seguranças e fica encarando o sujeito com uma risada grave, sem respirar, de olhos arregalados.

– Venha pra cima, seu puto – diz ele, rindo entredentes, agitando os quadris e comprimindo os lábios. – Eu, você e o menino Fritz aí. Lá fora, vamos nessa!

Eu agarro o braço dele e o empurro em direção à porta, rindo pra caralho daquela pantomima. – Vamos embora, Terry... deixa isto pra lá, seu maluco!

Os dois alemães parecem um pouco confusos, e dá pra ver que eles não querem começar confusão alguma ali, mas eu tenho medo que a polícia seja chamada. Para aquela velha vereadora vingativa seria um grande prazer ver um pessoal dos conjuntos indo pra cadeia, mas por outro lado seria uma publicidade ruim pra nossa cidade se a coisa chegasse aos jornais, de modo que talvez ainda tenhamos alguma vantagem. Quer dizer, desde que ninguém dê o pontapé inicial.

Nós vamos saindo, com Terry andando devagar e de forma provocadora, como que desafiando os alemães a tentarem algo. Ele olha em volta do salão e grita:
– CCS!

É só pra fazer efeito, porque hoje em dia Terry nunca vai ao estádio, que dirá com a torcida organizada. Os alemães nem sabem de que porra ele está falando, porém, e não avançam. Então ele olha em torno, feliz por não ver seu desafio aceito, e se afasta rumo à porta.

Quando saímos, a porra da vereadora Morag Bannon-Stewart, como se chama a bruxa, diz: – Você é uma vergonha para Edimburgo.

– Qual é, gatinha... venha aqui chupar a porra do meu pau – sibila Gally, deixando a velha horrorizada e ultrajada. Então nós saímos rua afora, sentindo-nos satisfeitos, mas ao mesmo tempo indignados.

A Oktoberfest de Munique

É genial aqui, com as fileiras de mesas lotadas de bebedores dedicados e o som da banda oompah. Quem não conseguir se embebedar num ambiente assim, nunca conseguirá. Não é uma coisa só masculina, há montes de gatas aqui, todas a fim. Isto é que é vida, a tenda Hacker-Psychor da Oktoberfest, e logo as canecas estão sendo entornadas, de um jeito bom pra caralho! Eu já nem curtia álcool tanto, mas essa ocasião foi a melhor. No começo, ficamos todos sentados em torno de grandes mesas de madeira, mas logo depois começamos a nos mexer. Acho que Birrell era o que estava mais a fim de circular, porque Gally realmente torrara o saco dele com o tal serviço.

– Fique mais um pouco, Birrell – pede ele, quando Billy se levanta. – Um pouco de *Gemeinschaft*, caralho!

Billy é um puto engraçado; um grande cara, mas meio puritano sob alguns aspectos. Então ele se afasta e começa a conversar com uns ingleses. Terry está de olho nas xotas, mesmo ao lado da tal de Hedra. É a cara dele; eu adoro o Terry, mas ele é um escroto total. Às vezes penso que se ele não fosse meu amigo, e nós simplesmente nos encontrássemos pela primeira vez, eu cruzaria a rua se houvesse uma segunda. Vou me juntar a Billy, ansioso pra esticar minhas pernas. Os tais ingleses parecem legais, e ficamos falando um monte de merdas bêbadas pra eles: trocando histórias de bebedeiras, histórias de raves, histórias de torcidas organizadas, de drogas, de trepadas, todas as bostas costumeiras que fazem a vida valer a pena.

A certa altura dos acontecimentos, uma vaca gorda, acho que alemã, sobe numa das mesas, tira a parte de cima da roupa e fica sacudindo as tetas pra todos os lados. Todos nós vibramos, e eu percebo que estou bebum, bastante encharcado... a banda oompah pulsa na minha cabeça, e seus pratos fazem um estardalhaço nos meus ouvidos. Então me levanto, só pra provar que consigo, e saio andando pela tenda.

Gally me paga outra caneca grande, e fala algo a respeito de *Gemeinschaft* ser nós, mas eu não vou aguentar as suas merdas de bêbado, porque ele já está ficando do jeito fisicamente pegajoso que sempre fica quando está bêbado, segurando e arrastando você em volta do ambiente. Então me afasto dele e me vejo sentado junto de umas garotas que vieram de Dorset, Devon, ou algo assim. Ficamos batendo nossas canecas umas nas outras, conversando sobre música, boates, ecstasy, e todos os troços costumeiros. Uma delas eu realmente curto... ela é bem legal e se chama Sue. Não é feia, mas minha curtição é mais porque ela fala feito a menina coelha no anúncio do caramelo da Cadbury, aquela que manda o rapaz chamado Lebre ir mais devagar e relaxar. Os olhos do tal Lebre vivem arregalados, um pouco como os de Gally quando ele toma ecstasy. Os meus olhos devem estar assim agora, porque fico imaginando nós dois fazendo amor preguiçosamente o dia inteiro, sob o sol de uma fazenda em Somerset. Logo meu braço se enrosca na garota, e ela deixa que eu fique tirando um sarro ali por algum tempo. Depois se vira, e eu fico pensando que talvez esteja apressado demais, pondo uma pressão excessiva na coisa... O sr. Lebre, que sou eu, por causa da tecnologia, o hardcore em que eu mergulhei, vivia sempre apressado demais... portanto, relaxe, sr. Lebre...

Doidaço de álcool! Vou até o bar a fim de comprar uma rodada de cervejas pra tal garota e suas amigas, com um pouco de schnapps pra incrementar. Logo entornamos tudo. Então Sue e eu começamos a dançar na frente da banda oompah. Na verdade é uma espécie de movimentação cega, e um puto inglês com sotaque de Manchester coloca o braço em volta do meu pescoço, dizendo: – Tudo bem, parceiro... de onde você é?

– Edimburgo – digo.

O cara parece legal, e isto vem a calhar, porque eu vejo por cima do meu ombro que Birrell acabou de socar um puto que pode ser um dos colegas dele aqui. O soco não parece ter sido muito forte, mas é um daqueles golpes curtos e econômicos de boxeador, fazendo o sujeito desabar de bunda no chão. O clima muda de forma estranha, e dá pra sentir isto mesmo através das pesadas camadas de intoxicação. Eu me afasto do rapaz de Manchester, que parece um pouco chocado, e tombo pra frente em cima de Sue. Estamos bêbados, e vamos cambaleando pra fora da tenda até uma espécie de vagão de onde sai o som de um gerador.

Ela põe as mãos na minha braguilha, enquanto eu tento afrouxar sua calça jeans. A porra da calça é apertada, mas eu consigo algum resultado. Encontro sua racha embaixo do tecido, enfio o dedo e vejo que está úmida. Vou entrar na xota dela sem perigo algum, porque estou com o pau muito duro, embora sempre me preocupe com o álcool nestas situações. Às vezes o seu pau está duro, mas decepciona na hora de gozar. No início, nós não conseguimos configurar a coisa direito, mas eu acabo pondo Sue sentada em cima do gerador, vibrando pra caralho, e ela tira uma perna da calça jeans. A calcinha é do tipo de algodão branco, bem frouxa, e pode ser empurrada pro lado sem ser tirada. No começo, a coisa parece um pouco apertada, mas vou entrando bem. Estamos fodendo, mas não daquele jeito lento e lânguido do caramelo da Cadbury que eu queria; é uma trepada safada e tensa, em que ela faz força com as mãos pra se afastar do gerador e subir em cima de mim. Vou metendo nela, vendo o suor no seu rosto, e enquanto fodemos ficamos muito mais distantes um do outro do que estávamos quando dançamos. Há sombras passando em torno de nós, além de uma variedade de vozes agitadas: inglesas, alemãs, de Birrell, e o caralho a quatro mais.

Fico pensando em levar Sue de volta pra casa de Wolfgang e Marcia, a fim de foder devagar naquela cama: uma espécie de foda caramelo, lânguida e sensual. De repente, uma garota vem correndo até nós, mas na verdade nem nos vê, porque está vomitando as tripas, tentando sem sucesso afastar o cabelo do rosto. Meus horizontes já encolheram, e agora eu só quero jogar minha porra dentro de Sue. Sinto que ela me empurra pra longe, e saio de dentro dela. Ela recoloca a perna dentro da calça jeans e fecha o zíper, enquanto eu tento enfiar o pau na cueca e me ajeitar, feito um retardado tentando fazer um quebra-cabeça.

– Você tá bem, Lynsey? – Sue reconforta sua amiga, que simplesmente vomita outra vez. Então ela me lança um olhar, como se eu fosse responsável pelo estado daquela vaca idiota. Até lembro que comprei a tal rodada de schnapps, mas não forcei puta alguma a beber.

É óbvio pra caralho, pela expressão e pela linguagem corporal de Sue, que ela já se afastou de mim, e que está arrependida de tudo. Em tom embriagado, ela diz a si mesma: – Nem tinha a porra de uma camisinha... que estupidez...

Bom, acho que foi mesmo. Já estou começando a me arrepender e digo: – Vou ali falar com o pessoal... a gente se vê lá dentro...

Só que ela não escuta, nem dá a mínima, e nenhum de nós gozou, de modo que a parada nem pode ser chamada de uma trepada bem-sucedida, por mais imaginação que se tenha. Foi só uma metida, nada pra alguém se preocupar. É preciso fazer sexo de bosta ocasionalmente, só pra se ganhar perspectiva quando surge uma trepada genial. Se toda foda fosse um exemplo pornô, tudo seria sem sentido, porque não haveria uma referência real. É assim que precisamos encarar a coisa.

Vou em frente, tropeçando numa corda da tenda e quase caindo, ao passar por um rapaz de nariz ensanguentado. Ele está sendo ajudado por um amigo, que força a cabeça dele pra trás. Com um sotaque do Norte da Inglaterra, uma garota pergunta ao amigo: – Ele tá bem... ele tá legal?

Os dois ignoram a garota, que torce o rosto e olha pra mim. – Bom, fodam-se vocês, então!

Só que ela segue os dois, mesmo assim.

De volta à tenda, fico perambulando um pouco até ver Billy, que parece muito bêbado. Ele está olhando intensamente pros dedos da sua mão e esfregando as juntas.

– Billy... onde está o Gally? – pergunto, pensando que Terry estará com a tal gata, Hedra, mas que Gally estava sozinho.

Birrell me lança um olhar duro através de pálpebras semicerradas. Depois meio que percebe que sou eu e relaxa um pouco, esticando os dedos da mão. – Não posso sair por aí socando qualquer um, Carl... tenho uma luta importante vindo aí. Se esta junta estiver arrebentada, o Ronnie vai me encher o saco. Só que eles estavam ficando abusados, Carl... o que eu podia fazer? Eles estavam abusados. Isto é brutal. O Terry deveria estar aqui pra esclarecer as coisas!

– Pois é, isso mesmo. Onde está o Gally? – pergunto outra vez. É provável que o mutantezinho tenha se metido em encrenca por aí. Só que fico surpreso com Billy, que supostamente é o puto mais sensato.

– Ele ficou enjoado. E vomitou nas costas de uma garota. Estava dançando com ela. Onde está o Terry? Precisei derrubar três sacanas sozinho. Onde vocês estavam?

– Eu não sei, Billy. Vou achar os dois. Você espere aqui – digo a ele.

Terry estava com Gally, que parecia mesmo um tanto mareado. Havia vômito na frente da sua camiseta preta, seu cabelo estava todo suado, e ele ofegava pesadamente. Já Terry estava de gozação, rindo sem parar.

– Material pra segunda divisão – ruge ele, virando pra Hedra e um cara alemão. – Um embaixador ruim. Ei, Galloway, puta merda... aja como se fosse um Hibs.

Ele aponta pra Gally e começa a cantar: – Você é um Jam Tart disfarçado... que merda, merda, merda, merda, merda, merda, Galloway...

Subitamente, meneia a cabeça pra mim e diz: – Onde está o Esquilo Sem Grilo? O puto andou distribuindo uns socos lá dentro. Realmente perdeu o fio da meada, porque nem estava sendo incomodado pelos caras. Não sabe mais biritar. Acho que ele ouviu o gongo soar na sua cabeça.

Ele ri e continua: – Faltam poucos segundos! Ding-dong!

Depois começa a cantar a canção-tema do Esquilo Sem Grilo. – Ele tem truques enfiados na manga, que os bandidos nem acreditam... um casaco à prova de bala...

Mundo pequeno? Acho que é um globo de escola primária, quando vejo alguns alemães se aproximarem do cara que está com Terry, e um deles é Rolf. Nós nos cumprimentamos imediatamente, com um aperto de mão.

– Estamos indo pra uma festa – diz ele, lançando um olhar de reprovação pra cena cervejeira ali em volta e também pra banda oompah. – Lá a música será melhor.

Para mim isto vem a calhar, e eu digo: – Beleza.

Os alemães podem não conhecer a palavra, mas não há como não entender o sentido. Dizem que a linguagem corporal representa pelo menos cinquenta por cento da comunicação. Não tenho certeza disto, mas acho que a fala e as palavras são superestimadas. A dança não mente, a música não mente.

– Eu estou a fim de ir. Já tá ficando confuso demais aqui dentro desta porra – diz Terry. Depois ele começa a falar como aquele menininho de fez e óculos, que é parceiro do Esquilo Sem Grilo. – Vamu pegá u Esquilu pelu pescoçu antis qui eli mati algum putu!

Voltando à sua voz natural, diz: – E botar a vibração do amor de novo dentro dele. O puto acha que é hora de fazer os últimos pedidos na porra do Gauntlet!

Então pegamos Billy e nos metemos no meio de uma multidão desordenada até as saídas laterais, tropeçando nas cordas das tendas. As pessoas lançam olhares nervosos pra nós, que parecemos salmões exaustos tentando subir o rio pra desovar. Quando saímos do lugar, eu já começo a me orientar. Rumamos pro centro da cidade, enquanto meus pensamentos se voltam pra Sue, a tal gata, e pra diversão que podíamos ter tido: foi uma fraqueza ficar tão bêbado, lento e burro por causa daquela droga de velhos gordos. Já parecemos estar caminhando há séculos. Billy vem atrás de nós, ainda esfregando a mão e gritando com Terry, que segue lá na frente.

– Em que porra de lugar você estava, Lawson? Onde você se meteu?

Terry simplesmente ri e vai se desviando da pergunta. – Pois é, claro, tudo bem, Birrell, tudo bem. Claro, claro, claro...

Só que eu fico preocupado, porque Billy raramente, ou nunca, pragueja. Neste ponto ele é igual ao seu velho. Já seu irmão Rab pragueja feito um soldado raso, assim como o restante de nós.

– QUALQUER PUTO, ENTÃO! – berra Birrell pra rua escura, fazendo todos desviarem o olhar.

– Uuuhhh! – diz Terry, revirando os olhos e comprimindo os lábios.

Rolf diz pra mim: – Não vamos chegar à festa se ele continuar deste jeito. Em vez disso, é possível que sejamos presos.

– Caralho, isso é mais do que só possível, parceiro – ri Terry. Ele tem o braço ao redor de Hedra, a tal gata, e está cagando pro resto.

Eu volto e acalmo Billy, pondo meu braço em torno dos seus ombros. – Fica frio, Billy... puta merda, a gente quer entrar na festa!

Billy para e enrijece o corpo todo. Depois dá uma piscadela pra mim, com ar de que nada aconteceu.

– Eu estou legal... totalmente legal – diz. Depois me abraça e acrescenta que sou seu melhor amigo, sempre fui. – Terry e Gally são grandes parceiros, mas você é o meu melhor amigo. Lembre-se disso. Às vezes eu sou mais duro com você do que com o resto, mas isto é porque você tem raça. Você tem o que é necessário...

Ele fala isto quase que em tom de ameaça. Há anos não vejo Birrell assim. A bebida lhe subiu direto à cabeça, e há uma multidão de demônios por trás do seu olhar.

– Você tem o que é necessário – repete ele. Depois diz entredentes a si mesmo: – Brutal.

Eu não sei do que o puto está falando, embora aprecie a declaração. Bom, acho que a Fluid está indo bem, mas aquilo é só uma noitada, uma risada e uma grana no meu bolso. Dou um tapa nas costas dele, enquanto vamos cruzando um terreno baldio junto à ferrovia, e chegamos a um grande distrito industrial. Há luzes acesas, e caminhões... é como se alguns putos ainda estivessem trabalhando. A boate, ou rave, ou festa, como os alemães chamam o troço, rola em um prédio enorme, velho e cavernoso, que obviamente foi ocupado de forma ilegal. Fica cercado por fábricas e escritórios que aparentemente ainda funcionam.

– Se esta parada aqui não for invadida pela polícia em vinte minutos, eu lambo o prepúcio do Terry – digo, virando pro Gally e rindo. Só que o pobre coitado continua bêbado demais pra responder. Então entramos. Gally já raspou da camiseta a maior parte do vômito, e fechou o zíper na frente da jaqueta. Fico feliz quando entramos, porque já estava muito frio ali na rua.

Há apenas o sistema de som empilhado em torno de uma área improvisada pra DJs, mas o equipamento aparenta aguentar bastante barulho. O lugar está enchendo, e eu penso que adoraria tocar ali.

Com certeza, logo o som de um baixo ressoa no ar, ricocheteando nas paredes com eco, enquanto a primeira música começa a tocar e o local inteiro entra em ignição, com aquela excitação explosiva que você só sente quando faz parte de uma multidão.

Dentro do lugar Birrell já parece relaxar, mesmo antes de receber nossas balas. Parece que ele associa a vibração e a música com uma sensação de paz. Os putos alemães são legais. Rolf está lá com Gretchen; Gudrun e Elsa também estão presentes; e eu fico encantado ao ver que Gretchen tem muitas amigas. Elas têm cara de xotas da Bundesliga e tudo, mas no meu estado, à medida que o ecstasy começa a fazer efeito, cortando as lamacentas camadas de álcool, além de restaurar alguma atenção e clareza, todas as garotas são assim. Então esbarro com Wolfgang e Marcia.

– Você vai tocar alguns discos, sim?

– Bem que eu queria ter trazido uma sacola, parceiro... realmente queria. Até com aqueles lá da sua casa.

– Sempre há o mais tarde – diz ele.

A essa altura, Marcia intervém. – Seu amigo do cabelão é muito estranho e barulhento. De noite ele estava parado no nosso quarto, ao pé da cama... eu vi todo aquele cabelo no escuro... ele estava sem roupa... eu não sabia quem era...

Wolfgang fica rindo disso, assim como eu.

– Sim, eu tinha me levantado pra deixar o seu amigo entrar. Mostrei a ele a cama no seu quarto, mas você estava dormindo. Voltei pra minha cama esperando que seu amigo dormisse... mas ele não queria dormir. Então ouvi os gritos de Marcia e vejo a figura dele parado ali acima de nós. Levanto e levo seu amigo de volta pra cama. Mas ele fala que quer descer pra tomar mais cerveja. Então vou com ele em busca de mais um pouco, e ele não me deixa ir pra cama. Queria conversar comigo a noite toda. Eu não consegui compreender seu amigo, na verdade. Ele fala sem parar sobre um caminhão de suco. Eu não entendo. Por que na Escócia vocês estão sempre querendo falar tanto?

– Nem todos nós – protesto. – E o Billy?

Marcia se derrete um pouco e sorri. – Ele é muito simpático.

– Talvez ele seja alemão – sorri Wolfgang.

Eu rio diante disso e puxo os dois pra um abraço, ansioso pra vibrar mais com a tal Marcia.

– Ahhhh... Carl... meu amigo – diz Wolfgang, mas Marcia ainda parece um pouco tensa. Duvido que ela tenha tomado ecstasy. Estas balas que Rolf distribuiu são boas pra caralho. Sempre dá pra saber se elas são boas pela velocidade com que a noite passa, mas quando a música realmente para, causando arquejos de exasperação, eu fico pensando que isso é ridículo, que as balas não eram *tão* boas assim. Apesar do ecstasy, meus pensamentos estão lentos (provavelmente por causa da birita), e eu levo um instante pra perceber que minhas próprias palavras se revelaram um pouco proféticas demais, já que no meio da multidão que dança vejo alguns uniformes. Os policiais aparecem em número considerável e querem que nos dispersemos. O puto do Terry grita algo, fazendo com que os alemães apenas se virem e olhem atônitos pra ele. Então Rolf diz pra mim: – Você deveria falar pro seu amigo que neste país pouco se pode ganhar antagonizando a polícia.

Estou prestes a ressaltar que o mesmo acontece no nosso país, mas que isto não nos detém, quando saco que os caras estão tranquilos porque existe um Plano B. Decididamente, todos nós queremos continuar festejando. Além disso, a polícia daqui tem atiradores, e não sei quanto a Terry ou qualquer outro puto, mas isto provoca uma diferença da porra na *minha* atitude. Misteriosamente, uma camada de velcro se formou sobre meus lábios, e eu mal consigo esperar pra me afastar do local o mais rápido possível. É verdade que, em qualquer lugar, se você se mete com a polícia, geralmente só há um vencedor.

Rolf e seus amigos nos falam que iam fazer uma outra festa, mas perderam o local que tinham marcado. Enquanto pensamos num lugar pra ir, o equipamento é carregado pra uma série de furgões grandes, e a festa parece se desfazer com a mesma rapidez com que começou. Eficiência germânica; o mesmo processo levaria meses lá no Reino Unido, porque a putada toda estaria perambulando a esmo, doidaça. Um leve pânico começa a se espalhar de que aquilo seja o fim da noite, principalmente entre os que não são alemães. Um rapaz inglês, com voz aguda e sofisticada, diz: – Pra onde nós vamos agora, então?

– Vamos dançar. Vamos dançar pra caralho – diz Birrell, com um sorriso frio pra ele, balançando a cabeça feito um brinquedo mecânico. O cara parece um pouco nervoso diante desta resposta, e hesitantemente estende a mão pro Birrell, que, embora tenha tomado ecstasy, aperta a mão dele de um jeito que achei desnecessariamente deselegante.

Terry acompanhou a discussão e diz pro Wolfgang: – Vamos lá, Wolfie, meu garoto... que tal a gente voltar pro seu cafofo, parceiro?

Wolfgang não parece muito satisfeito. – Há gente demais aqui, e há trabalho a ser feito amanhã.

– É bom você se comportar, parceiro – diz Terry, passando um dos braços em torno dele e o outro em torno de Marcia, rígida e tensa. – Nós somos amigos, vamos cuidar de vocês lá no cafofo. Parceiros...

Ele dá uma piscadela e anuncia pra todos: – Eu, assim que vi estes putos, pensei: parceiros. Foi isto, uma palavra que brotou na minha mente: parceiros.

Billy olha pro Terry e ergue as sobrancelhas.

– Você nem estava lá – diz ele. Depois exclama pro rapaz inglês elegante: – Ele nem estava lá.

Billy decidiu que o tal inglês é legal, e já tem o braço em torno do ombro do seu mais novo melhor amigo.

– Este aqui é o Guy – diz ele pra mim. – Um cara e tanto...

Ele ri, acompanhado nervosamente pelo rapaz. Fico pensando em quantas vezes o coitado do puto já ouviu isso.

— Se estivesse lá, eu teria ajudado e tudo, Birrell — protesta Terry.

— Ajudado a roubar o conteúdo da casa do rapaz, seu sacana — diz Billy. — Ele até mijou na cama do cara. Você é brutal, Lawson.

Terry sorri, porque está cagando e andando. Tem no rosto aquele olhar de cachorro que andou lambendo os colhões e acha o gosto tão bom que nada mais está à altura.

— Vá se foder, Birrell. Qual é, uma festinha.

Acho que Wolfgang já começou a entender o recado sobre o colchão. Ainda confuso, ele pergunta: — Como assim... o que ele está dizendo?

— Só estou de gozação com você, parceiro, mas nós temos bastante espaço lá na sua casa... portanto, vamos andando — diz Terry, pondo o braço em torno do ombro dele novamente. Então grita: — Vamos dar a porra de uma festa! Espalhar um pouco de amor! Vamos nessa! Mande a rapaziada aqui carregar o equipamento.

Rolf balança a cabeça, feito um fantoche involuntário do nosso bruxo suburbano. — A casa de Wolfgang é boa pra festas.

Fico pensando nos meus discos lá... posso tirar um som naquelas carrapetas e mostrar aos alemães o que é o estilo Jock. Estilo Jock... isto é uma piada, feito Gally, que está falando merda pra Elsa e Gudrun. Ele já tirou a camiseta e a atirou longe. Elas são só olhos, dentes e sorrisos. Ele fica falando que os cabelos delas são lindos, e que os alemães não são tão românticos quanto os escoceses. Eu rio até me acabar, mas acho que ninguém é tão romântico quanto o Gally doido de ecstasy. Exceto eu.

— Seria um lugar do caralho, Gally — digo pra ele, interrompendo o fluxo de babaquice do puto.

— Foda-se — diz Terry.

Wolfgang protesta. — Mas a polícia...

— Que se fodam aqueles putos. Eles só podem nos interromper outra vez. Vamos curtir uma onda!

Terry geralmente tem a última palavra, de modo que nos enfiamos numa série de vans e carros. O comboio ruma pra casa de Wolfgang, que vai se cagando todo. Marcia está quase incandescente de fúria silenciosa. Rolf enrola um baseado, e eu dou uma tragada antes de devolver o troço pra evitar Birrell, que em todo caso faz um aceno de recusa. Gally já se enfiou entre as duas garotas e está descansando a cabeça no ombro de uma delas.

Lutar pelo direito de festejar

Voltamos à casa de Wolfgang e armamos a parada. Quase toda a putada fica esperando no jardim da frente. A varanda vira um espaço genial pro DJ. O pessoal tem cabos suficientes pros alto-falantes; eu tenho o amplificador e a mesa de mixagem. Levamos cerca de vinte minutos pra instalar o negócio todo.

A coisa começa com um cara chamado Luther nas carrapetas. Ele não é ruim. Fico me coçando pra entrar e mostrar à putada alemã o que sei fazer.

Marcia continua muito mal, e sua perturbação só aumenta com as arengas do Lawson.

— Tá tudo bem, princesa, é só uma festa... sabe, a gente precisa lutar pelo direito de festejar — diz ele, explicando pra ela e pros demais alemães em torno, que parecem estar se divertindo. Então ele se vira pra mim. — A diferença é que nós somos Hibs da zona oeste de Edimburgo. Precisamos lutar durante anos contra os Hearts... nada contra o Carl aqui... mas pra nós não foi moleza, como foi pra toda a putada do Leith. Eles nem sabem o que é ser um Hib de *verdade*...

Esta babaquice não impressiona ninguém, muito menos a garota, que tapa os ouvidos com as mãos e diz: — O som tá tão alto!

Wolfgang está balançando a cabeça no ritmo da música, e vibrando com isso. Ele curte techno.

— Nossos amigos escoceses precisam ter sua festa — diz ele, recebendo vivas de mim e de Terry.

Gally já formou um elo selvagem e sensual de ecstasy com as duas gatas da Bundesliga, mas eu levo algum tempo pra perceber que elas são Elsa e Gudrun. Os três estão se sarrando lentamente em rodízio. Ele para um instante e grita pra mim: — Carl, venha cá. Fique aqui. Elsa. Gudrun.

— Vou dizer uma coisa aqui — digo. — Vocês duas são as gatas mais lindas que eu já vi na minha vida.

— E nisso você tá certo — confirma Gally.

Elsa ri, mas fica séria e diz: — Acho que você fala isso pra toda garota que encontra quando está tomando ecstasy.

— Você tem toda a razão — digo. — Mas sempre estou falando sério.

E é verdade. Elsa e Gudrun são uma grande dupla. Pois é... e isso é o mais incrível neste tipo de cena. Você pode até admirar a beleza de uma mulher, mas quando vê um monte delas paradas juntas, o simples efeito em si, arrasador, realmente alucina qualquer um.

Gally me posiciona perto delas. – Certo, experimente isto aqui.

As garotas são só sorrisos, e eu vou em frente, sarrando uma delas, depois a outra. Então Gally sarra as duas novamente. Depois as duas gatas começam a se sarrar. Meu coração está fazendo bum-bum-bum, e Gally ergue as sobrancelhas. As mulheres são bonitas pra caralho, e os homens são uns cachorros. Se eu fosse mulher, seria sapatão. Quando as duas se separam, uma delas diz: – Agora vocês dois devem fazer o mesmo.

Gally e eu só nos entreolhamos, dando risada. Eu digo: – Sem a menor chance.

– Posso dar um abraço no puto, mais nada – diz ele. – Porque eu adoro esse escroto, mesmo que ele seja um Hearts.

Eu adoro o putinho e tudo, foi bom da parte dele me incluir nesta ceninha aqui. É um parceiro de verdade. Então esmago o escroto num abraço, sussurrando docemente no seu ouvido: – CSF.

– Vá procurar a porra da tua turma – ri ele, recuando e empurrando meu peito.

Eu sigo de volta pras carrapetas a fim de conferir o som no local. Fico feliz por ter comprado alguns discos e, pegando emprestado outros de Rolf, tenho o suficiente pra garantir quarenta e cinco minutos de mixagem com qualidade. Então me preparo pra assumir as carrapetas. A mesa de mixagem me parece um pouco estranha, mas talvez isto seja apenas efeito do ecstasy... que se foda, o lance é entrar lá.

Terry está pulando ao meu lado.

– Vamos lá, Carl. Deixe essa putada alemã alucinada! N-SIGN Ewart. Ele é o cara – diz ele, sacudindo um alemão e apontando pra mim. – N-SIGN. Eu que dei a ele esse nome artístico. N-SIGN Ewart!

Não sei como Terry pode falar mal dos putos alemães, já que sua própria mãe passou muito tempo trepando com um deles. Só que então eu entro e começo com "Energy Flash", do Joey Beltram. Explosão instantânea na pista! Logo boto os frequentadores pra dançar, com a música fluindo através de mim, através do vinil, e saindo dos alto-falantes até a multidão. A coisa está indo bem, mesmo que eu só ouça pedaços de algumas das músicas pelos fones de ouvido, antes de tocá-

-las. É também uma zona total: vou misturando faixas de acid-house do Reino Unido com antigos hinos house de Chicago, como "Love Can't Turn Around", e depois faço a volta completa até o hardcore belga, feito esta faixa "Inssomniak".

Mas tudo funciona; estas bundas sacolejantes e a pista de dança lotada estão me mandando uma mensagem:

Eu estou bem pra caralho aqui.

Algum puto já botou a boca no trombone, porque há mais carros chegando; a festa inteira está abaixo de mim no gramado ali da frente, com as mãos pro alto, e eu nunca me senti tão bem. No final toda a putada vem apertar minha mão e me abraçar, com muitos elogios. E são elogios de verdade, não é babaquice. A gente chega a um ponto que consegue sentir a diferença. Eu fico constrangido pra caralho quando estou careta, mas hoje tomei ecstasy e simplesmente aceito.

Gally se aproxima de mim. Tem uma das garotas pela mão e aponta pro Wolfgang, que está dançando lentamente, balançando a cabeça e abraçando todos que cruzam seu caminho.

– Aquele Wolfgang é um cara e tanto! – diz ele, mostrando os comprimidos de ecstasy e tentando me dar um.

– Vou tomar daqui a pouco – digo, enfiando o comprimido no bolso da camisa. O que tomei antes já está perdendo o efeito, mas agora eu quero manter a adrenalina em movimento. Gally se vira pro Rolf, e os dois começam a falar de equipamento, de qualidade e tudo mais. Eu olho pro Rolf, um Gally alemão, menos fodido, menos maníaco, mais puro. Aquilo que Gally poderia ter sido, se as circunstâncias houvessem sido outras. Na verdade, eu nem conheço direito o tal de Rolf, mas ele parece sacar tudo.

Galloway: como é esse putinho? O cara está muito louco, falando que ama todo mundo, e que esta é a maior noite de sua vida. A certa altura ele sobe na varanda, é recebido com vivas e retribui saudando a massa com um punho fechado. Rolf simplesmente sorri, segurando a perna de Gally e ajudando-o a descer.

O sol aparece, e nós tentamos ajudar recolhendo o lixo, enquanto a festa continua. A bagunça nem é muito grande; os frequentadores respeitaram a casa. Apesar do calor do sol, agora está mais enevoado e frio. Já parece que estamos em outubro, e o inverno começa a se aproximar. Gally continua acordado e totalmente ligado; tem Gudrun no joelho, e está falando merda. Fico sentado ao lado deles no sofá, querendo saber aonde Elsa se meteu. Engulo outro comprimido e aguardo o efeito. Ainda restam algumas pessoas na casa, embora as cabeças principais do sistema já tenham partido. Voltamos ao equipamento menor de Wolfgang, com amplificador, mesa e alto-falantes. Rolf está tocando umas músicas mais suaves, e isso é legal.

– Preciso reconhecer, Carl... você foi genial. Você tem alguma coisa, cara. Feito o Billy, no boxe. Você sabe mixar. Gente como eu não tem porra nenhuma – diz Gally pra mim.

Então ele meneia a cabeça pro Billy, que está agachado no chão. – Já você é o Business Birrell.

Depois vira pra mim. – E você é o N-SIGN.

Eu faço um rápido contato visual com Billy, e nós dois damos de ombros. Gally nunca falou assim antes, enchendo tanto a nossa bola, e o puto está falando sério. Então eu olho pro Terry, que está sentado em um pufe com Hedra. Ele não trabalha há séculos, e vejo que não está feliz com o que Gally falou.

– Ei, Gudrun, esse aí é o N-SIGN Ewart – diz ele, apontando pra mim. Já falou isto pelo menos cem vezes a noite toda, e mesmo assim isto é menos do que Terry, mas sacode a gata até que ela olhe pra mim. – N-SIGN. Ele apareceu naquela revista, *DJ*, que talvez vocês não recebam aqui... tinha uma matéria sobre os DJs mais promissores dos anos 1990...

Eu nem achava que Terry se importava tanto. Mas ele sempre se vira, mergulhando e se esquivando. É a natureza da fera.

A tal Gudrun levanta e vai ao banheiro. Ela é uma gracinha. Fico olhando enquanto ela se afasta, apreciando seus movimentos relaxados e graciosos. Gally nem parece notar isto, porque olha pra mim e depois fica com o olhar perdido no espaço. – Contaram a você que eu vi a menina, com Gail e aquele filho da puta, antes de nós virmos pra Munique?

Tanto Terry quanto Billy mencionaram isto pra mim. Parece que não foi nada bom. Eu fico rilhando os dentes. No momento não quero ouvir falar no tal show dado por Gally, Gail e Polmont, com a participação especial de Alexander "Dozo" Doyle e Billy "Business" Birrell, mais uma vez. Aqui, não. Agora, não. Mas Gally está perturbado.

– Como ela está? – pergunto.

Gally continua olhando pro espaço. Não quer me olhar nos olhos. Fala em tom baixo. – Nem me conhece direito mais. Chama o cara de papai. Ele.

Terry ouviu isto e dá uma tragada num baseado antes de virar e encolher os ombros pro Gally. – É assim que a banda toca. O meu chama aquele puto de papai, e tudo. Um retardado da porra, babaca pra cacete, que ele chama de papai. Mas é assim que a banda toca. Ele é o puto que bota o rango na boca.

– Mas não é certo! – diz Gally, soltando um urro primevo de pânico. Fico com pena dele, muita pena, porque essa é a pior coisa do mundo pra ele.

– Ela vai lembrar de você, Gally, só é preciso mais tempo – digo. Nem sei por que abri minha boca, não faço a menor ideia, só parecia a coisa certa a dizer.

Gally realmente entrou num estado mental muito ruim. É como se acima de sua cabeça houvesse uma nuvem ficando mais negra a cada minuto.

– Não, a menina está melhor sem mim. Você tem razão, Terry. Só uma gota de porra, foi só isso que eu já valhi na vida, caralho – diz ele com o rosto todo contorcido. – Foi mais ou menos a minha primeira trepada, caralho. Com Gail. Dezoito anos de idade. Encantado de perder meu cabaço com ela. Que coisa mais azarada... quer dizer... eu não queria dizer isso...

Dou uma olhadela pro Terry, que ergue as sobrancelhas. Nunca ouvi Gally falar assim. Lembro de pensar que o puto nunca tinha dado uma trepada naquela época. Havia muito papo, mas grande parte era papo furado. No pátio do recreio, na cantina, no pub. Nem sempre, mas com frequência.

Estou me sentindo ótimo, e tudo. Não quero isto, quero que Gally se sinta como eu. – Olhem, esta conversa tá ficando um pouco deprimente. É uma festa! Puta que pariu, Gally! Você é um homem jovem e capaz!

– Sou um fracassado da porra, um drogado de merda – debocha ele, cheio de autodesprezo.

Eu olho pro seu rosto de bebê, beliscando a bochecha com o polegar e o indicador. – Vou falar uma coisa... você ainda parece em muito boa forma, por mais que abuse de si mesmo.

Só que ele não entra na minha.

– Mas está tudo lá dentro, parceiro – ri ele, de um jeito grave e oco que me dá um calafrio. Depois fica um pouco pensativo e diz em tom áspero: – Você pode pegar um cagalhão de cachorro na sarjeta, e botar o troço numa caixa de presente toda enfeitada com um laço reluzente, mas aquilo continua sendo um cagalhão de cachorro dentro de uma caixa.

Em tom de lamento, ele arremata: – A conta vermelha já está no correio.

– Vamos lá, Gally... eu só falei que você é apresentável, e não uma elegante caixa de presente com laço reluzente. Aparafuse a porra da sua cabeça, meu filho! – digo pra ele. Depois começo minha imitação do velho Blackie lá na escola. –

"Alguns dizem que não há espaço para educação social e conhecimento religioso em um sistema educacional moderno e abrangente. Divirjo desse ponto de vista palatável. Pois como pode um sistema educacional ser verdadeiramente abrangente se não tem educação SOCIAL e conhecimento RELIGIOSO?"

Finalmente o puto começa a rir. Billy andou escutando tudo isto, e então se põe de pé.

– Venha, Gally... vamos dar uma voltinha – diz ele. Gally se levanta. A tal da Gudrun está voltando. Billy recua e meneia a cabeça pro Gally. Ele se alegra ainda mais, e eles seguem juntos pro jardim.

Wolfgang assumiu as carrapetas e já está acelerando as coisas novamente. Rolf fica abanando a cabeça e rindo. Só que o puto grandalhão botou uma faixa matadora, e já eu estou sentindo a náusea formigante do ecstasy batendo. Se não levantar agora, vou apagar aqui mesmo. As pessoas estão se levantando das cadeiras e dos pufes em direção à pista de dança. Preciso conseguir uma cópia dessa música, descobrir qual é. A pista está cheia de alemães dançando, todos menos Marcia, que não está, como se diz, achando a menor graça. Os alemães são legais, aquela merda do nazismo poderia acontecer em qualquer lugar. Eles nos contam que os nazistas são esquisitos, mas provavelmente ninguém é mais esquisito ou pervertido do que os liberais. Simplesmente os tempos mudaram e todo mundo pirou. Poderia acontecer a qualquer momento, em qualquer lugar. Pelo rumo que as coisas estão tomando, o capitalismo sempre será volátil, ao que me parece. Os ricos sempre apoiarão qualquer puto que restaure a ordem, mas deixe que eles mantenham o que já tem. Acontecerá outra vez dentro dos próximos trinta anos.

Foi isso que me pegou. Os nazistas não são uma outra putada. Todo puto, em qualquer país tem dentro de si a capacidade de fazer o mal, assim como qualquer ser humano. E geralmente agem assim quando estão com medo, ou sendo humilhados por outros putos. O mundo só vai melhorar com amor, e eu vou ajudar a espalhar isto por meio da música. Esta é a minha missão, é por isto que sou N-SIGN. Carl Ewart, eles nunca gostaram daquele cara, porque foi ele o maluco que fez a saudação nazista diante do fotógrafo do tabloide, só de gozação, quando estava com sua turma de torcedores. Um cara idiota, que nem sabia o que era um nazista, só que tinha sido ensinado a detestar todos. Ele só sabia que aquilo sacaneava todos os putos metidos a bestas no trabalho, que olhavam pra ele, ouviam sua voz típica de conjunto habitacional, e pensavam que ele era branco, mas um lixo.

Eles não gostavam de Carl Ewart, lixo branco dos conjuntos. Mas gostavam de N-SIGN. N-SIGN tocava em raves nos galpões londrinos, levantava fundos pra grupos antirracistas, e todo tipo de organização comunitária meritória. Eles adoram N-SIGN. Nunca, jamais passou pela cabeça deles o fato de que a única diferença entre Carl Ewart e N-SIGN era que um trabalhava carregando caixas num galpão por dinheiro nenhum, e o outro tocava discos em outro galpão por toneladas de dinheiro. O fato de terem decidido tratar os dois de forma tão diferente nos diz muito mais sobre eles próprios do que sobre Carl Ewart ou N-SIGN. Mas que se foda tudo isso... de hoje em diante vou ser inteligente e virtuoso. Ser tocado pelo amor real requer uma grande fortuna, não está nas suas mãos. O melhor que se pode fazer, o que *está* em seu poder, é atingir um estado de graça.

Eu me levanto e me mexo um pouco na pista com Rolf e Gretchen. Então ouço Terry falando com Billy no corredor grande, e vou investigar. Billy está na escada, ao lado de uma garota incrível, que parece a porra de uma amazona vestida pra matar: tem um vestido justo, todo listrado de preto e branco em diagonal, a cabeleira loura puxada pra cima, e aquele porte de total arrogância e auto-obsessão que revela logo que ela será uma trepada genial, mas nada além disso. Pro estado mental de Billy, isto será mais do que suficiente. Hedra também está ali, e acho que aquela garota grande é sua amiga. A putada não me vê.

– O Gally está com a porra da cabeça pirada... às vezes eu fico preocupado com ele – diz Terry. – Todos aqueles troços sobre o meu prepúcio... que papo era aquele? Diga lá!

– Ele só estava de gozação... tirando um sarro – diz Billy, incomodado por Terry ter interrompido a cantada que obviamente ele estava passando na gatona. Provavelmente Lawson está tentando forçar uma aproximação com ela, embora esteja com Hedra.

– Pois é, mas há jeitos e maneiras de se tirar um sarro. Não sei o que aconteceu com o puto na cadeia. Provavelmente foi comido pela porra de algum guarda, grandalhão e imundo. E por isso ficou obcecado pelo pau dos outros homens.

– Seu amigo brinca nas duas? – sorri Hedra.

– Que babaquice – diz Billy pro Terry, mas olhando pra mim em busca de apoio.

Só que Terry tem uma tese, e acha que deve prová-la. – Ele nunca fala sobre isso. Alguma coisa aconteceu com ele lá dentro. Viu como ele vem agindo desde que chegamos aqui? Pra cima e pra baixo feito a porra de um ioiô.

Eu intervenho, ainda um pouco baratinado por causa do ecstasy.

– Dê um desconto pro cara. O velho dele nunca saiu da prisão, e o Gally cumpriu dois anos por nada, além de tudo que aconteceu depois. Isto não tem relação alguma com qualquer coisa que tenha acontecido dentro da cadeia.

Terry me lança um olhar severo. Está um pouco bêbado, embora segure bem a birita. Ele nunca curtiu muito ecstasy.

– Eu sei que ele já passou por maus bocados. Adoro esse puto. Você não precisa encher a bola do Gally pra mim, Carl. Ele é o meu melhor amigo... bom, tem vocês dois, e tudo, e isto não é papo de bêbado. Só que às vezes tem umas merdas esquisitas pra caralho acontecendo com aquele puto. Ele pode competir com você por causa de um nada, mas logo depois começa a encher a bola de qualquer puto e a se diminuir.

– Mas o negócio do Gally é que ele tem uma baita sensação de injustiça – digo. – Por ter ido pra cadeia daquele jeito.

Billy lança um olhar frio pra mim. – Talvez a filhinha dele também tenha uma sensação de injustiça.

Sinto meu sangue congelar por um instante, apesar da droga. Terry olha pra mim, depois pro Birrell, e diz: – Aquela porra foi um acidente, você tá falando bobagem.

Billy ergue os olhos com um lampejo fugaz.

– *Foi* um acidente, Billy... você sabe disto – concordo eu.

Billy balança a cabeça. – Eu sei... só estou falando que acidentes costumam acontecer quando a gente se porta feito idiota.

Terry rilha os dentes. – Tudo começou com a porra daquele idiota, o puto do Polmont. Ele e seu amigo Doyle, que precisam tomar outra lição.

Deixamos a frase pairar ali por algum tempo, considerando nossa impotência, sentindo seu alcance e nossas limitações. Terry é cheio de babaquice. Eu olho pro Billy e ergo minhas sobrancelhas, vendo que ele está pensando a mesma coisa. Polmont é um filho da puta, mas tem conexões, e de jeito nenhum Terry vai dar qualquer lição à turma do Doyle. Billy até tentou, mas é porque ele tem conexões com uns putos da pesada no seu ramo. Gente como eu e Terry, porém, não pode contrariar aqueles putos, a menos que queira transformar isso em missão de vida. E então essa vida pode ser curta. Porque para aqueles escrotos a história nunca termina, nunca, jamais. Que se fodam, eu tenho outras coisas a fazer na vida. Por mais que a sua turma seja bacana, você precisa saber seu lugar na cadeia alimentar. O cemitério está cheio de gente que nunca aprendeu isto. Há certas praias que é melhor nunca visitar. Fim de papo.

Mas Terry não larga o osso e lança pro Billy um olhar quase desafiador. – Doyle, e aquele puto do Polmont. Eles vão ter o que merecem.

Billy dá de ombros, como quem não quer se comprometer. Terry é um puto descolado, e sempre consegue nos manipular. Sabe quem ele deve empurrar, e quais botões apertar.

Só que eu saco a jogada do puto. – Da minha parte, não. Foda-se a sua vendeta com aqueles putos, Terry. Você nunca vai derrotar aquela turma, porque a vida é assim. Nós temos outras coisas pra fazer.

– Eles não são tão durões quanto você pensa – diz Terry pra mim. – Que nem aquela vez na Lothian Road... o Doyle estava armado e o Gent estava lá, mas mesmo assim o Billy acabou com os dois. O Polmont ainda levou um pé na bunda. Só estou dizendo isto, Carl.

Nós sabemos que é tudo papo. E papo de bêbado, que é o tipo mais entediante pra quem tomou ecstasy.

– Foda-se – digo a ele. Depois viro pro Billy. – Você é que tá certo. Se tiver de lutar, vá fazer isto no ringue, por dinheiro.

Estou tentando manter Billy em um bom estado de espírito, mas fico olhando pra grande cicatriz no queixo dele, que Doyle provocou com a faca. Você derruba um maluco no chão com alguns socos, depois que ele lhe marcou pela vida toda. E ainda precisa se preocupar com vingança, porque toda a putada diz que você acabou com o cara. Quem ganhou? Ninguém, ao que me parece. Frequentemente é isto que ocorre com a violência; todo puto sofre uma derrota ampla:

BIRRELL –3, DOYLE –3.

– Pois é – diz ele em tom neutro. Depois pensa um pouco e acrescenta: – Tive uma palavra com meu irmão caçula sobre esse negócio das torcidas, depois que ele foi preso em Dundee.

Eu sempre gostei de Rab, o irmão do Billy. Ele é um cara legal. Então digo: – Essas coisas acontecem.

Terry faz um ar de desdém. Billy percebe isto e fala deliberadamente pra ele. – Ainda bem que a torcida do Hibs estava lá na noite em que esbarramos com Doyle. Foi o Lexo que resolveu tudo com eles.

– Mas foi você, Billy, que derrubou o grandalhão do Gent – sorri Terry.

O rosto de Billy parece feito de pedra. – Mas ele já estava levantando, Terry. E teria continuado a levantar até botar aquelas mãos enormes em mim. Doyle e tudo mais. Fiquei feliz quando o Lexo se meteu entre nós.

– Mas eles são todos uns malucos – diz Terry.

Eu simplesmente começo a gargalhar diante da cara de pau do Lawson. – Mas não era assim quando você foi preso no jogo entre o Hibs e o Rangers lá no Easter Road. Lembra disso? O marginal Terence Lawson, chefe da Máfia Esmeralda do Hibs!

Era uma boa oportunidade de quebrar o gelo, e todos nós começamos a rir.

– Isso foi há séculos. Eu não passava de um garoto idiota – diz Terry.

– Com certeza houve grandes mudanças desde aquela época – digo, dando um sorriso sarcástico.

– Puto abusado – ri Terry. O puto tem algo na manga, sei disso. Alguém vai levar uma gozação ao estilo de Lawson, porque o escroto ainda se ressente de ter sido sacaneado por Gally acerca do prepúcio.

Billy olha pro Terry. – O nosso Rab também, ainda é jovem.

– Ele tem vinte anos, Billy... já deveria saber se comportar a esta altura – diz Terry.

Billy parece incrédulo. – Você tinha dezessete, Terry... não há tanta diferença entre dezessete e vinte.

– Em anos, não, mas em experiência, sim.

Isto já tá ficando chato pra caralho. Eu olho pro Billy. – O Rab não é um cara durão, Billy. Só está fazendo isso pra impressionar você.

Eu curto o Rab, mas ele não é um lutador.

Billy dá de ombros outra vez, mas sabe que é verdade: Rab sempre teve admiração pelo irmão. Só que ele nem se incomoda, porque já cruzou seu olhar com o da tal amazona alta ali. Ela está sentada com a amiga em um degrau mais alto, conversando e fumando haxixe. É engraçado... se estivesse bêbado, eu estaria tentando olhar por baixo do vestido dela, mas com ecstasy você nunca pensa em agir assim. Eu confiro pra onde Terry está olhando, e com certeza... seus olhos estão dardejando exatamente pra lá. Ele ainda continua com o braço em torno de Hedra, e tudo, mantendo a garrafa de cerveja encostada nos lábios.

Eu levanto e me espreguiço, antes de começar a dizer: – Eu não vou ficar na Escócia muito tempo mais. Escócia, Grã-Bretanha, é tudo um monte de merda.

Estou falando da tevê no sábado, com reprises daquele programa *Only Fools n Hoarses*, que era de 1981. É foda...

Isto atiça o pessoal. Billy fica falando que a Escócia é o melhor lugar do mundo, enquanto Terry começa a dizer que *Tales of the Unexpected* é a única coisa boa na tevê atualmente.

Não dou a mínima. Estou chapado, mas já pensando em mais comprimidos depois.

– Aposto que aquele putinho do Gally escondeu todas as balinhas – especulo, já sabendo a resposta.

Terry botou a mão na coxa de Hedra, e está fazendo uma carícia nela de maneira relaxada. É esquisito ver Terry assim, porque você nunca pensa nele como sendo capaz de fazer amor de forma sensual e exploratória. Mas também, o puto provavelmente pensa o mesmo de mim, que eu não passo de um caretão suado. É estranho ver esse movimento, que parece sugerir outras possibilidades pro Terry. Ou talvez não, porque o puto começa a pontificar.

– Galloway já deve estar totalmente chapado a esta altura. A resposta daquele sacana a uma noitada é esticar a coisa enquanto puder, botando mais ecstasy e anfetas pra dentro. A gente tá de férias, e tudo continuará lá pra ele pela manhã, mas mesmo assim Gally não consegue relaxar e dormir. Ele pode ter uma bonequinha no braço, querendo entrar junto na mesma cama, mas precisa ficar acordado!

Continuamos jogando conversa fora, até Rolf se aproximar com dois amigos. Gally e Gudrun reaparecem, e nós passamos pro sofá e alguns pufes, deixando Birrell na escada com a altona de vestido listrado e sua amiga. A coisa toda já está ficando mais um pouco morna, de modo que dá pra você ouvir os próprios pensamentos. Eu menciono Sue, a Lebre do caramelo da Cadbury lá do Festival, o que é um erro, porque os olhos de Terry se iluminam.

– A voz dela podia parecer a da porra de uma lebre, mas com certeza ela não teve chance de trepar feito uma – diz ele, gargalhando.

Gally está dando um sorriso debochado, e eu já sinto meu queixo começar a cair. Que porra é esta que está acontecendo aqui?

– Sabe... nós vimos tudo acontecer – explica Terry. – Tínhamos assentos na primeira fila. Até que a coisa toda ficou demais.

Galloway acrescenta: – Sabe de uma coisa? Você deu sorte que a gata estivesse sentada naquele gerador, porque só assim ela podia pensar que a Terra estava se movendo!

Terry está sorrindo feito um pedófilo que arrumou emprego de Papai Noel numa loja de departamentos.

– Pois é, nós registramos a bunda branca, suada e cheia de espinhas do Garoto Milky Bar subindo e descendo a toda a velocidade, enquanto a menina parecia entediada pra caralho – explica ele pra Hedra, Rolf, Gretchen, Gudrun e os outros frequentadores alemães. – Ela não ficou feliz quando olhou por cima do ombro dele e viu que estávamos assistindo! Então a amiga da garota apareceu e ficou impressionada. Aquela visão ali deixou a garota tão ligada...

Terry está sendo sacudido por tantas risadas que mal consegue continuar. Mas todos nós estamos nos segurando.

– Ela vomitou!

Gally ri. – Aquilo me fez vomitar também. Uma reação atrasada!

Obviamente Terry andou saqueando a geladeira, porque tem algumas garrafas de cerveja escondidas embaixo do pufe. Ele abre uma delas com os dentes e, notando a ausência de Birrell, diz: – E lá esteve também o nosso bom amigo Business Birrell, socando todo mundo...

Ele assume um tom professoral e continua: – Não foi exatamente uma visão bonita, sr. Ewart, mas um pouco menos feia do que assistir à sua trepada!

Quando você é escolhido pra uma zoação destas, é preciso simplesmente aguentar o tranco, porque não há alternativa. Vou absorvendo os socos psicológicos, até que eles se cansem. Então, depois de um intervalo respeitável que não seja interpretado como frescura, vou dar uma volta no jardim lá fora. Terry me segue, dizendo que precisa mijar. Mas dá pra ver que na verdade ele quer espionar Billy.

No meio do caminho, vemos Billy passar por nós, subindo a escada em direção ao quarto com uma supermodelo alta. Ouço a voz de Terry bem distante atrás de mim.

– Parece que o Esquilo Sem Grilo arrumou sua Toupeira Moleza!

Billy abana a cabeça e sorri pra mim, enquanto eu vou pro pátio. Terry nunca leva muito tempo pra achar outro alvo a ser gozado.

Eu vou até o jardim lá fora. A luz ainda está aumentando, mas parece manchada, com nuvens deslizando em nossa direção acima das montanhas e carregando a escuridão, bem a tempo do fim do barato. Nós sempre precisamos pagar pela diversão a certa altura, e, falando em termos gerais, quanto mais nos divertimos, mais pagamos. As luzes da casa estão ligadas, e ainda restam muitas pessoas sentadas, agasalhadas, mas gozando o ar. O tal inglês, Guy, aparece perto de mim.

– Foi uma parada genial a sua – diz ele.

– Beleza – digo, um pouco constrangido. – Fui colando uma coisa na outra, a partir de um monte de retalhos variados.

– Pois é, mas funcionou. Você conseguiu – diz ele. – Escute... eu dirijo uma boate na zona sudeste de Londres. Chama-se Implode.

– Já ouvi falar.

– Pois é, e eu ouvi falar da Fluid.

– Ah, é?

– Ah, é... com certeza. A Fluid é muito respeitada – diz ele.

Você simplesmente fica ali, abanando a cabeça... nem consegue começar a falar como um ex-morador dos conjuntos de Edimburgo se sente ao saber que o diretor de uma boate londrina já ouviu falar dele, e ainda por cima tem respeito por ele.

– Escute, você curtiria ir a Londres e tocar pra nós? É claro que haverá um cachê decente, e nós pagaremos todas as despesas – explica Guy. – Além disso, cuidaremos bem de você, e armaremos uns programas bacanas.

Se eu curtiria isso?

Eu conseguiria pensar em coisas bem piores. Nós trocamos números de telefone, abraços amistosos e apertos de mão profissionais. O cara é legal. A princípio eu estava indeciso, porque tenho certo preconceito contra putos elegantes. Mas ele é legal. É o ecstasy que nos livra de toda esta merda. Você simplesmente confere a bagagem e começa outra vez.

Então vejo que decididamente curto a tal gata que eu estava sarrando mais cedo, com Gudrun e Gally. Elsa é o seu nome, e ela está conversando com duas de suas amigas. Eu me aproximo e ela me recebe com um abraço, enlaçando meus ombros com seus braços.

– Oi, nenémmm – diz ela, dando um largo sorriso. Ainda parece totalmente no barato da balinha, e fala que já tomou uma segunda, que está começando a fazer efeito. Minhas mãos vão pra sua cintura, tão fascinadas pela textura do material de sua blusa quanto pelo contorno do seu corpo.

Este ambiente torna a vida e as relações humanas tão simples e fáceis. Tudo isto teria sido mais sujo e demorado, mais cheio de merda, num pub ou numa festa com bebida. Nós vamos dar um passeio juntos, com meu braço em volta da sua cintura, e minha mão esfregando sua calça jeans na altura do quadril. No final do jardim há um declive, e nós lançamos o olhar por cima das árvores, até o lago com as montanhas ao fundo.

– Grande vista, hein? Esta é uma bela parte do mundo. A melhor de todas. Eu adoro isto aqui.

Ela olha pra mim e acende um cigarro, dando um sorriso preguiçoso e distraído. Depois diz: – Eu sou de Berlim. É muito diferente daqui.

Nós sentamos e nos entreolhamos, sem falar coisa alguma, mas eu fico pensando na noite, sabendo que é aqui que quero estar pra sempre: as músicas, as risadas, as viagens, e as drogas, com um par de olhos e lábios assim bem na minha cara. Gosto daqui, e não estou brincando acerca da Grã-Bretanha: aquela porra *é* um monte de merda. Lá, qualquer puto que não tenha uma colher de prata na boca ou não esteja preparado pra ser um puxa-saco não consegue viver dentro da lei. De jeito nenhum. Vou partir pra Londres. Rolf e seus amigos já querem que a gente toque em uma noitada especial no Aeroporto em novembro. Estou até pensando em mandar tudo se foder e ficar direto; aprendo um pouco da língua, e curto a mudança.

Elsa e eu nos sarramos um pouco, e depois damos um passeio. Logo estaremos entrando naquela cama grande no quarto das garotas, assim que eu me certifique que a porra do Terry já foi pra casa da Hedra. Ou melhor ainda: vou deixar Terry pra lá, e acompanhar Elsa quando ela estiver pronta pra ir embora. Não vou perder esta garota de vista, isso é certeza. Às vezes a gente ganha o grande prêmio quando está procurando algo mais que só uma trepada.

Quando voltamos pra casa, há uma grande comoção. Gally subiu no telhado e está balançando em cima das telhas, a mais de doze metros de altura.

– DESÇA JÁ DAÍ GALLOWAY, SEU MALUCO! – Billy está furioso.

Os olhos de Gally parecem esquisitos. Todos nós ficamos encagaçados, porque parece que o puto surtou. Eu corro pra dentro e me lanço escada acima até o topo. Há um par de pernas pendendo da claraboia. Por um segundo, acho que é Gally descendo, mas Rolf me diz que é Terry, que ficou preso ali ao tentar ir atrás de Gally. Gudrun parece tensa e preocupada.

– Ele simplesmente me beijou e correu pra cá – diz ela, angustiada. – Há alguma coisa errada?

– Ele só tá doidão. Sempre teve mania de escalar coisas – digo a ela, mas fico preocupado.

A cena inteira é surreal pra caralho. De Terry, só consigo enxergar a barriga e as pernas, mas ouço seus gritos, implorando com Gally. – Desça daí, Andy... puta que pariu, parceiro!

Desço correndo e saio outra vez. Agora a parte superior do corpo de Terry já está visível, com os braços se agitando feito a porra de um moinho de vento. Gally está perto dele, agachado com as pernas abertas nos dois lados da cumeeira do telhado.

– Por favor... por favor... a polícia vai vir aqui, chamada pelos vizinhos – implora Wolfgang. Marcia fica gritando com ele em alemão o tempo todo, e não é preciso um intérprete pra saber o que ela está dizendo.

– Ele só falou que ia ao banheiro, e então subiu ali – diz Gudrun, que desceu atrás de mim, pra Elsa. – Sua cabeça adoeceu.

– Você vai quebrar as telhas do telhado – implora Wolfgang.

Eu começo a berrar a plenos pulmões. – Venha cá, Galloway... seu pentelho que só quer aparecer! Onde está a porra do seu coração? Estas pessoas estão cuidando de nós! Nós estamos de férias! Elas não precisavam desta merda toda!

Gally diz algo que não consigo ouvir. Então se aproxima de Terry, que continua insistindo com ele. Subitamente Lawson agarra Gally e o puxa rudemente pra dentro da casa. Aquilo parece esquisito: um grande monstro predador, sem pernas, puxando um putinho pra dentro de um buraco, onde os dois desaparecem. É teatro puro, e todos nos jardim dão vivas. Eu volto pra escada e subo.

Quando chego lá, Gally está rindo à toa, mas é um riso estranho. Ele tem um corte na cabeça, outro no braço, pois caiu com Terry pelo alçapão. Billy está muito irritado, mas logo volta pra tal amazona do vestido listrado.

– Tinha de estragar a porra da nossa noitada – diz Terry com raiva, levando Hedra embora. Eles somem dentro do nosso quarto.

Só que Gudrun parece ainda estar a fim de Gally, a idiota. Ele está deitado no colo dela, que acaricia a cabeça dele.

– O que adianta, princesa? – diz ele alegremente pra ela. – O que adianta?

Não há o que eu possa falar pro puto idiota e prefiro me afastar. O escrotinho parece adorar criar um drama. Não é de surpreender que a noite termine logo depois disto. Na verdade, ninguém pode culpar Wolfgang e Marcia quando eles mandam parar tudo. Fico aliviado ao me distanciar de Gally, e quando Elsa pergunta se quero voltar pra casa de Rolf e Gretchen com ela, não preciso de qualquer insistência.

É apenas uma curta caminhada até a casa de Rolf. Assim que passamos da porta, ele ergue a mão e diz: – Vou pra cama.

Gretchen vai atrás dele, deixando Elsa comigo na sala. Meneando a cabeça na direção em que Rolf me falou haver um quarto extra, eu pergunto: – Você quer ir pra cama?

– Primeiro você precisa cobrir a carrapeta – diz ela.

Não quero mais saber de som hoje. – Hum... prefiro ir direto. Além disso, deixei todos os meus discos na casa do Wolfgang.

– Não, cobrir a carrapeta do seu pênis para o sexo. A camisinha – explica ela. Eu rio, com a sensação de que sou um idiota.

– Deixei as minhas na casa do Wolfgang – digo. Ela explica que o Rolf tem algumas. Eu bato na porta dele. – Rolf, desculpe perturbar, parceiro, mas eu... hum... preciso de camisinhas...

– Aqui... dentro – arqueja Rolf.

Entro hesitantemente, mas vejo os dois trepando em cima da cama, sem nem sequer se cobrir com o edredom, e viro de lado.

– Em cima da cômoda – ofega ele.

Eles nem parecem se incomodar, de modo que vou até lá e pego duas, depois mais uma, só pra garantir. Olho em volta e vejo Gretchen, que está me dando um perverso sorriso sonolento, enquanto é comida por Rolf. A única concessão feita por ela é colocar a mão sobre um seio pequeno. Eu desvio o olhar e me retiro depressa.

Acabou que precisei usar apenas uma camisinha naquela noite, e mesmo assim não consegui gozar. Foi o ecstasy, que às vezes me deixa assim. Levamos algum tempo até nos cansarmos, mas foi bom tentar. No final, ela simplesmente me empurrou pra longe e disse: – Só me abrace.

Fiz isto, e nós adormecemos. Depois de um sono engraçado, somos acordados por Gretchen. Como ela está vestida, calculo que já deva ser bem tarde. Ela e Elsa conversam em alemão. Não consigo entender, mas fico com a ideia de que há um telefonema pra Elsa. Ela se levanta e veste a minha camiseta.

Quando volta, fico na esperança de que ela deite outra vez na cama. Há poucas coisas tão sensuais quanto uma gata estranha na sua cama. Então, puxo de volta a coberta.

– Preciso ir, tenho o meu tutorial – explica Elsa. Ela estuda arquitetura, lembro que falou isso.

– Quem era ao telefone?

– Gudrun, lá na casa do Wolfgang.

– Qual é a onda do Gally?

– Ele é estranho, o seu amigo baixinho. Gudrun falou que queria ficar com ele, mas os dois não fizeram sexo. Ela contou que ele não quis sexo com ela. Isto não é comum, ela é muito bonita. A maioria dos homens quereria fazer sexo com ela.

– Isso mesmo – digo. Pela reação de Elsa, percebo que não era bem isto que ela queria ouvir. Eu deveria ter dito: pois é, mas não tanto quanto quereriam fazer com você, mas isso pareceria uma merda agora. Além disso, passamos uma boa parte da noite trepando, e eu já estava deslizando pro estado em que o barato se esvai. A parte sexual do meu cérebro estava saciada e armazenada. O que eu queria mesmo era tomar umas cervejas com a rapaziada.

Elsa parte pra universidade, deixando comigo o número do seu telefone. Na ausência dela, não consigo me aquietar: a cama parece grande e fria. Então levanto, descobrindo que Rolf e Gretchen também já saíram. Rolf deixou um bilhete, com um mapa bem desenhado, mostrando como voltar à casa de Wolfgang.

Saindo da casa, resolvo caminhar um pouco, percorrendo aquela rua transversal até chegar a uma avenida grande e movimentada. Já está bem quente outra vez; este veranico não entregará os pontos sem resistência. Eu chego a um grande centro comercial suburbano e encontro uma padaria. Peço um café e uma banana. Precisando de açúcar, dou-me ao luxo de comer um grande bolo de chocolate, que nem consigo terminar, por ser pesado demais.

Concluindo que estou fodido demais pra continuar caminhando, acho um táxi e mostro o endereço ao taxista. Ele aponta pro outro lado da avenida e imediatamente reconheço a rua. Já estou aqui, simplesmente vim pela porra do lado errado. Sempre detestei geografia na escola.

Gally está sozinho. Wolfgang e Marcia saíram, enquanto Billy e Terry foram ao centro da cidade. Imagino que foram encontrar Hedra e a tal gata de vestido em que Billy estava de olho.

Nós dois saímos, caminhando em silêncio até o bar local. Já esfriou um pouco outra vez, e eu visto o suéter que tinha amarrado na cintura. Gally tem um agasalho com capuz. Estou tremendo, embora não esteja fazendo tanto frio assim. Levanto pra pegar duas cervejas, que levamos até uma mesa perto da grande lareira.

– Onde está a Gudrun? – pergunto a ele.

– Quem sabe, caralho?

Eu olho pro Gally, que ainda tem a cabeça coberta pelo capuz. Há círculos escuros sob seus olhos, e seu rosto parece estar coberto de pintas, mas só de um lado. Aparentemente, é alguma inflamação.

– Ela era uma gatinha bem sexy. Mas e aquela gatona de vestido listrado, que o Birrell estava paquerando? Acha que ele trepou com ela?

Gally cospe um chiclete dentro da lareira. Atrás do bar, uma mulher olha pra nós com nojo. Nós estamos meio deslocados naquele ambiente, cheio de velhotes, famílias e casais de bacanas.

– Sei lá, caralho – diz ele irritado, dando um gole grande na cerveja e logo depois tirando o capuz.

– Não fale assim – digo a ele. – Você estava a fim de uma garota legal, que também estava a fim de você. Está de férias. Qual é a porra do seu problema?

Ele fica calado, olhando pra mesa. Só consigo enxergar o topo daquela cabeleira castanha toda desgrenhada.

– Eu não podia fazer... com ela... quer dizer...

– Como não? Ela estava a fim.

Ele ergue a cabeça e olha nos meus olhos.

– Porque eu estou com a porra do vírus, é por isso. – Há um baque surdo dentro do meu peito, e meus olhos ficam encarando os dele pelo que parece uma eternidade, mas provavelmente não passa de duas batidas do coração. Em pânico, ele acrescenta: – Você é o único que sabe disso. Não conte ao Terry ou ao Billy, está certo? Não conte a ninguém.

– Certo... mas...

– Promete? Promete isto, caralho?

Meu cérebro está dançando uma dança febril. Isto não pode estar certo. Este aqui é o Andrew Galloway. Meu amigo. Nosso Gally, do Saughton Mains, filho da Susan, irmão da Sheena...

– Sim, sim... mas como? Como, Andy?

– Seringas, heroína. Só fiz isso tipo umas duas vezes. Parece que foi o suficiente. Descobri na semana retrasada – diz ele. Toma outro gole, mas tosse, cuspindo um pouco de cerveja na lareira, que sibila.

Eu olho em torno, mas a tal mulher atrás do bar já se afastou. Uns dois putos olham pra nós, mas não conseguem me encarar. O baixinho do Andy Galloway.

As viagens quando éramos moleques, depois como putos jovens sozinhos: Burntisland, Kinghorn, Ullapool, Blackpool. Eu, minha mãe, meu pai e Gally. O futebol. As discussões, as brigas. Ele escalando as coisas quando criança, sempre escalando. Como não havia árvores no conjunto, ele escalava varandas de concreto ou se pendurava em viadutos, todas essas merdas. Um macaquinho, era como chamavam Gally. Um macaquinho abusado.

Agora, porém, fico olhando pro seu rosto estúpido e sujo, seu olhar vago, e é como se ele houvesse virado outra coisa, sem que eu percebesse. É o macaquinho sujo, que está bem nas costas dele. Olho pra ele outra vez, através do barato que já passou, com minhas próprias lentes grotescas, e não consigo evitar... Gally parece sujo por dentro. Ele já não parece mais o Gally.

De onde estão vindo estas minhas reações?

Beberico minha cerveja e olho pro rosto de Gally, que está virado encarando o fogo. Ele está alquebrado, está destruído. Eu não quero ficar com ele, quero estar com Elsa, de volta naquela cama. Enquanto olho pra ele, só consigo desejar que eles não estivessem aqui agora: ele, Terry e Billy. Porque eles não se encaixam aqui. Eu me encaixo. Eu me encaixo em toda parte.

4 | APROXIMADAMENTE 2000: UM CLIMA DE FESTIVAL

Janelas 00

Gente que o conhecia bem ria alto e bom som, quando ele falava que estava trabalhando como vigia. Andy Niven, seu velho amigo, continuou dando risadinhas depois de uma pausa incrédula.

– Davie Galloway, segurança – disse ele pela enésima vez, abanando a cabeça. – Já ouvi falar de um caçador ilegal que virou guarda de parque, mas isto é ridículo.

Não que ele tivesse uma grande vida social hoje em dia. Davie Galloway evitava pubs, e não gostava de contar o que fazia a velhos amigos ou conhecidos. Um pouco de conversa regada a bebida, e você era dedurado. Isto já arruinara sua vida, bem como a de outros que dependiam dele. Se ele estivesse lá, as coisas poderiam ter sido diferentes. Davie pensou na família que abandonara havia tantos anos, quando Susan lhe dissera para transformar a necessidade em uma virtude e ir se foder de uma vez por todas. Mais tarde sua filha, Sheena, dissera a ele a mesma coisa; ela não queria mais revê-lo.

Elas eram parecidas, Susan e Sheena. Eram fortes, e ele ficava ao mesmo tempo triste e feliz por isso.

Já o Andrew... ele continuava visitando Andrew.

Desta vez, no entanto, Davie não iria preso devido a alguma vigarice, pois só estava tentando trabalhar. Era apenas o emprego que ele perderia, não a liberdade. Davie não queria voltar para a cadeia: já jogara fora uma parte excessiva de sua vida, e já vira um número excessivo de aposentos cinzentos, cheios de odores e obsessões de estranhos. Agora ele estava trabalhando. O caçador ilegal virara guarda do parque.

No centro de controle, ele lançou seu olhar para o grande conjunto habitacional ali à frente, pensando que os monitores eram suas janelas para o mundo, aquele mundo de concreto preto e cinzento lá fora. O monitor seis era o seu predileto, porque a câmera alcançava até o rio além dos espigões.

O restante revelava passagens, escadas e portarias feiosas. As fitas raramente eram acionadas, pois quem se daria ao trabalho de examiná-las em busca de algo que não fosse um assassinato?

Os frequentadores também sabiam disso. As crianças eram abusadas demais. As menores viviam parando diante das câmeras para fazer sinais agressivos. Às vezes levavam cascudos, frequentemente de jovens mascarados. Dois monitores não exibiam imagens, porque ninguém se animava a trocar as câmeras quebradas a que estavam acoplados.

Alfie Murray, um alcoólatra em recuperação que frequentava o AA, trabalhava no mesmo turno que Davie. – A Danielle já apareceu hoje?

Danielle era uma jovem que acordava cedo e se postava nua na varanda, expondo o corpo para a câmera do seu bloco de apartamentos. Ela articulava silenciosamente alguma coisa para a lente. Ao contrário de Alfie, Davie Galloway nem ligava se via Danielle ou não. O que ele realmente desejava, acima de qualquer outra coisa, era saber o que ela dizia toda manhã, quando saía ousadamente para encará-los, vestida apenas com um sorriso.

Eles haviam pensado em ir visitá-la. Davie teria simplesmente adorado perguntar quais palavras ela falava. Só que isto não seria inteligente. Provavelmente ela negaria tudo, e como em geral a coisa não era gravada, a não ser periodicamente, quando algum crime selvagem causava um ultraje moral, nada poderia ser provado. Os dois podiam fazer o que deviam e relatar o fato à polícia, mas então ela poderia parar, e isso eles não queriam. Ninguém reclamava, ou sequer parecia saber. Danielle não estava fazendo mal algum; na realidade, certamente estava fazendo um grande bem a Alfie.

Em todo caso, Davie não tinha o menor desejo de contatar a polícia. Ele sabia que logo seria reconhecido, pois já fora muito conhecido entre os policiais da cidade. Além disso, seu turno já estava quase terminando, e em breve estaria na hora de ir bater um papo com Andrew.

Edimburgo, Escócia
Certa terça-feira, 23:28

Abandono

Terry Lawson foi levado a xingar seu velho parceiro Alec Connolly, ao esticar as pernas além do final da cama, para fora do edredom. O frio engolfou os pés, fazendo os dedos se encolher. Que puto idiota. Ah, claro, não havia qualquer problema com o televisor enorme, fodão, de último tipo, com tela plana de quarenta polegadas que ele roubara para Terry. Beleza, Alec. Só que o velhote retardado esquecera de levar também o controle remoto daquele cafofo em Barnton que assaltara com, não fosse por isto, perfeito profissionalismo. Terry sentiu seu desconforto aumentar, e o nível de transpiração subir ao estender os dedos dos pés e tentar clicar da BBC 1 até o Channel 4. Uma produção francesa seria exibida em breve ali, sendo inevitável que se visse um pouco de peito e bunda. Era melhor esquecer o Channel 5: todo mundo fazia isso.

Era engraçado, especulou Terry, pensando nos putos bacanas que estavam na cidade para curtir o Festival. Quem botasse um pouco de peito e bunda em um jornal lido pelos moradores dos conjuntos era acusado de oprimir as mulheres. Se alguém mostrasse o mesmo em um filme francês, porém, a coisa era adorada, e virava arte. Portanto, a verdadeira pergunta sobre o que constitui arte deveria ser: "é punhetável e, caso seja, por quem?", pensou Terry, arqueando as costas e abrindo as nádegas para soltar um peido com força máxima.

Acomodando-se outra vez enquanto saboreava aquele odor insinuante, quente e azedo, Terry se aprumou sobre os travesseiros, deixando a tela iluminar o aposento. Dentro do frigobar ao lado da cama, ele pegou e abriu uma lata de Red Stripe. Não restavam muitas, notou. Tomou uma pequeno gole da cerveja para provar, e depois encheu a boca. Apanhou o celular e ligou para sua mãe no andar de baixo. Ela estava assistindo a *EastEnders*, que gravara na véspera enquanto estava no bingo. As pregas de Terry começaram a coçar; era possível que tivessem ficado irritadas pela umidade do peido. Inclinando o corpo de lado, ele ergueu uma das nádegas e afastou o edredom, deixando o ar frio circular em torno do seu cu.

Alice Ulrich atendeu o telefone na expectativa de que a ligação fosse de sua filha, Yvonne. Alice mantivera o sobrenome de seu segundo marido (embora Walter houvesse dado no pé tal como o primeiro marido dela, devido a sérias dívidas contraídas como apostador), porque ao menos ele não a deixara com um filho inútil feito Terry. Ao ouvir que a chamada vinha apenas do seu filho ao celular no segundo andar, Alice ficou revoltada.

– Escute, mãe, da próxima vez que você levantar pra mijar ou algo assim, traga pra cá umas cervejas da geladeira grande. Meu estoque particular aqui tá quase vazio – disse Terry, ouvindo o silêncio incrédulo do outro lado da linha. – Só quando você for ao banheiro, tipo assim. Porque eu acabei de me acomodar aqui, né?

Alice deixou o telefone ficar mudo. Era um cenário familiar. Nesta ocasião, porém, algo mudou dentro dela. Alice enxergou sua vida com uma precisão de foco brutal e, fazendo uma pausa para inventariar destemidamente sua sorte, foi até a cozinha pegar seis cervejas geladas para seu filho. Subindo lentamente a escada, Alice entrou no quarto dele com as provisões, como já fizera tantas vezes no passado. Reconheceu o familiar cheiro mofado de gás de peido, meias sujas e esperma. Habitualmente, ela teria feito seu leve protesto largando tudo em cima da mesa de cabeceira. Desta vez, porém, ela circundou a cama e pôs as cervejas dentro do frigobar para o rapaz. Conseguia discernir a cabeleira de saca-rolha dele em silhueta. Terry tomou uma vaga consciência da perturbadora presença dela com sua visão periférica.

– Beleza – disse ele em tom impaciente, sem desviar o olhar da tela.

Deixando o aposento, Alice foi para seu próprio quarto, subiu na cama e tirou do alto do armário sua velha mala. Foi colocando lá dentro seus pertences, de forma meticulosa e lenta, tomando cuidado para não esmagar as roupas. Depois arrastou a mala até o andar térreo. Ligou para uma amiga, e depois para um táxi. Enquanto esperava que o veículo chegasse, procurou um papel para escrever um bilhete. Como não encontrou papel, ela rasgou e virou do avesso uma caixa de flocos de milho. Com a caneta que usava no bingo, rabiscou uma mensagem que deixou no aparador.

>Querido Terry,
>Há anos espero que você saia desta casa. Quando você se juntou com a Lucy, pensei, graças a Deus. Mas não, aquilo não durou. Então veio aquela menina, a Vivian... e outra vez, não.
>   Portanto, *eu* vou sair. Fique com a casa. Diga aos vereadores que cometi suicídio. Deus sabe quantas vezes tive vontade de fazer isso. E cuide de si mesmo. Tente comer muitas verduras, e não só porcarias. Os lixeiros vêm às terças e sextas.
>   Se cuide,
>
>Amor, mãe.
>
>P.S.: Não tente me encontrar.

De manhã Terry foi despertado pelo programa *Big Breakfast*. Com a tal da Denise Van Ball. Ela bem que valia uma. Nunca estava longe da tevê: *Gladiators*, *Holiday*... a porra toda. Era uma guerreira, mas nunca deveria ter tingido o cabelo; ele preferia a versão loura. Ao que parecia, andara ganhando algum peso ultimamente. O cabelo teria de voltar ao que era antes. Os homens preferem as louras, pensou Terry todo satisfeito. Ele e Rod Stewart. O tal de Johnny Vaughan era legal, mas qualquer um podia fazer aquele tipo de serviço, refletiu ele. Só que era uma merda levantar àquela hora da manhã. Levantar cedo pela manhã e falar merda para a putada toda. Era exatamente como na época em que ele trabalhava nos caminhões de suco! Mas não agora. De jeito nenhum. Terry tentou ligar para a mãe pelo celular, a fim de pedir chá com torradas. Um ovo cozido também podia cair bem. O telefone tocou lá embaixo, duas, três vezes, mas nada. A velha devia estar fazendo compras.

Levantando, ele enrolou uma toalha de banho na cintura ampla e desceu até o térreo, onde viu o bilhete. Pegou o papel com uma das mãos, segurando a toalha com a outra, e ficou olhando para aquilo com incredulidade.

Ela pirou, disse Terry a si mesmo.

Ele se sentiu impelido a agir. Precisava comprar mantimentos. Lá fora estava gélido, e Terry nunca fora uma pessoa matinal. O frio penetrou nele, atravessando a surrada e puída camiseta com a inscrição "Sorria Se Você Se Sente Sexy". O verão fora uma vergonha total; eles estavam em agosto, mas parecia que já era novembro. Fodam-se aquelas lojas locais de bosta; ele daria uma rápida caminhada, ou para Stenhouse em uma direção, ou para Sighthill na outra. Sighthill, pensou Terry, tomando o rumo dos grandes apartamentos. Ele nunca se incomodara com Sighthill, e na realidade até gostava do lugar.

Aquela manhã, porém, estava deixando pirada a porra da sua cabeça. Ao passar embaixo da portaria dupla e entrar no centro comercial, ele teve a impressão de estar vendo a vizinhança pelos olhos de um desses funcionários públicos mimados que ocasionalmente escrevem artigos jornalísticos com preocupações sociais. Por toda a parte havia bosta de cachorro, vidro quebrado, tinta de aerosol, jovens mães entorpecidas por Valium empurrando carrinhos com bebês uivantes, viciados, bêbados e jovens entediados procurando ecstasy ou pó. Terry não sabia se aquilo era porque ele estava deprimido ou porque já fazia muito tempo que ele próprio não ia às lojas.

Qual era o lance da porra da velha, refletiu ele. Ela andava esquisita ultimamente, mas já tinha cerca de 55 anos, e Terry supunha que essa fosse mesmo uma idade perigosa para qualquer mulher.

Fringe Club

Rab Birrell saltou do táxi curvado, e manteve quase a mesma postura ao percorrer a curta distância entre o meio-fio e a porta do Fringe Club. Sentia-se feito um alcoólatra que se esgueira até um bar clandestino. Se algum conhecido seu passasse ali... como se isto fosse possível. Só que hoje em dia a rapaziada aparece em tudo que é tipo de lugar. Os principais responsáveis por isto eram a acid house e as torcidas de futebol. Hoje você tinha toda uma classe bem informada de frequentadores comuns, que inexplicavelmente apareciam onde menos se esperava, em geral para se divertir. Na visão fantasiosa de Rab, o Fringe era cheio de amantes secretos das artes. Ele próprio pouco sabia de arte, mas simplesmente adorava a atmosfera do Festival, e a vibração na cidade.

O colega com quem Rab dividia apartamento, Andy, entrou no clube noturno atrás dele. Rab exibiu os cartões de sócio que seu irmão Billy arranjara para os dois. Billy também lhes arranjara ingressos para a pré-estreia de um filme que ambos haviam curtido. Rab olhou para a mídia londrina e a turma das artes ali em torno. Durante o Festival, aqueles putos até abriam filiais de seus próprios clubes em Edimburgo, para que pudessem passar as três semanas inteiras sem correr o risco de acidentalmente se afastar dos filhos da puta de que se queixavam incessantemente o ano todo. Rab se ressentia de que fosse aquele tipo de gente que em geral decidia o que todos liam, ouviam e viam. Ele lançou olhares críticos e avaliadores em torno. Feito um conhecedor da luta de classes, saboreava uma sensação de afirmação perversamente satisfatória quando certo olhar, gesto, comentário ou sotaque preenchia sua expectativa.

Andy percebeu o desdém dele e fez uma careta. – Pode se acalmar, sr. Birrell.

– Pra você, tudo bem... você estudou na Academia de Edimburgo – provocou Rab, vendo duas mulheres elegantes paradas junto ao bar.

– Exatamente. Isto piora tudo pra mim. Eu estudei com uma putada deste tipo – retrucou Andy.

– Bom, você deve ser capaz de se comunicar com eles melhor, então vá buscar as bebidas, depois se aproxime daquelas gatas ali e comece o papo.

Andy ergueu os olhos em concordância, e Rab já estava prestes a lhe dar passagem, quando sentiu uma mão no seu ombro.

– Não nos falaram que deixavam gente dos conjuntos entrar aqui – disse um vulto enorme, sorrindo para ele. Rab media um metro e oitenta, mas se sentia e um anão ao lado daquele gigante. O homem era só músculo, sem um grama de gordura.

– Puta que pariu, Lexo... como você está, cara? – sorriu Rab.

– Nada mal. Venha cá tomar uma taça de champanhe – disse Lexo, acenando para um canto onde Rab viu um puto com ar de besta, e duas mulheres, uma com vinte e poucos anos, outra já trintona. – Aquele pessoal é de uma produtora de tevê. Eles estão fazendo um documentário sobre torcidas organizadas e me contrataram como assessor técnico.

Rab registrou com aprovação a jaqueta de iatismo amarela, da Paul & Shark, que Lexo estava usando. Era do tipo reversível, muito útil nos velhos tempos para fins de identificação. Ele ainda lembrava das performances de Conrad Donaldson naquela época, questionando o conteúdo dos depoimentos: "Você diz que um dos acusados usava uma jaqueta vermelha, que depois virou preta. Isto, enquanto outro tinha uma jaqueta preta que depois virou azul. Você admite que tinha ingerido álcool. Tomou alguma outra substância tóxica naquela tarde?"

A promotoria sempre fazia uma objeção, que era mantida, mas o mal já estava feito. Lexo e Ghostie sempre insistiam que os rapazes que iam com eles estivessem bem-vestidos. Rab lembrava que eles tinham mandado dois renomados brigões para casa, só porque eles estavam usando camisetas e jeans Tommy Hilfiger ("Hilfiger é coisa de favelado").

– Eu preferiria ser preso a usar algo assim – declarara Ghostie. – É preciso ter critério. Isso aí só fica bem em alguém de um lugar tipo Dundee.

Lexo passara a andar mais ou menos do lado da lei depois da morte de seu parceiro Ghostie nas mãos dos policiais.

– Você vai no Easter Road amanhã de manhã? – perguntou Rab.

– Não, não vou lá há séculos – disse Lexo, abanando a cabeça.

Rab balançou a cabeça pensativamente. Hoje em dia você *tinha* mais chance de encontrar gente da turma antiga no Fringe Club do que no Easter Road.

Rab e Andy tomaram uma *flute* e depois pediram licença. Lexo tinha negócios a tratar ali, e já estava excluindo os dois da sua companhia, depois de fazer alarde apresentando-os. Por ter dividido um quarto com seu irmão Billy durante anos, Rab entendia melhor do que a maioria o curto alcance da atenção dos putos durões. Eles davam e recebiam em seus próprios termos. Simplesmente ficavam irritados quando eram forçados a se engajar em algo devido a uma conversa opressora. Rab Birrell também já estava achando um pouco nauseante que o pessoal da tevê engolisse cada palavra de Lexo, ficando visivelmente excitados com suas anedotas, criadas seletivamente para pintá-lo como um grande líder que conseguia vitórias espetaculares e arrasadoras contra todas as probabilidades.

Enquanto Rab e Andy se despediam, Lexo disse: – Fale pro seu irmão que estou procurando por ele.

Rab já até conseguia adivinhar os comentários de Lexo para aquele ávido pessoal de mídia ali. Seria algo do tipo: Pois é, este é o Rab Birrell, que não é um sujeito ruim. Ele participou de uma torcida organizada por duas temporadas, mas nunca chegou ao topo. Puto esperto, está na faculdade, é o que falam por aí. Já o seu irmão Billy é outra história. Era um bom boxeador.

Billy sempre era outra história. Rab estava pensando no envelope que seu irmão lhe dera, poucos dias antes, na casa da família. Havia dois cartões de sócio do Fringe Club, dois ingressos de cinema e quinhentos paus. Ele baixou o olhar para ver e sentir a grana, fazendo um volume substancial nos bolsos da sua Levi's.

– Eu não preciso disto – respondera Rab, sem tentar devolver o dinheiro.

Billy fez um gesto de dispensa e depois ergueu as mãos. – Pegue. Curta o Festival. A vida de estudante não é moleza.

Sandra balançou a cabeça em concordância. Wullie estava plugado no seu PC, navegando na internet. Ele passava a maior parte do tempo conferindo websites no computador que Billy comprara para eles. A internet e a culinária haviam se tornado suas obsessões desde que ele se aposentara.

– Vamos, Rab, isso não significa coisa alguma pra mim. Eu não faria isto se não pudesse arcar com a coisa – implorou Billy. E ele não estava se exibindo... bom, talvez um pouco, mas principalmente estava apenas sendo Billy. Estava cuidando das pessoas mais próximas, simplesmente porque podia, e era isso aí. Só que Rab tinha visto a expressão de indulgência incômoda no rosto de sua mãe, e ficara se perguntando por que aquilo não podia ter sido feito em particular, só entre os dois. Enquanto embolsava o envelope com um "Obrigado" contido e desajeitado, ele pensou que era muito estranho seu irmão ser ao mesmo tempo seu herói e sua nêmesis.

Billy ficaria relaxado em um lugar assim, tanto quanto Lexo estava no momento. Mas Rab não estava tranquilo. Ele até pensou que podia ser uma boa ideia ir até o Stewart's ou o Rutherford's. Provavelmente estariam cheios de frequentadores do Festival enfiando o pé na jaca, refletiu.

Em algum lugar perto das Blue Mountains, Nova Gales do Sul, Austrália
Terça-feira, 7:38

Eu quero que isto termine. A gente toma demais, porque quer sentir ou ver algo diferente, mas só por pouco tempo. Não posso mais aguentar isto, porque já cheguei a um ponto em que não estou aprendendo coisa alguma assim. É só mais uma porra de uma luta. Ficar acordado dias e mais dias pode me ensinar alguma porra? Tipo quando éramos moleques no verão: ficávamos girando e girando diante dos apês até termos um blecaute maluco, e então caíamos deitados na grama, enjoados e tontos. Os adultos, sentados ao sol, mandavam que parássemos. Eles sabiam que só estávamos nos fodendo, e que nenhuma consciência mais elevada nos aguardava. Durante certo tempo, pensei que eles estavam tentando nos impedir de ganhar acesso a um mundo secreto, mas hoje sei que eles simplesmente não queriam ter o trabalho de limpar o vômito daqueles putinhos enjoados.

Só que estou fazendo aquilo novamente, mentindo a mim mesmo em nome do esquecimento. Quero ver e sentir menos, ao invés de mais... é por isto que estou doidaço. Fim de papo: estou me fodendo, sem razão aparente.

sssssshhhoOOommmmmm

Agora o troço está batendo com força... é o barato de todas as viagens e comprimidos que engoli. Todos os pós que já meti no meu nasal fodido.

uuuhhhuuuoOOouuuhhhsss

Eu grito pra ouvir minha voz reverberar sobre as Blue Mountains, mas nem consigo ver os outros putos, e estou bem no meio deles. Não consigo ver a folhagem densa e luxuriante que cerca a clareira em que estamos dançando. Não, eu grito, mas não consigo ouvir minha voz, nem ninguém consegue, por causa da pulsação incansável do baixo... então sinto o conteúdo das minhas tripas se separar de mim, e o solo macio avança pro meu rosto.

Edimburgo, Escócia
Quarta-feira, 11:14

Pós-mãe, Posta Alec

Terry estava tendo problemas. Problemas grandes. Sempre tivera uma mulher para cuidar dele. Agora sua mãe partira. Sua mãe se fora, tal como sua esposa. E a velha ainda permanecera amiga da ex-esposa de Terry, pelo bem de seu neto Jason, ou pelo menos sempre alegara isto. Provavelmente, porém, conversava sobre o assunto com Lucy, as duas conspirando contra ele, apoiadas pelo grandalhão retardado com quem Lucy se juntara. Terry nunca levara aquela relação a sério, para falar a verdade. Era apenas uma trepada com uma gata bonita que sabia se vestir para sair à noite. A coisa durara um ano, e isto era cerca de um ano a mais do que teria durado caso o garoto não houvesse aparecido. Já a Vivian era diferente. Ela era uma pequena joia, e ele a tratara feito merda. Fora o único namoro duradouro que ele já tivera. Três anos. Terry amava Vivian, mas a tratava feito merda, e ela sempre lhe perdoava. Ele a amava e respeitava o suficiente para perceber que ele próprio era uma roubada: era melhor se separar dela, e deixar que ela fosse em frente. Depois daquela noite na ponte, ele saíra dos trilhos. Não, ele nunca andara nos trilhos, do que estava falando?

Houve outras coabitações, episódicas e de curto prazo. Ocasionalmente, uma ou outra mulher aceitava que ele se mudasse para a casa dela, apenas para perceber que os problemas que a levavam a usar Valium, Prozac e outros tranquilizantes empalideciam até a insignificância ao lado deste novo status quo. Na cabeça de Terry, os rostos delas se fundiam em uma só expressão vaga e reprovadora. Em pouquíssimo tempo, elas arrumavam tudo e mandavam Terry de volta para a mãe dele. Agora, porém, a mãe se fora. Terry refletiu sobre os desdobramentos disso. Por todos os critérios, ele fora abandonado. Sua própria mãe. Qual era a das mulheres? Qual era o problema delas? Só que Terry não estava completamente abandonado. O telefone tocou, e era seu parceiro Posta Alec.

– Terry – coaxou Alec com uma voz seca ao telefone. Terry conhecia o parceiro suficientemente bem para reconhecer uma ressaca formidável. Obviamente, isto não exigia grandes poderes de dedução, pois Alec só funcionava em dois modos básicos: de porre ou de ressaca. Na realidade, a existência contínua de Alec no planeta ao longo dos últimos cinco anos constituía um grande prejuízo para as ciências da fisiologia e da medicina. Ele adquirira o apelido de "Posta" devido a um breve período que passara como empregado do Correio Real.

– Tudo bem, Alec... os quatro cavaleiros do apocalipse estão na porra das suas costas novamente, parceiro?

– Bem que eu queria que fossem só aqueles quatro putos. Minha cabeça tá estourando – gemeu Alec. Depois, quase pedindo desculpas, acrescentou: – Escute, Terry. Preciso de uma mãozinha num serviço. Tipo legítimo...

– Vá se foder – disse Terry com incredulidade. – Quando foi que você fez alguma coisa legítima na sua vida, seu puto velho?

– É sério – protestou Alec. – Encontre comigo lá no Ryrie's em meia hora.

Terry foi trocar de roupa. Depois de subir a escada, ele rumou para seu quarto, inventariando a casa ao avançar. Ele precisaria honrar aquele contrato, o que não seria apenas uma chatice, mas uma grande dificuldade. Mas a velha ainda poderia recuperar a razão.

Examinando o lugar rapidamente, Terry concluiu que as janelas trocadas pelo conselho comunitário haviam feito uma grande diferença. A casa ficara muito mais quente e silenciosa. Ainda havia uma umidade que continuava entrando por baixo do parapeito da janela; eles haviam trabalhado ali umas duas vezes, mas a porra continuava voltando. Para Terry, aquilo lembrava Alec. Ele tinha de admitir que o lugar precisava ser redecorado. Seu próprio quarto era um exemplo disto. O pôster da tenista coçando a bunda, e o outro do nu que traça o perfil de Freud, "o que há na mente de um homem". Havia um de Debbie Harry no fim dos anos 1970 ou início dos 1980, e um de Madonna poucos anos depois. Agora ele tinha um das All Saints. Elas eram gostosas. As Spice Girls eram iguais às gatas que você podia encontrar no Lord Tom's ou em qualquer mercado de carne na Lothian Road. Bom mesmo era ter na sua parede uma gata do tipo classudo e inatingível. Terry só comprava revistas pornô quando uma estrela inatingível posava nua.

Balmoral

A jovem magra parecia tensa e pálida ao sentar de pernas cruzadas na cama do hotel, interrompendo a leitura de uma revista para acender um cigarro. Ela ergueu o olhar, vagamente distraída, e soprou um anel de fumaça enquanto contemplava o ambiente. Era apenas mais um quarto. Erguendo-se para lançar o olhar pela janela, ela viu um castelo em uma colina que assomava acima dela. Embora fosse bastante incomum, a visão não a deixou impressionada. Para ela, a vista da janela já assumira o mesmo aspecto mortiço e achatado de um dos quadros na parede.

– Mais uma cidade – disse ela.

Houve uma batida ritmada e íntima na porta, antes que um homem atarracado entrasse. Ele tinha cabelo bem curto, e usava óculos com aros prateados.

– Você está legal, meu bem? – inquiriu ele.

– Acho que sim.

– Nós devíamos ligar para o Taylor e ir jantar.

– Não estou com fome.

Ela parecia tão pequena naquela cama maciça, pensou o homem, concentrando-se nos braços desnudos dela. Não havia carne neles, e só contemplar aquela ausência já fazia sua própria carne abundante tremer. O rosto dela era uma caveira coberta por uma pele tão esticada que parecia plástico. Enquanto ela estendia o braço e jogava a cinza do cigarro em um cinzeiro ao lado da cama, ele pensou na ocasião em que fodera aquela mulher, somente uma vez, tantos anos antes. Ela parecera distraída, e não gozara. Ele não conseguira despertar paixão alguma nela, e depois do ato sentira-se um triste objeto de caridade que recebera uma esmola. A porra de um insulto, mas a culpa era dele mesmo, por tentar misturar negócios e prazer, sem que houvesse muito do segundo.

Tudo começara por volta daquela época, a tal palhaçada de distúrbio alimentar. Franklin fez uma pausa tensa, de um segundo, sabendo que estava prestes a passar pela mesma cena por que já passara tantas vezes antes, com um final absolutamente fútil.

– Olhe, Kathryn... você sabe o que o médico falou... você precisa comer. Caso contrário, vai virar carniça – disse ele, parando antes de falar "podre". Não parecia apropriado.

Ela ergueu brevemente os olhos para ele, antes de desviar o olhar vago. Sob uma certa luz, seu semblante já era uma máscara mortuária. Franklin sentiu o refluxo familiar da resignação.

– Vou ligar para o serviço de quarto – disse ele, pegando o telefone para pedir um sanduíche e um bule de café.

– Eu estava achando que você e Taylor iam jantar fora – disse Kathryn.

– Isso é para *você* – disse ele, tentando disfarçar o sofrimento na voz com um verniz de apaziguamento tranquilizante, e fracassando completamente.

– Não quero.

– Tente, gata, está bem? Por favor? Tente por mim – implorou ele, apontando para si mesmo.

Mas Kathryn Jones estava a quilômetros de distância. Ela mal notou seu velho amigo e empresário Mitchell Franklin Delaney Jr. saindo do aposento.

Paus de fora pras garotas

– Paus de fora pras garotas – gritou Lisa para os dois estudantes que passaram por elas no trem. Um deles ficou vermelho, mas o outro sorriu de volta para elas. Angie e Shelagh deram risadinhas, enquanto suas vítimas avançavam para o vagão seguinte. Charlene, mais jovem do que as outras três, que já tinham vinte e poucos anos, deu um sorriso tenso e forçado. Elas viviam brincando sobre a "pequena Charlene", falando que eram uma influência corruptora sobre ela. Charlene achava que as três seriam uma influência corruptora sobre qualquer pessoa.

– Eles não passam de uns malditos pivetinhos – disse Angie, abanando a cabeça e jogando para trás os cachos castanhos. Ela tinha um enorme rosto redondo, coberto de maquiagem, e mãos grandes com unhas postiças implausivelmente longas, vermelhas e amarelas, que mandara colocar em Ibiza. Fazia Charlene se sentir uma criança. Às vezes ela só queria se enfiar na segurança daqueles seios imensos, que pareciam anteceder a entrada de sua amiga em um aposento por cerca de dez minutos. Enquanto Angie e Shalagh começavam a batucar na mesa, Lisa levantou.

– Você não tá indo atrás daqueles escrotinhos, tá? Que porra de tarada – debochou Shelagh.

Ela era alta e desengonçada, com cabelo curto e espetado tingido de louro, fino feito o resto do seu corpo. Comia e bebia feito um peixe, mas sempre mantinha uma silhueta magra feito um cabideiro. Praguejava, xingava e bebia até deixar no chão qualquer rabo de saia que aparecesse. Angie não gostava que suas amigas pudessem comer e beber qualquer coisa, enquanto ela já registrava um aumento de peso na balança se simplesmente olhasse para um saco de batatas fritas.

– Estou porra nenhuma – disse Lisa, ainda que dando um malicioso meneio de cabeça. – Vou só fumar lá no banheiro.

Ela se afastou com movimentos exagerados, parodiando o andar de uma modelo na passarela. Olhou brevemente para as amigas em busca de uma reação, maravilhada diante do bronzeado mediterrâneo delas, que faziam a pessoa se sentir tão bem. Aquilo valia o risco de ter um câncer de pele, ou chegar à meia-idade com a aparência de uma velha ameixa seca. O futuro cuidaria do futuro.

– Pois sim... vai é passar mais batom e gloss – gritou Angie às costas de Lisa. Virando para Shelagh e Charlene, ela perguntou: – Vocês acham que esta vaca foi tirar onda com aquele carinha do barco?

– Ah, depois de Ibiza vai demorar muito até que ela baixe à Terra novamente. Que piranha – riu Shelagh.

Charlene sentiu uma dorzinha no peito quando pensou que tudo aquilo chegaria ao fim. Nem era tanto pelo fim das férias, ou sequer pela volta ao trabalho; haveria muitas histórias a contar para tornar aquilo suportável por algum tempo. Simplesmente, era o fato de que elas não estariam mais juntas todo dia. Ela sentiria falta disso, sentiria falta delas. Principalmente de Lisa. O engraçado era que Charlene conhecia Lisa havia séculos. As duas haviam trabalhado juntas no Departamento de Transporte do Serviço Civil. Na verdade, na época Lisa nunca conversava com ela; Charlene achava que era um pouco jovem e caipira demais para ela. Depois, porém, Lisa pedira demissão e partira para a Índia. As duas só haviam ficado amigas quando ela voltara a Edimburgo no ano anterior, e vira que Charlene se enturmara com Angie e Shelagh, suas antigas parceiras. Charlene achava que teria dificuldade para ser aceita por Lisa, mas acontecera o contrário, e elas rapidamente viraram amigas íntimas. Lisa era uma verdadeira máquina.

– Pois é, ela falou que queria sair à noite, por causa do Festival – disse Charlene.

– Foda-se, eu vou pra minha cama – disse Shelagh, tirando uma remela do canto do olho.

– Sozinha? – provocou Angie.

– Claro. Pra mim já deu. Algumas de nós têm entre as pernas uma xota normal, amiga, e não a porra do túnel Mersey. Se Leonardo DiCaprio aparecesse na minha casa com cinco gramas de pó, duas garrafas de Bacardi e falasse "Vamos pra cama, gatinha", eu simplesmente viraria pra ele e diria "Alguma outra hora, amigo".

Charlene ficou olhando, com fascínio mórbido, enquanto Shelagh enrolava e dava um peteleco na remela, tentando não ficar enojada com o gesto da amiga. Ela até se repreendeu por ser tão fresca. Com aquela turma, Ibiza não era lugar para os fracos de coração, e às vezes ela achara tudo um exagero.

O placar já dizia tudo: 8, 6, 5 e 1.

O número um era de Charlene, é claro. Houve outras duas vezes em que ela não fora até o fim, e em uma delas fora bem melhor apesar de tensa e nervosa. Charlene detestava trepadas casuais, mesmo nas férias.

O tal cara ficara suando e babando em cima dela, adormecendo logo depois de gozar dentro da camisinha de que se queixara por ter de usar. Charlene estava bêbada, mas assim que o cara começara, ela se arrependera de não estar mais bêbada ainda.

Pela manhã ele se vestiu bem cedo e disse: – A gente se vê mais tarde, Charlotte.

Até mesmo o sujeito com quem ela só ficara de sarro a chamara de Arlene, e deixara uma poça de vômito no chão do quarto dela no chalé. Fora esse que acabara se irritando e chamando Charlene de peculiar, por não querer dar para ele.

San Antonio não era um lugar para os fracos de coração.

Agora ela ia voltar para a casa da mãe.

Angie perdera um dos seus grandes brincos em forma de argola, e Charlene achou que deveria mencionar isto, mas foi a própria amiga que falou primeiro. – Pois é, eu também já cansei de pau. Mas a Lisa, não. Ela não vai pra sua cama, pelo menos sozinha. Como ela é?

– Ela é uma máquina. Comeu aquele garoto de Tranent no banheiro do avião na viagem de volta. Tranent! Você vai até Ibiza pra depois traçar alguém de Tranent? – disse Charlene, chocada. Depois estremeceu. Todo o objetivo da viagem até lá era trepar com alguém. Ela só tivera um encontro de bosta. E agora elas iam falar sobre isso.

Angie enfiou um chiclete na boca. – Pois é, mas isso foi culpa sua. Você levou a Lisa pra tal Manumission na última noite, e ela ficou toda empolgada.

– Pois é, quando aquele casal começou a trepar, eu não sabia onde enfiar a cara – disse Charlene, aliviada por elas não discutirem o seu caso.

Shelagh olhou para ela e, sugando a mistura de vodca com Coca-Cola que elas haviam preparado no aeroporto de Newcastle, deu uma risada. – Eu sabia... bem embaixo da bunda daquele garoto de Geordie!

No toalete, Lisa estava repuxando o cabelo louro para expor raízes escuras que precisariam ser retocadas. Ela própria nunca fazia isto, e Angie tentaria encaixá-la na semana seguinte. Você precisava de um serviço profissional, para reparar as pontas duplas, e garantir que a tintura duraria, evitando a todo custo os extremos oleosos ou secos de um esforço caseiro.

O sol realçara as sardas dela. Lisa puxou a blusa para cima, a fim de examinar a marca do bronzeado. Ela levara dois dias para conseguir tirar a parte superior do biquíni. O bronzeado já estava aparecendo, quase ficando homogêneo, quando chegara a hora de embarcar na porra do avião, para voltar a trabalhar na porra da central de atendimento das Solteironas Escocesas na semana seguinte. A gente se vê ano que vem.

No ano seguinte, os peitos seriam postos para fora no primeiro dia. Lisa sempre desejara ter peitos maiores. Um escroto lhe falara, "Você teria um corpo perfeito se tivesse peitos maiores", como se fosse a porra de um elogio. Ela retrucara para o cara que ele também ficaria legal se tivesse um pau do tamanho do nariz. O coitado do escroto ficara todo paranoico, cheio de autocrítica. Alguns deles sabiam falar muito bem, mas detestavam ouvir. Os bonitinhos eram os piores: uns chatos narcisistas e autocentrados, sem personalidade alguma. O problema, porém, era que a sua autoestima sofria se você traçava vira-latas demais. Era mesmo um problema, mas que valia a pena ter.

Charlene agira de forma um pouco engraçada naquelas férias. Lisa desconfiava que tudo aquilo fora um pouco demais para ela. E ficou até surpresa ao ver o sentimento de proteção que tinha por sua amiga mais jovem. Quando estavam no West End de San Antonio, ela dava uma olhadela maternal toda vez que um bando de camisetas e shorts em tom pastel vinha se pavoneando na direção delas, com sorrisos esperançosos e caretas debochadas. Havia certo tipo de canalha que sempre ia direto para Charlene. Sua amiga era baixa e morena, com aquele ar "irlandês negro", quase cigano, que ela dizia ter. Pelo lado da mãe, o rosto convencionalmente bonito e o busto amplo de Charlene deveriam ter sugerido uma sexualidade vivaz, mas havia nela uma seriedade e uma certa hesitação. Dava para ver que ela ficava constrangida com aquilo tudo, mas mesmo assim se esforçava muito para se encaixar.

Fora do vagão, elas viram Berwick passando lá embaixo. Charlene já vira aquela paisagem do trem muitas vezes, mas ainda ficava impressionada. Ela lembrava da volta de uma noitada em Newcastle, em que fora tentada a saltar e explorar a cidade. Era um lugar bastante agradável, mas ficava melhor apreciado a bordo do trem.

Angie cutucou Charlene, ao olhar para Shelagh e tomar a garrafa da amiga. – Mas ela é muito doida, quase tanto quanto você. Lembra daquela vez em que você fisgou aquele garoto no Buster's?

– Sim... amiga – disse cautelosamente Shelagh. Não conseguia lembrar em que época aquilo ocorrera, mas já sentia o clima de Angie.

– Ele estava bêbado!

Shelagh já lembrara. Era melhor ela própria contar a história, do que aguentar a versão de Angie. – Pois é, eu fui pra casa dele, mas ele broxou. De manhã fui me vestir, e ele ficou todo animado, tentando me pegar. E eu mandei ele se foder.

– Isso não se faz – disse Angie, percebendo que a história que tinha na cabeça não era aquela. Só que ela estava um pouco bêbada e já esquecera a história original, de modo que aquela mesma teria de servir. – Tudo bem quando você está bêbada, mas não de manhã, quando está sóbria, principalmente se o cara não conseguiu comparecer na noite anterior.

– Eu sei. Fica parecendo que você está com um desconhecido. Como se eu fosse a porra de uma vadia, coisa assim. Eu mandei ele se foder, você teve a sua chance, meu filho, mas não estava à altura do serviço. Sabe o que ela falou? – explicou Shelagh, apontando para a porta do vagão por onde Lisa saíra. – Que eu era louca. Que devia ter traçado o cara de manhã. Eu falei, vá se foder, gastei oito Diamond Whites só pra sarrar o cara. Não vou foder com um vira-lata que eu não conheço sem algo além de uma ressaca como proteção.

A essa altura Lisa voltou e ergueu os olhos em dúvida, sentando no banco ao lado de Shelagh.

Charlene lançou um olhar melancólico pela janela, enquanto o trem deslizava pelo litoral de Berwickshire.

— Mas talvez ela tenha razão. Tudo é uma questão diurética. O homem pode manter a ereção por mais tempo após uma noite de bebedeira. Já li muito sobre isto. É por isto que minha mãe levou séculos pra largar meu pai, embora ele fosse alcoólatra. Meu pai acordava de manhã e simplesmente metia nela a vara endurecida pela bebida. Minha mãe achava que isso significava que ainda era amada por ele. Mas era só uma necessidade química. Ele teria metido a vara em uma rosca de padaria, se a massa estivesse quente e úmida o suficiente.

Elas perceberam que Charlene falara demais. Houve um silêncio longo e nervoso, enquanto ela se mexia de forma constrangida, até Lisa dizer friamente: — Já não seria uma rosca de padaria, então.

A gargalhada foi alta demais para humor, mas no ponto certo para catarse. Naquela altura, pensamentos doentios e tumultuados acerca de Charlene e seu pai começaram a se formar na mente de Lisa, já confusa pela bebida.

Ela olhou para os olhos escuros de Charlene. Estavam vazios e encovados, tal como os de Shalagh e Angie, e na realidade também os seus próprios, quando inspecionados por ela no toalete. Por que não deveriam estar? Elas haviam bebido todas nas férias. Só que os de Charlene eram diferentes; pareciam mais do que apenas um pouco assombrados. Aquilo assustava e preocupava Lisa.

Gravadora

Franklin Delaney estava sentado com Colin Taylor em um movimentado bar-café na Market Street, em Edimburgo. O estilo não era do seu gosto: um lugar entediante, deliberadamente modernoso, que poderia estar em qualquer bairro da moda de qualquer cidade ocidental.

— A Kathryn está fodendo com a minha cabeça — confidenciou ele.

Franklin se arrependeu desta confissão assim que a fez. Taylor era um homem de decisões, longe de ser solidário. Suas roupas pareciam caras, mas também por demais imaculadas e sem uso para serem as de uma pessoa real. Ele se assemelhava a um manequim, e o traje o confirmava como uma conformidade corporativa, insípida e pré-construída. Só sua voz parecia de verdade.

— Ela precisa comer, caralho, ou então vai bater as botas — disse ele, abanando a cabeça ociosamente. — Por que não faz um favor a todos nós e toma a porra de uma overdose?

O empresário de Kathryn Joyner lançou um olhar duro para o executivo da gravadora dela. Você nunca sabia quando aquele cagalhão ensaboado estava só de sacanagem. Franklin já tentara entender a obsessão britânica por ironia e sarcasmo, mas nunca conseguira. Só que Taylor não estava de sacanagem.

– Estou farto de tudo isso. Se ela grasnasse, pelo menos, nós ganharíamos a porra de uma merreca. Estou farto daquela *prima donna* – debochou ele, lançando um olhar de reprovação para a salada que a garçonete pusera à sua frente. Taylor vinha tentando se alimentar de forma mais saudável, mas aquilo parecia muito pouco apetitoso. O filé de Franklin parecia muito melhor, embora o puto do ianque nem tivesse notado, pois vivia reclamando da qualidade da comida na Grã-Bretanha. Taylor examinou Delaney. Ele nunca gostara muito dos americanos. A maioria dos que haviam tido contato com ele no ramo musical eram uns filhos da puta homogeneizados que só queriam que tudo fosse como era nos EUA.

– Ela ainda é a maior cantora branca do mundo. – Franklin sentiu sua voz se elevar, como acontecia sempre que ele ficava na defensiva. Ele não gostava muito de Taylor. O sujeito era intercambiável como quase qualquer outro viado de gravadora que ele já conhecera. Fossem quais fossem os problemas daquela piranha maluca, ele deveria mostrar a porra de algum respeito pelo talento dela. Esse talento já rendera grana suficiente à empresa daquele babaca, e bastante prestígio para ele próprio. Mesmo que tudo isso já parecesse pertencer a um passado distante.

– É, claro – disse Taylor, dando de ombros. – Eu só queria que ela tivesse um perfil de vendagem que provasse isso.

– O novo álbum tem algumas canções ótimas, mas foi um erro abrir com "Betrayed by You". De jeito nenhum este single ia conseguir ser tocado. "Mystery Woman" teria sido a escolha ideal para a divulgação. Era essa faixa que ela queria trabalhar.

– Já tivemos esta discussão, Franklin, mais vezes do que eu gostaria de lembrar – disse Taylor em tom fatigado. – Você sabe, tanto quanto eu, que a voz dela está tão fodida quanto aquela cabeça doente. Mal se consegue ouvir a Kathryn na porra do álbum, de modo que qualquer faixa que tirássemos dali seria uma bosta total.

Franklin sentiu a raiva assomando dentro de si. Mastigou o filé malpassado e, para sua grande dor e irritação, mordeu com força a própria língua. Ficou sofrendo em silêncio, com os olhos marejados e as bochechas coradas. Dentro da boca, seu sangue se misturou ao da vaca, fazendo com que ele sentisse que estava comendo o próprio rosto.

Taylor interpretou o silêncio dele como concordância. – Ela está contratada para fazer mais um álbum conosco. Vou ser franco com você, Franklin... se ela não se redimir com esse, vou ficar muito surpreso que ela consiga fazer outro, seja neste selo... ou em qualquer outro. Aquele show em Newcastle na noite passada foi anunciado em todos os jornais que se deram ao trabalho de cobri-lo, e o público está encolhendo. Tenho certeza de que amanhã à noite também será a mesma história triste aqui em Glasgow.

– Nós estamos em Edimburgo – declarou Franklin.

– Tanto faz. Para mim dá no mesmo... o obrigatório show para os brucutus ao final da turnê. O que eu falei ainda vale. Bundas nas cadeiras, parceiro, bundas nas cadeiras.

– Os ingressos para este concerto estão vendendo bem – disse Franklin.

– Só porque os brucutus estão tão distantes da civilização que ainda não ouviram a notícia: Kathryn Joyner já era. A certa altura essa notícia cruzará até a Muralha de Adriano. Se bem que foi uma boa jogada colocar Kathryn para cantar no Festival de Edimburgo. Aqui eles aceitam qualquer merda. Qualquer fracassado decadente pode reemergir aqui, que os putos que fizeram a programação vão falar em "ousadia" ou "inspiração"; o negócio é que aqui as pessoas estão tão acostumadas a ver coisas que engolem tudo. Se na semana seguinte Kathryn fosse fazer o mesmo show na cidadezinha de bosta delas, as mesmas pessoas nem sonhariam em ir assistir à porra. – Os olhos de Taylor cintilaram maliciosamente, quando ele mostrou um recorte de jornal que passou ao outro. – Você já viu esta crítica sobre a noite de ontem?

Franklin ficou calado e tentou manter impassíveis os traços do rosto, consciente o tempo todo do olhar debochado de Taylor, enquanto esquadrinhava o recorte:

O Show Sonolento de Ms. Joyner
Kathryn Joyner
City Hall, Newcastle Upon Tyne

A técnica vocal do vibrato é no mínimo controversa. Em geral é a última arma do cantor malandro, o cantor vaiado cuja voz já perdeu seu alcance anterior. No caso de Kathryn Joyner, é triste, quase doloroso, testemunhar a humilhação pública de um talento vocal que foi outrora, se não o favorito de todos, ao menos um fenômeno verdadeiramente distinto dos demais.

Hoje em dia Joyner, quando audível, solta balidos feito uma ovelha sonolenta em todas as canções, frequentemente escorregando para este emaranhado patético diante do menos desafiador dos obstáculos. Quase parece que nossa Kathryn esqueceu de *como* se canta. Uma plateia etílica de meia-idade, em uma viagem nostálgica, poderia ter demonstrado mais empatia com uma artista mais cativante, mas Joyner, tal como sua voz, parece estar em outro lugar. Sua comunicação com o público é zero, exemplificada por sua recusa obstinada e perversa a nos oferecer uma versão de seu maior sucesso transatlântico, "Sincere Love". Os insistentes pedidos desse antigo sucesso, vindos da plateia, foram estudadamente ignorados.

No final, porém, isto pouco importa. Sucessos como "I Know You're Using Me" e "Give Up Your Love" receberam um tratamento desinteressado de uma Joyner dolorosamente magra, que atualmente exala o tipo de sensualidade que faz Ann Widdecombe parecer Britney Spears. O cenário cheira a mofo e, pelo bem da música, este show é um exemplo de gato por lebre que rezamos para cair nas garras de Hannibal Lecter muito em breve.

Franklin lutou para conter sua raiva. Aquela artista precisava de apoio, e ali estava sendo dispensada e ridicularizada por sua própria gravadora.

– Faça com que ela coma, Franklin. – Taylor sorriu, erguendo à boca uma garfada de frango gorduroso. – Simplesmente faça com que ela coma. E fique forte outra vez.

Franklin sentiu a dor na sua boca diminuir, enquanto sua indignação aumentava. – Você acha que eu não venho tentando? Já tentei todas as clínicas, dietas especiais e terapeutas conhecidos pela humanidade... faço com que mandem para ela sanduíches reforçados todo dia!

Taylor ergueu aos lábios a taça de vinho tinto.

– Ela precisa de uma boa foda – especulou ele, lançando um olhar conspiratório para Franklin, que só então percebeu que o executivo da gravadora estava um pouco bêbado. – Ovelha sonolenta, é? Essa foi boa!

Eu sei que você está me usando

Terry não gostava de altura. Ele não era talhado para aquela espécie de trabalho. Não se incomodava de limpar janelas, mas ficar parado bem alto não era a sua praia. No entanto, ali estava ele, suspenso em um andaime acima da cidade, limpando as janelas do hotel Balmoral. Ainda não atinara com aquela porra... como se deixara convencer pelo puto do Posta Alec a fazer aquele troço? Alec falara que seria uma grana fácil, pois Norrie McPhail fora para o hospital operar o ombro. Como Norrie não queria perder o lucrativo contrato com o hotel, confiara o término do serviço a Alec.

– Mas a vista daqui de cima é do caralho, Terry – tossiu Alec, limpando o fundo da garganta e cuspindo catarro. Mesmo estando tão alto, e apesar do barulho do trânsito, ele achou que ouviu a cusparada bater na calçada.

– Pois é, genial – retrucou Terry, sem lançar o olhar para a Princes Street lá embaixo. Bastava dar um passo para fora do andaime e soltar as mãos. Simples assim. Fácil demais. Era de espantar que mais pessoas não fizessem isso. Uma ressaca ruim seria decisiva. Você só precisava sentir a inutilidade de tudo por uma fração de segundo e partiria. Era tentador demais. Terry ficou imaginando qual seria a taxa de suicídio entre os limpadores de janelas em prédios altos. Uma imagem do passado invadiu sua mente, e ele ficou até tonto. Agarrou firmemente a barra, com as mãos suadas e dormentes no metal. Respirou fundo.

– Pois é, não é todo dia que a gente tem uma vista assim – maravilhou-se Alec, olhando para o castelo.

Do bolso interno de seu macacão, ele tirou uma meia garrafa de Famous Grouse. Abrindo a tampa, deu um gole poderoso no uísque. Pensou duas vezes antes de, com relutância, estender a bebida para Terry, e ficou satisfeito quando o outro recusou, já sentindo o álcool arder satisfatoriamente nas suas tripas. Olhou para Terry, vendo aquela juba encaracolada se agitar ao vento. Fora um erro trazer aquele puto vagabundo para o serviço, concluiu Alec. Achara que Terry seria uma boa companhia, mas ele se calara completamente, coisa que era atípica.

– Vista do caralho – repetiu Alec, cambaleando um pouco e sacudindo o andaime. – Deixa você feliz por estar vivo.

Terry sentiu o sangue gelar nas suas veias, enquanto tentava se recompor. Vivo, mas por pouco tempo, aqui em cima com este puto velho, pensou ele.

– Tá certo, Alec. Quando é a porra da hora do almoço? Estou faminto.

– Você acabou de tomar café da manhã, seu puto gordo e guloso – debochou Alec.

– Isso foi há séculos – disse Terry, olhando para o quarto que ficava do outro lado da janela que ele estava limpando. Havia uma mulher jovem sentada na cama.

– Pare de conferir as xotas aí, seu escroto imundo – cuspiu Alec, preocupado. – Qualquer reclamação vinda dos hóspedes pode ameaçar o ganha-pão do Norrie.

Terry, porém, estava olhando para o sanduíche que jazia intocado sobre a mesa, e bateu de leve na janela.

– Caralho, você tá louco? – Alec agarrou a mão dele. – O Norrie tá no hospital público!

– Tudo bem, Alec – disse Terry em tom tranquilizador, enquanto o andaime balançava. – Eu sei o que estou fazendo.

– Perturbando a porra dos hóspedes...

A mulher chegara à janela. Alec se encolheu e se afastou, dando outro gole na garrafa de uísque.

– Com licença, gata – disse Terry, enquanto Kathryn Joyner erguia o olhar e via um cara que achou gordo parado diante da sua janela. É claro, eles estavam limpando as janelas. Por quanto tempo ele ficara olhando para ela? Estaria espionando? Que esquisitão. Kathryn não estava a fim de aturar babaquice. E foi até ele.

– O que é que você quer? – perguntou ela em tom áspero, abrindo os janelões duplos.

Ianque de merda, pensou Terry.

– Desculpe o incômodo, boneca... tá vendo aquele sanduba ali? – Ele apontou para o sanduíche.

Kathryn afastou do rosto o cabelo, prendendo as mechas atrás da orelha.

– O que é que tem? – Ela olhou para a comida com desgosto.

– Você não quer?

– Não, não quero.

– Pode me dar, então?

– Hum... claro... tá legal.

Kathryn não conseguiu pensar em uma só razão para não dar o sanduíche àquele homem. Talvez Franklin até pensasse que ela o *comera*, e por um minuto parasse de encher seu saco. Este cara era entrão, mas foda-se... ela daria o sanduíche para ele.

– Claro... por que não... na realidade, por que você não entra e toma um pouco de café com o sanduíche? – disse ela em tom cáustico, com raiva por ter sido perturbada.

Terry percebeu que Kathryn estava sendo sarcástica, mas mesmo assim resolveu entrar no quarto. Você podia bancar o retardado, fingindo levar as pessoas ao pé da letra. Os ricos quase esperavam isto das classes mais baixas, assim convinha a todos.

– É muita gentileza sua – sorriu ele, entrando no aposento.

Kathryn recuou um passo e deu uma olhadela para o telefone. Aquele cara era maluco. Ela devia ligar para a segurança.

Terry notou a reação dela e ergueu as mãos no ar.

– Só vou **tomar um café**, não sou um daqueles escrotos americanos que cortam as pessoas em pedaços – explicou ele, abrindo um largo sorriso.

– Fico feliz por ouvir isto – retrucou Kathryn, já se recompondo um pouco.

Posta Alec ficou surpreso ao ver seu amigo desaparecer quarto adentro.

– Qual é o lance, Lawson? – gritou ele, entrando em pânico.

Terry sorriu para Kathryn, que continuava avaliando a distância até o telefone. Depois virou para trás, enfiou o rosto para fora da janela, encarou o ar insatisfeito de Alec e sussurrou: – Esta moça acabou de me convidar a entrar para comer alguma coisa. Faz o tipo americana. É legal ser legal, né?

Kathryn ergueu as sobrancelhas quando viu a figura de Terry, envolta em um macacão, postada diante dela dentro do quarto. Ele é um empregado. Só quer um café. Calma.

– Ele tá perturbado à toa. O serviço será feito, é o que eu digo. Só não pode haver estresse, que mata a gente. Esse é o problema do Alec. – Terry meneou a cabeça para fora, onde um homem de rosto avermelhado esfregava um pano na janela de Kathryn. – Excesso de estresse executivo. Já falei pra ele... Alec, você é um homem de duas úlceras em um emprego de uma úlcera só.

O idiota tinha muita cara de pau.

– Pois é... acho que sim. O seu amigo quer um pouco de café? – perguntou Kathryn.

– Não, ele tem a comida dele, e simplesmente vai continuar.

Terry sentou em uma cadeira que parecia delicada e ornamental demais para suportar seu corpo, e mordeu o sanduíche com vontade.

– Nada mau – disse ele entre uma mastigada e outra, enquanto Kathryn olhava com um fascínio que beirava o horror. – Sempre quis saber como eram os sandubas nestes lugares elegantes. Se bem que eu fui ao casamento do meu parceiro no Sheraton na semana retrasada. Eles não serviram um rango ruim lá. Você saca o Sheraton?

– Não, não posso dizer que sim.

– Fica na outra ponta da Princes Street, lá na Lothian Road. Eu nem curto tanto aquela parte da cidade, mas lá já não tem tanta confusão quanto costumava ter. Pelo menos é o que dizem. Mas também não venho muito à cidade atualmente. Acabo pagando os preços da cidade. Só que foi uma escolha do Davie e da Ruth... ela é a gata que casou com o meu parceiro Davie... uma boa moça, até.

– Sei...

– Não é o meu tipo... um pouco peituda demais. – Terry levou as mãos ao peito, fazendo a mímica de grandes seios invisíveis.

– Hum-hum...

– Mas foi a escolha do Davie, né? Não posso sair por aí falando com quem a porra de todo mundo deveria casar, né?

– Não – disse Kathryn com um tom de encerramento gélido. Ela relembrou todos aqueles anos, quatro, cinco... até chegar a ele na cama com *ela*. Com *eles*.

A turnê. E agora outra turnê de merda.

– Mas e você... vem de onde?

O tenso interrogatório de Terry arrancou Kathryn daquele hotel em Copenhague e a lançou de volta aos milharais de sua infância. – Bom, originalmente eu sou de Omaha, Nebraska.

– Isso é na América, né?

– Pois é...

– Eu sempre quis ir pra América. Meu parceiro Tony acabou de voltar de lá. Se bem que ele achou a coisa muito superestimada. Todo puto... perdão, todo cara tá atrás disto aqui. – Terry esfregou o polegar e o indicador juntos. – A porra do dólar ianque. Se bem que aqui também está ficando assim. Lá na estação Waverley você paga trinta centavos pra ir ao banheiro! Trinta centavos por uma mijada! Por este preço, é preciso garantir que seja longa! Vou dar a porra de uma cagada também, se pra você não tiver problema, parceiro! Quero que você me fale o porquê desta porra, se puder!

Kathryn balançou a cabeça melancolicamente. Na verdade, ela não sabia do que o sujeito estava falando.

– Mas o que trouxe você à Escócia? Primeira vez em Edimburgo, é?

– Sim. – Aquele ogro gordo não sabia quem ela era. Kathryn Joyner, uma das maiores cantoras do mundo! Em tom besta, ela disse: – Na realidade, eu estou aqui para me apresentar.

– Você é tipo uma dançarina?

– Não. Eu canto – sibilou Kathryn entredentes.

– Hum... Pensei que fosse dançarina em Tollcross, coisa assim, mas depois achei que este negócio aqui é um pouco elegante demais pra quem rebola em boate, e tudo. – Ele olhou em volta da suíte imensa. – Espero que não ligue pro que eu falo. E o que você canta?

– Você já ouviu falar de "Must You Break My Heart Again"... ou talvez "Victimised by You"... ou "I Know You're Using Me"? – Kathryn não teve coragem de mencionar "Sincere Love".

Os olhos de Terry se arregalaram ao reconhecerem os títulos, e depois se estreitaram, descrentes por um instante, antes de se expandirem, novamente afirmativos, enquanto ele dizia: – Sim... eu conheço todas! – Então ele começou a cantar uma que dizia assim: – "Depois de fazer amor/ Seu olhar fica distante/ Você não está comigo/ Mas quando pergunto, você finge surpresa/ Você se veste depressa/ Liga a tevê para ver o jogo/ Eu significo tão pouco/ Você até erra o meu nome..."... eu adorava esta música, cara! É tão fiel à vida... quero dizer, existem homens assim, entende o que tô falando? Depois que dão a sua tre... quer dizer, depois do sexo, é tipo, já era, sacou?

– Sim. – Kathryn se pegou rindo delicadamente do desempenho de Terry. Era realmente péssimo. Havia muito tempo que ela não ria de alguma coisa. Sorridente, ela disse: – Você deveria estar no palco.

Terry se empinou todo, como se houvesse recebido uma injeção de orgulho puro.

– Eu até canto, no karaokê do Gauntlet, lá em Broomhoose. Em todo caso, obrigado pelo sanduba. Acho melhor voltar antes que aquele pu... hum, antes que meu colega Posta Alec comece a irritar minha cabeça. – Por um instante, Terry olhou para aquela silhueta magra feito um varapau. – Mas sabe de uma coisa... você devia me deixar pagar uma bebida mais tarde. Está de folga hoje?

– Sim, estou, mas eu...

Terry Lawson tinha demasiada experiência na lábia da pegação para dar a Kathryn tempo de qualificar sua situação.

– Então vou levar você pra tomar um drinque. E mostrar um pouco da cidade. A verdadeira Edimburgo! Teremos um *date*, não é assim que vocês falam lá nos Estados Unidos? – disse ele, dando uma piscadela.

– Bom, eu não sei... acho que sim...

Kathryn mal podia acreditar nas palavras que brotavam da sua boca. Ela ia sair com um gordo que limpava janelas! Possivelmente era um pervertido, tarado ou sequestrador. Nunca calava a boca. Era um pé no saco...

– Certo, vejo você lá no Alison. Isto é um pouco de gíria musical empresarial, você deve até conhecer, o Alison Moyet, o saguão, saca? Sete horas tá bom?

– Certo...

– Beleza! – Terry abriu a janela, e diligentemente passou de volta para o andaime, evitando olhar para baixo.

– Já estava na porra da hora – reclamou Posta Alec. – Não vou cuidar das janelas sozinho, Terry. Não foi combinado assim. O Norrie tá pagando a nós dois pra fazer isto, e não só a mim. Ele tá na porra do hospital público, Terry. Em uma cama hospitalar, sofrendo por causa de um tendão calcificado. É exatamente no braço que limpa as janelas. Como você acha que ele se sentiria, se soubesse que estamos mexendo com o seu ganha-pão?

– Pare com essa porra de lamentação, seu puto velho da porra. Eu vou sair hoje à noite com a porra de uma gata que vivia no topo das paradas musicais!

– Deixe de merda. – Alec abriu a boca, exibindo dentes amarelos já quase enegrecidos.

– Verdade feito a Bíblia, cara. Aquela gata ali dentro. Ela compôs "Must You Break My Heart Again".

Alec ficou boquiaberto, enquanto Terry cantava para ilustrar o que estava dizendo: – "Passei toda a vida sofrendo/ Meus dias sem claridade, só chuva/ Um dia então você entrou no meu mundo/ E todas as nuvens sumiram/ Mas seu sorriso vem esfriando/ Sinto o gelo no seu coração/ E minha alma vive com medo/ De que você diga precisamos nos separar/ Você precisa partir meu coração outra vez?/ Precisa me machucar tão fundo/ Por que ah por que você não pode ser/ O mais especial de todos para mim/ Você precisa usar seus velhos truques?/

Porque eu sei que há outra pessoa/ Em quem você pensa quando estamos juntos/ Você precisa partir meu coração outra vez?"

– Eu lembro dessa... como é o nome dela? – Alec espiou pela janela e deu uma olhadela em Kathryn.

– Kathryn Joyner – disse Terry, com o mesmo tom floreado e arrogante que usava nos jogos de adivinhação do pub Silver Wing, nas ocasiões em que tinha certeza de estar correto. Qual o nome verdadeiro de Alice Cooper? Vincent Furrier, caralho. Moleza.

– Veja se consegue convites pro show dela.

– Sinta-se convidado, Alec, sinta-se convidado. Nós que somos da porra do ramo temos alguma influência. Nunca esquecemos os velhos amigos.

Que puto abusado... com 36 anos na cara e ainda mora com a mãe, pensou Alec.

Blue Mountains, Nova Gales do Sul, Austrália

Quarta-feira, 09:14

Só tenho consciência da linha do baixo vibrando, aquela pulsação de vida, o constante bum-bum-bum da batida. Estou vivo.

Estive quase consciente disto há algum tempo. Um pouco de inconsciência não é escuridão, é ficar parado friamente no centro do sol, tentando enxergar além dos fogos ofuscantes ao longo das falhas do universo suntuoso, sua bunda, sua bunda, sua bunda...

Ergo o olhar e vejo a lona verde. Não consigo me mexer. Ouço vozes ao meu redor, mas não consigo me concentrar.

– O que ele tomou?

– Há quanto tempo está apagado?

Conheço as vozes, mas não consigo lembrar dos nomes. Talvez haja um melhor amigo ou uma antiga amante em algum lugar ali; como foi fácil colecionar montes de ambos ao longo da última década, como tudo parecia genuíno na época, e como tudo parece frívolo ou vazio atualmente. Só que agora todos estão à minha volta, fundidos em uma só força invisível de boa vontade humana. Talvez eu esteja morrendo. Talvez seja esta a sensação da jornada morte adentro. A combinação de almas, a fusão, a comunhão em uma só força espiritual. Talvez seja assim que o mundo termine.

Um cheiro doce se apura e vira um rançoso fedor químico nas minhas narinas. Eu estremeço, meu corpo se convulsiona uma vez, duas vezes, e depois para. Minha cabeça, porém, incha tanto que o crânio e as mandíbulas parecem prestes a rachar, antes de se contraírem e voltarem ao normal.

– Puta que pariu, Reedy! A última coisa de que ele precisa é de um *popper* na porra do nariz – diz a voz de uma garota em tom queixoso. Ela começa a entrar em foco: cachos dourados, que na verdade devem ser apenas mechas em tom louro-sujo, mas que eu vejo como dourados. Seus traços me trazem à mente uma versão feminina de Ray Parlour, um jogador do Arsenal. Ela se chama Celeste, e é de Brighton. Brighton na Inglaterra, não aqui. *Deve* haver uma Brighton aqui. Com certeza.

Algo está grudado na minha cabeça: pensamentos que se rebobinam, como em um círculo. Deve ser isso que andar em círculos significa: obsessão vezes obsessão.

Reedy começa a tomar forma diante dos meus olhos agora. Seus grandes olhos azuis, seu cabelo cortado rente, sua pele desgastada pelo tempo. Aqueles trapos costurados juntos, de forma tão caótica que é quase impossível discernir que porra constituía o traje original. É tudo retalho. Tudo. Tudo aqui é retalhado. Unido pela puta que pariu, só esperando pra se desintegrar.

– Desculpe, Carl. – Reedy se justifica. – Só estava tentando reviver você, parceiro.

Eu deveria ligar pra Helena, mas felizmente meu celular está fodido. De qualquer forma, por aqui nem se consegue sinal. Eu não estou em condições de dizer desculpem, e de admitir que fui um escroto. É isso que ficar fodido faz com a gente: suspende o tempo e põe você num lugar em que tentar pedir desculpas só pode piorar as coisas, então ninguém nem tenta. Agora está tudo bem, e sinto um sorriso torcer minha boca. Em breve, porém, estarei naquela solitária antessala de horror e ansiedade.

Ansiedade.

Minhas músicas.

– Onde estão a porra das minhas músicas?

– Você não tem condição de tocar, Carl.

– Onde estão a porra das músicas?

– Relaxe... estão bem aqui, parceiro. Mas você não vai tocar música alguma. Só vai relaxar – insiste Reedy.

– Eu vou lacraaar. – Ouço minha voz falando isto, enquanto formo uma arma com meu indicador e faço um barulho explosivo patético.

– Olhe, Carl... fique sentado aqui um pouco e endireite a sua cabeça – diz Celeste Parlour. – Tem um ovo nela.

Celeste de Brighton. Reedy de Rotherham. Milhares de ingleses, irlandeses e, sim, escoceses, onde quer que eu vá. Tudo pessoal de cabeça fresca. Califórnia, Tailândia, Sydney, Nova York. Não só acompanhando, não só assistindo, nem só vivendo o show. São eles que mandam na porra do show, seja legal ou ilegal, corporativo ou marginal: todo aquele talento empresarial desperdiçado, livre pra caralho, sotaques desconsiderados, mostrando pra turma local como fazer a coisa.

A Austrália era diferente, realmente a última fronteira. Tantas cabeças haviam acabado ali, depois que o sonho fora despedaçado pelos batalhões de choque e os traficantes malucos do mercado negro que a era Thatcher vomitara. A Grã-Bretanha parecia velha e fajuta, estranhamente ainda mais com o Novo Trabalhismo e sua modernização, seus *wine bars*, sua mídia cheiradora de pó, e seus babacas publicitários por tudo que é lugar. Só era preciso uma única frase melancólica, "está na hora, cavalheiros": os cidadãos da Grã-Bretanha Cool prontamente se escafediam pra pegar o último ônibus ou metrô antes que fosse meia-noite. Aquele antigo punho da repressão ainda se escondia sob a banalidade complacente da vida cotidiana.

Já na Austrália, não; tudo ali parecia real e fresco novamente.

As raves atrás da Estação Central de Sydney eram apenas algo pra fazer enquanto você ia buscar provisões. Depois era voltar ao deserto, e aos acampamentos improvisados no estilo *Mad Max*. Virando fera, chegando ao ponto de entrar em transe sob o sol ao som híbrido de *didgeri-doo* e techno. Largando tudo e pirando, sem se preocupar com as autoridades, livre pra experimentar enquanto o capitalismo se autodevorava.

Isso não era o mais importante.

Eles que continuassem fodendo com tudo, acumulando riquezas que jamais teriam esperança de gastar. Aqueles putos tristes estavam perdendo o mais importante. Cinquenta mil por semana pra um jogador de futebol. Dez mil por noite pra um DJ?

Vão se foder.

Vão se foder e se comportem.

Aqui, porém, eu me sinto seguro; este lugar está cheio de cabeças tranquilas. Melhor do que a última turma a quem eu me juntei no vale do Megalong. Foi divertido por um tempo, mas eu nunca soube escolher amigos direito. Dizem que os líderes sempre emergem, sejam quais forem os ideais ou sistemas democráticos em vigor. Bom, isto pode ou não ser verdadeiro, mas o caso é que os babacas certamente emergem.

O ar estava fresco e leve, além de úmido, mas eu só lembro que me sentia dentro de uma fornalha. Era o Território Norte, no verão passado. Toda aquele calor esturricante em volta sugava os sucos do seu corpo. E além disto, Breath Thomson estava olhando pra mim.

Seu rosto parece o de uma moreia, é sério. Mergulhando de *snorkel* no recife, já fiquei cara a cara com uma dessas escrotas. São umas perversas da porra.

Eu sou uma ameaça. Ele articula silenciosamente: você é o DJ, toque a música. Não me desafie, não pense, abdique de qualquer pensamento, porque eu posso fazer isto por todos nós. Sou a porra de um grande líder carismático.

Não, sinto muito, Breath. Você é só um puto marginal fedorento e rico, que tem um equipamento de som. Já fodeu algumas gatas malucas que não sabem o que querem, mas isto... qual de nós não fez?

Ainda bem que venho dos conjuntos, caralho. Com um cinismo da porra, que não me deixa ser hipnotizado por um idiota que fala feito uma bicha.

A vibração de paz e amor sumiu quando a autoridade foi desafiada. Não era o Território Norte, era o vale do Megalong, mas aquele verão foi tão quente que poderíamos estar até em Alice Springs. Não. O clima era úmido e molhado.

Não consigo pensar direito, caralho...

Fico pensando que sempre me senti um estranho, um desajustado. Mesmo no meio da galera, da tribo, da turma... eu era um desajustado. Então vejo outra vez Breath, aquele puto controlador e manipulador. Ele sempre fala pra você "Eu não tenho uma agenda", e é sutil feito um chute no saco, mesmo quando você está totalmente surtado. Vejo Breath novamente. Ele está despejando em cima de mim alguma merda bíblica, que eu vou perder meu poder feito Sansão por ter cortado meu cabelo branco, que em todo caso está caindo, puta que pariu.

Bem que ele queria. Eu toco o melhor ciclo que já toquei na vida. Ofuscante pra caralho. Então ele fica emburrado. Depois não consegue controlar sua fúria. Fica falando coisas, e eu me afasto daquela arenga. Ele vem atrás de mim e puxa meu braço.

– Estou falando com você! – grita Breath.

Isto é a gota d'água. Eu viro e dou um soco nele, um soco de boxeador que Billy Birrell me mostrou certa vez. Nem foi um soco muito forte, bem abaixo do nível de Birrell, mas é o que basta pra Breath. Ele cambaleia pra trás e fica em estado de choque, começando a choramingar e ameaçar ao mesmo tempo.

Mas não vai fazer coisa alguma.

Outra cena estranha pra caralho em que eu me meti. É isso que a política faz com a pessoa: você se recusa a ganhar uma grana na clubelândia e vem tocar por porra nenhuma pra putos que odeiam você.

Só vou falar uma coisa acerca de Breath: o puto sabia armar uma fogueira, ou melhor dizendo, sabia fazer com que nós armássemos uma fogueira. Suas fogueiras eram coisas grandes, portentosas, cheias de rituais pomposos ou cerimônias. Iluminavam a porra do deserto todo, emitindo uma luz cintilante e abrindo clareiras na escuridão do deserto. Eu lembro do nosso conjunto habitacional e penso que Billy Birrell teria aprovado aquilo. Ele adorava uma fogueira, aquele puto. Pois é, Breath sabia armar uma fogueira, mas também sabia fazer com que moças tímidas ou confusas tirassem a roupa e dançassem na frente do fogo pra ele, antes de rumarem de volta pra sua tenda.

Socar aquele puto foi satisfatório, a *Schadenfreude* de tudo aquilo. Quem falou isto mesmo? O Gally. As aulas de alemão.

Mas foda-se o Breath. Eu conheci Helena lá. Ela estava tirando fotos, e eu estava tirando a mão dela. Quando ela conseguiu a foto que queria, nós fomos embora dali. Entramos no velho jipe dela e saímos rodando. Tínhamos espaço pra não sermos incomodados. Sempre o espaço.

Só fiquei olhando pro rosto dela, vendo o ar concentrado enquanto ela nos conduzia pelos desertos. Até eu dirigi em alguns trechos, embora nunca houvesse sentado atrás de um volante na minha vida.

Você vai até lá e vê tudo, aquele espaço, aquela liberdade. Vê que estamos ficando sem espaço, sem tempo.

Edimburgo, Escócia
15:37

Escória

Lisa tentara persuadir todas elas a sair, mas elas não toparam. Charlene até ficou tentada, mas decidiu ir direto para a casa da mãe. Dentro do táxi, foi ensaiando as coisas que diria para a mãe sobre as férias, e resolvendo o que deixaria de fora.

Quando entrou, seu mundo caiu. Ele estava lá.

Ele *voltara*.

Aquela porra escrota, simplesmente sentado na cadeira ao lado da lareira.

– Tudo bem – disse ele, com uma expressão convencida e desafiadora no rosto. Nem sequer se deu ao trabalho de fingir arrependimento, ao rastejar de volta para a vida delas, daquele jeito covarde, débil e desgraçado. Parecia tão confiante na fraqueza da mãe dela, que sentia que nem precisava esconder sua própria natureza arrogante e torpe.

Charlene só conseguiu ter um pensamento: *Deixei o táxi ir embora*. Depois disto ela pegou as malas, virou e saiu de novo da casa. Ouviu a mãe falar algo ao fundo, algo burro, fraco e desanimado, que se desintegrou diante do barulho crescente vindo do seu pai, e que parecia o rangido de um caixão se abrindo.

Nem estava tão frio assim, mas Charlene sentiu a friagem do vento em seus ossos, depois de Ibiza e do choque de ver o pai novamente. Com uma resignação doentia, ela percebeu que, embora o choque fosse grande, na realidade não havia surpresa. Foi andando de maneira deliberada, mas sem perceber para onde estava indo. Afortunadamente, era na direção da cidade.

Sua porra de vaca burra, fraca e tola.

Por quê?

Por que porra ela tinha

Charlene foi para a casa de Lisa.

Dentro do ônibus, ela sentiu aumentar a sensação de perda, uma diminuição do seu eu, até que sua própria respiração parecia estar sendo esmagada. Ela olhou para o rapaz sentado à sua frente, e que quicava um bebê no joelho. Viu a expressão indulgente no rosto dele. Algo se mexeu novamente dentro de Charlene, e ela desviou o olhar.

Na rua lá fora, uma mulher empurrava um carrinho. Uma mulher. Uma mãe. Por que ela aceitara a volta dele?

Porque não conseguia parar. Não pararia de fazer aquilo, não *podia* parar, até que aquilo a matasse. E então ele ajoelharia ao lado do túmulo dela, implorando perdão, dizendo que dessa vez fora longe demais, ele sabia disso, e estava tão, tão arrependido...

Então a porra do fantasma dela se ergueria, olhando para ele com o amor ignorante e torto dos imbecis, de braços estendidos, e ela baliria suavemente, "Tudo bem, Keith... tudo bem..."

Charlene ia visitar Lisa. Precisava ver Lisa. Elas já tinham bebido, brincado, tomado ecstasy e se chamado de irmãs. Mas eram mais próximas do que isto. Lisa era tudo que sobrara.

Não que Charlene precisasse aceitar que já riscara o pai da sua vida, pois isso acontecera muito tempo antes. Mas agora ela percebia que acabara de fazer o mesmo com sua mãe.

O problema da camisa oficial

Rab Birrell passou a lâmina de barbear lentamente pelo contorno do seu rosto. Já notara que alguns dos pelos no seu queixo estavam nascendo brancos. Considerando melancolicamente que ele e tipo de garotas que favorecia (jovens e magras) logo estariam operando em mercados sexuais diferentes, Rab fez a barba de forma metódica e completa.

O amor já escorregara pelos dedos de Rab algumas vezes, sendo que a mais recente e traumática acontecera poucos meses antes. Talvez, refletiu ele, fosse o que ele realmente queria. Joanne e ele: terminando tudo após seis anos. Terminando. Ela lhe dera o bilhete azul e seguira adiante. Só queria um pouco de sexo, um pouco de afeto, e bem, na verdade nem era ambição, porque ela era fria demais para isto, mas ímpeto. Em vez disso, ele vacilara e entrara em uma rotina, permitindo que a relação deles estagnasse e apodrecesse feito comida deixada fora da geladeira.

Quando ele esbarrara com ela e o namorado novo em uma balada na semana anterior, sua garganta ficara seca. Houvera sorrisos e apertos de mão entre todas as partes, mas por dentro ele ficara incomodado. Jamais vira Joanne tão linda, tão cheia de vida.

O puto com quem ela estava: Rab sentira vontade de arrancar fora a cabeça do escroto e enfiá-la no rabo dele.

Ele secou o rosto com a toalha. Era uma coisa que ele e seu irmão Billy tinham em comum: azar no amor. Ao passar para o quarto, Rab vestiu uma camisa Lacoste verde, enquanto alguém batia à porta.

Ele foi abrir e viu seus pais de pé à sua frente. Os dois ficaram parados ali, boquiabertos, por cerca de dois segundos. Pareciam turistas em uma excursão de férias que haviam acabado de desembarcar do ônibus e estavam esperando que o guia lhes dissesse o que fazer a seguir.

Rab deu um passo para o lado. – Entrem.

– Nós estávamos passando a caminho da casa de Vi – disse sua mãe Sandra, cruzando a soleira e olhando em torno cautelosamente.

Rab estava um pouco mexido. O pai e a mãe nunca haviam visitado seu apartamento.

– Pensamos em conferir o apê novo – riu Wullie.

– Eu já estou aqui há dois anos – disse Rab.

– Cristo, já passou tanto tempo assim? Como o tempo voa – disse Wullie, tirando um floco de espuma de barbear da orelha do filho. Depois ralhou: – Inspeção geral, filho.

Rab se sentiu ao mesmo tempo violado e confortado pela intimidade tranquila do pai. Os dois foram atrás dele até a sala da frente.

– Você anda comendo direito, agora que sua mulher foi embora? – perguntou Sandra, com os olhos focalizados nos do filho em busca de qualquer sinal de duplicidade.

– Ela não era minha mulher.

– Seis anos dividindo a mesma casa, a mesma cama, isso pra mim é marido e mulher – disse Sandra energicamente, enquanto Rab sentia sua espinha enrijecer.

Wullie sorriu, tentando ajudar. – Tem até jurisprudência, filho.

Rab olhou para o relógio na parede. – Eu faria uma xícara de chá pra vocês, mas o negócio é que eu já estava de saída. Vou no Easter Road, porque tem jogo agora à noite.

– Eu preciso ir ao banheiro, filho – disse Sandra.

Rab levou a mãe pelo corredor e apontou para uma porta de vidro fosco. Enquanto isto Wullie, agradecidamente, sentava no sofá, dizendo em tom encorajador: – Se você vai ao jogo, pode usar aquela camisa oficial com o verde fosforescente que sua mãe te deu de Natal.

– Hum, não, vou usar um dia, mas agora eu preciso correr – retrucou Rab apressadamente. A porra da tal camisa era horrenda.

Ouvindo este diálogo, Sandra parou e voltou para o umbral da porta, sem ser vista por Rab.

– Ele nunca usou a camisa, não gosta dela – acusou ela, com os olhos cheios de lágrimas. Depois girou sobre os calcanhares e partiu para o banheiro de Rab, acrescentando: – Parece que eu nunca acerto em nada...

Wullie levantou, agarrou o braço de Rab, que estava chocado, e puxou o filho mais para perto.

– Escute, filho... sua mãe não anda bem, desde que voltou do hospital depois de fazer aquela histerectomia... ela está muito emotiva – sussurrou ele com delicadeza, abanando a cabeça. – Eu me sinto pisando em cascas de ovos, filho. Só ouço "você já está na internet outra vez?"... e se não estou, ouço "o Billy comprou aquele computador caro pra você... não vai usar?"...

Ele deu de ombros, enquanto Rab lhe dava um sorriso indulgente.

– Faça a vontade dela, filho, e facilite as coisas pra mim. Vista a porcaria daquela camisa pra ir ao jogo. Só uma vez, como um favor pro seu velho – pediu Wullie desesperadamente. – Ela meteu este troço na cabeça e agora só fala nisto.

– Eu gosto de comprar e usar minhas próprias roupas, pai – disse Rab.

Wullie apertou o braço dele outra vez. – Vamos lá, filho, só uma vez, um favorzinho.

Rab revirou os olhos. Foi até o quarto e abriu a gaveta inferior da cômoda. A camisa amarela e verde, com um matiz quase elétrico, jazia ali, ainda embalada em papel celofane. Era repulsiva. Ele não podia sair na rua e ser visto pela galera assim. A porra de uma camisa oficial... Rab rasgou a embalagem, tirou do corpo a Lacoste e vestiu a tal camisa.

Estou parecendo a porra de um operador de trânsito escolar, pensou ele, ao se examinar no espelho. Estou usando uma camisa oficial, a marca mundial do babaca. Agora só preciso arrumar a porra de um número.

9 OTÁRIO 10 RETARDADO 11 BABACA 15 CUZÃO 25 BOBALHÃO 6 PIVETE MIMADO 8 CAÇADOR DE GLÓRIAS

Ele voltou à sala da frente.

– Hum, está tão elegante – arrulhou Sandra, aparentemente apaziguada. – É realmente da era espacial.

– Torcida Hibs do milênio – sorriu Wullie.

O semblante de Rab permaneceu impassível. Ele acreditava que abria um precedente ruim deixar as pessoas, principalmente as mais próximas, tomarem liberdades.

– Não quero expulsar ninguém, mas já estou atrasado. Vou marcar um dia pra vocês virem aqui, e aí faço um jantar pra vocês.

– Não, filho, já matamos nossa curiosidade. Você pode ir comer uma comida saudável na casa da mamãe – disse Sandra, erguendo o rosto com um sorriso tenso.

– Vamos com você pela rua, filho – disse Wullie. – É caminho pra casa da sua tia Vi.

O coração de Rab pareceu cair alguns centímetros dentro da cavidade peitoral. A casa de Vi ficava no caminho para o estádio, portanto não haveria tempo de voltar e se livrar daquela monstruosidade. Então ele vestiu sua jaqueta de couro marrom por cima da camisa, fechando o zíper para garantir que tudo estava coberto. Notando o celular sobre a mesa de centro, enfiou o aparelho no bolso.

Enquanto desciam a rua rumo ao ponto do ônibus, Sandra baixou o zíper da jaqueta dele. – Use as suas cores com orgulho! A noite tá quente! E você não sentirá o benefício mais tarde, se o tempo esfriar.

Trinta anos mês que vem, e ela continua tentando me vestir feito a porra de um boneco, pensou Rab.

Ele nunca sentira tanto prazer em se despedir de seus pais. Ficou parado ali um tempo, vendo os dois se afastarem: a mãe gorducha, o pai ainda magro. Ergueu o zíper novamente e foi até o pub. Entrando no bar, logo viu a rapaziada sentada no canto: Johnny Catarrh, Phil Nelson, Barry Scott. Para seu horror, Rab não percebeu que, ao se aproximar, instintivamente abrira a jaqueta novamente. Johnny Catarrh olhou para a camisa dele, primeiro com descrença, depois abriu um sorriso crocodilesco.

Rab percebeu e disse: – Não fale, Johnny, não fale.

Então Gareth se aproximou dele. Gareth, o puto mais ligado em estilo que já passara por uma arquibancada. Ao contrário da maioria dos rapazes, que vinham do que Rab descrevia como "a classe trabalhadora antenada", Gareth frequentara o Fettes College, a escola mais elegante de Edimburgo, onde Tony Blair fora educado. Rab sempre gostara de Gareth e a mania que ele tinha de enfatizar, em vez de esconder, sua origem de classe média alta. Você nunca sabia quando ele estava de gozação: fingia exigir rigor quanto a trajes e modos, alternadamente chocando e divertindo os garotos da cidade e dos conjuntos com seus sermões engraçados. "Por que não podemos nos portar feito autênticos cavalheiros de Edimburgo? Não somos de Glasgow!", exortava ele nas viagens de trem, imitando o sotaque de um congressista conservador. Em geral, a rapaziada adorava isso.

Agora Gareth olhou para Rab e disse: – Você é um individualista ferrenho em assuntos de moda, Birrell. Como conseguiu forjar um senso de estilo tão resolutamente único? Nosso Rab está imune aos ditames crassos do consumismo...

Rab só conseguiu sorrir e aguentar as pancadas.

O pub estava se enchendo de torcedores entusiásticos, cada vez mais numerosos a cada rodada de bebidas. Rab ficou pensando em Joanne, e que ele deveria se sentir encantado por estar livre, mas certamente não se sentia assim. Perguntou se Gareth sentia saudade dos velhos tempos, principalmente agora, que o amigo virara um veterinário estabelecido, que tinha uma clínica própria, uma companheira e um filho, com um segundo já a caminho.

– Se eu for totalmente franco, aqueles foram os melhores anos da minha vida, e jamais serão igualados. Mas a gente nunca pode voltar atrás, e a melhor qualidade de tudo é ser capaz de olhar pra algo bom, e saber quando terminar a coisa, antes que tudo azede. Agora... se eu sinto saudade? Todo dia. E das raves também. Sinto uma saudade da porra daquilo tudo.

Joanne se fora, e Rab, tirando uma trepada insatisfatória, ficara sem sexo desde então. Andy se mudara para o outro quarto, e agora Rab tinha um colega de apê no lugar de uma namorada. Ele era um estudante. E estudava o quê? Trinta anos de idade, sem gata, praticamente inempregável. Que história. Rab invejava Gareth. Ele parecia saber o que queria desde o começo. Seu treinamento exigira muito tempo, mas ele simplesmente ficara firme.

– O que fez você virar veterinário? – perguntara Rab certa vez, meio que pensando que ouviria um discurso sobre bem-estar animal, espiritualidade e fascismo antiespécies. Gareth fizera uma expressão inescrutável e falara em um tom bastante medido.

– Vejo isso como uma espécie de reparação. No passado, fui responsável por causar certa quantidade de sofrimento a animais – disse ele. Depois sorriu e acrescentou: – Principalmente em viagens a Parkhead e Ibrox.

Eles terminaram as bebidas e foram andando até o estádio. Uma arquibancada nova estava sendo construída, enquanto a antiga, condenada por ferrugem, era demolida. Rab lembrou que seu pai o levara ali, junto com Lexo, Billy e Gally. Como eles haviam se sentido elegantes, só porque estavam na arquibancada! Aquela coisa esmolambada, feita de madeira velha e ferro corrugado! Que piada. Os torcedores das antigas batiam com os pés... dum-dum, dum-dum-dum, dum-dum-dum-dum... Hiiiiiibs! Rab achava que aquilo tinha mais a ver com a manutenção da circulação sanguínea nos pés deles do que com qualquer coisa que estivesse acontecendo no gramado.

Agora o lugar se chamava Festival Stadium, ou pelo menos três lados se chamavam assim. Os frequentadores da velha guarda ainda se aglomeravam embaixo da espartana arquibancada antiga, no lado leste do estádio, só esperando serem extintos pelos tratores e construtores, ou deixarem de ser torcedores de futebol para virarem consumidores de esportes.

Rab olhou para Johnny e viu o parceiro pescar catarro no peito e lançar uma cusparada no concreto dos velhos degraus da arquibancada leste. Em breve, Johnny passaria a ser expulso do estádio, sob escolta policial, por aquele tipo de conduta. Ele que aproveitasse enquanto pudesse.

Oportunidades de marketing

– A esta altura ela vai estar *montada* em todos aqueles royalties – debochou Taylor. – Desde que... ha, ha, ha... desde que... o pessoal dos impostos não tenha exigido uma *molhadinha* nas mãos.

Ele chorou de tanto rir. As bebidas desciam com facilidade, enquanto Taylor e Franklin já estavam quase começando uma noitada, mas Franklin recuou.

– É melhor conferir a piranha – disse ele com voz pastosa, fazendo uma careta interior diante de suas próprias palavras, pois um lado seu detestava a cumplicidade fácil que ele estabelecia com Taylor após alguns drinques. Mas ela realmente *era* obsessiva pra caralho. Taylor tinha razão. Qual era o grande problema de erguer um garfo à boca, mastigar e engolir?

Ele ligou do seu celular para o quarto dela, mas ninguém atendeu. Com um pânico crescente, Franklin voltou apressadamente ao hotel, visualizando um cadáver ossudo na cama, ao lado de uma garrafa de vodca e alguns barbitúricos. Taylor foi atrás avidamente, com uma imagem semelhante ardendo na sua cabeça. Nele, porém, a mesma perspectiva instigava um estado de excitação, e ele já estava pensando na vendagem de um álbum duplo intitulado *O Melhor de Kathryn Joyner*. Também haveria uma caixa completa e, é claro, o álbum de tributo. Alanis gravaria uma canção de Kathryn. Essencial. Annie Lennox... obrigatoriamente. Tanita Tikaram... Tracy Chapman... Sinead. Estes eram os nomes que imediatamente vinham à lembrança. Só que a coisa precisaria de uma base maior, e você precisava de qualidade. Aretha era uma chance remota, mas possível. Joan Jett como azarão. Dolly Parton, para se ter um número country. Talvez Debbie Harry ou Macy Gray ficassem tentadas. Talvez até Madonna. As possibilidades giravam pela mente de Taylor, enquanto as portas do hotel apareciam à frente.

Os dois homens ficaram atônitos quando souberam que Kathryn saíra com um homem cerca de meia hora mais cedo.

– Você quer dizer que ela deixou o hotel? – arquejou Franklin.

– Ah, não. Ela só deu uma saída – disse em tom eficiente a recepcionista, encarando Franklin com olhos bastante objetivos, e sem frescura, abaixo de uma franja preta.

A piranha nunca saía com desconhecidos. Ela tinha agorafobia. – Como era esse tal homem?

– Bem grande, com um cabelo tipo saca-rolha.

– O quê?

– Feito um permanente, o tipo de coisa que o pessoal usava séculos atrás.

– Em que estado de espírito você diria que ela estava? – perguntou Franklin à recepcionista.

– Nós não psicanalisamos nossos hóspedes, senhor – respondeu ela secamente. Taylor se permitiu uma pequena risada entredentes diante disto.

Richard Gere

Após um longo banho, Lisa botou *Uma linda mulher* no videocassete. Ela sentiu uma pontada de culpa diante do surto de energia que injetou vida no vibrador em sua mão. Como se em Ibiza não tivesse tido paus suficientes, de todos os formatos, tamanhos e tons; como frequentemente acontecia em relação a paus, no entanto, quanto mais se tem, mais se quer. Aquela indócil portinhola mijona começara a coçar outra vez, e a coceira displicente virara uma exploração. Então a tecnologia assumira o comando. A coisa chegara ao estágio de o vídeo ser ligado, enquanto o clitóris era beliscado lenta e deliciosamente. Richard Gere sabia tudo sobre preliminares, mesmo... ninguém conseguira provocar tamanho delírio em Lisa. Só restava ver se ele era homem o suficiente para terminar o serviço. Então ela gemeu "Richard...".

O imenso caralho plástico de Richard vibrava implacavelmente nos lábios vaginais de Lisa, escorregando devagar sobre eles, e separando os dois com grande habilidade, enquanto ele penetrava lentamente dentro dela. Só que Richard parou, recuando momentaneamente um pouco, enquanto ela cerrava os dentes e olhava para o sorriso dentuço dele na tela. Trabalhando agilmente com o controle remoto do vídeo em uma das mãos e o vibrador na outra, Lisa arquejou quando Richard surgiu em um plano bem fechado.

– Quer me experimentar? – disse ele, quando Lisa apertou o botão de pausa.

– Não me provoque, gato... me dê tudo logo – implorou Lisa, rebobinando a fita até o ponto em que o som do zíper da calça jeans de Richard é seguido por um plano dele no chuveiro.

Então avança mais depressa
FF>>
O zumbido do vibrador...
Então avança mais depressa
FF>>
PAUSA

A cabeça do pau plástico de Richard empurrava os lábios vaginais de Lisa, enquanto na tela os olhos irônicos e levemente maliciosos dele refletiam o desejo e a depravação dela... e aquela deliciosa batalha pelo controle... a porra daquela grande provocação, sem o que tudo é apenas uma mecânica entediante...

PLAY

Richard e ela na cama. Richard em plano fechado.
– Eu acho que você é uma mulher muito inteligente, muito especial...
– Ah, Richard...
Rebobinando
REW<<
Rebobinando
REW<<
PAUSA
ZZZZZZZZZZ... – Ahhh, Richard...
PLAY
O sorriso dentuço de Richard desaparece, e seu rosto assume uma expressão profissional. – Eu pago você para ficar à minha disposição...
REW<<
– À minha disposição...
REW<<
– Eu pago você para ficar à minha disposição...
– Você nunca teve uma mulher como eu antes, filho, nenhuma dessas piranhas frígidas da porra de Hollywood, parceiro...
ZZZZZZZZZZZZZZZZ
– Ah, seu safado...
FF>>
À frente, passando pela imagem toda faceira da idiota da Julia Roberts, a inclusão dela estraga tudo, porque para Lisa é preciso que tudo seja só entre ela própria e Richard...
PAUSA
PLAY
– Estou chegando, Lisa – diz Richard a ela.
ZZZZZZZZZZZZZZZZ
– Ah, meu Deus, Richard...
ZZZZZZZZZzzzzzzzzzzzzzzzzzzzz...
Enquanto Richard enfiava seu pau de plástico ainda mais profundamente, algo estava dando errado. O acalorado cérebro de Lisa estava involuntariamente voltando, em um flashback renegado, ao tal irlandês bêbado em San Antonio. Com o pau dele amolecendo feito geleia em cima dela, enquanto ele dizia, "Deus, isto nunca me aconteceu antes...".

... ZZZZZ... ZZZZZ... ZZ... Z...

Só que aquilo não podia acontecer com Richard...

E então nada.

Puta que pariu.

As pilhas, a porra das pilhas.

Lisa puxou com força para fora o pedaço molhado de látex e ergueu a calça. Estava pronta para ir até a garagem, refletindo com autodesprezo que uma mulher esperta sempre tinha uma camisinha da Durex dentro da bolsa, mas uma mais esperta ainda tinha uma pilha da Duracell.

Então a campainha tocou e Lisa Lennox apertou o controle remoto, extinguindo a imagem na tela. Com o corpo tenso, ela levantou e seguiu até a porta da frente.

Blue Mountains, Nova Gales do Sul, Austrália
Quarta-feira, 01:37

Estou de pé e fora da tenda, serpenteando e me contorcendo em uma massa de corpos sensuais. Celeste Parlour e Reedy vão me flanqueando e fazendo ruídos tranquilizadores.

– É isso aí, parceiro, bote tudo pra fora dançando. Bote tudo pra fora dançando.

O baixo começa a entrar em sincronia com a batida do meu coração, e eu sinto meu cérebro se expandir além dos confins do crânio e da matéria cinzenta.

xxxxxxuuuuuuuaaa

Há pessoas se contorcendo num turbilhão de poeira, dançando seminuas: algumas loucas e totalmente sideradas, outras com o garbo de dançarinos de cabaré num programa de horário nobre em noite de sábado dos anos 1970.

Eu vou girando pra fora e pra dentro, pra cima, pra baixo e pros lados, vibrando numa projeção astral maluca, até sentir algo como mármore frio substituir a terra quente sob os pés descalços.

Estou aqui, e estou pronto.

– Minha caixa... onde está minha caixa? – grito pro garoto que está nas carrapetas, e que meneia a cabeça na direção dos meus pés. Reedy me ajuda a tirar da caixa e botar pra tocar minha primeira música. Há pessoas em torno do pódio. Um cântico se eleva: N-SIGN, N-SIGN...

No meio de tudo consigo ouvir uma voz, uma voz escocesa, debochada e maligna, dizendo: – Ele tá chapado.

As formas começam a se tornar visíveis no meio da poeira, com movimentos óbvios definindo as identidades antes dos traços, que nunca parecem chegar a entrar em foco direito. Ouço vozes preocupadas, e roupas sufocantes são jogadas em cima de mim, por cima dos meus ombros, impedindo que minha pele respire e me sufocando. Algo é posto na minha cabeça. Eu quero afastar todas essas camadas, arrancar a carne do osso, libertar meu espírito desta jaula apodrecida e sufocante.

... as correntes de ar quente serpenteiam ao meu redor, atormentando e enredando tudo.

Passo direto pelas carrapetas, ainda cambaleante, mas ainda vejo o horror boquiaberto dos garotos e das garotas quando o som vira um rangido e eu tombo no chão duro. Tenho a sensação de estar parecendo um super-herói atingido pelo raio de uma arma e derrubado do alto de um prédio. Esgotado, e não com uma dor específica.

Simplesmente rio, rio e rio.

Ali está o Homem, que já se livrou da jaqueta, mantendo apenas a calça de combate e o colete. Há uma tatuagem de futebol genial no braço dele. Bertie Blade parece muito convencido, flexionando os músculos diante de um Ossie Owl desgrenhado a seus pés. Reedy! Ele pergunta se eu estou legal. Agora Helena também já está aqui, tentando falar comigo, mas eu só fico sorrindo estupidamente para ela.

Helena?

Helena está aqui. Eu só posso estar tendo a porra de um sonho. Helena! Caralho, como ela pode...

Fico acariciando algo, uma espécie de carnívoro bem alimentado, enquanto as palavras dela vão perdendo o sentido e se evaporam no calor do meu cérebro.

A criatura ronrona, e depois abre a boca. Vindos do seu estômago, vapores rançosos se elevam e me assaltam. Virando para o lado, eu levanto e me misturo à multidão. Indo em direção ao baixo, ouço alguém exclamar meu nome, não como ele é agora, e sim meu nome antigo, mas é um nome de mulher, não o meu.

Carl é o líder das mulheres.

Edimburgo, Escócia
Quarta-feira, 20:30

Lembranças da discoteca Pipers

Terry mal conseguiu acreditar na sua sorte, quando viu aquela estrela internacional esperando por ele no saguão do Balmoral. Ela estava usando um paletó branco que parecia bem caro, com uma calça jeans preta de brim escovado. Ele ficou feliz por ter feito o esforço de tomar banho e fazer a barba, além de vestir seu paletó de veludo preto, que era especial para ir a discotecas, embora atualmente andasse muito justo. Também tentara amansar com gel a cabeleira frisada, e até tivera algum sucesso, mas desconfiava que acabaria a noite com o cabelo todo desgrenhado.

– Tudo bem, Kath? Como vai tudo?

– Estou bem – disse Kathryn em meio ao choque de ver Terry, que lhe pareceu horroroso. Ela jamais vira alguém tão malvestido.

– Certo... vamos tomar uma cerva ali no Guildford, do outro lado da rua, depois pegamos um táxi até o Leith. Umas duas doses no Bay Hoarse, e depois talvez um assa-rabo no Raj, logo ali ao lado.

– Acho que sim – disse Kathryn em tom hesitante, sem ter a menor ideia do que Terry estava falando.

– Eu digo tumati, você diz tomate – brincou Terry. O Raj era uma boa pedida, um restaurante indiano classudo. Ele só estivera lá uma vez, mas aquela *pakora* de peixe... Terry sentiu os dutos em sua boca se abrirem e espirrarem feito o sistema de sprinklers de um shopping em chamas. Ele foi examinando Kathryn enquanto os dois cruzavam a Princes Street. Ela era bem magricela. Não parecia estar muito bem. Mesmo assim, nada que um bom curry e algumas cervejas não pudessem endireitar. Ela só precisava de um bom filé escocês dentro do corpo... fodam-se os riscos de doença da vaca louca ou HIV envolvidos. Dava para ver que ela estava bem impressionada com ele. Também, ele fizera um esforço com a beca. Raciocinara que as gatas ricas estavam acostumadas com certos padrões, não dava só para levar um papo furado com elas.

Eles entraram no Guildford Arms. Estava cheio de gente do Festival ou que trabalhava em escritórios. Kathryn ficou nervosa e insegura, devido à multidão e à fumaça. Pediu uma caneca de cerveja, seguindo a deixa de Terry. Os dois encontraram assento em um canto, e ela começou a beber depressa, já ficando meio tonta com a caneca ainda pela metade. Para seu horror, Terry colocou "Victimised by You" na jukebox.

> Diga que não me ama pra valer
> Olha pra mim e fale a verdade
> Passei a vida toda sendo vítima
> De homens que vitimizam feito você
>
> Vejo a garrafa de vodca e as pílulas
> Minha mente fica enevoada
> E dormente consumindo tudo isso
> Uma vítima do destino fatal do amor
>
> Só diga lá, garoto, como vai se sentir
> Quando olhar o meu corpo frio
> O seu coração continuará tão gelado
> Quando tocar minha carne azul
>
> Ah, meu bem... o que mais posso dizer?
> No fundo do coração eu sabia
> Que tudo acabaria nesta tristeza
> De um amor condenado, o que podemos fazer?

– Só digo uma coisa... você deve ficar pra baixo cantando essas músicas. Eu ficaria subindo pelas paredes. Gente como eu curte ska. Música feliz, sabe? Desmond Dekker... pra mim ele é o cara. "The Northern" e tudo. Antigamente nós pegávamos um ônibus até Wigan Casino, sabe? – disse Terry com orgulho.

Era mentira, mas provavelmente impressionaria uma gata do ramo musical, pensou ele.

Kathryn balançou a cabeça polidamente, com ar vago.

– Mas pra mim o principal era a disco music – disse ele, abrindo as lapelas do paletó com os polegares. Com um floreio teatral, acrescentou: – Daí a beca.

– Nos anos 80 eu passava muito tempo no Studio 54 de Nova York – disse Kathryn.

– Eu conheço gente que foi até lá – retrucou Terry com arrogância. – Mas aqui era melhor... Pipers, Bobby McGee's, West End Club, Annabel's... tudo. Edimburgo foi o *verdadeiro* lar da disco music... o pessoal de Nova York costuma se esquecer disto. Aqui a coisa era muito mais... underground... mas, ao mesmo tempo, *mainstream*... se você saca o que eu quero dizer.

– Eu não entendo – disse Kathryn claramente.

Terry estava tentando entender. Era esquisito, refletiu ele, que algumas gatas ianques falassem com firmeza quando deveriam apenas ser polidas e balançar a cabeça vagamente, como uma escocesa faria.

– É difícil demais pra explicar – disse ele. Depois acrescentou: – Quer dizer, você precisaria ter estado aqui pra sacar do que eu estou falando.

Blue Mountains, Nova Gales do Sul, Austrália
Quarta-feira, 07:12

Fui levado de volta pra tenda, com Helena me segurando. Seu cabelo está repartido em duas tranças e os olhos parecem vermelhos, como se tivesse chorado.

– Você tá tão chapado que nem consegue entender o que eu digo, consegue?

Não consigo falar. Passo o braço em torno dos ombros dela e tento pedir desculpas, mas estou chapado demais pra falar. Quero dizer que ela é a melhor namorada que eu já tive, a melhor que alguém já teve.

Ela segura minha cabeça entre as palmas das mãos.

– ESCUTE. VOCÊ CONSEGUE ME OUVIR, CARL?

Isto é uma recriminação ou uma reconciliação?

– Eu consigo ouvir você – digo suavemente. Depois, surpreso por conseguir ouvir minha própria voz, repito com mais confiança: – Eu consigo ouvir você!

– Não existe outro jeito de contar isto a você... puta merda. Sua mãe ligou. Seu pai está muito doente. Teve um AVC.

O que...

Não.

Deixe de maluquice, não com o meu velho, ele tá bem, tá tinindo, melhor do que eu...

Só que ela não tá brincando.

PUTA MERDA... NÃO... O MEU VELHO, NÃO... MEU PAI, NÃO...

Meu coração entra em pânico, disparando no meu peito. Eu levanto pra tentar encontrar o velho, procurando meu pai como se ele estivesse ali na tenda.

– Aeroporto – escuto minha voz dizer. É uma voz que vem de mim. – O aeroporto... casas e lojas...

– O quê? – diz Celeste Parlour.

– Ele tá falando que quer ir pro aeroporto – diz Helena, já acostumada ao meu sotaque, mesmo quando estou doidão.

– Nem pensar. Ele não pode viajar hoje. Você não vai a lugar algum, parceiro – informa Reedy.

– Só me botem num avião – digo. – Por favor. É um favor.

Eles sabem que estou falando sério. Até o Reedy. – Sem problemas, parceiro. Você precisa trocar de roupa?

– Só me botem num avião – repito. Disco quebrado. – Só me botem num avião.

Ah, meu Deus... Preciso chegar à porra do aeroporto. Quero ver meu pai... não, não quero.

NÃO.

NÃO, VOCÊ NÃO TÁ BEM, E EU NÃO QUERO ISTO.

Não.

Quero lembrar dele como ele era. Como ele sempre será para mim. Um AVC... como ele pode ter tido a porra de um AVC...

Reedy abana a cabeça. – Carl, você tá fedendo feito um cachorro velho e imundo. Eles não vão deixar você embarcar neste estado.

Um momento de... não clareza, exatamente, mas controle. O exercício da vontade. Como deve ser horrível ser sempre careta, ter esse fardo da vontade o tempo todo, e nunca ser capaz de renunciar a ela. Só que eu renunciei a ela na porra da hora errada. Respiração presa. Uma tentativa de abrir e focalizar os olhos apesar do barulho e do deslocamento, mantendo erguidas as cansadas persianas das pálpebras.

– O que você acha que eu estou te dizendo?

– Pois é, Carl, estou ouvindo que você quer ser colocado num avião – diz Helena.

Eu balanço a cabeça.

Helena começa a agir e falar feito minha mãe. – Só acho que não é uma opção viável no momento, mas você manda. Sua mala está aqui. Tenho o seu passaporte, e fiz uma reserva com meu cartão de crédito. Você pode pegar a passagem no balcão da British Airways. O número do localizador está aqui comigo. Vou levar você até o aeroporto agora.

Ela já fez tudo pra mim. Eu balanço a cabeça com humildade. Ela é a melhor.
– Obrigado por fazer isto por mim. Vou recompensar você... vou largar essa parada e endireitar minha cabeça.

– Há uma questão maior aqui, seu escroto egoísta. Você tentou se matar!

Dou uma gargalhada. Que babaquice. Se houvesse tentado me matar, eu não faria isto com drogas. Só pularia de... um penhasco, algo assim. Eu só estava procurando alguém.

– Não ria de mim – grita ela. – Você tomou todas aquelas balas e saiu andando pelo mato.

– Eu só me droguei demais. Queria ficar acordado. Agora preciso ir ver meu pai, ah, meu Deus, o coitado da porra do meu pai...

Os braços de Celeste se enlaçam em torno de mim.

– Há quanto tempo ele já está de pé? – pergunta Helena a Reedy.

Desculpe, Helena... eu sou fraco. Estou fugindo outra vez. Vivo recuando e fugindo de coisas boas: Elsa, Alison, Candice, e agora você. Além de todas as outras que eu nem deixei chegar tão perto.

– Quatro dias.

Tenho a sensação de ter virado o assunto novamente. Então penso em voz alta: – Aeroporto. Por favor. Faça isto por mim, por favor!

Fico na esperança de que a coisa tenha soado como um grito.

Ele está morrendo.

E eu estou deitado, todo fodido, no meio do mato no outro lado do mundo.

Agora estamos no jipe, sacolejando por cima das pedras postas ali pra impedir que toda a terra da velha pista se esvaia. O carro pula, aos solavancos, e eu vou chacoalhando no banco traseiro. Vejo a nuca de Helena e as mechas trançadas do seu cabelo. Há um rastilho de suor na sua nuca, e sinto uma vontade quase irresistível de lamber, beijar, sugar e comer Helena como se eu fosse a porra de um vampiro, coisa que provavelmente sou, embora do tipo social.

Resisto, enquanto a estrada se bifurca e as montanhas lançam sombras compridas. Por um segundo, entro em pânico pensando que tomamos o rumo errado na bifurcação, mas não entendo porra nenhuma. As outras pessoas parecem bem tranquilas. Celeste Parlour percebe a minha ansiedade e pergunta: – Você tá bem, Carl?

Eu pergunto se ela torce pelo Arsenal. Ela olha pra mim como se eu fosse louco. – Não. Pelo Brighton.

– Os Seagulls – digo com um sorriso. – Eles ainda jogam? Estavam encrencados quando estive no Reino Unido na última vez...

Celeste dá um sorriso cordial. Eu olho pro Reedy, com sua pele acobreada e desgastada pelo tempo, dura e lisa feito couro caro.

– Leeds, hein, Reedy?

– Foda-se o Leeds... eu sou Sheffield United.

– É claro – digo, enquanto passamos pra outra pista de cascalho, e depois pra uma estrada asfaltada. Reedy é legal, e eu mereci levar o fora por ter cometido um *faux pas* desses. Ele era da turma, antigamente.

É pista livre o caminho todo, com Helena dirigindo em um silêncio que pressinto ser violento, mas que estou fraco demais pra tentar quebrar. Celeste e Reedy também parecem estar bastante confortáveis assim.

Acabo cochilando e viajando pra uma zona estranha, mas então acordo com um susto, sentindo minha força vital voltar ao jipe de um lugar muito distante. Já estamos na estrada pro aeroporto. Um pesadelo de viagem, com outro maior ainda por vir. Mas eu preciso fazer isto.

Meu pai está morrendo, e talvez até já esteja morto. Foda-se. O que foi que Gally me falou, quando me contou que estava doente? Não vamos nos dar ao trabalho de fazer funerais antes de termos algum puto pra enterrar.

Tomara que não seja meu pai. Duncan Ewart, de Kilmarnock. Quais eram as dez regras dele?

1. NUNCA BATER EM MULHER
2. SEMPRE APOIAR SEUS PARCEIROS
3. NUNCA FURAR UMA GREVE
4. NUNCA FURAR UM PIQUETE
5. NUNCA DEDURAR AMIGOS OU INIMIGOS
6. NÃO CONTAR NADA A ELES (ELES SENDO POLÍCIA, AUXÍLIO-DESEMPREGO, ASSISTENTES SOCIAIS, JORNALISTAS, CONSELHEIROS, CENSO ETC.)
7. NUNCA DEIXAR UMA SEMANA PASSAR SEM INVESTIR EM VINIS NOVOS
8. DAR QUANDO PUDER, TOMAR APENAS QUANDO PRECISAR

9. QUANDO SE SENTIR POR CIMA OU POR BAIXO, LEMBRE QUE NADA BOM OU RUIM DURA PRA SEMPRE, E QUE HOJE É O CO-MEÇO DO RESTO DA SUA VIDA
10. DÊ AMOR LIVREMENTE, MAS SEJA ECONÔMICO COM A CON-FIANÇA

Estou devendo, principalmente nos itens 2 e 8. Nos outros, provavelmente me saí até bem.

Mas Reedy tem razão. Realmente estou fedendo feito um cachorro velho, e tenho a sensação de ser um deles. Lembro do cadáver apodrecido de um cão selvagem, ao lado da estrada pra Queensland. Nem um carro à vista, quilômetros de horizonte livre. A porra do bicho devia ser mesmo muito burro pra ter sido atropelado. Era mais provável que tivesse sido uma tentativa de suicídio! E poderia um cachorro, em seu ambiente natural, selvagem pra caralho, ser realmente suicida? Ha, ha, ha.

Ravinas, penhascos, seringueiras... a névoa azul do eucalipto que dá nome às montanhas.

Contato perdido com o lar no Natal.

Subitamente, os subúrbios nos engolem. Estamos de volta ao lado oeste de Sydney.

Lembro da época em que nos mudamos pra cá. Eu não conseguia acreditar que a praia de Bondi, em Sydney, tal como a praia de Copacabana, no Rio, ficava à mesma distância que Portobello do centro de Edimburgo. Só que com mais areia. Nós pegamos nosso apartamento ali. Eu e Helena. Ela tirava suas fotos. Eu tocava meus discos.

Edimburgo, Escócia
Quarta-feira, 20:07

Retoques

Franklin estava arrasado. Onde diabos ela poderia ter se metido? O show era na noite seguinte. Ele precisava manter aquilo longe da imprensa, ou Taylor simplesmente limaria sua cantora. Então pegou a capa do álbum que exibia uma foto retocada de uma Kathryn jovem e saudável. Viu uma caneta na escrivaninha do aposento e rabiscou, com grande veneno e despeito, as palavras PIRANHA BURRA em cima.

– Gato por lebre – disse ele com amargura para o retrato sorridente.

E agora ele tinha a porra daquela recepção para ela, a tal que o pessoal do Festival de Edimburgo marcara só para ela. O que ia dizer a eles?

Um mito urbano

Kathryn ficou cautelosa quando Terry acenou para um táxi. Um drinque no pub do outro lado da rua era uma coisa, mas entrar em um táxi com aquele sujeito significava aumentar a aposta. Só que a expressão dele parecia tão ávida e amistosa, ao abrir a porta do veículo, que ela não resistiu e entrou. Terry ficou falando incessantemente, enquanto Kathryn tentava se orientar pela rua movimentada que passava velozmente lá fora. Para seu alívio, eles ainda pareciam estar no centro da cidade quando saltaram, embora o bairro fosse menos abastado.

Os dois haviam ido de táxi até o Leith e entraram em um pub na Junction Street. Terry estava do lado oeste da cidade, e calculava que ali corria menos risco de encontrar algum conhecido. Pediu mais cerveja. Kathryn logo ficou bêbada, e ele percebeu que a cerveja a estava deixando de língua solta.

— Não quero mais fazer turnê, nem gravar discos — reclamou ela. — Sinto que minha vida não é mais minha.

— Eu sei o que você quer dizer. Aquele puto do Tony Blair é um filho da puta pior que a Margaret Thatcher. Cheio dessa merda de New Deal. Você precisa trabalhar dezoito horas, ou os putos prendem o seu cheque. São dezoito horas de trampo por semana que algum puto arranca de você a troco de picas. Porra de trabalho escravo. E por que isto? Diga lá.

— Não sei...

— Só que vocês não têm o Tony. Têm o cara que tá comendo o Tony, aquele puto do cabelo...

— Presidente Clinton...

— Esse é o cara. Pois é, a gata da Monica pagou um boquete pra ele, então ele foi falar com o Tony Blair, você pode substituir a Monica se me apoiar a bombardear aquele puto do Milosevic.

— Isso é absurdo — disse Kathryn, abanando a cabeça para ele.

Só que Terry acreditava na força, e não em qualquer detalhe, dos argumentos.

— Hum, hum... é que eles querem que você acredite, todos aqueles putos. Eu ouvi isso de um cara no pub, que tem uma irmã casada com um alto funcionário público lá em Londres. São todas as notícias que eles tentam esconder da gente. Não conseguiriam dar um recado, aqueles retardados. New Deal é o cacete. O negócio é que eu detesto trabalhar. Só estou limpando aquelas janelas pra ajudar o Posta Alec, mais nada. Meu lance era com os caminhões de suco. Pra dar o título certo do cargo, eu era Vendedor de Águas Gasosas. Fui dispensado em 1981. Eu ia com os caminhões de suco pros conjuntos habitacionais: Hendry's, Globe, Barrs... acho que hoje só restou Barrs. A Irn Bru mantinha a coisa de pé. Então os putos do auxílio-desemprego viraram pra mim e falaram: vamos lhe dar um emprego vendendo sucos e refrescos.

Kathryn olhou para Terry absolutamente perplexa. Para ela, ele soava feito o arquejante motor externo de uma lancha, só que muito mais alto.

— Os putos só queriam que eu trabalhasse na R.S. McColl's — explicou Terry, aparentemente sem perceber a falta de compreensão dela. — Mas isto significaria vender doces e jornais, além dos sucos, e eu não estava a fim. Foi assim que ganhei o apelido de Terry *Refresco*, sabe? O puto que fundou a R.S. McColl's jogava no Hibs e tudo, de modo que de jeito nenhum eu poderia trabalhar lá. Escute, gata, nem perguntei, mas você deve ser forrada. Pode me adiantar vinte paus?

Kathryn pensou no assunto. – O que... pois é... eu tenho dinheiro...

– Beleza... puta merda. – Terry olhou em torno, vendo com irritação Johnny Catarrh e Rab Birrell entrarem no pub. Ficou pensando no que eles estariam fazendo naquela vizinhança, quando notou a camisa amarelo-verde fluorescente do Hibs que Rab estava usando. Havia um jogo no meio da semana no Easter Road; se tinham estado lá, os dois deviam ter ganhado alguma grana, e agora iam curtir a noite no velho porto histórico. Terry sempre ficava adequadamente intrigado quando algum dos seus conhecidos parecia estar abonado.

Johnny Catarrh e Rab Birrell ficaram igualmente surpresos ao ver Terry Lawson bebendo longe do seu ambiente mais familiar, composto pelo Gauntlet, o Silver Wing, o Dodger, o Busy Bee, o Wheatsheaf e outros bares do lado oeste que ele frequentava. Os dois avançaram para a mesa de Terry, mas pararam ao ver a companhia feminina dele. Catarrh ficou imediatamente ressentido. Aquele puto gordo do Terry vivia cercado por mulheres. Todas vagabas, bem entendido, mas uma trepada era uma trepada, e não merecia desdém. Aquela ali era tristonha e magricela, porém mais bem-vestida do que a maioria das conquistas costumeiras de Terry. Se bem que Louise, a tal gata que Terry vinha comendo, era gostosa pra caralho, mas fedia a conexões com bandidos. Uns putos duvidosos já tinham afogado o ganso nela, entre eles Larry Wylie. Você nunca traçava uma xota que recebia esse tipo de pau, a menos que tivesse certeza que o sujeito não queria mais meter ali. Só que era uma sacanagem um deus grego feito ele atualmente não estar conseguindo dar uma só trepada, fosse por amor ou dinheiro.

– John, meu garoto... tudo bem? – disse Terry, quando Catarrh sentou ali. Ele detestava que Terry o chamasse assim, pois era apenas dois anos mais jovem do que aquele puto gordo e desleixado. Aquilo era quase tão ruim quanto ser chamado de Johnny.

O nome verdadeiro de Johnny era John Watson, bastante comum na Escócia. Seu irmão mais velho, Davie, era fã de blues e rock, e começara a chamá-lo de Johnny Guitar, por causa de Johnny "Guitar" Watson. Infelizmente para Johnny, ele vivia com problemas de sinusite e catarro, e passara muitos anos sem perceber que seu apelido fora corrompido.

Rab Birrell parara diante da máquina que vendia cigarros, a fim de comprar um maço de Embassy Regal antes de se juntar a eles. Terry fez as apresentações. Catarrh já ouvira falar de Kathryn.

– Minha mãe é sua fã número um. Ela tem toneladas dos seus discos. Adora você. Vai ao concerto amanhã. Eu li sobre você no *Evening News*. Falava que você se separou daquele cara do Love Syndicate.

– Correto – disse Kathryn em tom tenso, pensando naquele quarto de hotel em Copenhague. – Mas isso tem um bom tempo.

– Então já é passado – confirmou Terry. Catarrh sugou um pouco de muco de volta para o fundo da garganta. Ele lamentou não ter lembrado de trazer suas cápsulas de alho. Era o único remédio.

– Bem que eu gostaria de ter a sua vida – refletiu Rab Birrell, recusando um cigarro de Terry. Johnny também declinou. Eram Silk Cuts, e Catarrh era um purista em termos de cigarros.

– Sou dessa turma aqui – sorriu ele, puxando um Embassy Regal.

– Pois é, eu curtiria um estilo roqueiro – continuou Rab, falando com Kathryn. – Toneladas de gatas... se bem que você não precisa se preocupar com isto, já que é uma gata, a menos que goste de... hum... sabe o que eu estou querendo dizer...

Terry já ficara meio emputecido com a intrusão de seus amigos na sua noite com Kathryn, mas agora a arenga de Birrell começou a aumentar sua irritação.

– Que porra você tá querendo dizer, Rab?

Rab baixou a bola, percebendo que estava um pouco bêbado e bastante chapado devido a todos os baseados que fumara no Easter Road, e que Terry podia meter-se a fodão, sendo conhecido por socos consideravelmente pesados feito ele próprio. Como a porra daquele ladrão gordo conseguia arrastar uma gata feito aquela? Trinta e seis anos, e ainda morava na casa da mãe.

– Só estou desenvolvendo uma tese, Terry – disse ele em tom defensivo. – A tese é que só os caras de uma banda podem escolher suas gatas. Se forem famosos, claro. Mas qualquer gata pode escolher os caras que quer... não é isto, Johnny?

Ele virou e apelou para Catarrh.

Catarrh se sentiu bastante lisonjeado. Aquilo significava que Rab reconhecia seu passado como músico de bandas, ou seu traquejo com as mulheres, e ele nunca achara conveniente se referir a qualquer dessas duas coisas antes. Ficou perturbado com uma lisonja tão bem-vinda, ainda que obscura.

– Hum, quase isso... Uma bruxa velha não pode, mas qualquer gata jovem pode.

Eles refletiram sobre este ponto um pouco, e então apelaram com um olhar para Kathryn. Os sotaques eram quase impenetráveis para ela, mas a bebedeira ajudava.

– Desculpem, não entendi direito.

Terry lhe explicou a proposição bem devagar.

– Acho que sim – retrucou ela cautelosamente.

– Não tem o que achar – riu Catarrh. – É assim que a coisa é. Sempre foi, sempre será. Fim de papo.

Enquanto Kathryn dava de ombros, Terry bateu com seu copo vazio na mesa e apontou para o bar a poucos metros de distância. – Vá buscar outra rodada pra nós, gata... o bar é ali.

Kathryn olhou nervosamente para a multidão de corpos apinhados entre ela e o bar. Só que o álcool estava decididamente ajudando. O médico mandara que ela não bebesse enquanto estivesse tomando antidepressivos, mas Kathryn precisava admitir que estava se divertindo ali. Não pela companhia, especificamente, embora com certeza aquilo fosse algo diferente do que ela estava acostumada, mas sim pela falta de inibição, a sensação de romper com tudo e se soltar. Era bom passar algum tempo longe de todos aqueles babacas da agência, da banda, da equipe e da gravadora. Eles estariam se perguntando onde ela estaria. Kathryn sorriu para si mesma e rumou para o bar.

Terry ergueu o olhar e ficou vendo a cantora abrir caminho até o balcão. – Ela fala da liberação feminina em todas aquelas canções, de modo que pode muito bem levantar e trazer as biritas.

Catarrh balançou a cabeça com concordância enfática. Já Rab Birrell evitou deliberadamente qualquer reação, coisa que deixou Terry um pouco vexado.

Enquanto esperava as canecas de cerveja serem enchidas, Kathryn foi apreendida por uma mulher grande, com braços grossos, cabelo feito lã de aço, e óculos.

– É você, né? – perguntou ela.

– Hum, eu sou Kathryn...

– Eu sabia que era você! O que tá fazendo aqui?

– Hum, estou com uns amigos... o Terry, ali...

– Você tá de brincadeira! Terry, aquele vagabundo da porra... é amigo seu? – A mulher riu com incredulidade. – Ele só consegue sair da cama uma vez por quinzena pra receber o seguro-desemprego. Como vocês se conheceram?

– Só começamos a conversar – disse Kathryn, espelhando com o próprio espanto o da mulher, ao contemplar a questão.

– Pois é, isso ele sabe fazer bem. É a única coisa que faz. Igualzinho ao pai – disse a mulher com verdadeira hostilidade. Depois mostrou um cartão de táxi. – Escute... você pode autografar aqui pra mim?

– Sim... claro...

– Tem caneta?

– Não...

A mulher virou-se para o barman. – Seymour... me arrume a porra de uma caneta! Passe isso pra cá!

Seu tom áspero instigou o já estressado barman a agir mais depressa ainda. Terry também ouviu a ordem, reconheceu aquele tom e ergueu lentamente um olhar apreensivo. Era a tal vacona com quem seu velho se amigara, depois que largara a mãe de Terry. Paula, de Bonnington Road. Era ela que administrava o pub antes. Kathryn estava conversando com ela e tudo! Aquela porra era absurda, pensou Terry... você vem até o Leith pra evitar os putos conhecidos e acaba cercado por eles.

Kathryn ficou feliz ao poder voltar a Terry e os rapazes com as bebidas. Terry decidira lhe perguntar o que Paula falara sobre ele, mas começara com Rab uma discussão que estava ficando cada vez mais hostil.

– Qualquer puto que faz uma porra dessas merece morrer. É a minha opinião – rebateu ele, desafiando Rab.

– Mas isto é merda, Terry – argumentou Rab. – É o que se chama de mito urbano. Os torcedores não fariam algo assim.

– Esses putos das torcidas são malucos pra caralho – declarou Terry. – Lâminas de barbear nas barras de segurança da piscina? Por que isso... alguém pode me dizer?

– Já ouvi essa história – concordou Catarrh. Na realidade, era a primeira vez que ele ouvia aquilo. Catarrh andara com o pessoal das torcidas organizadas anos antes, mas saíra quando a coisa ficara perigosa demais. Apesar disso, ele ainda fazia tudo que podia para aumentar a notoriedade daquela turma, e assim reforçar sua própria celebridade.

Aquilo irritou Rab Birrell. Ele gostara de ser um torcedor, embora aqueles tempos já estivessem muito distantes. Atualmente a situação era pesada demais, com todas as merdas de vigilância que existiam, mas ele tinha adorado aquela época. Ótimos parceiros, ótimos momentos, ótimas risadas. Que porra Johnny pretendia ao cuspir toda aquela babaquice? Rab Birrell detestava ver gente ansiosa para acreditar em babaquices espalhadas por aí. Na sua cabeça, aquilo só mantinha todos em um estado de medo, e servia como um mecanismo de controle social. Ele desprezava, mas compreendia, a celebração daquele tipo de absurdo por parte da polícia e da mídia... afinal, era interesse das duas. Mas por que Johnny andava apoiando esse tipo de merda?

– Mas não passa disso... de uma história... inventada por uns retardados... quero dizer, pra que eles iam querer fazer algo assim? Por que as torcidas organizadas, como chamam, embora nem existam mais, iam querer colocar lâminas de barbear nas barras de segurança de uma piscina comunitária? – raciocinou Rab, lançando um olhar de apelo a Kathryn.

– Porque são malucos – disse Terry.

– Olhe, Terry... você nem usa a piscina comunitária. – Rab Birrell virou outra vez para Kathryn. – Ele nem sabe nadar, caralho!

– Você não sabe nadar! – acusou Kathry, dando risinhos ao pensar nas banhas da cintura de Terry sacolejando por cima de uma sunga justa.

– Isso não tem nada a ver. É a mentalidade dos putos que botam lâminas de barbear numa piscina pública usada por crianças... o que você me diz disso? – contra-argumentou Terry.

Kathryn refletiu sobre o assunto. Era obra de pervertidos. Ela pensava que aquele tipo de coisa só acontecia na América, e disse: – Acho algo bastante escroto.

– Não tem o que achar desta porra – rebateu Terry, virando de volta para Rab Birrell. – É inadmissível.

Rab abanou a cabeça.

– Eu concordo com você. Estou concordando que fazer isto é inadmissível, mas não foram os torcedores, Terry. De jeito nenhum. Parece que foram eles, pra você? Pois é, nós já formamos uma turma pra brigar durante os jogos, então vamos todos até a piscina comunitária botar lâminas de barbear lá. Isto é babaquice. Eu conheço aquela rapaziada, e esse não é o estilo deles. Além disso, nem existem mais torcidas organizadas hoje em dia. Você está vivendo no passado.

– Malucos – disse Terry com voz pastosa. Embora tivesse de admitir a lógica e provável correção de tudo que Rab Birrell dissera, ele detestava ser superado em qualquer discussão, e ficou ainda mais belicoso. Mesmo que as torcidas organizadas não tivessem feito aquilo, Birrell já era bastante crescido para admitir que eles eram malucos. Mas claro que um puto universitário, espertinho e afrescalhado feito ele não faria isto. O que, para Terry, provava outra coisa: nunca se deve educar quem nasce em um conjunto habitacional. Birrell era exemplo disto, porque depois de passar dez minutos em alguma porcaria de curso em Stevenson ele já estava pensando que era a porra do Chomsky.

– Eu ouvi falar que isso aconteceu sim. Ouvi que o sangue correu vermelho de uma das barras pra dentro da piscina – declarou Catarrh com uma frieza de inseto, estreitando os olhos e comprimindo os lábios. Ele saboreou o tremor e o ar enojado que pensou ver em Kathryn. E então repetiu entredentes: – Correu vermelho.

– Babaquice – disse Rab Birrell.

Só que Catarrh já começara a se empolgar com o assunto.

– Conheço aquela rapaziada tão bem quanto você, Rab... é bom saber disto – disse ele em tom soturno, na esperança de que Kathryn perceberia o enigma, sentiria o perigo, ficaria bem impressionada, limaria Terry e levaria Johnny Catarrh de volta para a América. Os dois passariam por uma cerimônia, ainda que apenas para conseguir o cartão verde de imigração legal, e ele obteria o status de residente estrangeiro. Então seria instalado em um estúdio, com uma ótima banda de apoio e voltaria à Grã-Bretanha com uma triunfante fieira de sucessos puxados por uma guitarra claptonesca. Podia acontecer, pensou ele. Bastava pensar na tal Shirley Manson, da Garbage, que fazia parte daquela banda chamada Goodbye Mr. McKenzie. Primeiro, ela só ficava parada atrás de Big John Duncan e um conjunto de teclados no palco de The Venue; logo depois, passou a incendiar a América inteira. Ele podia fazer o mesmo. Então seria chamado por Johnny Guitar, seu nome verdadeiro, e não por aquela degradação horrenda com que fora carimbado.

Terry estava com uma larica enorme. Só pensava em traçar um curry. E estava farto do rumo que a conversa tomara: direto para as histórias de Catarrh como torcedor. Ele nunca mais parava, se deixassem. Todos ali já tinham ouvido aquilo várias vezes, mas isso jamais detinha Johnny. Principalmente agora, que ele tinha um ouvido novo para alugar, o de Kathryn. Terry imaginou que conseguia enxergar até o fim da história, com Catarrh já em seu leito de morte. Ele estaria deitado ali, aos noventa anos de idade, com tubos saindo do seu corpo já ressequido. Uma velha esposa sedada, mas toda trêmula, filhos e netos aproximariam os ouvidos para escutar as últimas palavras dele, já arquejantes e roufenhas, e que seriam: "E então houve aquela vez que nós estávamos em Motherwell... na temporada de 1988, 89, acho eu... tínhamos uma turma com cerca de trezentos... aaarrrggghhh..."

A linha do eletrocardiograma ficaria reta e Catarrh partiria para aquela grande briga no céu.

Não, Terry não queria nenhuma daquelas merdas nesta noite. O puto do Catarrh esquecia que eram pessoas como ele, Terry, que botavam pra quebrar nas arquibancadas antes de haver um time grande, duro e elegante como apoio. Os antigos torcedores de lenços daquela época eram, reconhecidamente, uma turma de bosta. Eles tendiam a romancear uma ou outra vitória gloriosa, e ignorar as vezes numerosas em que haviam sido postos pra correr: Nairn County (amistoso pré-temporada), Forfar, Montrose. Além disto, tinham mais batalhas vingativas entre si do que com qualquer adversário. Uma turma de merda, na verdade. Terry tinha de admitir que os torcedores que surgiram depois deles eram de outra categoria, mas não Birrell ou Catarrh. Estes dois nunca haviam chegado perto do topo.

Então mudou rapidamente de assunto.

– Aposto que você tá cheia da grana, por causa de todos aqueles discos de sucesso – arriscou ele para Kathryn, voltando a um dos seus temas familiares. Foda-se o Catarrh, ele próprio é que ia ditar a agenda ali.

Kathryn abriu um sorriso benévolo. – Acho que dou sorte. Sou bem paga pelo que faço. Tive uma encrenca com o pessoal do imposto há algum tempo, mas meu catálogo antigo está indo bem. Já fiz o meu pé de meia.

– Aposto que fez, caralho! – entoou Terry, puxando Catarrh e Rab mais para perto. – John e Rab, ouçam isto! Qual é a parada agora? Diga lá!

E meneou a cabeça para Kathryn.

Os olhos dela assumiram um ar distante, e ela disse com suavidade: – Às vezes dinheiro não é tudo.

Só que ninguém estava ouvindo.

– Bem paga pelo que faz! Discos de ouro! Vários primeiros lugares nas paradas! Aposto que você é bem paga pra caralho! – Neste instante, Terry esfregou as mãos. – Portanto, tá decidido. O Ruby Murray é por sua conta!

– O que... Ruby...

– O curry – sorriu Terry. Fazendo mímica de quem come, acrescentou: – Um pouco de boia.

– Bem que eu traçaria a porra de um rango – admitiu Rab.

Catarrh deu de ombros. Ele não gostava de desperdiçar tempo de beber comendo, mas dava para pedir cerveja com um curry. Ele comeria uns *popadoms*, que cairiam bem. Instintivamente, Johnny desconfiava de qualquer alimento que não se assemelhasse a uma batata frita.

– Não quero comer nada – disse Kathryn, horrorizada. Ela saíra para fugir de Franklin e sua obsessão com a alimentação dela. Encharcada de bebida, sua mente se agarrou a todas as implicações daquilo. Talvez eles houvessem sido contratados por aquele monstro controlador só para conseguir que ela comesse. Podia ser uma armação bem elaborada, todo aquele maldito negócio.

– Tudo bem. Eu não estou falando que você precisa comer, isto é da sua conta... mas pode nos ver comendo. Vamos lá, Kath... você tem grana. Estou duro até meu cheque-desemprego entrar na terça, e não há chance de um vale por parte daquele puto judeu do Posta Alec antes que eu acabe a semana nas janelas.

– Posso pagar um jantar pra vocês, pessoal. Posso fazer isto, mas não quero comer nada...

Terry se entusiasmou.

– Genial. Eu gosto de uma gata que enfia a mão na bolsa. Não sou daqueles putos antiquados, porque acredito na igualdade das xotas. O que foi mesmo que aquele puto comuna falou? – perguntou ele, virando para Rab. – Como é estudante, você deveria saber isto, Birrell. De cada um segundo sua capacidade, e a cada um segundo sua necessidade. Isto significa que você tá na berlinda. Estamos na Escócia, e aqui compartilhamos tudo com todos.

Então ele refletiu sobre a tal coceira nas suas hemorroidas e o dano que um *vindaloo* poderia causar na manhã seguinte. Mas foda-se, às vezes você precisava aguentar o tranco.

– Tá legal – sorriu Kathryn.

– Tá vendo... você é legal, eu sabia – disse Catarrh com voz pastosa, tocando delicadamente o braço dela. – Por aqui há um monte de rachas que nunca pensam em enfiar a mão na bolsa.

– E algumas ganham um salário bom pra caralho, como aquela que trabalha no Parlamento. – Terry balançou a cabeça com amargura, recordando uma noite, algum tempo antes, em que saíra com uma garota que conhecera no Harp. A vaca bebera o equivalente a metade da porra do cheque-desemprego dele em doses de Bacardi, e depois desaparecera, sem lhe dar ao menos uma bicota na bochecha. Embora estivesse irritado com a ostentosa exibição de ternura de Johnny por Kathryn, era obrigado a admitir que ele tinha razão.

– O que são essas rachas? – perguntou Kathryn.

– Hum, xotas... hum, gatas... minas, sacou? – explicou Terry.

– Meu Deus. Vocês não têm qualquer política de relações pessoais?

Terry e Johnny se entreolharam por uns dois segundos, antes de abanarem as cabeças lentamente.

– Não – concordaram os dois.

Embebedada, drogada, traçada

Charlene ficou parada diante de Lisa, que estava rilhando os dentes de exasperação. Antes que a amiga pudesse falar, Lisa disse: – Ah, é você. A gente vai sair. Para ser embebedada, drogada e traçada.

– Posso entrar um pouco, primeiro? – perguntou Charlene em tom meigo, com os olhos escuros e assombrados mirando a essência de Lisa.

Lisa olhou para as malas aos pés da amiga. Richard, o vídeo e o vibrador foram apagados da sua mente como se jamais houvessem existido.

– É... entre – disse ela apressadamente, abaixando para apanhar uma das malas de Charlene.

As duas foram para a sala e largaram as malas no chão, enquanto Lisa dizia: – Sente aí. O que houve... ninguém estava em casa?

Para ela, o olhar da amiga mais jovem parecia estranho e louco. Charlene gargalhou feito uma bruxa, com um espasmo nervoso torcendo o lado do seu rosto.

– Ah, alguém estava em casa, sim... tinha alguém na porra da casa.

Lisa sentiu os músculos da sua própria face endurecerem. Charlene raramente dizia palavrões... em muitos aspectos, era uma garota puritana, refletiu ela. – Então o que...

– Por favor, deixe que eu conte – disse Charlene. – Aconteceu uma coisa...

Lisa rapidamente botou a chaleira no fogo e fez um pouco de chá. Então sentou na cadeira diante do sofá onde Charlene desabara e ficou escutando enquanto a amiga lhe transmitia o que vira ao retornar de Ibiza. Enquanto ela falava,

Lisa observava a luz refletida bater nas paredes forradas de seda que emolduravam Charlene, tão pequena no sofá à sua frente.

Não me conte isto, gatinha, não me conte isto..

E Charlene continuou contando.

Nas paredes, ela podia ver a reverberação da antiga padronagem escurecida, em luta com o troço novo. Era o papel de parede, o velho papel de parede horroroso, que parecia ressurgir por baixo das tintas. Três demãos de uma tinta de boa qualidade... e mesmo assim ainda dava para ver aquela bosta por baixo, dava para ver a antiga padronagem medonha.

Por favor, pare...

Então, quando Lisa pensou que a amiga terminara, Charlene recomeçou abruptamente, mergulhando em um monólogo frio. Por mais terror e náusea que aquilo induzisse nela, Lisa não tinha coragem de interromper.

— Os dedos curtos e grossos, manchados de nicotina, com sujeira embaixo das unhas, empurravam e forçavam a minha vagina quase sem pelos. O bafo de uísque e a respiração arquejante na minha orelha. Eu, rígida e temerosa, tentando ficar quieta pra que ela não acordasse. Essa era a piada. Ela faria qualquer coisa pra *não* acordar. Eu, tentando ficar quieta. Eu. Com aquele tarado sujo e doente. Se ele fosse outra pessoa, ou eu fosse outra pessoa, eu até poderia ter pena dele. Se fosse outra xota que ele estivesse dedando.

Ela deveria ter raspado as paredes, para se livrar de toda aquela merda antiga. Por mais demãos que fossem dadas, o troço sempre reaparecia.

Lisa fez menção de falar, mas Charlene ergueu a mão. Lisa se sentiu congelar. Para ela era tão difícil escutar, e ela ficou imaginando como devia ter sido difícil para sua amiga começar a falar... só que agora a coitada da garota não conseguia mais parar, nem se quisesse.

— Eu *deveria* ser uma virgem frígida, ou uma ninfomaníaca. Deveria ser... como é o nome... sexualmente disfuncional. De jeito nenhum. Minha vingança final sobre ele, meus dois dedos metafóricos para o único literal dele, é que eu não sou...

O olhar de Charlene se perdeu no espaço. Quando ela continuou, sua voz já parecia uma oitava acima... era como se ela estivesse falando com ele.

— Eu fico feliz pelo ódio e desprezo que sinto por você, porque sei receber e dar amor, seu pentelho triste, porque eu nunca fui a estranha, a esquisita, ou a reprimida, e nunca serei essas porras. — Ela virou para Lisa, enquanto seu corpo sentado dava um solavanco, como que voltando ao espaço que ocupava. – Desculpe, Lees... obrigada.

Lisa se jogou no sofá e abraçou a amiga com toda a força. Charlene recebeu aquele reconforto por um breve instante, mas logo se afastou um pouco, olhando para ela com um sorriso calmo.

– O que foi todo aquele papo de guerreira sobre ser embebedada, drogada e traçada?

Lisa ficou chocada.

– A gente não pode... quero dizer... o que estou tentando dizer é que... hum, pode não ser a melhor hora pra você – gaguejou ela com descrença. – Quer dizer, nós passamos duas semanas fazendo tudo de tudo, e isto não fez com que ele fosse embora...

– Eu só viajei porque achei que ele tinha partido pra sempre. Por que ela deixou que ele voltasse pra casa? A culpa é minha, sou culpada por ter viajado. Eu não deveria ter viajado. – Charlene estremeceu, apertando com os dedos cheios de anéis dourados uma xícara de café. – A gente vai sair, Lisa. Só mais uma coisa... posso dormir aqui um pouco?

Lisa abraçou Charlene mais ainda. – Você pode ficar aqui o tempo que quiser.

– Obrigada... já falei pra você do meu coelho? – disse Charlene, dando um sorriso forçado. Ela tremia, enquanto segurava a xícara nas duas mãos, embora estivesse quente dentro do apartamento.

– Não – disse Lisa, tensionando o corpo e olhando para as paredes novamente. Decididamente, elas precisavam de mais tinta.

Uma alternativa bem-vinda à imundície e à violência

O Festival Club é um inferno para Franklin, mas os organizadores do evento insistiram que ele e Kathryn aparecessem lá. Um sujeito vestido em tons berrantes, com um paletó de veludo azul e uma calça amarela, veio saltitando até Franklin e apertou-lhe a mão de forma débil.

– Sr. Delaney, sou Angus Simpson, do Comitê do Festival. Ótimo tê-lo aqui – disse ele, com uma voz de escola pública inglesa. – Esta é a vereadora Morag

Bannon-Stewart, que representa a Câmara no comitê. Hum... onde está a srta. Joyner?

Franklin Delaney deixou seu rosto formar um sorriso de sacarina. – Ela estava com um pouco de tosse e uma coceira na garganta, então resolvemos que seria melhor que ficasse no hotel e fosse dormir cedo.

– Ah, que pena... há umas pessoas da imprensa e da rádio local aqui. Aparentemente, o Colin Melville, do *Evening News*, acaba de receber uma ligação no seu celular, avisando que Kathryn Joyner foi vista no Leith hoje à noite...

Leith. Onde ficava essa porra do Leith, era o que Franklin estava se coçando para perguntar. Em vez disso, ele disse tranquilamente: – Acho que ela realmente deu uma saidinha mais cedo, mas já está debaixo dos lençóis agora.

Morag Bannon-Stewart deu um passo à frente, entrando no espaço pessoal de Franklin, e sussurrou com bafo de uísque: – Espero mesmo que ela esteja bem. É tão bom ter uma artista popular a que toda a família possa assistir. Antigamente este era um Festival maravilhoso. Agora é uma celebração de imundície e violência...

Franklin ficou examinando os vasos sanguíneos rompidos naquele rosto de papier-mâché, enquanto ela prosseguia na sua arenga. A tensão fez com que ele entornasse logo seu uísque duplo, e fizesse sinal pedindo outro. A porra da Kathryn. Agora ainda vinha essa bruxa velha da Câmara, semibêbada, encher o saco dele. Mas o cara da rádio falara que Kathryn fora vista no Leith, que não podia ficar a uma distância maior do que uma corrida de táxi. Assim que conseguiu, Franklin pediu licença e fingiu ir ao banheiro. Em vez disso, porém, ele se esgueirou porta afora até o ar noturno.

Me dê medicação

No restaurante, algo estranho acontecera com Kathryn Joyner. A cantora americana estava sentindo uma fome real, profunda e violenta. A cerveja e um dos baseados de Rab Birrell, que eles haviam fumado ao dobrar a esquina, haviam provocado aquela larica, e o cheiro de curry era intoxicante. Por mais que tentasse, Kathryn não conseguia evitar que uma dura bola de fome grudasse na sua garganta, quase a sufocando. Os convidativos *bhajis* crocantes, o aromático e apimentado molho que cobria os tenros pedaços nas travessas de carne marinada, frango ou carneiro, e os coloridos legumes refogados nas panelas faziam as papilas gustativas dela pulsarem a duas mesas de distância.

Kathryn não conseguiu se controlar. Fez seu pedido junto com os demais e, quando a comida chegou, atacou os pratos com uma ferocidade que, em companhia mais exigente, talvez pudesse ter erguido mais do que apenas uma sobrancelha, mas que parecia perfeitamente natural a Rab, Terry e Johnny.

Kathryn queria aquele vazio dentro de si preenchido: não com medicação, mas com curry, cerveja e pão *naan*. Enquanto isto, Terry e Rab haviam recomeçado a velha discussão.

– Mito urbano – declarou Rab.

– Veja bem... se eu desse um soco na sua boca, isto seria um mito urbano?

Rab retrucou cautelosamente. – Não...

– Bom, então pare de falar na porra desses mitos. – Terry ficou olhando para Rab, que desviou o olhar para o garfo.

Rab estava irritado. Obviamente, com Terry, mas também consigo mesmo. Ele absorvera grande parte do jargão usado no curso de estudos de comunicação e mídia em que se matriculara na faculdade local, e cada vez mais tendia a usar aquele palavreado em conversas cotidianas. Sabia que isso irritava e alienava seus parceiros. Era por mera exibição, já que ele podia expressar os mesmos conceitos adequadamente com palavras de uso comum. Mas então pensou: que se foda... não posso usar palavras novas? Aquilo parecia uma restrição cultural tão autoprejudicial. Na verdade, porém, tudo aquilo era irrelevante, já que sua principal fonte de irritação era ser irmão de Billy "Business" Birrell. Ser irmão de Billy "Business" Birrell exigia carregar certos fardos de expectativa, e um deles era jamais recuar diante de putos como Terry Lawson.

"Business" tinha um soco forte e vencera suas seis primeiras lutas como profissional sempre nos primeiros assaltos, ou por nocaute ou por interrupção. Seu sétimo combate, porém, foi um desastre. Embora altamente cotado, ele foi vencido em golpes e pontos por Steve Morgan, um canhoto talentoso de Port Talbot. Durante a luta, o normalmente explosivo "Business" parecia desanimado e lento, raramente acertando um soco no alvo, e presa fácil dos *jabs* cortantes de Steve. O consenso fora de que ele teria se encrencado muito, caso Morgan tivesse um soco forte. Os juízes e o médico presentes ao ringue haviam percebido que algo estava errado.

Após a luta, um exame médico e testes subsequentes revelaram que Billy "Business" Birrell tinha problemas na tiroide que afetavam adversamente seus níveis de energia. Embora o problema pudesse ser controlado por medicação, a Comissão Britânica de Controle do Boxe se viu forçada a cassar a licença dele. No entanto, "Business" era respeitado, e conhecido como um homem com quem não se brinca. O fato de ter sido derrotado por seu estado clínico, e não seu oponente, e de ter se recusado a tombar ou capitular de qualquer forma, aumentara ainda mais sua reputação de herói por ali. Em vez de maldizer a sorte cruel que lhe negara uma possível grandeza, Billy Birrell aproveitara a fama local, abrindo um bar popular e lucrativo chamado, inevitavelmente, de Business Bar.

O problema de Rab Birrell era que, como um homem reflexivo e dado à especulação, ele carecia de um dinamismo explosivo que igualasse o poder combativo ou o zelo empresarial de seu irmão. Rab sentia que sempre seria coadjuvante do irmão, e vivia conflitado entre tentar se firmar por si mesmo ou simplesmente acompanhar a trajetória dele. Tinha a sensação, real ou imaginária, de sempre receber olhares desdenhosos por parte das pessoas que idolatravam seu irmão.

Enquanto Rab refletia sobre isto, Terry tentava não acreditar nos próprios ouvidos. Ele se posicionara do mesmo lado da mesa que Kathryn, e ficou chocado ao ser puxado por ela, que sussurrou em seu ouvido: – Escute, Terry... uma coisa eu quero que você saiba... não vai ter sexo entre nós dois. Você é um cara bacana e gosto de você como amigo, mas a gente não vai trepar. Tá legal?

– Você tá a fim do Catarrh... ou do Birrell. – Terry sentiu seu mundo desabar. Suas opções sexuais estavam se fechando mais depressa do que os hospitais, enquanto as de Johnny e Rab, por contraste, abriam-se feito prisões. Ele também já tinha sido chutado por Louise. Uma gatinha e tanto, mas jovem demais para ele e, o que era mais importante, vivia por aí com Larry Wylie, que já fora solto outra vez. Portanto, era isso. Só que Louise nunca tinha discos para serem tocados na jukebox do Silver Wing ou do Dodger.

Kathryn se sentia ao mesmo tempo repelida e atraída pelo que via como o ego monstruoso de Terry e seus amigos. Ali estavam eles: três semivagabundos de uma parte de merda de uma cidade da qual ela mal ouvira falar, agindo como se estivessem no centro do universo. Ela nunca vira qualquer dos grandes astros do rock com um ego daquele tamanho. A ideia de que ela, Kathryn Joyner, que já viajara pelo mundo todo, que já brilhara nas capas das revistas de estilo e moda, fosse sair com um daqueles babacas fracassados era ridícula.

Absolutamente ridícula.

Kathryn pigarreou e segurou levemente o braço de Terry, tanto para se orientar quanto para reconfortá-lo. E ela gostara quando Johnny Catarrh fizera o mesmo com o seu braço.

– Não, não estou a fim de qualquer um deles. Somos amigos, você, eu e os rapazes. É só isto que há, e só isto que pode haver. – Ela sorriu, olhou em torno e anunciou: – Preciso achar o toalete.

Então levantou e foi cambaleando levemente em direção ao banheiro.

– Por que os ianques sempre chamam banheiro de toalete? Ninguém vai lá pra usar toalha – riu Rab Birrell.

– Você só vai lá pra mijar e usar drogas – refletiu Johnny.

Terry esperou em silêncio que Kathryn desaparecesse atrás das portas de vaivém do banheiro, antes de virar para Rab. – Porra de piranha americana rica e esnobe...

Rab Birrell abriu um sorriso largo entre os bocados de *jalfrezi* de frango. – Você mudou a porra da sua melodia. O que houve com Kathryn isto e Kathryn aquilo?

– Qual é, porra de piranha ianque – resmungou Terry em tom soturno. Pouca gente lida bem com a rejeição, mas Terry era pior do que a maioria.

Os olhos de Birrell se iluminaram com a percepção. – Ela chutou você! Você achava que ia dar uma trepada e foi chutado por ela!

– A porra dessa vaca espertinha acha que pode simplesmente sair desfilando com a gente por aí quando bem quer...

– Não comece a odiar a Kathryn só porque ela não vai dar pra você. Se odiasse toda piranha que já não quis dar, você teria uma lista longa pra caralho! – Rab bebeu um gole proveitoso de Kingfischer, esvaziando o copo, e fez sinal pedindo outra rodada, enquanto Catarrh assentia com entusiasmo mórbido.

– É porque pra gente como ela eu sou um plebeu, só por isso – disse Terry, levemente instigado pela perspectiva de tomar mais cerveja paga por Kathryn.

– Terry, isso não tem nada a ver – desdenhou Rab. – A gata simplesmente não curtiu você.

– Nada disso... não venha me fazer sermão sobre mulheres, Birrell, porque eu entendo pra caralho de mulher. Puto algum pode me falar coisa alguma sobre xotas – disse Terry em tom fatigado. Ele tamborilou os dedos sobre a mesa, em busca de efeito, e disse em tom desafiador: – Pelo menos os putos em volta da porra desta mesa.

– O mulherio americano é diferente – arriscou Catarrh, imediatamente se arrependendo.

O sorriso de Terry se alargou feito o rio Almond chegando ao Quarto Estuário.

– Tá certo, Johnny, meu garoto... você é a porra do grande perito em xotas americanas. Todas aquelas gatas americanas que você já comeu, comparadas a todas as escocesas. Então me conte qual é a diferença! – Terry soltou uma gargalhada roufenha e arquejante, enquanto Rab Birrell sentia os lados do seu corpo sacudirem de riso.

Catarrh mudou levemente de posição no assento, assumindo um olhar e um tom bobo e defensivo. – Não estou falando que já comi um monte de gatas americanas. Só estou falando que as gatas americanas são diferentes... como na tevê e tudo.

– Deixe de merda – rebateu Terry. – Xota é xota. Igual no mundo todo.

Rab resolveu mudar de assunto para poupar a vermelhidão no rosto de Johnny. – Escutem... vocês acham que ela está enfiando os dedos na garganta e vomitando todo aquele curry lá no banheiro?

– Acho bom não estar fazendo isto, caralho. Que desperdício da porra – declarou Terry. – Está cheio de crianças morrendo de fome na porra da tevê, e uma piranha faz isso!

– Mas é isso que as gatas como ela fazem... chama-se bulimia, ou coisa assim – refletiu Catarrh.

Kathryn voltou do banheiro. A certa altura tinha pensado que ia enjoar, mas a coisa passara. Normalmente, ela sempre ia vomitar antes que a comida tóxica se transformasse em células de gordura, corrompendo e distorcendo seu corpo. Agora ela sentia reconforto naquele centro pesado, quente e fluido, que outrora só prenunciava doenças.

– Aquela boate, a Shooting Gallery, está participando do Festival hoje à noite, sabiam? – disse Rab.

– Genial. Tá a fim de uma boate mais tarde, Kath? Podemos viajar no tempo – arriscou Terry.

– Não estou vestida pra isso... e não quero voltar ao hotel... mas... bom, tá legal – disse ela. Parecia importante continuar na rua, ir em frente.

— Só que a gente precisa arrumar umas drogas. Anfeta e ecstasy — disse Rab. Depois virou-se para Catarrh. — Você vai ligar pro Davie?

Terry abanou a cabeça. — Anfeta é o caralho... vamos arrumar um brilho pra depois. Acha maneiro, Kath?

— E por que não? — aquiesceu Kathryn. Ela não sabia aonde aquela aventura chegaria, mas já resolvera que agora acompanharia a viagem até o fim.

Rab viu o rosto de Terry distorcido por um ar todo prosa, quando ele disse:
— A Kath tá no ramo do rock and roll, Rab. Ela não vai nem querer saber da sua anfeta de favelado. Agora, só do melhor.

— Eu gosto de anfeta — protestou Rab.

— Tudo bem, Birrell, banque o herói da classe operária à vontade. Só não vai ganhar medalhas de nós, parceiro... certo, meu garoto? — disse Terry, virando para Catarrh.

— Um pouco de brilho seria bacana, Rab... só pra variar — disse Catarrh, em tom apelativo para mitigar sua traição. Normalmente ele era viciado em anfeta, e cheirar pó criava um caos nas suas já precárias vias nasais.

O coelho

Lisa lembrava que Angie falara de Mad Max, o coelho de Charlene. O tal que ela tivera quando criança. Lembrava que uma vez ela falara algo sobre ter voltado a si após uma noitada à base de ecstasy. Era algo esquisito, de que você não recordava direito os detalhes, mas lembrava da sensação feia e perturbadora. Algo que pode ser facilmente embrulhado e arquivado sob o rótulo de "merda drogada".

Algo acontecera com o coelho dela. Algo ruim, porque Charlene faltara à escola por algum tempo. A memória de Lisa só conseguia ir até esse ponto.

Então Charlene começou a falar novamente. Sobre o coelho.

Ela contou a Lisa que adorava o coelho, e que a primeira coisa que fazia toda manhã era ir até a gaiola para dar uma olhada nele. Às vezes, quando os gritos embriagados do seu pai ou o som dos berros de sua mãe ficavam demais, ela sentava no fim do jardim, segurando e acariciando Mad Max, desejando que aquilo tudo parasse.

Um dia ela chegou da escola e viu a porta da coelheira aberta. O coelho saíra. Charlene percebeu algo pelo canto do olho, e lentamente ergueu o olhar para a árvore acima. Mad Max estava pregado ali. Pregos enormes, de quinze centímetros, cravados bem no corpo dele. Charlene tentara tirar o coelho dos pregos, para acalentá-lo, embora soubesse que o bicho estava morto. Não conseguiu. Então entrou em casa.

À noite, o pai de Charlene chegara bêbado, gritando e soluçando.

– O coelho da menina... foram os putos desses ciganos aí do lado... vou matar esses merdas! – Então ele viu Charlene sentada na cadeira. – A gente arruma outro coelho pra você, meu bem...

Ela olhou para ele com um nojo simples e desdenhoso. Sabia o que acontecera com o coelho. E o pai percebeu que ela sabia. Então ele estapeou com força a filha de apenas dez anos, e ela caiu no chão. A mãe entrou protestando e foi hospitalizada pelo marido, que a pôs inconsciente e quebrou sua mandíbula com um único soco. Depois ele foi para o pub, deixando que a criança ligasse para a emergência e chamasse uma ambulância. Devido ao choque, Charlene teve a impressão de demorar séculos para conseguir discar.

Após contar esta história, Charlene levantou bruscamente e deu um sorriso alegre. – Aonde nós vamos, então?

Agora Lisa só queria ir para a cama.

Um americano no Leith

Foi difícil achar um táxi. Três passaram por ele, antes que Franklin conseguisse fazer sinal para um e partisse rumo ao Leith. Ele orientou o taxista, que achou mal-humorado, a parar no primeiro bar no Leith que tivesse licença para funcionar até mais tarde.

O taxista olhou para Franklin como se ele fosse louco. – Há um monte deles abertos... por causa do Festival.

– O primeiro que funcione até mais tarde no Leith.

O taxista vinha de um turno longo e cansativo, carregando pela cidade putos malucos que não sabiam o que queriam fazer, ou aonde ir, nem quando. Todos esperavam que ele detivesse um conhecimento enciclopédico acerca do Festival. Número trinta e oito, gritavam eles em referência à destinação, como se estivessem recebendo encomendas para viagem em um restaurante chinês. Ou isto, ou davam o título do show em si. O taxista já estava farto daquilo tudo.

– Existe o Leith, e existe o Leith, parceiro – explicou ele. – O que você conhece como Leith pode não ser o que eu conheço como Leith.

Franklin fez um ar confuso.

– Você quer ficar perto da margem, no início do calçadão, ou em Pilrig, onde Edimburgo vira Leith? *Onde* no Leith?

– Aqui já é o Leith?

O taxista olhou para o Boundary Bar. – É o começo. Melhor você saltar aqui e ir andando. Só que existe um monte de pubs.

Franklin saltou e com ar fatigado entregou ao sujeito algum dinheiro. Na verdade, a distância percorrida fora quase nenhuma. Ele tentou fazer um cálculo rápido e concluiu que poderia ter atravessado Manhattan inteira pela mesma tarifa. Já irritado, entrou em um bar espartano, mas Kathryn não estava à vista ali. Na realidade, chegava a ser impossível visualizá-la em um lugar assim. Ele não se demorou lá.

Ao passar por outro bar, Franklin descobriu que o taxista tinha razão: ela podia estar em qualquer lugar, porque todos *realmente* pareciam ter licença para funcionar até mais tarde.

No bar seguinte, ainda não havia sinal da cantora, mas ele resolveu pedir uma bebida, e meneou a cabeça para o barman. – Um uísque grande.

– Este sotaque é americano, parceiro? – disse uma voz no ouvido de Franklin. Ele já percebera vagamente que havia alguém ao seu lado. Virando, viu dois homens, ambos de cabelo cortado rente. Pareciam convencionalmente durões, sendo que um deles tinha um olhar mortiço, que contrastava com um sorriso amplo.

– É...

– América... viu, Larry. Eu adorei aquela porra lá. Nova York, foi onde estive. Você veio pra cá por causa do Festival?

– Pois é, eu...

– O Festival é a porra de uma bosta, na minha opinião. Um desperdício de dinheiro pra nada – bufou o sujeito. Depois gritou para o barman: – Ei! Outra porra de uísque pro nosso amiguinho americano aqui. Pra mim e o Larry também.

Franklin começou a declinar. – Não, é sério...

– É sério mesmo – disse o sujeito, em um tom tão friamente insistente que Franklin Delaney mal conseguiu evitar que seu corpo todo estremecesse.

O barman, um homem grande e robusto, de rosto avermelhado, óculos com aros pretos, e uma espetada cabeleira ruiva, entoou alegremente: – Três uísques grandes chegando aí, Franco.

O outro sujeito, o tal que se chamava Larry, franziu o rosto com ar conspiratório.

– Vou falar uma coisa, parceiro... as gatas americanas são gostosas pra caralho. Sempre estão a fim. É isto que eu faço na época do Festival... traço qualquer coisa com sotaque americano. Australianas, neozelandesas e tudo. Gostosas pra caralho – disse ele, erguendo o copo aos lábios.

– Ignore esse puto, parceiro... ele é a porra de um tarado, só pensa em trepar.

– Nada disso, Franco... alguns putos falam que isto vem do lance colonial, pra gente se livrar dos bodes do velho mundo. E você, parceiro... o que acha?

– Bom, na verdade eu não...

– Que merda da porra – rebateu Franco. – Uma gata é uma gata, caralho. Pouco importa de onde a porra seja. Algumas fodem pra caralho, outras não.

Larry ergueu as mãos apaziguadoramente e depois virou para Franklin com um brilho no olhar. – Vamos fazer o seguinte, parceiro... você vai decidir esta discussão entre dois amigos.

Franco lançou um olhar desafiador para ele.

– Porque este puto é um homem do mundo... você já viajou bastante, não é, parceiro? – perguntou Larry, com um sorriso malicioso nos lábios. – Então diga lá, se souber... as gatas americanas trepam mais do que as europeias?

– Olhem, eu não sei, só quero tomar um drinque em paz e ir embora – retrucou Franklin.

Larry olhou para Franco e depois avançou depressa, agarrando as lapelas de Franklin e imprensando o corpo dele junto ao bar. – Então nós não estamos à altura de tomar a porra de um drinque com você, seu puto americano? Tome a porra de um drinque conosco!

Franco avançou e começou a tentar afastar Larry devagar. Só que Larry continuou segurando Franklin, cujo coração estava disparado.

– Vamos com calma, rapazes – disse o barman.

– Largue este puto aí, Larry... estou avisando você, caralho – disse Franco em voz baixa.

– Não. Ele vai lá pra fora comigo, pra aprender.

– Se algum puto vai lá pra fora com você, sou eu. Já estou farto da porra do seu papo – rosnou Franco.

– Eu só queria um drinque – implorou Franklin.

– Tudo bem – disse Larry, soltando o americano e recuando. Por cima do ombro de Franco, apontou para Franklin e rosnou: – Você vai ter o que merece.

Depois saiu porta afora. Franco foi atrás dele, mas virou rapidamente para o visitante e disse: – Você espera aqui.

Franklin não ia a lugar algum. Aqueles caras eram uns animais. Ele só ficou vendo Franco andar até a porta, com passo de gângster e intenção assassina, para ir atrás de seu antigo amigo.

O barman revirou os olhos.

– Quem eram esses caras? – inquiriu Franklin.

O barman abanou a cabeça. – Não sei. Não são clientes daqui. Como pareciam encrenqueiros, pensei que era melhor não contrariar os dois.

– Quero outro uísque, grande – disse Franklin nervosamente. Precisava beber a fim de parar de tremer.

O barman voltou com um uísque duplo. Franklin enfiou a mão no bolso interno do paletó. Sua carteira tinha sumido.

Ele correu lá pra fora, onde estariam os dois brigões, só que eles não estavam brigando. Tinham sumido. Ele olhou para um lado e para o outro da avenida escura. Todos os seus cartões e todas as suas cédulas grandes tinham sumido. Ele conferiu o dinheiro nos bolsos da calça. Trinta e sete libras.

O barman apareceu no umbral da porta do bar e perguntou em tom azedo: – Você vai me pagar por aquele drinque, ou o quê?

Stone Island

Davie Creed fizera um bom estoque de ecstasy e pó para o fim de semana, mas parecia que todo mundo queria algo naquela noite. Era o Festival. A tal da Lisa era uma gata gostosa. Sua amiga também valia umazinha, embora fosse um tanto sem humor. Creed tentara convencer as duas a ficar, mas elas estavam ansiosas para se pôr em movimento. Ele teria se encontrado com elas depois, mas o telefone não parara de tocar. Mais tarde Rab Birrell aparecera com Johnny Catarrh, um puto gordo com cabelo de saca-rolha e uma magricela de sotaque americano. Ela parecia uma versão mais velha, criada em um campo de concentração, daquela Ally McBeal da tevê. Possivelmente até valia umazinha se você estivesse bêbado.

O tal puto do cabelo de saca-rolha parecia muito suspeito. Creed não gostara do olhar que ele lançara para o equipamento de som e a tevê. Um ladrão, isto era bem claro. E aquela beca... que babaca da porra. E Rab Birrell, com a camisa oficial do time! Creed alisou a etiqueta da sua camisa Stone Island, pois aquela presença reconfortante assegurava que o mundo não enlouquecera, afinal; ou, se enlouquecera, ele conseguira se isolar da loucura.

Terry já ouvira falar de Davie Creed, mas não sabia que o rapaz tinha cicatrizes tão proeminentes. Realmente era um desenho bastante feio. Catarrh contara que alguém atacara Creed, batendo com um caixote de leite metálico em seu rosto, e pulando depois sobre ele. Normalmente você ouvia as histórias de Catarrh com uma pitada de sal, mas naquele caso parecia que a coisa acontecera exatamente assim.

Por mais que tentasse, Terry não conseguia parar de olhar para as cicatrizes de Creed. Ao ser pego fazendo isto, só conseguiu sorrir e dizer: – Valeu por ter nos atendido, parceiro.

– Atendo o pessoal a qualquer hora – disse ele, tomando cuidado para congelar Terry fora da equação.

Rab Birrell estava olhando para Davie. Ele não engordara, e ainda tinha aquela espessa cabeleira loura, mas seu rosto inchara e se avermelhara de forma incongruente, provavelmente devido à bebida e à cocaína. Isso acontecia com algumas pessoas. Captando a vibração tensa no aposento, Rab falou a primeira coisa que lhe veio à cabeça. – Vi o Lexo uma noite dessas...

Sua convicção desbotou quando ele lembrou que Creed e Lexo haviam brigado anos antes, sem jamais terem feito as pazes. Então ele arrematou: – No Fringe Club...

Terry disse algo do tipo: – Então é lá que todos os rapazes embecados da cidade andam bebendo agora!

Creed sufocou uma fúria silenciosa. Birrell e Catarrh haviam trazido um puto babaca e abusado, para ficar citando a porra do nome de Lexo Setterington ali, na porra da casa dele.

– Valeu, mas eu tenho coisas a fazer, a gente se vê – disse ele, apontando para a porta.

Rab e Johnny ficaram felizes por irem embora. Ao pé da escada, Terry disse:
– Me diga uma coisa... aquele puto não estava irritado pra caralho?

– Você conseguiu as drogas, Terry... era só o que a gente queria.

– Não custa ter educação. Que espécie de impressão do povo escocês queremos dar a uma visitante americana?

Rab deu de ombros e abriu a porta da escada. Com sua visão periférica, notou um táxi e pulou para a rua, fazendo sinal ao motorista.

Aeroporto de Sydney, Nova Gales do Sul, Austrália
Quarta-feira, 11:00

Eu realmente preciso de alguma coisa pro avião. Tranquilizantes, qualquer merda assim. Entro na farmácia e quase derrubo um mostruário de lâminas de barbear. Merda, caralho, digo entredentes e a mina no balcão olha pra mim, vendo a porra de um babaca fedorento. Helena está bem ao meu lado, graciosa e limpa, feito uma cuidadora com um paciente rebelde, apanhando os trocados que voam do meu bolso, passam pela minha mão e se espalham no chão.

Reedy e a Celeste Parlour ficam afastados, um pouco constrangidos com isto. O mesmo acontece no balcão da empresa aérea e depois na alfândega. Mas eu consigo embarcar, sendo os poderes persuasivos de Helena felizmente mais fortes do que as babaquices da burocracia. Sem ela, eu não teria durado nem cinco minutos naquele aeroporto, que dirá entrar no avião.

Só que ainda preciso chegar em casa.

Meu velho. A única coisa que o coitado do puto me pediu na vida foi que eu sempre mantivesse contato. Nem isto eu consegui fazer. Um puto egoísta, egoísta. E não foi a minha herança genética que me fez ser deste jeito. Minha mãe e meu pai nunca foram assim, nem seus pais nunca foram tão mimados, autoindulgentes, fracos e egoístas.

Seja você mesmo, ele sempre falava pra mim quando eu era garoto. Eu sempre fui um pouco hiperativo, sempre precisava me exibir pra caralho, e nos eventos familiares minha mãe ficava preocupada que eu virasse um constrangimento. Mas meu velho nunca se incomodou. Ele simplesmente me puxava pro lado e me mandava ser eu mesmo. É só isso que a gente precisa fazer na vida. Simplesmente seja você mesmo, dizia ele.

Longe de ser uma opção fácil, essa sempre foi a coisa mais difícil e desafiadora que alguém já me pediu.

Agora estou pronto pra passar pelos portões, já tendo me despedido de Reedy e Celeste, que foram pro bar. Helena fica aqui comigo, e eu aperto sua mão, querendo ficar, precisando ir. Olho pros olhos dela, incapaz de falar, esperando que esteja tudo ali, mas temendo que ela só consiga ler o meu medo e a minha ansiedade por causa do velho. Penso na vez em que ela me falou que adoraria ver Londres. Eu comecei uma arenga, falando que Londres era uma cidade chata, superestimada, repressora e esnobe; que Leeds ou Manchester eram lugares muito mais interessantes pra se conhecer na Inglaterra. Simplesmente detestei a preguiçosa complacência de turista embutida no seu comentário. É claro que eu também estava revelando minhas próprias neuroses, todos os meus bodes. Era um simples comentário inocente, mas eu agi feito um puto grosseiro e presunçoso, como sempre fazia com quem já mantinha uma relação por tempo demasiado. O consumo exagerado de drogas me reduzira a uma casca amarga e trêmula. Não, esta nem chega a ser uma boa desculpa. A porra da minha cabeça já era; tudo que as drogas fizeram foi me ajudar a ir em frente.

Ela me abraça com força. Vive tão escovada e limpa... são coisas de que eu vivo debochando, mas na verdade sempre adorei isso nela. Sei que Helena só está aqui por um senso de dever, que este é o seu momento de despedida, e que em breve ela vai me dizer que tudo acabou. Já passei por isto antes, é o que eu mereço mesmo, mas quero que as coisas sejam diferentes.

– Vou ligar pra sua mãe e avisar que você está a caminho – diz ela. – Tente ligar pra ela lá de Bangcoc. Ou, se você se sentir mal demais e achar que ela ficará perturbada com isso, ligue pra mim, e eu telefono pra ela. Carl, agora você realmente precisa entrar.

Quando ela se afasta, eu sinto suas mãos deslizarem pelas minhas, com um golpe seco e violento no meu coração. – Vou ligar pra você. Tenho um monte de coisas que preciso falar... eu...

– Você precisa entrar – diz ela, já se afastando.

Em estado de choque, eu passo cambaleando pela segurança do aeroporto. Ainda olho em torno, pra ver se ela está lá, mas Helena já se foi.

Edimburgo, Escócia
Quinta-feira, 12:41

A pílula mais amarga é a minha

Kathryn já cheirara muita coca no passado, mas jamais experimentara ecstasy. Ela teve uma sensação trepidante ao engolir aquele comprimido amargo.

– O que acontece agora? – perguntou a Birrell, olhando em torno para a multidão cada vez maior na boate.

– Simplesmente esperamos bater – disse Rab, dando uma piscadela.

Foi o que fizeram. Kathryn já estava começando a ficar entediada, quando foi tomada por uma náusea linda. Esta sensação de enjoo passou depressa, porém, e ela em breve percebeu que jamais se sentira tão leve ou sintonizada com a música. Era fantástico. Ela passou a mão no braço desnudo, gozando um delicioso e fascinante relaxamento da tensão. Logo estava na beira da pista de dança, seguindo o balanço profundo do som, movendo-se por instinto inconsciente, perdida na música. Jamais dançara daquele jeito antes. As pessoas ficavam se aproximando dela, apertando sua mão e dando-lhe abraços. Quando faziam isso depois de um show, com Kathryn ainda ligada, ela se sentia invadida e ficava ansiosa. Ali, porém, a sensação era maravilhosa, cheia de calor. Duas das pessoas que a estavam abraçando e cumprimentando eram garotas chamadas Lisa e Charlene.

– Kathryn Joyner, uma cabeça e tanto – disse Lisa, com um endosso encantado.

Catarrh viu uma oportunidade e se aproximou. Começou a dançar com Kathryn, puxando-a para o coração do baixo. Kathryn se sentiu arrastada pelo ritmo, em uma corrente vibrante. Catarrh era um veterano e realmente sabia dançar house.

Terry e Rab Birrell ficaram olhando lá do bar, com uma apreensão crescente, embora Rab se sentisse consideravelmente reconfortado pelo fato de Terry parecer ainda mais perturbado do que ele próprio.

Quando não conseguiu aguentar mais, Terry resolveu ir ao banheiro, e talvez cheirar uma carreira daquele pó. Atualmente ele já não saía tanto, mas quando saía preferia pó a ecstasy. Na realidade, nem sabia por que tomara um comprimido. Só que as cabines do banheiro estavam cheias de gente cheirando pó, e Terry achou melhor guardar o branco para mais tarde. Diante do mictório, ele botou o pau pra fora e deu uma daquelas mijadas longas provocadas pelo ecstasy, que parecem nunca acabar, mesmo quando acabam.

Insatisfeito com a sensação de que estava mijando na calça, e conferindo continuamente para se assegurar de que aquilo era apenas uma ilusão, Terry tentou arrumar o cabelo e depois saiu. Fora do banheiro, três garotas com roupas espetaculares conversavam e fumavam cigarros. Uma, em particular, pareceu estonteante para Terry. Ela fizera um verdadeiro esforço para se produzir, e ele sempre apreciava gatas que faziam isto. Então se aproximou alegremente e disse: – É preciso reconhecer, gata... você tá maravilhosa.

A garota olhou de alto a baixo para aquele gordo com uma beca estranha, antes de retrucar: – E você já tem idade pra ser meu pai.

Terry deu uma piscadela para as amigas dela e depois sorriu para a garota, antes de declarar alegremente: – Pois é, e eu até teria sido, se na época aquele cachorro não andasse fuçando a xota da sua mãe.

Ele se afastou, com as risadas das amigas da garota soando feito uma música doce nos seus ouvidos, e voltou para o bar onde Rab continuava parado, vendo Johnny e Kathryn dançarem.

– John Boy tá se divertindo – disse Rab.

– Só assim o Catarrh consegue se dar bem. Precisa vestir uma camisa branca, tomar um ecstasy e dançar com uma gata que tomou outro – desdenhou Terry. Embora tivesse posto a escrota abusada do banheiro no lugar dela, continuava mordido por aquele comentário. Então olhou para Birrell e Catarrh. Os cinco ou seis anos de diferença entre ele e os dois mais pareciam dez. Em algum ponto entre a sua idade e a deles, o pessoal começara a cuidar melhor da aparência. Terry lamentava o fato de simplesmente estar do lado errado de um cisma cultural.

Catarrh estava curtindo muito o efeito das balas e adorava que aquilo o fizesse se render sem esforço algum ao ritmo. Ele fez Kathryn passar por um esforço bastante intenso naquela pista de dança, esperando até que as cintilantes gotas de suor formadas sob a luz estroboscópica na cabeça dela se fundissem no primeiro filete, antes de tomar isto como sua deixa e acenar para uns assentos livres na área de *chill-out*.

— Você dança muito, Johnny — disse Kathryn, quando eles se sentaram bem perto um do outro, bebendo água mineral. Johnny manteve um braço casto em volta do dorso magro dela, propiciando uma sensação boa a ambos. Havia algo refrescante e belo naquele rapaz, disse Kathryn a si mesma, estendendo luxuriantemente os braços e sentindo o ecstasy ondular por todo o seu corpo.

— Eu toco guitarra e tudo, sabia? Foi assim que ganhei meu nome, Johnny Guitar. Toquei em bandas durante anos. Adoro dance music, mas meu primeiro amor é o rock. Guitar, né?

— Guitar — sorriu Kathryn, olhando inquisitivamente para os magníficos olhos escuros de Johnny.

— Pois é, tinha um cara chamado Johnny "Guitar" Watson, e isso era genial, porque ele tocava guitarra e tinha o mesmo nome que eu. Foi assim que ganhei o nome de Johnny Guitar, por causa dele. Rapaz tipo negro, americano, e tal.

— Johnny Guitar Watson, acho que já ouvi falar dele — mentiu Kathryn naquele estilo vago dos doidões americanos, que parecia sob medida para não provocar ofensa demasiada.

— Eu gosto do lance acústico, mas também posso ser um guerreiro louco saído do inferno, quando quero. E no caso não estamos falando só de algumas coisas de Status Quo ou Deep Purple — disse Catarrh, preparando o bote. — Se um dia você precisar de um guitarrista, já encontrou.

— Vou ter isto em mente, Johnny — disse Kathryn, alisando o dorso da mão dele.

Era todo o encorajamento de que Catarrh precisava. Uma miríade de oportunidades passou pelo seu cérebro. Com Elton John e George Michael no palco de um estádio imenso, em um extravagante show beneficente televisionado, quem entraria pelas duas coxias laterais, brandindo suas guitarras com ar tranquilo e concentrado, mas também com aqueles meneios de cabeça levemente irônicos para a plateia e as câmeras, se não Eric Clapton e Johnny Guitar? Elton e George se curvariam cerimoniosamente e acenariam para que os guitarristas assumissem o proscênio, onde um dueto de guitarras fervente, exibicionista-mas--sem-floreios, tocado por aquelas mãos lendárias nas cordas das Gibson Les

Pauls, atingiria píncaros inauditos ao longo dos seus vinte minutos de duração, deixando a plateia em um estado de fascínio descontrolado. Então Elton e George voltariam ao proscênio e recomeçariam "Don't Let the Sun Go Down on Me", enquanto uma câmera em plano fechado revelaria, para bilhões de espectadores, as lágrimas correndo pelo rosto de Elton, tão emcionado estaria ele pelo desempenho ofuscante dos dois mestres. Ao final da canção, ele desabaria completamente e imploraria "Voltem aqui... Eric e Johnny". Os dois guitarristas se entreolhariam sabiamente com respeito mútuo, dariam de ombros e reapareceriam, para receber a maior ovação da noite. Catarrh avançaria com passos confiantes (seu talento garantia que ele tinha direito àquele palco), mas não arrogantes (afinal, ele continuava sendo um sujeito comum que viera dos conjuntos habitacionais de Edimburgo, e por isso mesmo era adorado pelo público), e daria aquele sorriso levemente autodepreciativo que deixava os homens com inveja e as mulheres com as partes íntimas molhadas.

Elton daria um abraço extravagante nos dois, inundado de emoção. Histericamente, com soluços entrecortados, os apresentaria como "meus grandes amigos... Eric Clapton e Johnny Guitar", antes de ser afastado do microfone por um George solidário.

Elton e George se revezariam nos abraços a Johnny, que talvez ficasse meio arredio por causa da rapaziada que estaria vendo aquilo na tevê, por eles serem bichas e tudo. Mas os camaradas compreenderiam que os *artistas*, ou todo o povo do showbiz, eram por natureza mais expressivos e passionais do que o resto da humanidade. É preciso lembrar que Guitar não queria que alguém ficasse de gozação. Os espectadores amargos e ultrapassados, dos quais Terry era o exemplo principal, aproveitariam aquilo ao máximo. Boatos maledicentes se espalhariam com base em um só gesto inocente, emocional e teatral. Johnny precisaria pensar muito nos abraços dados por Elton e George. Aqueles gestos podiam ser interpretados erroneamente pelos distraídos e distorcidos pelos invejosos. Ele pensou em Morissey cantando "We Hate It When Our Friends Become Successful". Bom, eles simplesmente precisariam se acostumar a isto, porque Johnny Guitar, sim, era isto mesmo, GUITAR, não Catarrh ou John Boy, já estava em movimento. Kathryn Joyner era apenas um degrau. Ela era um zero à esquerda. Depois que ele se firmasse, aquela cadela velha seria trocada por uma sucessão de modelos mais jovens. Estrelinhas do mundo pop, apresentadoras de tevê, gatas de festas, todas viriam e partiriam, enquanto ele percorria o circuito com entrega implacável, antes de encontrar o amor verdadeiro com alguma mulher intelectual, mas linda, talvez uma jovem acadêmica pós-moderna, que teria o cérebro, mas também o coração, necessários para entender a complexidade da mente e da alma de um verdadeiro artista como Johnny GUITAR.

Só que nada estava garantido ainda, porque Terry era um rival. Mas ele só queria usar Kathryn. Johnny também, isto era inegável, mas em última análise ele a estava usando para se tornar independente e autossuficiente. A visão de Terry terminava com Kathryn pagando algumas cervejas, um pouco de pó e um curry, seguidos de uma foda, antes que os dois se acomodassem para passar a noite vendo tevê naquela pocilga estagnada dele. No que dependesse daquele babaca gordo de cabelo de pentelho, o resultado não passaria disso. E seria um crime deixar Kathryn ser explorada com objetivos tão triviais. Ela merecia muito mais do que ser usada apenas como um controle remoto glorificado.

E também havia Rab Birrell. O típico intelectual cínico de conjunto habitacional, crítico demais para algum dia realizar algo na vida. Birrell, tão convencido ao nos dizer aquela merda de como são as coisas ou não são, que até esquece que os anos estão passando, e que ele ainda não fez coisa alguma além de assinar seu nome a cada quinzena e fazer alguns módulos em Stevenson College sob a regra de vinte e uma horas. Birrell, que realmente acreditava que repetir suas merdas pomposas sobre política para putos semibêbados ou drogados em pubs do lado oeste iria aumentar a consciência deles e inspirá-los a agir politicamente para transformar a sociedade. O que ele quereria com Kathryn? Dizer à vaca ianque maluca que ela padecia de uma consciência falsa, deveria rejeitar o mundo do entretenimento capitalista e doar seu dinheiro a um bando de zé-ninguéns que se autointitulava um "partido revolucionário", para que eles pudessem visitar mais escrotos retardados em outros países sob o rótulo de "missões de apuração de fatos"? O problema era que a bobajada nojenta de Birrell poderia ter algum apelo maluco para uma ianque rica que provavelmente já experimentara tudo que é modismo em termos de religião, política, medicina ou estilo de vida. Rab Birrell, com aquele seu jeito autovirtuoso, ameaçava mais as ambições de Johnny do que Terry. Afinal, Kathryn logo ficaria entediada vivendo de seguro-desemprego no Saughton Mains com aquele puto gordo e a mãe dele. Era longe demais do Madison Square Garden. Já aqueles putos políticos e religiosos, porém, sabiam muito bem entrar na cabeça das pessoas e fazer lavagem cerebral. Kathryn também precisava ser protegida deles. Johnny deu uma olhadela para o bar, onde os predadores estavam pastando em torno do poço. Encorajado, ele disse: – Eu componho canções.

– Uau – disse Kathryn. Johnny gostou dos círculos que a boca e os olhos dela formaram quando ela disse isto. Esse era o lance dos americanos. Eles eram muito positivos acerca das coisas, e não como ali na Escócia. Você não podia compartilhar seus sonhos e suas visões ali, porque um puto amargo logo vinha debochar. Era a brigada do "eu conheci o pai dele". Bom, todos eles podiam ir se foder, porque o pai dele também conhecera todos, que haviam sido, ainda eram, e sempre seriam um bando de filhos da puta.

Kathryn sentiu outra onda causada pelo ecstasy e teve um ímpeto de boa vontade em relação a Catarrh. Ele era um cara muito bonitinho, ainda que de um jeito sujo e mal-ajambrado. E o melhor de tudo: era magro.

– Uma das canções que eu compus leva este tema do alpinista social, sabe como é? Vou cantar só o refrão pra você: "Você pode ser um alpinista social, pode até sair do seguro-desemprego, mas nunca esqueça de quem são seus amigos, ou cairá num buraco negro". – Catarrh pigarreou, sugando mais muco do fundo de suas cavidades nasais para lubrificar a garganta seca. – Mas isto é só tipo o refrão.

– Parece muito legal. Acho que fala que você precisa lembrar das suas raízes. Bob Dylan compôs uma coisa parecida...

– Engraçado você falar isto, porque Dylan é uma das minhas maiores influências...

Lá no bar, a breve união de Terry e Rab não durou muito. Frustrado com o sucesso de Catarrh, Terry estava recebendo do ecstasy um barato malicioso, e não amoroso.

– "Business" Birrell... essa é boa. – Ele riu, olhando para Rab em busca de uma reação.

Rab desviou o olhar e balançou a cabeça, com um sorriso tenso.

– Business Birrell – repetiu suavemente Terry, com uma voz oscilante, cheia de desdém bem-humorado.

Mesmo em meio à luxuriante clareza livre de babaquice que as balas lhe propiciavam, Rab precisava admitir que no reino da gozação Terry era um artista soberbo. Ele sorriu novamente e disse: – Terry, se você tem algo a dizer ao meu irmão, diga a ele mesmo, não a mim.

– Não, só estou pensando na manchete do jornal daquela vez... Birrell é Business puro... lembra disso?

Rab deu um tapa nas costas de Terry e pediu duas águas minerais. Ele não queria saber daquilo. Terry era legal, era seu parceiro. Sim, ele tinha inveja do seu irmão, mas isto era um problema que só o próprio Terry podia resolver. Puto triste, pensou Rab alegremente.

Na sua cabeça, Terry estava rebobinando o mantra: Billy Birrell, Menina ao Léu. Ele lembrava daquilo, ainda na escola primária. Depois houve o Esquilo Sem Grilo. Ele mesmo inventara aquilo, que Billy odiara! Só que isto faz com que Terry comece a pensar para trás, ou melhor, para a frente a partir daquele ponto, sobre a amizade entre ele e Billy Birrell. Eles eram grandes parceiros; na época, não existiam Terry e Rab, ou Terry e Posta Alec... existiam Terry e Billy, Billy e Terry. Eram os dois, e mais Andy Galloway. Galloway. Um puto e tanto. Dava até para sentir saudade daquele escrotinho. E Carl. Carl Ewart. N-SIGN. O astro techno. Fora o próprio Terry que pusera aquele apelido nele. Então ele tentou pensar na influência que o nome N-SIGN tivera na carreira de Carl como DJ. O nome significara tudo. Certamente ele tinha direito a uma porcentagem dos ganhos do seu parceiro por ter sugerido aquilo. Carl Ewart. Onde aquele puto estaria agora?

Rab ficou bebericando uma das águas e deixou que a música o levasse para a dança. Aquelas balas eram excelentes. Ele via com cinismo o potencial do ecstasy como uma força transformadora na vida de alguém; a droga até o motivara a ir para a faculdade, mas ele sentia que já levara aquilo até onde podia. Agora o cardápio das noitadas era feito de álcool, anfeta, pó e, em certas ocasiões, uma mistura de tranquilizantes. Quando arrumava ecstasy daquela qualidade, porém, você até reconsiderava. Era aparente uma *vibe* dos bons velhos tempos de alguns anos antes: o lugar parecia estar brilhando naquele sentido de unidade despreocupada. E agora, sem na realidade perceber o que estava fazendo, ele começara a conversar não com uma, mas com duas gatas bonitas pra caralho. O mais importante, de ponto de vista de Rab, era que ele estava fazendo aquilo sem qualquer peso babaca de autocrítica, nem de tentar ser esperto ou agressivo para esconder o fato de que ele era um escocês tímido, nascido nos conjuntos, que tinha um irmão e nenhuma irmã, de modo que nunca aprendera a conversar direito com uma mulher. Agora, porém... sem problemas. É fácil. Você simplesmente diz: "Como vão as coisas? Está se divertindo?"... e as coisas fluem, sem que a testosterona ou o condicionamento social tentem seus truques feios. Você vê uma das meninas, Lisa é o seu nome, ela esta dançando pra valer... sua cabeleira loura balança de um lado para o outro, sua blusa branca ganha um brilho azulado elétrico, sua bunda parece governar o mundo, e governa mesmo, enquanto ela balança com um ritmo sensual. Ele vê o DJ, Craig Smith, conseguindo fazer um mix difícil com a displicência casual de um pizzaiolo nova-iorquino veterano em Little Italy ao montar uma das suas criações apetitosas. Todas aquelas garotas e o DJ simplesmente funcionam bem juntos, sabendo que os rapazes entrarão na linha. Aquela ali é a Lisa, uma prisioneira voluntária do ritmo. Mas é a outra, Charlene, aquela moreninha cigana, que Rab acha uma verdadeira obra de arte nesta exposição da beleza feminina em estado puro, esmagador e magnífico. Ela está lhe contando que quer relaxar, e agora está sentando no joelho de certo Robert Birrell a fim de fazer isto, e está esfregando as costas dele, enquanto ele alisa o braço dela...

– Eu gosto de você – diz ela para ele.

Será que o tal do Birrell murmura algo em tom secamente constrangido? Será que ele estraga este momento falando "Quer dar uma trepada, então?" com voz alegre e alcoolizada? Ou será que lança um olhar paranoico em torno, com medo de ser ridicularizado em uma pegadinha armada por um parceiro feito Terry?

Porra nenhuma. Robert Birrell simplesmente diz: – Eu também gosto de você.

Não há qualquer olhar autocrítico, nervoso ou congelado no tempo entre os dois, nem qualquer pausa tensa em busca de interpretação, certa ou errada, do sinal. Há apenas duas bocas e línguas se unindo de um jeito relaxado e lânguido, e duas psiques se retorcendo juntas feito cobras. Rab Birrelll fica ao mesmo tempo satisfeito e desapontado ao notar que não há ereção à vista, porque ele está em uma viagem amorosa transcendental com esta tal de Charlene, mas uma trepada seria legal, e ele precisa levar isto em conta, porque mais tarde as prioridades mudam, mas por enquanto que se foda. Basta ficar sentado ali, tirando um sarro, tocando o braço dela. Depois que Joanne se fora, ele passara uma noite fodendo uma garota que pegara em um pub, sem nem sequer chegar perto de seu nível de intimidade.

Lisa está ao lado deles, e fala com Rab, que parou de beijar a fim de respirar.

– Você gosta de coquetéis?

– Sim – disse Rab em tom hesitante, pensando que aquela garota não tem necessidade alguma de lhe pagar um drinque, um coquetel caro... além disso, ele está numa viagem de ecstasy...

Lisa olha para Charlene e ri. – Ela fica de língua solta...

Táxi

– Mas você precisa admitir, meu amigo, que a Escócia é um lugar amigável – disse o jovem no bar a Franklin, que enfiou a mão no bolso da calça mais profundamente ainda. – Isto é certo, amigo.

– Pois é – retrucou Franklin nervosamente.

– Nós somos diferentes dos ingleses – enfatizou o jovem. Ele era magro e tinha cabelo curto. Usava um blusão comprido, que parecia pendurado em seu corpo feito uma tenda, e calça folgada com a bainha desfiada. Os dois últimos pubs tinham se mostrado mais alegres do que os primeiros, mas ainda não havia sinal de Kathryn.

– Eu posso arrumar qualquer coisa que você quiser, parceiro... é só falar. Quer um pouco de cerveja escura?

– Não, não quero nada, obrigado – contrapôs Franklin secamente. Sua mão apertou com mais força as cédulas dentro do bolso.

– Posso descolar um pouco de anfeta, coisa da boa. Ou um pouco de ecstasy? Puro MDMA, parceiro. E pó. Tirado direto da pedra, cara, o melhor que você já experimentou. – O jovem coçou o braço. Duas marcas brancas em cada lado da boca faziam sua mandíbula inferior parecer a de um fantoche.

Franklin rilhou os dentes. – Nada, obrigado.

– Então vou arrumar umas jujubas pra você. A casa do cara é aqui na rua mesmo. Passe vinte paus aí pra mim e eu volto num minuto.

Franklin ficou simplesmente olhando para o jovem.

Ele estendeu as palmas das mãos. – Está bem, então... você pode ir comigo até a casa do cara. Pra testar a parada. Isso já parece melhor?

– Já falei a você... não estou interessado.

Um grupo de cinquentões robustos estava jogando dardos. Um deles se aproximou. – O homem já falou pra você, seu puto viciado... ele não está interessado. Agora se manda daqui!

O jovem se encolheu todo e rumou para a porta. Ao sair, gritou de volta para Franklin: – Você ainda vai ser furado, seu puto ianque de merda!

Os jogadores de dardos riram. Um deles foi até Franklin. – Eu sairia daqui, se fosse você, parceiro. Se quer beber no Leith, é melhor ir até a margem. Nesta vizinhança, seu rosto precisa ser conhecido, ou você vai ter algum puto pegando no seu pé. Pode até ser algo bem-vindo, ou não, mas é isto que vai acontecer.

Agradecido, Franklin seguiu o conselho do homem, pois sua própria experiência não chegava a contradizer aquela proposição. Ele foi até a margem do rio, onde tomou uns dois drinques sentimentais e solitários. Ali não havia sinal de Kathryn, apenas um monte de pubs e restaurantes. Aquilo era inútil. Ele ligara para a recepção, mas ela não voltara para o quarto. Apesar disso, já com uma sensação de derrota, ele tencionava ir dormir. Pegou outro táxi de volta a Edimburgo.

– Americano, é? – perguntou o taxista, enquanto acelerava ao longo do calçadão.

– Pois é.

– Veio pro Festival?

– É.

– Engraçado, porque você é o segundo americano que entra no táxi hoje. E nunca vai adivinhar quem foi a primeira... aquela cantora, Kathryn Joyner.

Franklin ficou com o corpo rígido de excitação, mas tentou manter o controle e perguntou calmamente: – Para onde... você foi com ela?

Estrelas e cigarros

Terry e Johnny, ambos tentando seguir uma certa agenda, já estavam ficando um pouco irritados com as pessoas que se aproximavam de Kathryn. Aquela tal irmandade do ecstasy era legal, mas eles tinham negócios a tratar. Assim, Terry se viu concordando com Catarrh, quando ele perguntou a Rab Birrell: – Vamos lá pra sua casa?

– Hum... tudo bem – disse Rab. – Só preciso ver.

Ele resolveu conferir suas apostas, olhando para Lisa e Charlene. Estava determinado a não ir a lugar algum sem Charlene. Elas estavam a fim, mas Kathryn acabou se mostrando relutante, ao dizer: – Terry, eu estou me divertindo tanto aqui!

Como de costume, Terry tinha uma resposta. – Pois é, mas é nessa hora que você deve ir em frente. Quando está se divertindo. Porque se você esperar até estar se sentindo uma merda, simplesmente vai levar essa merda com você pro próximo lugar.

Kathryn refletiu sobre isto e acabou concordando. A noite começara de forma estranha, mas lentamente virara uma coisa maravilhosa. E até aquele momento Terry vinha se comportando muito bem, de modo que ela ficou feliz ao aceitar a proposta. Terry, de sua parte, teve uma surpresa ao ver que duas das garotas que ele vira mais cedo já estavam com Rab Birrell. Eram elas que estavam com a menina que ele insultara.

Lisa olhou para ele e apontou. – Aquilo foi genial! A xota da mãe dela sendo comida por um cachorro!

Rab fez uma expressão perplexa, enquanto Charlene e Lisa caíam na gargalhada. Terry riu também, e depois, quase se desculpando, disse: – Desculpem a minha gozação com a amiga de vocês...

– Nada, foi o máximo – sorriu Lisa. – Ela é uma vaca esnobe. Nem estava conosco. Nós só esbarramos com ela... né, Char?

– Pois é – concordou Charlene. Rab lhe dera um chiclete, que ela estava mascando loucamente.

– Ótimo – assentiu Terry, o tempo todo consciente de que jamais sonharia em pedir desculpas se acreditasse que as meninas estavam realmente ofendidas.

Eles pegaram os casacos e saíram para a friagem. Ainda sob o efeito do ecstasy, Kathryn ficou transfixada pelo brilho alaranjado das lâmpadas de sódio na rua, e nem sequer notou o sujeito que saltou de um táxi e passou por eles antes de entrar na boate. Eles desceram um trecho da rua, antes de dobrarem em uma transversal e cruzarem uma porta que dava para uma escada. Foram subindo os degraus gastos do primeiro lance e depois outro.

– Onde está a porcaria do elevador... hein, Kath? – tossiu Terry, com um sotaque americano de araque, enquanto eles subiam degrau por degrau até chegar ao apartamento do último andar.

– Você é que bebeu pra caralho, seu puto – disse Kathryn com um mau sotaque escocês, tentando imitar uma frase que Johnny Catarrh lhe ensinara na boate.

E foi assim que a cantora americana Kathryn Joyner se viu no apartamento de Rab Birrell. Lisa ficou impressionada com o tamanho da coleção de discos de Rab. Vasculhando os vinis e os CDs arrumados pelas paredes, ela disse: – Que mágico.

Deixando de mencionar que a maioria daqueles discos era de outra pessoa, um DJ seu amigo, e que ele estava apenas cuidando deles, bem como do apartamento em si, Rab disse: – Alguém quer ouvir alguma coisa?

– Kath Joyner! – grita Terry. – "Sincere Love"!

– Não, Terry... que droga! – Ela nunca mais cantara a porra daquela canção. Desde Copenhague. Detestava aquilo. Era a canção que compusera com *ele*. E a que aparentemente todo babaca pedia que ela cantasse.

Charlene faz um pedido. – Já chega de música pra dançar. Lisa, eu cansei de dançar depois daquela quinzena em Ibiza. Encontrem uma coisa indie, ou um rock qualquer.

– Estamos um pouco mal servidos nesse terreno – confessa Rab.

– O rock contemporâneo é uma merda. A única pessoa que ainda faz algo interessante nesse campo é o Beck – arrisca Johnny.

Os olhos de Kathryn se arregalam. – Meu Deus, Johnny... você tem toda a razão. Toque Beck. Beck é simplesmente um espírito maneiríssimo!

– Pois é, demais – concorda Terry, indo ajudar Lisa a procurar. Ele examina a pilha de singles de sete polegadas e diz: – Achei.

Então vai até o equipamento de som e põe a música para tocar. Os acordes de "Hi-Ho Silver Lining", sempre tão familiares na jukebox dos pubs, enchem o ar.

– Que porra é essa? – pergunta Lisa, quando Rab começa a dar umas risadinhas, acompanhado por Johnny.

– Beck. Jeff Beck – disse Terry, cantando junto com a música. – *Ha ho silvah ly-nin...*

Kathryn lança um olhar solene para ele. – Não era esse o Beck que nós tínhamos em mente, Terry.

– Ah – diz Terry deprimido, sentando em um almofadão.

Rab Birrelll levanta e põe para tocar "Let the Music Play", de Shannon. Começa a dançar brevemente com Charlene e Lisa, antes de agarrar a mão de Charlene e levá-la para um banco embutido no nicho da janela recurva do apartamento.

Terry se sente velho e humilhado. Para se consolar, ele começa a esticar fileiras de cocaína em cima da caixa de um CD.

– Vá se foder, Terry... nós ainda estamos no lance do ecstasy – diz Rab, virando no banco da janela.

– Alguns de nós sabem tomar drogas, Birrell.

Kathryn também prefere continuar no barato do ecstasy. Depois que Shannon termina de cantar, alguém põe outro CD para tocar. Como gosta da música, Kathryn levanta para dançar com Johnny e Lisa. A jovem garota parece muito bonita para a cantora americana, mas ela aprecia isso, sem ficar intimidada. A música parece fantástica aos ouvidos de Kathryn, ritmada, impetuosa, mas também tocante, cheia de texturas ricas.

– De quem é isso?

Johnny lhe passa a caixa do CD. Ela lê:

N-SIGN: Departures

– Um parceiro do Terry aqui – diz Johnny. Depois nota o interesse dela e já se arrepende, acrescentando: – De séculos atrás.

Ele começa a dançar com movimentos sedutores e ritmados, que tanto Lisa quanto Kathryn, para seu alívio, decidem copiar. Enquanto isto, Rab Birrell está sentado de mãos dadas com Charlene, que aponta para Arthur's Seat. – É uma vista linda.

– Você é uma vista linda – responde ele.

– Você também – retruca ela.

Sofrendo no almofadão, Terry escuta isto. Birrell tem uma namorada nova. E agora somos todos forçados a testemunhar uma exibição nojenta de agarração movida a ecstasy, pra que ele consiga dar sua primeira trepada em séculos. Beck... quem era esse sujeito, caralho? Alguma porra de bicha americana. Que porcaria. Dar más referências era um crime imperdoável em alguns ambientes, pior até do que não dar referência alguma. E o lugar onde isso seria julgado com mais rigor seria ali, no cafofo anal daquele puto estudantil Rab Birrell. A coisa estava virando um pesadelo rapidamente, pensou Terry, enquanto batia as carreiras de coca, que ninguém, exceto ele mesmo, parecia querer. Catarrh tinha duas gatas babando em cima dele, e Rab Birrell tá bancando o fodão, só porque se entupiu de ecstasy. Terry faz uma avaliação brutal do apê estudantil de Rab. O papel de parede. Os almofadões. As plantas. Dois homens num apartamento com plantas, caralho! Rab Birrell também era o suposto garoto do Hibs. Só que ele sempre foi mais pra lá do que pra cá. No tribunal da sua mente, onde Rab Birrell está sendo acusado de ser um puto estudantil afrescalhado, Terry vai montando um conjunto de evidências grande pra caralho. Então ele vê o troço. Trata-se de um artefato que o cutuca em outro nível, muito além da irritação, deixando-o emudecido de fúria. É o pôster de um soldado sendo baleado pela palavra POR QUÊ, seguida de um ponto de interrogação. Para Terry, aquilo simplesmente resume o puto do Birrell: sua visão política, suas afetações, todas as suas merdas estudantis idiotas. Ele quase consegue ouvir Rab dizer para a tal gata amalucada da boate, pois é, faz a gente pensar, não é, e depois disparar um dos seus sermões idiotas sobre algum lixo qualquer que ele e seus colegas de faculdade estejam debatendo. Rab Birrell Stevenson College é o nome dele!

E o irmão de Rab... Billy? Seu ex-melhor amigo. Terry lembrava da vez, a única vez, em que entrara no Business Bar e... tá legal, ele já tomara umas e outras, e estava de macacão, por ter feito um serviço de pintura qualquer. Só que tinha sido praticamente ignorado por "Business", que simplesmente lhe dera um olhar desdenhoso, do tipo "Terry, volte quando estiver vestido melhor". Ele se sentira um babaca total na frente dos escrotos elegantes que bebiam lá. Mesmo em meio ao barato das drogas e à música de N-SIGN, ele fantasiou que conseguia ouvi-los ali: "Eu realmente conheço muita gente bastante desagradável nesta cidade. Você já conhece Billy Birrell? O ex-boxeador? Que gerencia o Business Bar? Então precisa ir até lá conhecer o Billy. É uma figuraça." E lá estaria "Business" Birrell, a porra do Garoto Rembrandt, dizendo em voz baixa a uma das garotas que ele só emprega para fazê-las baixar as calcinhas: – Cuide de Brandan Halsey. Um peso-pesado do setor bancário. Ah, olhe... lá está o Gavin Hastings! Gavin!

Birrell. Bancando o babaca. Ele jamais seria um deles, e jamais seria realmente aceito por eles. Ia simplesmente ficar ali, recebendo a condescendência deles, sem nem sequer perceber isto, ou pior, notando o tratamento, mas rotulando a coisa de "*business*".

Os irmãos Birrell e suas pretensões da porra.

Rab estava olhando para o pôster, que também atraíra a atenção de Charlene.

– Esse pôster diz muita coisa, não? – disse ela, incentivando e dando apoio a ele.

– Pois é – retrucou Rab, com menos entusiasmo do que sentia que ela queria. Ele odiava aquele pôster, que fora posto ali por Andrew, seu colega de apartamento. Rab sempre brincava sobre a cafonice nauseante da esquerda estudantil, mas realmente ficava irritado com aquilo ali. Para ele, o pôster era um epítome da caretice convencida e complacente: vamos fazer uma declaração idiota para mostrar como somos profundos e interessantes. Era tudo uma grande babaquice.

Andrew era legal, mas estava cagando e andando para a guerra. Aquilo era apenas um jeito preguiçoso de ganhar uma credibilidade pomposa.

Ele se virou e viu Terry olhando para o pôster com uma expressão de nojo abjeto. Percebeu o que ele estava pensando e sentiu vontade de gritar "Essa porra não é minha, sacou?". Só que Charlene estava puxando a sua mão, e ele foi com ela até seu quarto, para namorar, tirar um sarro e cochichar segredos. Se isso levasse ambos a se explorar mutuamente, além de compartilhar fluidos corporais, tudo bem por ele, Robert Stephen Birrell, que estava até gostando daquela passividade, do fato de se livrar do fardo de ser o puto que não era legal na transação, e que vivia forçando a barra. Às vezes ainda precisamos de uma boa azulzinha para nos descondicionar e nos soltar, a fim de nos livrarmos de todas as merdas tensas.

Com algo que já beirava desespero puro, Terry viu os dois irem para o quarto. Birrell e Catarrh não tinham apenas sequestrado a noite dele com Kathryn; haviam esfregado isto no nariz dele, enfatizando que o tal prêmio que Terry cobiçava era uma mera bugiganga, a ser descartada quando aparecessem outras, mais brilhantes. Catarrh levaria as duas para casa, se ele não tomasse cuidado. Catarrh em uma suruba a três, e Terry no mano a mano. Catarrh! Na cabeça de Terry, as campainhas de advertência já soavam em um crescendo. Ao cheirar uma carreira, e depois outra, ele sentiu seu coração disparar, e sua espinha virar uma vara de ferro. Então levantou e correu para a porta, saindo corredor afora. Alguns momentos depois, voltou coberto por um edredom branco, semelhante em cor e material à camisa de Johnny. Adentrando a pista, Terry lentamente se insinuou atrás de Johnny e começou a fazer uma paródia exagerada da dança estilizada de Catarrh.

– Terry, o que você está fazendo? – riu Kathryn, enquanto Terry ondulava, e Johnny lançava um olhar cheio de autocrítica por cima do ombro. Lisa dava risadinhas em tom alto, feito uma lavadora no ciclo giratório. O tal do Terry era um sacana.

– Só estou copiando um pouco do seu estilo aí, John Boy – sorriu ele para Johnny, que sentiu sua boca fazer um bico involuntário.

Catarrh sempre tivera problemas com a gabolice de Terry, e imediatamente lamentou se deixar forçar, sem resistência alguma, a assumir um papel subserviente. Já sentia sua autoconfiança baixando, junto com os piques do ecstasy. Só lhe restava continuar dançando e refletir sobre o dilema. Kathryn ou Lisa, Lisa ou Kathryn... uma chaleira velha, mas com uma carreira, ou uma trepada genial com uma gata jovem... aquele palco global com Elton e George já estava ficando mais distante. Só que ele não precisava de bichas do showbiz a reboque. Esse tipo de companhia seria mais prejudicial do que benéfico à sua carreira. O mercado adolescente precisava ser considerado em primeiro lugar, e por esta razão tantos membros das bandas juvenis permaneciam no armário. Foda-se tudo isso. Lisa ou Kathryn... a tal da Lisa era uma trepada e tanto. Tá legal, ele também daria uma com Kathryn, mas decididamente ela já passara do apogeu. Só que Lisa parecia meio mela-cueca. Foda-se ela. Partir pra cima de Kathryn seria colocar sua carreira em primeiro lugar, e ainda ter o bônus de deixar aquele puto gordo do Terry Lawson com uma noite frustrada.

Só que Lisa estava olhando para Terry com muito mais interesse do que Johnny imaginava. Ele era bastante gordo, mas a matriz de nariz-pés-mãos que ela usava nesses cálculos indicava um equipamento avantajado.

Já Kathryn estava curtindo Johnny. Ele era lindo.

– O Johnny é lindo – disse ela para Terry imperiosamente, enquanto Johnny engolia um pouco de catarro. Kathryn botou os braços em torno dele, ambos indiferentes ao rangido dos dentes de Terry. E ainda sussurrou no ouvido dele: – Vamos dar uns amassos?

– Hein? – retrucou Catarrh. De que porra ela estava falando?

– Acho que quero dormir com você.

– Genial... mas lá no hotel, não é? – sugeriu Catarrh, ansioso para separá-la da matilha. A tal da Lisa era gostosa, mas não daria em coisa alguma. Ela ainda estaria esperando sua vez, quando Johnny voltasse da primeira turnê aos Estados Unidos. Ele tentaria encaixá-la na agenda. Afinal, sua carreira precisava vir em primeiro lugar.

– Não... não quero ir pra lá – disse Kathryn. – Tem outro quarto aqui?

Tem... o de Andrew, o colega de Rab, pensou Catarrh sem entusiasmo. Quem, de mente sã, quereria foder em um colchão gasto sob o edredom manchado de porra de um estudante punheteiro, se pudesse estar na melhor suíte do Balmoral? Só havia uma resposta possível: uma vaca rica enfiando o pé na jaca. Johnny já ouvira falar que alguns quartos do Balmoral tinham espelhos no teto. Ainda assim, como diriam os ianques, a decisão era dela. Eles sumiram corredor adentro, deixando Terry em um estado de alta agitação.

Lisa olhou para ele e disse: – Só sobramos você e eu, então.

Terry olhou para a boca de Lisa, e depois para a blusa branca e a calça preta logo abaixo. Sentiu uma coceira áspera na garganta. Ele detestava cantar gatas quando tinha tomado ecstasy. O ritual de piscadelas das cantadas britânicas era fácil para Terry, mas ele detestava ver aquelas banalidades fáceis sabotadas e subvertidas pelo ecstasy. As fitas de babaquice lhe haviam servido muito bem, e ele não queria apagá-las. Na ausência delas, não conseguia pensar em algo para dizer.

– Antigamente eu trabalhava nos caminhões de suco – explicou ele. – Mas isto foi há muito tempo...

Johnny e Kathryn estavam olhando pela janela para o céu enegrecido. Havia uma bela exibição de estrelas. Johnny deu uma tragada no seu Regal, vendo as estrelas cintilarem. Kathryn olhou para Johnny, depois para o cigarro, e então para as estrelas.

– Acho que estamos vivendo um momento existencialista em um filme de arte, Johnny – especulou ela.

Johnny assentiu lentamente, sem baixar o olhar para Kathryn, que estava aninhada ao lado dele. As estrelas cintilavam, enviando códigos estranhos umas às outras universo afora.

– Você não acha que existe alguma coisa além disto? – perguntou Kathryn.

– Já até tentei sacar tudo, mas na verdade isso não me incomoda.

Sem ouvir, Kathryn disse em tom sonhador: – Eu só acho que... espaço.

Johnny ergueu o olhar para o céu, e depois olhou para o cigarro que queimava, raciocinando quase para si mesmo: – Cigarros...

É claro que Johnny apreciava a exibição ardente do céu estrelado e as possibilidades que aquilo parecia oferecer, mas evitou mencionar isto a Kathryn. Seria problemático demais contar que ela estava em uma parte da Escócia onde compartilhar sonhos era um pouco semelhante a compartilhar agulhas: na hora parecia uma boa ideia, mas só servia para foder com você. Além disso, ele queria uma trepada. Virou-se para ela e os lábios dos dois se encontraram. Cambaleando, os dois percorreram a curta distância até o colchão e o edredom, com Catarrh nutrindo a esperança de que quando eles chegassem lá sua paixão já estaria tão forte que deitar sobre as migalhas chocas e o esperma de um estudante punheteiro seria uma consideração irrelevante.

Durante o voo
04:00

A comissária de bordo está olhando pra mim com horror mal disfarçado. Eu estou uma porcaria: as roupas sujas e fedorentas, a cabeça raspada (poeira e sujeira demais no deserto pra manter as mechas), e o meu cheiro: uma descarga química rançosa, misturada com a terra do Novo Mundo. Suor e sujeira escorrem pelo meu rosto. Ela olha pra outro comissário limpinho, que ao me ver revira os olhos. O pobre puto sentado ao meu lado já está arqueando o corpo pra se afastar o máximo possível. Eu não estou em condições de viajar de avião. Não estou em condições de fazer coisa alguma.

O avião ruge e avança; eu sou pressionado contra a poltrona e nós subimos ao espaço.

– Nós tínhamos o espaço, Helena.

Eu me ouço dizer isto umas duas vezes, enquanto a aeronave se estabiliza. O cara ao meu lado se encolhe ainda mais, enquanto outra comissária se aproxima.

– Você está bem?

– Sim.

– Por favor, fique quieto. Está perturbando as pessoas.

– Desculpe.

Estou tentando manter meus olhos abertos, embora precise desesperadamente dormir. Assim que eles se fecham, entro em um mundo louco pra caralho; demônios e serpentes me cercam, os rostos dos esquecidos e dos mortos se apinham à minha frente, e eu começo uma arenga delirante, antes de me forçar a uma consciência que é impossível manter.

Ignorante e iluminado.

Os ignorantes nunca impedirão que os iluminados tomem drogas. Eu concordo com o velho Immanuel Kant e os Últimos Canibais: o fenômeno e o númeno são a mesma coisa, mas cada pessoa só consegue ver o fenômeno por meio de suas próprias perspectivas.

É por isto que eu sempre me lembro do melhor conselho que meu velho já me deu: nunca confie num abstêmio. É como dizer: eu sou um ignorante e mesquinho. Tudo bem se eles tentassem compensar a falta de drogas com uma imaginação genial. Se têm uma imaginação assim, porém, eles a mantêm bem escondida. O que...

O QUE... uma sombra ao meu lado.

– O que você gostaria de beber? – pergunta o comissário.

O quê?

Escolha de consumidor versus escolha real.

Sede é a questão, bebida é a necessidade. O que beber: café, chá, Coca-Cola, Pepsi, Virgin, Sprite, diet, descafeinado, aditivos... quando consegue fazer a tal escolha, você já gastou um pedaço maior dos seus setenta anos de vida do que as drogas jamais poderiam gastar. Eles tentam nos enganar, dizendo que fazer este tipo de escolha todo santo dia nos deixa mais livres, vivos ou realizados. Só que isso é uma merda, um salva-vidas para impedir que todos nós piremos de vez diante da loucura que é este mundo fodido que deixamos que eles formassem ao nosso redor.

Isto é estar livre de uma escolha sem sentido.

– Água... *sans* gás – tusso eu.

No início fico pensando que voltei pra lá, sentindo a poeira ácida nas minhas cavidades nasais, nos lábios, no rosto e nas mãos. É um ar estranho e refrescante. A distância, ouço o baixo ribombando, e as vozes: urros, uivos e sussurros.

OPA BUM

Só que estou no avião com os pequenos ursos maus

Tentando obliterar minha mente por meio de drogas. Agora tudo estava voltando, o enjoo, as dores, os espasmos e os calafrios rivalizando com qualquer coisa inventada pelos demônios.

Só que eles continuavam tentando, aqueles pequenos ursos. Um deles, empoleirado na poltrona à minha frente, é particularmente insistente.

VOCÊ JÁ É NOSSO, SEU PUTINHO DA PORRA

VOCÊ NUNCA PRESTOU PRA COISA ALGUMA, NUNCA FEZ COI-SA ALGUMA PRA NINGUÉM

NÃO DÁ PRA NOS ENGANAR, PARCEIRO, NÓS CONHECEMOS VOCÊ, FAREJAMOS SEU MEDO, PROVAMOS O GOSTO DO SEU MEDO

SABEMOS QUE VOCÊ É UM BOSTA INÚTIL, UM COVARDE DE MERDA

VOCÊ NUNCA QUIS TRABALHAR, O COMUNA DO SEU PAI NUNCA QUIS QUE VOCÊ TRABALHASSE

Ah, meu Deus...

Um dos pequenos ursos está mordendo a minha mão... mas sou eu, com o isqueiro. Fiquei riscando o isqueiro só de nervosismo. Não há cigarro pra acender, só estou queimando minha mão com a chama.

– Não tem cigarro? Onde estão os cigarros?

– Qual é o problema? – diz a comissária.

– Tem um cigarro aí?

– Não pode fumar! É contra as regras da aviação civil – diz ela com a voz tensa, já se afastando.

Puta que pariu, eu vou morrer. Desta vez vou realmente morrer. Simplesmente não consigo visualizar uma saída pra isto. Ahhhh....

Não.

Você não vai morrer.

Nós não morremos. Somos imortais.

Porra nenhuma; isto era o que nós pensávamos.

Não, a gente morre sim, caralho. A história não continua. Termina.

Gally.

Edimburgo, Escócia
08:26

Nossos hóspedes de boa-fé

Lisa ficou agradavelmente surpresa ao descobrir que Terry era uma trepada genial. Eles haviam passado a maior parte da noite transando, mas como também haviam cheirado muito pó, não conseguiam aproveitar a harmonia pós-coito: ficavam se revirando e suando nos braços um do outro, com os corações disparados. Só que o tal Terry sabia muito bem o que fazer, e quando ele cansava de ser inventivo, seu cacete grande martelava você até seus ouvidos sangrarem.

Agora ela estava por cima dele, e Terry era mesmo um puto gorducho meio tarado, sempre a fim da bunda dela. Lisa conhecia o tipo, mas de jeito nenhum ia agasalhar aquele troço no seu rabo. Então cravou o dedo no cu dele, só para ver a reação. Era algo que fazia com a maioria dos caras que tentavam enrabá-la, pois isto logo melhorava o comportamento deles, fazendo com que a tratassem feito uma dama.

Terry soltou um uivo de agonia, muito além de desejo ou euforia, e sua ereção desapareceu, enquanto ele afastava Lisa, com a dor estampada no rosto.

– Não achava que você fosse fresco. Pensava que era um tarado legal. É diferente quando o fiofó é seu, meu filho?

Terry estava arquejando, com os olhos marejados.

– Pois é, não é legal – observou Lisa.

– Não é isso – resfolegou ele entredentes. – São as minhas hemorroidas... elas vêm dando problema há dias.

Terry precisava levantar e encontrar algo para passar na região. Depois de um tempo, aceitou o creme Nivea que Lisa usava para as mãos, e que até ajudou, mas ele não conseguia mais sentar direito. Então os dois bateram outra carreira de pó.

Terry começou a vasculhar o ambiente, como tinha tendência a fazer nas casas das pessoas. Como em geral entrava na casa delas sem convite, e na companhia de Posta Alec, ele já estava condicionado a se conduzir da mesma forma nas ocasiões em que era um hóspede de boa-fé. Encantado, encontrou uma dissertação universitária de Rab Birrell. Começou a ler. Aquilo era tão incrível que simplesmente precisava ser compartilhado. Terry resolveu bater em todas as portas, dizendo que era imperativo que as pessoas levantassem imediatamente, oferecendo o falso atrativo de um café da manhã.

Primeiro, bateu na porta de Johnny e Kathryn. – John! Kath! Deem uma olhadela nisto aqui!

Johnny se sentiu ao mesmo tempo irritado e agradecido diante da intervenção de Terry. Sim, ele acabara de adormecer e começou a amaldiçoar o puto gorducho. Por outro lado, porém, Kathryn ficara em cima dele a noite toda, e ele não aguentava mais foder com ela. Até prendeu a respiração quando ela se espreguiçou e virou, com os olhos arregalados e os lábios umedecidos.

– Johnny... você é mau – disse ela, fechando a mão em torno do pau mole dele.

– Hum, é melhor a gente se adiantar...

– Que tal uma rapidinha? – inquiriu ela, abrindo um sorriso.

Uma nesga de luz iluminava a ossatura quase transparente dela. Horrorizado, Johnny sugou um pouco de muco preso na garganta. Havia muito, e ele não podia cuspir aquilo, de modo que precisou engolir. O troço desceu pelo esôfago de Johnny feito uma pedra, deixando seus olhos marejados e seu estômago enjoado.

– Uma rapidinha... essa palavra não está no meu dicionário – disse ele, já se enrijecendo todo. – Ou a gente faz a coisa direito, ou não faz.

Kathryn se permitiu um sorriso de incentivo, olhou para o relógio e perguntou – Ainda é tão cedo, o que o Terry quer?

Johnny vasculhou com o pé a ponta da cama e encontrou a cueca, que vestiu após pular da cama.

– Com o Terry, só pode ser alguma sacanagem – refletiu ele.

Kathryn não achou ruim levantar. Estava ansiosa para dar continuidade à aventura. Aquela cama de merda estava cheia de migalhas que coçavam, além de saturada de suor e outros fluidos corporais deles. Ela se vestiu lentamente, pensando em perguntar pelo chuveiro, mas talvez isso fosse falta de educação. Será que ali na Escócia as pessoas tomavam banho? Ela já ouvira certas coisas, mas a respeito de Glasgow. Talvez Edimburgo fosse diferente.

– Sabe... esta viagem foi muito instrutiva, Johnny. Descobri que aqui vocês vivem em um mundo próprio. É tipo... o que acontece com você e seus amigos é mais importante e rende mais assunto do que aquilo que acontece a gente como...

Kathryn sentiu a palavra "eu" congelar nos seus lábios, enquanto Johnny sentia que deveria rir depreciativamente ou ficar ofendido. Não fez nem uma coisa, nem outra, olhando boquiaberto para ela enquanto vestia a calça.

– É só que... quando você faz o que eu fiz, quando você dedica toda a sua vida a... bom, fica muito difícil aceitar isso – disse ela distraidamente.

– Eu só quero facilitar as coisas ao máximo pra você, Kathryn – disse Johnny, já mais calmo ao refletir que parecia brandamente sincero.

– Essa foi a coisa mais bacana que alguém já me disse – disse Kathryn, sorrindo e dando um beijo na boca de Johnny. Ele ignorou o próprio pau que já endurecia, feliz por ouvir outra pesada batida de Terry na porta.

Rab e Charlene estavam com os corpos entrelaçados na cama, totalmente vestidos, quando Terry entrou animadamente. – Vamos acordar, gente! Pra tomar café da manhã, tá prontinho!

Ele não conseguiu esconder sua euforia ao ver Birrell todo vestido. O puto não conseguira trepar! Provavelmente fizera a gata adormecer de tédio com suas histórias universitárias. O equivalente oral da tal droga do estupro, mas ela teria acordado bem depressa caso Birrell tentasse lhe baixar a calcinha! Ainda ligado de pó, Terry enfiou a mão dentro da calça jeans e da cueca e sentiu seu próprio cacete suado, o qual, refletiu ele, nem mesmo uma sessão completa de cocaína conseguira amolecer. O papo aqui é outro, Birrell, o papo aqui é diferente pra caralho!

O primeiro rosto que Rab queria ver quando abrisse os olhos era o de Charlene adormecida. Ela era linda. O último rosto que queria ver era o próximo, a fuça gorda de Terry, que esperava por ele, gritando: – Vamos acordar, gente!

Terry já estava desfilando pelo corredor feito um ator ensaiando suas falas, enquanto Lisa ria e torcia as mãos de expectativa. Os demais foram aparecendo.

– Qual é o lance? – perguntou Johnny.

Terry esperou que todos estivessem reunidos, em total confusão, e então mostrou a dissertação, que passou a ler em voz alta.

– Escutem só. Stevenson College, estudos culturais e de mídia, Robert S. Birrell. *Ma, He's Making Eyes at Me*, de Lena Zavaroni, discutido a partir de uma perspectiva neofeminista. Ha, ha, ha... ouçam só esta parte aqui...

Apesar de uma crescente excitação diante das atenções insistentes de seu possível cortejador, Lena Zavaroni mantém a mãe como um ponto de referência contínuo.

> A cada minuto ele fica mais ousado
> Agora está apoiado no meu ombro
> Mamãe! Ele está me beijando!

Tal declaração constitui uma excepcional exibição de sororidade, ilustrando um laço muito além da relação intergeracional mãe-filha. A esta altura descobrimos que o personagem de Zavaroni, ou, mais precisamente, sua *voz*, confia na mãe como uma *confidante in circum...*

– Largue isso, Terry – diz Rab, arrancando os papéis da mão dele. Lisa já estava rindo, com alegre repugnância, ao ver o olhar de adoração que Charlene lançava para Rab. Era repulsivo.
– Uma nota dez e tudo! Uau! – debochou Terry. – Medalha de ouro pro Rab!
– Mas estava ótimo – disse Charlene para Rab.
– Acho que nunca pensei tanto assim no conteúdo da letra dessa canção – disse Kathryn. Ela não queria demonstrar sarcasmo, mas o riso de Terry e a expressão incomodada de Rab lhe indicaram que a coisa certamente fora tomada assim.

Rab mudou rapidamente de assunto, sorrindo para Charlene com um reconhecimento tolo, e sugerindo que eles todos fossem tomar o desjejum em um café ali perto, antes de umas cervejas. Terry já fizera uma inspeção sistemática do conteúdo da geladeira e dos armários na cozinha de Rab.

– O único lugar com algum rango pra gente é o café. Andei dando uma olhadela nas coisas que vocês têm aqui. É preciso reconhecer, Rab... parece a despensa de uma lésbica. Dois caras morando juntos e comendo assim? Qual é!
– Você vai ficar falando merda o dia todo, ou a gente vai até o café? – rebateu Rab.

— Acho que o Terry pode fazer as duas coisas — brincou Kathryn, provocando riso em Johnny.

— Foda-se o café, Birrell... o meu apetite foi pro espaço depois do ecstasy e do pó. Vamos entornar umas cervejas — disse Terry, sorrindo tranquilamente para Kathryn. A porra daquela piranha ianque era abusada e já estava até entrando na gozação. Mas era melhor que ela não zoasse demais à custa dele, ou receberia um troco dez vezes maior. Ali ninguém tinha tratamento de estrela, caralho.

Lisa e Charlene assentiram, concordando, bem como Kathryn e Johnny. Terry ficou só saboreando a aprovação. Já Rab protestou, dizendo: — Bacon, ovos, salsicha, tomates, cogumelos...

— Vá se foder, Birrell... nós ainda estamos doidaços... pelo menos a turma da pesada está — debochou Terry. Ele deu uma piscadela para Lisa, que estava olhando duramente para Rab. Depois acrescentou: — Vai levar meses antes de estarmos prontos pra comer sólidos.

Kathryn ficou especialmente feliz por continuar a beber e colocou o braço em volta de Johnny. Aquele rapaz sabia foder. Toda vez que ela agarrara o pau dele durante a noite, o troço se pusera em posição de sentido. Então ela subia em cima dele e puxava o pau para perto, fazendo com que Johnny a penetrasse e lhe metesse a vara como se seu futuro dependesse daquilo.

— Ei, você tem show hoje à noite... talvez precise dormir um pouco lá no hotel e tudo — arriscou Johnny.

Kathryn estremeceu por dentro. Ela queria ir em frente, e disse em tom provocador: — Tenho bastante tempo pra tomar uma cerveja antes, cacete. Não seja tão chato, Johnny...

— Só estou falando — desculpou-se Johnny. Ele tinha de admitir que precisaria recarregar as baterias antes de voltar para a cama com ela. A porra da vaca tarada não me deixou em paz a noite toda, refletiu ele. Se ela quisesse aquele nível de sexo o tempo todo, bom, além de qualquer outra coisa, de jeito nenhum ele conseguiria manter seu ritmo como guitarrista. Os contratos precisariam ser assinados logo, antes que ele fosse comido até sumir.

— Ah, Johnny... não banque o copo de leite. Qualquer gata tem direito a uma boa birita se está na Escócia... certo, Kath? — Terry ainda sentiu vontade de acrescentar "principalmente depois de passar a noite com um puto idiota feito você", mas mordeu a língua. Afinal, ele já tinha se dado muito bem.

– Venha cá, seu sexy – riu Lisa, levantando e pegando a mão dele. Terry se estufou feito um galo e foi até a mesa de centro.

Rab Birrell se sentiu quase enjoado. Aquele puto fedorento, gordo e babaca parecia sempre conseguir dar suas trepadas. Ele lembrava de Joanne, sua ex-namorada, falando que Alison Brogan lhe contara que a melhor trepada que ela já dera fora com Terry. A porra do Terry! Era difícil acreditar naquilo. "Ereto, o pau dele parecia uma lata de cerveja empilhada em cima de outra", dissera Alison a Joanne, que transmitira alegremente a notícia a Rab. E ele ainda lembrava que na época ficara feliz pelo amigo. Mas agora não estava nem um pouco feliz, caralho.

– O negócio é o seguinte, Rab... eu preciso falar pro Alec que não posso mais fazer o serviço no hotel com ele. – Terry sorriu, ergueu uma das sobrancelhas e apertou a mão de Lisa. – Tipo, as janelas. Ainda tem alguma cerveja aqui?

– Tem. – Rab tinha planos para aquela sobra, mas achou que seria inútil mentir, pois Terry já teria vasculhado cada armário do apê. – Mas é do Andrew...

– A gente repõe essa porra, Rab. A Kath tem bala! – rebateu Terry, fingindo-se de ofendido.

– Pois é, tranquilo. Posso comprar as cervejas de você – ofereceu Kathryn.

– Não, eu não quis dizer isto – protestou Rab, em vão. O escroto o pegara outra vez, fazendo com que ele parecesse mesquinho. Rab virou ainda a tempo de registrar o sorriso alegremente sádico de Terry. Ele realmente queria ir até um café, ou então trazer alguma coisa do posto de gasolina e preparar o rango ali mesmo. Nem estava faminto, mas seu estômago tendia a devolver o que ele bebera quando não era forrado com comida. Agora já estavam em plena bebedeira, indo para a casa de Posta Alec, movidos pela sua cerveja. Ele tentaria comer ao menos um brioche *en route*. Só que este pensamento quase evaporou, depois que ele cheirou uma das carreiras matadoras que Terry esticara.

Kathryn ficou aliviada com aquilo. Seu distúrbio alimentar, auxiliado pelo ecstasy e pelo pó, já se restabelecera, e ela não conseguia encarar a ideia de comer frituras. As tentativas feitas por Rab Birrell de seduzi-la com sua descrição do desjejum escocês só haviam restaurado o pavor que ela tinha de sólidos.

– Alec não vai ficar feliz com isto. Ser acordado a esta hora da manhã e ouvir que vai trabalhar sozinho? – raciocinou Johnny, enquanto a cerveja tilintava dentro dos sacos de lixo preto que ele carregava. – Principalmente porque a gente não tem cerveja nacional forte. Ele não curte essas merdas europeias.

— Que foram compradas por um certo bestinha estudantil chamado Robert. S. Birrell! — riu Terry, assumindo um ar sério quando eles fizeram sinal para dois táxis de um grupo que se aproximava.

— Só que a gente está levando alguma bebida, Terry, e ele não vai querer saber de mais nada — disse Rab, quase que para si mesmo.

Terry não ia à cidade havia muito tempo. Normalmente ele não passava de Haymarket, e só chegava lá em estado lastimável. A gentrificação e comercialização da sua cidade estavam lhe confundindo a cabeça. Ele olhou para o novo distrito financeiro, e depois ao longo da Earl Grey Street, antes de perguntar: — Onde foi parar a porra de Tollcross?

Ninguém respondeu, e logo todos se reencontraram diante da casa de Alec, nas vilas de Dalry.

— Aqui é a Heartslândia — disse Rab, saltando do táxi.

— Legal — retrucou Kathryn.

— Na verdade, não.

Terry lançou um olhar de reprovação para Rab. — Pare de falar da porra do futebol por um minuto, seu puto chato. Com você é só Hibs isso e Hearts aquilo. A Kathryn não tá interessada.

— Como você sabe? Não pode falar por ela.

Terry soltou um longo suspiro de exasperação e depois balançou a cabeça. O puto do Birrell era um glutão em termos de castigo. Nunca sabia quando desistir. Bom, isso nem interessava, porque Terry derrubaria o puto o dia inteiro, se fosse preciso. Saboreando um vestígio de afeição paternalista e pervertida, ele ficou olhando para Rab e Kathryn alternadamente. Quando falou, foi em um tom seco, mas indulgente.

— Certo, Kath... Hibernian Football Club. Heart of Midlothian Football Club. O que esses nomes significam pra você? — perguntou ele.

Ela começou a dizer: — Não sei...

— Nada — disse ele bruscamente, virando para Rab, que já assumira uma expressão bastante desconfortável. — Portanto, cale a porra da boca, Rab. Por favor.

Rab Birrell já estava se sentindo estripado. O puto do Terry Lawson! A porra do...

— Bom, eu realmente notei a palavra Hibernian aí — disse Kathryn, apontando para o brasão na camisa de Rab.

Rab enxergou um raio de luz e desabridamente se jogou nele, dizendo: – Está vendo?

Essa era a genialidade irritante de Terry. Caso você o ignorasse, ele simplesmente passava por cima de você. Caso você entrasse no lance com ele, você se diminuía descendo ao nível do puto. E ele sempre brilhava ao disfarçar sua mesquinhez como algo mais elevado.

– Realmente peço seu perdão, Roberto. A Kathryn notou mesmo o brasão na colorida, ainda que não exatamente elegante, camisa que você usou a noite toda... portanto, por favor fique à vontade pra nos dar uma... como diriam vocês, estudantes? Uma análise retrospectiva da temporada futebolística da equipe campeã em 1991. – Terry fez uma expressão exageradamente alegre. – Mas talvez, como alternativa, nós simplesmente pudéssemos subir, visitar o Alec e tomar uma bebida.

Eles subiram os degraus até a casa de Alec, e Terry bateu na porta, com Rab seguindo atrás em um silêncio atordoado.

Kathryn ainda estava se sentindo um pouco baratinada. A comida, a bebida, o ecstasy, o pó e as trepadas com Catarrh haviam-na deixado em um estado deslocado e levemente delirante. Agora uma porta estava se abrindo no alto de um lance de escada e um homem de rosto avermelhado apareceu à frente deles. Kathryn até percebeu que era o mesmo sujeito que andara limpando suas janelas com Terry na véspera. Ele estava usando uma velha camiseta amarela, onde se via o desenho de um homem de óculos escuros dentro de um carro grande, com uma mulher de seios implausivelmente avantajados enroscada no seu braço. Uma das mãos do homem segurava um espumante copo de cerveja, e a outra estava no volante. Abaixo do desenho havia uma inscrição desbotada: GOSTO DE CARROS RÁPIDOS, GATAS QUENTES E CERVEJAS GELADAS. Posta Alec olhou com descrença para o grupo reunido ali, fazendo um som rouco e incompreensível. – Ahê... iêi...

Kathryn não conseguiu decidir se aquilo era uma saudação ou uma ameaça.

– Cale a porra dessa boca, seu babaca lamuriento... a gente trouxe umas biritas pra cá – disse Terry, sacudindo as garrafas. Depois meneou a cabeça para Kathryn. – É a porra da Kathryn Joyner, seu puto!

Alec olhou para Kathryn, com os olhos azuis cintilando naquele rosto semidestruído, em tom vermelho-chumbo. Depois desviou o olhar para os outros... a costumeira coleção de rapazes vadios, com moças meio malucas seguindo o rastro deles. Que porra eles estavam querendo ali? Então seus olhos pousaram nos tilintantes sacos de lixo. Os putos tinham bebida...

– Alec – disse Catarrh em tom manso, antes de cuspir um pouco de catarro por cima da balaustrada.

Posta Alec ignorou Johnny e ignorou todos os demais. Sabia ir direto à fonte de qualquer encrenca, e exatamente onde a tal fonte estava. Encarou seu parceiro de frente, e apelou para um queixume em voz baixa.

– Não vai dar, Terry... a esta hora da manhã? – disse ele, abanando a cabeça. Ao mesmo tempo, porém, já foi entrando na casa, enquanto Terry ia atrás, e apontando para a geladeira. – Ponha a cerveja ali dentro.

– Eu mandei parar com a porra da reclamação – riu Terry, entregando a ele uma garrafa de cerveja. Depois começou a distribuir as bebidas e fazer as apresentações.

– Escute... e as janelas? – perguntou Alec.

– Bastante tempo pra isso. O cara vai continuar no hospital um bom tempo ainda, Alec. A gente pode tirar um dia de folga só pra beber.

– Nós precisamos fazer aquele serviço, Terry. Estou falando pra você.

– Um dia não vai fazer diferença alguma, caralho. Um dia pela democracia, Alec, um dia pelo homem comum.

– O ganha-pão do Norrie?

– Um dia, Alec, e depois a gente faz um mutirão. Vamos absorver a atmosfera do Festival! Caralho, não seja tão pentelho! Meta um pouco de cultura na porra dos seus ossos, Alec... é disso que você precisa! Está preso demais no mundo filisteu do comércio... esse é que é o seu problema! Um pouco de arte pela arte!

Alec já abrira uma garrafa, sem se dar ao trabalho de conferir o rótulo. Rab Birrell sentou em torno da mesa grande, puxando Charlene para seu colo. Ele queria que Terry registrasse que Alec nem sequer percebera que aquelas cervejas eram europeias e leves, mas Terry não estava prestando atenção.

Lisa sentou em uma cadeira de cozinha frágil e olhou para Charlene, que já começara a tirar um sarro com Birrell. Ela estava comendo na mão dele. Às vezes tinha um comportamento tão indigno. Ele era um babaca, o tal Rab. Não como o Terry, que era um animal. Brilhante. E ainda por cima tinha uma grande personalidade, ao contrário de alguns rapazes mais jovens que você conhecia. Lisa sentou ereta e fechou com força as pernas. Sentia a pulsação onde fora fodida por ele. Grande e duro. Sim. Sim. Sim. Ela ainda sentia o efeito da coca, enquanto bebericava a cerveja e fazia uma expressão azeda. Aquilo era uma porcaria, mas ao menos servia para limpar uns restos de pó no fundo da sua garganta. Ela só queria beber um pouco e depois voltar para ter mais uma sessão com Terry. Só que ele estava a fim da tal Kathryn Joyner, dava pra ver. Ela parecia legal, mas era uma velha, e magricela pra caralho. A magreza beirava a maluquice em uma mulher daquela idade. Ela parecia uma lagartixa.

Kathryn olhou para as duas garotas escocesas, e a princípio pensou em Marleen Watts, a chefe de torcida loura na escola lá de Omaha. Depois Marleen virou não uma, mas duas louras, as que haviam erguido o olhar para ela dos dois lados da cama de Lawrence Nettleworth, do Love Syndicate. O sujeito que era seu noivo. Então esta imagem desapareceu, e na sua cabeça as garotas de Edimburgo se tornaram uma visão do que ela perdera. Quando tomou ecstasy na noite anterior, ela até apreciou a juventude delas, mas agora a cobiçava. Queria vomitar tudo que consumiu. E ainda assim a noite anterior tinha sido tão boa, que na verdade nada parecia importar mais. Aquilo bateu em Kathryn feito um clarão: ela precisava sair mais.

Agora estava falando com Lisa, acerca de algo que jamais abordara. O assunto da discussão passara de música para fãs, fãs obsessivos

– Então você já teve um *stalker*, Kathryn? Deve ter sido assustador pra caralho.

– Pois é, na época foi bem horrível, acho eu.

– A porra do cara devia ser um caso triste – disse Charlene com amargura genuína.

– De certa forma, é triste. Eu li muito sobre o assunto quando isso aconteceu. É uma pena... eles precisam de tratamento.

Terry soltou um bufo de desprezo diante deste comentário. – Pois é, e eu conheço bem a porra do tratamento de que eles precisam... a porra de uma boca arrebentada. Putos tristes pra caralho. Essa é a porra do tratamento que eu daria pra esses filhos da puta.

– Eles não conseguem evitar, Terry... ficam obcecados – repetiu Kathryn.

Terry soltou um sibilo de desdém e bateu no peito.

– Isso é papo furado de americano. Eu também fico obcecado por algumas pessoas. Todo mundo fica. E daí? A única coisa que você faz é bater uma punheta pela pessoa e depois fica obcecado por outra. Que tipo de sacana quer ficar parado perto de uma casa, no frio da rua, esperando alguém que ele não conhece sair?

Respondam isto, se puderem – disse ele, lançando um olhar desafiador em torno da mesa. – Podem é o caralho. Esses putos precisam da porra de uma vida!

Ele engoliu mais um pouco de cerveja, antes de virar para Alec, que estava contando a Rab que tinha direito a uma pensão por invalidez, e dizer: – Você já foi perseguido, Alec?

– Não seja burro – retrucou Alec em tom moroso.

– Perseguido por alguns donos de bares malucos a ponto de te vender fiado, né, Alec? – arriscou Rab.

Alec abanou a cabeça, agitando a caneca no ar para provar sua tese.

– Isso é coisa de americano – declarou ele. Depois, com reconhecimento súbito, virou para Kathryn. – Sem querer ofender, meu bem.

Kathryn deu um sorriso malicioso. – Sem ofensa alguma.

Terry refletiu sobre aquela tese.

– Mas o Alec não está errado, Kath. São esses ianques da porra que criam toda a encrenca no mundo hoje em dia. Não estou sacaneando você, nada assim, mas isso precisa ser admitido. Quer dizer... toda aquela merda de assassinos seriais que eles têm lá... isso é maneira de se comportar? – desafiou ele. – Uns putos tristes, atrás de glória, tentando ganhar renome.

Lisa sorriu e olhou para Rab, que parecia que ia falar algo, mas em vez disso resolveu tentar tirar uma mancha da camisa.

– Isso nunca aconteceria na Escócia – proclamou Terry.

– Não – interferiu Rab. – Mas o tal do Dennis Nilsen era escocês, e foi o maior assassino serial da Grã-Bretanha.

– Era escocês porra nenhuma – começou Terry, deixando que a confiança sumisse de sua voz à medida que reconhecia o nome.

– Era, sim... lá de Aberdeen – declarou Rab.

Todos se entreolharam.

– Era, sim – concordou Johnny, levando Charlene, Lisa e Alec a confirmarem com um meneio de cabeça.

Sem admitir a derrota, Terry sorriu. – Está bem, então... mas notem que ele não matou puto algum na Escócia... foi só quando ele se mudou pra Londres que tudo começou.

– E daí? – Lisa sentou ereta na cadeira e olhou para Terry.

– E daí que ele foi corrompido pelos ingleses. A Escócia não teve coisa alguma a ver com o assunto.

– Não vejo como você pode falar isto, se o cara foi criado em Aberdeen – disse Johnny, abanando a cabeça e sugando mais catarro. O pó andava fodendo com o bico dele. O troço parecia sair pela frente, por estar bloqueado atrás. Como aquilo era possível? A porra daquele nariz.

– Só em Aberdeen, mesmo – debochou Terry. – O que mais se pode esperar daqueles putos? Lá eles fodem com os próprios animais de criação, portanto... não vão ter respeito algum pelas pessoas, vão?

Johnny estava lutando com a própria respiração e a linha de raciocínio de Terry. – O que você quer dizer com isto?

– Bom, pense só... um puto desses vai pra cidade grande, onde não há ovelhas pra molestar, de modo que ele simplesmente começa a molestar as pessoas. É a sociedade moderna, que permite que os putos viajem pra longe do seu habitat natural, e eles ficam todos confusos – argumentou Terry. Depois deu de ombros e meneou a cabeça para Lisa. – Em todo caso, esta conversa tá ficando meio deprê. Portanto, acho que já é hora de mais um pouco do branco.

E tirou do bolso outro papelote de cocaína. Rab e Johnny começaram a assoviar o riff de "Eye of the Tiger", enquanto Terry batia mais umas carreiras de pó. A esta altura a caixa postal chacoalhou lá fora, e eles se entreolharam em torno da mesa com uma sensação paranoica, principalmente Alec.

– Guarde esta merda aí! Não quero drogas dentro da minha casa! – sussurrou ele com urgência.

Terry abanou a cabeça e passou a mão pela cabeleira de saca-rolha, que já estava pesada de suor.

– É só a porra do correio, seu puto idiota. *Você* deveria saber disso. – Olhando para as carreiras de cocaína, ele comentou: – Isto aqui é só um pouco pessoal. É preciso acompanhar a marcha do tempo, Alec... não seja tão jurássico!

Era realmente o correio, e Alec foi apanhar a correspondência, resfolegando e resmungando: – Bom, não esperem que eu toque nessa merda... que ainda vai matar vocês.

Ele saiu, enquanto eles riam e se cutucavam, meneando as cabeças para as latas e garrafas espalhadas por toda a cozinha. Todos se calaram feito crianças peraltas na presença de um professor, quando Alec voltou à cozinha, já com óculos de aros pretos, esquadrinhando uma conta telefônica vermelha.

– Precisamos terminar aquele serviço pro Norrie – gemeu ele.

Todos, menos Alec, cheiraram outra carreira de pó. A cocaína pareceu mudar as dimensões da cozinha. Primeiro o lugar parecera íntimo e aconchegante, mesmo apesar da esqualidez, mas agora era como se as paredes estivessem se aproximando, enquanto eles próprios se expandiam para fora. Todo mundo começou a falar por cima de todo mundo, criando uma cacofonia geral. A louça suja ainda por lavar e o cheiro de fritura velha foram se tornando invasivos e perturbadores. Eles resolveram ir ao Fly's tomar umas cervejas.

Aeroporto de Bangcoc, Tailândia
16:10

Bangcoc. O pior ainda está por vir, e isto é um pensamento aterrorizante. Mas a loucura diminuiu. As balconistas da loja de presentes do aeroporto parecem fantásticas, melhores do que as prostitutas do centro da cidade. Fico imaginando quanto elas ganham por isto. A decência e a limpeza delas. O jeito de sorrirem o tempo todo. Elas estão mesmo felizes, ou se trata apenas da típica postura americana ao lidar com clientes? Trabalho emocional é o que mais se vê no mundo de serviços e indústria em que vivemos. Sorria, embora seu coração esteja despedaçado. Hoje em dia todos nós parecemos escravos nos campos: mantemos a fachada que diz "está tudo bem, patrão", enquanto nos preocupamos com as contas no fim do mês.

Você sai da Austrália, viaja pra noroeste, depois oeste, e tudo vai ficando mais feio. Consegui que a garota cantasse aquele refrão do Bowie que diz "feche as cortinas do passado e tudo fica muito mais assustador" para aquela trilha que venho tentando fazer. Mas é uma merda. Minha música é uma merda. Já não sinto mais nada. Este é o pensamento mais sensato que tenho há séculos, o que significa que já estou melhorando um pouco. Nós somos o HM, o HMFC. Ganhamos a porra do campeonato, e eu perdi essa.

Mas Sydney é outro mundo. Foda-se o campeonato escocês; subi no palco e mandei ver no equipamento de som. A *Mixmag*, ou talvez tenha sido a *DJ*, publicou uma reportagem: SERÁ QUE N-SIGN PERDEU O PRUMO?

Perdeu o prumo?

Nunca tive a porra de um prumo pra perder.

Como se alguém ligasse. Esta é que é a beleza de ser DJ: você pode até ter seus acólitos, mas é eminentemente substituível. Na realidade, está apenas retendo aqueles que têm mais a dizer, mas o mesmo ocorre com artistas, escritores, músicos, personalidades da tevê, atores, empresários, políticos... você cava seu nicho e simplesmente se aboleta ali, obstruindo os canais sociais e culturais.

N-SIGN arrebenta em Ibiza. N-SIGN doidão demais. Merda do caralho. Toda a imprensa especializada: uma merda que só fabrica mitos. E eu costumava adorar isso também, realmente adorava.

Helena é que me deu um toque.

Helena... não consigo parar de pensar nela agora, quando já é tarde demais. A história da minha vida. Cuidar de longe. Sofrer a distância. Prometer todas as coisas que vou dizer até que Helena esteja no mesmo aposento que eu, quando só conseguirei dizer algo brando. Preciso dizer que a amo. Preciso da porra de um telefone. Ainda vejo o rosto do demônio e os pequenos ursos dançando com os acordeões, e fico tentando explicar a eles que preciso do meu celular a fim de ligar pra minha namorada e dizer que a amo.

Uma mulher sentada à minha frente, segurando uma criança, estende o braço e me sacode. – Por favor, fique quieto... você está assustando o menino...

Ela vira pra comissária que se aproxima.

Trinta e cinco, e já sou uma *persona non grata*: um fodido, mais do que isto, um ninguém. Minhas necessidades nada são. Já o garoto ali... ele é o futuro. E por que não?

– Desculpe – imploro. – Sou um covarde e ando fugindo do amor. Preciso ligar pra minha namorada, preciso dizer que a amo...

Olho pra todos os rostos horrorizados em torno, e o O formado pela boca da comissária. Penso que se aquilo fosse um filme americano, todos estariam vibrando e berrando agora. Na vida real eles simplesmente pensam: outro episódio de fúria aérea... um maluco violento a bordo que realmente poderia colocar em risco toda a porra das nossas existências, embora isso possa estar ligado apenas ao fato de estarmos espremidos feito sardinhas aqui atrás, e de perdermos mais de três metros por ano da segunda para a primeira classe... e se eu provocasse um desastre, matando "alguns dos melhores cérebros empresariais" lá na frente... o capitalismo acabaria parando e as multinacionais desabariam? É claro, assim como não existiria mais a dance music após a morte de N–SIGN Ewart.

Uma garota está falando comigo. – Se você não fizer silêncio, sentado no mesmo lugar com o cinto de segurança fechado, seremos obrigados a aplicar uso de força física.

Acho que ela diz isto. Acho que foi isto que ela disse.

Talvez eu esteja apenas dando um refresco à minha cabeça.

Outra porcaria de refeição a bordo, outro Bloody Mary pra interromper os tremores. As vozes continuam na minha cabeça, mas estão menos ameaçadoras, feito amigos doidões papeando no aposento ao lado, talvez fazendo comentários impensados, mas não realmente maliciosos. Não me incomoda este tipo de insanidade, que pode ser bem reconfortante.

Já estou no avião novamente. Indo pra casa.

Todos aqueles corpos. Não, não outro funeral. *Sua mãe parece estar temendo o pior.*

O pior. Não sei o que é pior. Sim, eu sei.

Gally morreu.

Então veio o segundo choque, que deveria ter sido menor, mas não foi. A notícia era de que na véspera da morte de Gally, o Polmont fora violentamente atacado na sua própria casa. Ele mal sobreviveu. Na época nem soubemos disto. Pois é, deveria ter sido um choque menor, porque estávamos cagando pro Polmont, mas aquilo parecia inextricavelmente ligado à morte de Gally.

Havia muitos rumores circulando. Foram estranhos os dias que antecederam o funeral de Gally. Nós precisávamos acreditar que Gally nada tinha a ver com a agressão a Polmont, e tudo a ver com aquilo ao mesmo tempo. Era como se ambas as coisas fossem exigidas pra de alguma forma justificar sua vida, ou mais provavelmente sua morte, aos nossos olhos. É claro que não era possível ter as duas, só se podia ter a verdade.

Naqueles dias confusos, ninguém parecia saber exatamente o que ocorrera com Polmont. Alguns dizem que ele foi baleado no pescoço, outros que ele teve a garganta cortada. Fosse como fosse, ele sobreviveu ao ataque e passou algum tempo no hospital. Decididamente, a ferida fora na garganta, porque a laringe de Polmont se estilhaçara, e pra ele poder falar colocaram uma daquelas coisas engraçadas que a gente aperta. O apelido dele virou mutante extraterrestre.

Obviamente, o dedo foi apontado pro Gally, mas eu sabia que o baixinho não era daquele tipo. Minha aposta era alguém da gangue do Doyle. Eles eram uns putos voláteis, e por mais durão que você acredite ser, só por estar na companhia de gente assim, na realidade você é uma das pessoas mais vulneráveis da face da terra quando chega a hora da verdade. Como sempre acontece. Polmont podia ter irritado um deles por inúmeros motivos: deduragem, ladroagem ou fazer merda, o que no regulamento deles são todas razões válidas pra castigos extremos.

Pouco antes do funeral eu recebi um telefonema de Gail. Fiquei boquiaberto quando ela falou que queria me ver. Ela pediu e não tive coragem de dizer não. Eu era padrinho de casamento do Gally, disse ela. Depois apelou pra minha vaidade e meu ego, dizendo que eu sempre fora justo e nunca julgava as pessoas. Isto era babaquice, visivelmente, mas nós sempre gostamos de ouvir o que queremos ouvir. Gail era uma exímia manipuladora, e fazia isto sem perceber, que sempre é a melhor maneira.

Eu lembro do casamento. Ainda era um pouco verde pra fazer um discurso de padrinho, mas a putada mais velha foi condescendente. Havia um consenso feio e silencioso, ou talvez isto fosse apenas paranoia minha, de que Terry teria sido uma escolha melhor pra função. Mais confiante, experiente, um pouco mais velho, um homem casado com um filho a caminho. E nem por um caralho eu lembro do que falei lá.

Gail estava linda, parecia uma mulher de verdade. Gally, ao contrário, parecia encolher ainda mais dentro do paletó, com aquele saiote ridículo. Ele aparentava ter doze anos, em vez de dezoito, como se houvesse saído da escola primária pouco tempo antes. As fotos do casório já mostravam tudo: um casal desajustado pra caralho. Na recepção, do lado dela havia alguns suspeitos, uma irmã do Doyle e dois putos que eu não conhecia, mas que andavam com o Dozo. Eu ainda tenho algumas fotos do casamento. A irmã de Doyle e Maggie Orr foram as damas de honra. Eu pareço ter catorze, ao lado dos doze anos de Gally, rapazinhos com nossas mães, ou irmãs maiores de qualquer forma.

Fiquei feliz por estar ali com a Amy, lá da escola. Passei dois anos desejando aquela gata, e quando saí com ela... acho que o casório foi nosso segundo compromisso... eu só conseguia procurar defeitos. Depois que eu conseguia dar uma trepada, já era. Só que lá estava eu, desfilando feito um cisne e grasnando com a arrogância de um garoto que acaba de dar a primeira trepada, como se eu houvesse inventado o sexo.

Gail roubou a cena. Ela era sexy. Eu fiquei com inveja de Gally. Ele acabara de sair da cadeia e já estava indo pra cama toda noite com uma gata que tinha dezoito anos, mas parecia ter 21. Embora a marca do casamento forçado fosse notória na cara de Gally, a gravidez de Gail ainda não era visível. Lucy, a esposa de Terry, também embuchara na mesma época. Lembro que ela e Terry tiveram uma discussão feia, e Lucy foi embora de táxi. Acho que Terry saiu com a tal irmã do Doyle mais tarde.

Eu queria encontrar com Gail num bar, mas ela disse que precisava muito falar comigo em particular, e veio ao meu apartamento. Fiquei preocupado, com medo de ser incapaz de recusar se Gail quisesse que eu fodesse com ela.

Nem deveria ter me abalado com isto. Gail estava com uma cara péssima, horrorosa. Toda a sua vivacidade e sexualidade agressiva haviam se esvaído. Seu cabelo estava caído, e havia círculos sob seus olhos. Seu rosto estava inchado, e o corpo parecia amorfo nas roupas baratas e folgadas que ela usava. Acho que isto não era muito surpreendente: ela perdera o pai de sua filha, e agora seu namorado fora baleado no pescoço.

– Eu sei que você me odeia, Carl – disse ela.

Fiquei calado. Teria sido inútil negar aquilo, mesmo que eu tivesse vontade de tentar. Ela podia ver a coisa escrita com letras grandes em todo o meu rosto. Eu só enxergava meu melhor amigo estirado imóvel no chão.

– O Andrew não era um santo, Carl – implorou ela. – Sei que você era amigo dele, mas há um lado das pessoas em um relacionamento...

– Nenhum de nós é santo – disse eu.

– Ele machucou muito a Jacqueline daquela vez... ficou louco naquela noite – balbuciou ela.

Olhei friamente pra ela. – E isso foi culpa de quem?

Ela não me ouviu, ou, se ouviu, preferiu ignorar a pergunta.

– Eu e o McMurray... já tínhamos acabado. Isto é que foi mais louco. Já estava tudo acabado. O Andrew não precisava fazer aquilo... dar um tiro na garganta dele...

Senti um engasgo seco na *minha* garganta.

– O Andrew não fez coisa alguma – disse com voz rouca. – E mesmo que tenha feito, não se orgulhe... não foi por você. Andrew fez isso por *ele*, já que o puto do McMurray fodeu as coisas pra ele!

Gail olhou pra mim com a decepção estampada no rosto. Obviamente, eu a decepcionara, mas fiquei irritado por ela ter qualquer porra de expectativa em relação a mim, pra começar. O Regal que ela acendera parecia ter sido fumado em duas inalações, e ela acendeu outro. Também me ofereceu um, e eu realmente queria um cigarro, mas disse não, porque aceitar qualquer coisa da porra daquela vaca teria sido um insulto a Gally. Fiquei sentado ali, incapaz de acreditar que tinha pensado em acabar na cama com a porra daquela entidade monstruosa. Pensei nela e em McMurray, Polmont, o mutante extraterrestre.

– Então você já deu um pé nele e tudo. Deve estar fodendo com outro puto triste, né? Um dos Doyle, será? E mandou que ele baleasse o Polmont?

– Eu não devia ter vindo aqui – disse ela, levantando.

– Pois é, não devia mesmo. Quer sair da porra desta casa, sua puta assassina? – debochei, enquanto ela saía.

Ouvi a porta da frente bater, senti um ímpeto de arrependimento e levantei rapidamente. Do patamar, vi Gail lá embaixo, com o topo da cabeça desaparecendo em torno da curva da escada.

– Gail – gritei. – Eu sinto muito, viu?

Ouvi os saltos dela batendo nos degraus de pedra. O som parou por um segundo e depois voltou.

Era o máximo que ela ia conseguir.

Edimburgo, Escócia
10:17

Putada jovem

Ao entrar no pub Fly's Ointment, Alec notou um de seus parceiros de copo parado no bar.

– Alec – disse Gerry Dow, meneando a cabeça com o rosto franzido, ao ver a turma que entrou atrás de seu amigo. Gerry era tão da velha guarda que ficava ressentido quando via uma putada jovem em um pub. A definição de "putos jovens" abrangia todo mundo mais jovem do que ele, ou seja, com menos de 57 anos. Eles simplesmente não haviam aprendido a beber direito, e portanto ninguém podia confiar que se comportariam com dignidade quando intoxicados. Gerry e Alec tampouco se comportariam, mas isto não vinha ao caso.

Rab Birrell e Terry Lawson chegaram primeiro ao bar, estando os cofres do último inchados por mais um empréstimo de Kathryn.

– Porra... Batman e Robin aqui vieram me buscar hoje de manhã – informou Alec a Gerry, acenando com o polegar para Rab e Terry.

– Bom, isto só pode fazer você virar o Curinga, Alec... ou então aquele puto do Duas Caras – riu Terry.

– Se tivesse a porra de uma fuça como a sua, Alec, eu ia querer uma segunda cara – debochou Rab Birrell, enquanto Terry começava a gargalhar.

– Tudo bem, seus abusados, peçam a porra de umas biritas pra mim e pro Gerry aqui – disse Alec com voz pastosa. As poucas cervejas que ele tomara para rebater a bebedeira da véspera já haviam entrado na usina de transformação de álcool-em-urina que era Alec, desde o longínquo dia 28 de agosto de 1959.

– Não saquei esse seu lance, Alec. Você virou o Charada agora? – Terry quase engasgou de tanto rir.

– Você é a porra do Charada, filho. Portanto, resolva este enigma: duas canecas da especial e duas doses de Grouse – exigiu Alec.

Terry continuou se divertindo. – Eu sou o Charada? Isto só pode fazer de você aquele puto, o Mr. Freeze, Alec.

Rab interrompeu: – Ou o Mr. Anti-Freeze, porque ele entornaria até isso, se tivesse a porra da chance!

Enquanto Terry explodia de riso outra vez, Rab gostou de se sentir solidário a ele, mesmo que à custa de Alec. Aquilo serviu como lembrete de que ele e Terry ainda eram, afinal, parceiros. Mas... o que significava isso? Certamente "parceiros" tal como definido por Terry, isto é, gente que você pode sacanear com mais impunidade do que faria com pessoas comuns.

Terry já se posicionara ao lado de Lisa e Kathryn, pondo mais um corpo entre Rab e Charlene. – A gente vai ao karaokê à noite. Lá no Gauntlet. Você e eu. "Islands in the Stream".

– Eu não posso, tenho a porra do show. – A perspectiva aterrorizou Kathryn. Ela nem queria pensar naquilo.

– Sim, mas é no Gauntlet. "Islands in the Stream"... hein?

– Não posso cancelar a porcaria de um show em Ingliston, Terry. Eles já venderam três mil ingressos.

Terry olhou para ela em dúvida, abanando a cabeça. – Quem disse? Você tem de seguir a vibração. Esses caras que empresariam você não são seus parceiros, não de verdade. Você precisa de um sujeito feito eu como seu empresário. Pense em toda a publicidade que você teria se desaparecesse! Você podia ficar um tempo na minha casa. Ninguém pensaria em procurar você lá no conjunto. Quer dizer, ficar no quarto que minha mãe tinha, e você poderia... ei, só relaxar.

Terry já estava prestes a dizer que precisava de alguém para cozinhar e limpar a casa, mas conseguiu se deter a tempo.

– Não sei, Terry... acho que eu não sei o que quero...

– Ninguém vai achar você no meu cafofo. É um conjunto bom, não como Niddrie ou Wester Hailes. Até o Graeme Souness veio daquelas bandas, não muito longe de mim. E ele sabe se vestir, com ternos de grife e tudo. Muitos putos lá do conjunto já compraram suas casas. Pois é... você tem um tipo mais empresarial naquele conjunto. Como *moi*, por exemplo.

– O quê?

– Eu nem espero que você perceba tudo isto agora, mas a oferta tá aí – disse Terry a ela. Pelo canto do olho, ele viu Johnny começando a cochilar, com a cabeça tombando à frente, mas depois estremecendo e acordando. Catarrh estava fodido. Puto peso-leve pra caralho. O que eles precisavam era continuar se mexendo e arrumar umas drogas: anfeta, ou até mais pó. Então ele teve uma ideia, que anunciou em voz alta para a mesa, principalmente para Rab.

– Isto aqui é uma vida um pouco vagabunda demais pra nossa hóspede americana... que tal uma rodada no Business Bar?

Rab ficou alarmado, e Kathryn até notou isso, mas não conseguiu entender por quê. Então perguntou: – O que é o Business Bar?

– É do irmão dele.

Lisa olhou pro Rab, atônita. Tinha pensado que ele era meio bobalhão, o tipo estudantil sincero por quem Charlene sempre parecia cair. Então disse: – Você é irmão do Billy Birrell?

– Pois é – disse Rab, sentindo-se satisfeito, mas se odiando por isto.

– Eu tinha uma amiga que trabalhava nesse bar – informou Lisa a Rab. – Gina Caldwell... conhece?

Quase acrescentou que ela trepara com o "Business", mas se conteve. Era uma informação de que eles não precisavam. E uma fraqueza de sua amiga, refletiu Lisa com humor.

– Não... eu quase nunca vou lá – disse Rab.

– Eu estou feliz aqui – disse Charlene, depressa demais para evitar uma olhadela de Lisa. Lá ia ela outra vez.

Rab virou-se para Lisa. Ela era uma gata bacana, mas estava lhe provocando uma vibração. Mesmo em meio a uma onda de cansaço, ele pensou que queria se dar bem com ela, se não por outro motivo, porque Lisa era amiga de Charlene.

– Só estou usando esta camisa porque minha mãe teve uma histerectomia – murmurou Rab, mas Lisa só percebeu os lábios dele se mexendo.

Terry entrou de sola na conversa. – Tenho certeza que meu velho cupincha "Business" ficaria muito, muito magoado se descobrisse que estivemos na cidade com Kath Joyner e não fomos até lá dar um oi. Acho que um almoço no Business Bar, bem cedo, seria perfeito...

Ele deu um sorriso debochado, sorvendo o desconforto de Rab. Mesmo doidaços e com Posta Alec a reboque, eles teriam de entrar. Tratava-se do irmão de Billy e de Kathryn Joyner.

– O bar não é só do Billy... ele é sócio do Gillfillan. Precisa tomar cuidado... não é só o Billy – implorou Rab para ninguém em particular. Consequentemente, ninguém estava escutando. Ele praticamente trepidava. Terry estava adorando aquilo. Ocasionalmente, Catarrh saía de seu coma por tempo suficiente para balançar a cabeça, encorajando Terry, e para repetir o velho mantra do "Business Bar". Foda-se, pensou Rab: ele estava com Charlene, e mais ninguém. Terry podia levar Alec e Johnny com ele. Mas por que razão, caralho, Alec não podia beber dentro de um determinado pub na sua própria cidade? Principalmente um pub que estendia o tapete vermelho para todos aqueles esnobes do Festival que só passavam cinco minutos ali. Era a porra da política de porta. Um bar estiloso. Só que fascismo de estilo era apenas outra forma de reafirmar o antigo sistema de classes. Foda-se. Seu próprio irmão não podia ser tão escroto.

Claro que não.

Lisa não estava gostando daquele pub. Já perdera uma unha postiça e ganhara uma mancha de cerveja na sua blusa branca. Estava de olho em Charlene. Não devia tê-la deixado ir com o tal do Rab, ou qualquer outro, pensando melhor. Ela parecia bem agora, mas seguramente o fim do barato já se aproxima. E aquele pub não era o melhor lugar para enfrentar algo assim. O Business Bar parecia melhor.

O Fly's Ointment lhe parecia um local de triagem para almas perdidas. Lisa começou a fantasiar, vendo futuros dramas desesperados já em pré-produção: o estuprador cantando sua vítima; o escroque bebendo tranquilamente com o sujeito que acabaria por dedurá-lo; os amigos falastrões ali no canto, esperando que o álcool lhes aquecesse excessivamente os cérebros, quando então, fosse por fúria ou paranoia, um deles arrebentaria o rosto do outro com o punho ou um copo, muito antes da hora de fechar. A coisa mais feia e assustadora de todas, pensou ela, olhando para a companhia em torno, era que você não podia se recostar confortavelmente e se excluir da equação.

Então ela viu uma mulher já bem gasta, com a beleza perdida antes do tempo, sentada com ar angustiado, enquanto um homem de rosto avermelhado sentado ao seu lado falava em voz alta, meio rindo e meio debochando, palavras que Lisa não conseguia entender. Só não havia dúvida sobre quem comandava a coisa ali. Mais uma mulher em um mundo masculino, sempre vulnerável, pensou ela. Sentiu sua mão apertar a de Charlene, e teve vontade de perguntar se ela estava legal, se o efeito estava terminando, e se os demônios já haviam começado a dançar sem remorsos... mas não, Charlene estava rindo, com os olhos ainda grandes e atentos. Ela continuava no barato, sem rebordosa ainda. Mas isto poderia vir. A quem estou tentando enganar, porra? Isto vai vir, pra todo mundo. Era o risco ocupacional. Portanto, vigie Charlene.

Só que havia mais alguém fazendo isto. E não, Lisa ainda não confiava nele. Ela confiaria em Rab Birrell com qualquer outra de suas amigas, e isto não seria um problema, não seria da sua conta, mas não com Charlene, não naquele momento. Agora Rab estava pegando a mão dela e indo até o bar, então Lisa instintivamente se levantou e foi atrás dos dois. Terry agarrou a mão dela, quando Lisa passou perseguindo o casal, e deu uma piscadela para ela. Lisa sorriu de volta e depois meneou a cabeça em direção ao bar, continuando sua vigilância.

Ela viu que Rab e Charlene haviam pedido dois copos de água, nos quais ele despejou o conteúdo de um pacote tirado do bolso do paletó, tornando o líquido mais nublado. O sedimento não se dissolveu completamente.

– Beba isto – sorriu ele, erguendo um dos copos e engolindo.

Charlene hesitou. O troço parecia nojento.

– Você tá brincando – riu ela. – O que é isto?

– Dioralyte. Com uma dose disto, você repõe os fluidos e os sais que a bebida e as drogas tiram. Corta a severidade da ressaca em cerca de cinquenta por cento. Antes eu até pensava que era bobagem, coisa de fresco, mas sempre uso depois de sessões feito esta. Pra que passar dias deitado na cama, sentindo enjoo e pulando assustado quando o telefone toca, se você não precisa? Bom, pelo menos não tanto assim. – Ele sorriu e ergueu o copo.

O troço parecia bom. Charlene fez força para engolir, enquanto Lisa se aproximava horrorizada, já visualizando um Boa Noite, Cinderela. De jeito nenhum Rab ia levar Charlene para sua casa.

– O que foi isso que você deu pra ela? – começou ela a perguntar a Rab, mas sentiu sua voz se perder, enquanto ele engolia o resto do troço, antes de lhe explicar.

Já no segundo drinque junto ao bar, Alec e Gerry começaram a cantar.

– Vamos aquietar aí, rapaziada – avisou o barman.

– Eu bebo bastante aqui... só estou cantando a porra de uma música – resmungou Posta Alec.

Com uma inspiração súbita, ele tornou a cantar, mas o barman interrompeu bruscamente: – Certo, Alec, já chega... fora.

Ele já estava farto. Na véspera, e também no dia anterior, Alec conseguira receber mais últimos avisos do que um de seus heróis, Frank Sinatra, dera últimos concertos. Agora já chegava.

Terry se levantou.

– Bom, pessoal... vamos nessa. – Ele virou para o barman e, em tom altivo, disse: – A gente vai pra um lugar mais salubre... o Business Bar.

– Ah é, claro – debochou o barman.

– O que significa isto? – perguntou Terry.

– Ah é... seu escroto – disse Catarrh, apoiando o amigo.

– Vocês não serão servidos lá dentro, e vou dizer outra coisa... se não saírem daqui agora, vou chamar a polícia.

– A Kathryn Joyner está aqui – disse Terry com voz pastosa, apontando para Kathryn, que só tentava disfarçar o fato de estar mortificada.

– Pois é, foi bacana. Vamos nessa – insistiu ela para os outros.

Ao saírem, Charlene o viu, simplesmente sentado ali.

BANGUE

A porra daquela coisa   **É o seu pai**

Então ele a viu e abriu um sorriso largo.

– Aí está a minha menininha – disse ele, levemente bêbado com seus amigos, jogando dominó.

Conte a eles, conte a eles   **não o seu próprio pai**

CONTE A ELES

– Menininha, não... eu já não sou uma menininha. Eu era quando você mexia comigo – disse ela calmamente. – Chega de silêncio, chega de mentiras.

Ela encarou o pai. Viu aquele brilho doentio e açucarado sumir do rosto dele, enquanto os amigos se remexiam nos assentos.

– O quê?

Charlene sentiu a mão de Rab apertar seu ombro, mas abaixou e torceu o corpo para se livrar daquilo. Como também já reconhecera o pai de Charlene, Lisa se aproximou dela e de Rab.

– É ele? – perguntou Rab a Lisa.

Lisa assentiu com ar sombrio, pensando que Charlene já devia ter contado tudo a ele.

– Você é uma vergonha – disse Rab com voz firme, apontando para o sujeito. Depois olhou para os homens em volta dele. Um ou dois deles tinham cara de durões, e um ou dois tinham reputações. Rab abanou a cabeça. – Vocês todos são uma vergonha por beberem com esse lixo aí.

Os homens ficaram tensos, porque não estavam acostumados a ser tratados assim. Um deles olhou para Rab, mostrando um desejo de aniquilação no rosto. Quem eram aqueles putos, este rapaz e estas garotas, e por que estavam sacaneando um companheiro?

Charlene percebeu que estava com a bola. Como jogar, como jogar.

É o seu pai doente sujo filho da puta

isto não é hora nem lugar   **quando é, doente sujo**
                                                  filho da puta

constrangimento geral   **conte tudo, conte a todos**
                                                  há um monstro neste bar

deixe-o ir, vá embora, ele não vale isso
                                                  diga ao escroto
                                                  a merda que ele é

Charlene respirou fundo e olhou para os homens à mesa. – Ele vivia falando que eu era peculiar, porque eu não gostava que ele me dedasse.

Depois ela riu com frieza e virou-se para o pai. – Eu já fiz sexo de verdade, um sexo melhor do que uma escória triste feito você jamais poderia fazer. O que você fez? Meteu seu pau em uma mulher insegura e burra, e o seu dedo em uma criança, que na época era, mas já não é, sua filha. Esse é o único sexo que você já fez, seu merda, deformado e patético.

Então virou-se para os homens em torno da mesa. – Que porra de garanhão, hein?

O pai ficou em silêncio. Seus amigos olharam para ele. Um deles resolveu falar em sua defesa. A garota devia estar louca, perturbada, drogada, sem saber o que falava.

– Você está errada, menina... está errada – disse ele.

Rab engoliu com força. Ele nunca se metia em atos violentos fora dos estádios, pois isso nunca lhe parecera fazer parte de qualquer coisa. Mas agora estava pronto.

– Não – rebateu ele, apontando direto para o sujeito. – Você é que está errado, bebendo com esse puto doente aí.

O tal cara mais durão ignorou Rab Birrell, e em vez disto voltou suas atenções para seu próprio amigo. Seu parceiro de copo, aquele homem chamado Keith Liddell. Mas quem era Keith? Simplesmente um cara com quem ele bebia. Com quem trocava revistas e vídeos pornô. Aquilo era apenas motivo de riso, um pouco de alívio para um homem solteiro. Era só isto que ele sabia sobre o sujeito. Mas então ele viu outra coisa, viu algo sinistro, nojento e doente acerca de Keith. Ele não era como aquele cara, não era como Keith Liddell. Ele bebia com ele, mas aquele homem nada tinha a ver com ele.

Ele esquadrinhou Keith Liddell. – Essa aí é a sua filha?

– Pois é... mas...

– O que ela tá dizendo é verdade?

– Não – disse Keith Liddell, com os olhos marejados. Então uivou feito um animal com dor. – Não, não é...

Em um movimento rápido feito um clarão, seu parceiro lhe tascou o enorme punho tatuado no rosto. AMOR. Keith Liddell ficou sentado ali, quase chocado demais para sentir o golpe.

– Faça um favor pra mim, e principalmente faça um favor pra você mesmo... saia desta porra agora – disse o ex-amigo. Keith Liddell olhou em torno da mesa, e todos lhe lançaram olhares duros, ou então desviaram o olhar. Ele se levantou, de cabeça baixa, enquanto Charlene não arredava pé e cravava os olhos na nuca do pai, que foi flutuando feito um fantasma até a distante porta lateral.

Rab fez menção de ir atrás dele, mas Lisa puxou seu braço. – Nós vamos em outra direção.

Por um segundo, Rab teve uma vontade desesperada de chutar o balde, turbinado pela adrenalina que fazia sua cabeça e seu corpo quase girarem. O rosto de Johnny entrou em sua linha de visão, só que em modo *backup*, distorcido e comprimido. Então ele se sentiu quase rindo, enquanto sua tensão se esvaía. E agarrou a mão de Charlene.

Ela só ficou um segundo em estado de choque. Enquanto ia para a porta, sua mente era inundada por imagens de um pai amoroso, consciencioso e afetuoso. Só que não era o seu, e sim de outra pessoa. O que Charlene talvez quisesse que ele fosse. Ao menos seu pai sempre fora um escroto, e não deixara um conjunto de contradições a ser resolvido por ela. Não dava para se lamentar por um canalha. Charlene achou que ia chorar, mas não, ela seria forte. Lisa a levou para o banheiro, embora Rab a soltasse com relutância.

Apertando a amiga em um abraço forte, Lisa insistiu: – Vamos levar você pra casa.

– Nem pensar. Quero ficar na rua.

– Qual é, Charlene...

– Já falei que quero ficar na rua. Não fiz nada de errado.

– Eu sei, mas você teve uma perturbação grande pra caralho...

– Não – disse Charlene subitamente, com mais força do que Lisa já vira antes. – Eu não fiz nada de errado. A única coisa que eu fiz foi lancetar uma bolha. Não quero mais saber disso... nem o que ele fez, nem o que ela deixou que ele fizesse. Já estou mais do que farta dessa porra toda, Lisa. Isto agora me entedia. Eles que lidem com isso, os dois lá!

Ela fez um gesto agressivo em direção à porta lá atrás.

– Está bem, mas eu vou ficar de olho em você, menina – disse Lisa, puxando Charlene para mais perto.

Elas retocaram a maquiagem e saíram, enquanto Terry se aproximava, irritado por ter perdido algo, e perguntando: – O que foi que aconteceu lá?

Lisa sorriu.

– Era só um puto abusado – disse ela, dando o braço a Charlene. – Mas o Rab já acertou tudo.

Ela puxou Rab para perto e deu-lhe um beijo no rosto, notando que ele estava por demais concentrado em Charlene para notar. Depois beliscou a bunda de Terry, dizendo: – Bora... vamos sair daqui.

Eles saíram e rumaram para a cidade, em duplas ou trios, estreitando os olhos sob o sol e se desviando de turistas pelo West End.

– Não sei se isto é bom – reclamou Alec. Ele preferia beber em lugares onde o espaço entre os pubs fosse medido em poucos metros, no máximo.

– Não precisa se preocupar, Alexis... meu bom amigo William "Business" Birrell nos dará uma ótima recepção em seu charmoso recanto – contestou Terry calmamente, apertando os ombros de Lisa antes de virar para Rab. – Não é verdade, Roberto?

– Pois é... verdade – disse Rab cautelosamente. Ele vinha tentando explicar algo a Charlene sem parecer um pentelho arrogante e condescendente. A noite anterior fora um desastre. A garota já o via como um reformista social, quando ele só queria dar uma trepada... bom, um pouco de romance e amor, na verdade, mas também era preciso ter uma trepada incluída no fim. Isto era essencial. Na noite anterior, porém, quando eles haviam feito tudo, menos enfiar, ela ficara falando de camisinhas, antes que a verdade repugnante viesse à tona. Mas ela lidara bem com a coisa, ele a apoiara, e os dois estavam mais próximos do que antes. Agora até Lisa estava a favor dele.

– Vai acontecer logo, Rab – disse Charlene para ele.

– Olhe, eu só quero ficar com você. Vamos seguir em frente e resolver as coisas no caminho. Eu não vou a lugar algum – disse Rab, surpreso com sua própria nobreza, e até com a *pureza* que sentia.

Puta merda... eu me apaixonei, pensou Rab. Saí para beber, na esperança de trepar, e agora estou apaixonado pra caralho. E ele se sentia um deus tolo.

Mesmo vindo do West End, bêbado e sem óculos, Alec fantasiava que ainda podia ver o andaime de limpeza nas paredes do hotel Balmoral. Ao se aproximarem, antes de dobrarem em direção à George Street, Terry olhou para cima e estremeceu. Ele não iria, não conseguiria, subir lá outra vez. Era alto demais. Era fácil demais cair dali.

Punhetando

Franklin passara a noite toda acordado, incapaz de relaxar. Seu estômago roncava e ele não conseguia dormir. Mentalmente, ele berrava: foda-se aquela puta egoísta... por que vou me incomodar? Dez minutos mais tarde já estava se enervando, telefonando para as boates e bares que fechavam tarde, ou conferindo o quarto de Kathryn.

Ele tentou bater punheta vendo o canal pornô para ver se relaxava. Por causa da ansiedade, levou séculos para gozar, mas quando conseguiu se sentiu enjoado e oco. Então lembrou: meu Deus, a porra da carteira! A porra dos cartões! Notando a diferença do fuso horário em Nova York, ele deu alguns telefonemas para cancelar os cartões. Levou séculos para conseguir uma conexão. Quando conseguiu, os babacas dos ladrões já haviam gasto cerca de duas mil libras em mercadorias.

Franklin acabou sucumbindo a um sono doentio. Quando acordou, trêmulo de susto, já estava quase na hora do almoço. Seu desespero virou humor negro. Está tudo acabado, disse ele a si mesmo. É o fim.

Kathryn nunca fizera aquilo antes, desaparecer na véspera de um show.

Está tudo acabado.

Franklin pensou em Taylor.

E então explodiu. Que se foda aquela puta; se ela podia fazer aquilo, ele também podia. Ia tomar um drinque em cada bar que conseguisse encontrar naquele cu do mundo.

Aeroporto de Heathrow, Londres, Inglaterra
18:30

Grã-Bretanha. Não, aqui é a Inglaterra. Não é a Escócia. A Grã-Bretanha nunca existiu, na realidade. Foi tudo um golpe de relações públicas em prol do Império. Agora temos impérios diferentes a servir, de modo que nos dirão que já somos outra coisa. A Europa, o quinquagésimo primeiro estado americano, as Ilhas Atlânticas, ou alguma merda assim. Tudo uma mentirada.

Na verdade, sempre fomos a Escócia, a Irlanda, a Inglaterra e Gales. Fora do avião. Dentro do avião. Pra Escócia. Pouco mais de uma hora de distância.

Não consigo lugar em um avião pra Edimburgo. O primeiro vai pra Glasgow. Não quero ficar sentado aqui no aeroporto, embora o próximo voo pra Edimburgo me leve pra casa quase à mesma hora, se eu somar a viagem de trem. Como parece importante que eu me mantenha em movimento, porém, eu compro uma passagem pra Glasgow.

E ligo pra minha mãe.

É ótimo falar com ela, que parece tranquila, mas um pouco distante, como se estivesse à base de Valium, coisa assim. Minha tia Avril vem ao telefone e fala que ela está aguentando bem. Não há mudança no estado do velho.

– Eles só estão esperando, meu filho – diz ela.

É o jeito da minha tia de dizer isto. Eles só estão esperando. Eu vou até o banheiro e sento lá paralisado de angústia. Nenhum lágrima brota, e seria sem sentido, feito tentar esvaziar um reservatório de sofrimento a conta-gotas. Estou ficando maluco. Meu velho vai ficar bem. Ele é invencível, e os médicos são todos uns filhos da puta. Se ele realmente morrer, será por ter sido deixado na porra do estacionamento em uma caçamba com mais meia dúzia de pacientes pobres, em vez de ficar num leito hospitalar decente, recebendo o tratamento que passou a porra da vida inteira pagando com seus selos e impostos.

AEROPORTO DE HEATHROW, LONDRES, INGLATERRA

Só consigo pensar na casa da minha mãe. Tirar um cochilo, fazer a barba, tomar uma chuveirada, lavar a poeira e a sujeira externas pra depois ver todo mundo. Talvez até visitar parte da rapaziada. Bom, talvez sim, e talvez não. Estou fodido demais pra sentir qualquer coisa pela Escócia, que está a apenas uma hora de distância. Só quero uma cama.

Mentiras.

Era tudo mentira. Nós nos mantivemos afastados uns dos outros porque nos lembrávamos mutuamente de nosso fracasso como parceiros. Apesar de todo o nosso papo, nosso amigo morrera sozinho.

Era tudo mentira.

Eu me afastei de Terry e Billy.

Gally me contou que estava com o vírus. Ele tomara pico umas duas vezes no Leith com um cara chamado Matty Connell. Só duas ou três vezes, deprimido por causa da vida da filha. Por causa do maluco com quem sua gata andava, o tal que a menina chamava de papai.

Mark McMurray era o nome do sujeito. O namorado de Gail. O parceiro de Doyle. Ele tirara um pedaço de Gally em duas ocasiões.

Polmont, como ele era chamado por nós. O mutante extraterrestre.

Pobre Polmont. Pobre Gally.

A primeira trepada de Gally produzira uma gravidez e um casamento forçado, sem amor.

Seu primeiro ou segundo pico produzira o vírus.

Ele me falou que não conseguiria aguentar o hospital, não conseguiria aguentar que todos, sua mãe e tudo, soubessem que eram as drogas; heroína e Aids. Achava que já tinha aguentado da mãe quase tudo, e que não conseguiria aguentar mais. Provavelmente pensava que morte por infortúnio embriagado soava melhor do que morte por Aids. Como se ela fosse ver a coisa assim.

Gally era um homem e tanto.

Mas nos deixou.

Ele nos deixou, e eu vi tudo. Vi que ele ficou olhando pra frente, quando nós começamos a gritar que ele parasse com a porra daquela idiotice, e pulasse a balaustrada de volta. Gally sempre fora um alpinista, mas pulara a balaustrada da ponte George IV e parara ali, olhando pra Cowgate lá embaixo. Era o seu *olhar* naquele momento, um transe estranho. E eu vi tudo, porque era o mais próximo. Billy e Terry já estavam descendo em direção à Forest Road, mostrando que não se deixavam impressionar com aquela busca de atenção por parte de Gally.

Mas eu estava bem ao lado dele. Podia ter tocado nele. Estendido a mão e agarrado Gally.

Não.

Gally saiu rapidamente daquele transe hipnótico. Vi quando ele mordeu o lábio inferior e estendeu a mão pro lóbulo, torcendo o brinco. Parecia que, mesmo após tantos anos, aquela orelha continuava ficando ferida. Então ele fechou os olhos e pulou, ou caiu, não... *pulou* daquela ponte, caindo vinte metros até se arrebentar na pista lá embaixo.

Eu soltei um rugido. – GALLY, PORRA ... GALLY!

Terry se virou, ficou paralisado por um segundo e soltou um grito qualquer. Depois agarrou sua cabeleira e começou a bater os pés no mesmo lugar, como se seu corpo estivesse incendiado e ele quisesse apagar o fogo. Era uma dança de são guido louca, como se algo ligado a ele estivesse perecendo, sendo arrancado dele.

Billy desceu direto a pequena trilha tortuosa que levava à rua lá embaixo.

Eu olhei por cima da balaustrada e vi Gally deitado, quase como se estivesse brincando de morto, na pista lá embaixo. Lembro de ter pensado que tudo aquilo era, de alguma forma, brincadeira, uma gozação. Como se ele, de alguma forma milagrosa, houvesse conseguido descer a trilha e estivesse deitado ali, curtindo com a cara da gente; como na época em que éramos crianças e "atirávamos" uns nos outros, japoneses e inimigos. A evidência dos olhos parecia estranhamente contraditada por uma esperança horrenda, tão forte que era nauseante, de que aquilo fosse apenas uma armação bizarra.

Então Terry olhou pra mim e berrou: – Vamos lá.

Desci atrás dele a trilha estreita até a rua principal lá embaixo, onde Gally jazia.

Havia uma pulsação martelando a lateral do meu rosto, e os tendões da minha nuca pareciam facas. Ainda existia uma chance de que certamente voltaríamos a ser o que éramos: simplesmente uns putos a fim de zoar. Só que esta fantasia, esta esperança, foi estilhaçada quando vi Billy aninhando o corpo de Gally.

Lembro de uma vaca maluca e bêbada que ficava repetindo "O que aconteceu? O que aconteceu?". Ela ficava repetindo isto feito uma retardada. Eu queria que ela estivesse morta no lugar dele. "O que aconteceu? O que aconteceu?" Hoje percebo que a coitada da garota provavelmente estava em estado de choque. Só

AEROPORTO DE HEATHROW, LONDRES, INGLATERRA

que eu queria que ela estivesse no lugar dele. Foi só por um segundo ou dois; depois quis que nunca mais alguém morresse.

A maioria das pessoas reunidas em torno haviam saído dos pubs, e todas estavam procurando quem atropelara Gally, tentando descobrir pra que lado o carro fora. Ninguém pensou em erguer o olhar pra ponte.

Então fico parado ali, no que penso ser um silêncio, mas todos olham pra mim como se eu houvesse sido ferido, como se estivesse sangrando muito. Então Terry se aproxima e me sacode como se eu fosse uma criancinha; só depois percebo que eu estava gritando.

Billy apenas segura Gally e fala suavemente, com uma ternura triste que nunca vi antes, e nem depois, em alguém. – Pra que você fez isto, Andy? Pra quê? Com certeza a coisa não tava tão ruim. A gente podia ter acertado tudo, parceiro. A turma. Pra que isto, baixinho? Pra quê?

Essa foi a última vez que foi especial. Depois disto nós nos mantivemos afastados. Era como se houvéssemos vivido uma perda ainda jovens demais, e quiséssemos nos distanciar antes que os demais fizessem isso. Embora na realidade não estivéssemos tão longe assim uns dos outros, naquela noite eu, Billy, Terry, e suponho que Gally nos tornamos os quatro cantos do globo.

E agora eu estou voltando.

O delegado que presidiu o inquérito deu um veredito em aberto. Terry se recusava a sequer considerar a possibilidade de suicídio. Mas acho que Billy adivinhou.

Eu fui pra Londres e me estabeleci lá. Uma residência em uma boate pequena, mas que acontecia, e que logo se mudou pra um local maior. Depois passei pra uma megaboate, empresarial. Compus algumas melodias próprias e fiz umas mixagens. Então gravei um álbum, e depois outro. Basicamente, fui vivendo a velha fantasia de fazer sucesso, enquanto tentava tocar baixo. Só que eu nunca fui baixista; nunca fui Manni, Wobble, Hooky ou Lemmy, nem mesmo a porra do Sting. Não conseguia ter a *sensação* do baixo com meus esforços desajeitados, que nunca estavam em sincronia com minha vibração interna, mas tinha *ouvido* pro baixo. Isto ajudava muito na hora da mixagem. As coisas foram acontecendo devagar, mas com constância. Um grande disco pra dançar, *Groovy Sex Doll*, chegou às paradas principais, e isto me lançou de vez. Uma das faixas foi reproduzida em *Top of the Pops*, enquanto eu fingia tocar um teclado e modelos de uma agência, vestidas de lycra, dançavam sem parar. Eu comecei a me entupir de vodca e cocaína, comi uma das modelos, passei um tempo enfiado em bares e clubes noturnos do SoHo, tive discussões profundas e significativas com diversos astros pop, atores, escritores, modelos, apresentadoras de tevê, artistas, editores de jornais e revistas, com quem troquei muitos números de telefone. Ouvi seus sotaques nos recados do correio de voz. Os dois meses interessantes, ou um verão, que aquilo deveria ter durado viraram seis anos túrgidos.

Não me arrependo de ter feito isto. Você precisa seguir o fluxo quando chega a hora, ou vai se lamentar mais tarde. Só me arrependo de ter continuado lá por tempo demais, deixando aquele processo triste, nauseante e destrutivo me retardar. No avião de volta de Nova York, depois de um show excelente na Twilo, tomei uma decisão na minha carreira: eu não queria mais ter uma carreira.

Eu já tinha um pé em ambos os campos, já que sempre admirara os cabeças das casas, que tornavam a coisa real: Dave the Drummer, os caras do Liberator, esse tipo de pessoal. Basicamente, essa foi a minha época, as festas underground, enturmado com as tribos. A verdade nua e crua é que assim é melhor. É mais divertido, com risadas melhores. Portanto, foi uma jogada puramente calculista e mercenária da minha parte largar aquele ambiente tenso do circuito das celebridades.

Então fui tocar nas raves e festas da velha guarda. A imprensa especializada em dance music perguntava: SERÁ QUE N-SIGN PERDEU O PRUMO? Enquanto isto, eu estava vivendo o período mais feliz e realizado da minha vida. Então a Lei da Justiça Penal começou a vigorar e sob os sorrisos escancarados o Reino Unido continuava sendo um lugar opressivo para quem não queria festejar nos termos deles. E as festas deles, as festas da Cool Britannia, eram umas merdas.

Então nós partimos, primeiro pra Paris, depois Berlim, e até Sydney. Frequentadores com drogas de todos os tipos pareciam ir parar em Sydney. Ultimamente eu tenho andado muito fodido. E isto sempre me indica que já é hora de seguir em frente. Algumas pessoas passam anos na terapia tentando lidar com o fato de estarem fodidas da cabeça. Eu simplesmente sigo em frente. A sensação de estar fodido sempre some. O senso comum diz que você está fugindo, e que precisa lidar com o fato de estar fodido. Eu não concordo. A vida é um processo dinâmico, não estático, e que nos mata quando não mudamos. Não se trata de fugir, mas de seguir em frente.

Sim. Isto faz com que eu me sinta melhor. Nada supera a autojustificação. Eu não estou fugindo, estou seguindo em frente.

AEROPORTO DE HEATHROW, LONDRES, INGLATERRA

Seguindo em frente.

A última vez em que vi o pessoal foi no funeral, há nove anos. O engraçado é que nunca pensei em Terry, Billy e Topsy tanto quanto achava que pensaria. Isto é só agora, agora que estou tão perto de casa.

Embarco no voo de conexão para Glasgow e pego um exemplar de cortesia do *Herald*. Gosto pra caralho dos putos nascidos em Glasgow. Eles nunca nos decepcionam. De volta pra casa outra vez. Eu sempre sinto um barato estranho quando volto à Escócia. Bate o seguinte: apesar do medo, já faz muito tempo, e na realidade fico até empolgado. Espero que eu ainda tenha um pai pra ver quando chegar lá.

Só não vou ter Gally.

Eu adorava o putinho do Gally, aquele merdinha egoísta pra caralho. Provavelmente agora mais do que nunca, porque ele está enterrado. Já não decepciona mais ninguém, e só fez isto uma vez. A imagem de seu corpo alquebrado naquela rua ficará comigo para sempre.

Aquela garota lá em Munique anos atrás, em 1990, 1991, ou 1989, uma merda assim... Elsa era o nome dela. Gally saiu com a parceira dela.

– Seu amigo é esquisito – disse ela. – Ele não... com a Gretchen... os dois não... ela gostou dele, mas os dois não fizeram sexo direito.

Eu fiquei imaginando em que ele estava pensando. Agora já sei, como ele sabia. Gally era um cara legal demais pra foder com alguém e passar o vírus.

Ele transformou todos nós em aprendizes da perda.

Se ao menos ele se amasse tanto quanto amava o resto do mundo.

Ele está morto, portanto se tornou mais fácil de amar do que Terry ou Billy. Mas eu ainda gosto dos dois, tanto que não consigo deixar que subvertam o que sinto por eles permitindo que se aproximem. Gosto da *ideia* deles dois. Só que nós nunca podemos ter o que já tivemos, pois tudo já se foi: a inocência, a cerveja, os comprimidos, as bandeiras, a viagem, o conjunto... tudo isso está muito distante de mim agora.

Como era aquele refrão do Bowie que nós sampleávamos: Feche as persianas do passado...

O ônibus até o centro da cidade. Estou fodido. Na realidade, estou mais do que fodido. Às vezes sinto que estou vendo através dos meus ouvidos, e não dos meus olhos. Parada de ônibus na Buchanan Street.

Edimburgo, Escócia
14:02

O Business Bar

O Business Bar estava cheio. Frequentadores do Festival e funcionários de escritórios se fundiam facilmente em uma cumplicidade prosa, mas provavelmente frágil, imaginando que estavam em um lugar que virava o centro do mundo durante três semanas por ano. Billy Birrell estava parado junto ao balcão, bebendo uma água mineral Perrier enquanto presidia a corte. Seus olhos se ergueram de um modo surpreso, mas não hostil, quando ele avistou o irmão. Com a porra de uma camisa do Hibs. Mesmo assim, aquilo era mais uma prova de que Rab não estava andando com agrocomerciantes. Então Billy viu Terry e sua expressão murchou visivelmente. Só que ele estava com alguém... aquela mulher... era Kathryn Joyner! Ali, no Business Bar! Ela também já estava atraindo alguns olhares, mas o que estava fazendo com eles?

– Billy! Como vão as coisas? – Terry estendeu a mão, que Billy apertou hesitantemente. Terry parecia em má forma. Acima do peso. Ele realmente se largara.

– Tudo bem, Terry – disse Billy, dando uma olhadela para o irmão. Rab deu de ombros com um ar tolo. Lisa olhou para Billy de alto a baixo, com olhos avaliadores que cintilavam feito os de Don King.

Terry puxou Kathryn para perto de Billy.

– Vilhelm, quero apresentar você a uma boa amiga minha. Esta aqui é a Kathryn Joyner – disse ele, sentindo seus ombros tremerem ao acrescentar: – Ela é conhecida por cantar uma ou outra canção por aí. Kathryn, este é um velho parceiro meu, o Billy, irmão do Robert... ou "Business", pra usar o título que nós aqui costumamos usar.

Billy percebeu que Terry estava doidão, só bancando o puto abusado. Terry nunca muda, pensou ele, com um desprezo tão feroz que fez suas tripas arderem e seu corpo quase estremecer. Ao voltar sua atenção para a cantora americana, ele não conseguiu evitar o pensamento: Deus, como esta mulher parece maltratada.

– Kathryn – disse ele, estendendo a mão. Depois virou para uma garota atrás do balcão. – Lena, traga uma rodada de champanhe pra cá... um Dom Perignon Magnum, acho eu.

Terry estava olhando para uma foto de Business Birrell com o jogador de futebol Mo Johnston na parede. – Mo Johnston... uma figura, hein, Billy?

– Pois é – disse Billy cautelosamente.

Terry viu mais fotos atrás do balcão. – Darren Jackson. John Robertson. Gordon Hunter. Ally McCoist. Gavin Hastings. Sandy Lyle. Stephen Hendry. Figuras, hein, Billy?

Billy mordeu o lábio inferior e deu uma olhadela para o irmão, com uma expressão acusatória se formando no rosto marcante.

Enquanto todos se examinavam hesitantemente, Posta Alec já entornara metade do champanhe, e estava conversando com duas mulheres de ar artístico, que pareciam turistas do Festival.

– É claro que eu não posso trabalhar, por causa das minhas costas... mas estou limpando as janelas pra um parceiro...

A dissonância deste comentário se fez clara, e Alec parou por um instante, estupefato de culpa e bebida. Lutou contra essa paralisia irrompendo em uma cantoria.

– Uma cançãozinha! Porque você é minha... só minha... especialidade...

Lisa deu um sorriso debochado diante disto, erguendo avidamente uma taça de champanhe e passando outras para Rab e Charlene.

Terry riu.

– Alerta de babaquice! – disse ele. Depois virou para Kathryn, pondo um braço em torno da cintura dela, e outro nos ombros de Billy, enquanto explicava: – Meu velho parceiro Billy Birrell, Kath. Fomos amigos muito, muito tempo antes que eu fizesse amizade com o Rab. É claro que hoje ele não gosta de ser lembrado daquela época, não é, Billy?

– Eu não preciso ser lembrado, Terry. Lembro muito bem de tudo – disse Billy a ele com frieza.

Para Terry, aquele Billy Birrell sóbrio era tão duro e distante que parecia ser feito de bronze. O puto parecia estar bem, mas também... por que não estaria? Provavelmente era adepto de todo programa de exercícios, regime alimentar especial, e estilo de vida sem excessos que se pudesse imaginar. Envelhecera um pouco, é claro: o cabelo estava mais ralo, e o rosto um tanto mais enrugado. Birrell. Como aquele escroto conseguia ter a porra de *alguma* ruga, se nunca mexia o rosto? Mas *era* Billy, ele realmente parecia estar bem, e Terry sentiu uma pontada de nostalgia.

– Lembra que a gente foi ao Grand National em Aintree? À Copa do Mundo na Itália, em 1990? À Oktoberfest em Munique, Billy?

– Pois é – disse Billy, com mais cautela do que pretendia.

– Eu já vi o mundo, entendem? Na verdade, é a mesma porra em toda parte, Kath – disse Terry. Depois, sem esperar uma reação, encostou delicadamente o punho fechado no queixo de Billy e acrescentou: – Nosso Billy aqui lutava boxe. Podia ter disputado o título, não é, campeão?

Billy afastou a mão de Terry, que instintivamente apertou o braço em torno da cintura de Kathryn. Se Business fosse derrubar Terry, ela iria cair junto. Só para ver se o puto, sempre tão preocupado com sua imagem, gostava disso. A versão do *Evening News* seria:

> A cantora americana e celebridade internacional Kathryn Joyner foi derrubada em um incidente dentro de um pub da cidade ontem. Pelo que se sabe, a importante personalidade esportiva Billy "Business" Birrell se envolveu no ocorrido.

Billy Birrell. Seu amigo. Terry pensou em Billy e ele com suas mochilas esportivas, camisas listradas, calças jeans de *naytex* e agasalhos. Depois haviam passado pela linha Ben Sherman, e as Levis que não encolhiam, até chegar às camisetas sem mangas, aos tênis Adidas e ao estilo Fred Perry. Uma pontada de pungência passou por ele, instantaneamente se metamorfoseando em melancolia.

– Eu fui até Leith Victoria com você aquela vez, Billy... devia ter ficado até o fim. Lembra, Billy... lembra...

A voz de Terry ficou grave, desesperada, e quase falhou quando ele pensou em Andy Galloway já sem vida no asfalto, em N–SIGN na Austrália ou onde quer que ele estivesse, em sua mãe, em Lucy, em seu filho Jason, um desconhecido, em Vivian... e então ele apertou Kathryn com mais força.

Jason. Ele próprio escolhera o nome. Era isso. Ele dissera a Lucy que nunca seria como aquele puto velho, o escroto que abandonara Yvonne e ele, que ele seria um bom pai. Ficara tão obcecado por parecer diferente do escroto, que nem notara que só se preocupara com características superficiais, e que os dois haviam saído cara de um, focinho de outro.

Ele ainda lembrava da época em que tentara fazer um esforço para se tornar parte da vida de Jason. Buscara o menino na casa de Lucy, e fora com ele a um jogo no Easter Road. O menino ficara entediado, e conversar com ele era como arrancar um dente. Uma vez, rendendo-se a uma pontada de emoção, ele tentara abraçar Jason. O garoto ficara tão tenso e constrangido quanto Birrell estava ali agora. Seu próprio filho fizera Terry se sentir um membro da ala das feras na prisão de Saughton.

No domingo seguinte, ele pensara em levar Jason ao zoológico. Ouvira falar que a mãe de Gally hospedava em alguns finais de semana a neta Jacqueline, que não era muito mais nova do que Jason. Então fora até a porta da sra. Galloway.

– O que você quer? – perguntou ela com uma frieza fantasmagórica, arregalando os olhos grandes como os do filho e sugando o interlocutor com eles.

Terry não aguentara o olhar dela, que o deixara sem ação. Sob aquele olhar, ele se sentira feito alguém que fugisse de um campo de concentração e ficasse cego pelos fachos dos holofotes. Então tossira nervosamente.

– Hum... ouvi falar que você hospeda sua netinha em alguns fins de semana... então andei pensando, tipo, vou levar meu garoto ao zoológico no próximo domingo... se você quiser uma folga, eu posso levar a Jacqueline também...

– Você só pode estar de brincadeira – disse ela em tom gélido. – Deixar minha neta sair com você?

Ela não precisou acrescentar "depois do que aconteceu com meu filho?"... tudo estava escrito no seu rosto.

Terry ia falar alguma coisa, mas sentiu as palavras grudarem na sua garganta, já quase esmagado pela emoção. Então se obrigou a encarar Susan Galloway, compreendendo a mágoa dela através de sua própria dor. Se ele conseguisse vencer aquela dor e manter seu olhar firme, talvez ela cedesse e os dois pudessem conversar direito, compartilhando a mágoa. Feito a porra do Billy Birrell teria feito. Uma vez ele vira a sra. Galloway saltando do carrão reluzente de Billy, que a ajudava com as compras. Pois é, a pequena ajuda prática de Billy seria bem-vinda, é claro, cairia muito bem. Só que Birrell era uma "importante personalidade esportiva", e agora um empresário bem-sucedido. Até Ewart, aquele puto drogado e retardado, era um DJ de grande sucesso, ao que se dizia já milionário. Não, era preciso um bode expiatório, e atualmente o cara deixado pra trás nos conjuntos servia bem. Então ocorreu a Terry que aquele era o seu destino. E ele amara Gally tanto quanto os demais. Afastando-se da mãe de seu amigo morto, Terry saíra andando, ainda que sóbrio, com a mesma falta de firmeza do bêbado patético e desesperançado que a sra. Galloway acreditava que ele era.

Agora estava com menos firmeza ainda. Segurou Kathryn com mais força e olhou para Lisa, que lhe deu um amplo sorriso. Ela era uma garota genial, uma gata bonita e sensual que adorava beber coquetéis e ser fodida. Não podia ser mais o tipo dele... na verdade, era um sonho tornado realidade. Ao longo dos anos ele fora baixando o padrão, mas agora estava com Lisa. Ela devia ser mais do que suficiente... e assim Terry foi reforçando seu ego e restaurando o equilíbio. Ele precisava melhorar. Sair mais. Criar interesses. Estava se lamentando por uma Idade de Ouro que jamais existira, e a vida estava passando.

Enquanto isto, Billy se cansara dele. Já estava farto daquele palhaço, balançando na brisa inexistente, e puxando Kathryn Joyner de um lado para o outro como se a mulher fosse uma boneca de trapos. – Terry, você já bebeu o bastante, parceiro. Vou te arrumar um táxi pra casa.

– Eu não preciso de um táxi, Birrell – disse Terry Lawson em tom irritado, pegando a taça de champanhe e bebericando com gestos de realeza. – Só vou tomar uma taça de champanhe aqui e depois ir embora.

Billy lançou um olhar estoico para Terry. Não havia amizade, nem histórico, naquele olhar, e Terry sentiu sua frieza. Ele estava sendo visto como nada além de um bêbado potencialmente encrenqueiro. Sem passado algum. Sem Andrew Galloway. Como se tudo jamais houvesse acontecido. Como se o garoto nunca houvesse vivido. Pois é, os dois haviam dito algumas coisas no funeral, mas continuavam em estado de choque. Depois daquilo, Billy jamais dissera porra alguma. Depois do ocorrido, ele simplesmente se concentrara na sua luta. O negócio é que antes daquela luta Terry tinha muito orgulho de Billy. "Business" era um nome que ele usava livremente, sem qualquer gozação irônica. Seu parceiro ia ser campeão do mundo. Billy era uma máquina. Mais tarde, porém, quando o rapaz de Gales venceu, Terry sentiu uma satisfação malévola através de seu orgulho ferido.

Billy virou para o lado. Terry era um fracassado. Caíra ladeira abaixo. Ah, sim, ele continuava sendo um ás da gozação, mas a amargura já penetrara lá. Ele lamentava ter cortado Terry de sua vida daquele jeito, tantos anos antes, mas o cara era um prejuízo ambulante. Muita gente dizia que ele nunca superara a morte de Gally. Ele próprio, Billy Birrell, também ficara tão perturbado quanto qualquer outro com o acontecido. Mas era preciso esquecer aquilo, era preciso seguir em frente. Até Gally desejaria que fosse assim: ele adorava a vida, e também quereria que o resto da turma fosse em frente, aproveitando ao máximo. Terry agia como se fosse o único que ficara magoado pelo ocorrido; era como se isto lhe desse uma desculpa ou licença para bancar o puto abusado com todo mundo. Dava para desconfiar que, se não fosse o Gally, ele arrumaria outra justificativa para ser um escroto.

É claro que Billy queria contar para Terry que, quando entrasse no ringue, ele estaria pronto para arrebatar o tal Steve Morgan, de Port Talbot. Alguém ia sofrer pelo que acontecera com Gally.

Quando entrara no ringue, porém, ele simplesmente não conseguira se mexer.

A tal tiroide levara a culpa, e era realmente um fator ali, mas Billy sabia que poderia liquidar Morgan mesmo que estivesse moribundo na cama. No primeiro assalto houve uma cabeçada mútua, e o sangue jorrou do nariz de Morgan. Foi então que aconteceu. Algo em Morgan parecia tão familiar. Billy jamais vira aquilo, mas agora estava vendo com uma clareza dolorosa. O cabelo preto cortado rente, os grandes olhos castanhos, a pele pálida e o nariz adunco. Os gestos desajeitados. A expressão perturbada e cautelosa. E o sangue escorrendo lentamente daquele nariz. Subitamente, ocorreu a Terry que o boxeador galês era a cara escarrada de Gally.

Não, Billy não conseguiu mais se mexer.

Não conseguiu desferir um único soco.

Ele já sabia que havia algo errado. Sentira isto pela primeira vez pouco antes de ir a Munique. Tentara esconder a coisa de Ronnie, que por sua vez tentara esconder tudo dos patrocinadores. Estar em forma era tudo. Billy raciocinava que alguém fora de forma não conseguiria fazer o essencial para vencer em qualquer esporte individual, fosse boxe, tênis ou squash, e isto era: ditar o ritmo. Em um confronto individual, competir no ritmo do outro era desmoralizante, e insustentável. Era por isto que Billy achava que sua carreira estaria acabada quando ele parasse de avançar. Mas havia a questão daquela luta específica com o Morgan. Suas oportunidades futuras dependiam muito daquilo. Fora orgulho puro que empurrara um Billy Birrell exausto para dentro do ringue. Ditar o ritmo já estava fora de cogitação; a única chance que Billy tinha era acertar um soco isolado. E quando o fantasma de Galloway veio dançando em sua direção, isso também se fora.

    Só que ele era orgulhoso demais para contar isto a Terry, ou a qualquer outro, orgulhoso demais para lhe contar que continuava em estado de choque devido à morte de um amigo. Algo poderia parecer mais patético ou ridículo? Um boxeador, um profissional, deveria ser capaz de superar isso. Mas não. A tiroide e a tristeza haviam conspirado: o corpo de Billy já se fora, e não estava se mexendo para ele. Fora a última vez em que ele entrara no ringue. A coisa lhe mostrara que ele não era talhado para o boxe. Provavelmente ele estava sendo injusto consigo mesmo, mas Billy Birrell era um perfeccionista, o tipo de pessoa que prefere tudo ou nada.

    Quando o perito médico identificou a deficiência na tiroide, e falou achar milagroso que ele houvesse conseguido entrar no ringue, Billy virou herói da noite para o dia. Em todo caso, o Conselho Britânico de Controle do Boxe não podia permitir que ele lutasse tomando tiroxina. Então eles viraram os vilões. A pedido do público, após uma campanha no *Evening News*, houve uma recepção cívica na Câmara Municipal. Davie Power e outros patrocinadores perceberam até que ponto a tendência a enobrecer uma derrota gloriosa estava entranhada na psique escocesa. O Business Bar foi em frente.

    Billy olhou em torno, vendo o bar arejado e espaçoso, com sua clientela majoritariamente abastada. Enquanto ele contemplava sua paralisia passada, Johnny Catarrh fora impelido à ação. Ele soltara alguns peidos gasosos e químicos, já suficientemente constrangedores naquele bar movimentado. Agora, porém, desconfiou de um seguimento, e foi apressadamente para o banheiro a fim de investigar.

    Billy ainda não falara com ele, e estava prestes a dizer oi, quando Catarrh passou correndo. Puto ignorante, doidaço. Que porra Rab queria ao trazer aquele pessoal para o bar? Principalmente Terry Lawson. Billy olhou para Terry, vendo seu rosto inchado de álcool e a boca arrogante de pó, cuspindo sua falastronice pelo bar todo, fazendo com que os habituais clientes pagantes olhassem nervosamente em torno. E ele continuava entornando o caro champanhe oferecido por ele próprio, Billy. Aquele puto precisava ir embora. Ele era... A linha de raciocínio de Billy foi interrompida quando ele viu um sujeito irritado se aproximar do bar e agarrar o braço de Kathryn.

– O que diabos você andou fazendo? – questionou ele com um sotaque americano.

Billy e Terry avançaram como se fossem um só.

– Franklin... tome um pouco de champanhe! – ganiu Kathryn em tom feliz. Billy recuou. Ela conhecia o sujeito.

– Eu não quero champanhe... fiquei quase maluco, sua egoísta... você... você tá bêbada! Você ainda tem de cantar hoje à noite!

– Tire a porra das mãos de cima dela, seu putinho! Ninguém vai cantar hoje à noite! – rosnou Terry.

– Quem é este cara? – perguntou Franklin a Kathryn com desdém.

– Este é o puto que vai arrebentar a sua boca, seu sacana da porra! – rebateu Terry, dando um soco no queixo de Franklin. O americano cambaleou para trás sobre os calcanhares e caiu. Terry avançou para lhe dar um pontapé, mas Billy se enfiou entre ele e a presa em questão.

– Você tá passando dos limites, Terry! Saia já daqui!

– Este puto aí é que tá passando dos limites...

Kathryn já estava erguendo Franklin. Ele só esfregava o queixo, parecendo sem equilíbrio sobre os pés. Então começou a vomitar. Ouviu-se um viva dado por jogadores de rúgbi que tomavam cerveja no canto do bar. E Billy agarrou o braço de Terry.

– Vamos conversar sobre isto, parceiro – disse ele, levando Terry até a porta dos fundos do pub. Os dois saíram juntos, indo para o pequeno quintal cheio de barris e caixotes. O sol ofuscante brilhava em um céu azul sem nuvens. – Você e eu precisamos levar um papo reto, Terry...

– É tarde demais pra essa porra, Birrell – disse Terry, tentando dar um soco em Billy, que se esquivou com facilidade e o derrubou no chão com um belo gancho de esquerda.

Com Terry estendido no chão, Billy esfregou as juntas dos dedos. Ele se machucara. Aquele puto gordo e idiota!

Rab, Charlene, Kathryn, Lisa e Posta Alec os seguiram lá para fora. Alec avançou cambaleando para Billy.

– Tudo bem, campeão? – disse ele, assumindo a postura de um *sparring* e dando socos curtos na direção de um Billy estático. Depois foi tomado por um violento acesso de tosse, encostando-se na parede para puxar catarro do peito. Enquanto isto acontecia, Kathryn e os outros cuidavam de Terry. Franklin se aproximou deles e gritou para a cantora: – Se não voltar pro hotel agora, você tá acabada!

Kathryn virou-se para ele, uivando feito uma alma penada. – Não me fale que eu estou acabada! Não me fale coisa alguma, seu babaca! Pode se considerar despedido, seu bundão suado da porra!

– Pois é, você já foi avisado, agora vá se foder! – cuspiu Lisa para ele, apontando para a porta com o polegar.

Franklin ficou parado ali, olhando para eles. A piranha maluca sofrera uma lavagem cerebral na mão de um bando de vagabundos escoceses... eles só podiam fazer parte de uma seita maluca. Ele sabia que aquilo acabaria acontecendo. E olhou para o escudo na camisa de Rab. Que porra era aquela merda ali, uma lavagem cerebral picareta feita por cientologistas celtas? Ele ia cuidar daquilo!

– Vá andando – disse Billy Birrell com frieza.

Franklin girou sobre os calcanhares e saiu pisando duro.

– Não quero ofender, Rab – disse Billy, olhando para o irmão, e depois para Kathryn. – Mas talvez seja melhor vocês pensarem em encerrar o dia e dormir um pouco.

Os dois se encararam e depois olharam para Billy. Rab assentiu e eles ergueram Terry. Lisa gritou algo para Billy, que olhou diretamente para ela, enquanto via o grupo sair cambaleando, com seu irmão e um dos seus amigos mais antigos. Abanando a cabeça lentamente, Billy passou a contemplar a diferença entre gente como eles e ele próprio. Eles viam o carro, as roupas e a gata elegante no seu braço. Nunca viam o esforço, nunca encaravam os riscos ou sentiam a ansiedade. E às vezes Billy até tinha inveja deles, de ser capaz de largar tudo e ficar fodido daquele jeito. Fazia muito tempo que ele não se dava a esse luxo. Mas não se arrependia do que estava fazendo. Você precisava de respeito, e na Grã-Bretanha o único jeito de obter respeito, caso você não nascesse com uma colher de prata na boca ou tivesse o sotaque certo, era ganhar dinheiro. Antigamente havia outras maneiras de obter respeito, como no caso do seu velho ou de Duncan Ewart, o pai de Carl. Mas agora não. Você vê o desprezo que os pobres recebem hoje em dia, mesmo em suas próprias comunidades. Dizem que tudo mudou, mas mudou porra nenhuma. Não de verdade. A única coisa que acontecera fora... foda-se tudo aquilo.

Como Gally estaria agora, se ainda estivesse ali?

Os olhos de Gally assombravam Billy com frequência. Eles os via principalmente quando dormia sozinho, com Fabienne de volta à França, durante um período de ida naquele relacionamento de idas e vindas, e ele ainda não conseguira substituí-la por uma versão local. Os grandes olhos do pequeno Andy Galloway; nunca aqueles olhos vivazes e ocupados, mas vazios e enegrecidos pela morte. E sua boca, aberta em um grito silencioso, com o sangue escorrendo para fora, manchando os grandes dentes brancos. Ainda mais sangue escorrera da orelha, passando pelo brinco dourado no lóbulo. O cheiro metálico daquilo nas mãos e roupas de Billy, enquanto ele amparava a cabeça sem vida. E o peso dele. Gally, tão pequeno e leve enquanto vivo, parecendo tão pesado depois de morto.

A boca do próprio Billy parecera cheia do gosto metálico daquele sangue, como se ele estivesse sugando uma velha moeda de dois centavos. Mais tarde ele até escovara os dentes para tentar se livrar do gosto, que teimava em voltar. Mesmo naquele bar, tantos anos depois, o gosto parecia reaparecer. A perda e o trauma deixavam sabores fantasmagóricos, enquanto o estômago de Billy se retorcia em torno de algo tão pouco maleável quanto um bloco de mármore.

E então houve o momento em que o sangue saíra borbulhando da boca de Gally, como se por um segundo ele ainda respirasse, com um último suspiro. Só que Billy não se permitira pensar assim, pois sabia que Gally se fora, e aquilo era apenas ar escapando dos seus pulmões.

Ele lembrava de Carl gritando e de Terry puxando o próprio cabelo. Billy tivera vontade de bater nos dois e mandar que se calassem. Calar a porra da boca por Gally. Mostrar a porra de algum respeito pelo cara. Depois de algum tempo, seu olhar cruzara com o de Terry. Eles menearam as cabeças um para o outro. Terry estapeou Carl. Não, na Escócia os rapazes nunca se estapeavam. Os ingleses é que estapeavam as mulheres, era de lá que vinha aquilo, um bom tapa. Já ali fora um cacete, uma porrada. Terry mantivera o pulso firme, não dera um tapa de mulher ou de bicha. Billy lembrava disso, que na época parecera importante pra caralho. Agora, para ele aquilo parecia algo além de triste ou doentio... apenas completamente bizarro. Não eram nossos maus hábitos que na verdade nos assustavam; nós nos acostumávamos demais com eles, que só preocupavam os outros. Era o impulso ocasional, imprevisível e brutal que você lutava para reprimir, aquele que os outros nunca nem sequer viam, e esperançosamente jamais veriam.

Mas no caso de Gally eles viram.

Às vezes Billy não entendia como ele mantinha tudo na sua cabeça. Ele sabia que a personalidade era geralmente vista como ação, e não como palavras ou pensamentos. Muito antes de começar a lutar boxe, ele aprendera que o medo e a dúvida eram emoções que não se deviam exprimir. Frequentemente até ardiam com mais força por serem reprimidas, mas ele conseguia fazer isto. Não tinha tempo para o Festival de fantasmas da cultura confessional; quando ameaçado por uma emoção assim, ele mordia com força, como se o troço fosse um ecstasy, e engolia a energia emanada dali. Isto era melhor do que dar a outro puto o poder de desmontar a sua cabeça. Normalmente funcionava, mas uma vez falhara.

Quando o fantasma de Gally surgira flutuando no ringue.

E tudo aquilo voltara com força demasiada ultimamente. Billy estava pensando em Fabienne, pensando em sua sociedade com Gillfillian e Power, e dera uma caminhada pelo cemitério onde Gally fora enterrado. Chegara perto do túmulo e vira um cara murmurando ali ao lado. Quando se aproximou mais, viu que o sujeito parecia estar falando com Gally. Constrangido, ele se adiantou e afastou aquele pensamento. Provavelmente era apenas um babaca do serviço comunitário, murmurando merda. Só que ele não aparentava ser isso; usava uma gravata, e parecia ter um uniforme por baixo do sobretudo.

Aquilo perturbara Billy. Ele tinha quase certeza que o sujeito dissera "Andrew". Com toda a probabilidade, tratava-se apenas da impressão fantasmagórica do seu velho sofrimento, mas a coisa continuou se retorcendo dentro dele como as trepadeiras e os cipós no cemitério.

"Islands in the Stream"

Embora ainda sentisse dor no queixo, Terry tinha uma transbordante sensação de vitória ao se arrastar pela Princes Street com uma das malas de Kathryn. Ele chegaria com ela ao Gauntlet, e todos veriam que ele, Terry Lawson, ainda era A PORRA DO CARA quando se tratava de, bem, tudo. Só que fora um erro tentar brigar com Birrell, reconhecia ele. Fora um belo soco direto, refletiu Terry com admiração relutante. Dizem que o soco de um boxeador é a última coisa a se perder. Mas os reflexos de Birrell também ainda pareciam impressionantes. Se bem que, pensou Terry, eu estou bêbado pra caralho, e provavelmente era possível ver meu golpe vindo lá na outra ponta da Princes Street.

Agora Terry estava participando de um vasto comboio que carregava a bagagem de Kathryn. Johnny e Rab também levavam uma mala cada um, enquanto Lisa e Charlene portavam bolsas menores. Kathryn não segurava coisa alguma.

– Eu devia ajudar vocês – protestou ela sem ânimo. – Talvez fosse melhor a gente pegar um táxi...

A cabeça de Terry estava zumbindo. Todo mundo estava ali dentro... Lucy, Vivian, Jason, sua mãe... disputando uma posição melhor.

As demais eram causas perdidas, mas Jason não, com certeza. Por que ele não mantinha um relacionamento com Jason? Bem que tentara agradar ao putinho. Zoológico é o cacete, eu deveria ter feito o garoto ir ao futebol, pensou ele. Só que naquela época ele andava durango demais, e além disto o carinha não mostrara interesse. Terry precisava admitir que isto era compreensível, uma vez que ele próprio ainda estava começando a se relacionar com o pai que sempre odiara. Antes ele só via os atos do escroto, seu egoísmo cruel e negligente, mas não as razões subjacentes àqueles atos. Agora, estava relutantemente vindo a entendê-las em termos de suas próprias motivações. O puto velho só queria uma trepada decente, uma vida livre de encrencas, dinheiro fácil e um pouco de respeito. E sim, como resultado, tratara mal sua esposa e seus filhos. Só que o pobre escroto nascera em circunstâncias que o impediam de adquirir recursos monetários ou sociais para colocar o viés financeiro satisfatório nas coisas. Os ricaços tratavam suas parceiras tão bem ou tão mal quanto os moradores dos conjuntos. A diferença era que os putos conseguiam adoçar a boca das mulheres com uma bela quantia se, e quando, as coisas começavam a dar errado. Era isto. E podiam fazer tudo de forma impessoal, por meio de advogados.

Terry precisava admitir que a possibilidade de que o carinha saísse diferente talvez não fosse uma coisa ruim. Ou Jason seria como ele próprio? Terry tentou visualizar as coisas vinte anos à frente, imaginando duas louras gostosas realizando um rito sexual lésbico na frente de um Jason adulto muito semelhante à sua imagem. Então ele (Jason/Terry) entraria no jogo, fodendo uma após a outra em diversas posições antes de gozar. Depois ele tiraria os óculos e os fones de realidade virtual, ficando sentado com o pau mole e gotejante em um aposento feio e decadente, atulhado de caixas de comida, cinzeiros cheios, pratos sujos e latas de cerveja vazias. Terry mal podia esperar que o século XXI começasse logo.

Mas este era o cenário hereditário. No cenário ambiental, ele visualizava o carinha como um puto cheio de espinhas, com uma esposa entediante e dois pequenos consumidores como filhos em uma casinha suburbana. E Lucy iria até lá com o seu Desengonçado para comer o assado dominical. Tudo seria tão legal e idílico, até que eles avistassem um vulto maltrapilho, encharcado de bebida, olhando pela janela. Seria Posta... Terry... não, que se foda tudo aquilo. Um dia ele ainda mostraria a todos.

Terry passou a mão por sua cabeleira de saca-rolha, ainda espessa, entristecido por não conseguir sentir qualquer coisa além de autopiedade e sentimentalismo barato. Já nutrira um monte de fantasias vingativas, que eram chocantes e repulsivas até para ele mesmo. Lucy vestida com uma camisa do Hearts, com a inscrição 69 ESCÓRIA nas costas, enquanto ele lhe metia a vara sem lubrificante, frente e verso. Só que ela não era Hearts, pois detestava futebol. Provavelmente ele estava pensando no seu velho; de fato, quando dava vazão total à sua cabeça, ele ficava intercalando esta cena com imagens de seu pai usando uma ridícula rosácea bordô ao ver o Hearts enfrentar o Rangers em uma final do campeonato escocês nos anos 1970. Foda-se, você jamais devia analisar demais as suas próprias doenças, pois isso só complicava a coisa.

Se algum puto merecia um soco, era a porra daquele bobalhão desengonçado, o técnico de laboratório que andava comendo Lucy. E ele teria levado um, se na época Terry já não estivesse fodendo Vivian, e a intervenção do cara não lhes houvesse dado a chance de ir em frente. Mas a porra do sujeito era um varapau de cabelo comprido, cheio de espinhas, com um gogó protuberante. Parecia um daqueles metaleiros de lugares como Bonnyrigg, que são virgens, só tocam discos com fantasias de dominação masculina e gaguejam sempre que falam com uma garota. Na realidade, Terry subsequentemente descobrira que fora Lucy quem cantara *o cara*, durante uma confraternização de funcionários em um boliche de Kirkcaldy chamado Almabowl.

Terry quase gargalhou quando ela apareceu e o cara estava lá, com as mãos ao lado do corpo, abrindo e fechando os punhos como se fosse começar algo. Lucy começou a fazer as malas e a aprontar o menino. Ele deveria ter reduzido a pó aquele cara, que estava tomando sua esposa e seu filho. Mas não conseguiu, porque só conseguia pensar em Vivian, no jeito que dera para precipitar a situação e ser largado por Lucy, que até assumira a responsabilidade pelo garoto, deixando-o apto a bancar o ferido e abandonado. Agora ele ficaria livre das contas atrasadas, do aluguel, dos silêncios frios que explodiam em discussões violentas, dos queixumes, dos desejos dela por uma casa suburbana e um jardim para o menino, a fim de que ele não precisasse brincar nas ruas do conjunto, como Terry. Ah, como ele saborearia o fato de se livrar de todo aquele engodo feio. Sim, quando a porta se fechou, ele contemplou sua perda e se permitiu um breve lamento consigo mesmo. Depois empacotou suas coisas e, para horror abjeto dela, mudou-se de mala e cuia para a casa da mãe.

Terry foi afastado desses pensamentos por um gemido de Johnny. Sim, aquele peso-leve estava sofrendo pra caralho.

– Não entendo por que você não pegou outro quarto lá no Balmoral mesmo – sugeriu Johnny para Kathryn tristemente.

– Não quero nem chegar perto do babaca do Franklin – praguejou Kathryn. Eles haviam levado séculos procurando um quarto em um hotel no centro da cidade, mesmo para Kathryn Joyner. Agora estavam descendo a Princes Street até Haymarket, onde havia um lugar menor, mas confortável.

Enquanto registravam Kathryn na recepção, Terry disse em tom especulativo: – Você seria perfeitamente bem-vinda na minha casa, sem qualquer laço.

– Terry, você é homem. Sempre existe um laço.

Aquela ianque não era tão maluca quanto parecia. Ele ainda se arriscou a dizer: – Só estou falando. Aqui é bem perto do Gauntlet. Pro karaokê, sabe?

– Preciso ir a Ingliston fazer o tal show – respondeu Kathryn.

– Mas você despediu o cara – guinchou Terry.

– Isto é só uma coisa que eu preciso fazer – disse Kathryn secamente.

Enquanto o recepcionista entregava a chave a Kathryn, Rab Birrell começou a arrastar uma mala escada acima, dizendo: – Já chega, Terry... a decisão é da Kathryn.

– Pois é, mas nós ainda podemos ir ao Gauntlet em um táxi rápido pra tomar a saideira depois do show – disse Johnny, sem saber por que apoiava Terry naquilo, já que estava absolutamente fodido, e só queria deitar a cabeça um pouco.

Após esperar que Kathryn se vestisse, eles se amontoaram na limusine que Rab redirecionara do Balmoral, e partiram para Ingliston. Johnny se esparramou em uma das laterais do veículo e adormeceu. Ele vinha esperando ansiosamente o momento de andar em um carro daqueles, mas agora a experiência estava passando por ele tal e qual a movimentada cidade lá fora.

Charlene se enroscou ao lado de Rab, curtindo estar ali. Lisa e Terry se serviram de drinques tirados do frigobar. Lisa já conseguia sentir o próprio cheiro: sua blusa estava suja, e seus poros deviam estar entupidos, mas ela nem ligou. Terry balbuciava algo no ouvido de Kathryn, e Lisa percebeu que a cantora americana ficou feliz quando ela interveio.

– Deixe a Kathryn em paz, Terry... ela precisa se preparar. Cale a porra dessa boca.

Terry ficou boquiaberto, com uma expressão de apelo.

– Eu mandei fechar a boca – insistiu Lisa.

Ele riu e apertou a mão dela. Gostava daquela garota. Às vezes podia ser muito divertido receber ordens de uma gata. Por cerca de cinco minutos.

Os prédios do centro da cidade deram lugar a mansões grandiosas, que logo viraram pacatos subúrbios e estradas vicinais. Então um avião rugiu acima deles e a limusine entrou no estacionamento do local do show. Eles tiveram dificuldade para acordar Johnny com sacudidelas, e os seguranças de Kathryn não gostaram quando viram aquele entourage, mas ficaram tão aliviados por vê-la que forneceram crachás de acesso aos bastidores para todos os membros do grupo, sem questionar coisa alguma.

Já dentro do Salão Verde, eles aproveitaram a comida e a bebida liberadas, enquanto Kathryn se escondia no toalete, vomitando e se prepararando psicologicamente.

Trêmula, Kathryn Joyner assumiu o palco em Ingliston. Foi a mais longa caminhada até um microfone que ela já dera; bom, talvez aquilo nem fosse tão ruim quanto o show em Copenhague, em que ela entrara cambaleando vinda do quarto do hotel, após uma visita ao hospital onde acabara de ter bombeados para fora do estômago os comprimidos que tomara. Mas era ruim o suficiente, e ela achou que fosse desmaiar sob o calor das luzes, sentindo cada gota da dor suja que as drogas haviam deixado no seu corpo subnutrido.

Meneando a cabeça para os músicos, ela deixou que a banda iniciasse "Mystery Woman". Quando cantou, sua voz mal parecia audível durante a primeira metade do primeiro número. Então aconteceu algo perfeitamente comum e encantadoramente místico: Kathryn Joyner sentiu a música e engatou a engrenagem. Na verdade, sua performance não passou de aceitável, mas isto já era muito mais do que ela e seu público estavam acostumados a receber, de modo que dentro do contexto a noite foi um pequeno triunfo. O mais importante é que uma multidão nostálgica, agradecida e bêbada adorou tudo.

Ao final da apresentação, ela foi chamada de volta para um bis. Kath pensou no tal quarto de hotel em Copenhague. Hora de esquecer, pensou ela. Então virou-se para Denny, seu guitarrista, que era um veterano de shows.

– "Sincere Love" – disse ela. Denny meneou a cabeça para o resto da banda. Kathryn adentrou o palco sob enorme aplauso e assumiu o microfone, enquanto Terry dançava nas coxias.

– Eu me diverti muito na cidade de Edimburgo. Foi ótimo. Esta canção é dedicada a Terry, Rab e Johnny de Edimburgo, com amor sincero.

Era um clímax apropriado, embora Terry ficasse um pouco incomodado por Kathryn não lhe dar o título correto de Terry Refresco.

– Teria significado mais pra qualquer puto dos conjuntos que estivesse lá – explicou ele a Rab.

Franklin Delaney tentou cumprimentar Kathryn quando ela saiu do palco, mas foi interceptado por Terry.

– Nós temos um show – disse ele, empurrando para o lado o ex-empresário de Kathryn. Enquanto isto ela acenava, afastando os seguranças já prontos para intervir.

Terry foi abrindo caminho, cruzando o estacionamento até os táxis que já aguardavam para levar todos ao Gauntlet, um pub em Broomhouse. Kathryn já estava enxergando as coisas com uma clareza poderosa, não apenas racionalmente, pois estava tão fodida que mal conseguia raciocinar, mas era aquilo ali... aquele seria seu último show em muito tempo.

Para o mundo, ela havia sido um sucesso fenomenal, mas para Kathryn Joyner os anos de sua juventude passaram voando, em uma série de turnês, quartos de hotel, estúdios de gravação, mansões com ar-refrigerado e relacionamentos insatisfatórios. Desde o estupidificante tédio da cidade pequena perto de Omaha, ela levara uma vida ditada por outros, cercada de amigos que tinham grande interesse na continuação do seu sucesso comercial. Seu pai foi seu primeiro empresário, antes de uma separação acrimoniosa dos dois. Kathryn pensou na maneira que Elvis morrera, não de macacão em um hotel de Las Vegas, mas no banheiro de sua casa em Memphis, cercado por familiares e amigos. As pessoas que amam você e o seu círculo de bajuladores em geral são os que precipitam a sua morte. Eles tendem a reparar menos no incremento do seu declínio.

Mas aquilo conviera a ela. Por um tempo. Kathryn só percebera que estava em um carrossel quando já não podia mais sair dele. Aquela merda de morrer de fome era uma simples tentativa de exercer controle. É claro, todos já haviam lhe dito isto, mas agora ela estava sentindo, e ia fazer algo a respeito. E faria isto sem a salvadora figura fantasiosa que sempre aparecia quando as coisas ficavam excessivas, e que podia recomendar um novo compromisso, um novo visual, bens de consumo duráveis, um imóvel qualquer, um livro de autoajuda, uma dieta revolucionária, umas vitaminas, um psicanalista, um guru, um mentor, uma religião, um terapeuta, na realidade qualquer pessoa ou coisa que pudesse tapar as rachaduras para que Kathryn Joyner conseguisse voltar ao estúdio e à turnê. Voltar a ser a galinha dos ovos de ouro que sustentava a infraestrutura dos bajuladores.

Terry, Johnny, e até Rab... ela não podia confiar neles mais do que no resto. Eram iguais, não podiam evitar isto, engolidos pela doença que parecia se apossar de todos mais e mais a cada dia: a necessidade de usar os vulneráveis. Eles eram bem legais, e este era o problema, todos sempre eram, mas aquela dependência de outros e, inversamente, a deles de você simplesmente precisavam acabar. Só que eles haviam lhe mostrado algo, algo útil e importante, durante aqueles poucos dias absurdos à base de drogas. Por mais estranho que parecesse, eles se importavam. Não eram entediados, ou afetados. Eles se importavam com as coisas; em geral coisas idiotas ou triviais, mas se importavam. E faziam isto porque estavam envolvidos em um mundo fora do mundo construído da mídia e do show business. Na verdade, você podia não se importar com aquele mundo, porque não era seu e nunca poderia ser. Era um comércio sofisticado, e simplesmente passava por cima.

Ela dormiria alguns dias e depois iria para casa, com o telefone desligado. Depois alugaria um apartamento modesto em algum lugar. Mas primeiro cantaria para o público. Só mais uma vez.

Foi assim que Terry Lawson e Kathryn Joyner cantaram em dueto "Don't Go Breaking My Heart". Quando foram proclamados ganhadores do prêmio, que era um conjunto de acessórios culinários fornecidos pela Betterware, eles continuaram com "Islands in the Stream". Louise Malcolmson foi hostil, principalmente porque ela e Brian Turvey haviam se saído bem cantando "You're All I Need to Get By".

– Porra de puxação de saco dessa piranha ianque rica – disse ela, em um tom alto e bêbado.

O rosto de Lisa se endureceu, mas ela ficou calada. Terry deu uma palavra discreta com Brian Turvey, que levou Louise para casa.

No futuro eles diriam que o último show de Kathryn Joyner foi em Edimburgo, e estariam certos. No entanto, muito poucos saberiam que isto aconteceu não em Ingliston, mas em um pub de Broomhouse chamado Gauntlet.

Se o show em Ingliston foi um divisor de águas para Kathryn, o do Gauntlet também foi para Terry. Quando eles foram embora, ele deliberadamente abandonara o paletó no encosto da cadeira do bar. Jamais continuaria a comer novinhas bacanas iguais a Lisa vestido feito um retardado. Resolveu fazer um esforço maior para emagrecer, abandonando os jantares à base de salsicha com sorvete e as sessões de masturbação. Em algum ponto, percebeu Terry, ele perdera o amor-próprio. E isto não significava, necessariamente, que ele precisava se vestir feito uma bicha, porque as roupas da Ben Sherman estavam na moda outra vez. Ele tivera a sua primeira aos dez anos de idade. Talvez isto fosse uma indicação da volta ao topo de Terry Lawson na meia-idade. Seria bom também cortar o cabelo, que crescia tão depressa, mas seria maneiro passar uma máquina um ou dois a cada dois sábados, se ele conseguisse perder peso. E comprar jeans da Ben Sherman. Fazer o serviço na porra de uma loja de roupas! Talvez uma jaqueta de couro feito a de Birrell. Ele precisava reconhecer que aquilo era elegante. Um Novo Terry, com Novas Roupas.

Pois é, em breve ele estaria no Ministério do puto do Tony Blair! Aquele cara já tinha sacado tudo: pouco importava o que você fazia, desde que convencesse no papel. Era só isto que o povo da Grã-Bretanha queria, o ouvido solidário de um homem articulado e bem-vestido. Então você podia se recostar, todo contente, enquanto eles cagavam em você e mostravam que você não valia porra nenhuma. Só o papo é que era importante.

Depois, eles planejavam voltar à casa de Terry para uma festinha. Kathryn estava exausta, e queria dormir no quarto do hotel. Ficava murmurando delirantemente, "Preciso da porcaria do hotel". Johnny estava em estado de coma. De jeito nenhum aquele putinho sujo vai dormir com ela hoje, pensou Terry. Passou suas chaves para Lisa e Charlene, instruindo as duas a botar Johnny para dormir. Rab e ele levariam Kathryn para o hotel, voltando direto para sua casa.

Rab não ficou muito satisfeito, mas Terry fez sinal para um táxi e a coisa virou um *fait accompli*. Lisa e Charlene já tinham posto Johnny em outro.

Quando entraram no conjunto, Lisa lembrou que tinha uma tia e uma prima morando lá. Ela não conhecia as duas bem. Lembrava de, quando criança, vir ali comer torradas com espaguete. Um de seus primos morrera havia alguns anos, caindo de uma ponte quando bêbado. Só mais um cara jovem que saíra pela cidade cheio de vida, mas voltara frio e morto. Sua mãe e seu pai haviam ido ao funeral.

Desde a última vez em que estivera ali, os prédios haviam sido tomados por um surto de antenas parabólicas. Ao lado do suporte para baldes, a parede já fora mijada tantas vezes que o revestimento ficara severamente manchado, e já parecia estar se dissolvendo em partes. Ela não sabia se o prédio de sua tia Susan era aquele ali, ou outro mais atrás. Talvez Terry fosse conhecido dela.

Lisa viu que Charlene estava totalmente chapada e queria deitar a cabeça. E aquele tal de Johnny também estava acabado.

Glasgow, Escócia
17:27

Buchanan Street; o fedor de diesel e dos nascidos ali enchendo o ar, feito desconectadas correntes de dureza que os novos shoppings e butiques de grife estranhamente parecem acentuar, em vez de encobrir.

Nem consigo lembrar em que direção fica a estação da Queen Street, já faz tanto tempo. Claro, é logo ali rua abaixo. Meu celular não funciona, então ligo pra minha mãe de um telefone público. Sandra Birrell atende. Minha mãe está no hospital. Com minha tia Avril.

Ela me conta como estão as coisas. Eu murmuro umas merdas por um minuto, e então vou pegar o trem, percebendo que não perguntei por ninguém, nem mesmo por Billy.

Billy Birrell, e todos aqueles apelidos. De alguns ele gostava, com outros ficava irritado pra caralho. Menina Tola (Primeiro Grau). Esquilo Sem Grilo (Segundo Grau). Biro (turma do conjunto, bandido incendiário). Business Birrell (boxeador). Já faz muito tempo. O melhor puto que conheci na minha vida inteira. Billy Birrell.

Agora preciso andar para trás. Parto para a Queen Street e embarco no trem.

Reconheço um cara no trem. Acho que ele é DJ, ou algo a ver com boates. Um promoter? Ou o dono de um selo? Quem sabe. Eu balanço a cabeça. Ele balança de volta. Renton, acho que é o nome dele. Irmão no exército que foi morto, um cara que costumava ir ao Tynecastle antigamente. Não era um cara ruim, quer dizer, o irmão deste cara. Nunca dei grande coisa pelo puto. Ouvi falar que ele roubou os parceiros. Mas acho que precisamos ser suficientemente fortes pra conviver com o fato de que até os mais próximos de nós nos decepcionarão de vez em quando.

O funeral de Gally foi o negócio mais triste que já presenciei. A única coisa estranhamente edificante acerca daquilo foi ver Susan e Sheena. Elas estavam agarradas uma à outra, ao lado da sepultura, feito mariscos. Parecia que os tijolos de hombridade ao redor delas, o sr. G e o Gally, haviam sido expostos como palha e varridos pelo vento. Agora eram só elas duas. Mesmo assim, apesar da total e absoluta devastação aparente ali, elas pareciam muito fortes e virtuosas.

A família tinha um jazigo. Eu ajudei a carregar o caixão e a baixar Gally pra cova. Billy também ajudou, mas Terry não foi convidado. Gail fez o que prometeu: ficou distante e manteve Jacqueline distante. Foi melhor assim. O velho de Gally faltou, provavelmente em cana.

Minha mãe e meu pai, bem como os Birrell, estavam lá, incluindo Rab Birrell e dois parceiros futebolísticos do Gally. Assim como a mãe do Terry, com Walter. Topsy também deu as caras lá. A maior surpresa foi no hotel, onde Billy me contou que o Blackie, lá da escola, tinha aparecido. Ele agora era o diretor, e ouvira falar que um ex-aluno seu tinha morrido. Eu não tinha visto o Blackie na capela, nem junto à sepultura, mas Billy me garantiu que era ele, parado rigidamente sob a chuva ao lado da cova, com as mãos unidas na frente do corpo.

O cascalho da trilha grudou nas ranhuras da sola do meu sapato, e eu lembro que fiquei irritado com isto na ocasião. Senti até vontade de socar alguém, só por causa da porra de um cascalho no sapato.

A manhã estava feia e fria. O vento soprava sobre a gente lá do mar do Norte, cuspindo chuva e uma neve fraca nos nossos rostos. Felizmente, o sacerdote foi breve, e nós fomos tremendo rua abaixo até o hotel, onde havia chá, bolos e álcool.

Na reunião, Billy ficava balançando a cabeça, murmurando consigo mesmo, ainda em estado de choque. Eu fiquei preocupado com ele na hora. Aquele não era o Billy Birrell. Parecia o mesmo, mas era como se seu foco e sua energia interna houvessem sumido. As pilhas haviam sido retiradas. Billy sempre fora uma torre de força, e eu não gostei de vê-lo assim. Yvonne Lawson, chorando, segurava a mão dele em estado de choque. Billy estava fodido, e tinha uma luta em breve.

Eu peguei uma das mãos de Susan nas minhas e mandei o velho discurso. – Se houver alguma coisa... qualquer coisa...

Os olhos cansados e vidrados de Susan sorriram pra mim, como os de seu filho, enquanto ela me falava que tudo estava bem, que ela e Sheena aguentariam.

Quando fui ao banheiro mijar, Billy se aproximou e, hesitantemente, começou a me contar algo sobre Doyle que só consegui apreender vagamente, devido à bebida e à tristeza.

Doyle tinha ido à academia de Billy após o treino. Estava esperando Billy.

– Eu pensei... isto é drástico, lá vamos nós outra vez – disse Billy, mexendo na cicatriz. – E fiquei todo tenso. Mas ele parecia estar sozinho. Falou que sabia que estava junto com o Power e tudo, que não queria encrenca, que só queria saber uma coisa. E então perguntou pra mim... você estava com o Gally naquela noite do Polmont?

Só que naquela hora, durante o funeral, eu não queria escutar aquilo. Já estava farto, e era egoísta. Depois de Munique, daquela merda toda, era como se eu tivesse riscado uma linha embaixo daquela parte da minha vida, aquela parte da vida na minha cidade natal. Eu só queria enterrar o meu parceiro e seguir em frente. A noite em que nós tínhamos saído, a noite em que Gally pulou, pra mim era só uma coisa em prol dos velhos tempos, antes da minha partida pra Londres.

Billy enfiou as mãos no fundo dos bolsos, ficando todo duro e rígido. Lembro que fiquei mais impressionado com isto do que com o que ele falou na hora, por não ser aquela a linguagem corporal que você associava a ele. Normalmente Billy se mexia de modo fluido, gracioso e fácil.

– Então eu falei pra ele... o que você tem com isto? O Doyle disse que o Polmont tinha falado que ninguém mais tava lá, só o Gally... que ele só queria saber se era isso mesmo. Bom, eu não tava lá, falei pra ele – disse Billy, olhando pra mim. – Se tinha mais alguém, obviamente não foi dedurado pelo Polmont pro Doyle.

– E daí? – perguntei, sacudindo e enfiando o pau de volta na braguilha. Como já falei, eu não estava interessado. Acho que ainda sentia um grande ressentimento do Gally, pelo que eu via como egoísmo dele. Susan e Sheena eram as minhas maiores preocupações agora; no que me dizia respeito, o dia era delas. Certamente eu não tinha desejo algum de discutir a porra do Doyle, ou do Polmont.

Billy esfregou seu cabelo cortado rente.

– Sabe, o que eu não contei ao Doyle é que o Gally me ligou, perguntando se eu iria ver o Polmont com ele – disse Billy, soltando um longo suspiro. – Bom, eu sabia o que ele queria dizer com *ver*. E falei que era melhor esquecer aquilo, que nós já tínhamos nos metido em encrenca suficiente por causa daquele filho da puta.

Eu não conseguia tirar os olhos da cicatriz de Billy, feita na ocasião em que ele teve o rosto cortado pela faca do Doyle. Dava pra entender a posição dele:

Billy não precisava daquela merda outra vez, porque tinha uma luta em breve. Acho que ele queria seguir em frente, tanto quanto eu.

– Eu devia ter me esforçado mais pra convencer o Gally a não fazer aquilo, Carl. Se eu tivesse feito uma visita a ele...

A essa altura eu quase contei a Billy o que Gally tinha me contado: que ele estava com HIV. Isto, pra mim, era o motivo de Gally ter pulado. Só que eu tinha prometido a ele. Pensei em Sheena e Susan lá no bar do salão... se você conta a uma pessoa algo assim, e ela tiver o hábito de contar a outra pessoa... a coisa estourava. Eu não queria ver as duas ainda mais magoadas, sabendo que o baixinho tinha pulado porque não queria morrer de Aids.

– Não havia coisa alguma que você ou qualquer outra pessoa pudesse fazer, Billy. Ele já tinha tomado aquela decisão. – Foi só o que consegui dizer.

E com isto, nós fomos nos juntar ao luto dos demais no salão.

Terry, tão grande, gordo e falastrão, parecia encolhido e diminuído naquele aposento. Até mais do que Billy, não parecia ser ele mesmo. Não era o Terry Refresco. Era tangível a animosidade discreta e poderosa que emanava de Susan Galloway pra ele. Parecia que éramos garotos novamente, e Terry, como o mais velho, deixara aquilo acontecer ao menino dela. Billy e eu parecíamos isentos da fúria sentida por Susan diante da morte do seu filho. Por contraste, ela nutria um ódio primevo de Terry, como se ele fosse a grande força contaminadora na vida de Andrew Galloway. Era como se Terry houvesse virado o sr. Galloway, o Polmont, os Doyle e a Gail, que ela podia odiar.

Agora estou neste vagão, olhando pra fora. O trem parou em uma estação. Eu vejo a placa na plataforma:

Polmont

Viro de volta pro meu *Herald*, que já li cerca de três vezes, da primeira à última página.

Edimburgo, Escócia
18:21

Tire os sapatos dela! Tire a calça dela!

Dentro do táxi, Rab ouviu Terry murmurar algo sobre Andy Galloway, o parceiro do seu irmão. Rab conhecia Gally bem; ele era um cara legal. Seu suicídio lançara uma grande sombra sobre todos eles, principalmente Terry, Billy e, supunha ele, Carl Ewart. Só que Carl agora estava indo bem, ou ao menos estivera, e provavelmente nunca pensava muito em qualquer um deles.

O funeral de Gally fora esquisito. Gente que você nunca acharia que conhecia Gally estava lá. Gareth, por exemplo. Ele trabalhara com Gally no Departamento de Recreação. Rab lembrava das palavras de Gareth. "Nós costumamos ser pequenas lagoas turvas com muitas camadas de lama e sujeira em suspensão, e nossas maiores profundezas são revolvidas pelas mais estranhas correntes."

Aquela, refletiu Rab, era a forma que o cara tinha de dizer que nunca conseguimos nos conhecer de verdade.

Dentro do quarto de hotel, uma exaurida Kathryn Joyner se jogou na cama e adormeceu.

– Rab, pode me ajudar a botar a Kathryn na cama? – disse Terry. – Tire os sapatos dela.

Obedecendo fatigadamente, Rab tirou com habilidade um dos sapatos, enquanto Terry arrancava o outro com uma torção grosseira, provocando em Kathryn uma careta, mesmo de olhos fechados.

– Agora me ajude aqui e tire a calça dela...

Por alguma razão Rab sentiu algo se elevar dentro do seu peito. – Você não vai tirar a calça da mulher, Terry. Basta botar uma coberta em cima dela.

– Não vou currar ninguém, Rab... é só pra dar um pouco mais de conforto a ela. *Eu* não preciso fazer isso pra conseguir uma trepada – debochou Terry.

Rab parou de chofre e encarou Terry frontalmente. – O que você quer dizer?

Abanando a cabeça, Terry olhou de volta para ele e sorriu. – Você e a tal da Charlene. Qual é a sua jogada ali, Rab? Quer dizer, o que significa tudo aquilo? Diga lá.

– Vá tomar conta da porra da sua vida...

– Pois é... você vai me obrigar a isto?

Rab avançou e deu um empurrão no peito de Terry, forçando-o para a cama ali atrás e fazendo com que ele caísse sobre a atordoada Kathryn, que gemeu sob aquele peso. Terry se levantou de um salto. Estava lívido. Já levara um soco de um Birrell naquele dia, e agora este outro puto ia receber o que os dois mereciam. Rab viu os sinais e se afastou depressa, perseguido por Terry. Então Rab correu porta afora e subiu, ao invés de descer, a escada do hotel. Grogue de sono lá atrás, Kathryn gritou para eles: – O que vocês dois estão fazendo? O que é isto?

Terry ia esmagar o puto do Birrell no chão. Devia ter feito isso anos atrás. Em sua mente furiosa, os irmãos Birrell se tornaram indivisíveis, enquanto ele galgava os degraus perseguindo Rab. Quando sua presa fez a curva na escadaria, Terry se esticou para agarrá-lo, mas seu peso se deslocou e ele perdeu o equilíbrio, caindo por cima da balaustrada dentro do poço da escada. Ao tombar, ele se agarrou freneticamente às barras do corrimão. Felizmente para ele, o poço da escada era muito estreito, e sua barriga de cerveja ficou entalada ali.

QUE PORRA É ESTA

É ASSIM QUE TERMINA

Preso de cabeça para baixo entre as barras do corrimão, com o coração batendo loucamente, Terry avistou o polido assoalho de madeira do saguão do hotel, mais de quinze metros abaixo da sua cabeça.

É ISSO AÍ

É ASSIM QUE TERMINA

Em um clarão, Terry visualizou marcas de giz em torno de um corpo menor e mais leve no piso lá embaixo. Mostrando-lhe onde cair, onde ficava a melhor posição para atingir a morte. Era a silhueta de Gally.

ESTOU ME JUNTANDO AO PUTO

DEVIA TER SIDO EU O TEMPO TODO

Arriscando-se a descer a escada de volta, Rab Birrell parou, examinando a extensão do problema de Terry: o rosto do seu amigo estava encostado de cabeça para baixo nas barras de madeira da balaustrada.

– Rab – gemeu Terry. – Pode me ajudar?

Olhando friamente para Terry, Rab só conseguia sentir sua própria raiva aumentando através da lente de mais de dez anos de humilhações mesquinhas, lente esta que era o rosto de Terry, suado e torcido feito um saca-rolha. E Charlene, uma garota que merecia mais, que precisava de compreensão; seria seu destino na vida ter seus problemas vistos com deboche por putos preconceituosos feito ele, que media uma mulher exclusivamente pela velocidade com que ela abria as pernas. Ajudar Terry? Ajudar a porra do Terry Lawson?

– Você quer a porra de uma ajuda? Vou te dar a porra de uma ajuda. Aqui está uma mãozinha – disse Rab, estendendo a mão.

De seu ponto de vista torto e de cabeça para baixo, Terry ficou olhando com ar perplexo a mão de Rab vir em sua direção. Só que seus braços estavam imobilizados. Como ele podia agarrar aquela mão? Como poderia... Terry estava prestes a explicar seu problema, quando percebeu horrorizado que a mão virara um punho e estava passando pelas barras, direto para seu rosto emoldurado, com força considerável.

– AÍ ESTÁ UMA MÃOZINHA, SEU PUTO! QUER OUTRA? – berrou Rab.

– PORRA... SEU FILHADA PUTA...

– O que significa Birrell? Birrell significa business. Lembra disso? Hein? Bom, agora é business pra valer, caralho! – Rab enfiou o punho novamente na cara exposta de Terry.

Terry sentiu seu nariz se romper e uma tontura nauseante dominar sua cabeça. Então ele vomitou; o vômito caiu pelo poço da escada e respingou no piso todo.

– Rab... pare... sou eu... estou escorregando, Rab... vou cair – gemeu Terry, tossindo e implorando em desespero.

– AH, MEU DEUS, O QUE ACONTECEU COM ELE!? O QUE VOCÊ TÁ FAZENDO COM O TERRY? – berrou Kathryn, mais abaixo na escada.

O óbvio alarme de Kathryn e o indefeso tom suplicante de Terry fizeram Rab recuperar a razão. Em pânico, ele agarrou os quadris de Terry e puxou. Kathryn se aproximou para agarrar as pernas, tanto para se manter em pé quanto para segurá-lo. Terry conseguiu colocar os braços sobre os degraus da escada e começou a se içar. Meticulosamente, foi lutando e se contorcendo a caminho da liberdade. Ao passar para o lado seguro, ele endireitou o corpo e se viu do lado certo do corrimão, respirando pesadamente.

Terry agradeceu por todos aqueles anos à base de cerveja e excesso de comida comprada pronta. Sem isto, ele certamente teria caído e morrido. Um homem menor, com o corpo em forma devido a exercício e dieta, em vez de preguiça, indolência e abuso, já estaria morto àquela altura, refletiu ele. Um homem menor.

Rab Birrell recuou, ao mesmo tempo aliviado e envergonhado, enquanto contemplava seu amigo suado e ensanguentado, cujo rosto já estava inchando. – Você tá bem, Tez?

Terry agarrou o cabelo de Rab Birrell e puxou sua cabeça, dando-lhe um pontapé na fuça. – Bem pra caralho! Vamos ver quem quer a porra do business agora, Birrell!

Ele deu outro pontapé forte na cara de Rab. Ouviu-se o barulho do corte de um legume, típico de uma boca ao ser arrebentada, seguido pelo de sangue gotejando com constância no grosso tapete da escada.

Kathryn já estava em cima das costas de Terry, puxando a sua cabeleira. – Pare! Parem, vocês dois, cacete! Solte o Rab!

Terry tentou revirar os olhos, quase na esperança de que ao ver isto Kathryn percebesse que a situação estava sob o controle dele, mas não conseguiu fazer contato visual com ela. Quando viu dois homens uniformizados, um dos quais ele até reconheceu vagamente, subindo aos pulos dois degraus de cada vez na direção deles, ele obedeceu, soltando Rab. O olho dele já estava inchando, no lugar onde a bota de Terry fizera contato, e ele estava tentando estancar o fluxo de sangue na boca. Rab ergueu a cabeça, enquanto a fuça de Terry entrava no seu campo de visão. Quando ele já ia soltar o braço, foi agarrado e levado para uma curva na escadaria pelos dois porteiros que haviam subido para investigar o escarcéu, um dos quais Terry registrara como um puto sarado lá do subúrbio de Niddrie.

Baberton Mains

Ele passara horas em um telefone na estação quase deserta de Haymarket, já praticamente destruído pela diferença de fuso horário e o fim do efeito das drogas. Seu nariz estava completamente entupido, forçando-o a respirar pela boca, e, toda vez que ele inspirava, o ar parecia arranhar feito vidro quebrado a sua garganta seca e ulcerada.

O ponto estava vazio. Nenhum táxi passava vazio. O Festival.

As empresas de táxi pareciam tratá-lo como se ele fosse uma espécie de comediante, ou alguém passando trote. Exausto, Carl Ewart começou um ritual que feria a alma: carregar suas malas escada acima. Pelo canto do olho, ele viu um braço forte e bronzeado agarrar uma das malas. A porra de um ladrão: era só do que ele precisava!

– Está imundo, sr. Ewart – disse o ladrão. Era Billy Birrell.

Carl só queria algumas horas para se recuperar antes do horror que seria encarar sua mãe perturbada e seu pai acamado. Só que ali não havia táxis, e graças a Deus existia Billy. – Estou péssimo, Billy... é o fuso horário. Estava tocando em uma rave quando ouvi...

– Isto basta – disse Billy. Carl lembrou que Billy sempre ficava relaxado em silêncio.

– Belo carro – comentou ele, afundando no confortável estofamento do BMW de Billy.

– Até que é bom. Mas antes eu tinha um Jaguar.

Carl ouviu uma gritaria na rua. Algo estava acontecendo diante do hotel Clifton.

– Bêbados – disse Billy, concentrado na direção.

Só que eles eram reconhecíveis.

Era...

Puta merda, não, certeza que não

Era Rab Birrell, o irmão de Billy, e ele estava sendo contido por um policial. Carl e Billy estavam imóveis dentro do carro, a seis ou sete metros do ponto onde tudo estava ocorrendo.

O irmão de Billy usava uma estranha camisa verde-amarelada, toda salpicada de sangue. Carl se sentiu tentado a gritar "Rab", mas estava ruim demais, esgotado demais. E agora ele precisava chegar em casa. Olhou novamente e viu uma mulher que reconheceu vagamente... mas também viu aquela cabeleira de saca-rolha e aquele rosto suado, deitando uma falação da porra, como de costume. Era Terry. Aquele puto gordo do Terry Lawson! A mulher parecia estar falando bem alto em defesa de Terry e Rab. Era tratada com deferência até por aquele policial resistente, com cara de quem comeu e não gostou.

Então o BMW passou pelo sinal amarelo, pegando a pista de Haymarket para voltar à Dalry Road.

Acomodado no banco do carona de Billy, Carl se sentiu bastante escroto por não contar a seu velho amigo que o irmão dele estava encrencado, mas não podia desperdiçar mais tempo. Casa; roupa; hospital. Ele pensou na palavra EWART gritada no tom estridente de Terry. Não. Tinha de ser Baberton, e depois o Royal Infirmary.

Baberton.

Aquela não era a sua antiga casa, era a casa de sua mãe. Ele sempre detestara o lugar, e na verdade só morara ali um ano antes de se mudar pra seu próprio apartamento.

Terry.

Bom saber que ele ainda sente paixão suficiente pelas coisas pra ser um babaca completo.

Puto burro pra caralho.

Billy.

Bem ali ao seu lado, levando-o de carro ao hospital; Terry na rua lá fora, encrencado com a polícia. Então passou pela mente cansada de Carl o velho clichê que dizia: quanto mais as coisas mudam, mais permanecem as mesmas.

Terry. Quando ele o vira pela última vez? Depois do funeral. Na luta de Billy. Carl estava com Topsy e Kenny Muirhead. Terry estava com Posta Alec e alguns outros caras.

A luta de Billy, a não luta de Billy, pensou ele, vendo seu amigo de perfil ali. Ao longo dos anos, a cicatriz causada pela faca de Doyle fora ficando menos nítida. Só que Carl sempre fantasiara que naquela noite, no Salão Municipal do Leith, o problema não fora apenas a tiroide. Billy parecia assombrado; era como se todas as dúvidas que ele já tivera sobre tudo na vida houvessem simplesmente inundado sua mente naquele instante, deixando-o completamente paralisado.

Ele lembrava de Terry rindo e debochando, enquanto saía e descia a Ferry Road. Houve uma briga lá fora, porque alguns rapazes atacaram os partidários de Morgan, que haviam vindo em um ônibus. Um desses galeses foi gravemente cortado com estilhaços de vidro.

E ele vira Terry, aquele puto gordo do Lawson, virar de volta pro Rab, o irmão de Billy, que ainda estava nos degraus do Salão Municipal, e gritar, "É assim que se faz a coisa, Birrell".

Carl percebera que nunca mais ia querer ver aquele escroto.

Billy ficou esperando lá embaixo com Sandra, sua mãe, enquanto Carl subia pra tomar uma chuveirada. Ele poderia passar séculos embaixo daquele reconfortante jato de água, e depois simplesmente cair na cama, mas as circunstâncias ficavam assomando à sua frente, de modo que saiu logo e vestiu umas roupas novas.

– Você está magro demais, rapaz – disse Sandra, apertando os ossos de Carl enquanto era beijada por ele, que fez o mesmo com a irmã de sua mãe, Avril. Era bom rever as duas.

Billy e ele foram de carro para o hospital, com Carl tagarelando o tempo todo.

– Nunca vi o Hearts ganhar o campeonato, Billy, e só soube que eles ganharam alguns meses depois – disse ele. Agora parecia até bizarro não se importar. Onde a porra da sua cabeça estava na época? – Há quanto tempo o Hibs não ganha, hein, Birrell? Hein?

Billy sorriu, pegou um celular e teclou um número. Ninguém atendeu, e ele disse: – Vamos até o hospital logo.

Dentro do carro, Carl estava morrendo mais algumas mortes. Não ia aguentar ver o pai, devido ao medo que nutria do aspecto que o velho poderia ter. Avril e Sandra eram grandes caricaturas das mulheres que ele conhecera ainda garoto. Que aparência seu pai *teria*, ou até sua mãe? Por que aquilo importava tanto? É porque eu sou apaixonado pela juventude, refletiu Carl tristemente. Ele passava seu tempo cercado por garotas com metade da sua idade, alimentando seu ego, sua negação do processo de envelhecimento, sua própria fuga pessoal da responsabilidade. Mas isto era, necessariamente, uma coisa ruim? Até agora, não; atualmente, porém, porque ele amava sua mãe e seu pai, e precisava estar ali pra eles, era uma coisa ruim pra caralho. Era um despreparo pra ocasiões como aquela.

A mente de Carl estava acelerada. Se ao menos a cabeça entrasse em harmonia com o corpo fodido. Essa era a verdadeira tortura das ressacas de bebida--e-droga: empurravam mente e corpo para direções diferentes. Carl começou a refletir sobre a ilusão do romance, que evapora com a passagem da juventude. A feiura do pragmatismo e da responsabilidade nos desgasta feito ondas em uma rocha, se deixarmos. Quando os víamos na tela nos mandando ser assim, fazer isto, comprar aquilo ou ser assado, e continuávamos sentados em casa, confusos, complacentes, cansados e medrosos, já sabíamos que eles tinham ganhado. A grande ideia se fora; agora tratava-se apenas de vender mais produtos e controlar quem não pudesse comprá-los. Sem utopias ou heróis. *Não* era uma época excitante, como constantemente nos diziam ser; era entediante, exasperante e sem sentido.

A doença do velho trazia tudo de volta ao básico.

Escorregando

Ele já fora transferido. Agora estava numa enfermaria com três outros leitos, mas foi avistado por ela imediatamente. Maria não deu atenção às pessoas deitadas nos outros leitos e foi direto para seu marido. Ao se aproximar de Duncan, ela ouviu a respiração rasa e entrecortada. Viu as grossas veias azuis no pulso, sumindo dentro da mão. A mão que ela segurara tantas vezes, desde que enfiara no dedo a aliança de noivado, sentada junto com ele no Jardim Botânico em Inverleith. Maria voltara ao escritório de advocacia onde trabalhava meio tonta, pronta para cair toda vez que olhava para o anel. Ele pegara um ônibus de volta para a fábrica. Contara para ela todas as músicas que tocavam na sua cabeça.

Agora ele estava monitorado por um eletrocardiógrafo, com as batidas do coração rastreadas por uma linha luminosa verde no tubo de raios catódicos. Sobre a cômoda havia alguns cartões, que ela abrira e pusera ao lado dele:

FIQUE BOM LOGO

LAMENTO SABER QUE VOCÊ ESTÁ NO ESTALEIRO

E outro com uma enfermeira peituda, vestida com uma saia curta, meias e suspensórios. Ela está curvada sobre a cama de um homem suado e babão, cuja ereção é visível, formando um pau de barraca sob as cobertas. Um médico baixinho, de óculos, diz:

HUM, A TEMPERATURA CONTINUA UM POUCO ALTA, SR. JONES, só que Jones foi riscado, com EWART rabiscado ao lado. Lá dentro há uma assinatura: "Do Esquadrão Desajeitado, Gerry, Alfie, Craigy e Monty".

Os rapazes da fábrica antiga, fechada havia muito tempo. A banalidade daquele cartão parecia mais do que ridícula. O mais provável era que eles não soubessem da gravidade do caso, da extensão da coisa. Os médicos já haviam avisado Maria a esperar o pior.

Havia um cartão mais apropriado, enviado a ela por Wullie e Sandra Birrell:
PENSANDO EM VOCÊ.

E Billy ligara, perguntando se podia fazer algo. Ele era um bom rapaz, estava indo bem, mas nunca esquecia as pessoas que conhecia.

Ali estava ele. Billy. Ele estava ali. Com Sandra. E Avril. E Carl!

Carl estava ali.

Maria Ewart abraçou o filho, brevemente preocupada com a magreza dele. Ele estava mais magricela do que nunca.

Carl olhou para a mãe. Ela envelhecera, e parecia tão gasta, o que nem era surpreendente. Então baixou o olhar para aquele amontoado de osso e carne enrugada que era o seu pai.

– Ele ainda está sedado, dormindo – explicou Maria.

– Nós ficamos aqui com ele um instante, se vocês dois quiserem trocar uma palavra – disse Sandra. Depois insistiu com Maria: – Vá tomar um café.

Maria e Carl saíram de braços dados. Carl não sabia quem estava apoiando quem: estava totalmente fodido. Queria ficar com o pai, mas também queria conversar com a mãe. Eles foram até a máquina de vendas automática.

– É tão ruim assim? – perguntou Carl.

– Ele está indo, filho. Não consigo acreditar, mas ele está indo – soluçou ela.

– Ah, Cristo – disse ele, abraçando a mãe. – Desculpe o meu egoísmo. Eu estava fazendo um show, mas vim pra cá assim que Helena me contou.

– Ela parece uma boa moça – disse a mãe. – Por que eu nunca falei com ela antes? Por que você excluiu Helena das nossas vidas, filho? Por que você se excluiu?

Carl olhou para a mãe, tentando entender se via um sentimento de traição, ou simples incompreensão, nos olhos dela. Então enxergou a coisa *através* dos olhos dela pela primeira vez: Maria estava agindo como se *ela* houvesse feito algo errado, como se fosse de alguma forma responsável pelas cagadas dele. De jeito nenhum; ele podia se encarar no espelho e dizer que, em relação a isto, era um escroto autodidata.

– Eu só... eu só... não sei. Eu não sei. Sinto muito. Não fui um filho muito bom pra ele... e nem pra você – baliu ele, atordoado pela profundidade de sua autopiedade, e de seu autodesprezo.

A mãe olhou para ele, com uma grande sinceridade nos olhos. – Não. Você foi o melhor filho que podíamos esperar ter. Nós tínhamos a nossa própria vida, e encorajamos você a ter a sua. Só desejávamos que você mantivesse mais contato conosco.

– Eu sei... andei pensando... a gente sempre acha que haverá tempo de recuperar tudo. De acertar as coisas. Então isto acontece, e a gente percebe que não é assim. Eu podia ter feito mais.

Maria viu o filho se contorcendo e gaguejando à sua frente. Ele estava péssimo. Tudo que ela queria era um telefonema ocasional, para se certificar de que ele estava bem, mas agora Carl estava ficando nervoso e autodestrutivo por causa de nada.

– Venha cá, filho. Venha cá! – disse ela, segurando o rosto dele entre as mãos. – Você fez tudo. Salvou a nossa casa de ser retomada, e salvou seus pais de serem despejados na rua.

– Mas eu tinha o dinheiro... podia pagar – começou Carl.

A mãe sacudiu a cabeça dele outra vez e depois afastou as mãos.

– Não. Não se diminua. Você não sabe o quanto aquilo significou pra nós. Você nos levou aos Estados Unidos – disse ela, sorrindo. – Ah, eu sei que pra você isto não é nada, mas pra *nós* foram as férias de uma vida. E significou tanto pro seu pai.

A cabeça de Carl martelava, aliviada, diante das palavras da mãe. Ele fora duro demais consigo mesmo. Felizmente eu levei os dois aos Estados Unidos, caralho, e levei o velho a Graceland. Vi o velho parado diante do túmulo de Elvis com uma lágrima no olho.

O mais esquisito, porém, e que realmente pirara o velho, fora levá-lo a um bar em Leeds chamado Mojo. Quando eles tocaram a versão ao vivo de "American Trilogy", já na hora de fechar, e incendiaram o bar com fluido de isqueiro, com todo mundo perfilado em posição de sentido. O pai não conseguia acreditar, porque até então Duncan jamais acreditara que gente daquela geração, a geração Acid House, pudesse ser tão passional acerca de Elvis. Então Carl levara o pai à Basics e lhe dera um ecstasy. E Duncan entendera. Sabia que não era, e que jamais seria, um lance para ele do jeito que era para seu filho, mas ele entendera.

Carl ficou pensando se deveria contar aquilo para a mãe. Fora quando ela e Avril haviam ido passar um fim de semana em St. Andrews. Ele levara Duncan ao jogo entre Liverpool e Manchester United, depois ao Mojo em Leeds, e depois à Basics. Já contara a ela tudo, menos a parte do ecstasy. Não, talvez não fosse o momento.

Maria olhou para o filho, bebericando seu café. Qual era o problema dele? Carl tinha tudo que ela e Duncan haviam desejado a vida inteira, que era não precisar trabalhar das nove às cinco, mas não parecia valorizar isso. Talvez até valorizasse, lá do seu jeito. Maria não entendia o filho, e talvez nunca entendesse. Talvez fosse assim mesmo que era para ser. Tudo que ela entendia a respeito de Carl era o amor que sentia por ele, e isto bastava.

– Vamos voltar lá pra dentro.

Eles substituíram Sandra e Billy em torno do corpo prostrado de Duncan. Carl olhou para o pai novamente, e uma tensão quase insuportável se ergueu no seu peito. Ele ficou esperando que a intensidade da coisa diminuísse, mas isto não aconteceu, e a tensão permaneceu constante, incessante.

Então os olhos de Duncan se abriram, cintilantes, e Maria viu neles aquela luz maluca que era a força vital dele. Ela ouviu uma grande melodia, viu uma gloriosa vitória de Kilmarnock, embora jamais houvesse assistido a uma partida de futebol na vida, e acima de tudo viu seu marido, como Duncan sempre era, quando ele olhou para ela. A carne deformada e mundana ao redor do rosto dele parecia desaparecer, enquanto ela era sugada por aqueles olhos.

Carl viu o momento entre eles, sentiu o flashback de uma redundância infantil, da sensação de ser um extra diante das exigências. Então se recostou na cadeira. Aquele era o momento deles.

Mas Duncan estava tentando falar. Com pavor doentio, Maria viu a linha verde no instrumento começar a subir e descer erraticamente. Duncan estava agoniado. Ela agarrou a mão dele e curvou o corpo para ouvi-lo, enquanto ele arquejava com urgência, expelindo o ar debilmente.

– Carl... onde está o Carl?

– Estou aqui, papai – disse ele, sentando ereto e apertando a mão do pai.

– Como está a Austrália? – ofegou Duncan.

– Bem – conseguiu dizer Carl. Aquela porra era loucura. Como está a Austrália? A Austrália está bem.

– Você devia manter mais contato. Sua mãe... às vezes você deixa sua mãe em um estado horroroso. Em todo caso... é bom ver você – disse ele, com os olhos brilhando calorosamente.

– E você – assentiu Carl, sorrindo. A simplicidade daquilo tudo já não parecia banal. Em vez disso, era toda a sofisticação, todos os enfeites, todo o embelezamento, e toda a constante procura de profundidade que agora pareciam postiços e triviais. Eles estavam contentes simplesmente por estarem juntos.

Fodidos e perturbados

Terry Lawson girou a cabeça e olhou rapidamente para o outro lado da Dalry Road. Rab Birrell seguia atrás dele, embora mantivesse uma distância discreta. Com altivez, Terry deu-lhe as costas e continuou andando pela rua. Um táxi passou depressa, ignorando sua mão estendida.

Ao menos ele se livrara daquela vaca americana, pensou Terry. Ela estava apagada lá no hotel e dissera que ligaria pela manhã. A ideia de ficar em Edimburgo por um tempo era papo furado: ela pegaria o primeiro avião assim que amanhecesse.

Um ou outro bêbado cambaleavam e tropeçavam pela rua. Terry notou, com alegria, dois rapazes sarados andando pelo lado da rua de Rab, bem na direção do puto metido a estudante. Talvez ele recebesse uma daquelas surras de pontapés que costumavam ser dadas em proporção desmedida nas ruas da Escócia por alguns machos trabalhadores. Não por lucro, ou nem mesmo para enfatizar uma reputação viril, mas quase por uma regra de etiqueta bizarra. Se os rapazes pegassem pesado com o puto, porém, o que ele próprio faria? Teria de apoiar o escroto. Mas primeiro deixaria que eles lhe acertassem uns bons golpes. Só que não... Rab conhece os dois. Eles até trocam um aperto de mãos. Ficam confabulando ali um instante e depois seguem na direção oposta, enquanto Rab volta a seguir Terry.

Rab Birrell pegou o celular no bolso de sua jaqueta de couro marrom e ligou o aparelho. Tecla o número de duas empresas de táxi que sabe de cor. As duas estavam ocupadas. Ele recolocou o telefone no bolso. Rab não sabia ficar emburrado, e já estava sentindo o constrangimento da situação, superando sua raiva de Terry. Ele foi até o meio da rua deserta, pisando nas linhas brancas da terra de ninguém.

– Terry... qual é, parceiro?

Terry parou, virou e apontou o dedo para Rab. – Nem pense que vai entrar na minha casa. É melhor você ir logo pra sua, Birrell!

Rab deslocou o peso do corpo, parado no meio da rua. – Caralho, já falei pra você que vou só pegar a Charlene e depois me mandar.

Que porra ele achava que era, pensou Terry. O puto do Birrell achava que ainda podia puxar meu saco depois de quase causar a minha morte.

– Hum... volte pro seu lado da rua – gemeu Terry Lawson, passando a mão pela cabeleira.

– Terry, isto é ridículo! Qual é? – disse Rab, dando um passo à frente.

– NA PORRA DO SEU LADO, BIRRELL! – rugiu Terry, adotando a postura de um lutador. – Vá pra porra do lado de lá!

Rab soltou um muxoxo exasperado, revirando os olhos para o céu, antes de voltar para o outro lado da rua. Dois homens estavam se aproximando, desta vez pelo lado de Terry. Usavam jaquetas de couro e calças justas. Tinham o cabelo cortado curto, e um deles exibia um bigode proeminente. Terry só avistou os dois quando eles já estavam poucos metros à sua frente.

– Uma rusguinha, é? – ciciou o bigodudo. Apontou para o amigo e acrescentou: – Este aqui também é ruim assim.

– O quêêê?

– Ah, desculpe... acho que entendi errado.

– Pois é, entendeu errado pra caralho – rebateu Terry ao passar por eles, mas depois começou a rir consigo mesmo. O que parecia aquilo... ele e Rab em lados opostos da rua, brigando um com o outro? Ele estava sendo bobo, mas ficara abalado ao ser pendurado de cabeça para baixo, vendo a morte cara a cara. E Birrell queria que ele agisse como se porra nenhuma houvesse acontecido.

Outro táxi se aproximou velozmente e o taxista fez uma expressão enfezada, balançando a cabeça tristemente ao passar por Terry. Então ele ouviu um carro parar do outro lado da rua. Era outro táxi, e Birrell estava entrando nele. Terry começou a atravessar, mas o carro partiu, deixando-o parado ali. Ele ainda viu Rab no banco traseiro, afastando-se rua abaixo, com o polegar erguido e uma piscadela sacana afixada no rosto.

– TODO BIRRELL É UM ESCROTO DA PORRA!! – uivou Terry para o céu, como que apelando a um poder mais elevado.

No banco traseiro do táxi, Rab riu entredentes, antes de instruir o taxista a dar meia-volta. Eles pararam e ele abriu a porta diante de Terry, que lhe lançou um olhou amargo.

– Você vai entrar? – disse Rab.

Terry entrou com ar fatigado no táxi e passou a maior parte do trajeto até o conjunto num silêncio resoluto. Quando passaram por Cross, Rab começou a rir. Terry tentou lutar contra o riso, mas não conseguiu evitar de se juntar a ele.

Quando chegaram, eles encontraram Lisa sentada, vendo tevê. Charlene dormia no sofá.

– Vocês puseram a Kath na cama em paz? – disse Lisa.

– Pois é – disse Terry.

Lisa olhou para os rostos marcados dos dois, vendo o olho inchado de Terry, o sangue na jaqueta de Rab, e a boca dele.

– Andaram brigando?

Terry e Rab se entreolharam.

– É, só uns caras que bancaram os abusados no caminho de casa – disse Terry.

– Você tá péssimo – disse ela, indo até Terry e pondo os braços em torno da nuca dele.

– Você devia ver o outro puto – retrucou ele, dando uma olhadela para Rab.

Rab não queria acordar Charlene, mas deitou no sofá com ela e a abraçou. Ela abriu os olhos por uns dois segundos, registrando a presença dele.

– Hummm – disse, e adormeceu novamente, apertando os braços ao redor dele. Rab deixou que sua exaustão se transformasse em inconsciência.

Terry e Lisa continuavam sentindo um leve barato, mas que já estava começando a diminuir. Logo os dois também pegaram no sono.

Um zumbido estridente, agudo e insistente dentro do aposento fez todos voltarem à consciência, um a um. Era o celular de Rab.

Terry ficou lívido. Será que aquele puto não podia desligar a porra daquele brinquedinho de pobre? Rab tentou tirar o aparelho do bolso sem perturbar Charlene, mas isto se provou impossível. O telefone escorregou e caiu no chão. Rab se levantou e agarrou o aparelho.

– Alô... Billy... O quê? Não... você tá brincando.

Terry já ia reclamar por Rab ter deixado o aparelho ligado, mas ficou intrigado com o telefonema de Billy. – Se ele ligou pra se desculpar pelo seu comportamento hoje, mande seu irmão ir se foder!

Rab ignorou Terry, enquanto escutava o irmão, apenas falando algumas vezes "Sei". Por fim ele desligou e olhou para Terry. – Você não vai acreditar. Carl Ewart voltou, e o velho dele tá no hospital.

– O Duncan? – disse Terry com preocupação genuína. Ele sempre gostou do pai de Carl.

Seu coração disparou. Carl estava de volta. Puta que pariu. Carl. A inspiração cintilou na mente de Terry. Ele já pressentia um golpe se aproximando, e seu parceiro precisava dele. Carl. Terry levantou, deixando Lisa grogue no chão. Era deselegante largar uma gata daquele jeito, principalmente porque elas eram um componente vital na "Cura da Ressaca em Seis Verbos" de Terry, sobre a qual ele já resolvera escrever um livro algum dia. Isto consistia de, por ordem: foder, cagar, barbear, banhar, vestir e biritar. O último se referia a tomar no bar uma cerveja com dois dedos de limonada, o que nunca sobrevivia às rodadas subsequentes. Mesmo assim, ele foi até o banheiro, tomou uma chuveirada rápida e trocou de roupa.

Quando Terry reapareceu, com o rosto avermelhado pelo calor do banho, Lisa ergueu o olhar do seu lugar ali no tapete. Rab e Charlene continuavam em estado de coma sobre o sofá.

– Onde você vai? – perguntou Lisa.

– Vou ver meu chapa – disse Terry, abrindo as cortinas para deixar entrar a luz. As ruas estavam desertas, mas os pássaros cantavam nas árvores. Ele virou-se para Lisa e sorriu. – Não vou demorar. Tem uma cama decente lá em cima, se você quiser dormir. Eu ligo pra cá daqui a pouco.

Então virou outra vez e gritou: – Rab!

Rab se contorceu e gemeu: – O que...

– Cuide das meninas. Vou ligar pro seu celular.

O fim

Billy Birrell ficou surpreso ao ver Terry Lawson, de banho tomado e roupa trocada, cruzar o corredor na sua direção. O olho de Terry estava inchado. Isso não fui eu, pensou ele: dei um soco no queixo do puto. Talvez ele tenha caído depois. Levemente culpado, e em tom conciliatório, Billy disse: – Terry.

– Eles estão aí dentro? – Terry deu uma olhadela para a enfermaria.

– Pois é. Eu já ia embora, mas Duncan não vai durar muito. Minha mãe acabou de sair, mas eu vou esperar por eles aqui – explicou Billy. – Não há muito que você possa fazer, parceiro.

Pois é, pensou Terry, mas que porra *você* vai fazer, trazer o puto velho de volta do reino dos mortos? O babaca do Birrell continuava tentando bancar o grande virtuoso.

– Vou esperar por eles também – fungou ele. – O Carl é meu parceiro e tudo. Billy deu de ombros, como quem diz: você é que sabe.

Terry lembrou que Billy era muito menos sensível do que o irmão: era impossível levá-lo na gozação ou enchê-lo de culpa da mesma forma. Só dava para atingir o puto por meio de insultos diretos, e então você se arriscava a levar uns socos, como ele próprio deveria ter lembrado recentemente.

Raciocinando na mesma linha, Billy disse: – Lamento ter sido obrigado a bater em você, Terry, mas eu fui provocado. Você me deixou sem opção.

Você me deixou sem opção. Ouçam só o puto, pensou Terry... ele acha que está na porra de Hollywood, ou algo assim? Mas foda-se... o velho de Carl está morrendo. Não era hora de maluquice. Terry estendeu a mão. – Tá tudo bem, Billy. Desculpe se eu agi feito um babaca, mas não tive a intenção de fazer mal.

Billy não acreditou em uma palavra, mas não dava para entrar naquele tipo de merda no momento. Ele apertou e sacudiu a mão de Terry com firmeza. Quando romperam o contato, houve um silêncio incômodo.

– Tem alguma enfermeira bonita por aqui? – perguntou Terry.

– Já vi umas duas.

Terry esticou o pescoço e olhou para dentro da enfermaria. – Aquele ali é o Carl? O puto continua magricela.

– Ele não mudou tanto assim – concordou Billy.

Por cima do ombro do filho, Maria Ewart conseguia ver Billy Birrell e Terry Lawson, os dois velhos amigos dele, parados no umbral da porta de saída da enfermaria. Então Duncan tentou falar novamente, enquanto ela e Carl se curvavam um pouco mais.

– Lembre das dez regras – arquejou ele para o filho, apertando a mão dele.

Carl Ewart olhou para aquela paródia alquebrada que era o seu pai estirado sob os lençóis da cama. Pois é, elas realmente funcionaram pra você, pensou ele. Assim que se formou em sua cabeça, porém, este pensamento foi esmagado por um surto de paixão que surgiu em seu coração e o inundou completamente, só parando no arco do céu da boca. As palavras jorraram dele como cintilantes bolas de luz dourada: – É claro que vou lembrar, pai.

Quando Duncan morreu, eles se revezaram para abraçar seu corpo, chorando e gemendo baixinho, sentindo uma dor inacreditável por dentro e por fora, além da descrença naquela perda, só temperada pelo alívio de saber que o sofrimento dele acabara.

Terry e Billy ficaram lá fora em um silêncio melancólico, apenas esperando o momento em que pudessem ser úteis.

Havia uma enfermeira ruiva e Terry sentiu seu cérebro febril obcecar-se com os pelos pubianos dela. Em sua cabeça, ele visualizava um pedaço de matéria cinzenta dentro de seu próprio crânio, de onde brotavam sedosos cachos vermelhos. Com um rosto doce e sardento, a mulher lhe deu um sorriso e ele sentiu seu coração gotejar como uma jarra de mel. Era exatamente daquilo que precisava, pensou Terry: uma gata classuda como ela para cuidar dele. Uma como ela, e uma como Lisa, um pouco mais sedutora e animada. Uma só nunca era suficiente. Duas gatas, ambas a fim dele, mas que também se curtissem. Ele seria como aquele cara da série *Man about the House*. Só que as gatas também precisariam ter tendências lésbicas. Mas não a ponto de deixá-lo de lado, pensou Terry, fazendo os últimos ajustes na sua fantasia.

– Como vai a Yvonne? – perguntou Billy.

– Ainda casada com aquele cara lá de Perth, e que é um grande torcedor do St. Johnstone. Vai a toda parte atrás deles. As crianças estão crescendo.

– Você anda saindo com alguém?

– Bom, você sabe como é, não? – Terry sorriu, enquanto Billy meneava a cabeça de volta sem expressão. – E você?

– Passei dois anos com uma garota francesa, mas ela voltou pra Nice no Natal. Namoro a distância não funciona – disse ele.

Eles continuaram conversando até sentirem que era apropriado entrar para ver Carl e Maria. Billy pôs a mão no ombro da mãe, e Terry copiou o gesto com o filho, dizendo: – Carl.

– Terry.

Billy sussurrou para Maria: – É só me falar o que vocês querem que a gente faça. Tá legal? Nós podemos ir embora, ou ficar aqui um pouco.

– Vão pra casa, filho... eu quero ficar mais um pouco – disse ela.

Carl ficou um tanto enciumado, porque Billy estava fazendo o que ele deveria estar fazendo, dizendo o que ele deveria estar dizendo. Não que Billy falasse muito, mas quando o fazia geralmente acertava em cheio. Saber quando calar a boca era um grande talento, sempre subestimado. Carl sabia falar merda mais do que ninguém; às vezes, porém, principalmente em ocasiões como aquela, dava para sentir os limites da babaquice. Eram pessoas como Billy, que sabiam o momento de intervir, que realmente entendiam as coisas.

— Não, vamos ficar também. Até vocês estarem prontos. Não há pressa — disse ele para a mãe de Carl.

Eles continuaram lá muito tempo depois que a linha do osciloscópio já baixara completamente. Sabiam que Duncan não estava mais ali. Mas ficaram ainda um pouco, caso ele voltasse.

Billy ligou para a irmã de Maria, Avril, e sua própria mãe, Sandra. Depois levou todos eles de carro para a casa de Sandra. As mulheres ficaram sentadas com Maria, enquanto os rapazes saíam, perambulando a esmo e acabando por chegar ao parque.

Carl ergueu o olhar para o céu pálido e começou a soltar pesados soluços convulsivos, sem lágrimas, que sacudiam seu corpo franzino. Billy e Terry se entreolharam. Estavam com vergonha, nem tanto de Carl, mas por Carl. Afinal, ele ainda era membro da turma.

Devido à morte de Duncan, porém, algo pairava no ar entre eles. Havia *alguma coisa*, uma espécie de segunda chance, e até Carl pareceu pressentir isto, apesar do sofrimento. Ele parecia estar tentando se estabilizar, recuperar o fôlego e dizer algo.

Eles viram uns moleques, deviam ter cerca de dez anos de idade, jogando futebol. Billy pensou na época em que eles costumavam fazer o mesmo. Então refletiu sobre o tempo, que arrancava as tripas das pessoas, moldava-as em pedra e depois ia lentamente esculpindo a forma delas. Recém-aparada, a grama de verão tinha um aroma com um laivo agridoce. As máquinas pareciam arrancar a mesma quantidade de cocô de cachorro, reabrindo as crostas já endurecidas. Os tais garotos estavam brigando e enfiando a grama no pescoço uns dos outros, bem como eles próprios costumavam fazer, sem nem sequer pensar que estavam se lambuzando com merda de cachorro.

Billy olhou para o canto do parque, ao lado do muro onde todo mundo ia para lutar, para resolver disputas que haviam começado no pátio da escola ou no conjunto habitacional. Ele surrara Brian Turvey algumas vezes ali. Topsy, o parceiro de Carl. Um rapaz valente, mas que não percebia quando estava derrotado. Ficava voltando. Era uma tática que costumava funcionar: Billy já vira alguns caras que haviam derrubado Topsy serem desgastados pela persistência dele e simplesmente capitularem na segunda ou terceira vez a fim de poderem viver em paz. Denny Frost era um exemplo disto. Quase matara Topsy algumas vezes, mas ficara tão enjoado de ser atacado ou reerguido que simplesmente acabara com a coisa, permanecendo caído diante dele.

Só que aquilo jamais perturbara Billy: ele daria um pontapé na bunda de Topsy todos os dias da semana pelo resto da vida, se o puto quisesse. Depois da terceira vez, Topsy tivera o bom senso de considerar que a longo prazo os efeitos de uma botina da Doctor Martin nas suas células cerebrais talvez prejudicassem futuras oportunidades econômicas e sociais. Ele era um puto valente, refletiu Billy, mas com uma mistura estranha de aprovação e desprezo.

Terry inspirou o ar úmido e fétido, sentindo os vapores mofados repuxando sua garganta e revestindo seus pulmões. A farra à base de álcool e pó deixara seu sistema imunológico totalmente vulnerável, e ele achava que já *sentia* a tuberculose incubada em seus pulmões.

O cinza se infiltra, dissera-lhe Gally em certa ocasião. Não depois da primeira vez, mas da segunda, quando ele cumprira aqueles dezoito meses em Saughton. Ao sair, Gally falara que sentira parte da matéria cinzenta do seu cérebro se solidificando feito um bloco de concreto. Terry pensou em si mesmo; sim, já havia alguns fios grisalhos nas têmporas daquele saca-rolha castanho.

O cinza se infiltra.

O conjunto habitacional, a política de trabalho do governo, o seguro-desemprego, a fábrica, a cadeia... tudo isso junto criava um miasma esquálido de expectativa baixa que podia sufocar a vida de quem deixasse. Durante certo tempo, Terry sentira que podia manter as coisas sob controle, quando o armamento do seu arsenal social parecia suficientemente substancial para fazer grandes buracos em tecnicolor naquilo tudo. Isto fora na época em que ele era Terry, o Cara, garanhão abusado, e conseguia patinar acima do gelo com a destreza de um campeão mundial. Só que a luta pela sobrevivência era um esporte para jovens. Ele conhecia alguns membros da turma jovem, e sabia que era visto por eles com o mesmo desdém afetuoso com que outrora ele vira Posta Alec.

Agora o gelo estava derretendo e ele começara a afundar depressa.

Fundindo-se ao cinza.

Lucy lhe contara os problemas que o filho deles andava tendo na escola. Tal pai... era a afirmação implícita nos lábios dela. Terry pensou em seu pai, tão distante dele quanto ele do próprio filho. Então teve um reflexão madura e nauseante: nada havia que ele pudesse fazer para ser uma influência mais positiva na vida do garoto.

Mesmo assim, ele precisava tentar.

Ao menos Jason tinha um pai, pobre coitado. Jacqueline não tinha.

Carl já estava conseguindo controlar sua respiração. O ar parecia doce e estranho, ainda assim comum, na sua experiência. O parque parecia ao mesmo tempo familiar e diferente.

O olhar de Terry era um pedido de afirmação. Billy estava perdido em seus pensamentos, aparentemente procurando algo. Ele olhou para Carl, que balançou a cabeça. Billy começou a falar propositalmente devagar, olhando para o vidro quebrado e a lata roxa a seus pés.

– Engraçado... depois que a notícia se espalhou, o Doyle apareceu lá na academia. Eu entrei no carro com ele, que disse pra mim: o meu parceiro tá falando feito um mutante extraterrestre... o seu parceiro tem sorte de estar morto... a coisa já não precisa ir adiante – disse Billy, lançando olhares duros para Carl e Terry alternadamente. Depois olhou para Carl outra vez. – Fale aí, Carl... você estava lá naquela noite com o McMurray, não estava?

– Você quer dizer... com o Gally? – perguntou Carl. Ele estava pensando no funeral. Billy mencionara aquilo.

Billy assentiu.

– Nao. Eu nem soube que o McMurray tinha sido ferido naquele fim de semana. Só achava que nós tínhamos enchido a cara, sem a menor ideia que o Gally tinha feito aquilo.

Terry estremeceu por dentro. Ele jamais acreditara que confessar fazia bem à alma. Como crescera em salas de interrogatório policiais, aprendera que a melhor política era ficar de bico calado. No mundo oficial, os dados sempre rolavam contra você. O jeito era mandar todo mundo ir se foder, e isto só se eles lhe dessem uma boa surra.

Só que algo estava acontecendo ali: as peças das circunstâncias da morte de Gally já começavam a se encaixar. A cabeça de Terry zumbia.

Olhando para Carl e depois para Billy, ele disse em voz baixa: – Eu estava com o Gally na noite do Polmont. – Billy olhou para Carl, e os dois olharam para Terry, que pigarreou e continuou. – Eu não sabia que o Gally tinha entrado em contato com você primeiro, Billy. Deve ter sido depois que você mandou que ele parasse com aquilo. Nós fomos beber e eu tentei convencer o Gally a não fazer nada. Só tomamos dois drinques, lá no Wheatsheaf, mas eu percebi que o Gally já tava decidido a enfrentar o McMurray. E eu queria estar lá, porque...

– Você queria apoiar o seu parceiro. – Carl terminou a frase para ele, olhando friamente para Billy.

– Apoiar o meu parceiro? Ha! – Terry deu uma risada amarga, com os olhos marejados. – Eu caguei em cima do meu parceiro, porra!

– Do que você tá falando, Terry? – exclamou Carl. – Você foi até lá pra apoiar o Gally!

– Cale a boca, Carl, e caia na porra da real! Eu fui até lá pra ouvir o que ia ser dito entre os dois, porque... porque havia coisas que eu não queria que o McMurray dissesse ao Gally... se ele contasse isso ao Gally... eu simplesmente não podia deixar.

– Seu escroto... seu escroto – arquejou Billy.

Carl botou a mão no ombro dele, dizendo: – Calma aí, Billy... escute o Terry.

– Havia coisas entre mim e a Gail – tossiu Terry. – O McMurray e ela tinham se separado porque eu estava... mas aquilo vinha acontecendo havia anos. Eu não queria que o Gally soubesse. Ele era meu amigo!

– Você devia ter pensado nisso antes de comer a mulher dele sempre que ele virava as costas, seu puto – cuspiu Billy.

Terry ergueu a cabeça para o céu. Parecia estar sofrendo muito.

– Vamos só escutar – pediu Carl a Billy. Depois insistiu: – Terry...

Só que Terry não podia mais ser contido. Seria como tentar enfiar pasta de dente de volta no tubo.

– O Gally pegou a balestra e enfiou num saco de lixo preto. Ele ia acabar com o McMurray. Quer dizer, acabar literalmente com o puto. Era como se não ligasse pra mais nada. Como se não tivesse nada a perder.

Carl engoliu em seco. Dissera a Gally que jamais falaria do HIV com ninguém.

– Pois é, o Gally estava diferente – tossiu Terry. – Alguma coisa tinha se quebrado dentro dele. Lembram como ele ficou em Munique? – Terry bateu com o dedo na cabeça e continuou. – Pois nessa noite o puto estava pior, ensandecido pra caralho. Na visão dele, o McMurray tinha lhe tomado a liberdade, a esposa e a filha. Fizera até com que ele machucasse a criança... – Em tom de lamento, Terry explicou: – Eu até tentei convencer o puto a parar com aquilo... mas sabem de uma coisa? Vocês sabem o tipo de cara que eu sou? Um lado meu pensava que se ele fosse até lá e acabasse com o McMurray, tudo bem. Seria beleza.

Billy desviou o olhar.

Terry cerrou os dentes, cravando as unhas na tinta verde do banco do parque.

– Vocês sabem o estado em que ele se encontrava naquela hora? Lembram do estado de espírito do coitado do puto? Nós, malucos, brincando e bebendo, enquanto o coitado desabava... por minha causa.

Carl fechou os olhos e ergueu a mão. – Por causa do Polmont, Terry. A Gail não largou o Gally por sua causa... foi por causa do Polmont. Lembre disso. Não foi certo o que você fez, mas ela não largou o Gally porque estava sendo comida por você. Largou o Gally por causa do Polmont.

– É isto mesmo, Terry... mantenha a coisa em perspectiva – disse Billy, estendendo a mão, repuxando a manga e desviando o olhar, antes de perguntar: – O que aconteceu lá?

– O mais engraçado é que nós pensávamos que teríamos de arrombar a porta a pontapés – começou Terry. – Mas não... o Polmont simplesmente abriu a porta e nos deixou entrar. Ele veio direto, como se já estivesse nos esperando. Só falou "Ah, são vocês... entrem". Quer dizer, nós só ficamos olhando uns para os outros. Eu esperava que os Doyle estivessem lá... esperava alguma espécie de armadilha. Feito a porra de uma emboscada. O Gally pareceu congelar. Eu arranquei o saco de lixo da mão dele, falando, "Passe isto pra cá". O Polmont... quer dizer, o McMurray... estava sozinho na cozinha, fazendo um café. Tranquilo pra caralho... nem tão tranquilo, mais pra resignado. "Fico feliz por vocês terem aparecido", disse ele. "É hora de esclarecer tudo", continuou, só que olhando pra mim, não pro Gally. Então o Gally olhou pra mim, todo confuso. Não era o que ele esperava. Nem o que *eu* esperava. Eu já estava me cagando todo. Era a culpa, mas também era mais do que isso. Era o pensamento de que Gally ia me odiar, e que não seríamos mais amigos. Ele já estava começando a sacar que havia algo no ar. Então o McMurray olhou pra ele e falou: "Você cumpriu pena pelo que eu fiz e nunca me dedurou. Então eu me juntei com a sua gata"... O Gally ficou olhando pra ele, parado ali em estado de choque. Era como se o puto tivesse tomado as palavras da boca do coitado do escroto, roubado a porra do grande discurso dele. Só que Polmont não estava se gabando... era como se ele estivesse tentando explicar. Já eu... eu não queria que ele explicasse. Só queria que ele calasse a boca. Mas ele continuou falando sobre sua mãe, contando ao Gally sobre aquela noite muito tempo antes, na frente da Clouds. A mãe tinha morrido um pouco antes, naquele ano mesmo, disse ele. De câncer. Só tinha 38 anos. Quer dizer...

Terry fez uma pausa, antes de continuar: – Eu vou ter esta idade no ano que vem. Mas ele continuou falando sobre aquilo. Contou que simplesmente tinha ficado louco. Que pirou total. Que estava cagando e andando pra todo mundo...

ainda era um rapaz bem jovem... Então o Gally finalmente falou, "Eu cumpri pena por sua causa... minha mulher e minha filha estão com você", guinchando de dor. O Polmont respondeu, "Sua mulher não está comigo, foi embora e levou a criança", olhando direto pra mim. O Gally perguntou, "Do que você tá falando?". Então eu sacudi o saco de lixo e falei pro puto: "Ele tá te sacaneando, Gally, sacaneando pra caralho... acabe com este filho da puta!"... Polmont me ignorou e virou pro Gally: "Eu amava a Gail. Ela era uma vaca, mas eu tinha amor por ela. Ainda tenho. Amo a garotinha e tudo, ela é uma criança ótima. Gosto dela como se fosse minha"... Diante disto, o Gally pirou: "Ela não é sua"... e deu um passo à frente.

Terry parou e engoliu em seco. Carl começou a tremer, pondo as mãos na cabeça. Billy olhava nem tanto para Terry, mas para dentro dele, tentando ver a alma dele, tentando ver a verdade. Terry respirou fundo. Suas mãos tremiam à frente do corpo.

– O Polmont já ia contar tudo, e eu sabia o que ele ia falar pro Gally na minha frente. Ou talvez não falasse... eu não sabia! Não sabia! Nem sei se eu queria assustar o puto, calar a boca dele, ou se foi um acidente... mas apontei a balestra pra ele, com meu dedo no gatilho. O troço simplesmente disparou, ou então eu disparei... ainda não sei se queria ou não fazer aquilo... só senti uma leve pressão.

Billy estava tentando entender aquilo. O que McMurray ia contar a Gally? Certamente que Terry tinha tomado Gail dele. Certamente era isso. Ou que Terry vinha comendo Gail havia anos. Quando os dois se casaram, Carl fora o padrinho. Billy lembrava do discurso dele. Carl dissera que Terry deveria ter sido o padrinho, pois fora ele quem juntara Gail e Gally. Terry.

As palavras que ele tinha usado: Terry era o Cupido.

– Ah, puta que pariu – disse Terry, respirando fundo e continuando a se lamentar em tom baixo. – Ouviu-se um silvo e a flecha saiu, rasgando o saco. Foi direto pro pescoço do Polmont. Ele não berrou, só cambaleou pra trás, fazendo um barulho como quem gargareja. O Gally se afastou um pouco. Polmont levou as mãos à garganta, e então caiu de joelhos. O sangue começou a jorrar, respingando no piso da cozinha. O Gally ficou em estado de choque. Eu agarrei seu braço e arrastei o puto porta afora. Descemos a rua. Eu limpei a balestra toda, desmontei as peças e joguei tudo fora em Gullane.

Terry Lawson fez uma pausa, sentindo um leve sorriso assomar a seus lábios diante da lembrança da praia de Gullane, e deu uma olhadela para Billy, que permaneceu sem expressão. Então ele continuou. – Na saída, paramos e Gally chamou uma ambulância pro Polmont. Foi isso que salvou a vida do puto. Gally! O Gally salvou a vida dele! Toda a turma pensou que ele tinha flechado Polmont, mas fui eu! Fui eu! Ele foi quem salvou a vida do puto. Eu teria deixado aquele escroto sangrar até morrer. A flecha atingiu o pomo de adão, sem tocar na coluna vertebral, na carótida ou na jugular. Só que, se fosse por mim, ele teria sufocado com o próprio sangue! A ambulância veio, os sujeitos levaram o Polmont na maca e fizeram uma cirurgia de emergência. A laringe dele ficou esmagada, e agora o cara tem na garganta um daqueles dispositivos robóticos pra apertar. Mas ele nunca falou coisa alguma, nunca nos dedurou. Pensei até que ele ia fazer isso, depois que o Gally morreu.

Carl olhou para Terry. – A porra do puto mal consegue falar, que dirá dedurar alguém.

Então deu uma risada estranhamente forçada, mas que não melhorou o humor de Terry.

– O Gally pulou porque soube do meu caso com a Gail... e quando morreu levou a culpa com ele, pra manter os Doyle longe do meu caminho... Eu flechei o Polmont e matei o Gally!

Carl era o único que sabia que Gally contraíra o vírus HIV. Gally o fizera jurar não contar. Mas Gally compreenderia. Ele tinha certeza de que Gally compreenderia.

– Escute, Terry... e você também, Billy – disse ele. – Tenho uma coisa importante pra contar a vocês. O Gally era soropositivo. Por causa da heroína. Ele costumava se picar com Matty Connell e toda aquela turma lá do Leith, uns caras que já morreram há anos.

– Que drástico... que... – disse Billy, ainda tentando encarar a coisa.

Terry ficou em silêncio.

– Terry, o Gally só entrou nessa porque tava fodido por causa da Gail, do Polmont e da criança – disse Carl. Depois ergueu a voz. – Terry! Você tá me ouvindo, caralho?

– Sim – disse Terry em tom brando.

– Portanto, *foi* mesmo o puto do Polmont que fodeu o Gally, tirando a liberdade do coitado – disse Carl, com os olhos vermelhos. – Quer dizer, eu lamento saber da mãe do cara, principalmente porque acabo de... meu pai. Só que dois erros não formam um acerto, e ele não tinha direito de fazer isso com Gally.

Billy despenteou os cachos de Terry, dizendo: – Desculpe por ter brigado com você.

Mesmo deprimido, Terry ficou chocado com isto. Só que, refletiu, na verdade ele já não conhecia Billy direito. Fazia séculos. Até que ponto você muda?

– Você fez a coisa certa – acrescentou Billy. – Talvez até tenha agido por motivos errados, mas fez o que era certo: apoiou seu amigo, como eu deveria ter feito.

– Não – disse Terry, abanando a cabeça. – Se eu tivesse impedido o Gally, ele estaria aqui hoje...

– Ou eu, quando ele me pediu primeiro – disse Billy.

– Isto tudo é uma babaquice da porra – disse Carl. – Não teria feito a menor diferença. Gally se matou porque estava fodido pelo que acontecera entre ele, Polmont e Gail. Ele nunca soube do seu caso com Gail, e você foi parceiro o suficiente pra tentar poupar seu amigo disso. Você até se arriscou a apanhar muito dos Doyle, e a cumprir uma longa sentença por agressão, ou pior, pra impedir que o Gally soubesse de alguma coisa. Só que pra ele o HIV foi a última gota. O Gally teria se matado de qualquer maneira.

– Tudo isto brotou da facada que o Polmont deu naquele rapaz – disse Billy.

– Você quer voltar até onde? O Gally deveria ter puxado aquela faca lá na Clouds?

– Sou eu. A coisa brotou de mim, que não sou capaz de manter a porra do meu pau dentro da calça – disse Terry tristemente.

Carl sorriu. – Olhe, Terry, você e a Gail viviam trepando. Grandes merdas. Ninguém vai conseguir impedir que as pessoas queiram trepar. Isto sempre aconteceu, e sempre acontecerá. Não pode ser evitado. Mas sair por aí se picando é uma coisa que pode ser evitada. O Gally se matou porque tinha o vírus. Foi uma escolha dele. Não teria sido a minha, mas foi a dele.

Foi a de Polmont, refletiu Carl. Ele pensou em seu pai e na influência que Duncan tivera na infância de Gally. As regras: nunca dedure ninguém. Não, fora com esse pensamento. Só que este era o problema de qualquer código moral: todo mundo precisava seguir o mesmo pra que a coisa funcionasse. Se algumas pessoas resolvessem sacanear e se dessem bem fazendo isso, tudo desmoronava.

Billy pensou na ocasião com os Doyle em Wireworks. Lembrou que Doyle perguntara se Gally ia ao jogo de futebol alguns sábados depois, e que o baixinho parecera ávido pra impressionar. E que depois acontecera a briga entre os dois na Clouds. O que resultara daquilo? Tudo isso? Certamente que não? A vida tinha de ser mais do que uma série de mistérios insolúveis. Certamente tínhamos direito à porra de algumas respostas.

Para Carl Ewart, o mundo parecia tão brutal e incerto quanto antes. A civilização não erradicava a selvageria e a crueldade, apenas parecia torná-las menos chocantes e teatrais. As grandes injustiças continuavam e tudo que a sociedade parecia fazer a respeito era obscurecer as relações de causa e efeito em torno delas, erguendo uma cortina de fumaça feita de babaquice e bugigangas. Seu cérebro exausto era fustigado por pensamentos que cambaleavam entre a escuridão e a clareza.

Billy tinha de ligar para Fabienne em Nice. Iria para lá na semana seguinte, relaxar um pouco na Côte d'Azur. Andava trabalhando demais, assumindo encargos excessivos. Um dia seria independente de Gillfillan e Power, esta sempre fora a sua meta, e ele jamais desistira de persegui-la. Quando via gente como Duncan Ewart, porém, ou quando pensava nos efeitos redutivos da idade em seus próprios pais, bem... a vida era curta demais.

– Como está... hum, a sua tiroide, Billy? – perguntou Carl.

– Bem – disse Billy. – Mas eu preciso da tiroxina. Às vezes esqueço e tomo demais, é como se tivesse tomado anfetamina.

Terry queria conversar mais um pouco. Billy tinha uma namorada francesa, pelo que Rab contara. Carl tinha uma gata lá na Austrália, uma neozelandesa. Ele queria saber delas. Havia tantas outras coisas para falar. Ele veria Lisa mais tarde. Era ótimo estar com Carl novamente, mesmo em circunstâncias terríveis como a do coitado do velho Duncan.

E pensar que ele fora tão duro com Carl depois da morte de Gally. Interpretara erradamente as coisas, achando que a curtição de Carl era só "vamos tomar um ecstasy pra ficar dizendo uns aos outros o quanto sentimos saudade e amávamos o Gally". Pensara que ele só queria baratear a memória de Gally. Mas não era isto. Nunca fora.

Carl estava pensando sobre isto. A memória de Gally parecia estar deslizando para dentro e para fora da realidade, como ele próprio fizera no avião. Com morbidez, viu isto como um sinal certeiro de que a morte já se aproximava. Vira o mesmo nos olhos do pai. Daria um tempo nas drogas e entraria em forma. Já era um homem de meia-idade, com 35 anos, e não um garoto.

– Posso convidar vocês dois pra um drinque? – perguntou Terry.

Billy olhou para Carl, erguendo levemente as sobrancelhas.

– Posso encarar uma cerveja, mas só umas duas, pessoal. Já estou mais do que fodido, e devia voltar pra minha mãe – disse Carl.

– A minha velha está com ela, Carl, e sua tia Avril também. Ela vai ficar bem, por enquanto – disse Billy.

– Lá no Wheatsheaf? – sugeriu Terry. Os dois assentiram. Ele olhou para Billy. – Sabe de uma coisa, Billy? Você nunca mais falou "brutal". E antigamente falava isto o tempo todo.

Billy pensou no assunto, mas depois abanou a cabeça negativamente. – Não consigo lembrar de ter falado isso. Eu costumava falar "drástico" muito. E ainda falo.

Terry virou para Carl com uma expressão de apelo, mas ele só deu de ombros. – Não consigo lembrar de qualquer um de nós falando "brutal". O Billy costumava falar "desespero" às vezes, disso eu lembro.

– Talvez fosse nisso que eu estivesse pensando – assentiu Terry.

Eles foram cruzando o parque: três homens, três homens de meia-idade. Um parecia meio gorducho, o outro musculoso e atlético, enquanto o último era magricela, com roupas que alguém poderia considerar um pouco jovens demais para ele. Não falavam muita coisa uns com os outros, mas davam a impressão de serem íntimos.

REPRISE 2002:
A ERA DOURADA

Carl puxou a prateleira deslizante por baixo da mesa de mixagem, expondo o teclado. Seus dedos voaram por cima das teclas, uma vez, duas vezes, três vezes, fazendo modificações pequenas, mas cruciais, em cada ocasião. Ele percebeu a entrada de Helena no aposento. Se não estivesse tão absorto, teria ficado desanimado ao notar Terry Lawson atrás dela. Terry se deixou cair pesadamente sobre o grande sofá no canto, distraído e soltando um gemido em voz alta. Então ele se espreguiçou, e o tal gemido virou um rugido que ganhou proporções orgásmicas, enquanto o corpo de Terry atingia seus limites de tensão. Contente, ele começou a folhear uma gama de jornais e revistas musicais.

– Não vou perturbar você, chefia – disse ele com uma piscadela.

Carl percebeu a expressão de Helena, "desculpe", enquanto ela saía do aposento com um silêncio felino. Esse era o problema de voltar a Edimburgo e ter o estúdio dentro da sua própria casa. A coisa podia ficar parecida com a estação de Waverley, e Terry, em especial, parecia ter fixado residência na porra daquele sofá.

– Estou falando dos fluidos criativos e tal – continuou Terry. – Não deve existir coisa pior do que você estar numa onda boa e um puto qualquer começar a matraquear no seu ouvido.

– Pois é – disse Carl, curvando o corpo e voltando a trabalhar no teclado.

– Só que vou te dizer uma coisa, Carl... estou achando a tal da Sonia uma roubada. Pelos dois lados: muito arisca. Em todo caso, vou me manter longe disso. Trepada só tipo SWAT: você entra, faz o serviço e sai daquela porra assim que possível. No estilo SAS – explicou Terry. Depois, assumindo um tom militar, acrescentou: – Tantos daqueles rapazes valorosos não conseguiram voltar...

– Hummm – ronronou Carl, quase perdido na música, e só vagamente consciente do que Terry estava falando.

O silêncio podia ser de ouro para alguns, mas para Terry ondas aéreas vazias eram um desperdício. Enquanto folheava a *Scotsman*, ele argumentou: – Só que vou te dizer uma coisa, Carl, a porra do Jubileu de Ouro da rainha já tá me enervando... só se fala nisso!

– Pois é – disse Carl distraidamente. Ele firmou os calcanhares no carpete e foi se arrastando, ainda sentado na cadeira, até os vinis, onde botou para tocar um antigo single de sete polegadas do Northern Soul. Então voltou para a enorme mesa de mixagem e o computador, enquanto a frase que acabara de samplear ficava rodando no loop. E foi clicando o mouse com destreza, para surrupiar a linha do baixo. Só que a música foi perturbada por um toque intermitente e alto. Era o celular de Terry.

– Sonia! Como estão as coisas, querida? Engraçado, eu já ia ligar pra você. Grandes mentes pensam igual – disse Terry, revirando os olhos para Carl. – Oito é beleza pra mim. Claro que eu vou estar lá! É, eu tenho. Quarenta e dois paus. Mas parece o máximo. A gente se vê à noite. *Ciao*, boneca.

Então Terry leu uma das resenhas em um jornal musical:

N-SIGN: *Me Dê Amor* **(Reta Final)**
Parece que N-SIGN não consegue mais errar desde a sua dramática ressurreição. No ano passado tivemos uma união bizarra com a veterana estrela Kathryn Joyner, que resultou no hino do século em Ibiza, "Legs on Sex", seguido do álbum Número 1, *Cannin It*. O novo single encontra o homem em um clima mais soul, mas é uma oferta irresistível vinda desse mestre do groove supostamente acabado. Muito além de imperdível; siga seus passos e seu coração pela pista de dança. 9/10

Era a melhor coisa que já acontecera com Carl, refletiu Terry, e ele já ia compartilhar este pensamento quando seu celular tocou novamente.

– Vilhelm! Pois é, estou aqui com o sr. Ewart. Os fluidos criativos estão seguindo bem... você consegue ouvir? – perguntou ele, estendendo rapidamente o aparelho na direção de Carl e fazendo barulhos orgásmicos. – Aaaahhh... huuummm... uuuhhh la la... Pois é, ele tá indo bem. Então isso é definitivo? Ótimo, eu mesmo vou avisar o homem...

Terry virou para Carl e disse: – A despedida de solteiro do Rab será em Amsterdã, no fim de semana do dia 15. Isto é definitivo. Tudo bem pra você?

– Pode ser – retrucou Carl.

– Ei! Não me venha com esta porra de pode ser! Anote aí – ordenou Terry, apontando para a grande agenda preta de Carl na escrivaninha.

Carl foi até o livro e pegou uma esferográfica. – Dia 15, como você falou...

– Pois é, mas são quatro dias.

– Eu tenho esta trilha aqui pra terminar – gemeu Carl, em todo caso já escrevendo DESPEDIDA DE SOLTEIRO DO RAB EM AMSTERDÃ por cima de quatro dias.

– Pare de se lamentar. Só trabalho e nenhum lazer, você já sabe o que dizem por aí sobre isso. Se o Billy aqui pode tirar quatro dias de folga no bar... Billy? Billy! BIRRELL, SEU PUTO! – gritou Terry para o telefone morto. – Este puto ignorante desligou na minha cara outra vez!

Carl deu um sorriso debochado. Aquele recente entusiasmo de Terry pelo celular virara uma praga para todos os seus amigos. Mas Billy tinha a melhor técnica para lidar com aquilo. Simplesmente passava adiante o recado exigido e desligava.

– Mas você precisa admitir uma coisa, Carl – adiantou Terry, voltando a uma reflexão anterior. – Fui eu que fiz você se juntar a Kathryn Joyner, depois que nós nos conhecemos no Balmoral e eu saí com ela, fazendo amizade.

– Pois é – reconheceu Carl.

– É só isto que eu estou dizendo, Carl.

Carl colocou o fone sobre um dos ouvidos. Então era só isso que Terry estava dizendo... mas nem na porra do dia de são nunca.

Terry esfregou o cabelo cortado à máquina um. – O lance é que isso realmente botou você em alta outra vez... quer dizer, depois daquele sucesso, era garantido que o álbum fosse bem...

Carl baixou os fones, clicou o mouse umas duas vezes para sair e fechou o programa. Depois girou na cadeira. – Tudo bem, Terry... sei que estou devendo um favor a você, parceiro.

– Bom... tem uma coisinha – começou Terry.

Carl se tensionou, enchendo os pulmões de ar. Uma coisinha. Sempre havia uma coisinha. Ainda bem.

Impressão e Acabamento:
GRÁFICA STAMPPA LTDA.